ROYCE BUCKINGHAM
Die rubinrote Königin

AF159375

ROYCE BUCKINGHAM

DIE RUBINROTE KÖNIGIN

Roman

Aus dem Englischen
von Michael Pfingstl

blanvalet

Verlagsgruppe Random House FSC® N001967
Das für dieses Buch verwendete
FSC®-zertifizierte Papier *Super Snowbright*
liefert Hellefoss AS, Hokksund, Norwegen.

1. Auflage
Februar 2016 bei Blanvalet, einem Unternehmen
der Verlagsgruppe Random House GmbH, München.
Copyright © der Originalausgabe 2016 by Royce Buckingham
Published in agreement with the author, Baror International, Inc.,
Armonk, New York, U.S.A.
Copyright © der deutschsprachigen Ausgabe 2016
by Blanvalet Verlag, in der Verlagsgruppe Random House GmbH
Umschlaggestaltung und -illustration: © Max Meinzold, München
Karte: © Jürgen Speh
Redaktion: Alexander Groß
Lektorat: Holger Kappel
Herstellung: sam
Satz: Uhl + Massopust, Aalen
Druck und Einband: CPI books GmbH, Leck
Printed in Germany
ISBN: 978-3-7341-6016-5

www.blanvalet.de

Prolog

Die riesige Karte von Abrogan, die im Ratssaal des Grünen Turms über den zwanzig reich verzierten Stühlen und dem schweren Holztisch thronte, war plötzlich unbewacht. Seit Jahrzehnten hing sie dort, unberührt und unverrückbar auf Befehl von Fürst Kryst höchstpersönlich. Doch nun war Kryst tot, die Stadt Skye wankte, und mit ihr die Karte.

Der Greis kletterte vorsichtig auf den Tisch, da wurde das Ächzen in seinen alten Knochen plötzlich von einem Donnern übertönt. Das Geräusch klang, als käme es aus dem Inneren des Berges selbst, doch es kam von der westlichen Stadtmauer, oder besser gesagt: von der Felswand, auf der sie fußte. Sie stürzte ein. Der Greis hielt mitten in der Bewegung inne und wartete, ob der Grüne Turm mit einstürzen und seinem Leben hier und jetzt ein Ende machen würde. *Noch nicht. Bitte!* Der Saal erzitterte, Risse bildeten sich im Steinboden, doch er hielt stand, löste sich nicht einfach unter ihm in nichts auf.

Die Männer im Nachbarturm hatten weniger Glück. Der Greis hörte ihre Schreie: Männer, die vor Angst wimmerten, ihre Götter verfluchten oder in wilder Panik Kommandos brüllten.

Mit schmerzverzerrtem Gesicht stieg er auf den Tisch und stand auf. Die Geschmeidigkeit seiner Jugendtage war längst dahin, und seine Beine fühlten sich wacklig an. Doch nach all den langen Jahren der Entbehrung war die Karte nun endlich wieder zum Greifen nah! Sie war dick wie ein Lederharnisch, so breit, wie er selbst groß war, und doch nicht schwerer als Pergament. Ehrfürchtig ließ er die Finger über die Tierhaut gleiten, bewunderte die feinen Dreiecke und Schraffuren, die Berge und Felder darstellten. Die gezackten Bergspitzen und ausgedehnten Wälder im wilden Norden bildeten einen krassen Gegensatz zu den rechtwinkligen Mauern, Städten und Äckern im bezähmten und dicht besiedelten Süden.

Doch nun wurde der Süden überrannt.

Nach Norden, sagte er sich und zerrte an den Halteklammern. Die Karte war auf diese Weise befestigt, weil kein Nagel sie zu durchstechen vermochte.

Es mochte vielleicht zehn Menschen geben, die ihr Geheimnis kannten, und die Hälfte davon hatte sich längst in alle Winde zerstreut. Als Kryst begriff, welch beängstigende Macht der Karte innewohnte, befahl er, ihre Existenz streng geheim zu halten, und bald darauf war sie zu einer bloßen Legende verblasst. Selbst wenn jene, die damals auf der entsetzlichen Expedition nach Norden dabei gewesen waren, das Geheimnis ausgeplaudert hätten, hätte niemand ihnen geglaubt. Die Drachin existierte, das wusste der Greis nur zu gut. Doch nachdem sie seit Jahrzehnten nicht gesehen worden war, war auch sie nur mehr ein altes Schauermärchen, das gerade noch dazu taugte, die Abroganer davon abzuhalten, auch die Gebiete nördlich der Zornberge zu besiedeln. *Und selbst eine Bestie wie die Drachin kann mit dieser Karte gebannt werden.*

Als die Belagerung begann, war niemand auf die Idee gekommen, den größten Schatz Abrogans zu retten. Der Fürst war tot, und kaum jemand kannte mehr ihr Geheimnis. *Aber ich kenne es.* Der Boden erzitterte aufs Neue, und der Greis musste sich an den Klammern festhalten, um nicht zu stürzen. *Ich kenne es, und ich werde es mir zunutze machen.*

Während die Menschen draußen schrien und brüllten, nahm der Greis einen Stuhl, den ein berühmter Möbelmacher im fernen Fretwitt zu einem Preis angefertigt hatte, der den Jahressold eines Soldaten um ein Vielfaches überstieg, und zerschmetterte ihn auf dem Steinboden. Mit einem abgebrochenen Stuhlbein schlug er verzweifelt auf die rostigen Klammern ein, bis die Karte endlich freikam. Der Tisch unter seinen Füßen erzitterte erneut, und im nächsten Moment fiel sie ihm in die Arme. Er rollte sie zusammen und legte sie sich über die Schulter.

Nach Norden ...

Mit einem letzten ohrenbetäubenden Donner stürzte die westliche Stadtmauer ein, und das Dach des Ratssaals wurde weggerissen. Der Greis stand da, kalter Wind spielte in seinem Haar, und er schaute nach draußen. Der Anblick, der sich ihm bot, war beängstigend und atemberaubend zugleich: Die wogenden Hügel im Westen waren gesäumt von endlosen Reihen ganz in Rot gekleideter Soldaten, die nur noch darauf warteten, dass sich der Staub über der zerstörten Mauer legte. Dann würden ihre Hauptleute zum Sturm auf die Stadt blasen.

Buch 1

1

Vill Magnan stolperte aus dem Schleier ins gleißende Licht. Er hatte keine Orientierung mehr, stürzte und rollte sich auf den Rücken. Ein Fehler. Die Sonne blendete ihn, und seine Widersacherin, die an ihm hing wie eine Klette, nutzte die Gelegenheit, sich auf ihn zu werfen. Durch seine zusammengekniffenen Lider sah er ein junges Mädchen. Ihr langes dunkles Haar schlug ihm ins Gesicht wie eine Peitsche, während sie auf ihn eindrosch und einen wüsten Wortschwall in einer Sprache auf ihn niedergehen ließ, die er nicht verstand.

Sie beschimpft mich.

Vill hatte sie schon einmal gesehen, während der Schlacht beim Riesenbaum. *Das Flussmädchen.* Sie war es, die ihn in den Schleier gestoßen hatte, ins Nichts, und dann war sie ihm gefolgt, um dafür zu sorgen, dass er nie wieder zurückkehrte. *Und doch bin ich hier.* Vill war entkommen, aber das Mädchen ebenfalls, und sie war noch nicht fertig mit ihm. Sie schien fest entschlossen, ihm den Garaus zu machen. Vill versuchte, ihre schmalen Handgelenke zu fassen zu bekommen. Offensichtlich hatte sie kein Messer, denn sonst hätte sie ihn bereits damit abgestochen. Oder es steckte noch in ihrem Gürtel. Doch Vill wollte leben – anders als beim letzten Mal, als er dem Schleier entronnen war. Jahrhunderte in vollkommener Dunkelheit hatten seine Seele ausgehöhlt. Er hatte nichts mehr gefühlt, gar nichts. Nur aus purer, freudloser Neugierde hatte er weitergelebt. Doch jetzt spürte er seinen

Überlebensinstinkt, eine animalische Urgewalt, die nach Leben schrie. Plötzlich war wieder Fülle in seiner leeren Seele. *Ich fühle etwas!* Wie eine Flut rollten die Gefühle über ihn hinweg. Schwermut kam als Erstes, dicht gefolgt von ihrer Schwester, der Trauer. Dann spürte er Wut. Sie war so stark, dass sie sein Gesicht zu einer grotesken Maske verzerrte – und ihn sofort verstehen ließ, was mit dem Flussmädchen los war. *Sie hasst mich.* Immer mehr Gefühle brachen über Vill herein. Seine Gedanken rasten wie wild, beschworen Bilder in ihm herauf und zerrten schmerzvolle Erinnerungen aus den Tiefen seines Herzens ans Licht, von denen er geglaubt – ja gehofft – hatte, er hätte sie vergessen. *Eine verlorene Liebe. Verrat. Mord.* Und doch fand er inmitten all des Schmerzes auch Freude, Entzücken beinahe. Er erinnerte sich an die wilde Schönheit der Berge, die kindlichen Possen seiner Düsterlinge fielen ihm wieder ein, und sein Körper reagierte darauf, auf jede einzelne Regung: Er weinte, schrie und lachte, alles gleichzeitig. *Ich muss aussehen wie ein Geisteskranker,* dachte er und schämte sich plötzlich. Da fiel ihm noch etwas ein: *Ich habe die Sippe des Mädchens abgeschlachtet.* Vills Gelächter verstummte abrupt, und an seine Stelle trat ein stumpfer Schmerz, der alles andere überlagerte. *Schuld.* Plötzlich wurde ihm übel. *Reue.* Vill wusste nicht, wie lange er diesmal im Schleier gewesen war. Es mochten ein paar Tage gewesen sein, vielleicht auch Jahrhunderte. So oder so, lange genug, um seine Gefühle wiederzufinden.

Das Mädchen hörte auf, auf ihn einzuschlagen, und beobachtete verdutzt Vills unkontrollierten Gefühlsausbruch.

»Hör auf!«, keuchte er. »Ich muss nachdenken.«

Sie stieß einen weiteren Fluch aus, und diesmal verstand er zumindest einen Teil ihrer Worte. Sie sagte etwas von seinem Herzen und was sie damit zu tun gedachte, während es noch schlug. Dann packte sie Vill am Hals und drückte zu.

Nein... Vill spürte, wie die Dunkelheit zurückkehrte. *Nein!* Jetzt, da er das Licht gesehen hatte, weigerte er sich, es wieder entschwinden zu lassen. Er sammelte alle Kraft und versuchte, das Mädchen von sich herunterzustoßen, doch es ließ nicht los. Ineinander verknotet wie raufende Kinder kugelten sie den grasbewachsenen Hang hinab. Sie wurden immer schneller, rollten über faustgroße Steine und durch dorniges Gestrüpp, bis sie schließlich gegen einen Baumstamm krachten und von der Wucht des Aufpralls auseinandergerissen wurden.

Vill schüttelte noch benommen den Kopf, da stürzte sie sich schon wieder auf ihn, diesmal mit einem abgebrochenen Ast als Waffe. Glücklicherweise war er viel zu groß und schwer für das zierliche Mädchen, und die toten Blätter daran verlangsamten den Schlag noch weiter. Der Treffer auf Vills Brust richtete nicht mehr Schaden an als ein harmloser Stupser mit einem Besen. Verärgert rappelte er sich hoch. *Ärger. Noch etwas, das ich schon lange nicht mehr gefühlt habe.*

»Hör auf, Weib!«, schnaubte er. »Wir müssen reden.«

Diesmal traf ihn der Ast ins Gesicht. Das tat weh, mehr aber auch nicht. Als das Flussmädchen zum dritten Mal ausholte, sprang Vill vor und umklammerte sie mit beiden Armen. Der Schlag ging kraftlos auf seinen Rücken nieder, dann fiel der Ast zu Boden.

»Ich will dir nichts Böses!«, schrie Vill und fragte sich gleichzeitig, warum er eigentlich ihre Familie getötet hatte. Dann fiel es ihm wieder ein: Es war praktisch gewesen. Eine Trainingseinheit für seine Düsterlinge. *Für meine Monster.*

Das Mädchen antwortete in seiner Sprache. »Aber ich dir! Und ich werde erst aufhören, wenn einer von uns beiden tot ist!«

Sie zappelte und wehrte sich mit aller Kraft, aber Vill hielt sie einfach fest, bis sie vollkommen erschöpft war. »Ich würde dich ja gehen lassen, aber...«, begann er.

»Ich bringe dich um, das schwöre ich.«
»Genau das ist das Problem.« Vill drückte sie zu Boden, zog den Gürtel seiner Kniehose ab, wickelte ihn um ihre Handgelenke und verknotete das Leder, so fest er konnte. »Ich kenne dich. Du hast den Überfall auf euer Lager überlebt.«
»Habe ich nicht, denn mein Herz ist tot. Du hast es in einen schwarzen, toten Stein verwandelt, der nur noch schlägt, damit ich Rache an dir nehmen kann.«
»Mag sein. Dann wird es wohl noch eine ganze Weile länger schlagen müssen«, erwiderte Vill. »Denn ich werde dich jetzt allein lassen.«
»Du entkommst mir nicht!«
Vill schnaubte, dann drehte er sich weg und ging.
Doch das Mädchen hielt sein Versprechen. Sie lief hinter ihm her und hob mit ihren gefesselten Händen einen Stein vom Boden auf.
Um mir damit den Schädel einzuschlagen, wenn sie nahe genug herankommt. Nach einer Furchenlänge blieb Vill stehen und wartete auf sie.
Das Mädchen hob knurrend den Stein über den Kopf. »Bis ans Ende der Welt werde ich dich ver...«
Vill machte einen Satz zur Seite und schlug ihr die Beine unterm Körper weg. Er entwand ihr den Stein und schleuderte ihn fort. *Ich könnte sie töten. Dann wäre ich das Problem los.* Der Gedanke löste einen Schmerz in ihm aus, den er nicht recht deuten konnte. Das Bild, wie dieses temperamentvolle Mädchen tot im Gras lag, versetzte ihm einen Stich tief im Innern.
Vill nahm seine Schärpe ab und knotete sie ihr um die Fußknöchel. Dann sprang er auf und rannte davon. Er kam sich ein wenig albern vor, vor einer an Händen und Füßen gefesselten jungen Frau wegzulaufen, doch er wollte sie nun mal nicht töten. *Ich werde sie nicht töten.* Vill hatte bereits ihre Sippe auf dem

Gewissen, auch wenn das schon Jahrzehnte zurücklag. *Oder Tage.* Er wusste es nicht. So oder so war er lange genug in der Dunkelheit des Schleiers gefangen gewesen, um für seine Untaten zu büßen. Verbrecher wurden in den Kerker geworfen, bis ihre Vergehen vergeben und vergessen waren. *Und auch ich habe meine Strafe abgesessen, mehrmals.* Und doch blieb der Schmerz über das, was er getan hatte.

Ein mehr oder weniger gut ausgetretener Pfad führte den Hang hinab. Vill kannte diese Gegend nicht und beschloss, ihm zu folgen. Wenn er sich zwischen die Bäume schlug, würde er sich nur früher oder später verirren, und die Zeit des Umherirrens musste nun endlich ein Ende haben. *Jeder Pfad führt irgendwann zu einer Straße, und jede Straße führt irgendwann zu einer Stadt.*

Unterwegs sah er nicht eine einzige Leiche, auch keine Pfeile oder Bruchstücke von Kettenhemden. Kein Blut. Die Schlacht, die er geschlagen und verloren hatte, bevor das Mädchen ihn in den Schleier gestoßen hatte, war längst vorüber. *Weit länger als nur ein paar Tage.*

Nach etwa zwei Stunden erreichte er eine Straße. Sie war gut ausgebaut, breit genug für Wagen und Kutschen. Da fiel es ihm wieder ein: Sie führte zu einer kleinen Stadt. *Zornfleck.* Ein Dorf eher, am Fuß der Zornberge, die dahinter aufragten wie Mahnmale für die Verbrechen, die er einst hier begangen hatte. Vill beschloss, diese Verbrechen ein für alle Mal hinter sich zu lassen. *Ich bin nicht mehr der Mann, der ich damals war.*

All diese Dinge gingen ihm durch den Kopf, als ihm drei Männer entgegenkamen – ein finsterer Haufen mit verfilzten Bärten und stechenden Augen, die sofort die Umgebung absuchten, ob er allein war oder vielleicht in Begleitung. Die Art Männer, der man besser nicht den Rücken zukehrte. Unter ihren groben grauen Kitteln, die einmal weiß gewesen waren, sah er die charakteristische Wölbung von Messergriffen, vielleicht sogar Kurzschwertern. Einem der drei fehlte ein Bein. An seiner Stelle ragte ein schimmernd weißer Knochen aus der knapp unterhalb der Hüfte abgeschnittenen Kniehose. *Sieht aus wie der Oberschenkelknochen eines großen Tieres.* Bei jedem Schritt holte er mit seiner Prothese weit zur Seite aus.

»Heda, was bringt ihr für Neuigkeiten?«, rief Vill möglichst freundlich.

Die drei schauten ihn an und tauschten schnelle Blicke, bevor der mit dem Knochenbein antwortete: »Nichts Gutes aus dem Süden.«

Der Anführer. »Danke für die freundliche Information. Wisst ihr Genaueres, oder ist der Süden einfach ins Meer abgerutscht?«

Einer der drei kicherte, aber Knochenbein verzog keine Miene. »So gut wie. Ein rotes Heer hat die Stadt erobert. Das Heer kam von der anderen Seite des Meeres.«

»Meinst du die Stadt Skye?«

»Welche denn sonst?«

Interessant. Er hätte gerne mehr erfahren, aber die Kerle bewegten ihre Hände nie mehr als ein paar Fingerbreit von den Gürteln weg, und Vill wusste nur zu gut, was das bedeutete: Sie hielten sich bereit, ihn abzustechen, falls sich die Gelegenheit oder Notwendigkeit dazu ergeben sollte. *Keine angenehmen Zeitgenossen und schon gleich gar keine angenehmen Gesprächspartner.* »Das tut mir aufrichtig leid zu hören.«

Der, der gekichert hatte, trat vor. Seine linke Hand war knallrot, die Haut knotig, nicht ein Härchen sprießte mehr darauf. *Er hat sie sich verbrannt. Oder* jemand *hat sie ihm verbrannt.* Derlei Narben oder fehlende Finger waren das Erkennungsmerkmal von Dieben, die so dumm gewesen waren, sich erwischen zu lassen. Der Verbrannte mochte auch Schmied von Beruf sein, aber Vill tippte eher auf Dieb.

»Uns tut es höchstens leid, dass es nichts zum Plündern

gibt«, sagte Brandhand. »Bei einem anständigen Krieg bleibt immer was übrig für Männer wie uns, aber diese verfluchten Roten verderben alles. Sie hatten die Stadt kaum erstürmt, da haben sie auch schon überall Wachen aufgestellt.«

»Sehr bedauerlich«, stimmte Vill zu.

»Und wie. Sobald wir merkten, dass sie gewinnen würden, haben wir ihnen unsere Dienste angeboten, und trotzdem haben sie uns nicht mal eine Stunde zum Plündern gegeben. Schlimmer noch: Wegen den Kämpfen im Süden sind jetzt auch alle Reisenden, bei denen es was zu holen gibt, verflixt auf der Hut.«

Was auch besser für sie ist, wenn Leute wie ihr die Straßen unsicher machen. Vill hielt sich ebenfalls bereit, seinen Dolch zu ziehen. Er war zwar genauso verdreckt wie die drei Gauner, hatte kaum Gepäck und trug Soldatenkleidung, was bedeutete, dass er sich wahrscheinlich wehren würde, aber man wusste ja nie.

Knochenbein schlug Brandhand auf die Brust. »Genug geredet. Zeit, uns zu trollen.«

»Ganz recht. Ich muss ebenfalls weiter«, pflichtete Vill bei. »Und danke für die angeregte Unterhaltung. Aufgrund eures weisen Rats werde ich mich wohl nach Osten oder Westen wenden, wenn ich in Zornfleck bin, statt weiter nach Süden vorzudringen. Und selbstverständlich werde ich unsere kleine Begegnung niemandem gegenüber erwähnen. Danke für eure kostbare Zeit.« Vill ging weiter und lauschte angestrengt auf jedes Geräusch in seinem Rücken – nicht dass er zum Abschied doch noch ein Messer zwischen die Schulterblätter bekam.

Die Straße wurde breiter, links und rechts der Wagenspuren blieb mehr als genug Platz für Leute, die zu Fuß unterwegs waren. Steinhaufen am Rand zeigten die Entfernung zur Stadt an – für jede Meile ein Stein. Als Vill die Straße das letzte Mal benutzt hatte, war sie noch nicht so gut ausgebaut gewesen. Es schienen sich immer mehr Menschen in dieser einstmals abgelegenen Gegend niederzulassen. *Die Dinge haben sich verändert.*

Nach einer Weile verließ er die Straße und setzte seinen Weg im Schutz des Waldes fort, falls die drei ihm folgen sollten. Zwischen den Bäumen war es vollkommen still, und nach all der Zeit im Schleier war Vill nicht nach Stille zumute. Er sehnte sich nach Leben, nach Menschen und Geräuschen, nicht nach der einsamen Zurückgezogenheit des Waldes. *Schon wieder ein neues Gefühl: Einsamkeit.* Die Lebendigkeit der Stadt und etwas erlesenere Gesellschaft, als er sie in letzter Zeit gehabt hatte, könnten ihm gefallen. Angespannte Gespräche mit verstümmelten Wegelagerern genügten ihm nicht. Er sehnte sich nach Gleichgesinnten, vielleicht sogar nach Frauen.

Das Mädchen!

Er hatte sie beinahe vergessen. *Wie war noch mal ihr Name?* Die Vorstellung, wie sie an Händen und Füßen gefesselt hinter ihm her humpelte, hatte Vill anfangs amüsant gefunden – ein durch und durch angenehmes Gefühl. Doch plötzlich verspürte er Unbehagen, und dieses Unbehagen wurde immer stärker, denn falls sie ihn immer noch verfolgte, würde sie den drei Halsabschneidern direkt in die Arme laufen. *Beruhige dich. Sie wird kaum so verbohrt sein, dass sie sich nicht einmal die Zeit nimmt, sich von ihren Fesseln zu befreien.* Er dachte an ihre wilden Flüche, den lächerlichen Ast, mit dem sie auf ihn losgegangen war, und seufzte. *Doch, ist sie.*

Vill ließ seine Sehnsucht nach der Stadt und besserer Gesellschaft fahren und machte murrend kehrt, auch wenn die Logik das genaue Gegenteil gebot: Jetzt, da er sie abgeschüttelt hatte, war das Mädchen nicht mehr wichtig. Außerdem hasste sie ihn, und die drei Banditen dürften kaum begeistert sein, wenn er plötzlich wieder auftauchte. Und doch war dieses lästige Gefühl von Verantwortung immer noch besser als gar nichts. Auf jeden

Fall besser als die eiskalte Berechnung, die ihn viel zu lange geleitet hatte. Mit voller Absicht stellte Vill sich dem Schamgefühl, dass er ein hilfloses Mädchen einfach seinem Schicksal überlassen hatte. Er genoss es sogar. Es stimulierte seine Sinne, ließ ihn sich wieder lebendig fühlen.

Vill ging zur Straße zurück und hielt Ausschau nach den drei Räubern. Der Schmerz, den er dem Flussmädchen zugefügt hatte, war nicht wiedergutzumachen. Er hatte ihre Sippe getötet, und nichts konnte sie wieder zum Leben erwecken. Aber er konnte verhindern, dass ihr noch weiteres Leid geschah. Nach nicht einmal einer Furchenlänge beschleunigte Vill Magnan seine Schritte, und kurz darauf rannte er.

Er hörte sie eher, als dass er sie sah. Sie hatten die Straße verlassen, waren irgendwo ganz in der Nähe im Wald und schrien aufgeregt durcheinander, dass es eine Meile weit zu hören sein musste.

»Schnapp sie dir! Halt sie fest!«

Diese Trottel. Vill verlangsamte sein Tempo. Wenn er sich abstechen ließ, hatte niemand etwas davon. Vill schlich ein Stück weiter und hörte einen dumpfen Aufprall – das charakteristische Geräusch, mit dem ein Körper zu Boden schlug. *Verdammt, ich komme zu spät!*

Sein Herz begann wie wild zu pochen. Er tastete sich weiter vor und zog seinen Dolch. Der Griff in seiner Hand gab ihm Sicherheit. *Kraft.* Als hätte das Schicksal ihn dorthin gepflanzt, entdeckte er ein Stück voraus einen großen Brombeerstrauch, der ausgezeichnete Deckung bot. Aus seinem Versteck spähte Vill hinunter zum Fluss und schätzte die Lage ab.

Knochenbein lag im Kies, einen Arm hatte er ins Wasser gestreckt. Er bewegte sich schlaff in der Strömung, als winke er den Fischen zu. Sein Kopf war eigenartig verdreht, und an der

Stirn klaffte eine große Wunde. Die Beinprothese lag blutverschmiert neben ihm im Schlick. *Sie hat ihm die Prothese abgerissen und ihn dann damit erschlagen.* Der Kerl war mausetot. Mit einem Mal war Vill froh, dass ihn nicht das gleiche Schicksal ereilt hatte. Er hatte das Mädchen wohl unterschätzt. *Und Knochenbein hat offensichtlich denselben Fehler gemacht.*

Doch jetzt lag das Mädchen am Boden und hatte ein Messer an der Kehle. Sie wehrte sich nach Leibeskräften, doch es war zwecklos. Die Fesseln trug sie immer noch, und Brandhand saß mit gespreizten Beinen auf ihr.

»Ho, Freunde! Was habt ihr denn da für einen zappelnden Fisch gefangen?«

Die beiden Banditen blickten erschrocken auf. Brandhand schien erleichtert, als er Vill sah. *Umso besser.*

»Kein Fisch, 'n Mädchen«, antwortete er prompt.

»Ein Mädchen?« Vill stieß einen leisen Pfiff aus. »Dann dankt den Göttern, dass ich es bin, der gerade des Weges kommt, und nicht der Vogt. Kostet euch eine Hand, wenn nicht gar den Arm, wenn er euch bei Liebeständeln mit einem Mädchen erwischt, das gar nicht getändelt werden will.«

»Es gibt hier 'nen Vogt?«

»Aber ja, ein übellauniger Kerl mit einem nicht weniger übellaunigen Trupp Büttel. In Zornfleck nennen sie ihn Hacke, weil er seine Gefangenen gern mit einer bearbeitet.«

»Nie von ihm gehört«, brummte Brandhand.

»Sie hat userm Kumpel mit sei'm eignen Bein den Schädel eingeschlagen«, verteidigte sich der andere.

»Euer Glück. Dann ist sie es, die sich rechtfertigen muss. Ihr geht jetzt besser und bringt ein paar Wegstunden zwischen euch und die Stadt. Ich werde dem Vogt inzwischen erzählen, dass sie eurem Freund heimtückisch aufgelauert hat.«

»Sollten wir ihr nich besser die Kehle durchschneiden?«

»Aber nein. Mit einem toten Mädchen hat man nur Schereien. Darauf steht der Galgen.«

»Moment«, mischte sich Brandhand wieder ein. »Wer sagt, dass du nicht behauptest, du hättest sie vor unserm Kumpel gerettet, und dann 'ne Belohnung einkassierst.«

»*Sie* sagt das. Sie hasst mich. Nicht wahr, Liebes?«

»Ich hasse dich! Lass mich in Ruhe und verschwinde, du dreckiges Schwein!«

»Du kennst sie?« Brandhand hatte alle Mühe, gleichzeitig zu sprechen und das Mädchen zu bändigen.

»Nur flüchtig. Sie ist ein hinterhältiges kleines Biest. Es dürfte kein Problem sein, den Vogt davon zu überzeugen, dass sie es war, die euren Freund angefallen hat. Erst kürzlich hat sie das Gleiche bei mir versucht. Seht euch mein Gesicht an.« Vill deutete auf seine Stirn.

»Er hat Kratzer«, bestätigte der andere. »Ich sag, wir verschwinden. Überlassen wir ihm das bissige Gör.« Er versetzte dem Flussmädchen einen harten Tritt.

Vill runzelte die Stirn, hielt aber den Mund.

»Nee...«, sagte Brandhand und runzelte ebenfalls die Stirn. »Ich bleibe. Sieht ganz so aus, als würde der hier versuchen, uns 'nen Bären aufzubinden.«

Vill war nicht sicher, welchen Fehler er begangen hatte, aber Brandhand schien seine Lügen zu durchschauen. Andererseits war es keine Überraschung: Vill war lügen nicht gewohnt und alles andere als ein Meister darin.

»Du befolgst besser meinen Rat«, sagte Vill zu dem anderen. »Hier wird es nämlich bald Ärger geben.«

»Den Ärger ham wir jetzt schon«, erwiderte der andere und deutete mit dem Kinn auf Knochenbeins Leiche. »Ich hab keine Familie hier, nix, was mich halten würde.« Er ging los. »Und sag Hacke, dass ich sie nich angerührt hab, denn das hab ich nich!«

»Du bleibst, wo du bist, Sy«, knurrte Brandhand. »Den hier können wir locker verjagen oder Schlimmeres mit ihm machen, wenn's nötig sein sollte.«

»Ich hab keine Lust, hier auf den Vogt zu warten, damit er mir 'n Bein abhackt!«

»Es ist nicht dein Bein, das er dir abhacken wird, wenn er dich mit einem gefesselten Mädchen erwischt«, verkündete Vill.

Brandhand wurde immer gereizter bei dem Versuch, mit seinen begrenzten geistigen Mitteln ein Streitgespräch zu führen und gleichzeitig seine Gefangene zu bändigen. »Hier kommt kein Vogt!«, fauchte er. »Aber wenn du dich jetzt davonmachst, find ich dich und hack dir eigenhändig was ab, Sy.«

»Nicht gerade eine verlockende Einladung zu bleiben, was?«, fragte Vill. »So freundlich, wie ihr miteinander umgeht, würde ich sagen, ihr seid euch erst vor Kurzem auf der Straße begegnet. Eure Verbundenheit geht nicht allzu tief. Ihr seid nur zusammengeblieben, weil ihr euch zu dritt sicherer fühlt. Ist es nicht so? Aber jetzt seid ihr nur noch zu zweit, und dein Freund hier hat soeben gedroht, dich eigenhändig zu verstümmeln. An deiner Stelle würde ich das Weite suchen, und zwar schnell. Vielleicht solltest du nach Zornfleck gehen und den Vorfall selbst anzeigen. Dann wärst du fein raus.«

Sy nickte. Vills Erklärung leuchtete ihm ein. »Ich geh nach Zornfleck, zu Hacke, und erzähl ihm alles. Dann kann er mir nix mehr in die Schuhe schieben, oder? Nich, wenn ich ihm alles erzähle.«

»Sy!«, brüllte Brandhand. Ein überzeugenderes Argument schien ihm nicht einzufallen.

Sy verschwand und ließ Brandhand allein mit seiner Gefangenen zurück.

»Wie willst du mich jetzt vertreiben und gleichzeitig das

Mädchen festhalten, Brandhand?«, fragte Vill, als Sy außer Sichtweite war.

»Pass auf, was du sagst. Meine Hand is' immer noch stark, kann mit 'nem Messer genauso gut umgehen wie die andere. Zuerst stech ich sie ab... und dann dich.« Er drückte dem Flussmädchen ein Knie in den Rücken und richtete sich ein Stück auf, um Vills Angriff zu begegnen, den er jeden Moment erwartete. *Sieht nicht so aus, als ob er je gelernt hätte, wie man mit einem Messer kämpft. Er wird versuchen, mich mit einem Sensenschlag am Bauch zu erwischen, sobald ich nahe genug heran bin.* Vill war ausgebildeter Bogenschütze, und zu dieser Ausbildung hatte auch der Nahkampf mit Dolch und Kurzschwert gehört – den Waffen, mit denen ein Schütze sich verteidigte, wenn alle Pfeile verschossen waren und der Schutzring aus Fußsoldaten überrannt wurde. Die Vormittage hatte er mit Zielschießen verbracht, die Nachmittage auf dem Exerzierplatz. Mit großen Zweihändern war er nie zurechtgekommen. *Viel zu unhandlich.* Bis heute verstand er nicht, wie ein Ritter mit der schweren Waffe einen Gegenangriff parieren wollte. Eine kurze, leichte Klinge war weitaus praktischer, schneller. *Wie Pfeile.* Er begann, Brandhand zu umkreisen.

»Du krümmst ihr nicht ein Haar.«

»Und ob. Wirst gleich sehen. Du verschwindest jetzt, sonst zerschneid ich dir dein hübsches Mädchen.«

»Und sobald ich weg bin, bringst du sie trotzdem um. Nein, ich glaube, ich bleibe und füge dir für jeden Schnitt, den du ihr beibringst, eine weitere Narbe auf deinem missgestalteten Körper zu. Überleg dir also gut, was du tust.«

Brandhand zögerte. »Du willst ihm doch an die Gurgel, Mädchen, oder?«, flüsterte er seiner Gefangenen zu.

»Mehr als du dir überhaupt vorstellen kannst.«

»Wie wär's, wenn ich dich losmache und wir ihn uns gemeinsam vorknöpfen? Danach lass ich dich frei. Wie wär's?«

»Lass dich lieber nicht darauf ein«, warnte Vill. »Er wird dich so oder so nicht gehen lassen.«
»Mach mich los!«, schrie sie.
Vill stöhnte. Das Mädchen hatte sich nun mal in den Kopf gesetzt ihn zu töten, koste es, was es wolle. Sie *konnte* das Angebot gar nicht ablehnen.
Brandhands Messer war scharf wie eine Rasierklinge. Mit einem einzigen schnellen Schnitt durchtrennte er ihre Handfesseln, dann machte er ihre Fußgelenke los. Das Mädchen stürzte sich auf Vill, und Brandhand lachte schallend. »Du wolltest die Wildkatze ja unbedingt haben, da hast du sie!«
Vill hatte dieses Spiel schon einmal mit ihr gespielt und mit Leichtigkeit gewonnen. Aber das Ganze zu wiederholen und sich gleichzeitig gegen einen Messerstecher zu verteidigen, *ohne* das Mädchen zu verletzen, war etwas anderes.
Das Mädchen riss die blutverschmierte Knochenprothese an sich, und Brandhand stand mit gezogenem Messer auf.
Vill machte ein paar Schritte rückwärts und versuchte, sich an das Kampftraining mit zwei Gegnern zu erinnern. Keiner seiner beiden Angreifer hatte eine Ausbildung, so viel war klar. Sie würden sich einfach brüllend auf ihn stürzen. Finten, wie die eigene Deckung scheinbar fallen zu lassen, um den Gegner zu einem hohen Angriff zu provozieren, brachten in so einem Fall nichts. *Stets beide im Auge behalten,* fiel es ihm wieder ein. Aber das war leichter gesagt als getan.
Das Flussmädchen – *wie war verdammt noch mal ihr Name?* – stürzte sich mit hocherhobenem Knüppel brüllend auf ihn.
Vill drehte sich ein Stück zur Seite, um Brandhand nicht aus dem Blick zu verlieren, und ließ den Schlag an seiner Schulter abgleiten. Der Treffer tat weh, mehr aber auch nicht. Der Knüppel hatte zwar die größere Reichweite, doch Vills Messer war die gefährlichere Waffe. Es gab Dutzende Körperstellen, an denen

er sie mit einem einzigen Stich töten könnte, wohingegen sie – ein schmächtiges, untrainiertes Mädchen – ihn schon mit einem Volltreffer am Kopf erwischen müsste. Sie schien es instinktiv zu wissen und attackierte tatsächlich nur Vills Kopf, was ihm das Ausweichen umso leichter machte.

Brandhand hielt sich unterdessen zurück. Offensichtlich wartete er, bis Vill abgelenkt war, damit er ihn gefahrlos erledigen konnte. *Leicht zu durchschauen.*

Das Mädchen schlug weiter mit wilden Schwingern auf ihn ein, ohne Rücksicht auf eigene Verluste.

Pure Leidenschaft, etwas anderes kennt sie nicht. Vill steckte zwei weitere Treffer an den Armen ein und einen auf dem Rücken, um Brandhand nicht aus den Augen zu verlieren. Allmählich wurde er ärgerlich, aber er weigerte sich strikt, sie mit dem Messer zu verletzen. An ihr vorbeizuspringen, um Brandhand zu erledigen, konnte er nicht riskieren. Damit würde er ihr den Rücken zuwenden und ihr seinen ungeschützten Hinterkopf präsentieren. Außerdem wurde das Mädchen nicht so schnell müde, wie er gehofft hatte. Es war geradezu faszinierend, wie viel Energie der Zorn ihr verlieh. *Wie ein magisches Elixier.* Vill fragte sich, ob auch er sich dieses Elixiers bedienen konnte, jetzt, da er wieder fühlte.

»Dumme Kuh!«, knurrte er. »Du machst mich nur wütend. Ich kämpfe *für* dich, nicht gegen dich!« Vill wartete, bis er die Kraft seiner Wut spürte, dann sprang er vor, packte den Arm des Mädchens und drehte ihn ihr auf den Rücken. Sofort ließ er wieder los und duckte sich seitlich weg, bevor Brandhand ihm zu Leibe rückte.

Das Mädchen schrie auf. »Das Einzige, was du für mich tun kannst, ist sterben!«, fauchte sie.

Mit neuer Energie stürzte sie vor. Diesmal wusste sie, dass Vill ihr nichts tun würde. Sie warf sich mit ihrem vollen Gewicht gegen ihn und schlang die Arme um seine Hüfte. Noch bevor Vill sich nach Brandhand umsehen konnte, lag er schon mit ihr am Boden.

Allmählich geht sie mir auf die Nerven. Vill rollte sich auf die Seite und versuchte, sich ihrem Griff zu entwinden. Brandhands Messer konnte nicht mehr weit weg sein. Diese Gelegenheit würde er sich nicht entgehen lassen, und wenn Vill erledigt war, würde er sich das Mädchen vornehmen. *Ein leichtes Opfer für ein Scheusal wie ihn.* Mittlerweile bereute Vill, dass er das Mädchen gefesselt hatte. Wenn er sie einfach abgehängt hätte, hätte er sich nicht verantwortlich für sie fühlen müssen, weil er sie hilflos zurückgelassen hatte. *Aber vielleicht hätte ich dann gar nichts gefühlt.*

»Mach Platz, Kleine«, polterte Brandhand.

Vill sah die Klinge aus dem Augenwinkel. Er lag auf dem Bauch, das eine Bein unter dem anderen eingeklemmt und mit diesem Mädchen auf dem Rücken, das ihn festhielt wie ein Klammeraffe. Er konnte weder aufspringen noch sich seitlich wegrollen. *Das ist also der Preis, den man bezahlt, wenn man etwas fühlt.*

Das Mädchen ließ von ihm ab, und Vill machte sich bereit für den Tod. Noch während er sie von sich stieß, wartete er auf den Schmerz, mit dem die Klinge in seinen Körper eindrang. Es war ein Fischermesser, wie er gesehen hatte, dünn und scharf. Mehr ein Werkzeug als eine Waffe, aber kein bisschen weniger tödlich. *Jetzt bin ich der zappelnde Fisch, der gleich filetiert wird.* Vill spürte einen gewissen Sarkasmus in sich aufsteigen und war sicher, dass es das Letzte war, was er jemals fühlen würde. *Immerhin besser als nichts.*

Er hörte ein lautes Krachen und sah, wie Brandhand sich das Knie hielt. Das Mädchen stand direkt neben ihm, den Knochenknüppel wieder in der Hand. Brandhand sank zu Boden. Sein Bein war in der Mitte in einem eigenartigen Winkel abgeknickt, und das Knie sah nicht gut aus.

»Damit du mir danach nicht nachstellst«, sagte das Mädchen zufrieden.

»Danach?!«, brüllte Brandhand unter entsetzlichen Schmerzen. »Du hast ja nicht mal gewartet, bis ich ihn abgestochen habe!«

Das Mädchen wandte sich wieder Vill zu, doch es war zu spät. Er war bereits aufgestanden, und sie war mit ihren Kräften am Ende. *Endlich.* Sie schnaufte wie ein erschöpfter Ackergaul, den Knüppel konnte sie kaum noch in der Hand halten.

»Ich gehe jetzt«, erklärte Vill und drehte sich weg.

»Du entkommst mir nicht«, keuchte sie und rang verzweifelt nach Luft.

»Werden wir ja sehen.«

»Du willst mich gar nicht umbringen?«, fragte Brandhand, als wollte er Vill an eine wichtige Erledigung erinnern.

Schlau ist er wirklich nicht. »Nein«, rief Vill über die Schulter, während er die Böschung hinauf Richtung Straße lief. »Wie das Mädchen bereits gesagt hat: Du kannst sie nicht mehr verfolgen und mich auch nicht. Dein Bein ist jetzt genauso kaputt wie deine Seele.«

Brandhand schnaubte. »Das wirst du noch bereuen, du ...«

Die Prothese seines toten Kumpans schlug ihm mitten ins Gesicht. Der Hieb war nicht sonderlich hart, aber immer noch fest genug, um ihn zum Schweigen zu bringen.

Vill verschwand ins Unterholz und überließ die beiden sich selbst.

2

Altern war weit weniger vergnüglich, als er sich vorgestellt hatte, dabei hatte er von Anfang an keine sonderlich hohen Erwartungen gehabt. Als er die Spange an seinem Umhang zumachte, um sich vor dem heißen Wind zu schützen, taten ihm die Fingergelenke weh. Die Messernarbe an seiner Hüfte, die ihm ein eifersüchtiger Ehemann vor einer halben Ewigkeit beigebracht hatte, pochte bei jedem Schritt. Auch sein Schließmuskel gehorchte nicht mehr so, wie er sollte, was auf langen Märschen wie diesem zu einem verkrampften Gang und häufigen Pausen führte, die wiederum die anderen Mitglieder ihres bunt zusammengewürfelten Haufens gegen ihn aufbrachten.

»Der Alte muss schon wieder in die Büsche«, brummten sie, »und dann kommt doch wieder nichts dabei raus.«

Nur dass es keine Büsche gab, hinter denen er sich verstecken konnte, nur blauen Sand, so weit das Auge reichte – deshalb wussten sie ja so genau Bescheid. Und dann, nicht einmal eine Wegstunde später, musste er schon wieder, und das Spiel begann von Neuem.

Schließlich sprach Frisk mit ihm. Seine Worte waren hart, jedoch nicht grausam. Das war ein feiner, aber wichtiger Unterschied, denn so konnte der alte Mann zumindest das Gesicht wahren.

Der junge Anführer redete nicht lange um den heißen Brei herum. »Wir müssen dich zurücklassen, Pinch.«

»Müsst ihr, wie?«

»Ich fürchte, ja. Du hältst uns nur auf. Die Späher haben Soldaten der Roten gesichtet. Sie verfolgen uns immer noch. Haben wohl doch nicht aufgegeben, wie du gehofft hast.«

Sebastian Laurent Pinchot verstand. Niemand wusste genau, wie weit sich diese Einöde erstreckte. Das Trinkwasser ging zur Neige, menschenfressende Ameisen waren ihnen auf den Fersen, und das Rote Heer versperrte ihnen den Rückweg. In einer solchen Lage musste jeder selbst sehen, wo er blieb.

»Na gut. Gib mir mein Geld und einen Buckler, dann seid ihr mich los.«

Frisk schüttelte den Kopf. Pinch würde keins der Packtiere bekommen. Die buckligen Pferde schleppten ihre gesamten Wasservorräte, von denen hier in der Azurwüste schon eine einzige Gallone zehnmal so viel wert war wie Pinchs Leben. *Mein Leben.* Ein Leben, das bald zu Ende sein würde.

»Dein Geld behalte ich auch«, fügte Frisk hinzu und tätschelte den Lederbeutel an seinem Gürtel. »Du wirst es nicht mehr brauchen.«

Wenigstens hatte er den Anstand, Pinch zum Abschied aufmunternd auf die Schulter zu klopfen. Vor dem Fall Skyes war Frisk Hauptmann der Hafenwache gewesen. Er war kein schlechter Kerl. Der Haufen, den er jetzt anführte – eine brisante Mischung aus Stadtsoldaten, Seefahrern sowie einer Handvoll Banditen und Betrügern wie Pinch –, war nicht leicht zu handhaben. Sie gehorchten nur widerwillig, doch der frustrierte Hauptmann tat, was er konnte. Sie waren vor der Flotte der Roten nach Norden geflohen, hatten Soldaten aus Skye mitgenommen und Fischer aus Dredhafen. Doch der Feind war schneller und hatte sie bald an den Rand des Schleiers gedrängt. Frisk hatte sich geweigert, die Schiffe dort hineinzusteuern, also waren sie nördlich von Dredhafen an den blauen Stränden unterhalb der jäh aufragenden Zornberge an Land gegangen. Dann war der Schleier plötzlich verschwunden. An seiner Stelle erstreckte sich nun die Azurwüste.

Ein Wunder, hatte Pinch sich gedacht.

Der einstmals schmale Sandstreifen erstreckte sich jetzt, da der Schleier fort war, bis zum Horizont und bot zumindest eine theoretische Möglichkeit zur Flucht. Die Mutigsten aus der Gruppe hatten sich Frisk angeschlossen, um mit ein paar Bucklern und so viel Wasser, wie sie nur irgend tragen konnten, ihr Glück zu versuchen. Das war vor fünf Tagen gewesen.

»Soll ich dir das Ende erleichtern?« Frisk zeigte Pinch sein Stilett. Es war eine feine Klinge. In den stählernen Griff war das Wappen des Hauses Schneider graviert, dem er einmal gedient hatte. Es war ein warmherziges Angebot. Ein alter Mann würde in der Azurwüste nicht lange allein durchhalten. Auf dem glühenden Sand bei lebendigem Leib zu einem Stück Dörrfleisch zu vertrocknen, war ein langsamer und qualvoller Tod – wenn auch nicht ganz so schlimm, wie von den Wüstenameisen erwischt zu werden.

»Du kannst dich natürlich weigern und mich zu einem Duell herausfordern«, fügte er hinzu. »Das ist dein gutes Recht. Es wäre ein würdevoller Tod. Du könntest den Göttern mit dem Schwert in der Hand gegenübertreten, und ich würde dir bestimmt ein schnelleres Ende bereiten als die Sonne.«

Frisk war der beste Schwertkämpfer in ihrer Gruppe und zweifellos in der Lage, seinen kühnen Worten entsprechende Taten folgen zu lassen, doch Pinch winkte ab. »Nein danke«, sagte er. »Ich bin nur vierzig Jahre älter als du. Wenn wir uns duellieren, wäre das dein Ende, und dazu mag ich dich zu gern. Lieber find ich mich allein zurecht. Diese wunden Füße hier werden mich noch mehr Meilen tragen, als man ihnen ansieht.«

»Zwei, würde ich schätzen. Drei, wenn du so viel Glück hast,

wie du immer behauptest. Den Meander haben wir vor sechs Tagen hinter uns gelassen, und sobald wir mit den Bucklern weg sind, hast du kein Wasser mehr.«
»Die Wette gilt«, sagte Pinch fröhlich.
»Du hast kein Geld zum Wetten. Ich habe es einbehalten.«
»Eben.«
Der Hauptmann grinste. »Leb wohl, Pinch«, sagte er und ließ ihn allein.
»Bis zu unserem glücklichen Wiedersehen!«, rief ihm der alternde Schurke hinterher.
Frisk schüttelte nur den Kopf und erwiderte nichts.

Pinch beobachtete, wie sie weitermarschierten, nur raus aus dieser mörderischen Sonne, immer weiter durch die glitzernden Dünen. Er bückte sich, hob eine Handvoll von dem blauen Sand auf und ließ ihn zwischen seinen runzligen Fingern hindurchrieseln. Die Jahrtausende hatten ihn zu dem gemacht, was er jetzt war: Krümel, leicht wie Luft. Einst war er ein stolzes Kristallgebirge gewesen, das der Ozean vor Urzeiten zu winzigen Trümmern zermahlen hatte. Den Rest hatte der Wind erledigt und das azurblaue Pulver bis an den Fuß der Endlosfälle verteilt, die irgendwo östlich von hier kurz vor dem Ende der Welt lagen. Pinch wusste von den Endlosfällen und hatte den anderen davon erzählt. Was er nicht wusste, war, wie weit es bis dort war, und nachdem sie mehrere Tage marschiert waren, waren ihnen Zweifel an seiner Geschichte gekommen. Das war nur gerecht, fand er, denn er hatte sie schon öfter belogen. Pinch fragte sich, wie die blauen Kristallberge wohl ausgesehen hatten, bevor sie dem Zahn der Zeit zum Opfer gefallen waren. *Wie die teuersten Juwelen der Welt wahrscheinlich.* Noch immer durchkämmten Schürfer den Sand nach größeren Stücken. Selbst ein Klümpchen, kleiner als ein Stück Hasenkacke, war mehr wert als jedes Menschenleben.

Eine Brise riss Pinch aus seinen Gedanken. Für einen gewöhnlichen Reisenden wäre die Brise nicht mehr gewesen als ein harmloser Lufthauch, aber Pinch war kein gewöhnlicher Reisender. Sein feiner Spürsinn und siebzig Jahre, in denen er die verschiedensten Winde auf der Haut gefühlt hatte, sagten ihm, dass dies keine normale Brise war. Die Luft wurde unmerklich kühler. *Etwas geht hier vor.* Die Bauern sagten, Vögel würden einen Wetterumschwung früher bemerken als jedes andere Lebewesen, doch Pinch wusste es noch vor den Vögeln.

Die verdächtige Brise bewegte sich über die Dünen und wirbelte feinen Sand auf. Wie Fledermausschwärme erhoben sich dünne blaue Wolken über der Azurwüste. Winzige Staubkörnchen brannten in Pinchs Augen. Er presste die von den Jahrzehnten runzlig gewordenen Lider zusammen und lauschte. Hier in der Wüste hatte der Wind eine andere Stimme. Ein Sturm über dem Ozean stöhnte wie ein ertrinkender Seemann, in einem Wald heulte er wie ein Wolf in der Ferne, und die eisigen Böen in den Bergen schrien wie ein Wanderer, der gerade über eine Felskante gestürzt war. Doch hier flüsterte der Wind, er raunte Pinch eine Warnung zu.

Die Tiere merkten es ebenfalls. Ein giftiges Kristallkaninchen, dessen Ohren die Brise freigelegt hatte, grub sich sofort wieder ein, so tief es irgend konnte, und das so nahe neben Pinch, dass er beinahe draufgetreten wäre. *Glück gehabt.* Die Wüstenameisen, die seiner Gruppe gefolgt waren in der Hoffnung, sie im Schlaf zu überraschen, waren verschwunden. *Noch mehr Glück.* Sandeulen tauchten am Himmel auf und flohen eilig Richtung Osten. Ein Waldreiher war auch dabei. *Eigenartig.* Pinch rannte in dieselbe Richtung los. Was die Bauern über die Vögel sagten, mochte falsch sein, aber sie hatten mit Sicherheit einen besseren Überblick über die Geschehnisse als er hier unten.

Pinch machte sich keine Hoffnungen, dass er dem Sturm davonlaufen könnte. Der blaue Sand bewegte sich schnell und mit ihm die Dünen – ebenso der Meander, wenn die Geschichten stimmten. »Eine flatterhafte Hurenmutter« hatten die drei Nomaden, denen sie unterwegs begegnet waren, den Fluss genannt. Sein Bett wandelte sich beständig, es folgte immer den tiefsten Tälern zwischen den Dünen. Frisk hatte kein Wort ihrer altertümlichen Sprache verstanden, aber Pinch hatte schnell gemerkt, dass sie zum Flussvolk gehörten und viele Jahre, wenn nicht gar Jahrzehnte, im Schleier festgesteckt hatten. Der riesige Meander war ihre Lebensader, hatten sie gesagt – oder ihr Grab, wenn sie nicht aufpassten, denn der launische Fluss änderte ständig seinen Lauf. Es hieß, wenn der Meander kam, hörte man ein Brüllen wie von einem angreifenden Löwen, aber erst im letzten Moment, wenn es zu spät war.

Pinch schlug seine Kapuze hoch. Der Sand wirbelte jetzt immer schneller, ein blauer, wabernder Nebel, hinter dem die Vögel bereits nicht mehr zu erkennen waren. Ein Azurwüstensturm konnte einen Menschen bei lebendigem Leib skelettieren, hatten die Nomaden ihn gewarnt. Er hob seine faltige braune Hand und drehte sie hin und her, um festzustellen, aus welcher Richtung der tödliche Sand kam. Als die ersten kleinen Blutströpfchen aus seiner weichen Handfläche quollen, drehte er sich weg und ging los. Die Windgeschwindigkeit war noch nicht besonders hoch, aber sie würde es bald werden. Der Wind verriet ihm das. Hatte er Pinch anfangs nur zugeflüstert, er solle sich auf den Weg machen, so befahl er ihm jetzt, die Beine in die Hand zu nehmen. »Laaauuuf...«, hauchten ihm die feinen blauen Wirbel zu. Sie sprachen mit der Stimme der längst unter den Dünen begrabenen Bäume, der einst imposanten Berge, die nun zu kristaller Asche zermahlen waren, und mit der Geisterstimme verschollener Wanderer, deren Knochenstaub sich mit dem Sand vermischte. Diese Wüste war ein riesiger Friedhof, den ein Lebender mit aller gebotenen Vorsicht und Eile durchqueren musste, wenn er nicht von ihr verschlungen werden wollte.

Auf allen vieren versuchte Pinch, die höchste Düne zu erklettern. Der Wind wurde immer schlimmer, je höher er kam, aber er musste raus aus dem Tal. Dort unten konnte man binnen eines Wimpernschlags verschüttet werden, und Pinch hatte keine Lust, mit dem Mund voller Sand zu sterben. Der Gipfel der Düne wand sich wie eine Schlange, bewegte sich mal nach links, mal nach rechts und jedes Mal ein Stückchen weiter von ihm weg. Pinch sprang hinterher, und immer wieder landete er im Nichts, so schnell bewegte sich der Sand unter seinen Füßen. Es war ein verzweifelter Kampf, schwieriger als auf einem Wildpferd zu reiten. *Ein Wildpferd löst sich wenigstens nicht direkt unter deinem Hintern in Luft auf.*

Je mehr er kämpfte, desto höher schien die Düne zu werden, und seine siebzig Lebensjahre machten die Aufgabe nicht gerade einfacher. Im Sand um sein Leben zu rennen, war für die Jungen schon hart genug. Für Pinch war es die Hölle. *Vielleicht bin ich auch schon tot, und das ist das Leben im Jenseits, das ich mir durch meine Taten verdient habe: eine endlose, öde und schmerzhafte Plackerei.*

Doch wenn ihn hier und jetzt jemand gefragt hätte, ob er irgendetwas anders machen würde, wenn er die Chance dazu bekäme, hätte Pinch entschieden verneint. Er hatte viel erlebt und mehr gesehen als jeder, dem er auf seinem langen Lebensweg begegnet war. Bei diesem Gedanken musste Pinch beinahe lächeln, aber der gnadenlos auf ihn einpeitschende Sand veranlasste ihn, die Lippen fest zusammenzupressen und höchstens die Mundwinkel ein winziges Stück nach oben zu ziehen. Seine Füße sanken bis zu den Knöcheln ein, dann bis zu den Knien, und als der Sand sich bis zu seiner Hüfte auftürmte, konnte er sich schließlich gar nicht mehr bewegen. Pinch konnte gerade noch seine wundgeschmirgelte Hand sehen, alles andere war ein tiefes, undurchdringliches Blau. Nur die buschigen Augenbrauen und dicken Wimpern bewahrten Pinchs Augen davor, das gleiche Schicksal zu erleiden wie seine Hände.

Der Wind schrie, und schließlich brüllte er.

Pinch wachte auf und spürte Wasser. Es leckte an seinem Körper und wusch den blauen Sand ab. Pinch rollte sich auf die Seite und fand sich auf dem Gipfel einer Düne am Saum eines Flusses wieder. Die Sicht reichte meilenweit.

Ich hab's geschafft! Der Sand hatte ihn halb verschüttet, doch das Wasser grub ihn wieder aus. Pinch setzte sich mühsam auf und sah sich um: Der Fluss zu seinen Füßen war breit wie eine ganze Stadt und verlor sich am Horizont, um sich irgendwo dahinter in einen Ozean zu ergießen. *Der Meander. Es gibt ihn also doch!*

Pinch klopfte sich den restlichen Sand von den nassen Kleidern. *Immer wieder schön, aufzuwachen und noch am Leben zu sein.* Doch er war nach wie vor mitten in der Wüste und außerdem vollkommen erschöpft, was bedeutete: so gut wie tot, wie er es auch vor dem Sturm gewesen war. Für das Flussvolk war der Meander eine Lebensader, aber das nützte Pinch herzlich wenig. Er hatte nichts zu essen und weder eine Angel noch ein Netz, um sich wenigstens einen Fisch zu holen. Spätestens beim nächsten Sturm würde der Fluss sich wieder ein neues Bett suchen oder auch versickern, wie die Nomaden berichtet hatten, und seinen Lauf unterirdisch fortsetzen. Nicht umsonst hatten sie ihm außer Hurenmutter noch andere Namen gegeben wie »der unsichtbare Tod« oder »die heimtückische Wüstenschlange«.

Pinch legte sich auf den Bauch und spülte sich den sandigen Mund mit Wasser aus. Der Fluss war erfrischend kühl. Nachdem er sich sattgetrunken und so lange ausgeruht hatte, wie er es wagte, machte er sich wieder auf den Weg.

Da der Meander nun sein neues Bett gefunden hatte, würden die Kristallkaninchen bald wieder hervorkommen und auf Jagd gehen. Glücklicherweise hatte Pinch ein Schwert, und wenn er mit seinen siebzig Jahren noch schnell genug war, konnte er eines davon aufspießen, bevor es ihn mit seinen Giftzähnen erwischte. *Der Stärkere frisst den Schwächeren, so ist das nun mal.* Aber auch die weißen Ameisen würden bald zurückkehren, und gegen die half sein Schwert nicht viel.

Pinch behielt die Windrichtung im Auge, wie die Nomaden ihm geraten hatten, und folgte dem Flusslauf. Das Wasser gab ihm Kraft, und er kam gut voran. Nach vielleicht zwei Stunden sah er ein Stück voraus Treibgut am Flussufer liegen. Hin und wieder kam es vor, dass der Meander bei einer seiner abrupten Richtungsänderungen Brauchbares mit sich riss und irgendwo anders wieder ausspuckte, aber das passierte selten. Offensichtlich hatte Pinch schon wieder Glück.

Im Näherkommen erkannte er schließlich, um was es sich bei dem Treibgut handelte: Es war eine Leiche. Die Haut war faltig und aufgedunsen und bereits so stark von der Sonne gegerbt, dass der Tote aussah wie ein Stück Trockenobst. *Der sieht ja noch älter aus als ich.* Auch der Rest des Treibguts stellte sich als Leichen heraus, allesamt Soldaten, manche von ihnen noch in Rüstung und alle viel zu warm gekleidet für dieses Klima. Und alle trugen sie Rot. Einige hatten sich als Schutz gegen den Sand Tücher um den Kopf gewickelt. Wie Feudel hingen sie ihnen in tropfenden Fetzen vom Schädel. *Ein lächerlicher Tod.*

Pinch ging weiter und entdeckte schließlich noch andere Farben als Rot inmitten der Verheerung, die der launische Meander angerichtet hatte: Schurken in Lumpen, Fischer in Arbeitskitteln und Palastsoldaten aus Skye in Paradeuniform. Der Fluss machte keinen Unterschied zwischen den Ständen, auch nicht zwischen Siegern und Besiegten oder Verfolgern und Verfolgten.

Pinch ließ den Blick über das Leichenfeld schweifen, bis er ein bekanntes Gesicht sah. Er zog eine Augenbraue hoch und ging näher heran. Schließlich zuckte er die Achseln, beugte sich hinunter und durchsuchte den Toten. Die Geldbörse hing immer noch fest verschlossen an Frisks Gürtel. Pinch zog seinen Dolch und holte sich mit einem schnellen Schnitt zurück, was ihm gehörte – und noch ein bisschen mehr.

»Scheint, als hätte ich die Wette gewonnen.«

Leider konnte er weit und breit keinen einzigen Buckler entdecken. Sobald ein Sturm aufkam, rannten die Viecher, was das Zeug hielt – meist sogar in die richtige Richtung, also dorthin, wo es sicher war. Vielleicht hatten manche seiner ehemaligen Kameraden ja das Glück gehabt, auf einem zu sitzen, als der Sturm über sie hereinbrach. Aber ihn selbst schien das Glück nun doch noch im Stich zu lassen, denn Proviantsäcke sah er auch keine. Die Strömung hatte sie wohl mitgerissen. Die mit Wasser vollgesogenen, eingepackten Zelte, die noch herumlagen, nutzten ihm herzlich wenig. *Viel zu schwer.* Außerdem waren die weißen Ameisen bereits eingetroffen und machten sich über die ersten Leichen her. In Windeseile bewegten sie sich von einer zur nächsten und ließen nur schimmernd weiße Skelette zurück. Und sobald die unersättlichen kleinen Biester mit den Toten fertig waren, würden sie sich an den Lebenden vergreifen. Langsam, aber beharrlich würden sie Pinch verfolgen, bis auch er ein Opfer ihrer kleinen Kiefer geworden war. Hier konnte er nicht bleiben, aber einfach draufloslaufen konnte er auch nicht. Ohne Buckler würde er in der gnadenlosen Hitze der Azurwüste niemals überleben. Sein Blick schweifte zurück zum Meander, der erstaunlich schnell zwischen den Dünen durch sein neues Bett jagte.

»Wieso habt ihr mir kein Boot mitgebracht?«, fragte er die Ertrunkenen, bekam aber keine Antwort. Mindestens sein halbes Leben lang war er zur See gefahren, war sogar Pirat gewesen, aber den Meander befahren? *Lieber nicht.* Nicht einmal die Flussmenschen taten das, weil niemand wusste, wohin er führte. Oder besser gesagt: Er führte jeden Tag woandershin, vielleicht ja auch ins Nichts.

Was immer noch besser wäre, als hier zu verrecken.

Zu Frisks Haufen hatte auch ein Mann namens Mert gehört. Die Ameisen hatten ihn zwar noch nicht angerührt, aber er würde zweifellos als einer der Nächsten an die Reihe kommen.

»Mert, mein Freund, dürfte ich mir deine Pluderhose leihen?«, fragte Pinch und trat einen Schritt auf ihn zu. »Ja? Wie liebenswürdig von dir!«

Pinch verneigte sich ehrerbietig, dann zog er den toten Mert eilig aus. Die Hose war viel zu groß für ihn, aber sie bestand aus dichtem, robustem Leinen. Perfekt für seine Zwecke. In die Enden der Hosenbeine machte er einen festen Knoten, dann watete Pinch hinaus in den Fluss und zog den Bund ruckartig unter Wasser, sodass die zugeknoteten Beine sich mit Luft füllten. Er zog den Stoffgürtel ab, wickelte ihn ein paarmal um den Bund herum und verknotete auch diesen, dann legte er sich bäuchlings auf den prall mit Luft gefüllten v-förmigen Leinensack. Ein alter Seefahrertrick. Auf diese Weise konnte er stundenlang schwimmen und würde kaum Kraft verbrauchen. Noch bevor die Ameisen mit den Leichen fertig waren, watete Pinch hinaus ins immer tiefer werdende Wasser. *Bleib mir hold, Glück*, dachte er und stieß sich ab. Sich nur auf sein Glück zu verlassen war kein sonderlich gewiefter Plan, aber immerhin noch besser als gar keiner. Außerdem war das Glück immer gut zu Pinch gewesen. Er sagte dem blauen Sand ein letztes Lebewohl, dann nahm der flatterhafte Meander ihn mit auf die Reise, wohin auch immer sie führen mochte.

3

Die blutjunge Cameo Zinnober saß unbehaglich auf dem Thron von Skye. Sie rutschte hin und her, streckte den Rücken durch, wie es ihr beigebracht worden war, und nestelte an ihrer blonden Zopffrisur herum. Der Thron war mit daunengefüllten Seidenkissen gepolstert, die hölzernen Lehnen schmiegten sich perfekt an ihre Arme, und doch wurde Cameo das Gefühl nicht los, dass sie hier nicht hergehörte. All die Wochen, die sie seit der Invasion ihres Heeres hier verbracht hatte, änderten nichts daran. Drei beeindruckend große Rubinwachen mit Kurzschwertern standen am Fuß des Podests, wachsam und bereit. Obwohl sie und Cameo dem Kampf um die Stadt ferngeblieben waren, schien ihr Blut in Wallung, als warteten sie nur darauf, jeden sofort niederzustechen, der auch nur in Cameos Nähe kam. Direkt neben ihr stand der riesenhafte Stock, ihr persönlicher Leibwächter. Die Säulen des Thronsaals waren mit den Bannern der Roten Häuser geschmückt – Zinnober, Rose, Burgund, Scharlach, Rubin, Korall, Blut und Purpur –, aber es half alles nichts: Cameo fühlte sich nicht wie eine Königin, sogar noch weniger als in der Roten Stadt jenseits des Meeres, wo sie erst vor ein paar Wochen gekrönt worden war.

Wir gehören nicht hierher.

»Abrogan gehört uns, meine Königin!«, prahlte Tobias Rubin und kam mit langen Schritten das Podest herauf. »Ich habe meine Offiziere nach Norden geschickt, in alle Ecken Abrogans, während unsere Schiffe die kläglichen Überreste ihrer Flotte die Westküste hinauf verfolgen. Die Hälfte davon sind Fischerboote, kommandiert von fliehenden Soldaten der Stadtwache. Innerhalb weniger Tage wird auch noch der letzte ihrer Hauptleute tot sein.«

Cameo zuckte zusammen. Königin zu sein hatte sie sich immer anders vorgestellt. Sie hatte an Festbankette mit gegrillter Ente gedacht, an Minnesänger und Gaukler, die mit Schwertern jonglierten. Nicht an Berichte, wie viele Menschen innerhalb der nächsten Tage durch das Schwert sterben würden. Aber wenigstens hatte man ihr die Schlacht um Skye erspart. Nachdem ihre Flotte auf den Sandbänken des Entenfußdeltas nahe der kleinen Hafenstadt Buchtend angelandet war, hatten sie festgestellt, dass der Großteil der feindlichen Truppen bereits in die befestigte Hauptstadt hoch oben auf dem Berg Skye geflohen war, und Buchtend im Handstreich eingenommen. Erst nachdem die Westmauer Skyes eingestürzt und die Stadt von Verteidigern gesäubert war, hatte man Cameo auf ein Pferd gesetzt und sie mit dem Rest des geschwätzigen fretischen Adels als strahlende Eroberin Abrogans den Berg hinaufreiten lassen. Alle acht fretischen Häuser hatten Repräsentanten mitgeschickt, sogar das Haus Blut.

Und sie alle hassen mich.

Cameo war keine von ihnen, keine Rubin, Rose, Korall, Purpur und wie sie hießen, deren Geflüster nun unheilvoll durch den Thronsaal hallte. Die Dame Rubin hatte dafür gesorgt, dass Cameo vom restlichen Adel getrennt auf ihrem eigenen Schiff übersetzte. »Gebt Euch geheimnisvoll«, hatte sie Cameo geraten.

Diesen Rat hatte sie schon öfter gehört und gelernt, ihn zu beherzigen. Dodd Rubin, ihr Diener auf dem Schiff, war sehr zuvorkommend gewesen, doch Cameo hatte nicht den geringsten Zweifel gehabt, dass er sie genau im Auge behielt und Hauptmann Tobias Rubin über alles unterrichtete, was sie während der Überfahrt tat oder sagte. Wegen des Mordanschlags kurz vor ihrer Krönung hatte sie außerdem darauf bestanden, dass ihr Leibwächter Stock mit nach Abrogan kam, und ihr Ersuchen war gewährt worden. Stock war einer der wenigen Zinnobers, die nicht zu einem der anderen Häuser abgewandert waren, und ihr wichtigster Ratgeber. *Er hat ein Händchen dafür, die Dinge auf das Wesentliche zu reduzieren.* Genau das hatte er während der letzten Wochen getan, wenn die Vertreter der Roten Häuser vor ihrem Thron zusammenkamen, um sich über die unerträglichen Bedingungen in der neu eroberten Heimat zu beschweren: »Auf das Gejammer der jungen Dame Purpur braucht Ihr nichts zu geben, Majestät«, hatte er ihr zugeflüstert. »Ihr Onkel hat sie nur mitgeschickt, weil er ihr Geplapper nicht mehr ertragen kann. Und der sechzehnjährige Rose dort drüben beklagt sich nur deshalb, dass er zu weit hinten an der Tafel sitzt, weil er lieber einen Platz neben der kleinen Korall hätte, auf die er ein Auge geworfen hat. Aber das kann er vergessen. Eine Korall heiratet nur innerhalb ihrer eigenen Farbe.«

Es gab jedoch auch schwerwiegendere Angelegenheiten. Wie sie mit dem einheimischen niederen Adel verfahren sollte, beispielsweise. Nachdem die abroganischen Fürsten alle entweder entmachtet oder getötet waren, war das keine einfache Aufgabe. Die Vertreter der Roten Häuser bekamen selbstverständlich Ländereien. Soldaten, die sich in der Schlacht verdient gemacht hatten, bekamen einen Titel *und* Ländereien. Doch mittlerweile wagten sich auch die überlebenden Abroganer in den Thronsaal und wollten ebenfalls ein Stück von dem neu zu verteilenden Kuchen. Auf Tobias' Rat hin hatte Cameo den Wasseringenator geadelt, der ihnen geholfen hatte, die Bergflanke zum Einsturz zu bringen, und ihm ein Stück Forst an den Ufern des Doppelsees geschenkt. »Baron Wasser« durfte er sich fortan nennen – auch wenn Cameo »Baron Schlächter des eigenen Volkes« passender gefunden hätte. Unzählige waren gestorben, als der Westteil der Stadt den Hang hinabrutschte, nachdem der umgeleitete Fluss das Fundament der Felswand unterspült hatte. Nach dem Fall der Stadt war das Töten selbstverständlich noch eine Weile weitergegangen, doch Cameo hatte Plünderungen und Vergewaltigungen strikt untersagt. Tobias hatte die Anordnung tatsächlich durchgesetzt – soweit das inmitten all des Chaos überhaupt möglich war –, und der Frieden innerhalb der Stadtmauern war mittlerweile wiederhergestellt.

Dennoch war Tobias noch nicht zufrieden. Er schien sich unbedingt an den Eroberten rächen zu wollen. Cameo fragte sich nur, für was. *Wahrscheinlich, weil sie sich gewehrt haben.* Sie hatte ihm untersagt, die Vorsteher und Häuptlinge der umliegenden Dörfer zu töten. Tobias hatte dagegengehalten, dass dies nun mal die traditionelle Vorgehensweise sei, um Aufstände zu verhindern, doch Cameo fand es barbarisch.

»Lasst sie in Ruhe«, hatte sie erklärt. »Sendet Nachricht, dass sie entweder fliehen oder bleiben können und sich der Herrschaft eines von uns eingesetzten Vogts unterwerfen sollen.« Tobias' Feldwebel hatten gemurrt, dass Cameo eines Tages bitter dafür bezahlen würde, wenn die Widerständler freies Geleit bekämen. Eine ganz besonders unangenehme Person, eine Frau mit einem roten Glasauge, hatte sogar lauthals geflucht – und das mitten im Thronsaal. Schließlich hatte Tobias versprochen, die Vorsteher und Häuptlinge nur zu töten, wenn sie blieben *und* Widerstand leisteten.

All das war beunruhigend und bedauerlich. Cameo hatte noch nie einen Krieg erlebt, geschweige denn einen Thron übernommen, der bis vor Kurzem einem anderen gehört hatte. Und jetzt musste sie mit beidem zurechtkommen.

»Berichtet mir etwas Erfreuliches, Tobias. Ich habe all den Tod und die Streitereien satt. Sie deprimieren mich.«

»Im großen Wald haben unsere Truppen Haine entdeckt, die von Zwergen bestellt werden. Schon bald werden sie ganze Wagen voll mit Äpfeln, Pflaumen und anderem Obst schicken, das in Fretwitt vollkommen unbekannt ist. Die Einheimischen behaupten, es wären die süßesten und saftigsten Früchte, die man sich nur vorstellen kann.«

»Das hört sich immerhin gut an. Erzähl mir mehr. Erzähl mir etwas, das meine Laune hebt und meine Seele zum Singen bringt. Ich möchte tanzen, und dafür brauche ich Inspiration. Inspiriert mich, Tobias.«

»Unsere Ingenatoren haben die Brunnen repariert, und das Abwassersystem funktioniert ebenfalls wieder.«

»Kein Gestank mehr?«

»Weniger Gestank.«

»Ist das alles?«

Tobias blickte stumm zu Boden.

»Obst und Abwasserkanäle?«, fragte Cameo. »Damit wollt Ihr mich erheitern?«

»Und mit Brunnen«, rief Tobias ihr ins Gedächtnis. »Die Brunnen nicht zu vergessen.«

4

Im Gasthaus von Zornfleck herrschte überraschend viel Betrieb. Die alten Holzdielen waren vom regen Kommen und Gehen der Gäste vollkommen blank gescheuert. Auch die sechs Tische hatten schon einmal bessere Zeiten gesehen. Sie waren vollbesetzt mit Männern und Frauen, die meisten davon trugen einfache Hosen und schmutzige Bauernkittel. Sie tuschelten hinter vorgehaltener Hand, riefen aufgeregt durcheinander oder stritten so laut, dass Vill kaum ein Wort von dem verstand, was gesprochen wurde. Trotzdem hörten sie alle, wie er vorsichtig die Tür hinter sich schloss, und hoben neugierig die Köpfe.

Es gibt nichts zu sehen, ich bin niemand. Als hätten sie seinen Gedanken gehört, wandten sich die Gäste schnell wieder ihren Unterhaltungen zu, ohne Vill weiter zu beachten.

Der Wirt hingegen kam sogleich zu ihm und musterte ihn von oben bis unten. »Wie ist dein Name, Freund?«

»Spielt das eine Rolle?«

»Wir durchleben gerade turbulente Zeiten, und da wüsste ich gern, wer sich in meinem Gasthaus aufhält.«

Vill überlegte, wie lange es wohl her war, dass er die Stadt mit seinen Düsterlingen überfallen hatte. *Stunden? Jahrhunderte?* Auf der Zweiten Hauptstraße hatte sich manches verändert, manches war gleich geblieben. Vill hatte ein paar neue Häuser in den alten Gassen entdeckt – ganz normale Veränderungen, die die Zeit eben mit sich brachte. *Mehr als nur ein paar Stunden jedenfalls.*

Der Wirt erkannte ihn offensichtlich nicht wieder, sonst hätte er Vill kaum mit »Freund« angesprochen. Dennoch wollte er dem Gedächtnis des Mannes nicht unbeabsichtigt auf die Sprünge helfen.

»Ich bin William, aber Will genügt.«

»Was führt dich nach Zornfleck, Will? Das sind hübsche Kleider, die du trägst. Etwas schmutzig und abgetragen vielleicht, wenn ich das so sagen darf.«

»Ich bin vor den Unruhen im Süden geflohen.«

»Wenigstens bist du keine von diesen roten Ratten.«

»Ganz richtig, Freund. Was auch immer eine rote Ratte ist, ich bin keine.«

»Rot ist die Farbe unserer neuen Herren. Wir warten täglich darauf, dass sie in Zornfleck eintreffen. Manche von uns sind vor ihnen geflohen wie du, andere sind geblieben, um sich die neuen Herren aus der Nähe anzusehen.«

»Und was wirst du tun?«

»Alles, was ich besitze, ist hier. Mein Vater hat dieses Wirtshaus mit seinen eigenen Händen gebaut, was anderes kenne ich nicht, und woanders gehe ich auch nicht hin. Wahrscheinlich sollte ich mir angewöhnen, sie nicht als Ratten zu bezeichnen.«

»Hampten war dein Vater?«

»Du kanntest ihn?«

»Nein. Nur seinen Namen. Vor langer Zeit habe ich ihn mal irgendwo aufgeschnappt.«

»Ja, ich bin Emil Hampten.«

Vill kannte das Gasthaus. Laut Emil war es gerade einmal eine Generation alt, also konnte er diesmal höchstens ein paar Jahrzehnte im Schleier gefangen gewesen sein. »Und du willst den Familienbesitz nicht im Stich lassen, vermute ich.«

»Wie ich höre, lassen sie allen, die ihnen die Treue schwören, ihren Besitz«, erwiderte Emil. »Dieser neuen Königin kann ich genauso gut den Arsch küssen wie zuvor dem Fürsten. Ist vielleicht sogar angenehmer.«

»Königin, sagtest du?«

»Genau. Eine Rote Königin.«

Schließlich fragte Emil, ob Vill nur ein halbes Hähnchen wollte, ein Zimmer oder ein Bad.

»Alles drei«, antwortete Vill. »Und neue Kleider.«

Auf die Frage, ob Vill auch bezahlen konnte, erwiderte er, dass er sein Vermögen leider im Süden habe zurücklassen müssen. Er versicherte Emil jedoch, dass er Mittel und Wege habe, an sein Geld zu kommen, und er, falls alle Stricke rissen, seine Schulden eben abarbeiten würde. Er wolle nur eine Nacht bleiben, die neue Lage sondieren und danach in seine Heimat zurückkehren, um zu retten, was zu retten war. Emil gab ihm Kredit und trug alles unter »Will aus dem Süden« ins Gästebuch ein. Das halbe Hähnchen wurde serviert, ein Bett für die Nacht bereit gemacht, und einer von Emils Söhnen ließ das Bad ein. Eine erwachsene Tochter brachte ihm neue Kleidung und entschuldigte sich wortreich für die Einfachheit des Gewands.

»Einfach ist mir recht«, erwiderte Vill. »Im Moment falle ich lieber nicht auf.« Vill zog sich an und suchte dann noch einmal Emil auf. »Ein Letztes noch, bevor ich mich zur Nachtruhe lege, Emil«, sagte er zu dem Wirt. »Es gibt da so ein Mädchen, das mir auf Schritt und Tritt folgt. Sie hat dunkles Haar.«

»Ah, bei einem ansehnlichen Mann wie dir überrascht mich das nicht! Ist sie hübsch?«

Vill zögerte. Darüber hatte er noch gar nicht nachgedacht. Nachdem er sie nur fluchend und mit verschiedensten Waffen auf ihn einschlagend kannte, war ihm die Frage einfach nicht in den Sinn gekommen. »Man könnte sie wohl hübsch nennen, wenn auch etwas ungepflegt. Aber das spielt keine Rolle. Es könnte sein, dass sie hier auftaucht und nach mir fragt. Sag ihr nicht, dass ich hier bin. Und sei gewarnt: Sie ist ein wenig verrückt und wird leicht gewalttätig. Ich habe mit eigenen Augen gesehen, wie sie einem Banditen mit einem Knüppel das Knie zertrümmert hat... Hmm, da fällt mir ein: Der Bandit könnte eventuell auch hier auftauchen. Falls er es mit dem kaputten Knie noch so weit schafft.«

»Mit Banditen komme ich zurecht.« Emil deutete auf seine Söhne, die gerade die Gäste bedienten, sauber machten und kochten. Zwei davon waren gestandene Männer, der dritte noch ein Junge. »Aber was soll ich mit dem Mädchen machen?«

»Nichts. Ich möchte nicht, dass ihr etwas zustößt. Genau genommen, gib ihr zu essen und alles, was sie braucht. Schreib es auf meine Rechnung. Sie ist... die Tochter eines verstorbenen Freundes.«

»Ein verstorbener Freund, soso. Du bist ein guter Mann, Will, dass du dich so freundlich um sie kümmerst.«

Ein guter Mann? Das hatte schon sehr, sehr lange niemand mehr zu ihm gesagt. Es fühlte sich an wie... Vill wusste es nicht.

»Trotzdem wird sie wahrscheinlich wütend auf mich sein und mich der wildesten Dinge beschuldigen, des Mordes und allerlei anderer Ungeheuerlichkeiten. Hör nicht auf sie. Wenn du sie fragst, was genau da wann vorgefallen sein soll, wird sie nur Unsinn reden.«

»Ein feiner Herr wie du ein Mörder und Ungeheuer? Soll sie reden, was sie will.«

»Danke. Aber bitte, behandle sie gut. Die Ärmste hat auch so schon genug Kummer.«

»Um deines toten Freundes willen werde ich sie wie einen Ehrengast behandeln.«

»Dann legen wir am besten gleich noch einen Gockel aufs Feuer«, warf Emils ältester Sohn ein, der gerade neben einem der wenigen Fenster in der nur spärlich beleuchteten Wirtsstube

stand. »Da kommt nämlich gerade ein recht zerrupft aussehendes dunkelhaariges Mädchen die Straße entlang direkt zu uns.«
»Bei den Göttern!«, rief Vill. »Nehmt ihr unbedingt den Knüppel weg, bevor ihr sie hereinlasst. Und das Messer, falls sie eines hat. Am besten ihr nehmt ihr alles ab, was sie bei sich trägt, und lasst sie bloß nicht ans Besteck. Gibt es hier einen Hinterausgang, Emil?«
»Nein.«
Vill seufzte.

Sie saßen in einer Ecke, so weit von den anderen Gästen entfernt wie möglich, und starrten einander über den breiten Tisch hinweg an. Einer von Emils Söhnen blieb stets in der Nähe für den Fall, dass es Ärger gab. Man hatte sie durchsucht, zum Tisch geleitet und ihr den Hahn ohne Besteck serviert. Allerdings hatten sie eine ganze Weile gebraucht, um sie zu beruhigen. Sie war kaum durch die Tür getreten, als sie Vill auch schon an die Kehle gesprungen war, aber mit der Hilfe von Emils Söhnen hatten sie sie schließlich bändigen können. Außerdem schien ihr Zorn mittlerweile ein wenig abzuebben.

»Du musst dir diese Mordversuche abgewöhnen«, sagte Vill leise.

Das Mädchen funkelte ihn nur stumm an und schielte verstohlen auf den dampfenden Vogel, den Emil ihr hingestellt hatte.

»Iss. All die Jahre in der Dunkelheit machen einen hungrig. Ich weiß, wovon ich spreche.«

Das Flussmädchen beäugte ihn misstrauisch, rührte den gebratenen Hahn aber nicht an.

Vill riss einen Schenkel ab und biss herzhaft hinein. »Ich werde jedenfalls nicht auf dich warten.«

Schließlich streckte sie den Arm aus und nahm den anderen

Schenkel. Fett spritzte in alle Richtungen, so gierig biss sie hinein.

»Fangen wir also noch einmal von vorne an. Wie wäre es, wenn du mir deinen Namen verrätst?«

»Wie ist deiner?«, nuschelte sie mit vollem Mund.

Er überlegte kurz. »Vill. Aber hier kennt man mich als Will.«

»Ich hasse dich, Vill.«

»Das weiß ich, aber danach habe ich dich nicht gefragt, sondern nach deinem Namen.«

»Adara.«

»Das ist ein schöner Name.« Vill schaute ihr eine Weile beim Kauen zu. »Ich bin nicht dein Feind, Adara«, sprach er schließlich weiter.

»Und ob!«, blaffte sie, dass die Fleischstückchen nur so aus ihrem Mund flogen. »Ich werde dir niemals verzeihen, was du getan hast, niemals!«

»Das verstehe ich, aber die Dunkelheit hat mich verändert. Ich bin nicht mehr der Mann, der ich einmal war. Verstehst du, was ich dir zu sagen versuche?«

»Nein.«

»Ich bin nicht mehr der Mann, den du in den Schleier gestoßen hast. Bei den Göttern, ich teile gerade mein Abendessen mit dir!«

»Ich werde das hier noch fertig essen, und dann bringe ich dich um.«

»Und wer bezahlt?«

»Ich. Ich werde tanzen. Erst vor ein paar Tagen habe ich hier getanzt, bevor du und deine Ungeheuer...«

»Das Dorf verwüstet haben? Findest du, dass es hier nach Verwüstung aussieht? Dein letzter Tanz hier liegt Jahre zurück, Adara. Sieh dich um. Die Tische und Dielen sind alt, abgeschabt und zersplittert. Der Wirt und seine Söhne, beim letzten Mal waren sie noch nicht einmal geboren. Emil hält mich für einen Ehrenmann und nennt mich seinen Freund. Würde er das tun, wenn ich erst gestern das ganze Dorf niedergebrannt hätte?«

Adara wandte sich wieder ihrem Hähnchen zu.

»Du warst selbst in diesem schwarzen Nichts gefangen und glaubst, die Dinge hätten sich in all der Zeit nicht verändert? Denk nach!«

»Leben hat nichts mit denken zu tun. Leben bedeutet fühlen und tun. Denker sitzen nur da und tun nichts.«

»Nein. Sie denken zuerst nach, bevor sie etwas tun. Ich zum Beispiel hatte mit dem Gedanken gespielt, dich den drei Banditen zu überlassen, aber ich habe es nicht getan.«

Adara wirkte verunsichert. »Stimmt. Du hast mich gerettet.« Ihr Blick wurde leer. Schließlich starrte sie ihn mit einer eigenartigen Mischung aus Abscheu und Neugier an. »Warum?«

»Ich... ich weiß es selbst nicht.« Vill nahm eine Karaffe und goss ihnen beiden einen Becher Wasser ein. »Sobald ich es weiß, werde ich es dir sagen. Bis dahin lass mich dir helfen. Ich werde dich hinbringen, wo immer du hinwillst, aber du musst aufhören, Mordanschläge auf mich zu verüben. Einverstanden?«

Adara musterte ihn nachdenklich. Nach einer Weile fiel sie wieder über den Hahn her, ohne seine Frage zu beantworten.

»Die roten Soldaten kommen!«

Vill schreckte aus dem Bett hoch. Hastig rückte er die Bank beiseite, die er vor die Tür geschoben hatte, zog den Nagel heraus, mit dem er das Scharnier verkeilt hatte, und schob schließlich den Riegel zurück.

Zumindest hat Adara nicht versucht, mir im Schlaf den Schädel einzuschlagen. Ein guter Anfang.

Vill trat ins Freie und blinzelte in die Sonne, die bereits hoch am Himmel stand. Offensichtlich hatte er lange und tief geschlafen. Die Bürger Zornflecks liefen aufgeregt umher, als müssten sie dringend irgendwohin. *Wenn diese Roten bereits im Anmarsch sind, ist es zu spät für eine Flucht.* Jedes Heer sandte berittene Späher voraus, die jeden zurück in die Stadt scheuchten, den sie auf der Straße antrafen. Sich im Wald zu verstecken war da noch die bessere Möglichkeit, doch Vill hatte nicht die Absicht, sich zu verstecken. Der Krieg war vorbei und verloren, soweit er es verstanden hatte. Das Einzige, was jetzt noch zu tun blieb, war, sich der neuen Herrscherin zu unterwerfen. Eroberer waren genauso wenig erpicht darauf, *nach* der Schlacht zu sterben, wie die Eroberten. Alles, was Vill im Moment wollte, war nicht aufzufallen. Die wollenen Kniehosen und der einfache Leinenkittel, die Emils Tochter ihm gegeben hatte, waren dafür genau das Richtige: Er sah aus wie ein gewöhnlicher Bürger Zornflecks. Solange Zornfleck sich nicht gegen die Roten erhob, konnte ihm nichts passieren.

Er ging das kurze, staubige Stück zur Straße, um das heranreitende Heer zu beobachten, als er sich plötzlich fragte, wo Adara wohl sein mochte. Falls sie genauso erschöpft gewesen war wie er, schlief sie wahrscheinlich noch. Falls nicht, wussten die Götter allein, welche Dummheit sie gerade wieder anstellte. Vielleicht hatte sie die Stadt ja bereits verlassen, bevor er aufgewacht war. *Auf Nimmerwiedersehen!*, jubelte der rationale Anteil seines Bewusstseins, doch der andere hoffte, dass sie noch hier war. Adara war das Einzige, was ihm aus seinem früheren Leben geblieben war. Dennoch konnte es nur von Vorteil sein, wenn sie nicht dabei war, wenn die Sieger in Zornfleck einzogen. Das Risiko, dass das launische Ding etwas Falsches sagte, war einfach zu groß. *Zum Beispiel, dass ich ein Mörder bin.*

Die Aufregung auf der Straße hatte sich mittlerweile gelegt, und die Bewohner Zornflecks standen vor ihren Häusern Spalier, als wollten sie die Eroberer willkommen heißen. Vill hörte schon die Hufschläge in der Entfernung und sah den Staub, den die Pferde aufwirbelten. Doch was sich da die Straße entlangschleppte, war nicht das siegreiche Heer.

Es waren seine Opfer.

Die erste Welle von Flüchtlingen bestand aus jenen, die ein Pferd hatten – sei es das eigene oder ein gestohlenes –, also aus Soldaten, wohlhabenden Kaufleuten und Adligen. Im Trab ritten sie vorbei, ihre Tiere vollkommen erschöpft von den vielen Meilen, die sie zurückgelegt hatten. Einige hatten Schaum vor dem Maul und waren kurz davor, tot zusammenzubrechen, doch ihre Reiter trieben sie erbarmungslos weiter.

»Los, bewegt euch!«, riefen die braven Bürger Zornflecks und bewarfen jeden, der langsamer wurde, mit alten Kürbissen und sogar Steinen. Ein besonders großer Kürbis traf einen Reiter am Kopf und riss ihn vom Pferd. *Sie haben Angst, wollen nicht als Kollaborateure dastehen.*

Die meisten der Flüchtlinge waren Männer, manche in Rüstung, andere mit Speeren und Äxten bewaffnet. Einige hatten Beutel dabei, vollgestopft mit Wertsachen, die sie gerade noch hatten einpacken können, bevor sie die Flucht ergreifen mussten. Manche trugen lange, geschwungene Bogen aus einem Holz, das Vill noch nie gesehen hatte, über der Schulter. Unwillkürlich fragte er sich, ob sie schwer zu spannen waren und wie groß ihre Reichweite sein mochte. *Zumindest sehen sie fortschrittlicher aus als der, den ich damals hatte. Und tausendmal besser als die plumpen Dinger, die die Düsterlinge unter meiner Anleitung geschnitzt haben.* Beim Gedanken an seine Zeit als Anführer dieser gewalttätigen Ungeheuer zuckte er unwillkürlich zusammen. *All die entsetzlichen, sinnlosen Morde.* Vill war lange nicht fähig gewesen, Scham zu empfinden. Aber er war es jetzt.

Die erste Gruppe hatte vielleicht fünfzig Flüchtlinge gezählt, danach kamen die, die gut zu Fuß waren, und als Letzte schließlich die Schwachen: feiste Adlige, Alte und Familien. Sie waren entsetzlich langsam, und die Zornflecker behandelten sie kein bisschen besser, im Gegenteil: Sie waren viel leichter zu treffen. Die Mütter im Tross schützten ihre Kinder vor dem auf sie niederprasselnden Abfall und den Steinen, so gut es ging. Einen Moment lang fragte sich Vill, warum sie auf der Straße geblieben waren, statt sich in die Wälder zu schlagen, dann sah er es: Die Roten waren ihnen direkt auf den Fersen. Die Späher ritten gerade einmal eine Furchenlänge vor dem Haupttheer, das sich ohne Eile vorwärtsbewegte.

Es waren über fünfhundert, schätzte Vill. In strenger Marschordnung schirmten die Fußsoldaten in ihren leichten Lederharnischen die schwerer gepanzerten Ritter ab, und ganz zum Schluss kamen die Bogenschützen. *Zumindest das hat sich nicht verändert.* Die vorderste Linie teilte sich, und eine Frau in einem rubinroten Umhang kam herangeritten. Etwas schien mit ihrem linken Auge nicht zu stimmen. Es war glänzend rot, und die Sonne spiegelte sich darin. Glitzernde Lichtreflexe funkelten in alle Richtungen. *Das ist kein Auge, sondern ein Edelstein!*

»Ho!«, ertönte in diesem Moment eine Stimme aus der Menge der Dorfbewohner. »Wir wollen mit Euch verhandeln, edle Dame.«

Vill war überrascht, als er sah, dass es Emil war, der die Heerführerin angesprochen hatte.

Die Frau ließ in aller Seelenruhe den Blick über die Menschenmenge schweifen. »Zornfleck, nicht wahr?«, sagte sie schließlich. »Soweit ich weiß, schickt jedes Dorf und jede Stadt einmal im Jahr einen Abgesandten nach Skye, der vor dem Thron für die Belange der Bürger spricht. Einen Anführer. Bist du dieser Anführer?«

»Der bin ich ...«

Auf ein Nicken der Frau hin hob ein Schütze, der mit ihr nach vorn gekommen war, seinen Bogen.

Vill war beeindruckt von der Schnelligkeit und Präzision des Schützen. Mit einer einzigen flüssigen Bewegung hatte er den Pfeil an die Sehne gelegt und geschossen.

Noch beeindruckter war allerdings Emil, aus dessen Stirn nun ein gefiederter Holzschaft ragte. Er zog verwirrt daran, bekam ihn aber nicht heraus. Der einzige Erfolg seiner Bemühungen war, dass sein Kopf vor und zurück wackelte. Die Umstehenden schauten stumm und entsetzt zu.

Bei allen Göttern, dachte Vill, *bring es zu Ende!*

Aber die juwelenäugige Frau dachte nicht daran, das Kommando dazu zu geben. Stattdessen beobachtete sie lächelnd, wie Emil sich erfolglos abmühte. Schließlich wurde Gemurmel in der Menge laut, und ein Junge, der direkt neben Vill stand, holte mit einem Stein in der Hand zum Wurf aus. Vill erkannte den Kleinen: Es war Emils jüngster Sohn. *Wenn er ihn wirft, bekommt er auch einen Pfeil in den Schädel.*

Spätestens jetzt war der Moment gekommen, den Schauplatz zu verlassen. Nicht überhastet, nur umdrehen und unauffällig zurück zum Wirtshaus schlendern. Niemand würde es bemerken, niemand würde ihm nachsetzen. Die Heerführerin hatte lediglich ihre Macht demonstrieren wollen – vielleicht sogar auf Befehl der neuen Königin. An Emils Stelle würde sie einen ihrer Leute einsetzen und eine kleine Garnison von zwanzig Mann zurücklassen. Trotzdem war es eine Schande. Emil war gut zu Vill gewesen und hatte ihn mit Respekt behandelt. Gegenüber der Roten hätte er sich mit Sicherheit genauso verhalten, wenn sie ihm die Chance dazu gegeben hätte. Stattdessen würde sein Sohn jeden Moment diesen Stein schleudern und gemeinsam mit seinem Vater sterben.

Vill packte den Kleinen am Arm. »Nicht jetzt«, zischte er.

In diesem Moment setzte Emil sich ruckartig, als wäre er plötzlich müde geworden. Seine Lider flatterten.

Vill schob Emils jüngsten Sohn in die Arme seines schwer verwundeten Vaters. »Verabschiede dich von ihm«, flüsterte er. *Wenn du dich auch noch töten lässt, hat niemand etwas davon.*

Die Rote beobachtete unterdessen gelassen, wie die Menge immer unruhiger wurde. Schließlich hob sie die Hand, bereit, ihren Bogenschützen ein Signal zu geben, falls die erste Machtdemonstration nicht genügen sollte.

Ich könnte immer noch verschwinden, dachte Vill, doch er verschwand nicht. Stattdessen trat er vor. »Haltet ein!«, rief er und bereute seine Worte, noch bevor er zu Ende gesprochen hatte. Vill war gekleidet wie ein Bauer, und als solchen würde die Heerführerin ihn auch behandeln.

»Bist du der Nächste in der Dorfhierarchie?«, fragte sie.

»Nein«, antwortete Vill hastig. »Ich komme nicht von hier, ich stamme aus dem hohen Norden und bin lediglich auf der Durchreise...«

»Dann hast du Neuigkeiten von dort?«

»Durchaus, habe ich. Und sobald diese Leute hier *wieder in ihren Häusern sind,* werde ich Euch alles berichten, was ich weiß.«

Emils Augen wurden immer glasiger, während sein Sohn vergeblich versuchte, mit ihm zu sprechen. Vill hatte in seinem Leben viele derartige Wunden gesehen und wusste, dass Emil ihn nicht mehr hörte – und wohl auch nie mehr hören würde.

Die Rote neigte interessiert den Kopf. Vills gewählte Ausdrucksweise fiel ihr sofort auf, auch wenn sie seinen Akzent wahrscheinlich nicht einordnen konnte.

Aus Skye, von vor hundert Jahren.

Vill war kein Dörfler, so viel war klar, und vielleicht hatte er nützliche Informationen für sie. Dieses Alleinstellungsmerkmal war nicht ganz ungefährlich für Vill, aber vielleicht konnte er es dazu benutzen, Emil ein gnädiges Ende zu verschaffen. Dass er allen Bürgern Zornflecks riet, so schnell wie möglich in ihre

Häuser zurückzukehren, hatte er bereits so deutlich gesagt, wie er es irgend wagte.

Auf einen Fingerzeig der Roten rasten zwei weitere Pfeile um Haaresbreite am Kopf des Kleinen vorbei und schlugen zitternd in Emils Brustkorb ein. Der Wirt und ehemalige Repräsentant Zornflecks zuckte ein letztes Mal, dann schloss er die Augen.

»Nun sprich«, sagte Juwelenauge.

5

Pinch ließ sich auf dem Meander treiben, bis der Fluss etwas langsamer wurde, dann kletterte er an Land und setzte die Reise nach einer kurzen Ruhepause fort. Nicht dass diese grässlichen Ameisen ihn doch noch einholten. Etwa einmal pro Stunde musste er ohnehin zurück ans Ufer, um seine Schwimmhose wieder mit Luft zu füllen und sich zu orientieren. Die Dünen zu erklettern war verflucht anstrengend, doch jedes Mal, wenn er den Gipfel erreicht hatte, versperrte ihm eine noch höhere Düne den Blick. Schließlich, als jedes noch so kleine Fältchen an seinem Körper mit blauem Sand verklebt war, gab er die Kletterei auf. Der Lauf der Sonne sagte ihm immerhin, dass er in Richtung Nordosten unterwegs war.

Die Hitze war mörderisch, und die Haut auf seiner Nase schälte sich bereits, aber das war ein geringer Preis im Vergleich zu dem, den Frisk und die anderen bezahlt hatten. Ihre Verfolger hatte der Fluss zwar ebenfalls ersäuft, aber das nutzte seinen ehemaligen Gefährten jetzt nichts mehr. *Auf deinen letzten Sieg, Frisk*, dachte Pinch bitter. *Ruhe in Frieden.*

Allmählich wurden die Dünen ringsum niedriger und der Fluss seichter. Anfangs berührten Pinchs Zehen nur ab und zu den Boden, doch schon bald musste er im knietiefen Wasser waten, bis der Meander schließlich so flach wurde, dass er Pinch nicht einmal mehr bis zu den Knöcheln reichte. Dann verschwand das Wasser schließlich ganz.

Pinch stand da und reckte den Kopf. Der Sand direkt voraus bewegte sich eigenartig. *Ein Sandstrudel?* Mehr als einmal hatte er mit eigenen Augen gesehen, wie eine dieser tückischen Gruben einen Unvorsichtigen, der sich zu nahe herangewagt hatte, einfach verschlang. Doch dieser Strudel hier sah anders aus. Er kreiste nicht, er bewegte sich geradlinig, und zwar genau von Pinchs Standort weg. *Er treibt. Wie Wasser.* Als Pinch genauer hinschaute, stellte er fest, dass der Sand sich nach Nordosten bewegte, und das auf einer Breite, die ziemlich genau der des Meander entsprach. *Das ist es: Der Fluss fließt ab hier unterirdisch weiter!*

Irgendwo würde er schon wieder an die Oberfläche kommen, sagte sich Pinch und folgte dem unterirdischen Fluss in respektvollem Abstand. Es war eine elende Plackerei, und er kam kaum voran, aber Pinch hatte es auch nicht eilig. Als junger Mann war er reizbar und ungeduldig gewesen, immer auf der Suche nach dem nächsten Abenteuer, dem nächsten Schatz, dem nächsten Duell oder der nächsten Betrügerei. Manchmal war er so heiß darauf gewesen, die nächste Frau ins Bett zu bekommen, dass er die Verführung schon plante, noch während er mit einer anderen schlief. Mit seinen siebzig Lebensjahren hatte Pinch das nun alles hinter sich. Die Zeit mochte rennen, wie sie wollte, er würde ihr nicht mehr hinterherjagen. Wenn sie etwas von ihm wollte, sollte sie gefälligst zu ihm kommen.

Pinch fragte sich gerade, wie lange seine alten Knochen dieses Marschieren noch durchhalten würden, als er sah, dass er gar nicht weiterlaufen konnte. Die Wüste endete abrupt, und zwar im Nichts: Wie ein Wasserfall ergoss sich der blaue Sand über eine Kante und stürzte ins Leere.

Pinch starrte ungläubig nach unten. Wenn es so etwas wie einen Boden oder ein gegenüberliegendes Ufer gab, konnte er es nicht sehen. Es mochte an seinen Augen liegen, aber Pinch hatte den Verdacht, dass das nicht das Problem war. Der Sand hörte einfach auf, und der Himmel fing an.

Ich bin am Ende der Welt...

Pinch unterließ es, auf dem Bauch näher an den Rand zu robben und über die Kante zu spähen. Der Boden war zu instabil, der Sand würde ihn nur mitreißen. Der feine Wassernebel, der zu ihm heraufstieg, bewies, dass irgendwo dort unten auch der Meander wieder zum Vorschein kam. *Die gesamte Wüste ergießt sich hier mit allem Drum und Dran in die Tiefe.* Pinch hatte von den spektakulären Endlosfällen des Flusses Walther gehört, die irgendwo östlich von hier lagen. Bestimmt ergossen sie sich in denselben Abgrund. Die Erde konnte schließlich nicht zwei Enden haben.

Er überlegte, ob es mit den Ozeanen vielleicht ebenso war. Die Meere waren so lange unter dem Schleier verborgen gewesen, dass niemand wusste, wo sie endeten. Schiffe hatten den Schleier stets gemieden, und falls doch einmal eines hineingeriet, war es nie wieder zurückgekehrt. Ob der Ozean jetzt, da der Schleier fort war, auslaufen würde wie eine Badewanne, aus der jemand den Stöpsel gezogen hatte? *Würde bestimmt das ein oder andere Interessante zutage fördern, wenn es so wäre. Schiffswracks, verlorene Schätze und fantastische Geschöpfe, die zappelnd auf dem plötzlich trockenen Boden liegen.* Aber Pinch war gegen das Verschwinden der Meere. Diesen trostlosen blauen Sand brauchte niemand... und auch den tückischen Fluss nicht. Aber die mächtige See war voller Leben, Geheimnisse und Abenteuer. *Wie ich.* Nein, das Meer musste bleiben.

Pinch schüttelte den Kopf und blickte wieder nach unten. Das Ende der Welt war hell und weit weniger beängstigend als die Dunkelheit des Schleiers. Es war, wie in den endlosen Himmel zu schauen. In manchen Religionen wurden die Toten im Freien mit dem Gesicht nach oben zur letzten Ruhe gebettet, damit ihre Seelen zum Himmel aufsteigen konnten, statt sie in einer engen Grube zu verscharren, wo sie dann im Dunkeln langsam verschimmelten. Weite und Licht waren eindeutig besser, fand Pinch.

In diesem Moment hörte er die Explosion.

Die Zornberge waren weit, weit weg, aber die Rauchsäule, die über ihnen in den Himmel schoss, war deutlich zu erkennen. Pinch hatte so manch großes Feuer gesehen. Das brennende Nanss zum Beispiel. Damals hatte er auf dem Deck eines stinkenden Einmasters gestanden, der einem ebenso stinkenden Pelzhändler namens Dawthos gehörte. Die Kogge war leck und hatte starke Schlagseite nach Steuerbord. Nur weil die Mannschaft beständig das eingedrungene Wasser abschöpfte, konnten sie sich überhaupt noch an der Oberfläche halten – und im Gegensatz zu den um ihr Leben rennenden Nanssern hatten Pinch, Dawthos und die Mannschaft überlebt. Dann, während der Trockenzeit, hatte der Peinwald bei Parth lichterloh gebrannt. Das Wild war in Panik geflohen, so viele Tiere, dass Pinch mit dem Bogenspannen kaum hinterherkam. Zwei Hirsche hatte er damals erlegt – einer davon hatte mehr Enden am Geweih, als er in der kurzen Zeit hatte zählen können –, außerdem einen Langhorneber und so viele Kaninchen, wie er mit seinen schweren Stiefeln hatte erwischen können. *Das war ein ganz ausgezeichneter Tag damals.* Doch schließlich hatte auch Pinch die Flucht vor den Flammen ergreifen müssen – ohne seine reiche Beute. Mungo hatte einen der Hirsche etwa eine Furchenlänge weit mitgeschleppt, sich dann aber eines Besseren besonnen und lieber seine eigene Haut gerettet. Der Peinwald erholte sich nie wieder von dem Feuer. Seit jenem Tag war der Boden so schwarz und die Bäume so licht, dass die Jäger ihn nur noch Scheinwald nannten.

Aber dieses Feuer hier war noch größer.

Wie eine gigantische Flutwelle rollten die Flammen scheinbar langsam auf die in der Sonne glitzernde Azurwüste zu, doch Pinchs erfahrene Seefahreraugen ließen sich von der Entfernung nicht täuschen. Das Feuer breitete sich schneller aus, als ein Pferd galoppieren oder ein Vogel fliegen konnte. *Ob es vor dem Ende der Welt haltmacht, oder fällt es mit hinunter?*

Der Anblick war atemberaubend, selbst für einen schwer zu beeindruckenden Mann wie Pinch. Er hatte erlebt, wie ganze Königreiche aufgestiegen und wieder zerfallen waren, hatte menschenfressende Kühe gesehen, sogar eine Drachin – und die Hinrichtung seines besten Freundes. Zuerst hatte man den Galgen mehrere Ellen höher machen müssen, um den riesigen Mungo zu hängen, dann waren auch noch die ersten beiden Stricke gerissen, bis der verärgerte Scharfrichter endlich einen fand, der dick genug war. Die Garnisonswache hatte sie dabei erwischt, wie sie in Axton alte Klepper als Rassepferde verkauften. In Axton, das mehrere beschwerliche und äußerst gefährliche Tagesritte von der Großen Küstenstadt entfernt lag und zu Fuß so gut wie gar nicht zu erreichen war, waren Rassepferde heiß begehrt. Doch nach einer hitzigen Verfolgungsjagd durch die Straßen der Stadt und einem ebenso hitzigen Gefecht am Ende einer Sackgasse waren sie schließlich gefangen genommen worden. Der Vogt, der ganz besonders unversöhnlich gestimmt war, weil Mungo ihm im Zweikampf beide Ohren abgerissen hatte, verhängte das Urteil: Einer von ihnen musste an den Galgen. Am Anfang hatten sie noch gelacht, wie die Sache wohl ausgehen würde. In dem Moment aber, als Mungo den kürzeren Strohhalm zog und sie begriffen, dass ihr langer, gemeinsamer Weg nun zu Ende war, war ihnen das Lachen vergangen. Pinch hatte seinen Freund über all die Jahre so sehr ins Herz geschlossen, dass er nicht einmal betrogen hatte. *Aber ich war eben schon immer ein Glückspilz.*

Die Flammen wurden unterdessen weder langsamer noch

kleiner, sondern kamen unaufhaltsam näher. Verbrennen hatte Pinch schon immer verabscheut. Kehleaufschlitzen war auch nicht schön, aber zumindest weniger schmerzhaft. Beides hatte er schon gesehen. In der Großen Küstenstadt hatte er beobachtet, wie ein Dieb auf dem Scheiterhaufen hingerichtet wurde. Der bedauernswerte Kerl hatte gebrüllt wie am Spieß und schließlich Darm und Blase entleert, während die Flammen sein Fleisch kosteten, bevor sie es genüsslich verzehrten. Das Kehleaufschlitzen hatte Pinch selbst besorgt, wenn es nötig war. Seine Opfer hatten Blut gespuckt und mit einem unwürdigen Gurgeln ihr Leben ausgehaucht. Beides waren hässliche und erniedrigende Todesarten.

Aber ein freier Fall...

Pinch wagte sich ein Stück näher an die Abrisskante heran. *Ein eleganter Tod.* Er beobachtete, wie Wasser und Sand sich in einem grazilen Bogen in die Tiefe ergossen. Wohin ihre Reise führte, konnte er nur raten – und ob überhaupt irgendwohin. Vielleicht stürzten sie ja bis in alle Ewigkeit. *Ein letztes großes Abenteuer!*

Pinch warf einen Blick über die Schulter. Die Feuerwalze raste ungebremst heran, über Meilen hinweg verdampfte sie den Sand zu blauem Rauch. Es war die größte Zerstörung, deren Zeuge er je geworden war. Welche Macht konnte eine ganze Landschaft mit einem einzigen Streich auslöschen?

Ich weiß es!, schoss es Sebastian Laurent Pinchot durch den Kopf, als er die ersten Ausläufer der glühenden Hitze spürte. *Ich weiß, welche Macht das zu verantworten hat!*

Dann drehte er sich um und sprang über den Rand der Welt.

6

»Warum nach Süden?«, fragte der Junge, während er hinter ihnen hertrottete. »Ist da nicht das Rote Heer?«

Der Junge war siebzehn Jahre alt, behauptete er zumindest. Vill schätzte ihn eher auf vierzehn. Erol hieß er und war Emils jüngster Sohn. *Der verhinderte Steinewerfer.* Erol hielt sich für weit gereist und erzählte stolz von seinen Wanderungen nach Furtheim, das nur ein paar Wegstunden von Zornfleck entfernt lag. Und das, was er berichtete, klang eher, als hätte er es im Wirtshaus seines Vaters aufgeschnappt. Die Bäume dort beschrieb er als »unglaublich grün«, den See als »unglaublich groß«. Details wusste er keine.

Ein schlechter Lügner, genau wie ich. Vill beschloss, nicht weiter nachzufragen und Erol stattdessen mit ein paar unangenehmen Dingen über ihre momentane Lage zu konfrontieren.

»Nach einem Krieg versinkt ein Land für eine Weile im Chaos«, begann er. »Die Machtverhältnisse ändern sich. Das Gesetz ist eine Zeit lang so gut wie außer Kraft, die Schwachen werden zur Beute der Starken. ›Ist der Vogt aus der Stadt, tanzen die Räuber im Rathaus‹, heißt es nicht umsonst. Die Roten werden als Erstes die gerade erst eroberte Hauptstadt befrieden. Deshalb ist es dort im Moment am sichersten, so seltsam das auch klingen mag, und die Erste Straße, auf der wir momentan unterwegs sind, ist der schnellste Weg dorthin. Außerdem hat die Mörderin deines Vaters die entgegengesetzte Richtung eingeschlagen.«

Vill hatte selbst vorgeschlagen, dass der Junge sie begleiten sollte. Er bereute es jetzt schon, aber zu dritt war man auf der Straße nun mal sicherer. *Vor allem, falls Adara ihre Mordanschläge fortsetzt.* Irgendwann musste Vill schließlich schlafen, und wenn Erol Wache schob, fühlte er sich ein wenig sicherer. Es war schwer genug gewesen, jemanden zu finden, der sie ins frisch von den Roten besetzte Skye begleitete. Die kleine Rede, die Vill soeben Erol hatte angedeihen lassen, hatte er auch in Zornfleck gehalten und war damit auf wenig Gegenliebe gestoßen. Die Dörfler hielten es für keine gute Idee, ausgerechnet dort Schutz zu suchen. Sie würden hierbleiben und nachts die Türen gut verriegeln, um die Räuber abzuhalten, die zweifellos kommen würden, sobald das Rote Heer fort war. Nur der Junge hatte sich ihnen angeschlossen, und das auch erst, nachdem Vill ihn auf Adaras äußerliche Vorzüge hingewiesen hatte. Vill fand es geradezu lächerlich, wie vernarrt heranwachsende Jungen in heranwachsende Mädchen waren. *Außerdem,* sagte er sich, *tue ich dem Jungen einen Gefallen.* Wenn die Roten die Flüchtlinge abgeschlachtet hatten und auf dem Rückweg wieder durch Zornfleck kamen, hätte Erol zweifellos einen zweiten Racheversuch unternommen. *Und wäre dabei gestorben.*

»Aber wir werden sie bald zur Strecke bringen, oder?«, fragte Erol, als hätte er Vills Gedanken gehört.

»Willst du alle fünfhundert mit bloßen Händen erwürgen?«

»Du wirst mir doch helfen, oder?«

»Du bittest dieses Ungeheuer, dir zu helfen, um deinen toten Vater zu rächen? Ha!«, mischte sich nun auch Adara ein, die noch kein Wort gesagt hatte, seit sie aufgebrochen waren.

Vill ignorierte ihren Kommentar. »Rubinauge wird irgendwann nach Skye zurückkehren. Falls du dann immer noch Rache an ihr nehmen willst, bitte schön. Zumindest stehen deine

Chancen besser, wenn du sie allein irgendwo auf der Straße antriffst, ohne ihre fünfhundert Soldaten.«

»Das ist ein ganz hervorragender Plan!«, rief Erol begeistert.

»Trotzdem würde ich mein Geld eher auf sie setzen als auf dich.«

»Ab jetzt lebe ich nur noch für den Tag, an dem sie zurückkommt und ich ihr gebe, was sie verdient hat.«

»Dann hoffe ich für dich, dass dieser Tag weit in der Zukunft liegt.«

Selbst zu dritt war die aschengedeckte Straße immer noch gefährlich. Das wurde Vill umso klarer, als er das alte Ehepaar sah, das sich ausgeraubt und übel zugerichtet ein Stück voraus im Gestrüpp versteckte.

Adara lief sofort auf die beiden zu, um zu helfen.

»Wir dürfen hier nicht anhalten«, brummte Vill. »Die Banditen könnten immer noch in der Nähe sein.«

Adara winkte ab. »Ich habe aber schon angehalten«, sagte sie nur.

»Du bist eine Närrin.«

»Und du ein Monster.«

Vill verdrehte die Augen. Gleichzeitig wusste er, dass sein neu erwachtes Gewissen ihn plagen würde, falls sie einfach weitergingen.

Die beiden stammten aus Furtheim. Die Abzweigung war ein Stück weiter vorn, und dort waren sie auch überfallen worden. Das Rote Heer war bereits durch Furtheim gekommen, hatte aber keine Besatzungstruppen zurückgelassen, und jetzt waren die Alten auf dem Weg nach Zornfleck, um nach ihrer Tochter zu sehen, die dorthin geheiratet hatte.

»Wir müssen uns doch um unsere Truella kümmern«, jammerten sie.

»In eurer Unterwäsche?«, fragte Vill. »Ihr seid bereits einmal überfallen worden. Besser, ihr kehrt um.«

»Wir haben nichts mehr, was man uns noch stehlen könnte«, entgegnete der Mann. Er hatte einen Verband um den Kopf, aber er schien einiges aushalten zu können und würde sich schnell von der Wunde erholen.

Die Frau legte Vill eine Hand auf die Schulter. »Wir danken dir für deinen Rat, aber wir werden trotzdem gehen. Sag unseren Mitbürgern in Furtheim, was die Roten mit dem armen Emil gemacht haben.«

Sie hat ihn persönlich gekannt... Der Dank der Frau war Vill unangenehm, und er schüttelte ihre Hand ab. *Schäme ich mich etwa, weil ich ihre Bitte nicht erfüllen werde?* »Furtheim liegt nicht auf unserem Weg«, entgegnete er. »Außerdem haben wir bereits Bekanntschaft mit den Methoden der Roten gemacht, und ich habe nicht den Wunsch, dasselbe noch einmal zu erleben.«

»Dann seid gesegnet für alles, was ihr schon für uns getan habt«, sagte der Alte und umarmte Vill. »Wir müssen weiter. Ich spüre, wie meine Kräfte dank eurer freundlichen Hilfe bereits zurückkehren.«

»Dann verwende deine Kräfte darauf, Truella in Sicherheit zu bringen. Und, ähm, gute Reise noch.« Vill wusste nicht, was er sonst noch sagen sollte.

Das greise Ehepaar machte sich auf den Weg, die Frau mit Adaras Umhang, der Mann mit Erols abgetragenem Kittel. Vill konnte darüber nur den Kopf schütteln, denn seine Begleiter würden nun unweigerlich frieren, wenn es nachts kalt wurde. *Sie mögen ein gutes Herz haben, aber Hirn haben sie keines.*

»Die beiden waren verletzt«, sagte Erol entsetzt.

»Richtig. Umso mehr Grund für uns zuzusehen, dass wir von hier wegkommen. Das Einzige, womit uns verteidigen können, sind mein Dolch und Adaras Knüppel.«

»Ich habe mein Schälmesser dabei«, erklärte Erol stolz.

»Bestens. Zumindest wildgewordene Karotten können uns jetzt nichts mehr anhaben.«

»Dann holen wir uns eben Schwerter«, schlug Erol vor.

»Und wo sollen wir die herbekommen? Dir scheint nicht ganz klar zu sein, wie schwierig es ist, einem Schwertträger seine Waffe abzunehmen. Außerdem hätte ich lieber einen von diesen neuartigen Bogen, wie die Roten sie haben.«

»Dann geh nach Furtheim und besorg dir einen!«, zischte Adara.

»Furtheim liegt nicht auf unserem Weg, und außerdem würde es viel zu lange dauern. Um einen guten Bogen zu machen, braucht man Monate.«

»Aber ich kenne diesen See.«

»Woher?«

»Ich habe einmal dort gelebt. Meine Mutter ist geblieben, als ich über die Berge ging, um meinen Vater zu suchen. Vielleicht ist sie immer noch dort.«

Dann wäre sie mittlerweile in einem recht fortgeschrittenen Alter. »Ich glaube, du verstehst nicht, was mit einem passiert, wenn man im Schleier gefangen ist.«

»Du vielleicht?«

»Nicht ganz. Wahrscheinlich passiert mit jedem etwas anderes, aber was ich ganz sicher weiß, ist, dass deine Mutter nicht mehr an diesem See ist.«

»Warum nicht? Sie hat sogar den Überfall der Drachin überlebt.«

Vill hob die Augenbrauen. *Die Drachin war dort?* »Umso mehr Grund, uns von diesem Ort fernzuhalten.«

Adara sagte nichts mehr. Sie drehte sich einfach weg und lief die Abzweigung nach Furtheim entlang.

»Geh ruhig!«, rief Vill ihr hinterher.

Adara blickte sich nicht einmal um.

Erol starrte ihr mit offen stehendem Mund hinterher. »Aber, es gibt Banditen auf dieser Straße...«

Vill zuckte die Achseln. »Ich weiß. Und sie weiß es auch.«

»Sollten wir ihr nicht besser folgen?«

Vill schloss die Augen. »Ja«, sagte er resigniert.

Am Ortseingang von Furtheim traten ihnen fünf Männer mit leichten Holzharnischen und Speeren entgegen, die eher zum Fischen als zum Kämpfen geeignet schienen, und beäugten sie misstrauisch. Als Adara allerdings erwähnte, dass sie Nachricht vom Roten Heer hatten, wurden sie sofort in ein am Seeufer gelegenes Herrenhaus gescheucht, um Bericht zu erstatten.

Die Herzogin Hynde war eine ernsthafte Frau mit dünnen Lippen. Zwei junge Männer, ebenfalls mit Speeren bewaffnet, standen hinter ihr. Sie waren ihre Söhne, der eine von ihrem eigenen Blut, der andere angeheiratet. *Um Familie und Einfluss zu vergrößern.* Adara sprudelte sofort drauflos, doch der Herold schnitt ihr das Wort gleich wieder ab, weil die Herzogin ihrem aufgeregten, in altertümlichem Flussvolkdialekt vorgetragenen Monolog kaum folgen konnte. Also musste Vill berichten, was in Zornfleck vorgefallen war.

»Die Roten hatten es so eilig, all die aus Skye geflohenen Adligen und Soldaten zur Strecke zu bringen, dass Eure entzückende kleine Seestadt bisher verschont geblieben ist, verehrte Dame«, erklärte er der Herzogin. »Aber wenn sie zurückkommen, werden sie denjenigen, der hier das Sagen hat, zweifellos töten.«

Die Herzogin nickte grimmig und lud Vill ein, sich bei einem Mittagessen etwas ausgiebiger mit ihr zu unterhalten, während ihre Söhne sich um Adara und Erol kümmerten.

Vill machte es sich auf der Veranda gemütlich, genoss den Ausblick auf den Hyndesee und erzählte, was er wusste. Hinter der verschlossenen Fassade der Herzogin verbarg sich eine durchaus liebenswerte Frau in reifen Jahren – stolz, aber großzügig. Vill hatte nicht mehr so gut gegessen, seit er in seinem vorletzten Leben aus Skye geflüchtet war. Sie ließ Vill ein neues Gewand bringen, damit er für die Unterredung angemessen gekleidet war, und bedankte sich herzlich, dass sie dem alten Ehepaar geholfen hatten, das auf der Straße überfallen worden war. Sie schien sich überhaupt mehr Sorgen um ihre Untertanen zu machen als um sich selbst. *Ungewöhnlich.* Und die Fragen, die sie ihm über das Rote Heer stellte, waren durch und durch intelligent.

»Wie viele sind es? In welche Richtung marschieren sie? Wird man nach ihnen suchen, wenn wir sie töten und die Leichen im See versenken?«

Vill mochte die Herzogin, aber alles, was er für sie tun konnte, war, sie nach bestem Wissen und Gewissen zu beraten – was er als ausgebildeter Soldat und Bogenschütze allerdings durchaus gut konnte. Im Verlauf des Gesprächs kehrten seine höfischen Manieren wie von selbst zurück, ein bisschen eingerostet vielleicht, aber gut genug, um sein Gegenüber nicht zu beleidigen. In der Tat machte er seine Sache so gut, dass sie ihn schließlich sogar fragte: »Was soll ich deiner Meinung nach also tun?«

»Das nächste Pferd nehmen und davonreiten, würde ich sagen.«

»Dieser See hier ist nach meinem Haus benannt. Ich kann mein Volk nicht im Stich lassen. Außerdem werden die Roten dann einfach denjenigen töten, der an meiner statt regiert. Oder etwa nicht?«

»Doch, das werden sie.«

»Und die Schande wäre mein. Ich würde in die Geschichtsschreibung eingehen als zaghaftes Täubchen, das sein Nest im Stich gelassen hat, als die Katze kam.«

»Wir werden gegen sie in die Schlacht ziehen, Mutter«, meldete sich ihr ältester Sohn zu Wort, der an der Tür Wache stand. Sein Name war Thom, und er ließ Vill nicht aus den Augen. Anscheinend war er weit weniger vertrauensselig als seine Mutter. Andererseits musste er das auch sein, denn er war derjenige, der sie eines Tages beerben würde.

»Das ist ein wackerer Vorschlag, Thom, aber selbst wenn wir fünfhundert Bewaffnete besiegen könnten, hätten wir nicht den Hauch einer Chance gegen das Heer, das sie als Nächstes gegen uns entsenden würden. Außerdem habe ich Zweifel, ob wir auch nur die erste Schlacht gewinnen würden.«

»Ich werde nicht zulassen, dass dir etwas passiert«, beharrte Thom.

»Euch würden sie noch vor Eurer Mutter töten«, erklärte Vill. »Und Eure Mutter als Nächstes. Es wäre eine bedauernswerte Verschwendung.«

Thom murrte, ließ seinen Ärger aber nicht an Vill aus. *Ein würdiger Nachfolger.*

Schließlich versanken alle drei für eine Weile in Schweigen. Die Herzogin kaute gedankenverloren auf ihrer Nachspeise herum, und Vill tat das Gleiche – im Gegensatz zu seiner Gastgeberin genoss er die Mahlzeit jedoch in vollen Zügen.

»Gibt es hier einen Galgen?«, fragte er unvermittelt.

»Gibt es«, antwortete Thom.

»Und Verurteilte, die auf ihre Hinrichtung warten?«

Thom runzelte verwirrt die Stirn, doch seine Mutter blickte interessiert auf. »Einen«, sagte sie. »Weshalb?«

Vill spähte durch das Guckloch. Die Zelle des Gefangenen war nicht besonders groß, ließ gerade einmal genug Platz zum Auf- und-ab-Laufen, aber sie war mit Stroh ausgelegt und trocken. Die Furtheimer schienen tatsächlich anständige Leute zu sein.

»Was hat er getan?«

»Er hat drei brave Bürger umgebracht«, antwortete Thom und schlug dreimal gegen die schwere Tür. »Steh auf, Flicker!«

Der Mann erhob sich. Er schien weder wütend noch ängstlich und trat respektvoll und ohne Eile vor das Guckloch. *Er hat sich seinen Stolz bewahrt.*

»Herr?«, sagte er.

Vill musterte den Gefangenen. Flicker war mittleren Alters und gesund, unrasiert zwar, aber ganz offensichtlich wusch er sich noch. Er strahlte eine gewisse Nervosität aus wie ein in einem Käfig gehaltenes Tier, was nicht weiter verwunderlich war. Ein zum Tode Verurteilter kannte nur einen Gedanken, wenn jemand an seine Zellentür trat: Will er mich befreien, oder ist das mein Henker? Und beide Möglichkeiten beschleunigten seinen Puls gewaltig.

»Wer ist der Mann?«, fragte Vill.

»Er *war* unser Ingenator.«

»Ich habe die Stadthalle gebaut. Und zu meiner Schande ist das Dach eingestürzt«, erklärte Flicker.

»Und hat meinen Neffen erschlagen!«, fauchte Thom.

»Außerdem noch zwei andere Unschuldige«, fügte Flicker niedergeschlagen hinzu.

Vill nickte. *Ein Leben für drei. Eine angemessene Strafe... oder zumindest nicht übertrieben.* Der Ingenator war aufrichtig beschämt und trauerte um die Opfer, die sein Versagen gefordert hatte.

Schließlich trat Vill von der Tür weg. »Er ist der Richtige.«

»Ja«, erwiderte Thom. »Seine Umgangsformen sind gut genug, dass niemand etwas merken wird.«

In diesem Moment kam auch die Herzogin hinzu.

Vill deutete auf die Kerkertür. »Edle Dame, darf ich vorstellen: der neue und vorübergehende Herzog von Furtheim.«

Die Herzogin nickte knapp, dann wandten sich die beiden Männer wieder dem verurteilten Ingenator zu.

Vill trat ans Guckloch. »Flicker, es gibt eine Möglichkeit, dich von deiner Schande reinzuwaschen...«

Vill fand Adara und Erol am Seeufer vor. Adara hatte nasse Haare, und Erol lachte vergnügt.

»Habt ihr euch auch gut amüsiert, während alle anderen darauf warten, dass das Rote Heer zurückkommt?«, fragte er verärgert.

Adara schüttelte ihr langes dunkles Haar. »Du redest ja wie mein Vater. Hast du was dagegen, wenn wir uns ein bisschen vergnügen?«

»Durchaus, die Zeit drängt! Wenn wir den Roten auf der Straße in die Arme laufen, werden sie es sein, die sich mit *uns* vergnügen.«

»Und was hast du in der Zwischenzeit so furchtbar Wichtiges getrieben? Ich habe genau gesehen, wie du dir auf der Terrasse den Bauch vollgeschlagen hast, bis er so dick war, als wärst du schwanger. Du hast deine Zeit genauso vertrödelt wie wir!«

»Ich habe wichtige Dinge mit der Herzogin besprochen, Einfluss auf die Todesart eines Verurteilten genommen und einer Adligen das Leben gerettet. Vielleicht.«

»Hast du einen Bogen bekommen?«

»Nein, aber bessere Kleider. Außerdem habe ich dir gesagt, dass das mit dem Bogen nicht geht.«

»Ich habe einen.«

»Wie bitte?«

Auf ein Zeichen Adaras hin lief Erol aufgeregt zu einem am Ufer festgemachten Einbaum und zog stolz einen schimmernden Bogen samt Köcher mit fünf Pfeilen darin hervor.

»Das ist unserer?«, fragte Vill verdutzt.

»Deiner.«

Vill nahm den Bogen, betrachtete ihn von allen Seiten und

wog ihn in der Hand. Er fühlte sich an wie ... *Zuhause.* »Hast du ihn gestohlen?«

»Nein. Ich habe ihn gekauft.«

»Woher hattest du das Geld?« Vills Augen verengten sich. »Woher?!«

»Reg dich ab, Kindermörder. Ich habe mir das Geld rechtmäßig verdient.«

»Womit?«

»Ich habe getanzt.«

»Ja, das hat sie!« Erol nickte eifrig. Ein verzücktes, leicht dümmliches Grinsen trat auf sein Gesicht.

»Getanzt?«

»Einen Wassertanz.«

»Ich habe keine Ahnung, was das sein soll.«

»Du hast von vielen Dingen keine Ahnung, wie es scheint.«

»Hast du im Wasser getanzt?«

»Siehst du, so dumm bist du ja gar nicht. Ich bin in den See gegangen und habe getanzt, und die Männer haben mir Münzen zugeworfen.«

»Sie haben Münzen ins Wasser geworfen?«

»Genau. Du bist ja sogar richtig schlau. Ich habe nach den Münzen getaucht, und sie haben noch mehr geworfen.«

»Du hast dein nasses Hinterteil in die Luft gestreckt?«

»Lässt sich nicht vermeiden, wenn man taucht.«

»Gehört alles zum Tanz!«, rief Erol aufgeregt dazwischen. »Du hast ganz schön was verpasst!«

»Und das war alles, was du für das Geld tun musstest?«

»Was kümmert es dich, was ich dafür getan habe? Nimm deinen Bogen und schieß damit auf irgendetwas, wenn du dich abreagieren willst.«

Es war ein fein gearbeitetes Stück, genauso gebogen wie die, die Vill in Zornfleck gesehen hatte. *Besser als alles, was ich je ge-*

habt habe. Die Sehne bestand aus geflochtenem Rosshaar. Als er sie spannte, spürte er einen mächtigen Widerstand. *Gut.* Vill fragte sich, wie weit man damit wohl schießen konnte. Er zog die Hand noch näher ans Kinn und fühlte, wie sich die Spannung gleichmäßig über das Holz verteilte. *Weiter als einer meiner Pfeile je geflogen ist.*

»Sie hat nur getanzt«, brabbelte Erol weiter. »Ich meine, es war mehr als nur ein Tanz. Sie hat ausgesehen wie ein Fisch im Sprung, aber natürlich nicht so hässlich wie ein Fisch, sondern wie ein wunderschöner Fisch, den man unbedingt fangen will, natürlich nicht mit einem Haken, eher mit einem Netz vielleicht. Und dann haben sie alle ihr Geld geworfen. Wenn ich welches gehabt hätte, hätte ich es auch getan!«

»Du meinst, du hättest es *verschwendet*«, schnaubte Vill. »Ein guter Bogen, der pfleglich behandelt wird, hält Jahre. Ein Tanz ist flüchtig und verschwindet, als hätte es ihn nie gegeben.«

»Oh nein«, widersprach Erol. »Ich werde ihn nie vergessen...«

Adara zuckte nur die Achseln und wrang sich das Haar raus. »Manchmal brauchen Männer eben ein Mädchen, das für sie tanzt.«

»Ich hoffe, du hast dich bei manchen Leuten mit deiner kleinen Aufführung nicht unbeliebt gemacht«, brummte Vill. »Denn ich werde meine Reise ab hier ohne dich fortsetzen.«

»Ich soll hierbleiben?«

»Du bist hier aufgewachsen, oder?«

»Als ich noch ein kleines Mädchen war, gab es keine Stadt an diesem See.«

»Du bist immer noch ein kleines Mädchen, aber jetzt gibt es hier eine Stadt, die immerhin groß genug ist, um sich gegen Banditen zu verteidigen. Und wenn die Roten kommen, bleib einfach im Haus. Hier bist du sicherer, als du es bei mir je wärst. Den gewöhnlichen Bürgern werden sie nichts tun, denn schließlich brauchen sie jemanden, über den sie herrschen können. Wenn du dich bedeckt hältst, wird dir nichts passieren.«

»Aber ich muss mitkommen?«, fragte Erol schmollend.

»Ja, musst du. Ich befürchte, dass du wieder versuchen wirst, Steine nach der Frau mit dem Juwelenauge zu werfen. Außerdem brauche ich jemanden, der Wache hält, während ich schlafe. Komm. Uns bleiben noch ein paar Stunden Tageslicht zum Marschieren.«

»Die Leute hier sind nicht von meinem Volk«, beschwerte sich Adara.

»Liegt ja auch schon ein paar Jahre zurück, dass dein Volk hier gelebt hat. Die Furtheimer sind anständige Leute. Du bist hier an dem sichersten Ort, den ich kenne.«

»Du hast gesagt, die Hauptstadt wäre am sichersten.«

»Für ein Mädchen, das Wassertänze aufführt, wohl kaum. Hierbleiben ist das Beste für dich. Außerdem kennst du den See. Er ist wie dein Zuhause.«

»Wir sind ein fahrendes Volk. Mein Zuhause ist da, wo immer ich gerade bin.«

»Ich habe alles für deine Sicherheit getan, und deshalb wirst du auch hierbleiben. Der Herzogin habe ich sogar erzählt, du wärst die Tochter eines toten Freundes, damit sie glaubt, du hättest halbwegs Manieren.«

»Du wolltest ihr weismachen, mein Vater wäre mit seinem eigenen Mörder befreundet gewesen?«

»Niemand hier weiß, wer ich bin.«

»Aber ich weiß es.«

»Ich rate dir, das für dich zu behalten. Wenn du wilde Gerüchte über mich in die Welt setzt, wird das der Meinung der Furtheimer über dich kaum zuträglich sein.«

»Was für Gerüchte?«, mischte sich Erol ein. »Wer hat wen umgebracht?«

»Steck deine Nase nicht in fremde Angelegenheiten, Junge. Das ist eine Sache zwischen ihr und mir. Und jetzt geh schon mal voraus.«

»Ich komme mit«, sagte Adara.

»Ja!«, rief Erol begeistert.

»Nein«, knurrte Vill durch zusammengebissene Zähne. »Ich habe meine Aufgabe erfüllt und dich in Sicherheit gebracht. Du bleibst.«

»Ich werde nirgendwo bleiben, so wie meine Sippe nie am selben Fleck geblieben ist, bis du ihr an den Ufern des Walther ein nasses Grab geschaufelt hast. Ich bin eine Nomadin, ganz im Gegensatz zu den Furtheimern, wie man an den Häusern, die sie hier überall rumstehen, deutlich erkennen kann.«

Vill konnte es nicht fassen. »Ich habe meine Buße getan. Ich habe dich gerettet, ich habe diesen Jungen gerettet und jetzt wahrscheinlich auch die Herzogin. Wen soll ich denn noch alles retten, bis du mich aus deiner Schuld entlässt?«

Adara überlegte. »Ein ganzes Volk vielleicht?«

7

»Was ist das?«, fragte Erol. Sie standen vor einer Abzweigung, die nur deshalb als solche zu erkennen war, weil der schmale Pfad nicht ganz so von Unterholz überwuchert war wie der Wald rechts und links davon.

Der Junge stellte viele Fragen, wie Vill mittlerweile aufgefallen war.

»Dieser Weg führt zu den Tälern«, antwortete er, und Erol verstummte sofort. Die Reaktion des Jungen sagte ihm, dass der Ort nichts von seinen einstigen Schrecken eingebüßt hatte. Angeblich hausten dort Geister – besser, sie setzen ihren Weg so leise wie möglich fort.

Genau in diesem Moment ließ ein ohrenbetäubendes Donnern den Boden so stark erzittern, dass sie alle drei von den Beinen gerissen wurden. Vill stürzte auf die Knie, Erol fiel flach auf den Bauch, nur Adara landete elegant auf allen vieren. *Flink und geschmeidig wie eine Katze*, dachte Vill beeindruckt und stand mit klingenden Ohren wieder auf, als es ein zweites Mal knallte. Diesmal war er bereit und taumelte lediglich kurz, dann fuhr er herum und suchte nach dem Ursprung des infernalischen Lärms.

»Was ist das?!«, schrie Erol.

Das war's dann wohl mit lautlos an diesem verwunschenen Ort vorbeischleichen.

Der Donner kam von Norden, der Richtung, in der Zornfleck lag. Wie eine Faust schoss eine Rauchsäule von einem Gipfel der Zornberge in den Himmel. Immer weiter schraubte sie sich nach oben, bis sie nach etwa einer halben Meile abrupt langsamer wurde und sich nach Süden wandte.

»Zornfleck...« Erol stand zitternd auf und machte ein paar zögerliche Schritte in Richtung Norden.

»Lauft!«, schrie Adara und rannte nach Süden.

»Wartet!«, befahl Vill und war überrascht, als seine beiden Schutzbefohlenen tatsächlich gehorchten und stehen blieben. Der Himmel über ihnen verdunkelte sich entsetzlich schnell. Vill blickte sich suchend um. »Die Straße bietet keinerlei Deckung.«

»Die Bäume vielleicht?«, schlug Erol vor.

»Die können uns vor dem da nicht retten.«

Die schwarze Wolke kam genau in ihre Richtung. Vill konnte ihre Geschwindigkeit nur schwer abschätzen, aber sie war schnell, sehr schnell. Inzwischen war sie so nahe, dass er sogar Details erkennen konnte. Wie ein in Tusche getauchter, mit dem Kopf nach unten aufgehängter Blumenkohl sah sie aus. Nur dass Blumenkohl sich normalerweise nicht bewegte.

»Es... kommt direkt auf uns zu«, stammelte Adara.

»Folgt mir!« Vill wirbelte herum und rannte den schmalen Pfad zu den Tälern entlang. Nie hätte er gedacht, dass er sich eines Tages ausgerechnet an diesen Ort flüchten würde – schon gleich gar nicht in der Begleitung zweier Kinder –, aber einst hatte es dort eine Stadt gegeben. *Vielleicht stehen ja noch ein paar Ruinen?* Wenn sie aus Stein waren, boten sie zumindest einen gewissen Schutz.

Nach einer halben Meile keuche Vill bereits, und Erol stolperte bei jedem Schritt, nur Adara schien das Laufen nichts auszumachen. Sie trabte locker voraus und wartete immer wieder auf sie, während sie beunruhigt nach Norden schaute, wo der Himmel mittlerweile stockfinster war. Die Sonne war nur noch ein fahler Schimmer am Horizont, die Zornberge schienen komplett verschwunden.

»Was ist das?«, wiederholte Erol keuchend.

Vill wusste es nicht. Der Berg war einfach explodiert und hatte schwarzen Rauch in den Himmel gespuckt, als hätte sich in seinem Innern der Schlund der Unterwelt aufgetan. Das würden zumindest die Priester behaupten. Die Ingenatoren würden wahrscheinlich Blitzschlag vermuten. *Aber das hier ist keins von beidem.* Und noch weniger wusste Vill, was passieren würde, wenn die unheimliche Wolke sie einholte. Nichts Gutes, so viel war sicher. *Glühende Hitze vielleicht? Giftige Dämpfe?*

Als der Pfad sich zu einer weiten, felsigen Lichtung öffnete, hielten sie an. Um sie herum ragten riesige Felsbrocken und verwitterte Steine auf, die aussahen wie die Überreste eines lange zurückliegenden, gigantischen Erdrutsches. Die Kanten der Felsen waren von Sonne, Wind und Regen abgeschliffen, aber einige waren immer noch mehr oder weniger rechteckig, andere halbmondförmig geschwungen, zu symmetrisch jedenfalls, um natürlichen Ursprungs zu sein. *Sie wurden von Menschen gemacht.* Das Trümmerfeld, das sie betreten hatten, war riesig, größer noch als die stolze Hauptstadt Skye. *Eine mächtige Zivilisation muss das hier erschaffen haben.* Eigentlich waren sich die Gelehrten einig, dass Zivilisationen sich im Lauf der Zeit weiterentwickelten. Wie war es also möglich, dass eine längst ausgestorbene Zivilisation eine Stadt gebaut hatte, die größer war als die jetzige Hauptstadt Abrogans?

»Die Täler«, stammelte Erol.

Der Boden unter ihren Füßen war fest, aber uneben, ganz anders als die Aschenstraßen, auf denen sie die ganze Zeit marschiert waren. *Das hier sind alte Pflastersteine. Wir stehen auf einer verfallenen Zugangsstraße.* Vill schaute sich um und suchte nach einem geeigneten Versteck. Die dunkle Wolke hatte sich so weit herabgesenkt, dass sie beinahe die Baumwipfel berührte, und würde sie jeden Moment erreichen.

Wir dürfen auf keinen Fall draußen im Freien bleiben.

»Da!« Adara deutete auf zwei aneinanderlehnende Felsplatten, die wie ein Dreieck aus den Trümmern ragten.

Sie rannten hastig darauf zu. Im Näherkommen sah Vill, dass unter den Felsplatten ein kleiner Freiraum war. Wie Adara ihn entdeckt hatte, konnte er nur raten. Für ihn hatten die Felsplatten aus der Entfernung kein bisschen anders ausgesehen als der Rest des Trümmerfeldes um sie herum. Als sie sich schließlich in ihr Versteck drängten, mussten sie allerdings feststellen, dass nicht genug Platz für alle drei war – in der Mitte gähnte ein dunkles Loch im Boden. Als Vill sich vorsichtig darüberbeugte, schlug ihm ein entsetzlicher Gestank entgegen.

»Ich habe noch nie so was Scheußliches gerochen«, keuchte Erol.

»Da sind Stufen!« Adara hielt sich die Nase zu wie ein Kind, doch sie hatte recht: Eine Steintreppe führte hinab in die stinkende Dunkelheit. Keiner von ihnen machte Anstalten hinunterzugehen, da fielen die ersten schwarzen Flocken. Die Brise trieb sie heran und blies sie in ihren Unterschlupf. Schwarz wie verkohltes Fleisch und leicht wie der Schaum der Dünung auf dem Meer legten sich die Flocken auf ihre Haare und Schultern.

Draußen fiel die erste Möwe vom Himmel. Sie schlug noch kurz mit den Flügeln, den Schnabel weit aufgerissen, dann blieb sie reglos liegen. Eine zweite stürzte herab, ohne sich noch einmal zu bewegen.

»Runter!«, befahl Vill.

Mehrere Stunden kauerten sie nun schon in der Finsternis. Ihnen war gar nichts anderes übrig geblieben, als den entsetzlichen Gestank einzuatmen. Es roch nach Fäulnis und Verwesung, als wäre jemand – oder etwas – hier vor langer, langer Zeit gestorben. *Etwas Altes.* Während der ersten Stunde hatte keiner ein Wort gesprochen. Vielleicht waren es auch zwei gewesen, in der Dunkelheit war das schwer zu sagen. Nach fünfzehn Stufen hatten sie haltgemacht. Das musste genügen, hoffte Vill zumindest. Er hatte keinerlei Bedürfnis herauszufinden, wie weit hinab die Treppe noch führte. Nicht ohne eine Fackel und eine bewaffnete Eskorte. *Und wahrscheinlich nicht einmal, wenn ich beides hätte. Irgendein namenloser Schrecken lauert dort unten.*

Manche Männer wären an seiner Stelle neugierig genug gewesen, die Stufen noch weiter hinabzusteigen, herauszufinden, was sich in dieser Dunkelheit verbarg. Aber Vill war nicht neugierig, denn er wusste es bereits. *Leere.* Er war lange genug in ihr gefangen gewesen. Die Dunkelheit beantwortete keine Fragen, sie war selbst eine einzige unlösbare Frage, die einen Menschen unweigerlich in den Wahnsinn trieb. Er hatte sich schon einmal in ihr verloren, und jetzt lauerte sie wieder auf ihn, doch diesmal würde sie ihn nicht bekommen. Auf keinen Fall.

»Ich muss pinkeln«, flüsterte Adara unvermittelt.

»Mach. Wir sehen dich ohnehin nicht«, erwiderte Vill. »Wenn du uns nicht eigens darauf hingewiesen hättest, hätten wir es gar nicht mitbekommen.«

»Ihr hättet es gehört.«

»Es gibt hier leider kein stilles Eckchen, in das du dich zurückziehen kannst. Wenn du ein paar Stufen nach oben gehst, fließt es nur zu uns herunter. Außerdem sehen wir dich dann im schwachen Gegenlicht.«

»Ihr beiden könntet nach oben gehen und mich einen Moment allein lassen«, beharrte Adara.

»Wir sollen unser Leben riskieren, nur damit du pinkeln kannst? Außerdem ist hier unten dann alles nass, wenn wir zurückkommen.«

»Wie lange müssen wir noch hier aushalten?«

»Wie lange kann es dauern, bis ein Sturm vorbeizieht? Vier Stunden, vielleicht länger.«

»Dann gehe ich eben nach unten.«

Vill hielt den Atem an. »Aber nicht weit«, flüsterte er. »Nur ein paar Stufen.«

»Weit genug, um meine Würde zu wahren.«

»Sagt das Mädchen, das vor glotzenden Männern im Wasser herumtollt.« Vill konnte Adara zwar nicht sehen, aber er spürte den vernichtenden Blick, den sie ihm auf seine letzten Worte hin zuwarf.

»Wasser ist elegant, und mein Körper ist elegant. Pinkeln ist es nicht.«

»Stimmt«, meldete sich nun auch Erol zu Wort.

»Halt die Klappe, Wirtssohn. Und du, Adara, tu, was du nicht lassen kannst.« Vill wurde unangenehm bewusst, dass das Flussmädchen ihn in dieser undurchdringlichen Dunkelheit durchaus erschlagen könnte, wenn er es zu weit trieb. »Aber ruf uns, wenn du uns brauchst.«

Adara tastete sich vorsichtig nach unten, dann herrschte plötzlich Stille. Vill stellte überrascht fest, dass er sich tatsächlich Sorgen um das Mädchen machte. Es war ein eigenartiges Gefühl. *Aber besser, als gar nichts zu fühlen.*

Dann kamen Adaras Schritte plötzlich zurück, und das schnell. Sie knallte mit solcher Wucht gegen Vill, dass sie gemeinsam auf die Stufen fielen.

»Etwas ist da unten«, keuchte sie.

»Eine Kammer?«

»Nein, etwas Lebendiges.«

»Ein Tier?«

»Eher viele Tiere, würde ich sagen.«

Eine völlig untypische Furcht lag in ihrer Stimme, die Vill erschauern ließ. *Noch so ein Gefühl, das ich seit Ewigkeiten nicht mehr gespürt habe.*

»Vielleicht ist dieser unheimliche Sturm ja schon vorbeigezogen«, flüsterte Adara.

»Sehen wir doch einfach nach«, erwiderte Vill. »Erol, geh nach oben und sieh nach.«

»Jetzt soll *ich* also raufgehen und mein Leben riskieren?«

Vill fluchte leise. »Dann gehe ich eben selbst. Ihr beiden könnt ja hierbleiben, wenn ihr wollt... möglichst nahe bei dem, was da unten auf uns lauert.«

Schließlich gingen sie zu dritt. Vill fragte sich, ob sie jeden Moment von sengender Hitze verbrannt oder von dem schwarzen Rauch erstickt würden, doch zu ihrer aller Erstaunen geschah nichts dergleichen. Vorsichtig spähten sie nach draußen.

Die Flocken waren immer noch da: Wie Schmetterlinge aus dem Jenseits umschwirrten sie ihre Köpfe und legten sich auf ihre Gesichter. Vill musste sie von seinen Augenlidern pusten, um überhaupt etwas sehen zu können. Es war düster draußen, aber nachdem ihre Augen an die noch schwärzere Dunkelheit in ihrem Versteck gewöhnt waren, reichte das wenige Licht, um zumindest etwas zu erkennen: Die Landschaft ringsum sah erbärmlich aus. *Als wären wir in der Unterwelt.* Alles war schwarz, der Boden, die Ruinen, die Bäume. Die einstmals schneeweißen Möwen, die überall tot herumlagen, sahen aus wie verendete Krähen, so dunkel war ihr Gefieder. Selbst die Luft schien wie von einem Vorhang verdunkelt. Die Nachmittagssonne war lediglich ein fahler Kerzenschimmer irgendwo am Horizont und spendete nicht mehr Licht als der Vollmond in einer nebligen Nacht. Zögernd trat er nach draußen. Jeder Schritt wirbelte schwarze Flocken auf. Vill ging in die Hocke und hob eine Handvoll davon auf. Der Untergrund war knöcheltief von dem Zeug bedeckt. *Wie schwarzer Schnee, nur dass er nicht kalt ist.*

»Asche«, sagte er.

Erol blickte sich verdutzt um. »Ist sie einfach so vom Himmel gefallen?«

»Der Berg hat sie ausgespuckt.« Immer noch rieselten die Flocken auf sie herab, aber das Schlimmste war vorbei. Ein am Boden liegender Vogel riss den Schnabel auf, aber kein Laut kam heraus. Vill schaute nach Norden und stellte fest, dass das Firmament dort bereits wieder heller wurde. »Wir haben gut daran getan, uns dort unten zu verkriechen. Wie es scheint, haben wir es überstanden.«

Adara wagte sich aus dem Unterschlupf, beide Hände auf den Unterbauch gepresst. »Dann gehe ich jetzt hinter diesen Stein dort«, sagte sie mit gequälter Stimme und verschwand.

»Glaubst du, Zornfleck ist auch davon bedeckt?«, fragte Erol.

»Schon möglich, aber das werden wir so schnell nicht herausfinden. Unser Weg führt nach Süden.«

»Aber meine Brüder sind dort, und meine Mutter...«

»Wenn sie noch leben.«

»Ich muss es wissen!«

»Falls sie tot sind, wirst du es früh genug erfahren. Solche Nachrichten verbreiten sich schnell. Besser, du hörst von ihrem Tod als sie von deinem.«

Von den Ruinen tönte ein Stöhnen zu ihnen herüber. Vill und Erol drehten sich um.

»Adara?«

Das Flussmädchen kam mit halb hochgezogener Hose hinter einem Felsen hervorgehumpelt. »Das war ich nicht. Es kam von dort unten!«

Tief und voll hallte das Geräusch zu ihnen herauf und wurde beständig lauter. Kein Mensch konnte einen solchen Laut erzeugen. Ein Tier kam auch nicht infrage. *Ein Horn vielleicht?* Aber was auch immer es war, es kam näher.

»Ich hab euch doch gesagt, dass sich dort unten was versteckt«, rief Adara und schloss ihren Gürtel.

Vill nahm seinen Bogen von der Schulter. Die Distanz war verdammt kurz. Er würde nur einen einzigen Pfeil abschießen können, bevor er seinem Feind Angesicht zu Angesicht gegenüberstand. Wenn es überhaupt ein greifbarer Feind war und nicht diese verfluchte, alles verschlingende Dunkelheit.

»Zu den Bäumen«, rief er. »Jetzt!«

Hals über Kopf rannten sie los. Asche stob auf, und jeder ihrer Schritte hinterließ einen deutlichen Abdruck auf dem schwarzen Boden. *Selbst ein Blinder kann diese Spuren lesen, aber daran lässt sich jetzt nichts ändern.* Vills einzige Hoffnung war, dass die Brise ihre Fußabdrücke zumindest etwas verwischte, bevor dieses Was-auch-immer aus seinem Versteck gekrochen kam. Die Luft war immerhin wieder sauber genug, dass sie beim Rennen nicht erstickten, doch die Bäume waren noch verflucht weit weg. Zu weit, wie Vill bewusst wurde, als er einen schnellen Blick über die Schulter warf: Die Dunkelheit kam bereits ins Freie.

»Hinter diesen Stein, schnell!«

Mit einem Hechtsprung retteten sie sich hinter einen Felsen und beobachteten bäuchlings in der Asche liegend, wie etwas aus dem Erdloch quoll, in dem sie bis vor wenigen Momenten gekauert hatten. Eine undurchdringliche Schwärze, zäh wie Sirup, kroch unter den Felsplatten hervor und dehnte sich in alle Richtungen.

Vill erkannte sie sofort. *Der Schleier!*

Adara hatte ihn schon einmal gesehen, war selbst darin gefangen gewesen, und das Entsetzen auf Erols Gesicht sagte Vill, dass auch er wusste, womit sie es zu tun hatten.

Der Schleier bäumte sich auf und streckte seine Fühler aus, während Vill darauf wartete, dass er sich zu einer Wand auftürmte wie damals, doch das tat er nicht. Zögernd tastete er sich voran, als hätte er sein Versteck noch nie verlassen. Die Sonne schien ihn zu schrecken, denn nach etwa einer Furchenlänge hielt er inne und bewegte sich nicht weiter.

Von hier kommt er also, von irgendwo unterhalb dieser Ruinen. Welch grässlicher Zauber kann so etwas erschaffen? Ein einheimischer Junge hatte den Schleier einst mit seinem eigenen Blut gebannt. Hieß das, dass er auch aus Blut erschaffen war? Und wenn ja, aus wie viel Blut? Vill erschauderte.

Die Schwärze dehnte sich weiter und kroch auf sie zu. Vill zog den Kopf ein und wartete. Schließlich stieg ihm derselbe grauenhafte Gestank in die Nase, den er auch auf den Stufen gerochen hatte.

»Wenn sie uns erreicht«, flüsterte er seinen Begleitern zu, »dann rennt nach Osten.« Vill würde die entgegengesetzte Richtung einschlagen. Falls der Schleier ihn verfolgte, kamen wenigstens die Kinder davon. *Vielleicht.* Oder er teilte sich einfach auf und holte sie alle drei.

Mit angehaltenem Atem warteten sie ab, aber nichts geschah. Nach einer Weile riskierte Vill einen Blick und sah erleichtert, dass der Schleier sich wieder zurückzog. Er wollte schon aufatmen, da entdeckter er noch etwas: Die Dunkelheit wich zwar zurück, aber an ihrem Rand bildeten sich Umrisse, unscharfe, wie mit flüssigem Stoff verhüllte Klumpen, die einfach stehen blieben, als wären sie im Boden verankert. Immer stärker spannte sich die Oberfläche des zurückweichenden Schleiers über die eigenartigen Formen und umhüllte sie, bis sich erste Details abzeichneten. *Köpfe, Arme, Oberkörper und Beine wie von Statuen.* Vill erkannte die Konturen leichter Lederrüstungen unter der schwarzen Schicht, Speere und Langdolche mit gezackten Klingen – Waffen aus einem längst vergangenen Zeitalter.

Soldatendenkmäler...

Der Schleier bewegte sich jetzt immer schneller und ließ

Reihe um Reihe der unheimlichen Statuen zurück. Dann bewegten sie sich. Einige drehten verwirrt die Köpfe, als fragten sie sich, wo sie waren, rührten sich aber nicht von der Stelle und blieben in strikter Formation. Bald waren es sechs komplette Reihen, dann zehn, dann zwanzig, und immer noch kamen neue hinzu. Mittlerweile mussten es mehrere hundert sein, die wie das fleischgewordene Vermächtnis der toten Stadt zwischen den Ruinen standen.

Ein Heer.

Schließlich quetschte sich der Schleier wieder zurück in das Loch, aus dem er gekommen war. Wie eine Schnecke, die sich in ihr unterirdisches Haus verkriecht, verschwand er aus der Welt, während die Soldaten abwartend dastanden.

Da trat eine weitere Gestalt aus dem Erdloch. Wie die Soldaten war sie von Kopf bis Fuß von Dunkelheit umhüllt, allerdings trug sie keine Rüstung, sondern den langen Umhang eines Fürsten. Als sie durch die Reihen ging, standen die Krieger stramm. *Ihr Anführer.* Der schwarze Fürst kam ihrem Versteck so nahe, dass Vill schließlich sogar sein pechschwarzes Gesicht erkennen konnte. Es war bis ins kleinste Detail modelliert wie das eines Menschen aus Fleisch und Blut, und der Ausdruck darauf war der eines zutiefst verletzten Mannes. Es lag nichts Wehleidiges oder Launenhaftes darin, nur Stolz und Wut. In seinen Augen stand eine Leere, die tiefer war als alles, was Vill je gesehen hatte. *Wie schwarzes Wasser.*

8

Cameo empfing Tobias und seine zwei Feldwebel im Thronsaal von Skye. Den mit der Glatze mochte sie nicht. Ständig lächelte er in den unpassendsten Momenten. *Gruselig.* Der andere war klein gewachsen und ein eher nachdenklicher Charakter, trotzdem machte er Cameo Angst. Sein Name war Fallon. Eigentlich war er ein Purpur aus dem Norden, aber irgendwie hatte es ihn in die Dienste eines Rubinhauptmanns verschlagen, und er wich Tobias fast nie von der Seite. Auch er war ein kaltblütiger Killer, aber er schien das Töten nicht ganz so zu genießen wie die anderen. Ursprünglich hatte Tobias noch einen dritten Berater gehabt. Er hatte Grodamiah geheißen und war noch der Sympathischste von ihnen gewesen. Leider war während der Überfahrt ein Rochen von der Größe einer ausgewachsenen Kuh über das Schiff gesprungen und hatte den bedauernswerten Mann mit in die salzigen Tiefen gerissen. Grodamiah war nicht wieder aufgetaucht, weshalb Tobias nun auf Fallon angewiesen war.

In Tobias' sonst so undurchdringlichem Gesicht stand tiefe Sorge. Es war eindeutig Sorge, keine Wut. Sie hatte den unerschütterlichen Krieger noch nie so beunruhigt gesehen. Obwohl sie die Befehlshaberin des muskulösen Hauptmanns war und auf einem Podest über ihm thronte, fürchtete sich Cameo vor seinen nächsten Worten.

»Wie viele Tote?«, fragte sie.

»Alle«, knurrte Tobias.

»Alle?«

»Zwei komplette Heeresabteilungen. Jede davon fünfhundert Mann stark. Meine Offiziere Remy und Farrah waren auch darunter.«

»Der Große und die Frau mit dem Glasauge?«

»Ja.«

Die Mundwinkel des Glatzkopfs zuckten unmerklich, als der Name Farrah fiel. *Sie hat ihm wohl nahegestanden.*

»Wie ist es passiert?«

»Ein reißender Fluss hat Remy und seine Männer ersäuft. In einer *Wüste!*« Tobias war außer sich, und es gab niemanden, dem er die Schuld für die Katastrophe zuschieben konnte. Immerhin hatte er höchstpersönlich den Befehl gegeben, die Flüchtigen die Küste hinauf nach Norden zu verfolgen. »Wie ist so etwas möglich?«, schnaubte er.

»Ich, ich weiß es nicht... Woher sollte ich auch?« Cameo war verunsichert, was von ihr als Königin erwartet wurde. Die Situation war höchst ungewöhnlich, die Gefahren in diesem Land offensichtlich größer als gedacht.

»Und als Farrah den fliehenden Adel eine Bergflanke hinauf verfolgte, ist er explodiert.«

»Was ist explodiert?«

»Der Berg!«

»Der Berg?«, wiederholte Cameo. Sie wusste nicht recht, ob sie ihrem Hauptmann glauben sollte. Andererseits war Tobias nicht der Typ, der Scherze machte, und Cameo hatte die gigantische schwarze Wolke am Horizont selbst gesehen. Etwas Unnatürliches musste dort oben im Norden passiert sein. *Doch nicht etwa...*

»Ja doch! Der ganze Berg ist mit einer Rauchsäule in die Luft geflogen. Die Wachen haben es von der Palastmauer aus mit eigenen Augen beobachtet. Mittlerweile sind drei Reisende in der Stadt eingetroffen, die es ebenfalls bezeugen können.«

»Ich habe es auch gesehen«, sagte Cameo leise. »Eine Wolke, so finster wie die Nacht, und das am helllichten Tag.«

»Ja, Majestät. Laut den drei Reisenden liegt der gesamte Landstrich bis zu den Tälern, das sind diese angeblich verwunschenen Ruinen nicht weit nördlich von hier, unter einer Ascheschicht begraben.«

»Die Abroganer hetzen ihre heidnischen Götter auf uns!«, meldete sich der Rote Priester zu Wort. Die Religionsoberhäupter Fretwitts hatten ihn mitgeschickt, damit er die Abroganer zum Roten Glauben bekehrte – nachdem Tobias sie entweder der Roten Herrschaft unterworfen oder getötet hatte.

Bei der Erwähnung heidnischer Götter setzte Cameos Herz einen Schlag lang aus. »Schwarze Magie...«, flüsterte sie.

Cameo machte sich nichts aus Religion, weder aus der ihres Priesters noch aus dem abroganischen Katzenkult, aber schwarze Magie... Nachts am Lagerfeuer, nachdem ein Becher mit heißem Rum mehrmals die Runde gemacht hatte, hatten die Männer oft von übernatürlichen Phänomenen erzählt und sich dann lauthals gestritten, ob es sich dabei nur um eigenartige Zufälle oder eben doch um Hexerei gehandelt habe. Eaton hatte immer behauptet, er könne zaubern, doch das waren bloße Taschenspielertricks. Sie hatten nichts zu tun mit den mystischen Kräften, die einen mit Pocken heimsuchten oder Kinder entführten, die in einer mondlosen Nacht vergessen hatten, ihren Talisman vor die Zeltklappe zu hängen.

Zu spät merkte Cameo, wie alle im Saal sie anstarrten. Sie konnte nur hoffen, dass niemand ihre ganz und gar unkönigliche Bemerkung mitbekommen hatte. Stock, der wie immer direkt neben ihr stand und es gehört haben *musste*, ließ sich zumindest nichts anmerken.

»Ein Letztes noch«, fuhr Tobias fort, ohne auf den Kommentar des Priesters einzugehen.

»Noch etwas? Was kann denn sonst noch passiert sein?«

»Die drei Reisenden berichteten von einem Heer, das in den Tälern aufmarschiert sein soll.«

»Ich dachte, das feindliche Heer wäre besiegt?«

»Es gibt noch eines.«

»Können wir das nicht auch besiegen?« Cameo merkte, wie kindisch ihre Frage war. Sie wusste so gut wie nichts über den Krieg. Mit einem Mal wurde ihr siedend heiß bewusst, dass es vielleicht unklug gewesen war, einen anzufangen.

»Sie haben die Nachricht erst vor Kurzem überbracht. Möglicherweise übertreiben sie. Um sicherzugehen, habe ich vier meiner besten Späher entsandt, um die Lage zu erkunden.«

»Und?«

»Und nichts. Sie sind nicht zurückgekehrt.«

»Bringt die drei her.«

»Sie sind Bauern, meine Königin, zumindest zwei davon. Der Dritte scheint von höherem Stand zu sein, aber er wurde hier in Skye geboren. Man kann ihm nicht vertrauen.«

»Ich sagte: Bringt sie zu mir«, beharrte Cameo. »Und lasst den Saal räumen.«

»Fallon darf selbstverständlich bleiben, nehme ich an.«

»Nein, er soll gehen wie alle anderen. Und jetzt bringt mir diese Reisenden.«

Tobias' säuerliche Miene erinnerte Cameo daran, wie sehr er es hasste, herumkommandiert zu werden. Aber sie war nun mal die Königin und er ihr Untergebener, ob es ihm gefiel oder nicht. Cameo hatte schon daran gedacht, den etwas weniger reizbaren Fallon zu ihrem Oberbefehlshaber zu machen, das Vorhaben dann aber wieder verworfen, weil ihr der Schritt zu gewagt schien. Politische Machtspiele konnten sich leicht gegen einen wenden, und Cameo war alles andere als eine geschickte Politikerin.

Manchmal fühlt sich dieser Thronsaal an wie eine Kerkerzelle.
Cameo war in ein riesiges, unbekanntes Land voller Wunder gereist, und nun saß sie wie eine Gefangene in der Hauptstadt fest. Dabei sehnte sie sich danach, Abrogan zu erkunden. Das Palastleben war so langweilig, die Etikette ging ihr auf die Nerven, und die Adligen verachteten sie. Die weichen Kissen überall luden nur zum Faulenzen ein. Die Tänze im Palast waren steif, jeder Schritt war genau vorgeschrieben, und es dauerte Jahre, bis man sie beherrschte. Das Essen mochte gut und reichlich sein, aber erlegt und gekocht wurde es von der Dienerschaft – nicht einmal das Vergnügen der Jagd und Zubereitung war ihr vergönnt. Jedes Mal, wenn sie sich ins Schlachthaus schlich, um zu sehen, wie die Fleischhälften zum Ausbluten aufgehängt wurden oder welche Gewürze die Köche zum Marinieren verwendeten, kam schon einer ihrer Diener angerannt, voller Sorge um ihr zartes Gemüt. »Eine Königin sollte ihr Essen nur sehen, wenn es auf vier Beinen durch den Wald läuft oder frisch zubereitet auf dem Teller liegt. Alles dazwischen ist eine unappetitliche Mischung aus Gedärmen und Knorpeln.« Cameo hatte in ihrem Leben jede Menge Gedärme und Knorpel gesehen. Als sie noch ein Kind war, hatte Dungi ihr in der Küche oft ein frischgehäutetes Kaninchen auf den Schoß geworfen und sich dann köstlich amüsiert, wenn sie kreischend aufgesprungen war. Allerdings konnte sie das niemandem erzählen. Also ließ sie sich von ihren Dienern zurück in die langweiligen, von Wandteppichen erstickten Hallen führen, in denen die Hofdamen an Teetassen nippend miteinander tuschelten. Die Wandteppiche mochten meisterhaft gefertigt und schön anzuschauen sein, aber schon nach wenigen Tagen hatte Cameo sich daran sattgesehen. Die Landschaften darauf waren so leblos, nichts veränderte sich. Tot wie erlegte Tiere hingen sie da, ausgestopft und an die Wand gehängt.

Mittlerweile war der Thronsaal leer. Cameo seufzte und zog die Knie an die Brust. Wie ein Kind rollte sie sich auf dem Thron zusammen, den die abroganischen Adligen ihr hinterlassen hatten, nachdem sie von den Roten vertrieben worden waren.

Sie sind tot, raunte ihr Gewissen. *Ermordet.* Cameo war nicht dabei gewesen, als es passierte, trotzdem fühlte sie sich schuldig. Sie hatte den Befehl dazu gegeben, hatte die Hauptleute und ihre Soldaten noch eigens mit einer aufpeitschenden Rede angestachelt. Ihre Vorstellung war durch und durch überzeugend gewesen, und alle hatten Cameos vorgegaukelten Blutdurst bejubelt. Doch das Blut, das nun vergossen wurde, war echt. Die eilig errichteten Galgen, an denen die Offiziere der Stadtwache Skyes gebaumelt hatten, hatten noch gestanden, als sie durch die Stadttore ritt.

»Wir hängen nur die, bei denen es absolut notwendig ist«, hatte Tobias ihr versichert. Trotzdem hatte Cameo die Hinrichtungen sofort untersagt und die Galgen unverzüglich abbauen lassen. *Noch so ein Befehl, der ihm nicht gepasst hat.* Der Großteil des Hochadels war ohnehin schon nicht mehr am Leben gewesen, sondern mit der Westflanke des Berges zu Tode gestürzt, nachdem der bestochene Ingenator den Stinker in das zerklüftete Fundament der Felswand umgeleitet hatte. Von Unmengen an Wasser unterspült, war der Boden unter dem gesamten Westteil der Stadt einfach weggebrochen, hatte den Turm mitgerissen, in dem der Fürst gerade speiste, außerdem eine voll besetzte Kaserne sowie den gesamten Adelsbezirk. Ein Drittel der Bevölkerung Skyes war damit bereits ausgelöscht gewesen. Außerdem hatte der gigantische Erdrutsch Cameos Truppen eine bequeme Rampe verschafft, über die sie wie auf einem roten Teppich direkt in die im Chaos liegende Stadt marschieren konnten. Den Überlebenden, die durch das Haupttor auf der anderen Seite geflohen waren, hatten Remy und Farrah gnadenlos nachgesetzt, nur um einem verrückt gewordenen Fluss und einem explodierenden Berg zum Opfer zu fallen. Es war, als wollte das Land selbst sich an ihnen rächen...

Während Cameo all diesen düsteren Gedanken nachhing, kehrte Tobias zurück, hinter ihm ein Mann mittleren Alters, eine blendend aussehende junge Frau und ein Bauernjunge, alle drei von ihrer beschwerlichen Reise gezeichnet. Tobias setzte eine Miene verärgerter Erwartung auf, als gebe er Cameo eine letzte Chance, ihren Entschluss noch einmal zu überdenken.

Cameo reagierte nicht darauf und schickte ihn mitsamt seinem Stirnrunzeln aus dem Saal. Nachdem alle – außer Stock natürlich – fort waren, blieb ihr nichts anderes übrig, als sich selbst vorzustellen.

»Ich bin die Dame Zinnober, Königin der Roten Stadt von Fretwitt und jetzt auch von Abrogan«, begann Cameo und stellte fest, dass sie sich allmählich an den Titel gewöhnte, wenn auch nicht an das Amt. »Ihr müsst erschöpft von eurer Reise sein. Setzt euch. Bedient euch an dem köstlichen Obst an der Tafel.«

Der Mann verneigte sich, während der Junge nur glotzte und das Mädchen sofort hinüber zu den Obstschalen lief und mit vollen Händen zugriff.

Cameo erhob sich und schritt, genau wie Godiva es ihr beigebracht hatte, erhaben von ihrem Podest herab. Stock blieb an ihrer Seite, jeden Moment bereit, den Fremden niederzustechen, falls er den Anschein erweckte, er könnte auch nur versuchen, seiner Königin Schaden zuzufügen.

»Ich bin Vill Magnan, ehemaliger Büttel von Skye«, sagte der Mann.

»Ehemalig?«

»Es ist in der Tat lange her. Zu dem letzten Fürsten von Skye stand ich in keinerlei Dienstverhältnis.«

»Und was war deine ehemalige Funktion?«
»Bogenschütze.«
»Du warst ein gewöhnlicher Bogenschütze?«
»Nicht unbedingt gewöhnlich, aber auch nicht von besonderem Rang, wenn es das ist, was Ihr meint.«
»Wie ich höre, hast du Neuigkeiten aus dem Norden, ungewöhnlicher Bogenschütze.«
»Die habe ich in der Tat. Ein Berg ist explodiert und hat den Himmel mit einer schwarzen Wolke verdeckt. Wir suchten in den Tälern Schutz, bis die Wolke vorübergezogen war.«
»Mir wurde gesagt, die Einheimischen hielten die Täler für verflucht und mieden den Ort. Vergib mir das Misstrauen, aber es scheint mir doch recht unwahrscheinlich, dass ihr ausgerechnet dort Zuflucht suchtet. Kannst du beweisen, dass ihr dort wart?«

Vill Magnan überlegte kurz. Schließlich zog er einen Stiefel aus und leerte daraus ein feines schwarzes Pulver auf die polierten Steinfliesen des Thronsaals.

Cameo bückte sich und befühlte die eigenartige Substanz neugierig. »Leicht wie Staub...«, flüsterte sie fasziniert.
»Es ist Asche.«
»Aus dem Gebirge im Norden?«
»Ja. Ich bin weder Ingenator noch Alchemist, doch habe ich mit eigenen Augen gesehen, wie sich die Wolke aus dem Berg erhob, nachdem die Erde mehrmals von heftigem Donner erschüttert worden war.«

»Ich habe sie ebenfalls gesehen, diese Wolke«, murmelte Cameo. »Sie war so... anders.«
»Ja. Die Götter scheinen...«
»Götter? Nein, das war schwarze Magie!« Cameo bereute ihren Ausbruch sofort, doch es war zu spät.

Magnan neigte fragend den Kopf, dann lachte er plötzlich.

Es war ein seltsames Lachen, das irgendwie eingerostet klang, doch er schien aufrichtig amüsiert. »Ihr seid eine ungewöhnliche Königin«, sagte er schließlich.

»Nun ja, ich komme von jenseits des Meeres. Du kennst unsere Gebräuche nicht.«

»Ganz recht, das tue ich nicht.« Das Grinsen verschwand aus Magnans Gesicht, dann schwieg er eine Weile, als wäge er seine nächsten Worte sorgsam ab. »Ein Heer ist in den Tälern aufmarschiert, Königin.«

»Ach ja, genau. Hauptmann Tobias sagte bereits, dass du etwas in der Art behaupten würdest. Hat er euch gut behandelt?«

»Fürstlich sogar. Ich meine, er hat uns hierhergebracht, statt uns an Ort und Stelle töten zu lassen. In Kriegszeiten ist das die beste Behandlung, die man erwarten kann, wenn man auf der Seite der Unterlegenen steht.«

Cameo runzelte die Stirn. *Eine seltsame Einschätzung.* »Tobias sagte weiter, du hättest mehrere hundert Soldaten gesehen. Außerdem sagte er... nein, es war sein Feldwebel Fallon, der sagte, sie seien lediglich mit Speeren und Dolchen bewaffnet und daher keine Gefahr für uns. Hast du noch mehr zu berichten als das?«

»Glaubt Ihr wirklich an Magie?«

Im ersten Moment war Cameo verunsichert, ob Magnan sie nicht zum Narren hielt. Immerhin hatte er gelacht, als sie das Wort zum ersten Mal erwähnte.

»Nicht unbedingt«, erwiderte sie. »Andererseits ist ein ganzer Berg explodiert, eine Wüste wurde von einem Fluss überschwemmt, und weder meine Priester noch meine Ingenatoren haben dafür eine befriedigende Erklärung. Was ist nun mit diesem Heer?«

»Seine Soldaten sind in Dunkelheit gehüllt.«

»Sie tragen dunkle Umhänge?«

»Nein, keine dunklen Umhänge, sondern Umhänge aus Dunkelheit. Die Dunkelheit bewegt sich mit ihnen wie eine zweite Haut, bedeckt sie von Kopf bis Fuß, sogar die Gesichter. Als würden sie einen Schleier tragen...«

Magnan verstummte abrupt, als wäre ihm gerade ein neuer Gedanke zu dem Vorfall gekommen.

Cameo erschauerte. Der Bericht des Bogenschützen war den Geschichten nicht unähnlich, die sie am Lagerfeuer gehört hatte. Etwas stimmte nicht mit diesem Land.

»Ich weiß nicht, ob ich dir glauben soll, Vill Magnan«, sagte sie verunsichert. »Erzähle mir von dir und deinen Begleitern, damit ich dich besser einschätzen kann.«

»Er bringt gern Unschuldige um«, rief das Mädchen schmatzend. »Reicht das?«

»Damals war ich Soldat«, verteidigte sich Magnan. »Aber jetzt nicht mehr.«

»Er hat mir verboten, Steine auf Eure Soldaten zu werfen«, fügte der Junge hinzu.

»Vergebt diesen Waisenkindern ihre mangelnden Umgangsformen, Majestät«, warf Magnan hastig ein. »Adara stammt vom Flussvolk, bei dem die Zunge oft schneller ist als die Gedanken, und Erol ist ein einfacher Bauernsohn. Ich habe sie in meine Obhut genommen, und auch sie haben das dunkle Heer gesehen. Sie können meine Aussage bezeugen.«

Vom Flussvolk? Wie interessant. Cameo musterte Adara fasziniert. Das Flussvolk zog ständig durch die hiesigen Lande, wie sie gehört hatte – genau das, was sie selbst so gerne tun würde.

»Was hat es mit diesem dunklen Heer auf sich?«, fragte sie schließlich.

»Es ist furchterregend«, antwortete Erol.

»Ja, natürlich, aber woher kommt es? Aus einem benachbarten Land? Wer sind sie, waren sie mit dem Fürst von Skye verfeindet?«

»Sie kommen aus den Tälern«, antwortete Magnan.

»Das weiß ich bereits. Aber wo rekrutieren sie ihre Soldaten? In den umliegenden Dörfern?«

»Nein. Sie kommen aus den Ruinen einer längst verfallenen Stadt. Aus der Erde darunter, genauer gesagt.«

Cameo runzelte die Stirn. »Ich mag jung sein für eine Königin, aber ich bin nicht dumm.«

»Deshalb habe ich auch gefragt, ob Ihr an Magie glaubt.«

Das Thema interessierte Cameo nach wie vor, nur durfte sie sich das in ihrer Position als Königin nicht anmerken lassen. *Kein erobertes Volk nimmt eine abergläubische Herrscherin ernst.*

»War es dunkel, als du das Heer gesehen hast?«, fragte sie weiter.

»Ja, der Himmel war von Asche verhangen, noch stärker als jetzt.«

»Könnte es sein, dass die Soldaten sich in Höhlen unterhalb der Ruinen vor der Explosion in Sicherheit gebracht haben, die du hörtest?«

»Das ist möglich, aber...«

»Oder könnten sie von Kopf bis Fuß mit Asche bedeckt gewesen sein, sodass sie euch schwarz erschienen?«

»Ich glaube es nicht, aber ich kann Euer Argument auch nicht von der Hand weisen.«

»Warum sprichst du also von Magie, wenn es für alles auch eine durch und durch irdische Erklärung gibt?«

»Sie sahen nicht aus wie irdische Wesen.«

»Dafür musst du mir schon mehr Beweise liefern. Ich bin eine Königin, keine leicht hinters Licht zu führende Bauernmagd.«

Cameo versuchte, möglichst selbstsicher zu klingen. Es gelang ihr nur teilweise. »Ich habe Dinge gesehen, die mich misstrauisch gegenüber Fremden machen, die fantastische Geschichten erzählen.«

»Ist noch ein Teil des Adels von Skye am Leben, oder habt Ihr sie alle töten lassen?«, fragte Magnan in so nüchternem Tonfall, als hätte er an Cameos Stelle genau das getan.

Cameo wand sich. »Ein Teil, ja.«

»Ich würde gerne mit ihnen sprechen. Vielleicht kann ich Euch dann helfen.«

»Wie?«

»Es könnte sein, dass sie weitere wichtige Informationen haben.«

»Bevor ich dich mit Menschen zusammenbringe, die mir aus nachvollziehbaren Gründen nicht gerade wohlgesinnt sind, sag mir eines: Wem hältst du die Treue, Vill Magnan?«

»So etwas wie Treue kennt er nicht«, meldete Adara sich wieder zu Wort.

Magnan warf dem Mädchen einen verärgerten Blick zu, bevor er antwortete. »Ich habe zu verschiedenen Zeiten verschiedenen Fürsten gedient und bin Veränderung gewohnt, meine Königin. Ich würde Euch ebenso treu und bereitwillig dienen wie meinem letzten Herrn, das versichere ich Euch.« Er überlegte kurz. »Bereitwilliger sogar.«

9

Die Rote Königin ließ einen Grafen, eine Gräfin und einen Herzog, die sich während des Erdrutsches nicht im Adelsbezirk aufgehalten hatten, in den Thronsaal bringen. Vill dachte unterdessen über seine Theorie nach.

Wie sich jedoch bald herausstellte, war der Herzog schon sehr alt. Sein Gedächtnis ließ ihn bereits im Stich. *Nicht zu gebrauchen.* Der Graf wiederum war so verängstigt, dass er nur sagte, was er glaubte, das die Königin hören wollte. *Ebenfalls nicht zu gebrauchen.* Die Gräfin hingegen war eine praktisch veranlagte Frau aus den Niederfluren. Sie war alt genug, um sich an die Zeit zu erinnern, in der die Drachin Verda ihr Unwesen getrieben hatte, aber glücklicherweise noch nicht so alt und senil wie der Herzog.

Die Königin erklärte unterdessen, sie habe bereits von dieser Verda gehört, aber die Geschichten seien so hanebüchen und alt, dass sie ihnen keinen Glauben schenkte. Von einem riesigen Vogel mit flammendem Gefieder, der ganze Flüsse austrank und als Regen wieder ausspuckte, war die Rede. Tatsächlich gesehen hatte das Ungeheuer jedoch niemand.

Vill allerdings schon. *Sie hat meine Düsterlinge abgeschlachtet, bevor sie über das Gebirge davongeflogen und zu einer Legende verblasst ist.* Seine Hoffnung war, dass die Gräfin sie als Kind ebenfalls gesehen hatte.

»Ich erinnere mich, meine ... Königin«, begann die Gräfin.

»Ihr braucht mich nicht so zu nennen«, unterbrach Cameo. »Dame Zinnober genügt.«

»Ich erinnere mich an die Geschichten über die Drachin, Dame Zinnober, aber schon damals waren sie kaum mehr als Gerüchte.«

»Wie alt wart Ihr, als Ihr sie zum letzten Mal hörtet?«, fragte Vill.

»Das ist eine Ewigkeit her. Ich glaube, ich war damals noch ein kleines Mädchen.«

»Geht es auch genauer?«

»Nun denn. Es war in dem Jahr, als die Mühle am Stinker gebaut wurde…« Die Gräfin überlegte einen Moment. »Das ist jetzt vierzig Jahre her. Vierzig und noch einmal fünf.«

»Fünfundvierzig Jahre!« Vill klatschte in die Hände — endlich wusste er, wie lange er diesmal im Schleier gefangen gewesen war. »Adara, hast du gehört, wie teuer uns dein kleiner Schubser zu stehen gekommen ist?«, rief er über die Schulter. »Merk dir das fürs nächste Mal.«

»Was hat das mit der Drachin zu tun, Magnan?«, fragte Cameo verwirrt.

Vill wandte sich wieder an die Gräfin. »Gut. Was ist mit der Karte?«, fragte er weiter.

Die Gräfin hob die Augenbrauen. »Die Karte der Welt, meinst du?«

»Genau die. Die große, die mit Blut auf eine Tierhaut gezeichnet wurde.«

»Sie war im Grünen Turm im Westhof. Ursprünglich hing sie im Ratssaal des Palastes, dort habe ich sie als kleines Kind zum ersten Mal gesehen. Ich habe sie immer bestaunt, während meine Eltern bei Hofe waren. Sie war wunderschön gezeichnet, mit Bäumen und Gebirgen und verschiedenen Landschaften, aber eines Tages war sie fort. Man hat sie aus der Stadt gebracht, und als sie zurückkehrte, erklärte Fürst Kryst, sie sei zu wertvoll, um an einem Ort zu hängen, an dem sich der höfische ›Pöbel‹ herumtreibt.«

Oder zu gefährlich, dachte Vill.

Die Gräfin sprach unterdessen weiter. »Ich habe sie erst wiedergesehen, als ich alt genug war, um an den Ratstreffen im Grünen Turm teilzunehmen. Doch der Turm ist mitsamt der Bergflanke eingestürzt. Schade um dieses ganz ausgezeichnete Stück Handwerkskunst.«

»Das meine ich nicht. Ich spreche von ihrer Macht. Könnt Ihr uns davon berichten, was die Karte zu bewirken vermochte?«

»Aber ja. Sie hatte die Macht, die Fantasie eines jeden Betrachters zu beflügeln. Ich erinnere mich noch gut, wie ich als kleines Mädchen vor ihr stand und davon träumte, einmal die Rauchhöhen zu sehen oder zu Pferd bis nach…«

Vill seufzte innerlich. Die Herzogin wusste gar nichts. Sie wusste von der Existenz der Karte, aber sie wusste nichts über die Kraft, die ihr innewohnte. *Kryst hat sie weggesperrt und ihre Macht geheim gehalten. Nicht unvernünftig, denn ohne die Karte hätte es weder eine Drachin gegeben noch die Düsterlinge.* Vill dachte zurück an seine erste Zeit im Schleier, die endlosen Jahre darin, die ihn in den Wahnsinn getrieben hatten. Aber all das spielte jetzt keine Rolle mehr, denn die Karte war fort, für immer verloren gegangen beim Einsturz des Grünen Turms.

»Es gab da so einen Jungen…«, sprach er schließlich weiter.

»Einen Jungen?«

»Einen jungen Mann wohl eher. Ich meine den, der die Karte gezeichnet hat.«

»Niemand hat daran gezeichnet. Auf strengen Befehl von Fürst Kryst durfte keiner sie auch nur berühren.«

»Stoli. Sein Familienname war Stoli.«

Die Gräfin schüttelte den Kopf. »Von den Stolis habe ich nie gehört.«

»Er hatte einen eigenartigen Vornamen. Wachs oder so ähnlich.«

»Wexford!«, warf Adara ein. »Er hieß Wex.«

»Der einzige Wex, den ich kannte, war mit der Gräfin Zornfleck verheiratet. Aber er hatte nichts mit der Karte zu tun. Fürst Kryst hat ihn zum Oberaufseher der Schweinestallungen ernannt. Eine durchaus wichtige Aufgabe, die Schweinezucht, aber der Geruch... Wir haben immer unsere Witze darüber gemacht.«

»Brynn und Wex haben geheiratet?«, fragte Adara verdutzt.

»Aber Wex hat auch gezeichnet«, beharrte Vill. »Er war so etwas wie ein Künstler.«

»Er hat Bilder gemalt, das schon. Auf einem waren die östlichen Niederfluren mit einigen meiner Höfe zu sehen. Es hing eine Weile in meinem Salon. Schließlich habe ich es einem meiner Köche geschenkt.«

»Aha!«, sagte Vill.

»Aha?«, wiederholte Cameo.

»Dieser Wex. Wo ist er jetzt?«

»Mit dem Erdrutsch den Berg hinunter und unter den Trümmern des Grünen Turms begraben, nehme ich an«, antwortete die Gräfin.

Cameo neigte überrascht den Kopf. »Der Schweinehirt war im Turm?«

»Seit seiner Hochzeit mit Brynn war er ein Graf. Wir nannten ihn Schweinegraf, und als solcher war er bei der letzten Ratsbesprechung dabei. Es ging um die Viehbestände. Er war ein guter Mann und kaum älter als ich.«

»Und Brynn?«, hakte Adara nach.

»Die Gräfin wird mit ihren Kindern im Adelsbezirk gewesen sein.«

»Sie hatten Kinder?«

»Mittlerweile erwachsene Kinder, drei davon. Wie die anderen sind auch sie zu Tode gestürzt.«

Vill fiel auf, wie unberührt die Gräfin wirkte, als sie von all den Toten sprach. Als ginge es um Fisch oder dergleichen. *Die abgestumpfte Gleichgültigkeit der Alten, die zu viel erlebt haben.*

»Das mag ja alles sehr interessant sein«, meldete sich Cameo wieder zu Wort, »aber warum es den Anschein hat, als würde das Land selbst sich gegen uns erheben, weiß ich immer noch nicht.«

Vill überlegte. Die Drachin, die Karte und der Zeichner waren verschwunden, und alles, was er bisher aus der Gräfin hatte herausquetschen können, interessierte die Königin herzlich wenig. Cameo verlor das Interesse, das war deutlich zu spüren.

»Das schwarze Heer ist auf dem Weg hierher«, sagte er in einem letzten Versuch.

»Du verwirrst mich, Vill Magnan. Zuerst sprichst du von einer Drachin und einer Karte, und dann kommst du plötzlich wieder mit diesem Heer an, das niemand außer dir gesehen hat«, sagte die Königin ungehalten.

»All diese Dinge stehen miteinander in Verbindung, ich weiß es! Ich weiß nur noch nicht genau, wie.«

»Falls diese seltsamen Vorfälle mit schwarzer Magie zu tun haben, dann könnte ein Zauberer sie vielleicht erklären«, überlegte Cameo.

»Ich kannte mal einen. Aber das ist jetzt fünfundvierzig Jahre her, und es ist durchaus möglich, dass er nicht mehr lebt. So oder so wäre er wahrscheinlich nicht sonderlich erfreut, mich wiederzusehen.«

Die Königin seufzte. »Ich hatte geglaubt, du wärst jemand, der etwas zu sagen hat, Vill Magnan. Aber das hast du nicht. Du bist ein Niemand, der mir wirre Geschichten auftischt, mehr nicht. Stock, schaff ihn hinaus.«

Vill und seine Begleiter wurden aus dem Thronsaal in das Getümmel auf den Straßen Skyes entlassen. An jeder Ecke standen Rote Soldaten, zwischen denen die Bürger geschäftig hin und her eilten, alle darauf bedacht, die eigene kleine Welt wieder aus den Trümmern zusammenzusetzen, die der Sturm auf die Stadt hinterlassen hatte. Anscheinend gelang ihnen das recht gut. Die Türen des Morah-Tempels standen weit offen, die Gläubigen mit ihren charakteristischen Schlapphüten gingen ein und aus. Den Blick stets gen Himmel gerichtet, wie ihr Glauben es verlangte, stolperten sie oft auf dem unebenen Pflaster. Eine unpraktische Religion, fand Vill. Eine Obsthändlerin bot ihre liebevoll hergerichtete Ware an, ohne Notiz von den Schwerbewaffneten um sie herum zu nehmen. Ein Nachtmann schlurfte mit zwei Eimern voll Fäkalien vorbei. Die veraltete Bezeichnung stammte noch aus der Zeit, bevor die Ingenatoren Skyes den Stinker zum Abwasserkanal umfunktioniert hatten und der Beruf nur nachts ausgeübt worden war. Jetzt hatten die Güllekuriere, wie sie auch genannt wurden, wieder Hochkonjunktur. Denn nachdem die Roten den Stinker ein zweites Mal umgeleitet hatten, um die Westflanke des Berges zum Einsturz zu bringen, hatte es einen unappetitlichen Rückstau in den Abwasserkanälen gegeben, der immer noch nicht restlos beseitigt war. Doch all das schien die Bürger Skyes kaum zu stören. *Sie sind ein zähes und anpassungsfähiges Volk, das sich wenig darum schert, wer über es herrscht, solange die momentanen Herren es nicht zu sehr knechten.*

Der Großteil der Bevölkerung lebte in den Elendsvierteln am Fuß des Berges. Während des Aufstiegs war Vill erstaunt gewesen, wie viele es waren. Viel mehr als vor den etwa hundert

Jahren, als er in Skye gelebt hatte. Die Stadt selbst hatte ebenfalls zugelegt, sowohl an Gebäuden als auch an Einwohnern. Auf jedem freien Fleckchen stand entweder ein neues Geschäft, oder ein fahrender Händler bot seine Waren an, und in den Ecken dazwischen wimmelte es nur so von diesen bunten Katzen, die die einfachen Leute als Götter verehrten. Die Hauptgebäude erkannte er alle wieder: den Palast, die Große Stadthalle, den Morah-Tempel, selbst den Kasernenhof, auf dem er vor so langer Zeit ausgebildet worden war. Vill fühlte sich beinahe zu Hause – aber eben nur beinahe. Was fehlte, waren seine Zeitgenossen von damals. *Ein eigenartiges Gefühl.*

»Wir verlassen die Stadt«, ließ er Adara und Erol wissen. »Und dazu brauchen wir Geld, eventuell genug, um für eine Schiffspassage zu bezahlen.«

»Aber du hast gesagt ...«, begann Erol.

»Und jetzt sage ich etwas anderes. Denkt nach. Wie kommen wir an Geld?«

Adara wollte gerade etwas sagen, doch Vill schnitt ihr das Wort ab. »Tanzen kommt nicht infrage.«

»Warum nicht? Magst du keine Tänze?«

»Ich mag Tänze genauso gern wie jeder vernünftige Mensch. Dreier- oder Viererschritt zum Beispiel. Aber ich habe von den Tänzen deines Volkes gehört, und ich weiß, was die Stadtbewohner über sie denken.«

»Was denkst *du* denn über sie?«

»Sie sind zu aufreizend.«

»Vielleicht reizen sie einen Mann, mich zu heiraten.«

»Wenn ich das für möglich hielte, würde ich dir eigenhändig auf dem Marktplatz eine Bühne bauen.«

»Um einen Mann für mich zu finden oder um mich loszuwerden?«

»Ich suche einen Ort, an dem ich dich guten Gewissens zurücklassen kann. Euch beide, genauer gesagt. Aber dieser Ort ist nicht hier.«

»Du hast gesagt, hier wäre der sicherste Ort in ganz Abrogan, und jetzt behauptest du das Gegenteil. Ständig lügst du oder änderst deine Meinung.«

»Diese Stadt *war* der sicherste Ort, aber das schwarze Heer ist auf dem Weg hierher. Ich spüre es.«

»Sollen sie doch kommen«, verkündete Erol, der seit ihrer Ankunft aus dem Staunen nicht mehr herauskam. Noch nie im Leben hatte er so dicke Mauern und so hohe Türme gesehen. Erol fühlte sich in Skye absolut sicher.

»Die Stadt ist schon einmal gefallen, und jetzt ist die Ringmauer beschädigt. Die Roten haben sich noch nicht restlos von der Schlacht erholt, und sie kennen diese Festung nicht. Wie stark ihr Wille ist, ein Land zu verteidigen, das noch nicht einmal ganz ihnen gehört, muss sich erst noch zeigen. Außerdem steht der neue Feind mit dieser verfluchten Dunkelheit im Bunde. Diese Cameo hat sich gerade genug von unserem Land einverleibt, um daran zu ersticken. Sie ist keine Kriegsherrin, und jetzt, da ich sie besser einschätzen kann, halte ich es für unklug, sich unter ihrem Rock zu verstecken.«

»Und wie gedenkst du an Geld zu kommen?«, hakte Adara nach. »Ich habe uns in Furtheim einen Bogen und Pfeile besorgt, du nur ein Mittagessen und ein paar neue Kleider für dich selbst. Ich frage dich noch einmal: Was willst du tun? Jemanden mit dem Bogen erschießen, den ich dir gekauft habe? Wir wissen ja noch nicht einmal, ob du überhaupt damit umgehen kannst.«

»Ich könnte Bier brauen«, schlug Erol vor.

Vill wollte etwas dagegenhalten, fand aber keine Argumente. Außerdem hatte der Junge recht: Bierbrauen war wahrscheinlich noch die beste Möglichkeit, an Geld zu kommen. *Männer haben Durst, egal ob zu Friedens- oder Kriegszeiten.* Dennoch schüttelte er den Kopf. »Keine Zeit. Wir müssen diese Stadt verlassen, bevor das Heer hier eintrifft. Am besten mit Geld in den Taschen, aber wenn es sein muss auch ohne. Ich hatte ein ungutes Gefühl beim Anblick dieser verwunschenen Kreaturen. Wenn mich nicht alles täuscht, sind sie derselben Teufelei entsprungen wie die Dunkelheit, die dich und mich fünfundvierzig Jahre lang gefangen gehalten hat, Adara.«

Vill dachte zurück an die unheimliche Begegnung in den Tälern. Mucksmäuschenstill hatten sie sich davongeschlichen, während das Heer sich sammelte. Dann waren sie auf der Ersten Straße weiter nach Skye geeilt, so schnell ihre Füße sie trugen. Jedes Mal, wenn er sich umblickte, hatte Vill sie gesehen, die von Hunderten, vielleicht Tausenden Marschierenden aufgewirbelte Asche. *Sie kommen.* Die Späher würden Cameo schon bald von dem feindlichen Aufmarsch berichten – vorausgesetzt, sie schafften es lebend zurück nach Skye. Falls nicht, würde das Heer irgendwann auch von den Wachtürmen aus zu sehen sein, aber dann war es zu spät.

»Bleiben wir wenigstens diese eine Nacht noch hier?«, fragte Erol.

Vills Stirn legte sich in tiefe Falten. Es dämmerte bereits. Die Vorstellung, das schwarze Heer könnte Skye im Schutz der Nacht angreifen, beunruhigte ihn. Die Dunkelheit würde die Soldaten perfekt verbergen, sie vielleicht sogar noch stärker machen. Die schützenden Stadtmauern so kurz vor Einbruch der Nacht zu verlassen war allerdings auch nicht besser, denn die Lande ringsum lagen im Chaos. Die Roten waren dem neuen Gegner zahlenmäßig überlegen, soweit er es beurteilen konnte, und der strategische Vorteil hier oben auf dem Berggipfel war nicht zu unterschätzen. Alles hing davon ab, ob es Tobias und seinen Männern gelang, die abgerutschte Westflanke des Berges zu halten.

»Eine Nacht«, antwortete er schließlich.

Ohne Geld ein Bett für sie alle zu organisieren war allerdings leichter gesagt als getan. Als die Patrouillen begannen, jeden, der noch auf der Straße unterwegs war, vor die Tore zu scheuchen, blieb ihnen nichts anderes übrig, als sich in eine Taverne zu flüchten – wo Erol sich schon bald mit dem Wirt über Bierrezepte unterhielt und Adara schließlich tanzte.

10

Tobias hatte genug davon, Hauptmann Tobias zu sein. Es war einfach zu gefährlich.

Unter einem schwarzen Himmel schlenderte er über den Palasthof von Skye. Mond und Sterne waren nach wie vor von der Aschewolke verdunkelt. Steinerne Katzen kauerten zwischen den Büsten der Männer und Frauen, die die Stadt einst regiert hatten. Eine der Büsten sah aus, als hätte jemand sie mit einem Hammer zertrümmert. *War wohl jemand Unbeliebtes.* Ein besonders verwittertes Standbild, augenscheinlich das älteste von allen, stellte einen riesenhaften Kriegshund dar, auf dessen Rücken ein Vogel saß.

Die Soldaten hatten allesamt Posten auf der Palastmauer bezogen, sodass die Tür, auf die Tobias möglichst unauffällig zuhielt, unbewacht war. Er blickte sich ein letztes Mal um, dann schlüpfte er unbemerkt in den Königsturm und schlich die Wendeltreppe zu den Schlafgemächern hinauf.

Er hatte gedacht, als Oberbefehlshaber des Roten Heeres wäre er die mächtigste Person in ganz Abrogan, aber er hatte sich getäuscht. Königin Cameo hatte es eben erst unter Beweis gestellt, indem sie ihn aus dem Saal schickte, um allein mit diesen Fremden über das schwarze Heer zu sprechen. Nicht nur, dass er ihr gehorchen musste, sie hatte sich auch aus dem Schlachtgeschehen herausgehalten, während er an der Belagerung teilnehmen musste, bei der ihm die Katapultgeschosse nur so um die

Ohren geflogen waren. Selbst seine einzigartige Gabe, dem Tod ein Schnippchen zu schlagen, würde ihn auf Dauer nicht retten, wenn er so leichtfertig Kopf und Kragen riskierte. Tobias' Aufstieg ans obere Ende der Hierarchie war umsonst, wenn er in Ausübung seines neuen Amtes ums Leben kam.

Als er noch jung war, hatte er lediglich versucht weiterzuexistieren, doch jetzt hatte er die Wahl, denn der soziale Aufstieg hatte ihm völlig neue Möglichkeiten eröffnet. Tobias' neuer Rang war aufregend, sogar mehr als das: Er bekam immer ausreichend und gutes Essen. Alle, bis auf die verfluchte Königin, mussten tun, was er sagte. Er schlief in einem Federbett, trug Kleidung aus Seide, bekam sogar Massagen von den Rubinierinnen – vollkommen unerhörte Dinge, als er noch ein Bauer gewesen war. Auch die physische Kraft seines neuen Körpers war das reinste Vergnügen. *Aber was nützt mir diese Kraft, wenn sie die zweifelhafte Ehre mit sich bringt, ein Heer in die Schlacht führen zu müssen?* Dass er den Sturm auf die eingestürzte Westflanke des Berges überlebt hatte, war das reinste Wunder. Unzählige Soldaten waren links und rechts über die Abbruchkanten des Felsrutsches zu Tode gestürzt. Oder sie wurden, wenn sie endlich oben angekommen waren, von Pfeilen durchbohrt. Weder Rang noch Intellekt schützte vor dem Tod in der Schlacht, es gab keine Regeln, wer starb und wer überlebte. Das Schicksal holte sich die Starken genauso wie die Schwachen, und bei keiner dieser Todesarten hätte Tobias die Chance gehabt, rechtzeitig in einen anderen Körper zu springen. Pfeile und Katapultgeschosse töteten aus der Ferne, und das augenblicklich, genau wie ein hundert Meter tiefer Sturz. Ob er nun dem Berg zum Opfer fiel oder einem angespitzten Holzschaft, das Ergebnis wäre das gleiche: Seine Seele hätte den Körper verlassen, noch bevor er Gelegenheit hatte, sich einen neuen zu suchen. Sie wäre einfach verloschen wie ein glühendes Stück Kohle, das jemand in einen

Brunnen wirft. Kriege gewinnen war gut und schön, aber das Risiko, dabei zu sterben, war die Sache einfach nicht wert.

Außerdem fand Tobias es eigenartig, ein Mann zu sein. Männer waren plump, barsch und unelegant. Seine raue, tiefe Stimme klang wie mahlende Mühlsteine und war nur zum Murren oder Schreien zu gebrauchen. Tobias sehnte sich nach der feinen, glatten Haut, die er als Frau gehabt hatte. Und dann noch dieser kratzende und ständig juckende Bart. Jeden Tag musste er sich ein Messer übers Gesicht ziehen, um ihn loszuwerden. *Ein Messer!* Aber am schlimmsten von allem war der Gestank. Schon nach wenigen Tagen ohne Bad roch er wie ein nasser Hund. Die Gefahr, das Jucken, der Geruch, das alles war nichts für ihn, und deshalb würde er es ändern. Seine Zeit als Tobias Rubin war vorbei. Natürlich brauchte er jetzt einen neuen Körper, einen der genauso mächtig war, aber besser geschützt. Die Lösung war einfach.

Ich muss Königin werden.

11
(ein Jahr zuvor)

Springen war qualvoll. Jedes Mal fühlte es sich an wie der schlimmste Schmerz, den sie je gespürt hatte. Und jedes Mal schwor sie sich, es nie wieder zu tun. Doch wenn der Tod kam, tat sie es doch.

Diesmal war sie eine Frau. Beim letzten Mal war sie ein Junge gewesen, oder besser gesagt: *Er* war ein Junge gewesen, bis sie in seinen Körper gesprungen war. Und jetzt starb ihr Frauenkörper. Sie war krank, und die Krämpfe in ihrem Bauch waren unerträglich. »Die Wühlkrankheit« nannten es die Heiler. Sie hatte gewartet, ob sie wieder gesund werden würde, aber das war nicht passiert. Ihr Gesicht war immer röter geworden, und schließlich hatte das Fleisch zu faulen begonnen. Es war eindeutig die Wühlkrankheit. Die Heiler hatten ihr gesagt, was als Nächstes passieren würde: Ihr Magen fraß sich selbst, bis nichts mehr von ihm übrig war und alles, was sie aß, einfach in den Bauchraum fiel. Es fing schon an.

Nona schleppte sich zum Hafen, wo man sie auf jeden Fall bemerken würde. Jahrelang war sie diese junge Bauersfrau gewesen. Als sie in die Rote Stadt ging, hatten die Männer schnell von ihr Notiz genommen, aber keiner hatte Anstalten gemacht, sie zu heiraten. Die anderen Frauen waren immer gut zu ihr gewesen, denn sie war keine Konkurrenz. Nona war still und vorsichtig, sie versteckte sich, lebte das anonyme Leben eines Niemand. Doch jetzt, da die Wühlkrankheit ihr die weiblichen

Rundungen und den weißen Teint genommen hatte, da ihr Körper ausgezehrt war und die Haut fleckig, sodass jeder ihre Krankheit sofort bemerkte, mieden die Menschen sie. Sie hatte kaum noch Kontakt zu anderen. Es lag nicht nur an der Angst vor Ansteckung. Die Starken und Gesunden verachteten die Schwachen und Kranken, immer und überall. *Und diese Verachtung werde ich nutzen*, sagte sie sich und humpelte weiter ans Ende des Stegs. *Ich werde alles tun, um aus diesem Körper zu kommen, bevor er stirbt.*

Soldaten ruderten in kleinen Booten den Kanal entlang, gerade weit genug entfernt, dass sie vielleicht nicht sahen, wie krank sie war. Es waren Dutzende, nein Hunderte, alle in unterschiedliche Rottöne gekleidet, und alle strebten sie dem gleichen Ziel entgegen: dem Hauptplatz der Roten Stadt.

Die Zeit wurde knapp. Nona konnte es sich nicht leisten, wählerisch zu sein. Also richtete sie sich mühsam auf. Ihr langes goldblondes Haar war immer noch voll. Wie ein Banner flatterte es in der Brise und zog sofort den Blick eines Soldaten in einem hellroten Wappenrock auf sich. Sie hob die Hand, öffnete ihre Tunika und zeigte ihm für einen kurzen Moment ihre nackte Brust. Gerade lange genug, dass er aus der Entfernung die grünliche, faltige Haut nicht sah. Dann bedeckte sie sich wieder und drehte das fleckige Gesicht weg.

Es funktionierte. Der Soldat kam herangerudert und kletterte auf den Steg.

»Heda, Frau. Dieser Steg hier gehört dem Haus Rubin, aber dich kenne ich nicht. In wessen Auftrag bist du hier?«

»Komm näher«, sagte sie, das Gesicht immer noch halb unter ihrem Kragen verborgen.

Damit sie springen konnte, musste sie ihrem Opfer so nahe wie möglich kommen. Doch Körperkontakt allein genügte nicht, es brauchte auch eine emotionale Verbindung. Sie musste ihm in die Augen schauen, ihre Herzen mussten im Gleichtakt schlagen, damit die Seelen sich verbinden konnten. Einmal war sie während des Liebesakts gesprungen. Es war vergleichsweise einfach gewesen, aber kein bisschen weniger schmerzhaft. Bei einer anderen Gelegenheit, als sie tödlich verwundet auf einer Krankenpritsche lag und der Heiler mitfühlend ihren Kopf zwischen den Händen hielt, war es ebenfalls schnell gegangen. Doch noch etwas anderes war wichtig, wie Nona herausgefunden hatte: Sie musste warten, bis ihr eigener Körper so schwach war, dass sich ihr Opfer nach dem Tausch nicht mehr an ihr rächen konnte.

»Das ist nahe genug«, erwiderte der Soldat. »Lass dich ansehen.«

Sie wirbelte herum und packte ihn an seinem feinen roten Rock. »Hilf mir!«

Als er ihre fleckige Haut und die eingefallenen Wangen sah, wich der Soldat entsetzt zurück. »Aah!«, schrie er. »Du hast die Wühlkrankheit!«

Nona klammerte sich an ihn. »Bist du ein Heiler?«

»Nein. Lass mich los!«

Das reichte noch nicht. Die Verbindung musste enger werden. Auf keinen Fall durfte sie zulassen, dass er sich einfach davonmachte.

»Einen Kuss, bevor ich sterbe«, hauchte Nona und umschlang seine breiten Schultern.

Der Soldat hätte sie einfach wegstoßen können. Nona wäre auf die Planken gestürzt, und er wäre noch einmal davongekommen. Doch er war wütend, außerdem bemitleidete und verachtete er sie, alles zugleich – starke Gefühle, die sich alle auf Nona bezogen. Anstatt sie wegzustoßen, packte er sie am Haar und riss ihr den Kopf so heftig in den Nacken, dass sie schon glaubte, ihr Genick würde brechen.

Doch das kümmerte Nona nicht. Sie hob den Blick und schaute ihm tief in die Augen, spürte seinen Hass und erwiderte ihn. So standen sie einen Moment lang da, als wären sie zu Salzsäulen erstarrt.

Lange genug.

Nona merkte, wie ihre Seele sich rührte, und ließ sie frei. Sie löste sich von Herz, Hirn und Fleisch, zerrte an ihren Fesseln wie ein festgemachtes Schiff an seiner Vertäuung. Nona biss die Zähne zusammen wegen des entsetzlichen Schmerzes. *Immer tut es so schrecklich weh!* Einem Körper die Seele herauszureißen war schlimmer als jede körperliche Folter. Es war mehr als nur eine blutende Wunde, mehr als nur die Haut abzuziehen oder das Fleisch von den Knochen zu brennen, und während sie sich quälte, fragte sich Nona, ob ein Kind zu gebären genauso wehtat. Sie wusste es nicht, denn sie hatte keines. Die Qualen waren so entsetzlich, dass sie auf der Stelle aufgehört hätte, wäre das nicht ihr sicherer Tod gewesen.

Mit unvermittelter Heftigkeit riss sich ihre Seele los und war frei. Der Körper keuchte überrascht auf, als sie wie ein eidbrüchiger Kapitän das sinkende Schiff verließ und in ihre neue, gesunde Hülle sprang.

Der Soldat schnappte ebenfalls nach Luft, als seinem unvorbereiteten Geist der Körper entrissen wurde. Er war nicht in der Lage, Widerstand zu leisten, konnte nicht einmal mehr den Blick abwenden, während sie in ihn hineinströmte, ihn ausfüllte und verdrängte und die Kontrolle über seinen jungen, muskulösen Körper übernahm. Die leere Hülle, die sie in seinen Armen zurückgelassen hatte, saugte ihn unterdessen in sich hinein und füllte mit ihm die Lehre in ihrem Innern.

Für einen Passanten mussten die beiden aussehen wie eine Skulptur, die einen wütenden Soldaten dabei zeigte, wie er eine kranke Frau am Haar packte. Eine hässliche Skulptur, die niemand würde haben wollen. So hässlich sogar, dass niemand, der die Szene beobachtete, dazwischenging.

Die Frau erschauerte und nahm einen tiefen Atemzug mit ihrer neuen, kranken Lunge. »Was ist passiert?«, fragte sie und starrte verwirrt auf ihre faltigen Hände.

»Du stirbst«, sagte der Soldat.

Die Frau hob den Blick. »Wie ist es möglich, dass du ich bist?«

Der Soldat zuckte die Achseln. »Wie kommt es, dass wir wir sind und nicht jemand anders?«

»Hilfe!«, schrie die Frau. »Sie hat mich verhext!«

Genau das durfte der Springer nicht zulassen. Die Frau mochte ihn in seinem neuen Körper nicht mehr überwältigen können, aber sie konnte ihn verraten. Sie wusste Dinge über ihn, die er selbst nicht wusste. Wenn sie es geschickt anstellte, könnte sie einen Richter davon überzeugen, dass in der Tat Hexerei im Spiel war. In einem seiner letzten Körper war ihm genau das passiert. Es war in einem kleinen Dorf in den Felsspitzen gewesen. Damals hatte er den Fehler gemacht, sein Opfer am Leben zu lassen. Der Kaufmann, dessen Körper er sich bemächtigt hatte, war sofort zum Dorfrat gerannt, um zu schildern, was vorgefallen war, und das sehr überzeugend: Von einem der Ratsmitglieder hatte er so manch gut gehütetes Geheimnis gewusst, weil er mit dessen Schwester verheiratet war. Als sie den Springer dann zur Rede stellten, hatte er nicht mal den Namen seiner eigenen Frau gewusst. Das Ganze hatte an einem Weiher geendet, wo sie beide hatten ersäuft werden sollen. Damit hatte der betrogene Kaufmann nicht gerechnet, aber der Rat war so entsetzt über die Teufelei gewesen, dass man auf Nummer sicher gehen wollte. Es war das erste Mal gewesen, dass jemand ihn Springer genannt hatte, weil er von einem Körper in einen anderen »gesprungen« war. Die Bezeichnung traf den Sachverhalt eigentlich ganz gut. Erst im letzten Moment war es ihm gelungen, in den Körper seines Henkers zu schlüpfen, um dem nassen Tod zu entgehen.

Der Soldat stand am Ende des Stegs, befühlte den Griff des fein gearbeiteten Schwertes an seinem Gürtel und zog es aus der Scheide. Die Kraft seines neuen Körpers fühlte sich gut an.

Die Frau, die bis vor Kurzem noch dieser Soldat gewesen war, drehte sich auf unsicheren Beinen um. Sie wollte fliehen, um den nächstbesten Passanten um Hilfe zu bitten.

Der Soldat sprang hinterher. Er war noch etwas unsicher in seinem neuen Körper, aber schnell. Die Frau kam keine drei Schritte weit, da bohrte sich das Schwert schon in ihren Rücken. Der Soldat hatte seine neue Kraft unterschätzt, sodass die Klinge den Körper seines Opfers durchstieß und durch das Brustbein wieder herauskam. Die Frau stolperte und stürzte zu Boden. Endlich war er in Sicherheit.

Allein mit der Leiche stand er da, doch das würde nicht lange so bleiben. Der Hafen war ein geschäftiger Ort, und schon bald würde jemand kommen. Also beförderte er die Leiche mit einem Tritt in den Kanal, wo sie schnell versank.

Genau in diesem Moment erschien tatsächlich jemand. Ein weiterer junger Soldat kam mit seinem Boot heran. Er machte fest und rief ihn an.

Der Springer straffte sich und wischte das Schwert an seinem roten Umhang ab, wo das Blut kaum zu sehen war. Es war Zeit, in seine neue Rolle zu schlüpfen. *Es gibt einiges über diesen Kerl zu lernen. Ich frage mich, wer ich wohl bin.*

»Hauptmann!«, rief der Soldat.

»Hauptmann...?«

Statt auf dem Steg an der Wühlkrankheit zu sterben, wurde der Springer nun von einem Untergebenen, dem nichts wichtiger schien, als jeden seiner Wünsche zu erfüllen, über den Kanal gerudert.

Schon besser. Sogar mehr als das!

Nachdem er die letzten tristen Monate als dahinsiechende Frau verbracht hatte, war die Rolle als Hauptmann geradezu erfrischend. Er war vielleicht fünfundzwanzig Jahre alt, gesund und stark, gut aussehend und mit stählernen Muskeln bepackt. Er hatte schon einmal einen männlichen Körper bewohnt, aber noch nie einen so gut gebauten. Während sein Untergebener auf den Roten Platz zusteuerte, hörte der Springer aufmerksam zu. Das war wichtig, denn er hatte einiges über seinen neuen Körper zu lernen: seinen Namen, was seine Aufgabe war, so vieles galt es zu erfahren, noch bevor sie den Platz erreichten. Und wie das Schicksal so spielte, war der Untergebene ein gesprächiger Mann.

»Diese Versammlung ist die größte, die es je gegeben hat, Herr. Jedes einzelne der Roten Häuser ist da! Wie, glaubt Ihr, werden sie den neugierigen Pöbel vom Platz fernhalten?«

»Mit Wachen?«

Der Soldat nickte. »Wachen, genau. Ihr seid klug, deshalb seid Ihr ja auch Hauptmann. So wie ich mein Glück kenne, bekomme ich bestimmt Wachdienst aufgebrummt und verpasse alles. Dabei möchte ich unbedingt mitkriegen, was hier vorgeht. Ihr werdet mich doch nicht zum Wachdienst einteilen, Hauptmann, oder?«

»Nein.«

»Danke, Hauptmann!«

»Nenn mich beim Vornamen, solange wir allein miteinander sind.«

Der Untergebene blickte ihn verdutzt an, dann strahlte er überglücklich. Anscheinend war es eine Ehre, seinen Hauptmann beim Vornamen rufen zu dürfen. *Zu viel der Ehre allerdings, der Reaktion des Kerls nach zu urteilen.* Ein kleiner Fehler, den der Springer nicht noch einmal machen würde.

»Ich danke Euch, Tobias«, sagte der Soldat.

»Benutz meinen vollen Namen.«

»Ich danke Euch, Tobias Rubin. Darf ich Euch Toby nennen?«

Ich bin also Tobias Rubin und ein Hauptmann noch dazu. Was für eine glückliche Wendung.

»Nein«, erwiderte der neue Tobias Rubin scharf. »Wenn ich es mir recht überlege, bleiben wir besser bei Hauptmann Rubin.«

Der Mann wirkte enttäuscht, aber nur kurz. »Ich verstehe. Wie Ihr befehlt, Hauptmann Rubin«, sagte er mit einem schüchternen Lächeln.

Sein Untergebener war einfach gestrickt, aber liebenswürdig, und der neue Tobias Rubin brauchte einen Freund.

»Wie soll ich dich nennen?«, fragte er den Soldaten.

»Nennt mich Grodamiah, wie Ihr es schon immer getan habt. Die anderen nennen mich Grodi, aber ich glaube, es gehört sich nicht, wenn Ihr mich auch so ruft.«

»Diese Zusammenkunft, Grodamiah... was hältst du davon?«

»Nur die Götter und der Rote Rat wissen, was da vor sich geht, aber es muss etwas Großes sein. Hat man es Euch nicht gesagt?«

»Ich möchte nur hören, was *du* weißt. Was *ich* weiß, weiß ich ja bereits.« *Nämlich gar nichts.*

»Zu Befehl, Hauptmann. Nun, jedes der Roten Häuser hat sein Heer einberufen. Es paddeln so viele Soldaten durch die Kanäle, dass man keinen Stein ins Wasser werfen kann, ohne einen von ihnen am Kopf zu treffen. Ich bin nicht besonders gut im Zählen, aber es sind mehr als nur ein paar. Ziemlich viele, würde ich sagen. Außerdem habe ich gehört, dass das Haus Blut eigens den belagerten Einsamen Turm verlassen hat, um herzukommen. Ständig legen neue Schiffe im Hafen an, sie sind riesig. So viele habe ich noch nie auf einem Haufen gesehen. Es

kommt mir ganz so vor, als ob sich da was zusammenbraut. Ich bin kein Gelehrter...«
Das merkt man.
»...aber ich glaube, wir ziehen in den Krieg.«
Tobias Rubin nickte. *Und ich bin jetzt anscheinend ein Krieger. Bleibt nur noch die Frage: Krieg gegen wen?*

Der neue Hauptmann Rubin schritt durch sein Heerlager, um erst einmal die Lage zu sondieren. Seine erste Amtshandlung war gewesen, eine Besprechung mit seinen Offizieren einzuberufen. In Begleitung von vier Soldaten ging er die Treppe zu der bescheidenen Kammer über der Hauptbaracke hinauf, die sich gleich neben seinem eigenen Quartier befand. Die Feldwebel standen um einen Tisch versammelt, auf dem verstreut allerlei Dokumente lagen. Tobias wischte sie mit einer Handbewegung beiseite, bis auf eine Karte, die die Landschaften von Fretwitt und Artung zeigte. Um sich nicht zu verraten, sagte er wenig und stellte nur einfache Fragen.

»Was gibt es Neues von der Zusammenkunft?«
»Morgen geht es los«, antwortete eine sehnige, ältliche Frau mit einem Glasauge. »Vertreter aller wichtigen Häuser werden Reden halten, heißt es.«
»Sie sind alle hier versammelt«, ergänzte der stämmige Glatzkopf neben ihr. Sein unangenehmes Grinsen gab den Blick auf gelbe Zähne frei. »Aber immer noch kein Wort davon, wo es hingehen soll.«
»Zweifellos in den Krieg«, sagte Glasauge. »Morgen werden wir erfahren, gegen wen.«
»Gegen Garroth«, erklärte Glatzkopf im Brustton der Überzeugung. »Längst überfällig.«
»Nein. Ronna ist reicher und außerdem schwächer«, hielt Glasauge dagegen.

»Aber die Ronner haben Verbündete. Die Fluren würden ihnen zu Hilfe eilen. Dann hätten wir es auch noch mit Carte zu tun, und die Fischgründe würden Schiffe entsenden.«

Ein dritter Offizier schüttelte den Kopf. Er war der größte von ihnen und hatte die längsten Arme, die Tobias je gesehen hatte. *In einem Kampf hat er bestimmt eine beeindruckende Reichweite.* Während der letzten Jahre als brave Hausfrau hatte der Springer sich kaum mit solchen Dingen beschäftigt, aber in seinem neuen Körper kam der Gedanke wie von selbst.

»Es wird dasselbe sein wie bei den anderen Zusammenkünften auch«, erklärte Groß. »Die Grafen und Gräfinnen können sich einfach nicht einigen. Sie werden sich nie und nimmer alle unter einem Banner versammeln, und wir werden gegen niemanden in den Krieg ziehen.«

»Wohl wahr«, brummte Glatzkopf. »Nach einem Tag voll flammender Ansprachen fangen sie wieder an zu streiten, und wir fahren unverrichteter Dinge nach Hause.«

Glasauge war anderer Meinung. »Die Dame Rubin ist Fretwitts rechtmäßige Herrscherin! Die anderen *müssen* sich unter ihrem Banner vereinigen.«

Interessant. Tobias hörte aufmerksam zu. Nur einer hatte bis jetzt nichts gesagt, ein kleingewachsener Mann mit ebenso kleinem Schwert. Er war der bei Weitem unauffälligste von seinen Offizieren – und gerade deshalb wahrscheinlich der gefährlichste.

»Was sagst du dazu?«, fragte Tobias den Mann.

»Die Dame Rubin kann sich nicht an die Spitze setzen, solange zwei Purpurne im Rat sind«, erwiderte Klein. »Sie hacken aufeinander ein und streiten sich, in welche Richtung die Sonne aufgeht, aber sobald ein anderes Haus versucht, Anspruch auf den verfluchten Thron zu erheben, sind sie sich einig. Das Haus Rubin wird niemals herrschen, außer jemand Wichtiges stirbt.«

Eine kluge Einschätzung. Den Mann sollte ich mir zum Verbündeten machen.

»Sollen wir einen der beiden Purpurs töten?«, fragte Groß sachlich.

Und der hier trägt sein Herz auf der Zunge. Als Berater vielleicht gut zu gebrauchen. »Nicht heute«, antwortete Tobias. »Was steht sonst noch an?«

»Disziplinierung der Truppen«, sagte Groß. »Drei Fälle.«

»Bei einem würde ich vorschlagen, ihm ein Ohr abzuschneiden«, warf Glasauge ein und grinste Glatzkopf dabei freudig an.

Und die beiden bestrafen gern. Tobias trat vom Tisch zurück und schritt durch die Tür nach draußen.

Die Soldaten hatten sich über den gesamten Kasernenhof verteilt, würfelten oder lachten. Nicht eins der Gesichter kam Tobias bekannt vor, aber sie alle kannten ihn – ein gefährlicher Moment.

Bei jedem Sprung ging etwas verloren. Manche Gefühle und Erinnerungen des Springers verblieben im alten Körper, und zu denen des neuen bekam er nie vollen Zugang. Was der Springer im Moment in sich trug, war eine Mischung aus Hauptmann Rubin und der toten Nona, aber von beiden fehlte etwas. Die Erinnerungen waren das Schwierigste: Manche waren noch da, blitzten hin und wieder auf wie eine Traumsequenz, andere verblassten einfach und verschwanden. Er wusste noch, wie man eine Ente zubereitet, und Kopfrechnen konnte er auch noch, was durchaus nützlich war, aber die Namen von Nonas Eltern hatte er bereits vergessen. Von dem Körper, den er vor Nonas bewohnt hatte, wusste er fast nichts mehr, außer dass es ein Junge gewesen war. Bei den Vorgängern konnte er sich teilweise nicht einmal mehr erinnern, welches Geschlecht sie gehabt hatten.

»Stillgestanden zur Truppeninspektion!«, rief Glatzkopf, und die harsche Stimme riss Tobias aus seinen Gedanken.

Konzentrier dich!

Die Soldaten schreckten hoch und stellten sich in Reih und Glied auf, während Tobias vor ihnen auf und ab schritt. »Wie viele?«

Glatzkopf zog eine Augenbraue nach oben. »Fünfhundert selbstverständlich.«

»Wie viele genau?«, hakte Tobias nach und setzte vorsichtshalber eine verärgerte Miene auf. Dass er nicht einmal die Anzahl der ihm unterstellten Soldaten kannte, war peinlich genug.

Glatzkopf zuckte zusammen. »Fast fünfhundert. Dreizehn weniger.« Er versuchte, die exakte Zahl auszurechnen, schaffte es aber nicht.

Er ist also nicht nur grausam, sondern auch noch dumm.

»Vierhundertsiebenundachtzig«, warf Klein ein.

»Bestens. Nach der Inspektion möchte ich mit jedem von euch unsere Strategie durchgehen. Unter vier Augen natürlich.«

»Aber wir wissen noch nicht einmal, ob wir überhaupt in den Krieg ziehen«, beschwerte sich Glatzkopf.

»Ich will sichergehen, dass ihr auch bereit seid für den Fall, dass sie uns auf verschiedene Schiffe verteilen.«

Sie gingen die Reihen der Soldaten entlang, und Tobias stellte weiterhin nur einfache Fragen, bis er schließlich doch eins der Gesichter erkannte.

»Grodamiah!«, sagte er lächelnd. »Wie ich sehe, bist du Pikenier.«

»Ganz recht, Hauptmann Rubin.«

»Wie wär's, wenn du deinen Spieß gegen ein Ruder eintauschst?«

»Ein Ruder, Hauptmann?«

»Ich brauche jemanden, der mich durch die Kanäle chauffiert, solange wir hier sind.«

»Aber ja, Hauptmann! Es ist mir eine Ehre. Ich kenne die

Rote Stadt gut, ich bin nämlich hier aufgewachsen, in einer strohgedeckten Hütte gleich hinter der Muschelküstenbrücke, mit sieben Brüdern und einer hässlichen Schwester.«

Tobias grinste. »Du bist ein gesprächiger Geselle, Grodi. Begleite mich und erzähl mir alles, was du weißt.«

»Worüber, Hauptmann?«

»Über alles.«

»Nun gut. Ähm, wann soll ich anfangen?«

»Jetzt. Erzähl mir von diesem Haufen da.« Tobias deutete auf einen zwanzig Mann starken, mit Bogen und Rapieren bewaffneten Trupp.

»Das sind die Roten Rassler, unsere Elite«, erklärte Grodi. »Erra ist eine tüchtige Soldatin. Und sie macht einen hervorragenden Kanincheneintopf. Stimmt's, Erra?« Er warf der Frau einen vielsagenden Blick zu, aber sie reagierte nicht. »Zu Pferd und in den Wäldern sind sie nicht zu schlagen, auf See sieht die Sache allerdings anders aus.«

»Fahr fort.«

Grodi gab seine Meinung über jede Abteilung zum Besten, flocht Anekdoten über einzelne Soldaten ein, darunter Dinge wie ihre Taten in der Schlacht oder ob sie eine hübsche Schwester hatten, und klärte seinen Hauptmann nebenbei über die Geschichte des ihm unterstellten Kontingents auf: Die Bogenschützen waren kürzlich komplett aufgerieben worden. Passiert war die Katastrophe, als die Infanterie versuchte, den Argpass zu erstürmen, und sie schutzlos in den Fluren zurückließ, woraufhin die schwere Reiterei Garroths, die sich im Düsterwald versteckt gehalten hatte, prompt über sie hergefallen war. Die momentane Besetzung war also noch etwas grün hinter den Ohren, wie Grodi sagte.

Nachdem sie die gesamten fünfhundert abgeschritten hatten, hatte Tobias einen recht guten Überblick über die Schlachten, die seine Soldaten bereits geschlagen hatten. Grodi war zwar kein bisschen schlauer als Glatzkopf, aber er hatte ein gutes Gedächtnis und wirkte vertrauenswürdig. *Ich denke, ich sollte den nicht allzu schlauen Glatzkopf möglichst bald durch die nicht allzu schlaue Plaudertasche ersetzen. Aber dazu muss ich erst herausfinden, wie der Glatzkopf überhaupt heißt.*

Nachdem die Inspektion abgeschlossen war, schleiften die Rubinwachen drei Straftäter vor den Hauptmann. Die Stärke der Rubinwache schwankte immer so um die fünfzehn Mann, wie Grodi erklärt hatte. Kam ganz darauf an, wie viel Geld das Haus Rubin gerade hatte. Sie waren eine Eliteeinheit, mit Gold bezahlt, aber im Gegensatz zu den gewöhnlichen Soldaten, die aus den dem Haus Rubin unterstehenden Dörfern rekrutiert wurden, vom selben Blut. Sie gehörten zum innersten Kreis, denn ihre Aufgabe verlangte unbedingte Treue bis in den Tod.

»Ein Mann«, sagte Glatzkopf, »und diese beiden Frauen hier.«

»Dass sie Brüste haben, sehe ich selbst«, brummte Tobias. »Ihre Vergehen?«

»Die hier trinkt.« Auf eine Geste hin stießen die Rubinwachen eine stämmige Frau in die Mitte des Kreises.

»Während sie Wache hat?«

»Die ganze Zeit. Seht sie Euch an. Riecht an ihr.«

Das brauchte er gar nicht. Die Falten im Gesicht der Frau sprachen Bände darüber, wie viele Stunden ihres jungen Lebens sie in Tavernen verbracht hatte. Kalter und nach Schnaps stinkender Schweiß stand auf ihrer Stirn. Ihr ganzer Körper roch danach.

»Was schlägst du vor?«, fragte Tobias.

»Sie ist Bogenschützin. Degradiert sie, bevor sie noch den Falschen trifft. Kürzt ihren Sold und lasst sie für die richtigen Schützen die Köcher tragen.«

Glasauge nickte. Das Strafmaß schien ihr angemessen.

Tobias überlegte. »Ich werde sie befördern«, sagte er schließlich so laut, dass die Vordersten es hören konnten und in Windeseile bis in die hintersten Reihen weitergaben.

»Was?«, fragte Glatzkopf. »Ich glaube, Ihr habt mich falsch verstanden, Herr. Ich sagte: degradieren.«

»Nein. Beförderung. Nehmt ihr den Bogen ab und gebt ihr eine Lanze. Ab jetzt wird sie in der Vorhut bei den Pikenieren mitmarschieren. Sie soll die Ehre haben, in der nächsten Schlacht in vorderster Reihe mit dabei zu sein.«

Das Gemurmel, das daraufhin durch die Truppe ging, befriedigte Tobias zutiefst. Er hatte ihrer aller Aufmerksamkeit. Ein wohliger Schauer lief ihm über den Rücken. *So also fühlt sich Macht an.*

»Der Nächste.«

Die Wachen zerrten einen bulligen Kerl nach vorn, der die Uniform der Rassler trug.

Ah, einer aus meiner Elite.

»Der hier wurde nachts in den Frauenbaracken aufgegriffen«, sagte Glasauge angewidert. Das Schlimmste daran schien für sie zu sein, dass sie selbst nie solche Besuche erhielt, dachte Tobias unwillkürlich.

»In Gesellschaft einer Frau, nehme ich an?«, fragte er.

»In der Tat.«

»Hatte sie etwas gegen seinen Besuch einzuwenden?«

»Ihrem Stöhnen nach zu urteilen wohl kaum.«

»Ist sie hier?«

Zwei Wachen drängten sich durch die Reihen und kehrten mit einer vollkommen verängstigt wirkenden Frau in Lederkleidung zurück. *Eine Stallmagd.*

»Warum bestrafen wir sie nicht ebenfalls?«, erkundigte sich Tobias.

»Ihr Aufenthalt in den Frauenbaracken verstößt gegen keine Vorschrift«, erklärte Glasauge trocken.

Tobias musterte die Frau und ließ sich einige Zeit dabei. »Sollen wir diesen Mann bestrafen, weil er das Bett mit dir geteilt hat?«, fragte er schließlich und spielte dabei mit seinem Dolch. »Es gibt da eine Methode, mit der sich zuverlässig verhindern lässt, dass er es noch einmal tut.«

Die Überraschung, über das Strafmaß ihres Liebhabers befragt zu werden, stand der Magd deutlich ins Gesicht geschrieben. Sie wagte nicht, laut zu antworten, sondern schüttelte nur energisch den Kopf.

»So ist es also beschlossen«, sagte Tobias. »Lasst ihn frei. Er soll zu seiner Einheit zurückkehren.«

Glasauge legte ihm eine Hand auf die Schulter. »Aber, mein Hauptmann, diese Art des Zusammenseins verstößt gegen unser Gesetz. Die beiden sind nicht einmal verheiratet.«

»Macht ein kleines Stelldichein einen Rassler zu einem schlechteren Soldaten?«

»Das ist keine Entschuldigung. Was, wenn jetzt alle anfangen, einander nachts heimlich zu besuchen?«

»Dann haben unsere Soldaten am nächsten Tag mehr Feuer im Herzen. Schickt ihn zurück.«

Glasauge murrte, ließ ihn aber gehen.

Das letzte Vergehen betraf eine kleingewachsene Frau, die in Fesseln vorgeführt wurde. Das Zeichen auf ihrem Wappenrock wies sie als Mitglied einer Versorgungseinheit aus.

»Ist das die Frau, der ich ein Ohr abschneiden soll?«

»Ja«, sagte Glatzkopf, und Glasauge nickte, wie sie es bei jedem seiner Aussprüche zu tun schien.

»Ihr Vergehen?«

»Sie hat mit den Purpurnen gemeinsame Sache gemacht und ihnen verraten, wann eine unserer Barken die von ihnen kontrollierten äußeren Kanäle passieren würde. Die Barke geriet in einen Hinterhalt.«

»Sie wurde überfallen?«

»Besteuert, wie die Purpurnen es nennen. Der Kapitän der Barke musste Wegzoll entrichten, bevor sie ihn weiterfahren ließen. Als Belohnung für die Information bekam die Verräterin einen Anteil davon.«

»Haben sie ein Recht, einen solchen Zoll zu erheben?«

»Sie sagen Ja, wir sagen Nein. Hätte die Frau die Barke nicht verraten, wäre sie unbemerkt durchgeschlüpft.«

Tobias legte der Beschuldigten einen Arm um die zitternden Schultern und führte sie ein Stück von den anderen weg. »Du hast dem Haus Rubin einen Eid geschworen, nicht wahr?«

Sie nickte. »Aber... aber wir sind doch alle rot«, erwiderte sie wimmernd.

Tobias lächelte. »Das sind wir. Was haben dir die Purpurnen bezahlt?«

»Nur ganz wenig. Ein Almosen, mehr nicht.«

»Du hättest mehr verlangen sollen bei dem hohen Risiko, das du eingehst.«

»Alle Versorgungseinheiten machen das so, und alle verlangen das Gleiche.«

»Du meinst, es gibt noch mehr, die unsere Schiffe verraten?«

»Ja. Ich bin nicht die Einzige.«

»Dann werden sie sehr aufmerksam zusehen, welche Strafe du bekommst, schätze ich. Meine Offiziere sagen, ich soll dir ein Ohr abschneiden. Gibt es irgendeinen Grund, warum ich dir kein Ohr abschneiden sollte?«

»Meine Familie wird böse sein, wenn Ihr mir ein Ohr abschneidet. Sie wird sich vom Haus Rubin abwenden.«

»Ist sie groß, deine Familie?«

»Wir sind fünf«, antwortete die Frau trotzig. »Und ich habe Vettern.«

Tobias nickte, dann stach er zu. Seine Kraft verblüffte ihn immer noch. Der Dolch schnitt durch ihr Lederwams wie durch Pergament und bohrte sich tief in die Eingeweide der Frau. Er drehte die Klinge einmal herum und zog sie dann wieder heraus. Die Frau brach blutüberströmt vor der versammelten Kompanie zusammen.

»Sende ihrer Familie ein Ohr«, sagte er zu dem entsetzt dreinblickenden Glatzkopf. »Und sag ihnen, sie sollen Ersatz schicken.«

In diesem Moment kündigte der Herold einen Besucher an.

»Wir machen besser Schluss für heute«, flüsterte Glasauge Tobias zu. »Wie es scheint, bekommt Ihr Damenbesuch.«

»Warum sollte ich mich von einem Weibsbild vom Dienst abhalten lassen?«

»Weil Ihr mit diesem Weibsbild verheiratet seid, Hauptmann.«

12

Der Springer betrat den Turm und schlich die Wendeltreppe hinauf. In den Körper der Königin zu schlüpfen würde wehtun, aber das war es wert. *Ein Jahr als Hauptmann ist genug.* Alles war vorbereitet, es gab kein Zurück mehr. Fallon hatte er gesagt, er habe vor, die Königin zu töten, wolle einen Staatsstreich nach klassischer Manier verüben. Dass er in ihren Körper schlüpfen würde, hatte er nicht erwähnt, sondern behauptet, er brauche einen Mitverschwörer. Doch Fallon war nicht dumm, und wenn Menschen eines waren, dann waren sie berechenbar. Er würde das Für und Wider abwägen und sich schließlich für die sichere Seite entscheiden: die der Königin. Was wiederum bedeutete, dass er Cameos Leibwächter Stock informieren würde. Und Stock würde den vermeintlichen Tobias töten, noch bevor Cameo begriff, was mit ihr passiert war, und jemanden zu Hilfe rufen konnte. Jetzt kam es nur noch auf den zeitlichen Ablauf an. Alles musste exakt stimmen. Stock würde jeden Moment hier sein.

Als Tobias die oberen Gemächer erreichte, atmete er noch einmal tief durch und bereitete sich auf den Schmerz vor. Von der fünfeckigen kleinen Halle, in der er stand, zweigten vier Türen ab. Auf jeder davon prangte eine weiße Möwe, Krysts Wappen. Man war noch nicht dazu gekommen, sie rot zu übermalen. Tobias trat vor die Tür ganz links und klopfte. *Mein zukünftiges Gemach.*

»Ja?«

»Ich bin es, Dame Zinnober, Tobias.« Statt der formellen Anrede benutzte er ihren Familiennamen, um ihr zu zeigen, dass er ihr ebenbürtig war. *Ein Mann, der sich gegenüber einer Frau zu demütig gibt, macht keinen Eindruck.*

»Ich habe mich bereits zurückgezogen und werde bald schlafen gehen«, kam Cameos Antwort.

»Dürfte ich mich gemeinsam mit Euch zurückziehen?«, erwiderte er.

»Welch seltsames Anliegen«, sagte sie halblaut, als könne Cameo sich nicht entscheiden, ob Tobias die Worte hören sollte oder nicht.

»Ich verzehre mich nach Eurer Gesellschaft, so wie jeder bei Hofe«, legte er nach. *Schmeicheleien und versteckte Anzüglichkeiten sind die Waffen des Mannes gegen die Frau*, sagte er sich und dachte zurück an die Zeit, als er selbst eine gewesen war. Seine Erinnerung an konkrete Ereignisse war eher vage, aber die wichtigsten Lektionen, die er gelernt hatte, waren noch da, irgendwo in den Tiefen seines Bewusstseins.

Die Tür ging auf. Cameo trug ein weißes Nachthemd mit Rüschenärmeln. Der Stoff war dünn, beinahe durchsichtig. Tobias gestattete sich einen ausgiebigen Blick und spürte, wie sein Körper reagierte. Die emotionale Verbindung zu seinem Opfer war damit von seiner Seite bereits hergestellt.

»Cameo«, hauchte er. »Wie wunderschön Ihr seid.«

»Danke, Tobias. Was gibt es so Dringendes, dass Ihr mich nachts in meinen Gemächern aufsucht? Steht ein Feind vor den Toren?«

»Aber nein. Grämt Euch nicht wegen Gefahren, die gar nicht existieren. Ich möchte Euch lediglich Gesellschaft leisten.«

Cameo entspannte sich. »Ich kann ein bisschen Beistand gebrauchen«, gestand sie. »Der Rote Adel, der mit uns übers Meer gekommen ist, akzeptiert mich nicht.«

»Sie sind eifersüchtig, und das aus gutem Grund.« Er blickte sich in ihrem Gemach um. »Wo ist der Oger?«

»Stock? Wir schlafen nicht miteinander, wenn es das ist, was Ihr meint.« Cameo grinste, um ihm zu zeigen, dass sie nur einen Scherz gemacht hatte.

Ein etwas gewagter Scherz vielleicht, aber umso besser. »Ihr teilt mit niemandem das Bett?«

»Nein.«

»Eure Nächte müssen einsam sein.«

»Ich habe meine Katzen.«

Schon wieder scherzt sie. Sie fühlt sich sicher. Tobias setzte ein Lächeln auf. »Habt Ihr Wein?«

»Nicht hier.«

»Macht nichts. Ihr seid auch so berauschend genug.«

»Auf einmal all diese Komplimente, was ist nur los mit Euch? Ich habe Euch immer für einen mürrischen, beinahe grimmigen Mann gehalten. Aber ein bisschen Humor habt Ihr anscheinend doch.« Cameo ließ sich auf einen mit zahllosen Kissen gepolsterten Diwan sinken und wartete, während Tobias um Worte rang.

Er war es nicht gewohnt, jemandem den Hof zu machen. Schon gleich gar nicht im Körper eines Mannes.

»Ich, ähm, mag sein, dass ich immer etwas ernst wirke, aber ich kann auch leidenschaftlich sein. Stärke und Schönheit wie die Eure ziehen mich unweigerlich an.«

Cameo neigte den Kopf. »Mir scheint, Ihr versucht mich zu bezirzen, Hauptmann. Ist es das, was Ihr vorhabt?«

Einen Moment herrschte betretenes Schweigen. *Ich hätte mich gleich zu ihr setzen sollen, statt lange um den heißen Brei herumzureden.* Frauen mochten Männer, die Initiative zeigten. Statt zu antworten, ging er zum Diwan und ließ sich in die Kissen fallen – so ungestüm, dass eines davon in einer Wolke aus weißen Federn zerplatzte.

Cameo blies lachend eine flaumige Daune von ihrer Nase.

Manchmal war sie wie ein Kind, doch das konnte Tobias jetzt nicht gebrauchen. Er brauchte sie als Frau. Inniger Körper- und Augenkontakt machten die Sache erheblich leichter. Er brauchte eine beiderseitige emotionale Verbindung, um in Cameo einzudringen und sie aus ihrem Körper zu vertreiben. Kurz entschlossen nahm er ihre Hand und zog sie an sich.

»Liebe mich!«

Cameo entwand sich seinem Griff so schnell und geschickt, als hätte sie einige Übung darin.

Verdammt! Als Frau hatte diese Taktik immer funktioniert. Aber jetzt, da er der Mann war, entschlüpfte ihm sein Opfer und ging auf Sicherheitsabstand. *Ich hasse diese Männerrolle!* Verärgert stand Tobias auf und trat das zerplatzte Kissen beiseite wie einen Straßenköter, der nach seinem Rockzipfel schnappte.

»Ich merke durchaus, wie Ihr mich anseht«, sagte er. »Ich kenne solche Blicke. Ihr braucht einen Mann.«

Cameo schaute ihn verwirrt an, ertappt. »Mag sein. Ihr seid ein attraktiver Mann, sehr attraktiv sogar, aber Ihr seid verheiratet. Und Eure Dienstherrin, die nebenbei bemerkt meine größte Unterstützerin ist, scheint ebenfalls ein Auge auf Euch geworfen zu haben. Ihr seid also doppelt vergeben.«

»Sie ist in Fretwitt, auf der anderen Seite des Meeres. Und sie unterstützt Euch nur, weil es ihren eigenen Absichten dienlich ist.«

»Außerdem brauche ich Freunde, wie ich bereits gesagt habe«, sprach Cameo weiter und ging dabei ganz entspannt auf und ab, als fühle sie sich kein bisschen bedroht. »Und Ihr seid einer meiner wichtigsten. Ein Liebhaber hingegen ist nichts anderes als ein zukünftiger Exliebhaber, und Exliebhaber sind nichts anderes als zukünftige Feinde.«

»Schenkt mir nur diese eine Nacht, nur einen Kuss, dann bin ich zufrieden.«

Cameo lachte. »Oh, jetzt bettelt Ihr sogar! Wenn ich für jedes Mal, da jemand mit dieser Bitte an mich herangetreten ist, ein Kaninchenfell bekommen hätte, hätte ich mittlerweile einen ganzen Mantel mit ellenlanger Schleppe!«

Sie wies ihn tatsächlich zurück. *Ich werde sie mit Gewalt nehmen und die Verbindung durch ein anderes starkes Gefühl herstellen müssen. Wut. Wenn es sein muss auch Angst.* Seine eigene Angst wuchs zumindest beträchtlich, denn Stock würde jeden Moment hereinplatzen. Dennoch war Tobias auch wütend. Sein Blut war in Wallung, und der Ärger darüber, dass sie sich ihm verweigerte, war größer, als er erwartet hatte.

Wie beiläufig bewegte er sich auf sie zu, da merkte er plötzlich, dass Cameo bereits an der Tür war. Sie war nicht ganz entspannt auf und ab gegangen, wie er gedacht hatte, sondern hatte sich mit voller Absicht Richtung Ausgang bewegt, damit sie fliehen konnte, sobald Gefahr drohte. Sie war eine gute Schauspielerin und wusste mit aufdringlichen Verehrern umzugehen. Damit war sie erfahrener, als es sich für eine junge Königin geziemte. Und gerissener, als Tobias gedacht hatte. Je näher er Cameo kam, desto weiter bewegte sie sich höflich lächelnd auf die Tür zu.

Tobias blieb stehen. Die Tür des Gemachs war aus schwerem Holz, und sie ging nach innen auf. Cameo würde kostbare Zeit verlieren, wenn sie sie öffnete. *Jetzt ist der richtige Moment.*

»Es tut mir leid, meine Königin«, sagte er. »Ich habe mir wohl zu viel erträumt und muss mich entschuldigen.«

Einen Moment lang standen sie beide schweigend da, dann stürzte Tobias vor.

Die Tür flog auf, und Cameo war fort.

Bei allen verfluchten Göttern!

»Wartet!«, rief Tobias die Wendeltreppe hinunter und eilte hinterher. Er musste sie erwischen, bevor Stock hier war. *Fal-*

lon muss ihn längst alarmiert haben. Mit polternden Schritten raste Tobias die Steinstufen hinab und musste sich immer wieder an der Wand abstützen, um nicht aus der Kurve getragen zu werden, während Cameo nach unten tänzelte wie ein Reh. Als er seine Königin auf halbem Weg endlich eingeholt hatte, fand er sie in den Armen eines anderen.

»Fallon!«, rief Tobias überrascht.

»Ich hab sie«, erwiderte der Feldwebel und zog sein Rapier.

»Stock!«, brüllte Cameo.

»Euer Leibwächter ist nicht hier«, höhnte Fallon und presste ihr eine Hand auf den Mund. »Auch der beste Wachhund braucht ab und zu etwas Schlaf – oder einen Becher Wein, wenn er einen spendiert bekommt.«

Tobias war verwirrt, bis er schließlich begriff, dass der treu ergebene Fallon Stock eben *nicht* alarmiert hatte. Er hatte sich auf die Seite seines Hauptmanns geschlagen und Stock betrunken gemacht. Jetzt hielt er die Königin mit einer Hand fest und drückte ihr mit der anderen die Spitze seines Rapiers an die Kehle.

»Nein! Töte sie nicht!«, keuchte Tobias. Wenn er in Cameos Körper schlüpfen wollte, brauchte er sie lebend.

»Nicht hier?«

»Nirgendwo!« Tobias zog sein breites Kurzschwert.

Fallon nickte und hielt ihm Cameos Kehle hin. Er schien davon auszugehen, dass Tobias sie selbst töten wollte.

Doch das Schwert des Hauptmanns streifte den königlichen Hals nicht einmal. Nein, es grub sich tief in Fallons linken Unterarm und durchschlug einen Knochen. Als er erneut ausholte, schaute sein Feldwebel ihn mit einer Mischung aus Schmerz und Bestürzung an. So intelligent Fallon auch war, Tobias' tatsächlichen Plan hatte er nicht durchschaut. Wie könnte er auch? Springer gehörten ins Reich der Legenden, der Geister und Dämonen, niemand glaubte wirklich an ihre Existenz.

Fallon schnappte nach Luft. »Herr…?«

Tobias hatte seinen Feldwebel falsch eingeschätzt. Fallon war ihm treuer ergeben als selbst der Königin. Davon hatte er nichts geahnt. Die Erinnerung war ihm nicht zugänglich gewesen. Erst jetzt wurde ihm bewusst, wie eng Tobias mit Fallon befreundet gewesen sein musste.

Zu Tobias' Überraschung parierte Fallon seinen nächsten Schlag. Der übel zugerichtete linke Arm des Feldwebels hing schlaff herab, während er mit dem Rapier in der rechten Tobias' Kurzschwert abwehrte und gleichzeitig die Königin von sich stieß. *Er ist nicht ohne Grund Feldwebel.* Tobias hingegen war noch nicht sonderlich geübt mit dem Schwert. Er war stark und schnell, die Gewandtheit des ehemaligen Hauptmanns steckte immer noch in seinem Körper, doch er erinnerte sich nicht an alles, was der eigentliche Tobias über Schwertkampf gelernt hatte. Zum Glück stand er höher als Fallon und konnte ungehindert ausholen, während Fallons rechter Arm von der gerundeten Wand beengt wurde. Der Feldwebel konnte die Schnelligkeit seines Rapiers nicht ausspielen, immer wieder schlug seine Klinge unbeabsichtigt gegen die Ziegel, wenn er abwehrte – ein nicht zu unterschätzender Vorteil, für den der Springer höchst dankbar war. Trotzdem musste er schon wieder um sein Leben kämpfen, während Cameo unbehelligt zuschaute. *Wie ich es hasse, ein Mann zu sein!*

Fallon wich immer weiter zurück. Er wirkte zutiefst beunruhigt. *Er glaubt, ich bin besser als er. Der ursprüngliche Tobias schien es zumindest gewesen zu sein.* Mit neuem Mut drosch der Springer auf seinen Feldwebel ein. Fallon durfte ihm auf keinen Fall entwischen. Die Klingen schlugen klirrend gegeneinander, und Fallons Rapier krachte immer wieder gegen die Ziegel. Es war ein schepperndes Getöse wie von zu Boden fallenden Töpfen und bei Weitem nicht so elegant, wie in den Liedern und Geschichten immer behauptet wurde.

Fallon beschränkte sich weiter darauf, Tobias' Schläge abzuwehren, ohne einen Gegenangriff zu versuchen. Alles, was er wollte, war lebend bis ans Ende der Treppe zu kommen. Sogar verletzt, im Rückwärtsgang und durch die Nähe der Wand behindert, konnte er sich Tobias vom Leib halten. *Er ist gut. Wenn ich ihn besiegen kann, dann nur, solange wir noch auf der Treppe sind. Unten, wo er mehr Platz hat, wird er den Kampf gewinnen.* Tobias griff unbarmherzig weiter an, und Fallon ließ die schwere Klinge an seinem dünnen Rapier abgleiten, Schlag um Schlag. Er trug zwar kleine Schnittwunden an Schulter und Brustkorb davon, aber sein Schwertarm wurde nicht schwächer.

Dann waren sie plötzlich auf dem unteren Flur angelangt. Tobias zögerte. Seine linke Körperseite, die zuvor durch die Wand geschützt gewesen war, war nun offen.

Fallon sammelte sich kurz, dann ging er zum Gegenangriff über. Das fast zierliche Rapier bewegte sich so schnell, dass Tobias die Klinge kaum sah, doch im nächsten Moment schlug Cameo den Feldwebel von hinten nieder.

Die Katzenstatue, die sie ihm über den Schädel gezogen hatte, zerbarst. Pfoten, Ohren und Schwanz flogen durch die Luft, und Fallon brach stöhnend zusammen.

Diesmal zögerte Tobias nicht. Er sprang vor und versenkte sein Schwert zwischen den Rippen des Feldwebels.

»Er wollte mich umbringen...«, stammelte Cameo fassungslos und unendlich erleichtert.

Und ich bin es auch! Tobias hob die Arme, um sie an seine Brust zu ziehen und das intensive Gefühl, noch am Leben zu sein, mit ihr zu teilen. Der Rest wäre ein Kinderspiel.

Cameo wehrte sich nicht. Immerhin hatte er ihr das Leben gerettet – glaubte sie zumindest. Glücklicherweise hatte Fallon nichts verraten, als er noch Gelegenheit dazu hatte. Er war zu überrascht gewesen und zu sehr damit beschäftigt, um sein

Leben zu kämpfen. Die Königin legte ihren Kopf auf Tobias' Schulter. Mit einem Mal war er kein aufdringlicher Verehrer mehr, sondern ihr Lebensretter. *Was für eine glückliche und unvorhergesehene Wendung.*

»Küsst mich«, flüsterte er ihr ins Ohr.

»Nein, nicht jetzt. Nicht inmitten von all dem Blut.«

»Einverstanden. Dann seht mich einfach nur an, ohne Kuss.«

Cameo hob den Blick und schaute ihm direkt in die Augen. Ihre Pupillen glänzten wie Obsidian und waren bis zum Anschlag geweitet. Der Springer machte sich bereit. Er hielt Cameo das Schwert hin, damit er sofort danach greifen konnte, wenn er in ihrem Körper war. Tobias' Körper war stark und schnell – binnen eines Wimpernschlags musste alles vorbei sein. Wenn Cameo es schaffte, ihren neuen Körper rechtzeitig unter Kontrolle zu bekommen, könnte es schwierig werden, sie zu töten. In diesem Fall würde er sich etwas einfallen lassen müssen, damit Stock oder eine der Rubinwachen Tobias tötete, bevor Cameo jemanden davon überzeugen konnte, dass in Wahrheit *sie* im Körper des Hauptmanns steckte.

»Nehmt«, sagte er und ließ den Schwertgriff in Cameos Hand gleiten. »Vielleicht braucht Ihr es.«

»Ich bin so unendlich froh, dass Ihr mich gerettet habt.«

»Und ich bin ebenfalls froh, noch am Leben zu sein. Zumindest dieses Gefühl haben wir nun gemeinsam.«

»Ja, aber...«

»Nichts aber. Seht mich einfach nur an. Spürt Ihr nicht meine Gefühle für Euch? Ihr müsst mich nicht lieben, aber erwidert Ihr nicht wenigstens einen Teil meiner Zuneigung?« Er versuchte, ihren Blick festzuhalten, ohne zu aufdringlich zu werden. Es war ein schwieriger Balanceakt.

»Ihr habt recht. Es ist, als wären wir miteinander verbunden, irgendwie.«

»Gut.« Er spürte, wie die Verbindung immer fester wurde, und wollte schon loslegen, da machte Cameo sich plötzlich von ihm los.

»Einer meiner eigenen Offiziere hat versucht, mich zu töten!«, rief sie fassungslos und lief Richtung Ausgang. »Dieser Palast mit all seinen Intrigen ist ein einziges Schlangennest. Ich kann hier nicht bleiben!«

Tobias musste über Fallons Leiche springen, um sie nicht zu verlieren, doch es war zu spät: Das Band zwischen ihnen war zerrissen.

»Wo ist Stock?«, fragte Cameo.

»Im Bett und wahrscheinlich betrunken, wenn Fallon die Wahrheit gesagt hat.«

»Ich muss ihn finden. Ich werde Skye so schnell wie möglich verlassen.«

»Nein!«

Doch Cameo war schon nach draußen gelaufen, wo gleich auf der Palastmauer die Rubinwachen standen.

Zu spät. Tobias fluchte leise. *Ich muss in ihrer Nähe bleiben.* Wenn er mit ihr die Stadt verließ und den richtigen Moment abpasste, konnte er das Versäumte nachholen, und wenn er erst in ihrem Körper war, konnte er sich eine plausible Geschichte ausdenken, was mit dem armen Hauptmann Tobias geschehen war. Dann wäre er endlich in Sicherheit. Cameos Körper war immer noch der beste Ausweg aus diesem ganzen Schlamassel.

»Ich helfe Euch suchen!«, rief Tobias und eilte seiner flüchtigen Königin hinterher.

13

Vill und Erol schliefen in ihren Kleidern auf dem nackten Holzboden, Adara mit einer Decke auf der mit Stroh ausgelegten Pritsche. Sie hatte für das Zimmer bezahlt und sich daher das bequemste Plätzchen aussuchen dürfen. Erol hatte es geschafft, sein Bierrezept gegen ein Abendessen für alle drei einzutauschen, und den zweitbesten Platz gleich neben der Pritsche bekommen. Vill, der gar nichts beigetragen hatte, lag direkt vor der zugigen Tür.

Er hielt seinen Dolch umklammert und tat kein Auge zu. Nachts wurden die Stadttore zwar geschlossen, um zwielichtiges Volk fernzuhalten, aber die immer noch siegestrunkenen Soldaten der Roten bereiteten Vill nicht weniger Sorge. Der hölzerne Riegel vor der klapprigen Tür würde einen Übeltäter kaum aufhalten, also lag Vill wach und lauschte nach Geräuschen. Außer seinem Bogen besaßen sie zwar kaum etwas, das zu stehlen sich lohnte, aber Adara hatte die Begehrlichkeiten der Gäste geweckt. *Mit ihrer verfluchten Tanzerei.* Die Männer hatten ihr nicht nur Geld zugeworfen, sondern auch gierige Blicke. Manche von ihnen hatten das erwachte Verlangen mit nach Hause zu ihren Frauen genommen, andere waren geblieben und hatten weiter Bier in sich hineingeschüttet. Dem ein oder anderen mochte mittlerweile der Sinn danach stehen, Adara einen kleinen Besuch abzustatten. Vill hegte nicht den geringsten Zweifel, dass der Wirt das Zimmer gegen ein kleines Entgelt bereitwillig an den nächstbesten aufdringlichen Verehrer verraten würde.

All das ging ihm durch den Kopf, und als sich tatsächlich Schritte näherten, war Vill bereit. Er versetzte Erol einen leichten Tritt und stand auf. Als Nächstes dachte er daran, wie rabiat Adara auf ihn losgegangen war, und rüttelte sie ebenfalls wach. *Wahrscheinlich ist sie sogar eine größere Hilfe als der Junge.* Dann stellte er sich neben den Eingang zu ihrem Zimmer.

Wie er erwartet hatte, verstummten die Schritte genau vor der Tür. Vill hob den Dolch. Auf so engem Raum würde ihm der Bogen gegen zwei Gegner nicht viel nützen, und sein scharfes Gehör hatte zwei Paar Füße ausgemacht, von denen das eine deutlich mehr Gewicht zu tragen hatte als das andere. Für Zeichensprache war es zu dunkel, aber Vill hoffte, dass seine Begleiter auch so verstanden, warum er sie geweckt hatte.

»Was ist denn los?«, fragte Erol verschlafen.

Na wunderbar. Vill verdrehte die Augen, da hörte er, wie Adara dem Jungen mit einem Klaps auf den Hinterkopf zu verstehen gab, dass er den Mund halten sollte. Dann war einen Moment lang alles mucksmäuschenstill. Die beiden auf dem Flur rührten sich nicht, und die drei im Zimmer wagten nicht einmal mehr zu atmen.

Schließlich klopfte es.

Vill zog überrascht die Augenbrauen nach oben. Dass Diebe und Meuchelmörder anklopften, war zumindest ungewöhnlich.

»Ist jemand da drin?«, fragte eine weibliche Stimme.

»Wir suchen nach jemandem«, fügte eine männliche hinzu.

Vill schaute nach unten. Ein gelblicher Lichtschimmer drang durch den Türspalt. *Eine Fackel... Diebe klopfen nicht, Meuchelmörder benutzen keine Fackeln, und Frauen stellen keinen Tavernentänzerinnen nach.* Wer konnte das sein?

»Wer da?«, fragte Vill, ohne die Tür zu öffnen.

»Das spielt keine Rolle. Aber wir sind bereit, gutes Geld zu bezahlen, wenn ihr uns mit Informationen weiterhelfen könnt«, antwortete der Mann.

Etwas Geld könnten wir gebrauchen. Alles, was sie gehabt hatten, war für das Zimmer draufgegangen. Vill biss die Zähne zusammen und schob mit der Dolchspitze den Riegel beiseite.

Die Tür ging auf, und Fackelschein erhellte das Zimmer.

»Du schon wieder!«, rief die Frau.

»Wer sonst?«, erwiderte Vill und blinzelte ins Licht.

»Sind das Mädchen und der Junge auch bei dir?«

Vill beschattete seine Augen und musterte die Sprecherin. Sie trug einen grünen Umhang, keinen roten. Irgendwo tief unter ihrer Kapuze funkelten blässlich blaue Augen hervor. Er kannte diese Frau. »Königin Zinnober! Verzeiht, ich wusste nicht, dass Ihr es seid.«

»Natürlich nicht«, sagte ihr Begleiter, drückte die Tür bis zum Anschlag auf und trat mit einer Hand am Schwertgriff ins Zimmer. Es war Hauptmann Rubin, der mürrische Oberbefehlshaber des Roten Heeres. Er wirkte verstimmt wie immer, nur dass er diesmal auch noch erschöpft aussah.

Vill roch frisches Blut an ihm. »Was treibt Euch nachts aus dem Palast?«, fragte er. »Die Straßen einer gerade erst eroberten Stadt sind kein sicherer Ort für die neue Königin. Tote Soldaten haben Väter, Söhne und Brüder, die auf Rache sinnen könnten.«

»Und Schwestern«, ergänzte Cameo.

»Ganz recht.« Vill warf Adara einen flüchtigen Blick zu. »Die Rache einer Frau kann fürchterlich sein. Aber wie dem auch sei: Uns wird die Lage hier jedenfalls zu heikel. Wir werden Skye schon morgen verlassen.«

»Wir suchen nach meinem Leibwächter Stock«, erwiderte Cameo. »Es heißt, er habe sich betrunken und irgendwo ein Zimmer genommen.«

»Ihr meint den Riesen, der Euch im Thronsaal nicht von der Seite gewichen ist?«

»Genau.«

»Ja, den haben wir gesehen. Er dürfte in einem der angrenzenden Zimmer seinen Rausch ausschlafen, vermute ich.«

»Dann haben wir wohl die falsche Tür erwischt«, knurrte der Hauptmann. »Gehen wir weiter.«

Rubin stapfte aus dem Zimmer, aber die Königin rührte sich nicht von der Stelle. »Du sagst, ihr verlasst morgen die Stadt, Vill Magnan?«

»Gleich beim ersten Tageslicht.«

»Aber erst nach dem Frühstück«, murmelte Erol, der immer noch nicht ganz wach war.

»Wie wäre es mit jetzt sofort?«, fragte die Königin.

»Wenn Ihr es befehlt. Allerdings haben wir die Übernachtung bereits bezahlt. Wird uns irgendetwas zur Last gelegt?«

»Nein. Ich brauche nur jemanden, der dieses Land kennt.«

»Meine Königin...«, begann Rubin entrüstet, doch Cameo hörte nicht auf ihn.

»Tobias war noch nie in Abrogan und Stock auch nicht. Außerdem möchte ich nicht, dass noch mehr Leute über meinen Aufenthaltsort Bescheid wissen.«

»Aber jeder weiß doch, dass Ihr hier seid«, warf Erol ein, was ihm diesmal einen Klaps von Vill einbrachte.

»Dass ich im Moment in Skye residiere, ist bekannt, aber niemand weiß, wo ich morgen sein werde, denn das weiß nicht einmal ich selbst.«

»Dann gestattet mir, Euch eine gute und sichere Reise zu wünschen, Königin Zinnober«, sagte Vill ehrerbietig.

»Wie wäre es, wenn du mitkommst und selbst für eine gute und sichere Reise sorgst?«

»Wir haben unsere eigenen Pläne.«

»Haben wir nicht«, fiel Adara Vill ins Wort. »Ich begleite dich gern, Prinzessin.«

»Aber ja doch, nehmt das Mädchen mit«, sagte Vill gleich viel freundlicher. Adara in der Obhut der Königin zu lassen war das Beste, was ihm passieren konnte. Solange sie sich nicht allzu sehr danebenbenahm, wäre sie gut aufgehoben und bestens versorgt. Er fragte sich nur, warum die Königin so ein Geheimnis aus ihrem Reiseziel machte.

Hauptmann Rubin hingegen schien alles andere als glücklich. »Gehen wir, Majestät. Wir werden einen ordentlichen Führer für Euch finden«, sagte er kopfschüttelnd.

»Ich will aber das Mädchen und den Bogenschützen«, widersprach Cameo. »Der Junge kann ebenfalls mitkommen«, fügte sie hinzu, wenn auch mit weniger Eifer.

Vill fiel auf, dass Cameo ihm nicht befohlen hatte mitzukommen, obwohl sie es hätte tun können. *Sie benimmt sich nicht wie eine Königin. Oder die Herrscher in Fretwitt sind um einiges bescheidener als die, die ich bislang kennengelernt habe.* In Begleitung einer Königin und ihres Hauptmanns weiterzureisen fand Vill eine verlockende Alternative. Zumindest wären sie dann sicherer. Und wenn er Glück hatte, fiel dieser Cameo als Nächstes ein, dass sie nach Fretwitt zurückwollte, wo Frieden herrschte und seine beiden Schutzbefohlenen endlich in Sicherheit wären. *Sie wird das Vagabundieren bald leid sein und sich nach ihrem heimischen Palast sehnen...*

»Abgemacht«, sagte er schließlich. »Gehen wir.«

Buch 2

1

Cameo war überglücklich, Skye endlich zu verlassen. Als sie mit ihrer bunt zusammengewürfelten Entourage durch das kleine Tor schlüpfte und die Straße unter ihren Fußsohlen spürte, war es, als würde eine tonnenschwere Last von ihren Schultern fallen. Als Kind hatte sie mit den Zwillingen Sasha und Tasha gerne Prinzessin gespielt, sich eine Dienerschaft vorgestellt, Samtkissen und tapfere, hübsche Prinzen. Aber in ihrer Fantasie waren nie Kriege vorgekommen. *Und auch keine Mordanschläge auf mich.* Tobias hatte sie gerettet, und dafür war sie ihm unendlich dankbar. Sie hatte ihn falsch eingeschätzt, hatte ihn für lüstern und aggressiv gehalten, dabei hatte er sie nur begehrt, wie Männer schöne Frauen nun mal begehrten. Als Gefahr drohte, hatte sich seine Begierde sofort in ritterlichen Beschützerinstinkt verwandelt. Und jetzt gab er auch noch sein Kommando über das Rote Heer auf – oder über das, was davon noch übrig war –, um Cameo auf ihrer Flucht zu beschützen. Er war ihr so treu ergeben, dass Cameo den verweigerten Kuss mittlerweile bereute. *Vielleicht ist er mir ja auch noch treu, wenn ich keine Königin mehr bin.*

Ohne Fackeln liefen sie durch die Dunkelheit, immer dem Mief des Stinker nach. Die Umleitung hatte sich auf den gesamten Fluss ausgewirkt, der jetzt mitten durch die Elendsviertel floss, teilweise sogar durch die Hütten selbst. Viele davon waren verlassen. *Entweder sind die Bewohner vor den Kämpfen geflohen oder vor dem Gestank.* Auch Cameo tappte hin und wieder in einen der übelriechenden Haufen, die der umgeleitete Fluss in seinem alten Bett hinterlassen hatte.

»Es tut mir aufrichtig leid, meine Königin«, nuschelte Stock, der schwankend hinterdrein trottete.

»Hör auf, mich Königin zu nennen, Stock! Außerhalb der Stadt darf mich niemand erkennen.«

»Wie soll ich Euch dann nennen?«

»Cameo. Einfach Cameo. Nicht Königin, nicht Zinnober oder sonst irgendwie rot.«

»Einen eigenartigen Weg hast du da für uns ausgesucht, Magnan«, murrte Tobias.

»Es ist der sicherste«, erwiderte Vill. »Räuber schlagen ihr Nachtlager nicht am Ufer des Stinker auf, und wenn sie noch unterwegs sind, suchen sie auf der Straße nach Opfern, nicht am Fluss.«

»Mir ist Gestank lieber als Gefahr«, stimmte selbst Cameo zu, die sich immerhin schon zweimal übergeben hatte. Nur dem armen Stock ging es noch schlechter als ihr.

»Der Flusslauf führt uns nach Plynth und weiter nach Buchtend«, erklärte Vill. »Von dort aus kommen wir mit dem Schiff überallhin, solange wir die Überfahrt bezahlen können. Und da wir gerade dabei sind: Wird Buchtend immer noch von Euren Truppen gehalten, Cameo?«

Plötzlich nicht mehr als Majestät oder Königin angesprochen zu werden war ein zweischneidiges Gefühl für Cameo. Irgendwie gut, aber irgendwie auch traurig. Darüber, wie die Dinge in Buchtend standen, wusste sie allerdings nicht das Geringste, also leitete sie die Frage einfach an ihren Hauptmann weiter.

»Tobias?«

»Der Hafen von Skye ist nach wie vor unser«, antwortete der Hauptmann.

»Ich habe aber nach Buchtend gefragt«, erwiderte Magnan.

»Unsere Flotte hat die fliehenden Schiffe nach Norden verfolgt.«

»Das beantwortet meine Frage immer noch nicht.«

»Meine Feldwebel müssten es wissen, aber zwei davon sind mittlerweile tot, und die anderen beiden sind nicht hier.«

Er hat keine Ahnung, dachte Cameo. *Seltsam.* Ein Hauptmann sollte eigentlich über die Lage in einer strategisch so wichtigen Stadt Bescheid wissen. *Seine Königin allerdings auch.*

»Dann fragen wir eben in Plynth«, seufzte Vill. »Vielleicht kann man uns dort sagen, was das Rote Heer in Buchtend so treibt.«

Sie kamen nur sehr langsam voran. Erst als die ersten Sonnenstrahlen durch die Aschewolken drangen und sie zumindest sahen, wo sie hintraten, wurde es etwas besser. Richtig hell wurde es trotzdem nicht. Die Welt um sie herum war wie in dämmriges Zwielicht getaucht. Irgendwann verließen sie die Ufer des Stinker und wandten sich Richtung Norden, wo die weiten Felder Plynths lagen und das Gefährlichste, was ihnen begegnen konnte, ein aufgebrachter Bauer war. Über weite Strecken wuchs das Getreide hier so hoch, dass es sie alle überragte – selbst den riesigen Stock, dem immer noch so schlecht von seiner Zechtour war, dass er vornübergebeugt ging.

Ab und zu blieb er stehen und streckte den Kopf über die faustgroßen Ähren. Da die Sonne selbst nicht zu sehen war, musste er sich an dem Berg in ihrem Rücken und den mächtige Wäldern im Norden orientieren, um die Gruppe durch den dichten Getreidedschungel Richtung Osten zu dirigieren. Nachdem sie schon Stunden unterwegs waren, kamen den anderen allerdings allmählich Zweifel an Stocks Orientierungssinn. Cameos Hände waren bereits wund von den scharfen Blättern, die sie bei jedem Schritt beiseitedrücken musste.

»Abrogan scheint ein sehr fruchtbares Land zu sein, Vill Magnan«, sagte sie, um die angespannte Stimmung etwas aufzulockern.

»Das stimmt«, erwiderte er. »Niemand hier muss Hunger leiden.«

»Bei uns in Fretwitt gibt es nicht wenige Menschen, die hungern.«

»Bestimmt nicht in den Palästen«, murmelte Adara.

»Ich habe es auf meinen Reisen mit eigenen Augen gesehen«, sprach Cameo unbeirrt weiter. *Als ich selbst fast am Verhungern war,* hätte sie beinahe hinzugefügt.

»Ich auch«, fiel Tobias mit ein. »Hunger ist etwas Elendes.«

Der Kommentar des Hauptmanns überraschte Cameo. Sie hätte nicht gedacht, dass Tobias je in seinem Leben Armut gesehen hatte.

»Die Plynther bebauen die weiten Ebenen, die Fischer an der Westküste fangen mehr, als sie selbst essen können, und die Gegend um Zornfleck ist berühmt für ihr hervorragendes Schweinefleisch«, führte Vill aus. »Aber es ist die große Hauptstraße dazwischen, die für volle Teller und Bäuche sorgt. Über sie wird alles verteilt. Allerdings nur an die, die bezahlen können. Auch hier gibt es Arme und Tunichtgute wie bei Euch.«

»Was tun sie, um an Essen zu kommen?«, fragte Cameo.

»Stehlen oder betteln, vermute ich. Oder sterben.«

»Ich sehe Hütten!«, rief Stock unvermittelt.

»Wir sind in Plynth?« Cameo war erleichtert, endlich wieder im Schoß der Zivilisation zu sein. Magnans ständige Warnungen während der Nacht, dass sie jeden Moment überfallen werden könnten, hatten ihrem Gemüt ordentlich zugesetzt. Als sie noch bei ihrer Schauspielertruppe, den Lästigen Lemmingen, gewesen war, hatte sie stets gute Erfahrungen mit abgelegenen kleinen Dörfern wie diesem hier gemacht. Sie waren durch die Straßen marschiert, hatten mit Töpfen jongliert und unter dem Jubel der herbeieilenden Kinder lauthals ihre Ankunft angekündigt. Es waren gute Zeiten gewesen.

»Und, können sie dich auch schon sehen?«, fragte Vill an Cameos Leibwächter gewandt.

Stock begriff sofort, was er meinte, und zog hastig den Kopf ein.

»Werden die Bewohner mich erkennen?«, überlegte Cameo laut.

Magnan legte ihr eine Hand auf die Schulter. Es war das erste Mal, dass er sie berührte. »Ihr bleibt besser hier. Zwei von uns werden vorausgehen und die Lage erkunden.«

»Und wer?«, erkundigte sich Tobias barsch.

»Nicht Ihr. Das Letzte, was die Plynther jetzt sehen wollen, ist ein Hauptmann der Roten.«

»In dieser Kleidung sehe ich nicht viel anders aus als du, Magnan.«

Magnan lachte. »Eure große fretische Nase allein genügt! Und wenn nicht, werden sie Euch spätestens dann mit Steinen bewerfen, wenn Ihr den Mund aufmacht und sie Euren Akzent hören. Das Gleiche gilt für den Riesen.«

»Ich beherrsche den Akzent der Einheimischen«, prahlte Cameo.

»Besser als wir drei?«, fragte Adara leicht höhnisch.

»Sie hat recht«, stimmte Vill dem Flussmädchen ausnahmsweise zu. »Ich und der Junge werden gehen.«

»Und was ist mit mir?«, beschwerte sich Adara.

»Erol kann ich als meinen Sohn ausgeben, aber du bist zu alt, um meine Tochter zu sein. Außerdem habe ich Bedenken wegen deines losen Mundwerks.«

»Ich traue unseren Begleitern nicht«, raunte Tobias seiner

Königin zu. »Sie könnten uns verraten.« Stock war derselben Meinung.

»Wenn Ihr uns nicht vertraut, können wir Euch ja auch Eurem Schicksal überlassen und allein weiterziehen«, schlug Magnan vor.

»Ich habe das Geld für die Überfahrt«, entgegnete Cameo.

»Und ich habe eine Tänzerin, die uns das Geld auch so verdienen kann.«

»Bitte«, sagte Cameo und legte ihm vertraulich eine Hand auf den Arm. »Lasst uns nicht allein.« Diesen Trick wandte sie jedes Mal an, wenn sie einen sturen Mann zum Einlenken bewegen wollte. Meistens funktionierte es.

Vill gab sich geschlagen. »Dann kommt eben mit. Wenn Ihr Euch bedroht fühlt, könnt Ihr ja Eure beiden Gefolgsmänner zu Hilfe rufen. Ihr seid übrigens meine Frau, falls jemand im Dorf Euch anspricht.«

Die Vorstellung, dass Cameo als Frau eines Bürgerlichen auftrat, schien Tobias und Stock ganz und gar nicht zu behagen, aber das kümmerte die Königin nicht. »Ich bin berrreit«, sagte sie mit rollendem R, ganz nach Art der Abroganer.

Magnan schüttelte den Kopf. »Überlasst das Reden lieber mir.«

Magnan und der junge Erol schlichen durch das immer lichter werdende Feld, Cameo ging als Letzte. Erol war eigentlich ein recht hübscher Kerl, wie ihr bei dieser Gelegenheit auffiel. Im Moment war er vielleicht etwas schmutzig, aber eines Tages würde ein ansehnlicher Mann aus ihm werden. Auf ihren Reisen durch Fretwitt hatte sie einige von dieser Sorte gesehen. Außerdem fiel ihr auf, wie sehr er Magnan bewunderte und wie schwer es ihm fiel, den Blick von Adara loszureißen. Er selbst schien das alles gar nicht zu bemerken. Magnan hatte Cameo erzählt, dass Erol erst vor ein paar Tagen hatte mit ansehen müssen, wie sein Vater getötet wurde, und doch marschierte er ohne einen Ton des Jammers mit. *Tapfer für so einen Grünschnabel.* Magnan brauchte Erol nicht und hatte ihn aus reiner Mildtätigkeit mitgenommen, ebenso die junge Frau. Sein Auftreten war hart und unterkühlt, und doch hatte er offensichtlich eine weiche Seite, die er selbst so wenig kannte, dass sie nur dann zum Vorschein kam, wenn sich eine überraschende Gelegenheit dazu bot. *Ein seltsamer Kerl, dieser ehemalige Bogenschütze.*

Am Rand des Feldes blieb Magnan in der Deckung der Getreidehalme stehen. Die Hütten waren jetzt nur noch einen Steinwurf entfernt. Es waren Dutzende. Sie waren recht einfach gebaut, hatten nur einen Eingang und steile Dächer, die bis zum Boden reichten und das Regenwasser in kleine Abflusskanäle leiteten. Irgendwie lag das Dorf eigenartig still. Es dämmerte bereits, aber kein einziges Feuer brannte, nicht einmal ein Huhn oder ein Esel streifte träge durch die Straßen. Nur Möwen kreisten zu Hunderten am Himmel.

»Ein seltsamer Ort«, sagte Cameo in grober Missachtung des Sprechverbots, das Magnan ihr erteilt hatte. »Ich war schon in vielen Dörfern, aber keines war so ausgestorben wie dieses hier.«

Eine Königin, die Dörfer besucht? Vill ließ den Blick über die verlassenen Hütten schweifen und nahm den Bogen von seinem Rücken. »Da habt Ihr wohl recht.«

Er legte einen Pfeil ein und spannte die Sehne.

Cameo spürte einen Luftzug an der Wange, da schlug der Pfeil auch schon in einem umgedrehten Wassertrog neben einer der Hütten ein. Cameo traute ihren Augen kaum, aber plötzlich hob sich der Trog wie von Geisterhand, und ein Mann kam darunter hervorgesprungen. Magnan musste irgendwie gewusst haben, dass sich dort jemand versteckte.

Der Mann blickte sich hektisch um. »Wer da?«, rief er in Richtung des Getreidefeldes und rannte auf sie zu.

Cameo war verwirrt. Der Pfeil hatte den Mann aus seinem Versteck gescheucht, wie Magnan es beabsichtigt hatte, aber warum rannte er jetzt ausgerechnet in die Richtung, aus der das Geschoss gekommen war?

»Helft mir!«, sagte er mit zitternder Stimme.

Magnan zog seinen Dolch, und Erol stellte sich schützend vor Cameo, sein Gemüsemesser hoch erhoben. *Sehr ritterlich für einen so jungen Burschen.*

Der Dörfler schien nicht bewaffnet zu sein, aber er kam immer näher, und schließlich blieb Vill nichts anderes übrig, als ihn anzusprechen.

»Bleib, wo du bist!«

»Kann ich nicht. Dann sehen sie mich.«

»Wenn er einfach stehen bleibt, werden sie uns ebenso entdecken, wen auch immer er meint«, flüsterte Cameo.

»Komm ins Feld«, raunte Magnan dem Mann zu. Der Dörfler war kaum im Schutz der Ähren angelangt, als ihn Magnan zu Boden stieß und ihm seinen Dolch an die Kehle hielt. »Ich hege keine bösen Absichten, aber ich muss wissen, ob du nicht welche hast. Dein Dorf sieht seltsam aus, ganz anders, als ich es in Erinnerung habe.«

»Das stimmt!«, erwiderte der Mann. »Und es wird nie wieder sein, wie es einmal war. Wir wurden überfallen. Ohne Grund haben sie getötet.«

»Die Roten?«, fragte Magnan und warf Cameo einen finsteren Blick zu.

»Nein. Sie waren schwarz.«

Das Entsetzen im Gesicht des Mannes ließ Cameo die Nackenhaare zu Berge stehen. Er hatte Schaum in den Mundwinkeln wie ein Pferd, das sich in panischer Flucht halb zu Tode gelaufen hatte.

Als Magnan den armen Kerl losließ, sprang er sofort wieder auf die Beine. »Kommt!«, rief er. »Wir müssen fliehen! Flieht!«

»Verfolgt dich jemand?«, fragte Cameo. »Ich sehe niemanden.«

Vill spähte in Richtung der Häuser. »Wo sind die anderen alle hin?«

»Ich gehe nicht mehr zurück... nie wieder«, stammelte der Mann. Sein Blick sprang wild zwischen Cameo und Magnan hin und her. Schritt für Schritt taumelte er rückwärts von ihnen weg, weg von Plynth. »Niemals!« Dann wirbelte er herum und verschwand zwischen den Ähren.

»Sollen wir das Dorf vielleicht besser umgehen?«, fragte Erol unsicher.

Magnan schüttelte den Kopf. »Dazu gibt es keinen Grund. Es ist niemand hier.«

»Der Mann war hier.«

»Er ist erst recht kein Grund, das Dorf zu umgehen.«

Cameo stimmte zögerlich zu. Der Lärm, den sie veranstaltet hatten, schien niemanden aufgescheucht zu haben. Plynth lag wieder in vollkommener Stille. Wie übergroße Grabsteine ragten die Spitzdächer der verlassenen Hütten in den Himmel.

Einmal war Cameo mit ihrer Truppe durch ein Dorf in den Felsspitzen gekommen, das von artungischen Plünderern niedergebrannt worden war. Damals hatten sie keinen Hinweis auf den Verbleib der Bewohner finden können. Nur die Krähen waren noch da. Plynth sah beinahe genauso aus, allerdings mit weißen Möwen statt Krähen und ohne die niedergebrannten Häuser.

»Vielleicht sind sie vor der Aschewolke geflohen«, überlegte sie laut. »Die Leute hier sind sehr abergläubisch, wie ich gehört habe.«

»Gut möglich«, erwiderte Magnan. »Als ich noch in den Diensten Skyes stand, haben sie ihre eigenen Katzen angebetet. Vielleicht finden wir hier irgendetwas Nützliches. Vor Einbruch der Dunkelheit schaffen wir es ohnehin nicht mehr nach Buchtend. Wie es scheint, gibt es hier ausreichend Platz zum Übernachten und außerdem niemanden, der ihn uns streitig machen könnte.«

Erol kaute unbehaglich auf seiner Unterlippe herum und nickte. Schließlich holten sie die anderen drei und traten aus dem hohen Getreidefeld hinaus in das geisterhafte Plynth.

2

Vill gefiel nicht, was er sah, aber genauso wenig gefiel ihm die Vorstellung, die Nacht irgendwo auf halbem Weg im Freien zu verbringen. Es würde so oder so nicht leicht werden, nach Buchtend zu kommen, denn der Stinker lag zwischen ihnen und der Hafenstadt. Die nächste Brücke, die ihn überquerte, befand sich ein ganzes Stück entfernt auf Höhe des Totenmoors. Die Möglichkeit, den Fluss noch an den Hängen Skyes bequem zu überschreiten, hatten sie im Dunkeln verpasst. Wäre ihnen das nicht passiert, hätte ihr Weg sie auch nicht in dieses verfluchte Plynth geführt. Andererseits hatte er nicht ahnen können, dass das Dorf ...

»Es ist so still«, murmelte Cameo, während sie sich der ersten Hütte näherten.

»Bis auf die verfluchten Möwen«, schimpfte Tobias.

»Das Geschrei kommt vom anderen Ende des Dorfes«, hielt Adara ihm entgegen. »Das werden deine hochwohlgeborenen Ohren wohl noch aushalten.«

»Sie veranstalten einen ganz schönen Lärm«, stimmte Erol zu. »Ich würde sagen, sie haben irgendwo einen Riesenhaufen Futter gefunden.«

Vill ging zu dem Trog, unter dem sich der Dörfler versteckt hatte, und zog seinen Pfeil heraus. Die Spitze saß nach wie vor fest auf dem Schaft, und Risse im Schaft konnte er auch keine erkennen. Schließlich steckte er ihn zurück in den Köcher zu den fünf anderen, die Adara für ihn gekauft hatte. »Ein verbogener Pfeil ist in etwa so nützlich wie ein verbogenes Messer«, hatte sein Ausbilder in Skye immer gesagt. Ein ganzes Zeitalter schien das mittlerweile zurückzuliegen – tat es gewissermaßen ja auch. Und jetzt waren noch einmal fünfundvierzig Jahre hinzugekommen. Damals war Vill ein anderer Mensch gewesen. *Ein absoluter Bösewicht.* Er dachte an die Dinge, die er getan hatte, an all den Tod, den er über unschuldige Menschen gebracht hatte, ohne irgendetwas dabei zu empfinden. Doch jetzt spürte er wieder etwas, und das Gefühl, das sich ihm beim Betreten des verlassenen Plynth aufdrängte, war nackte Angst. Dennoch war es immer noch besser als gar nichts. Die Angst sagte ihm, dass er lebte.

Die erste Hütte stand ganz am Rand des Dorfes ein Stückchen abseits von den anderen. Die gerade Maserung der Eingangstür deutete auf eine Baumart von der Küste hin, leichtes Holz, das in einem feuchten Klima nicht so schnell zu faulen begann. Erol, Tobias und Cameo blieben stehen, und Stock stellte sich schützend vor seine Königin. Lediglich Adara ging mit Vill weiter darauf zu.

»Bleib bei den anderen, Mädchen«, sagte er und musterte misstrauisch das kreisrunde Loch in der Tür. Um sie zu öffnen, musste man in das Loch greifen und einem Angreifer, der sich möglicherweise dahinter versteckte, die ungeschützten Finger präsentieren. Unten am Boden befand sich eine weitere Öffnung mit einem Stück Stoff davor. *Für die Katzen. Zumindest das hat sich nicht verändert.*

»Damit du ungestört alles durchsuchen kannst? Vergiss es. Ich komme mit«, erwiderte Adara.

Vill griff in das Loch und hielt seinen Dolch bereit für den Fall, dass jemand auf der anderen Seite dasselbe tat, doch seine Finger blieben heil. Die Tür öffnete sich bereitwillig und ohne

Knarren. *Frisch geölt.* Und der Regenwassergraben zu seinen Füßen war erst kürzlich von Laub gereinigt worden. *Diese Hütte steht noch nicht lange leer.*

Drinnen war es so dunkel, dass es eine Weile dauerte, bis er etwas erkennen konnte. Auf dem Tisch war alles für eine Mahlzeit vorbereitet. Die einfache Sitzbank davor stand schräg, als wäre erst kürzlich jemand davon aufgestanden.

»Die Luft ist rein«, rief Vill über die Schulter, doch Adara war schon an ihm vorbeigehuscht und durchsuchte gerade die Schubladen einer Kommode.

Sie zog ein Kleid daraus hervor und hielt es hoch. »Ein schönes Stück«, sagte sie anerkennend. »Robust und trotzdem weich.«

»Du kannst das nicht einfach stehlen«, brummte Vill. Das Flussvolk war bekannt dafür, alles, was nicht weggesperrt war, als Gemeingut zu betrachten.

»Wir stehlen nicht, wir leihen.«

»Und wenn die Besitzerin zurückkommt?«, erwiderte Vill scharf, obwohl er es für unwahrscheinlich hielt, dass das passieren würde.

Da tauchten auch ihre vier Begleiter im Türrahmen auf.

»Vielleicht ist in der nächsten Hütte jemand, oder sie halten irgendwo eine Zusammenkunft ab«, sagte Cameo unsicher.

Vill entriss Adara das Kleid, stopfte es zurück in die Schublade und trat wieder nach draußen. »Das werden wir gleich sehen«, überlegte er laut. »Der Dorfplatz liegt am Ende der Hütten, wenn ich mich richtig erinnere... Falls zuerst das Rote Heer hier durchgekommen ist und dann auch noch das schwarze, dürften die Plynther im Moment allerdings nicht besonders gut auf Fremde zu sprechen sein.«

»Der Mann vorhin hat doch gesagt, die Soldaten wären schwarz gewesen«, warf Erol ein.

Vill nickte stumm. Falls das dunkle Heer noch hier war, hatten sie ihr Lager höchstwahrscheinlich am Dorfplatz aufgeschlagen.

»Ich glaube nicht an diese Gespenster«, brummte Tobias. »Der Mann hatte den Verstand verloren.«

»Hat er nicht. Sie waren hier«, widersprach Vill. »Besser, wir verhalten uns möglichst ruhig.«

»Woher willst du das wissen?«

Vill deutete auf die frischen Stiefelabdrücke auf dem Boden. Sie erstreckten sich über die gesamte Breite des Weges, gut und gerne zehn Mann breit.

Ein langgezogenes Gebäude mit Ziegeldach markierte das Ende der Reihe aus holzgedeckten Hütten. *Das Gemeinhaus. Dahinter muss der Dorfplatz liegen.* Vill bedeutete seinen Begleitern, still zu sein, und führte die Gruppe vorsichtig bis zum Ende der Häuserreihe. Erol ging direkt hinter ihm und hielt sich an Vills Gürtel fest wie ein kleiner Junge. Als Nächstes kam Stock, der sein riesiges Langschwert gezogen hatte, dann Cameo. Hauptmann Tobias hielt sich überraschend weit im Hintergrund. *Anscheinend macht man das als Hauptmann so.* Nur Adara konnte es kaum erwarten, und Vill musste sie an der Schulter zurückhalten, damit sie nicht vorauslief und alle verriet.

»Lass mich!« Das Flussmädchen schlug Vills Hand weg, als wäre sie ein ekliges Krabbeltier. »Hier sind keine Soldaten, weder rot noch schwarz.« Dann rannte sie los, und die anderen folgten ihr, sodass Vill plötzlich der Letzte war, der den Platz erreichte.

Der Anblick verschlug ihnen allen den Atem: Vor ihnen spannte sich Reihe um Reihe von an Pfählen befestigter Seile, die über die gesamte Breite des Dorfplatzes reichten. Daran hingen kleine Pelztiere mit aufgeschlitzten Kehlen. Selbst die Pfoten, die zuunterst hingen, waren angeritzt, um auch noch den letzten Tropfen Blut aus den Kadavern zu melken. Wie zum Trocknen aufgehängte Kindermäntel schaukelten sie in der steifen Abendbrise hin und her. Im ersten Moment glaubten sie, ein Pelztierjäger hätte seinen gesamten Fang zum Ausbluten aufgehängt, doch es war etwas anderes. Das Schrecklichste, was man den braven Bauern Plynths antun konnte.

»Das sind Katzen...«, keuchte Erol.

An den Schwänzen aufgehängt, baumelten sie leblos im Wind, die Vorderpfoten nach unten gestreckt, als versuchten sie verzweifelt, den Boden zu erreichen.

Die heiligen Katzen von Plynth.

Vill trat näher an die schauerliche Szene heran und verscheuchte die Möwen, die an Eingeweiden und Augen der Kadaver pickten. Wenn er als Kind an Plynth gedacht hatte, dann an die Katzen, und nicht an die Menschen, die dort lebten. Ihr buntes Fell hatte ihn immer fasziniert, er hatte mit ihnen gespielt, sie gefüttert und auf dem Arm gehalten, während seine Eltern im Dorf einkauften. Die Jungtiere waren gutmütig und verspielt gewesen, die Ausgewachsenen häuslich und faul – zufrieden und glücklich in der liebevollen Obhut der Dorfbewohner.

Das Blut an Kehlen und Tatzen war noch nicht einmal trocken. Vill untersuchte den Boden und fand nicht einen einzigen roten Fleck. Dafür sah er am gegenüberliegenden Ende des Platzes eine lange Reihe Tröge wie den, unter dem der verängstigte Dörfler sich versteckt hatte. Die Ränder schimmerten rötlich. *Die Schlächter haben das Blut darin aufgefangen.* Zu welchem Zweck, konnte Vill nur raten. Aus Blut ließ sich zwar durchaus Brauchbares herstellen, aber Vill fiel nichts ein, was eine solche Menge davon erfordert hätte.

»Was hat das zu bedeuten?«, frage Tobias.

»Weißt du denn überhaupt nichts?«, fuhr Adara den Hauptmann an und schob sich wütend an ihm vorbei. Mit einem schnellen Schnitt durchtrennte sie das Seil in der vordersten Reihe.

»Die Plynther haben einen Katzenkult«, klärte Cameo ihren Offizier auf. »Oder besser gesagt: Sie *hatten* einen.«

»Das schwarze Heer, es war hier«, murmelte Vill und legte einen Pfeil an die Sehne, um Adara, die weiter von Seil zu Seil lief, Deckung zu geben. Aber es schien niemand mehr hier zu sein, weder Soldat noch Dorfbewohner. Auch die Möwen, die am Rand des Dorfplatzes Fleischbrocken verspeisten, schienen kein bisschen nervös. Vill und seine Begleiter waren die einzigen Menschen in Plynth.

»Du meinst, die schwarzen Soldaten haben diese Katzen getötet?«, fragte Cameo.

»Nicht nur getötet, sie haben sie ausgeblutet. Danach sind sie weitergezogen, wie es scheint. Das Dorf dürfte somit sicher sein. Zumindest für eine Nacht, denn bald werden die ersten Plünderer und Banditen kommen, die jedem Heer folgen wie die Aasgeier.«

»Und die Plynther könnten ebenfalls zurückkehren«, ergänzte Cameo.

Vill betrachtete die ausgebluteten Kadaver. Plynthische Katzen waren vertrauensselige Tiere, die man nicht lange anlocken musste, damit sie zu einem kamen, und die Dörfler waren vom selben Schlag. Seit jeher hatten sie Skye gedient und dafür dessen Schutz genossen. Sie waren wohlgenährte, arglose Menschen, die nicht einmal Waffen hatten. Nachdem die Roten Skye besiegt hatten, waren sie vollkommen schutzlos gewesen. Die junge Königin Cameo mochte naiv sein und voll kindlicher Hoffnung, doch in diesem Moment wünschte Vill, er wäre es auch.

»*Vielleicht* kommen sie zurück, Cameo«, erwiderte er. »Vielleicht.«

Sie suchten eine Unterkunft für die Nacht und entschieden sich für zwei benachbarte Hütten, die so eng beieinanderstanden, dass man durchs Fenster direkt in die andere klettern konnte. Vill ging mit Stock zur Dorfschmiede und kam mit einer Säge sowie zwei Hämmern zurück. Als Erstes sägten sie Löcher in die Rückwände der Hütten und verbarrikadierten die Öffnungen dann, damit sich niemand unbemerkt hineinschleichen konnte, sie im Notfall aber einen zweiten Ausgang hatten. Die Türen verkeilten sie und legten die Hämmer daneben für den Fall, dass ungebetene Gäste versuchten, sich Zugang zu verschaffen. Dann ging es darum, die Schlafplätze zu verteilen.

»Der Königin gebührt eine eigene Hütte«, sagte Tobias entschlossen. »Und ich werde an ihrem Bett Wache halten.«

Stock schüttelte den Kopf. »Ich lasse meine Herrin nicht noch einmal allein.«

»Sie wird nicht allein sein, Zwergenhirn, sondern bei mir.«

Doch Stock ließ sich nicht einschüchtern. Immer noch mit dem Kopf schüttelnd, baute er sich vor dem Hauptmann auf, die Hand nur ein kleines Stück vom Griff seines Schwertes entfernt.

»Ich schlage vor, Adara und Cameo nehmen die erste Hütte, und ihr beiden bewacht sie gemeinsam«, mischte sich Vill ein, bevor die Situation noch eskalierte. »Dann könnt ihr euch gegenseitig die ganze Nacht im Auge behalten. Ich und Erol werden die zweite Hütte nehmen. Ich habe nämlich vor zu schlafen.«

»Du hast mir gar nichts zu befehlen«, schnaubte Tobias.

»Und mir auch nicht«, fügte Stock hinzu.

»Ich teile Magnans Meinung«, sagte Cameo, und damit war die Sache entschieden.

Nachdem das geregelt war, suchten Stock und Vill noch einmal gründlich das Dorf ab, während Tobias – sehr zu Adaras Belustigung – bei den Frauen blieb, um sie zu »beschützen«. Als das letzte Licht vom aschgrauen Himmel wich, machten sie kein Feuer, weshalb das Abendessen lediglich aus kaltem Gemüse bestand, das sie in einem Regenwasserauffangbecken vor der Hütte wuschen, dessen Ablauf gleichzeitig die Felder mit Wasser versorgte. Dazu gab es getrocknetes Ziegenfleisch und etwas Salz.

Dann schliefen sie endlich, wenn auch nicht alle. Vill wachte immer wieder auf. Jedes Mal wenn er gerade eingenickt war, riss ihn ein Geräusch – egal welches – unsanft aus dem Schlaf. Stundenlang ging das so. Es war nicht unbedingt Angst, eher eine Art Unbehagen. Das Dorf war vollkommen menschenleer, und diese Leere machte Vill zu schaffen. Er warf er sich auf der Pritsche hin und her und fragte sich, wer normalerweise in diesem Bett schlief. Es standen noch zwei weitere in der Hütte: ein großes und ein kleines, und auf dem Boden lag eine Strohpuppe. Vill stellte sich einen Mann und eine Frau vor, die beim Kochen fröhlich miteinander plauderten, während ihr Kind mit den Katzen spielte, die ständig ein und aus gingen. Eigentlich ein schönes Bild, der Inbegriff eines glücklichen, erfüllten Lebens, aber es machte die Leere um ihn herum nur noch unerträglicher.

Erol schlief im benachbarten Bett. Er war so erschlagen, dass er nicht einmal schnarchte. *Gut. Der Junge muss sich dringend erholen. Und ich auch.* Während der gesamten letzten Nacht waren sie marschiert. Eine Nacht ohne Schlaf machte müde, eine zweite führte zu Wahnvorstellungen. *Eine denkbar schlechte Voraussetzung für das, was noch vor uns liegt.* Morgen musste Vill in Buchtend den Preis für die Schiffspassage aushandeln. Die Lage dort war nach wie vor ungeklärt; nicht einmal die Königin oder ihr Hauptmann wussten, wen sie dort antreffen würden. Es konnten Feinde sein oder Freunde. Wenn sie auf Rote trafen, mussten sie die Königin vor ihnen verstecken, damit niemand sie erkannte. Falls Soldaten aus Skye die Hafenstadt zurückerobert hatten, durften sie weder Cameo noch den Hauptmann oder

Stock zu Gesicht bekommen. Die großen Nasen würden sie sofort als Freter verraten. Keine leichte Aufgabe, aber lösbar. *Zwei Schiffe*, sagt er sich. *Eins für die Königin und ihre hitzköpfigen Beschützer und eins für die beiden Kinder, das sie irgendwohin in Sicherheit bringt.* Eine kleine Wanderung noch nach Buchtend, dann wäre er endlich frei.

3

Nachdem sie Plynth eine halbe Meile hinter sich gelassen hatten, sahen sie den riesigen Getreidespeicher. *Der ist ja groß genug, um einen ganzen Landstrich zu versorgen,* dachte Cameo ehrfürchtig. Er war rund und so hoch wie ein Festungsturm, und gigantisch große Flügeltüren bildeten den Haupteingang. Über den gesamten Durchmesser waren kreisrunde Luken verteilt. Darunter ragten Laderampen hervor, die groß genug waren, dass ein Pferdewagen hinauffahren und Weizen, Roggen oder was immer es war, das die Plynther auf ihren Feldern anbauten, laden konnte. Die Luken waren viel sauberer gearbeitet als die primitiven Hütten im Dorf, das Holz war mit Eisen beschlagen, damit es sich nicht verzog, und nirgendwo war auch nur der kleinste Spalt zu sehen. Ganz oben auf dem Spitzdach des Turms thronte eine eiserne Abdeckung mit mehreren Armspannen Durchmesser, und Cameo fragte sich, wie die Plynther sie wohl dort hinaufbekommen hatten. Die Straße führte an beiden Seiten um den Getreidespeicher herum und war an dieser Stelle so breit, dass bestimmt fünf Gespanne gleichzeitig beladen werden konnten, ohne den Verkehr zu behindern. Zu friedlicheren Zeiten, wenn Kriege und Banditen die Menschen nicht von der Straße fernhielten, musste hier einiges los sein. Doch jetzt lag der Getreidespeicher genauso verlassen wie das Dorf in ihrem Rücken. Stumm und drohend thronte er wie ein Mahnmal über den verwaisten Feldern, die ihn speisten.

Adara lief sofort los, als sie das Bauwerk sah. Als Angehörige des Flussvolks war sie es gewohnt, alles genauestens zu untersuchen – sei es eine Hütte, ein Schuppen oder sonst etwas –, um vielleicht etwas Brauchbares zu finden. Vill führte den Rest der Gruppe unterdessen stur weiter. Der gesamte Landstrich war verlassen, Adara drohte keine Gefahr. Sie würde einfach später wieder zu ihnen aufschließen.

»Wir könnten uns etwas Getreide leihen«, schlug Cameo vor. »Wie es scheint, haben sie genug, und im Moment braucht es ohnehin keiner.«

Magnan ging weiter. »Leihen? Ihr redet ja schon wie Adara. Getreide ist schwer, und außerdem: Wer von uns wäre in der Lage, es zu etwas Essbarem weiterzuverarbeiten?«

»Ich!«, rief Erol. »Vor allem wenn es Spätweizen ist. Der ist besonders gut für...«

»Halt den Mund. Das Getreide bleibt hier. Buchtend ist weniger als einen Tagesmarsch entfernt, und die Dame hat genug Geld, damit wir uns dort ausreichend verpflegen können.« Vill deutete mit dem Kinn auf Cameo.

Er hatte recht. Cameos Börse war prall gefüllt, genug für Essen, Unterkunft und Schiffspassage. Dennoch konnte sie nicht anders, als ihre Vorräte bei jeder sich bietenden Gelegenheit bis zum Rand aufzufüllen. Während ihrer Zeit bei den Lästigen Lemmingen hatte sie sich das angewöhnt. *Aber von einer Königin wird etwas anderes erwartet.*

Als sie den Speicher schon eine Weile hinter sich gelassen hatten und Adara immer noch nicht wieder aufgetaucht war, hielten sie schließlich doch an.

»Stock, würdet Ihr sie holen gehen?«, bat Magnan.

Der Riese nickte und eilte mit langen Schritten zurück zu dem Getreidespeicher. Als er wiederkam, war er immer noch allein. »Sie hat die Dörfler gefunden«, sagte er knapp.

Cameos Herz machte einen Satz. Sie war selbst überrascht, wie sehr die Nachricht sie freute. Wahrscheinlich lag es an ihren Kindheitserinnerungen. Bauern waren für sie gute und freundliche Menschen, die die Dinge zum Wachsen brachten. *Bauern ernähren die Menschen. Sie führen keine sinnlosen Kriege wie wir.* Plynth hatte kein Heer, nicht einmal Waffen. In der Schmiede hatten sie lediglich Harken, Rechen und ein paar Werkzeuge gefunden, sonst nichts. Keine Speere, Schwerter oder auch nur Schilde. Sie waren ein einfaches, friedfertiges Volk. Cameo stellte sich vor, wie sie sich dicht zusammengedrängt im Getreidespeicher, dem stolzen Symbol ihres Handwerks, versteckten, bis die Gefahr vorüber war.

»Hast du mit ihnen gesprochen?«, fragte sie aufgeregt. »Was haben sie gesagt? Waren sie misstrauisch? Immerhin siehst du nicht gerade wie einer von ihnen aus.«

»Sie können nicht mehr sprechen.«

Cameo brauchte einen Moment, bis sie verstanden hatte. Als es so weit war, legte sich ein Schatten über ihr Herz, so dunkel wie das schwarze Heer. »Nein...«

Die gesamte Gruppe machte kehrt. Erst jetzt sah Cameo die Holztröge, die an der Rückseite des Getreidespeichers aufgereiht standen. Sie schimmerten feucht. Cameo hatte die Tröge auf dem Dorfplatz gesehen und wusste, was der Anblick bedeutete.

»Ihr bleibt alle draußen«, wies Magnan die Gruppe an. »Ich hole das Mädchen.«

Er ging zu einer der kleineren Eingangstüren, streckte den Kopf nach drinnen und rief nach Adara. Einen Moment lang passierte gar nichts, dann kam das Mädchen hastig ins Freie gestolpert. Mit leeren Augen blinzelte sie ins kaum vorhandene Sonnenlicht und sagte kein Wort, bis Magnan ihr tröstend eine Hand auf die Schulter legte.

»Nein!«, schrie sie und schlug ihm mit voller Wucht ins Gesicht.

Der Schlag traf Magnan vollkommen unvorbereitet. Blut spritzte in einer roten Fontäne aus seiner Nase, während er benommen zurücktaumelte, und im nächsten Moment stürzte sich das Mädchen auf ihn, schlug und trat in blinder Wut auf ihn ein. Magnan wehrte sich nicht und versuchte lediglich, sein Gesicht zu schützen. Adara riss an seinen Haaren und rammte ihm das Knie zwischen die Beine. Von der Tirade, die sich gleichzeitig über ihn ergoss, verstand Cameo kein Wort. Es war eine alte, kehlige Sprache, die sie noch nie gehört hatte. In ihren Ohren klang sie wie das mit Kreischlauten vermischte Bellen eines Hundes.

Es war Stock, der Adara schließlich von Magnan herunterzerrte und sich dabei auch noch eine schallende Ohrfeige einfing, bevor er sie bändigen konnte. Das Mädchen schrie und brüllte immer noch, dass es meilenweit über die Straße und die Felder zu hören sein musste.

»Sie macht zu viel Lärm!«, schimpfte Tobias.

»Dann helft uns, sie zu beruhigen«, erwiderte Erol, der vergeblich versuchte, eins ihrer Beine festzuhalten. »Ihr seht aus, als hättet Ihr die Kraft dazu.«

Tobias befühlte erschrocken seine Nase. »Damit sie mir auch noch die Nase bricht?!«

Cameo fürchtete, dass Magnan sich jeden Moment an Adara rächen würde. Oft genug hatte sie in Fretwitt beobachtet, wie Väter ihre Frauen und Töchter grün und blau schlugen. Und Abrogan, so hieß es, war weit weniger zivilisiert als ihre Heimat. Die alte Beuhlah von ihrer Schauspieltruppe hatte sie immer gewarnt, sich vor jähzornigen Männern in Acht zu nehmen und im Zweifelsfall lieber das Weite zu suchen.

Doch Magnan schlug nicht zurück. Er versuchte lediglich, das aus seiner Nase quellende Blut aufzufangen, und nuschelte in Stocks Richtung: »Seid auf der Hut. Sie reagiert sehr empfindlich, wenn sie so viele Tote auf einmal sieht.«

Genau wie ich, dachte Cameo.

Schließlich stand Magnan auf. Mund und Kinn waren blutverschmiert, an seinem Kopf fehlte ein Büschel Haare. Mit offensichtlich großen Schmerzen im Schritt humpelte er auf Cameo zu und bat um ein Taschentuch, um sich das Gesicht abzuwischen. Erst jetzt fiel ihr auf, was für ein attraktiver Mann er eigentlich war, auch wenn er im Moment etwas mitgenommen aussah.

»Aber weshalb lässt sie ihre Wut darüber an *dir* aus?«, fragte Cameo und reichte ihm ihr Seidentuch.

»Wahrscheinlich hätte ich ihr das Kleid aus der Hütte nicht wegnehmen sollen«, antwortete Vill und wischte sich das Blut ab, dann stopfte er sich die Enden des Tuchs in die Nasenlöcher. Als er sich fertig verarztet hatte, ging er in weitem Bogen um Adara und Stock herum in den Getreidespeicher. Er blieb nicht lange.

»Was hast du gesehen?«, erkundigte sich Cameo vorsichtig, als er zurückkam.

»Genau das, was man erwarten würde.«

»Ich weiß nicht mehr, was man in diesem Land erwarten kann und was nicht. Du musst mich nicht vor *allem* beschützen, Vill Magnan. Ich habe in meinem Leben genug gesehen.«

»Nicht so etwas, edle Dame.«

»Doch, hat sie«, brummte Stock.

»Habe ich«, bekräftigte Cameo.

Magnan nickte. »Nun gut: Sie sind tot, alle. Ausgeblutet wie die Katzen auf dem Platz – Männer, Frauen und Kinder.«

»Warum? Wer tut so etwas?«

»Ich sage, hier ist schwarze Magie am Werk«, murmelte Vill. »Glaubt es oder glaubt es nicht.«

»Skye liegt schon ein ganzes Stück hinter uns. Denkst du, das schwarze Heer marschiert nach Südosten wie wir?«, fragte Cameo.

»Nach Buchtend?« Vill musterte sie über den Rand des blutverschmierten Seidentuchs hinweg. »Gute Frage. Aber die Straße hier ist mit Asche gedeckt. Wenn es so wäre, müssten wir ihre Spuren sehen. Vielleicht haben sie hier kehrtgemacht und marschieren zurück nach Skye. Oder ins Totenmoor. Der verfluchte Sumpf würde zu diesen Kreaturen passen. Aber die Straße, die dorthin führt, ist ebenfalls unberührt, wie Ihr seht.«

»Was, wenn sie schon in Buchtend sind?«

»Buchtend ist nicht mit Plynth zu vergleichen. Ein wehrloses Bauerndorf zu entvölkern ist das eine, aber Buchtend ist befestigt. Die Mauern dort sind aus Stein, da braucht es schon mehr als ein paar hundert Speerträger, um sie zu erstürmen, ganz gleich ob Eure Soldaten oder welche aus Skye sie verteidigen. Meine Sorge ist eher, dass das Heer sich noch *außerhalb* von Buchtend herumtreibt.«

Cameo ließ Magnans Worte auf sich wirken. *Wenn diese Schlächter immer noch auf der Straße unterwegs sind, könnten wir ihnen direkt in die Arme laufen.* Eine entsetzliche Vorstellung. Dieser neue Feind tötete alles, was lebte, egal ob Mensch oder Tier. Unwillkürlich fragte sie sich, ob sie nicht besser nach Skye zurückkehren sollte. *Wo mir genug andere nach dem Leben trachten.*

»Als ihr sie in den Tälern das erste Mal gesehen habt, konntet ihr unbemerkt entwischen, oder?«, fragte sie schließlich an Vill gewandt. »Kannst du es beim nächsten Mal bitte wieder genauso einrichten?«

»Wenn die reizende Adara endlich aufhört zu schreien, vielleicht.«

4

Der Springer beobachtete Cameo und überlegte, ob er eine ähnliche Ausstrahlung haben würde, wenn er ihren Körper übernahm. Ihre Wirkung auf die Menschen war nicht zu übersehen: Die niederen Bürger schlossen sie sofort ins Herz, der Adel hingegen neidete ihr die Krone und verachtete sie. Das würde er ändern müssen.

Sie marschierten in einer geschlossenen Sechsergruppe. Um einen Späher vorauszuschicken, waren sie zu wenige. Der Junge und das Mädchen konnten die Aufgabe ohnehin nicht übernehmen, Stock weigerte sich strikt, seiner Königin von der Seite zu weichen, und Tobias hatte nicht die Absicht, sich als Kundschafter unnötiger Gefahr auszusetzen. Falls es hart auf hart kam, brauchte er einen Körper, in den er springen konnte. *Wer theoretisch ewig leben kann, stirbt nun mal nicht gern.*

Magnan hatte zwar angeboten, das Terrain zu erkunden, doch Cameo hatte ihn gebeten, sich nicht von der Gruppe zu trennen.

»Falls du nicht zurückkommst, bleiben nur noch Erol und Adara, die uns führen könnten. Keiner der beiden kennt Buchtend oder den Hafen von Skye, geschweige denn andere Städte.«

Tobias wollte ebenfalls nicht, dass Magnan allein vorausging. Nicht dass er am Ende mit irgendwelchen Halsabschneidern in Buchtend unter einer Decke steckte, die ihnen dann in einer dunklen Gasse auflauerten. Oder, schlimmer noch, er könnte

Cameo an die Abroganer ausliefern. Dann wäre Tobias' Chance, die Rollen zu tauschen, endgültig dahin. Bis jetzt hatte der Bogenschütze sich zwar nichts zuschulden kommen lassen, aber irgendeinen Grund musste es ja geben, warum das Mädchen ihn so sehr hasste. Und noch etwas sprach dafür, ihn genau im Auge zu behalten: *Ich an seiner Stelle würde mir eine so verlockende Gelegenheit auf keinen Fall entgehen lassen.*

Sie folgten dem Verlauf der Straße, hielten sich jedoch immer ein Stück abseits davon. Der Untergrund fiel zur im Südosten gelegenen Küste hin beständig ab, und die weiten Felder Plynths wurden von wild wucherndem Gestrüpp und niedrig wachsenden Bäumen verdrängt. Jenseits des Stinker sahen sie schon die mit Zinnen bewehrten achteckigen Türme Buchtends aufragen, auf denen bedrohlich aussehende Wurfmaschinen thronten, bereit, jedes feindliche Schiff noch in der Bucht zu versenken. Katapulte, die mit Eisenstacheln bewehrte Baumstämme verschossen, mit brennendem Pech gefüllte Tonkrüge oder mit einer langen Kette verbundene Eisenkugeln, die jedes Segel in Fetzen rissen und jeden Mast zermalmten. Gleich daneben stand ein Skorpion mit rumpfbrechenden Bolzen als Munition. Als er noch Nona gewesen war, hatte er von all diesen Dingen nichts gewusst, doch als Hauptmann Tobias sah er die Waffen allzu oft direkt auf sich gerichtet. Eine Erfahrung, auf die er liebend gern verzichtet hätte.

Bei der Belagerung von Skye hatte er sich als Oberbefehlshaber des Roten Heeres wiedergefunden. Eine Aufgabe, über die er nur sehr wenig wusste, wie er feststellte. Tobias' Erinnerungen versorgten ihn zwar mit den grundlegenden Kenntnissen, aber so viele Soldaten zu koordinieren fiel ihm bei Weitem nicht so leicht wie dem ursprünglichen Bewohner des Körpers. Anfangs, im luxuriös ausgestatteten Kommandozelt am Fuß des Berges, weit weg von den Elendsvierteln, war die Aufgabe noch vergleichsweise einfach und angenehm gewesen. Tobias hatte vor einem Tisch voller Karten gestanden, die er nicht ganz verstand, und eifrig gestikulierend die Befehle weitergegeben, die seine Feldwebel ihm zuflüsterten. Ingenatoren waren mit einem Plan zu ihm gekommen, wie sich der Fluss in die Felsspalten am Fuß des Berges umleiten ließ. Alles, was noch fehlte, war ein Mitverschwörer innerhalb der Stadtmauern. Sie schlugen Bestechung vor und forderten eine stattliche Summe. Tobias hatte den Plan mit einem knappen »Sehr gut!« autorisiert und die Ingenatoren wieder fortgeschickt. Als die Bergflanke dann tatsächlich einstürzte, war er überrascht, wenn nicht gar geschockt gewesen. Mit einem entsetzlichen Rumpeln war die gesamte Westwand weggebrochen, direkt über ihren Köpfen! Glücklicherweise war niemand im Heerlager verletzt worden. Der Jubel über das gelungene Manöver war groß, aber kurz, denn dann begann die Schlacht. Die Feldwebel befahlen ihre Männer hinauf zur Kuppe, um die Stadt im Sturm zu nehmen, doch die Belagerten dachten nicht daran, sich zu ergeben.

Tobias hatte Fallon nicht von seiner Seite gelassen und sich in den Momenten, in denen ihn die Angst übermannte, regelrecht an ihm festgekrallt. Zwei Katapulte, die nicht mit hinab in die Tiefe gestürzt waren, bombardierten sie mit mannsgroßen Holzgeschossen, während sie versuchten, über die Felstrümmer hinweg irgendwie zur Kuppe zu kommen. Die riesigen Holzklötze prallten links und rechts von den Felsen ab und rasten in chaotischem Zickzack Richtung Tal. Immer schneller wurden sie auf ihrem unberechenbaren Pfad, rissen Soldaten und Offiziere wahllos mit in den Tod. Fürst Dirval vom Haus Rose stand direkt neben Tobias. Er trug ein meisterlich gearbeitetes, knielanges Kettenhemd, das Schwerthiebe abhalten konnte, als eins der Geschosse ihn zermalmte. Ein paar zerfetzte Kettenglieder inmitten eines großen roten Flecks auf den Felsen waren das Einzige, was danach von Dirval noch übrig war.

Und dann noch die Pfeile, die ihnen ständig um die Ohren sausten. Nicht jeder davon traf, aber die Art und Weise, wie sie die Todesschreie der Sterbenden mit einem grausigen Pfeifen untermalten, war schlimm genug. Die trunksüchtige Bogenschützin, die Tobias in die erste Schlachtreihe befohlen hatte, hatte es bereits erwischt. Sie war durchlöchert wie ein Nadelkissen. Um sie herum breitete sich eine rote Pfütze aus wie eine höhnische Reminiszenz an den Wein, dem sie so gerne zugesprochen hatte.

All die mörderischen Flugkörper erreichten das Kommandozelt zwar nicht, doch Fallon hatte darauf bestanden, dass Tobias mit ihnen den Berg hinaufstürmte. Andernfalls würden die Soldaten die Kampfmoral verlieren, hatte Fallon gesagt. Wenn der Hauptmann sich nicht am Kampf beteiligte, konnte das nur bedeuten, dass er Zweifel am siegreichen Ausgang der Schlacht hatte, erklärte er. Auf Tobias traf das durchaus zu, doch davon ahnte sein Feldwebel natürlich nichts. Das Wichtigste war, dass diese Zweifel nicht auf die Kampftruppen übersprangen, denn laut Fallon war das A und O einer Belagerung, dass die Angreifer nicht auf die Idee kamen, sie könnten die Schlacht verlieren. Ein unausweichlicher Sieg, Ruhm und Kriegsbeute waren die Belohnung, die sie bei der Stange hielt.

Bei den Verteidigern war das etwas anderes. Sie hatten keine Wahl und kämpften um ihre Heimat bis zum Tod. Das nackte Überleben war ihre Belohnung. Sie kämpften, auch wenn sie noch so sehr in der Unterzahl waren und die Niederlage so gut wie sicher. Sie brauchten nicht an ihren Sieg zu glauben, denn sie wussten: Eine Niederlage konnten sie sich schlichtweg nicht leisten.

Also hatte Tobias die Zähne zusammengebissen und versucht,

irgendwie die Spitze dieses verfluchten Berges zu erreichen. Bei jedem Geräusch, egal ob Krachen oder Pfeifen, zuckte er zusammen und wartete darauf, jeden Moment entweder einen Pfeil in die Brust oder eins dieser verfluchten Katapultgeschosse an den Schädel zu bekommen. Teilweise vergaß er sogar das Atmen, weshalb seine Schlachtrufe eher wie das Winseln eines geprügelten Hundes klangen statt wie das markerschütternde Kriegsgebrüll eines Helden. Um ihn herum fielen die Männer zu Dutzenden. Rote Rassler starben im Pfeilhagel, während zwangsrekrutierte Bauern, die kaum ein Schwert halten konnten, überlebten – oder umgekehrt. Es gab weder Regeln noch erkennbare Gründe, wer überlebte und wer nicht. Die Schlacht tötete, wen immer sie wollte. Wer es lebend bis auf die Kuppe schaffte, hatte schlichtweg Glück gehabt.

Und von da an wurde alles nur noch schlimmer. Der Nahkampf in den Straßen von Skye war ein einziges Schlachten, wie der Springer es noch in keiner seiner Inkarnationen gesehen hatte. Er war schon öfter vor Kriegen geflohen oder von einem vertrieben worden, aber er war noch nie mittendrin gewesen.

Entsetzt beobachtete Tobias, wie die Sterbenden ihre Götter verfluchten oder die Kontrolle über ihren Schließmuskel verloren, während andere, die direkt neben ihnen lagen, bis zum letzten Atemzug weiter aufeinander einhackten. Einer der Verteidiger, der seine Waffe verloren hatte, stürzte sich auf einen jungen Burgundier und drückte ihm mit bloßen Daumen die Augen aus, kurz bevor ein herbeieilender Purpur-Soldat ihm von hinten mit einem Morgenstern den Schädel einschlug.

Tobias gehörte zu denen, die Glück gehabt hatten, und das nicht zuletzt, weil er sorgsam darauf geachtet hatte, nicht in vorderster Reihe voranzustürmen. Diesen Ruhm überließ er anderen, die meist nicht lange etwas davon hatten, denn in Skye hatte es nur so gewimmelt von Hinterhalten und Fallen, die über dem

Erstbesten zuschnappten. Eine davon war eine schlichte Falltür gewesen. Sein Diener Dodd Rubin hatte sie ausgelöst, indem er auf den falschen Stein trat. Die Tür war nach unten geklappt, und die drei daran befestigten Pfähle hatten seinen Brustkorb durchbohrt. Grotesk verrenkt wie eine Vogelscheuche hatte Dodd Rubin da gehangen. Tot, für immer. Das war Tobias eine eindrückliche Lehre gewesen, niemals als Erster zu gehen.

Auch jetzt, als sich die Sechsergruppe den Wäldern um das Totenmoor näherte, das sich wie ein übergroßes Krokodil zu ihrer Linken ausbreitete, ließ Hauptmann Tobias Vill Magnan den Vortritt.

5

Vill bemerkte es gerade noch rechtzeitig, ein schwarzes Etwas in Menschengestalt zwischen den krummen Bäumen und Büschen. *Wir wären ihm direkt in die Arme gelaufen.* Es war eindeutig einer der Soldaten aus den Tälern, so dunkel, dass er aussah wie ein schwarzes Loch zwischen den Blättern. Erst jetzt, da Vill wusste, um was es sich handelte, konnte er die Umrisse erkennen. Der Mann saß auf einem umgestürzten Baumstamm, kratzte sich am Hals und warf mit Nussschalen nach irgendwelchen Dingen, die er sich als Zielscheibe ausgesucht hatte, wie jeder Soldat es tat, der sich langweilte. Aber der eigenartige schwarze Schimmer, der den Wachposten umgab wie eine zweite Haut, verriet, dass er eben kein normaler Soldat war. Die dunkle Hülle reflektierte das Sonnenlicht nicht, sie verschlang es einfach, als hätte es nie existiert. Der Soldat, der ein Mensch sein mochte oder auch nicht, beobachtete von seinem erhöhten Versteck aus die Straße, genau wie Vill es gerade tat.

»Ein Wachposten«, flüsterte er und ging in Deckung.

Die anderen folgten seinem Beispiel. Cameo kauerte sich direkt neben Vill und legte ihm eine Hand auf die Schulter. »Können wir ihn umgehen?«

»Töte ihn«, drängte Tobias. »Schnell und lautlos mit einem Pfeil.«

Beide Vorgehensweisen waren möglich, doch Vill hatte beide bereits verworfen. Früher einmal hätte er den Soldaten ohne Zögern getötet. Aber das war in einem anderen Leben gewesen. Dieser Mann war er nicht mehr.

»Offensichtlich bewacht er die Straße nach Buchtend. Aber wo sind seine Kameraden?«, fragte Vill.

»Sie halten sich versteckt«, riet Tobias.

»Wahrscheinlich im Sumpf«, überlegte Cameo.

»Sie belagern die Stadt«, warf Erol ein.

»Siehst du welche von ihnen vor den Mauern?«, fragte Vill zurück.

Erol schüttelte betreten den Kopf.

»Was siehst du, Flussmädchen?«, fragte Vill weiter.

Adara funkelte ihn stumm an. Erst als Vill den Blick wieder dem Wachposten zuwandte, sagte sie: »Möwen, die über den Straßen von Buchtend kreisen.«

»Und?«, schnaubte Tobias. »In jeder Hafenstadt gibt es Möwen.«

»Im Hafen bei den Fischabfällen«, entgegnete Vill, »aber nicht über den Straßen und Plätzen.«

Stock nickte grimmig. »Das schwarze Heer ist bereits in Buchtend.« Und während die anderen bestürzt durcheinanderflüsterten, fügte er hinzu: »Da kommt jemand.«

Fünf Männer näherten sich aus der gleichen Richtung, aus der auch sie gekommen waren, aber sie marschierten mitten auf der Straße: bullige Kerle mit langen Bärten und dicken Lederharnischen. An den Stielen ihrer Äxte war nicht ein einziges Astloch zu sehen, und die Klingen glänzten, als wären sie erst vor Kurzem poliert und geschärft worden. Außerdem hatten sie prall gefüllte Getreidesäcke dabei. *Sie kommen direkt aus Plynth.*

Einer aus der Gruppe hinkte leicht. Über die eine Schulter hatte er sich ein Paar Stiefel gehängt, über die andere einen Stapel Hosen. Nützliche Dinge, aber nichts Wertvolles, und schon gleich gar kein Grund, sich mit fünf schwer bewaffneten Banditen anzulegen. *Ich hätte Adara das verdammte Kleid doch mitnehmen lassen sollen.*

Vill sah, wie der Wachposten aufstand und ein Widderhorn an den Mund hob, während die Banditen selbstbewusst auf Buchtend zuhielten und nicht einmal auf die Idee kamen, dass sie beobachtet werden könnten.

In diesem Moment stieß Erol ihn aufgeregt in die Seite. »Da sind sie! Es sind fünf, gleich haben sie den Wachposten erreicht«, flüsterte er.

»Was du nicht sagst«, flüsterte Vill zurück und bedeutete Erol, die Klappe zu halten.

Als die Fünfergruppe auf gleicher Höhe war, blies der Soldat das Horn. Das Geräusch, das herauskam, war ein durchdringendes, langgezogenes Stöhnen. *Der gleiche Ruf wie in den Tälern*, dachte Vill gerade, und dann erschallte auch schon die Antwort aus Buchtend. Die Stadt war tatsächlich dem Feind in die Hände gefallen.

Die Banditen blieben verdutzt stehen. Sie schienen zu wissen, dass dies das falsche Horn war, und berieten nicht lange, sondern schlugen sich sofort seitwärts in die Büsche. Doch genauso schnell, wie sie darin verschwunden waren, kamen sie auch wieder herausgerannt, verfolgt von einer Art Miniaturwolke, die sich allerdings nicht mit dem Wind bewegte, sondern jedem Haken folgte, den die fünf auf ihrer panischen Flucht schlugen. Auch als sie die Straße erreichten und zurück Richtung Plynth rannten, ließ sie nicht von ihnen ab. Noch aus einer Furchenlänge Entfernung hörte Vill das eigenartige Summen, das von der kleinen Wolke ausging.

»Was war das?«, fragte Tobias.

Cameo zuckte die Achseln, und Stock reagierte überhaupt nicht. Die Freter wussten es genauso wenig wie Erol und Adara, die beide in Abrogan geboren waren. Vill war seit Ewigkeiten nicht mehr hier im Süden gewesen und hatte ebenfalls keine Ahnung. *Hörte sich an wie Insekten. Insekten, vor denen selbst schwer bewaffnete Banditen gehörigen Respekt haben, wie es scheint.*

Die Wolke wirbelte durcheinander wie ein Strudel, mal in die eine, mal in die andere Richtung, löste sich aber nicht auf. Als die Banditen sich verteilten und jeder in eine andere Richtung lief, hängte sie sich an den langsamsten: den Mann mit dem Hinkebein.

Er schien sie kommen zu hören. Kurz bevor die Biester ihn erreichten, drehte er sich um und riss die Stiefel von seiner Schulter. Wie eine Steinschleuder schwang er sie über dem Kopf und schlug nach der Wolke. Die Insekten stoben kurz auseinander, um sich gleich danach wieder neu zu formieren. Der erste Schwinger war noch auf das Zentrum des Schwarms gezielt gewesen, doch jetzt schlug der Mann nur noch wild um sich, während die Insekten sich auf jedes freie Fleckchen Haut an seinem Körper stürzten.

Der Bandit schlug sich sogar mit der Sohle ins Gesicht, um die Mücken, oder was auch immer sie waren, zu vertreiben, aber sie ließen einfach nicht von ihm ab. Schließlich ging er zu Boden und rollte sich zusammen wie ein Kind. Seine Kameraden schienen nicht die Absicht zu haben, ihm zu helfen. *Die Viecher werden ihn bis zur Unkenntlichkeit zerstechen,* dachte Vill und warf einen Blick hinüber zu dem schwarzen Wachposten. Wie Vill und seine Begleiter hatte er nur Augen für das kleine Drama, das sich unten auf der Straße abspielte. *Ein erstaunlich menschliches Verhalten für ein so eigenartiges Geschöpf.*

Die Bewegungen des Banditen wurden unterdessen immer langsamer. Schließlich rührte er sich überhaupt nicht mehr, und sein Kopf rollte herum, sodass er direkt in ihre Richtung schaute.

Das Erste, was Vill auffiel, war, dass der lange Bart auf wundersame Weise verschwunden war, als hätte der Kerl sich in der Zwischenzeit rasiert. Dann sah er, dass auch Haut und Fleisch darunter nicht mehr da waren. Das Weiße, das ab und zu zwischen den krabbelnden Tieren hervorblitzte, konnte nichts anderes sein als der nackte Schädelknochen.

»Sie fressen sein Gesicht!«, keuchte Erol.

Vill zuckte zusammen. *Er ist zu laut.* Verärgert schlug er Erol aufs Ohr, woraufhin der Junge sofort verstummte, aber es war zu spät.

Drei Dinge geschahen gleichzeitig: Das Stadttor von Buchtend flog auf, der schwarze Wachposten fuhr herum und entdeckte Vills Gruppe, und der Schwarm Kannibalenfliegen ließ von der kahlgefressenen Leiche ab und jagte direkt auf sie zu.

Tobias sprang entsetzt auf. »Wir müssen fliehen!«, brüllte er und machte Anstalten, Cameo mit sich zu schleifen.

»Nein!«, rief Vill und hielt Cameo am anderen Arm fest. Hals über Kopf die Flucht zu ergreifen war das Dümmste, was man in so einer Situation tun konnte. Vill überlegte hektisch: Von den drei Gefahren, denen sie sich gegenübersahen, war der Wachposten die unmittelbarste. Der Zehnertrupp schwarzer Soldaten, der gerade Buchtend verließ, war die am weitesten entfernte. Und die Kannibalenfliegen waren die schnellste.

»Wahrscheinlich werden die Biester sich wieder auf ein Opfer konzentrieren«, sagte er schließlich. »Wahrscheinlich auf das langsamste.«

Stock stellte sich sofort schützend vor die Königin, Tobias hinter sie. Erol und Adara rührten sich nicht von der Stelle und warteten auf Vills Anweisungen.

»Ins Totenmoor!«, rief er. »Los!«

Die anderen zögerten.

»In diesem Moor spukt es«, protestierte Erol. »Es ist ein verfluchter Ort mit Geistern und Kannibalen, war es schon immer.«

»Und menschenfressenden Fliegen«, fügte Tobias hinzu.

»Hier erwartet uns der sichere Tod, genauso wie auf der Straße oder in Buchtend«, blaffte Vill die beiden an. »Uns bleibt gar keine andere Wahl!«

Endlich flohen sie.

Vill wartete, bis sie ein Stück voraus waren, dann blieb er stehen und zog seinen Dolch. Der Wachposten würde den herannahenden Trupp auf die Spur der anderen setzen, noch bevor sie in Sicherheit waren. Es gab nur eine einzige Möglichkeit, seine Begleiter zu retten: Der Wachposten musste sterben. *Falls er überhaupt sterben kann.* Nach allem, was Vill bisher gesehen hatte, schien der Kerl unter seinem schwarzen Schleier trotz allem ein Mensch zu sein. Der Gedanke an den Schleier jagte Vill zwar einen eiskalten Schauer über den Rücken, brachte ihn aber nicht von seinem Entschluss ab.

Als die Fliegen ihn beinahe erreicht hatten, rannte er los, direkt auf den Soldaten zu. Die Biester waren so nahe heran, dass er einzelne davon erkennen konnte, als er einen kurzen Blick über die Schulter riskierte. Sie sahen nicht aus wie gewöhnliche Insekten, eher wie ein geflügeltes, mit Myriaden winziger Zähne bewehrtes Maul, von dem ein kleines durchsichtiges Anhängsel herabbaumelte. Bei denen, die etwas von dem Banditen abbekommen hatten, war das Anhängsel rot und prall gefüllt wie der Bauch einer Schlange, die gerade eine Maus verschlungen hatte.

Der Soldat wandte sich ihm zu, den Speer zum Wurf erhoben.

Vill schlug einen Haken, sprang über ein Gebüsch und rannte geduckt weiter, den Dolch voraus. Er war jetzt so nahe, dass dem Soldat nichts anderes übrig blieb, als Vills Klinge auszuweichen. Genau das hatte Vill gewollt und rannte einfach weiter, während der Wachposten ihm verdutzt hinterherschaute.

Dann kamen die Insekten.

Vill blieb stehen und beglückwünschte sich zu dem triumphalen Sieg, den er soeben errungen hatte, ohne auch nur einen einzigen Tropfen Blut zu vergießen. *Die Fliegen übernehmen das für mich.*

Die Wolke umhüllte seinen Gegner, suchte nach nackter Haut, nach saftigem Fleisch und frischem Blut, fand aber nur Schwärze – in der sie schließlich verschwand.

Nein! Der Schleiermann hatte die Kannibalenfliegen einfach verschlungen, alle tausend oder wie viele es waren. Das Summen ihrer Flügel war schlagartig verstummt, ohne dass der Soldat auch nur einen Finger gerührt hatte. Und seine Kameraden mussten jeden Moment hier sein. Hals über Kopf floh Vill ins Totenmoor.

6

Cameo lag mit dem Gesicht im Dreck. Sie war um ihr Leben gerannt, so schnell der schlammige Boden es zugelassen hatte. Als einer ihrer Stiefel im Morast versank und sich hartnäckig weigerte, wieder herauszukommen, hatte sie mit aller Kraft daran gezogen und war der Länge nach hingefallen. Jetzt lag sie flach auf dem Bauch, und ihre Nasenlöcher füllten sich mit einem Brei aus Erde, Flechten und Wasser. Das Einzige, woran sie denken konnte, war, wie sehr sie ihr früheres Leben vermisste, als eine Handvoll frischer Pilze, die ihr die armen Düsterwald-Bewohner nach einer gelungenen Vorstellung als Geschenk überreichten, der Inbegriff des Glücks gewesen war. Doch ihr altes, einfaches Leben war weit weg, wie in einem Traum.

Cameo tastete mit Händen und Füßen durch den Schlamm und suchte nach festem Untergrund. Bei dem Sturz war ihre Tunika verrutscht, und sie rechnete jeden Moment damit, dass die Kannibalenfliegen sich auf das freie Stückchen Haut an ihrem Rücken stürzten. Jetzt, da sie wehrlos dalag, war sie mit Sicherheit die Langsamste der Gruppe. Sie überlegte kurz, ob sie sich noch tiefer eingraben sollte, verwarf die Idee aber wieder aus Angst, sie könnte im Morast ersticken.

Mit einem schmatzenden Geräusch stand sie schließlich auf. Grünlicher Schleim rann ihr aus der Nase, und die einfachen Wollsachen, mit denen sie sich als gewöhnliche Bürgerin verkleidet hatte, hingen mit Wasser vollgesogen an ihr herunter und zerrten an ihr, als wollte der Sumpf sie nicht gehen lassen. *Ob es Schafen im Regen genauso ergeht?* Cameo blickte sich nach Stock um, der bestimmt nicht weit war, konnte ihn aber nirgendwo entdecken. Auch von den Insekten fehlte jede Spur, dennoch wagte sie nicht, nach den anderen zu rufen. Nicht dass die Biester sie doch noch entdeckten. *Oder Kannibalen in Menschengestalt.*

Alle waren um ihr Leben gelaufen – alle außer Magnan. Sie verstand diesen Mann einfach nicht. Entweder war er unfassbar mutig, oder er hatte sich irgendeinen Vorteil davon versprochen, wenn er die anderen fünf allein vorausschickte. Vielleicht wusste er von noch grässlicheren Gefahren, die in diesem Moor lauerten. Aber was konnte gefährlicher sein als fleischfressende Fliegen und dieser schwarze Soldat? *Kannibalen natürlich!*

Cameo wrang ihre Tunika aus und versuchte sich zu orientieren. Die Asche verfinsterte die Sonne immer noch, und die dichten Bäume und der dunkle Untergrund tauchten alles in ein undurchdringliches Zwielicht. Da fiel ihr ein Trick ein, den Brise ihr beigebracht hatte. Cameo zupfte ein gewölbtes Blatt von einem der Bäume und setzte es wie ein Miniaturschiff ins Wasser. Da sich in dem drückenden Wald kein Lüftchen regte, würde das Blatt, wenn auch sehr langsam, weg von der Sonne treiben, ob sie nun hinter den Wolken verborgen war oder nicht. Cameo wartete und lauschte auf Geräusche, irgendeinen Hinweis auf den Verbleib ihrer Gefährten. Doch sie hörte nichts, keine Frösche und auch keine Vögel, nicht einmal das Rascheln von Blättern im Wind. In den Marschen Fretwitts wimmelte es nur so von kreischenden Fischreihern, und schwarze Eichhörnchen zirpten mit Grillen um die Wette. Die Sümpfe ihrer Heimat waren ein Hort des Lebens, den Cameo gerne aufgesucht hatte, vor allem wenn ein Jüngling aus einem der umliegenden Dörfer sie dorthin entführte. *Aber dieser Ort hier ist vollkommen tot.*

Ganz langsam trieb das Blatt von ihr fort. Da es inzwischen

Nachmittag war, musste in dieser Richtung Osten liegen. Die schwarzen Soldaten und diese entsetzlichen Fliegen hatte sie zuletzt in der entgegengesetzten Richtung gesehen, doch nach Osten zu gehen bedeutete auch, noch tiefer in das unheimliche Moor vorzudringen. Buchtend bot auch keine Zuflucht mehr. Jedes Mal, wenn sie an die Hafenstadt dachte, tauchten die kreisenden Möwen vor ihrem inneren Auge auf – und mit ihnen das Bild von bis oben hin mit Menschenblut gefüllten Trögen. Cameo hatte nicht die geringste Ahnung, wie weit sich das Totenmoor nach Osten erstreckte. Es könnte eine Meile sein, zwei oder auch zwanzig. Und genauso wenig wusste sie, was jenseits des Moores lag. Nach Buchtend zu gehen kam nicht infrage, aber der Gedanke, nach Plynth zurückzukehren, war genauso beängstigend. Ihre einheimischen Führer schienen sich ebenfalls irgendwo im Sumpf verirrt zu haben. Seufzend ging sie los in Richtung Osten.

Als Erstes versuchte Cameo, ihren Atem zu beruhigen, wie sie es tat, wenn sie vor einem Auftritt besonders nervös war. Und es half tatsächlich. Als sie wieder einigermaßen klar denken konnte, stellte sie fest, dass ihre Lage eigentlich gar nicht so übel war: Zumindest die schwarzen Soldaten und fleischfressenden Fliegen schien sie fürs Erste los zu sein. *Ein kleiner Trost, aber immerhin.* Wasser und Essen waren im Moment das Wichtigste. Wenn die Nacht hereinbrach, würde sie auch ein Dach über dem Kopf brauchen oder zumindest ein trockenes Fleckchen, wo sie sich hinlegen konnte. In den krummen Bäumen zu schlafen kam nicht infrage. Die Götter allein wussten, welches Krabbelgetier sich dort über sie hermachen würde, während sie schlief. Falls sie überhaupt schlafen konnte. Andererseits schien es in diesem Sumpf nicht viel Lebendiges zu geben.

Sie kam immer langsamer voran, kletterte über Bruchholz, robbte durch Gestrüpp, und einmal musste sie schwimmen. Als sie einen geeigneten Baum entdeckte, kletterte sie hinauf, um sich einen Überblick zu verschaffen, doch das Einzige, was sie sah, war der Berg Skye. Wenigstens sagte ihr das, dass sie in der richtigen Richtung unterwegs war. Allmählich wurde sie hungrig, doch den Proviant hatte Stock. Schließlich entdeckte Cameo ein paar niedrige Büsche, an denen blaue Früchte wuchsen, die sie noch nie gesehen hatte. Sie pflückte eine davon und betrachtete sie von allen Seiten. Die Frucht sah reif und saftig aus. Aber Brise, ihr Zeremonienmeister, hatte Cameo eingeschärft, nie etwas zu essen, das sie nicht kannte. »Wer krank ist, stirbt noch schneller als jemand, der nur Hunger hat«, waren seine Worte gewesen. In den Felsspitzen und im Argwald, wo nur wenige Menschen lebten und sie mit ihren Auftritten entsprechend wenig verdienten, hatte Cameo jede Gelegenheit zum Hamstern genutzt. Doch Fretwitt war nicht Abrogan. Cameo kannte das Zeug nicht, das hier wuchs. Seufzend ließ sie die Frucht fallen und ging weiter. Wenn sie eines gesehen hätte, hätte sie auch ein Eichhörnchen verspeist, oder sogar einen Frosch, doch es gab keine. Glücklicherweise wusste sie aus Erfahrung, dass sie im Notfall auch mehrere Tage ohne Essen durchhalten konnte – lange genug, um diesen Sumpf zu durchqueren. Hoffte sie zumindest. Das drängendere Problem war Wasser. Die grüne Brühe, durch die sie watete, konnte sie auf keinen Fall trinken. Bei jedem Schritt wirbelten Schwebeteilchen auf, die verdächtig nach Schimmel aussahen und viel zu klein waren, um sie mit einem Blättersieb herauszufiltern. Außerdem hatte sie einen salzigen Geruch in der Nase, was bedeutete, dass dieses Moor zumindest teilweise aus dem Meer gespeist wurde. *Definitiv nicht trinkbar.* Wenn sie nicht irgendwo einen Fluss oder wenigstens ein Bächlein fand, würde sie die Götter um Regen bitten müssen.

Eigentlich betete sie nie. Cameo glaubte zwar an Götter, doch schien es ihr unwahrscheinlich, dass diese sich auch nur im Geringsten für ihre Probleme interessierten. Cameo nahm es ihnen nicht einmal übel. Götter hatten bestimmt viel zu tun, mussten über viele Seelen wachen und außerdem mit ihren eigenen Problemen zurechtkommen. Außerdem hatte Cameo im Moment nicht die geeigneten Mittel, um ihre Aufmerksamkeit zu erregen. *Ich hätte ihnen ein Opfer bringen sollen, als ich noch Königin war. Nur wem?* Die Bürger von Skye beteten Morah an, die Plynther einen Katzengott namens Schnurrer. Was ihnen das gebracht hatte, hatte Cameo mit eigenen Augen gesehen. Als sie noch mit den Lästigen Lemmingen durch Fretwitt gezogen war, hatte sie sich stets an die Götter der Einheimischen gehalten. In den Fluren hatte sie dem Erntegott Fallo geopfert. In den Fischgründen war sie mit den Priestern hinaus in die Brandung gewatet, um dem Meeres- und Windgott Schirah zu huldigen. Die Bewohner des Düsterwalds hingegen waren etwas praktischer veranlagt gewesen. Sie beschmierten Bäume mit frischer Erde und träufelten Wasser auf den Boden, um eine Wandergottheit namens Holzeimer zu besänftigen. Danach fällten sie die Bäume, die sie eben erst gegossen hatten.

Aber Cameo hatte es schon immer unklug gefunden, nur einen Gott zu verehren. Woher sollte man wissen, wo sein Einfluss anfing und wo er endete? Sie überlegte, wie sich der Gott des Totenmoors wohlgesinnt stimmen lassen mochte, und beschloss, es mit einer gesunden Mischung zu versuchen.

Als Erstes suchte sie eine Stelle, die tief genug war, und zog ihre Kleider aus. Die ronnischen Götter – oder zumindest deren Priester – mochten es, wenn man sie nackt anbetete. Als Nächstes beschmierte sie einen Baumstamm mit einem Muster, wie sie es im Argwald gesehen hatte, und sang dazu Fantasieworte, wie die Bewohner der Felsspitzen es taten. »Alaminay, Amiwah, Alimischudala, Alalalamawa!«, intonierte sie, dann tauchte sie unter. Das Wasser war erstaunlich warm und ebenso totenstill wie der Wald ringsum. Erst als sie wieder auftauchte, drang ein herzhaftes und auch leicht hämisches Lachen an ihre Ohren. *Heißt das, die Götter haben mein Gebet erhört, oder lachen sie mich aus?*

Was Cameo erblickte, nachdem sie sich den Schlamm aus den Augen gewischt hatte, war jedoch keine göttliche Erscheinung, sondern das Flussmädchen Adara. Ebenfalls von Kopf bis Fuß triefend, stand sie neben Cameos Kleidern.

»Die splitternackte Schlammkönigin mit der sagenhaften Vogelstimme!«, spottete Adara und schüttelte sich vor Lachen.

»Sieh dich doch selbst mal an«, grummelte Cameo, konnte sich aber ein kleines Lächeln nicht verkneifen. »Wir geben bestimmt ein hübsches Bild ab, wir zwei Schlammhexen«, fügte sie mit einem Zwinkern hinzu.

Adara half Cameo aus der Pfütze und reichte ihr ihre Kleider. »Ich habe etwas gefunden«, sagte sie, nachdem Cameo sich wieder angezogen hatte.

»Etwas zu essen, hoffe ich.«

»Noch besser: einen Pfad.«

Das waren gute Neuigkeiten. *Vielleicht haben die Götter mein Gebet doch erhört.*

»Hier lang«, sagte Adara und ging voraus. »Du kannst gut singen. Im ersten Moment habe ich sogar geglaubt, es wäre ein Vogel, weil die Melodie so hoch war und ich keine Worte erkennen konnte. Also kam ich angelaufen, um das Vögelchen mit einem gezielten Steinwurf zu erlegen und endlich etwas zu essen zu haben. Du kannst dir vorstellen, wie enttäuscht ich war, als ich merkte, dass du es bist.«

»Es heißt, Kannibalen würden in diesem Moor ihr Unwesen treiben«, erwiderte Cameo. »Geht diese Legende auf hungrige Landstreicherinnen wie dich zurück?«

»Vielleicht, aber ich kann dich beruhigen. Wenn ich dich fresse, würde ich mir zu viel himmlischen Zorn zuziehen, bei den zahlreichen Göttern, die du anbetest.«

Cameo lachte. »Du bist hier geboren. Sag mir, welchen Gott ich anbeten soll.«

»Diesen Baum da.« Adara deutete auf den Stamm, den Cameo eben beschmiert hatte.

»Was ist damit?«

»Er ist der Gott dieses Sumpfes.«

»Ach, tatsächlich?«

»Und du hast ihm Schlamm ins Gesicht geschmiert.«

»Du machst dich über mich lustig. Vielleicht könntest du meine Hofnärrin werden.«

»Ich würde mich niemals über eine Königin lustig machen.«

»Ich bin keine Königin«, widersprach Cameo. »Nicht mehr.«

»Dann wird es also nichts mit der Anstellung als Hofnärrin?« Adara seufzte theatralisch. »Dabei liebe ich es so sehr, für andere zu schuften.«

»Die Närrin zu geben hat nichts mit Schufterei zu tun. Es macht sogar ziemlich viel Spaß.« Cameo biss sich auf die Zunge. *Woher sollte eine Königin so etwas wissen?* »Vergiss, was ich eben gesagt habe.«

Adara grinste. »Warum? Eine Königin kann tun und sagen, was immer sie will, nicht wahr?«

»Der Hofadel ist da anderer Meinung. Jedes Mal, wenn ich den Thronsaal betrete, warten sie alle nur darauf, dass ich mich danebenbenehme.«

»Vielleicht solltest du den Thronsaal ab jetzt meiden. In deinen Privatgemächern kannst du doch treiben, was du willst, oder?«

Cameo seufzte, dann gingen sie los. Nach einiger Zeit erreichten sie einen Teil des Sumpfes, in dem die Bäume so krumm waren, dass die Kronen wieder Richtung Boden wuchsen und so eine Art Bogengang formten.

»Siehst du?«, sagte Adara. »Ein Pfad.«

»Du meinst, unter diesen hufeisenförmigen Bäumen?« Cameo zögerte, doch Adara ging bereits weiter.

»Komm schon. Hier sind überall Fußspuren. Wir sind also nicht die Ersten, die hier durchkommen.«

»Sieht ganz so aus, aber wer benutzt diesen Pfad: Freund oder Feind?«

»Keine Ahnung. Schlimmer als nachtschwarze Geschöpfe, die unser Blut trinken wollen, kann es kaum werden.«

»Ob sie es *trinken* wollen, wissen wir nicht.«

»Ob sie es trinken oder sich damit rot anmalen, spielt keine Rolle. In beiden Fällen wären wir ziemlich tot, würde ich sagen.«

»Wie du meinst.« Cameo gab nach. Was blieb ihr auch anderes übrig?

Langsam und vorsichtig suchten sie sich einen Weg durch das Moor. Anfangs konnte Cameo kaum einen Unterschied zwischen dem »Pfad« und dem Rest des Sumpfs erkennen, doch je weiter sie vordrangen, desto tiefer wurde das Wasser links und rechts des Weges. Der Bogengang hingegen blieb stets gut passierbar, und das Wasser reichte ihnen nie weiter als bis zu den Knien.

»Hast du die anderen gesehen?«, fragte Cameo schließlich.

»Nicht mehr, seit wir vor diesen Fliegen davongerannt sind. Ich habe mir einfach einen eigenen Weg gesucht.«

»Genau wie ich.«

»Das ist die beste Methode, um einen Feind in die Irre zu führen. Schließlich kann er nur einem von uns folgen. Trotzdem bin ich überrascht, dass du allein losgezogen bist. Wichtige Persönlichkeiten wie du verstecken sich sonst immer hinter ihren Leibwächtern.«

»Ich bin nicht so wichtig, wie du glaubst.«

»Soweit ich weiß, ist Königin so ziemlich das Wichtigste, was man überhaupt werden kann.«

»Ich mag eine Krone tragen, aber in meiner Heimatstadt gibt es eine Frau, die weit mächtiger ist als ich.«

»Vielleicht sollte sie die Krone tragen.«

»Wenn ich in diesem Moor sterbe, wird sie das wahrscheinlich auch tun.«

»Irgendwie redest du nicht wie eine Königin.«

»Wie viele Königinnen kennst du denn?«

»Dich eingeschlossen?«

»Ja.«

»Eine.«

»Woher willst du dann wissen, wie eine Königin spricht?«

»Aus den Geschichten, die ich über sie gehört habe.«

»Die habe ich auch gehört, und ich habe sie geliebt.« Cameo schloss einen Moment verträumt die Augen. »Aber diese Geschichten entsprechen nicht der Realität.«

»Nein?«

»Nein.«

»Keine weichen Betten mit Seidenkissen?«

»Doch, das schon.«

»Und Unmengen zu essen?«

»Das auch, aber...«

»Und kein Turmzimmer, von dem du das gesamte Land überblicken kannst wie vom höchsten Baum aus, den man sich nur vorstellen kann?«

»Ja, doch.«

»Also genau wie in den Geschichten.«

»Nein, eben nicht. In den Geschichten ist nie die Rede davon, dass ständig irgendjemand versucht, die Königin umzubringen.«

»Und ob! Das sind sogar die allerbesten...« Adara verstummte.

Cameo spürte, wie ihr Tränen über die Wangen liefen, und versuchte gar nicht erst, sie aufzuhalten.

»Tut mir leid«, flüsterte Adara. »Vielleicht sind Mörderballaden nur dann gut, wenn man selbst keine Königin ist.«

»Ich bin keine Königin mehr. Ich habe mein Amt niedergelegt, damit mir niemand mehr nach dem Leben trachtet«, erwiderte Cameo mit einem leisen Schluchzen. »*Dich* will niemand umbringen.«

»Nur diese grässlichen Fliegen und ein Heer von schwarzen Bluttrinkern.«

»Die würden jeden umbringen. Was ich meine, ist, dass niemand dir ans Leder will, nur weil du du bist.«

»Vill Magnan hat versucht, mich zu töten.«

»Hast du ihn provoziert?«

»Nein. Er hat meine gesamte Sippe ausgerottet, nur so zum Spaß. Das heißt, er hat es nicht selbst getan, sondern diese Kreaturen, die er zu seinen Soldaten gemacht hat. Mich haben sie nur gefangen genommen. Aber früher oder später hätte er mich auch umgebracht, wenn es nicht eine Schlacht gegeben hätte, bei der ich ihn schließlich in den Schleier gestoßen habe. Ab dann war ich es, die ihn umbringen wollte. Doch jetzt behauptet er, er wäre nicht mehr er selbst. Oder er wäre davor nicht er selbst gewesen. Irgendetwas in der Art. Dann hat er mich aus den Händen von Wegelagern befreit und auch noch diesen Erol gerettet. Im Moment weiß ich nicht mehr, ob ich ihn umbringen soll oder nicht.«

»Klingt wie eine der Geschichten, die du so sehr liebst.«

»Es könnte glatt eine sein, aber keine gute. Reden wir über etwas anderes. Sind Gauklertruppen für dich aufgetreten, als du Königin warst?«

Cameo lachte. »Du meinst Leute mit Schlapphüten, bunten Kostümen und frechen Liedern?«

»Genau.«

»Davon habe ich in meinem Leben einige gesehen.«

»Darum beneide ich euch Königinnen. Es war immer mein Traum, einmal vor jemand anderem aufzutreten als vor meiner Sippe oder einem Haufen betrunkener Bauern in einer Taverne. Ich hatte noch nie ein richtiges Publikum.«

»Einfache Bauern sind ein dankbares Publikum«, sagte Cameo lächelnd. »Umso mehr, wenn sie gerade aus einer Taverne kommen.«

Adara erwiderte das Lächeln, und Cameo genoss es in vollen Zügen. Das letzte Mal, dass ihr so etwas passiert war, lag lange zurück. Niemand trat lächelnd vor eine Königin – und wenn doch, dann war das Lächeln meist aufgesetzt.

Sie folgten dem Pfad noch ein ganzes Stück, dann begannen die Bäume, sich wieder in die andere Richtung zu biegen. Der Bogengang löste sich auf, was es um einiges schwieriger machte, dem Weg zu folgen. Schließlich zog Adara ein Messer aus dem Stiefel, schnitzte sich aus einem Ast einen langen Stock zurecht und befestigte das Messer daran. Mit diesem behelfsmäßigen Speer bewaffnet, fühlten die beiden sich sicherer. Einmal verloren sie den Pfad und wateten schon bis zur Brust im Wasser, bis sie ihn endlich wiederfanden. Tiere sahen sie immer noch keine, nicht einmal Schlangen oder Blutegel. Auch die fleischfressenden Fliegen hatten sie wohl endgültig abgeschüttelt. *Sie scheinen sich nur am Rand des Moores aufzuhalten, und wir sind jetzt mittendrin.* Wie weit es noch bis zum anderen Ende war, konnte Cameo allerdings nur raten.

»Die Nacht bricht herein«, merkte Adara an, als der aschgraue Himmel noch dunkler wurde.

»Ich weiß.« Cameo hatte es nur nicht laut aussprechen wollen, denn sie hatten immer noch keinen Platz zum Schlafen gefunden. Selbst auf dem vergleichsweise trockenen Pfad sanken sie bei jedem Schritt knöcheltief ein. Schließlich spalteten sie einen verrotteten Baumstamm und bauten daraus ein Gestell, auf dem sie zumindest trocken liegen konnten, dann kuschelten sie sich aneinander, um sich gegenseitig zu wärmen.

»Eine Nacht im Bett der Königin!«, witzelte Adara und schmiegte sich noch enger an Cameo.

»Da bist du nicht die Erste«, erwiderte sie lachend und dachte wehmütig an die vielen Nächte im Zelt ihrer Schauspielertruppe.

»Hört, hört. Wie ungebührlich für eine Königin.«

»Wenn wir morgen aufwachen, könntest du mir dann einen Gefallen tun?«, fragte Cameo.

»Ist das ein Befehl?«

»Eine Bitte.«

»Stets zu Diensten. Wie lautet Eure Bitte, meine Königin?«

»Hör auf, mich Königin zu nennen.«

7

Vill schabte den Schlamm von seinen Stiefeln und wärmte sich am Feuer. Erol saß neben ihm und machte jede seiner Bewegungen nach, während die Soldaten aus Skye apathisch ums Feuer schlurften. Sie sahen dünn und ausgemergelt aus. Hungrig. Ihr Hauptmann, der ebenfalls am Feuer saß, trug einen verdreckten blauen Umhang, auf den mit Goldfaden ein Schiff gestickt war. Er musterte Tobias und Stock, die an dicke Baumstämme gefesselt mit dem Gesicht nach unten im Schlamm lagen. Bei jedem Atemzug mussten die beiden Gefangenen den Kopf heben, um überhaupt Luft zu bekommen. Es sah furchtbar unbequem aus.

»Werden wir auf noch mehr Rote stoßen?«, fragte der blaue Hauptmann an Vill gewandt.

Vill schüttelte den Kopf. »Nein. Höchstens auf ein Mädchen, vielleicht auch zwei. Die dunklere von beiden ist mein Mündel. Ich wäre Euch dankbar, wenn Ihr sie mir übergebt, falls Ihr sie findet.«

»Was ist mit der Königin?«, flüsterte Erol.

»Halt endlich die Klappe, Junge«, zischte Vill. »Jedes Mal, wenn du den Mund aufmachst, bringst du einen von uns in Gefahr.«

Neben dem Hauptmann stand ein bulliger Kerl mit tätowiertem Gesicht. Sein Umhang war gelb mit braunen Streifen, wobei es sich bei den braunen Streifen auch um Schlammflecken handeln konnte. Die Stickerei darauf zeigte zwei gekreuzte Schwerter und ein Tier, das Vill noch nie zuvor gesehen hatte. Im Moment durchsuchte der Soldat Stocks Proviantbeutel.

»Wir sollten sie töten. Jetzt, Hauptmann«, sagte der Gelbe.

»Außer jemand würde Lösegeld für sie zahlen«, entgegnete der Hauptmann. »Gibt es so jemanden, Vill Magnan?«

»Ich jedenfalls nicht.«

»Spar dir die witzigen Kommentare«, schnaubte der Gelbe. »Hauptmann Karr hat dir freies Geleit zugesichert, aber auf die zwei Roten hier wartet die Todesstrafe. Der Kleinere der beiden sagt, ihr wärt zusammen unterwegs gewesen. Sag uns, was sie im Schilde führen, sonst fessle ich dich auch an einen Baumstamm.«

»Immer mit der Ruhe, Nedwick«, besänftigte Karr den Soldaten. »Magnan ist so eindeutig ein Mann Skyes, wie die zwei Rübennasen hier verfluchte Rote sind. Die Männer Skyes werden immer weniger, wir sollten sie gut behandeln.«

»Ich kenne ihn nicht«, brummte Nedwick. »Vielleicht steckt er mit den Rübennasen unter einer Decke.«

Karr zuckte die Achseln. »Ich kannte dich und deine Jungs auch nicht, bevor wir zusammen vor den Roten geflohen sind. Wer weiß, vielleicht bist du ein Deserteur?«

Nedwick grunzte. »Seine Aussprache ist seltsam.«

»Städtisch eben. Er mag etwas seltsam sprechen, aber er hat Manieren, und einen Ehrenmann findet man heutzutage nicht so leicht. Wir können nicht einfach alles und jeden an Baumstämme fesseln.«

Nedwick warf Vill einen letzten misstrauischen Blick zu. »Einverstanden. Wir brauchen Verbündete.«

Tobias hob den Kopf, so gut es ging. »Hauptmann Karr, wenn ich Euch unter vier Augen sprechen dürfte, könnte ich Euch alles erklären. Ich bin selbst Soldat, ein Hauptmann wie Ihr.«

Nedwick spuckte Tobias ins Gesicht. »Ein Hauptmann, dessen Männer unsere Soldaten und Familien abgeschlachtet haben! Wenn es nach mir ginge, würde ich dir noch einen zweiten Baumstamm ins Kreuz binden, und zwar einen richtig dicken.«

»Ich bin Bevollmächtigter der Königin«, versuchte Tobias es noch einmal. »Ich kann in ihrem Namen mit Euch verhandeln.«

Das war zumindest die halbe Wahrheit. Als Oberbefehlshaber des Heeres hatte er durchaus einige Vollmachten, aber Cameo hatte ihn nicht in die Sümpfe entsandt, um mit einem Haufen halb verhungerter Soldaten zu verhandeln.

Karr nickte stumm. Er schien Nedwicks und Tobias' Vorschlag gegeneinander abzuwägen. »Gut«, sagte er schließlich. »Verhandeln wir.«

»Den Göttern sei Dank!«, keuchte Tobias. »Ich muss mit Euch allein sprechen, und...«

»Vill Magnan«, schnitt Karr ihm das Wort ab, »wie ist die Lage in Skye?«

Vill setzte den Stiefel ab, den er gerade gesäubert hatte, und nahm einen ausgiebigen Schluck Wasser aus seinem Becher. Hier im Moor war frisches Trinkwasser ein Luxus, aber direkt neben dem Lager entsprang eine Quelle. Er wischte sich den Mund ab. »Die Roten sind immer noch dort, aber sie haben zwei mehrere hundert Mann starke Abteilungen verloren.«

»Wie sieht es mit der Flotte aus?«

»Den Hafen von Skye scheinen sie nach wie vor zu halten, aber aus Buchtend wurden sie vertrieben.«

Nedwick strahlte. »Gute Neuigkeiten!«

»Nicht so gut, wie es sich im ersten Moment anhört. Ein weiteres fremdes Heer steht in Buchtend. Es kommt aus den Tälern, und seine Soldaten sind vollkommen schwarz. Wisst Ihr etwas über dieses Heer?«

Vill hatte gehofft, von den beiden Genaueres über die neue Bedrohung zu erfahren, doch Karr und Nedwick blickten einander nur fragend an.

»Ein Heer? Wohl eher eine größere Banditenbande«, erwiderte Karr.

»Keine Banditenbande. Es sind mehrere hundert, und sie marschieren in Reih und Glied.«

»Aufständische vielleicht? Ein plynthisches Bauernheer?«

»Auch nicht. Plynth wurde von dem Heer ausradiert.«

Karr holte tief Luft. »Wie viele Tote?«

»Alle, soweit ich weiß.«

Nedwick kratzte sich unbehaglich am Kopf, und eine Weile sprach niemand ein Wort.

»Alle?«, wiederholte Karr schließlich. »Das heißt, nicht nur die Männer?«

Vill nickte. »Nicht nur die Männer.«

Karrs entsetztes Gesicht sagte Vill alles, was er wissen wollte: Der Hauptmann war ein guter Mann, der Gräueltaten verabscheute.

»Und dieses Heer hält Buchtend, sagst du. Wie viel Mann?«

»Ein halbes Tausend, vielleicht mehr.«

»Das Heer der Roten ist über zweitausend Mann stark.«

»Aber sie haben mindestens fünfhundert verloren, als der Berg explodierte.«

»Als *was* passiert ist?!«

Vill erzählte ihm alles, was er über den Vorfall wusste. Dass er selbst erst kurz zuvor dem Schleier entronnen war, verschwieg er lieber. *Nicht dass sie mich am Ende noch für verflucht halten.* Aber er berichtete von der Aschewolke, die die Roten nördlich von Zornfleck verschüttet hatte. Seine staunenden Zuhörer lebten seit Tagen mit dem grau verhangenen Himmel, ohne den Grund zu kennen. Weil Vill es ihnen erklären konnte und ihnen noch allerlei andere Informationen zukommen ließ, stieg er beträchtlich in ihrer Achtung. *Ich schulde den beiden Roten, die dort drüben gefesselt liegen, nicht das Geringste.* Wenn überhaupt, dann fühlte er sich Skye verpflichtet. *Außer vielleicht, dass Fürst Kryst von Skye mir die Frau weggenommen und versucht hat, mich zu töten.* Der alte Verrat wog schwer, also war Vill im Grunde genommen frei, weder Soldat in irgendjemandes Dienst noch ein Deserteur. *Ein Niemand.*

Tobias keuchte inzwischen immer lauter. Sein Nacken wurde bereits steif, sodass er den Kopf kaum noch weit genug heben konnte, um Luft zu bekommen. Stock, der direkt neben ihm lag, stellte sich geschickter an und zog in regelmäßigen Abständen das Kinn gerade so weit an die Brust, dass er atmen konnte. *Cameos Leibwächter ist der weit bessere Soldat von den beiden.*

»Verhandeln!«, rief Tobias panisch. »Macht mich los!«

»Nun gut«, brummte Karr. »Bringt ihn her.« Der Hauptmann deutete auf eine Hütte, die aussah, als stünde sie schon seit Ewigkeiten hier mitten im Totenmoor.

Zwei kränklich wirkende Soldaten machten sich mit ihren Dolchen daran, Tobias von dem Baumstamm loszuschneiden. Beide sahen so geschwächt aus, dass Tobias sie vermutlich überwältigen könnte, sobald er frei war. Trotzdem würde er es wahrscheinlich nicht tun, denn wohin hätte der Hauptmann der Roten fliehen sollen?

Karr war kaum besser bei Kräften als seine Männer. *Und trotzdem teilt er das Essen mit ihnen. Lobenswert für einen Adligen.* Die Soldaten, die Stocks Beutel durchwühlten, waren da schon weniger ehrenhaft: Freudestrahlend zogen sie alles hervor, was sie darin fanden, und sahen sich dann misstrauisch um. Hätte Nedwick nicht direkt neben ihnen gestanden, hätten sie wahrscheinlich alles für sich selbst behalten. Doch so blieb ihnen nichts anderes übrig, als die Beute mit den anderen zu teilen.

»Essen!«, riefen sie, und ein Jubelschrei ging durch die Runde. Die Begeisterung auf den verzweifelten Gesichtern der Soldaten sprach Bände darüber, wie lange sie hier schon ausharrten – und vor allem, wie wenig Wild es in diesem Sumpf gab. Vill zählte über dreißig Mann, als sie sich einer nach dem anderen ihre Ration abholten, und als auch der Letzte an der Reihe gewesen war, war Stocks Beutel leer. Proviant, der Vill und seinen fünf Begleitern für mehrere Tage gereicht hätte, war innerhalb von Minuten in dreißig Mägen verschwunden.

Als Karr ihm etwas anbot, schüttelte Vill nur den Kopf. »Mit unseren besten Empfehlungen«, sagte er. »Ihr braucht das Essen dringender als wir, nicht wahr, Erol?«

»Aber ich habe auch Hunger!«, beschwerte sich der Junge.

Zwei Dutzend hohläugiger Gesichter starrten Erol verständnislos an, und Vill verdrehte die Augen. *Er hat einfach kein Feingefühl.*

»Du bist wohl kaum so ausgehungert, dass du jetzt sofort etwas essen müsstest«, sagte er. »Zehre erst mal ein paar Tage von dem feisten Pölsterchen um deine Hüften, bevor du dich beschwerst. Wenn du nicht bald ein bisschen abmagerst, werden diese freundlichen Soldaten noch zu Kannibalen. Ich habe gehört, solche Dinge sollen in diesem Moor schon öfter vorgekommen sein.«

Erol zuckte zusammen und blickte sich ängstlich um. Schließlich wandte er sich Hilfe suchend an Karr. »Ist das wahr?«

Der Hauptmann lachte schallend. »Wenn es wahr wäre, Bursche, hätten wir dich schon längst gefressen.«

Erol fand die Antwort weder witzig, noch schien sie ihn zu beruhigen.

Tobias stand währenddessen stumm neben der Feuerstelle, genoss die Wärme und vor allem die Gelegenheit, normal atmen zu können. »Ich warte auf unsere Unterredung, Hauptmann«, meldete er sich schließlich wieder zu Wort.

Karr schluckte den letzten Bissen gepökeltes Lammfleisch hinunter. »Schon gut, schon gut. Reden wir. Sieht ganz so aus, als hätten die Euren ebenfalls eine kleine Abreibung bekommen, seit Ihr uns eine verpasst habt. Vielleicht bringt Euch das ja zur Vernunft.«

Tobias deutete auf die Hütte. »Gehen wir nach drinnen, dann unterbreite ich Euch mein Angebot.«

Die Soldaten blickten Karr fragend an. Tobias mochte unbewaffnet sein, aber sein muskelbepackter Körper schien ihnen auch so gefährlich genug.

Karr blieb unbeeindruckt. Er tätschelte nur das dünne Schwert an seiner Seite und folgte Tobias in die Hütte.

Vill versuchte, nicht daran zu denken, welchen Handel Tobias Karr anbieten würde. *Das ist nicht mein Krieg. Es geht mich nichts an.* Was ihn etwas anging, war, Adara wiederzufinden. Karr hatte Männer, die den Sumpf kannten, auf die Suche nach ihr geschickt. Mehr konnte Vill im Moment nicht tun. Sobald sich die Situation etwas beruhigt hatte, würde er nach dem Weg auf die andere Seite des Moores fragen. Die Roten mussten selbst sehen, wo sie blieben. Cameo war mit dem Geld, mit dem sie ihn hatte bezahlen wollen, verschwunden, und für ihre beiden männlichen Begleiter war Vill nicht verantwortlich. Wie es schien, würde er die Reise ohne Geld und Proviant mit Adara und Erol fortsetzen müssen. Irgendwie würden sie es zu einem Hafen schaffen, vielleicht sogar bis zur Großen Küstenstadt. Sie mussten nur den Banditen und diesen blutrünstigen schwarzen Soldaten aus dem Weg gehen.

Da rissen drei Rufe aus drei verschiedenen Richtungen ihn aus seinen Gedanken:

»Essen!«

»Frauen!«

»Wachen!«

8

Tobias legte Karr die Hände auf die Schultern und blickte ihm fest in die Augen. Er sah Gefühle in ihnen: Geringschätzung, Hingabe, Pflichtbewusstsein. Alles, was er tun musste, war, sich mit ihnen zu verbinden. Das Gefühl musste nur stark genug sein.

»Wir können dem ein Ende machen, Ihr und ich«, sagte er. »Wir können unsere Leute retten.«

Statt anzubeißen, reagierte der Hauptmann von Skye eher verwirrt. »Ich verstecke mich mit dreißig ausgehungerten Männern in einem Sumpf. Ihr hingegen behauptet, über ein ganzes Heer zu befehlen. Weshalb solltet Ihr mir einen Handel anbieten?«

»Um zu überleben.«

»Ich bezweifle, dass Ihr über ausreichend Macht verfügt, um für Euer gesamtes Heer mit mir zu verhandeln.«

»Woher wollt Ihr das wissen?«

»Ihr tragt einfache Wollkleidung, nicht die feinen Gewänder eines Adligen. Dass Ihr Soldat seid, glaube ich. Eure Statur und das Schwert, das wir Euch abgenommen haben, sprechen dafür. Aber ein Offizier verhandelt nicht, sondern gibt sein Leben für die Seite, für die er kämpft. Seid Ihr dazu bereit?«

»Zu was bereit?«

»Euer Leben zu geben.«

»Nein.«

»Dann seid Ihr kein Offizier, sondern ein Feigling.«

Da war sie wieder, die Geringschätzung, aber sie war nicht stark genug für das, was Tobias vorhatte. Er brauchte ein ungestümeres Gefühl: Verachtung, am besten Hass.

»Ich bezweifle, dass ausgerechnet Ihr Bevollmächtigter des Roten Heeres seid«, fuhr Karr fort. »Ein so mächtiger Feind macht keinen Feigling wie Euch zu seinem Botschafter. Ihr sprecht davon, Eure Leute zu retten, doch in Wahrheit meint Ihr nur Euch selbst.«

»Aber nein«, entgegnete Tobias mit wachsender Verzweiflung. Wenn Karr sich nicht schützend vor ihn stellte, würde Nedwick ihn höchstwahrscheinlich noch hier im Sumpf töten. »Ich spreche auch für meine Begleiterin, eine Frau, die weit mächtiger ist als ich.«

»Magnan hat eine Frau erwähnt.«

»Aber die meine ich nicht. Sie ist ein Niemand, eine Streunerin, die in Tavernen anzügliche Tänze aufführt. Meine Begleiterin ist eine Adlige, und sie wird Euch den Frieden bringen. Ihr Haus würde alles tun, wenn sie nur wohlbehalten zurückkehrt.«

»Schade nur, dass Eure geheimnisvolle Begleiterin nicht hier ist. Sie scheint mir genauso ein Gespenst zu sein wie Euer Offizierstitel.«

»Sie ist kein Gespenst.«

Eigentlich hatte Tobias nicht mehr verraten wollen, doch als Karr den Kopf schüttelte und somit das Ende der Unterredung drohte, entschied er sich eilig um. Dies war seine letzte Chance, den Körper zu tauschen, bevor Karr ihn an Nedwick auslieferte.

»Meine Begleiterin ist die Dame Zinnober höchstpersönlich.«

Karr hob die Augenbrauen. Den Namen hatte er schon einmal gehört. Er hielt es zwar für unwahrscheinlich, aber allein die Möglichkeit, dass die Dame Zinnober hier irgendwo durch den Sumpf irrte, klang verlockend.

Tobias versuchte es weiter. »Die Lage in Abrogan hat sich zu unseren Ungunsten gewendet. Ihr habt es nur nicht mitbekommen, weil Ihr Euch hier im Totenmoor versteckt. Was Magnan Euch berichtet hat, ist noch nicht das Ende der Geschichte. Unsere Truppen sind so ausgedünnt, dass wir Skye gerade noch halten können. Mein Auftrag war, die Dame Zinnober heimlich zurück nach Fretwitt zu bringen – daher die bürgerliche Verkleidung –, doch unterwegs waren wir gezwungen, uns in diesen Sumpf zu flüchten. Denkt nur: Ihr könntet der Mann sein, der die Königin des verhassten Feindes gefangen nimmt.«

Als Karr nicht antwortete, wusste Tobias, dass er gewonnen hatte: Der Hauptmann *wollte*, dass seine Geschichte stimmte. Karr hoffte es von ganzem Herzen und bot Tobias damit das Einfallstor, das er so dringend brauchte. Tobias lächelte mitfühlend und suchte Karrs Blick.

»Essen!«, rief jemand vor der Hütte.

Karr fuhr herum.

»Frauen!«, schrie ein anderer.

Karr löste sich aus Tobias' Griff und schritt zur Tür.

»Wachen!«, brüllte er. »Bringt die Frauen zu mir, sofort!«

Tobias versuchte noch, den Hauptmann zurückzuhalten, aber es war zu spät. Wütend trat er gegen einen zur Sitzgelegenheit umfunktionieren Hackstock. Als der Holzklotz krachend gegen die Wand flog, war er ein weiteres Mal von der Kraft seines Körpers überrascht. Diese Stärke würde er nur ungern aufgeben. Aber an starke Männer wurden Erwartungen gestellt, Dinge wie Tapferkeit, Heldenmut und Opferbereitschaft, die ihm alle zutiefst zuwider waren. Doch alles Abwägen war null und nichtig, wenn es ihm nicht gelang, entweder den Körper zu tauschen oder mit Worten seine Freiheit zu erstreiten, bevor Nedwick ihm den Garaus machte. Verdrossen ging er zur Tür, um zu sehen, wie er seinen Hals noch einmal aus der Schlinge ziehen konnte.

Draußen rannten die abgemagerten Soldaten in zwei Richtungen: Die eine Gruppe sammelte sich um zwei Gestalten, die bis zur Unkenntlichkeit mit Schlamm beschmiert waren. Das bisschen, was Tobias durch die wenigen Lücken zwischen Karrs neugierigen Männern erkennen konnte, reichte nicht, um sie zu identifizieren. Auf der anderen Seite des Lagers schritt ein Mann auf und ab und schwang stolz etwas über dem Kopf, das aussah wie ein Sumpfhuhn. Einer von Vills Pfeilen steckte in einem seiner Flügel, aber es schien noch zu leben. Die zweite Gruppe folgte ihm wie ein Rudel hungriger Wölfe, und es war schwer zu sagen, welches der beiden Ereignisse Karrs Männer mehr in den Bann schlug. Eigentlich spielte es auch keine Rolle. Die Gelegenheit zum Körpertausch war dahin, und das war alles, was im Moment zählte. Tobias dachte kurz daran, sich heimlich davonzuschleichen, solange die Soldaten abgelenkt waren, rechnete sich aber wenig Chancen aus, im Sumpf zu überleben. Den Weg, über den Karrs Männer ihre Gefangenen zu dem Hügel geführt hatten, würde er allein niemals wiederfinden. Und abseits davon lauerte ein jämmerlicher Tod durch Ertrinken, Verhungern oder Verdursten. Besser, er blieb und wartete die nächste Gelegenheit ab, in einen anderen Körper zu springen oder weiterzuverhandeln.

Tobias trat nach draußen und reckte den Kopf. Jetzt konnte er schon mehr erkennen. Bei den beiden Neuankömmlingen handelte es sich tatsächlich um Frauen. *Die Königin!* Die Gestalt neben ihr war aller Wahrscheinlichkeit nach das Flussmädchen. *Zwei Frauen, wie sie gegensätzlicher nicht sein könnten. Auch wenn sie im Moment beide gleich dreckig sind.* Er versuchte, sich zwischen den Männern hindurchzuquetschen, doch als sie ihn erkannten, stießen sie ihn grob zurück.

»Wer von euch ist die Tänzerin?«, fragte Karr.

Zu Tobias' Überraschung hoben beide die Hand. »Nein,

nicht doch, Majestät!«, rief er. »Er meint Adara.« Tobias deutete auf das Flussmädchen und wurde erneut barsch zurechtgewiesen, diesmal mit einem Rückhandschlag ins Gesicht. Er zuckte zusammen und warf dem Kerl, der ihm die Ohrfeige verpasst hatte, einen wütenden Blick zu. Er war größer als die anderen und besser genährt. Wahrscheinlich hätte Tobias ihn an Ort und Stelle töten können, aber sein Gegenüber hatte ein Schwert und außerdem dreißig Kameraden. Er selbst hatte keins von beidem, also beschloss Tobias, die Demütigung über sich ergehen zu lassen.

»Ich habe gehört, eine von euch beiden ist eine Königin«, sprach Karr weiter.

Cameos Augen weiteten sich und blitzten einen Moment lang grellweiß aus ihrem braun verschmierten Gesicht hervor.

Adara hob die Augenbrauen. »Eine schöne Schlammkönigin haben wir da, nicht wahr?«, sagte sie lachend, und Cameo fiel prompt mit ein.

»Aber ja! Seht die grünbraune Herrin des Sumpfes!«, rief sie und vollführte einen Knicks.

Tobias deutete auf Cameo. »*Sie* ist die Königin.«

»Ich, eine Königin?«, prustete Cameo, hüpfte auf Karr zu und drehte alberne Pirouetten um den Hauptmann. Als sie dann auch noch ein derbes Lied aus Felstal anstimmte, das von zwei Brüdern erzählte, die sich eine Frau teilen mussten, weil sie sich nicht zwischen beiden entscheiden konnte, brach Adara in so lautes Gelächter aus, wie man es nur beim Flussvolk hörte.

»Eure Königin ist also eine Gauklerin, die vulgäre Possen reißt?«, fragte Karr.

»Das gehört selbstverständlich zur Verkleidung«, erklärte Tobias. »Wir wollten nur verhindern, dass ein Vertreter des Volkes, das wir gerade erst erobert haben, sie unterwegs erkennt.«

»Die große Nase würde passen«, warf Nedwick ein.

Karr überlegte. »Wascht sie«, sagte er schließlich. »Mal sehen, wie königlich sie aussieht, wenn sie sauber ist.«

»Und was machen wir mit der anderen?«, fragte ein Soldat mit vernarbtem Gesicht und gelben Zähnen hoffnungsvoll.

Das ist der Kerl, der mich geohrfeigt hat.

»Sie gehört zu mir«, erklärte Vill Magnan und schob sich in die erste Reihe.

»Kennst du diesen Magnan?«, fragte Karr an Adara gewandt.

»Leider ja«, antwortete sie. »Ich dachte, im Moor wäre ich ihn endlich losgeworden, aber mein Glück hat mich wohl mal wieder im Stich gelassen.«

Die umstehenden Soldaten lachten.

»Sie gehört zu mir«, wiederholte Magnan bestimmt.

»Soll das vorlaute Ding doch selbst entscheiden, zu wem es gehört«, beharrte Gelbzahn unter der eifrigen Zustimmung seiner Kameraden.

Tobias' Einschätzung nach würde Vill höchstwahrscheinlich als Sieger aus einem Zweikampf mit dem Grobian hervorgehen, auch wenn er unbewaffnet war. Trotzdem könnte die Situation heikel werden, wenn Gelbzahns Kumpane eingriffen. Magnan schien das allerdings wenig zu beeindrucken.

»Muss ich Euren Männern erst Manieren beibringen, Hauptmann?«, fragte Vill mit ruhiger Stimme.

»Komm doch her und versuch's«, höhnte Gelbzahn.

Karr runzelte zwar die Stirn, sah aber davon ab, den Grobian zurechtzuweisen. »Ganz recht«, sagte er nur. »Sie soll selbst entscheiden.«

»Nun denn«, erwiderte Vill. »Adara, zu wem möchtest du? Zu mir oder zu diesem freundlichen Herrn?«

Adara stellte sich vor Gelbzahn. »Du hat mich vorhin ein vorlautes Ding genannt hast. War das ein Kompliment?«

»Ich hätte wohl verdrecktes Ding sagen sollen. Du siehst aus wie eine Sau, die gerade aus der Suhle kommt.« Schallendes Gelächter ringsum. »Aber dann und wann hat ein Mann nun mal Lust auf Schweinereien.«

»Dann war es also kein Kompliment?«

»Entscheide dich für mich oder den Mickerling. Es spielt keine Rolle. Früher oder später nehme ich dich sowieso.«

»Warum nicht gleich?«, schlug Adara vor.

»Du bist von Kopf bis Fuß verdreckt. Und du stinkst.«

»Genau wie du.«

Gelbzahn runzelte die Stirn. »Tue ich nicht.«

»Oh doch«, sagte Adara und stürzte sich Fäuste schwingend auf ihn.

Gelbzahns Kameraden schritten nicht ein, sondern lachten herzhaft auf seine Kosten, während Adara dem verdutzt am Boden liegenden Soldaten das Gesicht in dieselbe Pfütze drückte, in der auch Stock lag.

»Genug!«, rief Karr schließlich. »Pfeift das Mädchen zurück, Magnan. Wie es scheint, ist sie zu wild für meinen Mann.«

Vill zog Adara von Gelbzahn herunter und winkte Erol herbei. »Sie soll sich waschen und frische Kleidung anziehen«, flüsterte er dem Jungen zu. »Sofort. Bevor sie noch mehr Ärger macht.«

Gelbzahn rappelte sich unterdessen wieder hoch und blickte sich wütend nach Adara um, doch die war bereits verschwunden.

»Nun, Hauptmann der Roten«, sprach Karr weiter, »was Eure Königin betrifft...«

Karr hatte Cameo in die alte Hütte geschickt, wo sie nun in einem ausgehöhlten Baumstamm ein Bad im eiskalten Quellwasser nahm, während Tobias vor der Tür Wache stand. Cameo hatte ihn zuerst angebettelt und dann angeschrien, er solle sich für Stocks Freilassung einsetzen, aber Tobias hatte sich nicht erweichen lassen. *Der überbehütende Stock ist meinen Plänen nur im Weg.*

Als Cameo wieder aus der Hütte kam, bat Tobias sie um eine Unterredung unter vier Augen, doch sie stieß ihn wütend zurück. »Wie kommt Ihr dazu, ihnen zu verraten, dass ich die Rote Königin bin?!«, fauchte sie ihn an.

»Weil das unser bestes Argument ist, um Eure Freilassung zu erwirken. Wärt Ihr eine x-beliebige Rote, würden sie Euch töten oder Schlimmeres.«

Das hatte gesessen. Tobias sah, wie Cameo angestrengt nachdachte. *Hoffentlich überlegt sie gerade, was schlimmer sein könnte als der Tod. Mit aufgeschlitzter Kehle kopfüber aufgehängt zu werden vielleicht?*

»Und wie steht es mit Eurer eigenen Freilassung?«, sagte Cameo misstrauisch.

»Ob sie mich gehen lassen oder nicht, spielt keine Rolle. Ihr seid es, die gerettet werden muss«, antwortete er und hob abwehrend die Hand. »Dankt mir noch nicht, Dame Zinnober. Dafür ist es noch zu früh. Zunächst müssen wir abwarten, was passiert. Ihr *müsst* sie überzeugen, dass Ihr die Königin seid – was nach dem kleinen Tänzchen vorhin allerdings schwierig werden könnte. Wo habt Ihr den Tanz überhaupt gelernt, und vor allem dieses Trinklied?«

9

Cameo konnte sich nicht entscheiden, wie viel sie Karr anvertrauen sollte. Wenn sie sich als Königin zu erkennen gab, machte sie das zu seiner Todfeindin, und er würde sie wahrscheinlich töten. Wenn sie es nicht tat, war sie wertlos für ihn, und er würde sie wahrscheinlich ebenfalls töten – oder Schlimmeres, wie Tobias gesagt hatte. Cameo hasste das Gefühl, gehasst zu werden, und fragte sich einmal mehr, wie ihre Welt so grundlegend aus den Fugen hatte geraten können. Früher hatte man sie geliebt. Die Menschen hatten ihr zugejubelt, wann immer sie irgendwo auftrat, Kinder waren begeistert neben ihrem Wagen hergelaufen, wenn die Lästigen Lemminge in die Stadt kamen. Es war ein gutes Leben gewesen, aber Cameo hatte mehr gewollt. Eine Prinzessin hatte sie sein wollen und ein Leben voller Vergnügungen und romantischer Geschichten führen. Alle liebten Prinzessinnen und die Geschichten über sie. Doch jetzt war Cameo Königin, und das war etwas ganz anderes. Nicht nur, dass das eigene Gefolge sich gegen sie verschwor, das ganz Land hasste sie, jeder einzelne Bewohner, und sie war mittendrin.

Schließlich brachte Tobias sie in Begleitung von zwei Soldaten zum Feuer, wo Karr sie im Kreis seiner ausgemergelten Männer bereits erwartete. Sie sahen wütend aus.

Vielleicht wäre eine Entschuldigung angebracht.

Doch Karrs Männer beachteten sie gar nicht. Sie waren viel zu sehr damit beschäftigt, lauthals miteinander zu streiten.

»Er hat gesprochen!«, rief einer in einem blauen Rock.

»Hat er nicht«, widersprach Nedwick. »Das ist ein Vogel, und du kannst vor Hunger nicht mehr klar denken.«

»Hör doch hin!« Der Blaue hob ein Sumpfhuhn an den Beinen hoch und hielt es Nedwick direkt vor die Nase. Zumindest das Gefieder war ungewöhnlich: grell orangefarben mit blauen Flügelspitzen. Es lebte noch, lediglich der linke Flügel hing schlaff und seltsam verrenkt herab. Als der Soldat dem Huhn einen Käfer vor den Schnabel hielt, verstummten die Umstehenden und lauschten gespannt.

»Pieeeep...«, machte das Huhn.

Die Menge stöhnte. »Hören wir auf mit dem Herumalbern und essen das Vieh!«, rief jemand.

»Ah, die Rote Königin macht uns ihre Aufwartung«, sagte Karr, als er Cameo bemerkte. »Ihr seid doch die Rote Königin, oder? Euer Hauptmann behauptet, Ihr wärt die wertvollste Geisel, die wir uns nur wünschen können. Aber Vill Magnan von Skye hier behauptet, Ihr wärt ein Niemand, und bis jetzt konnten wir uns immer auf sein Wort verlassen. Welcher von beiden ist nun der Lügner?«

Cameo atmete tief durch. Egal wie sie sich entschied, sie würde ihnen etwas vorspielen müssen: entweder die Königin oder eben nicht die Königin. Eigentlich war sie beides und auch keins von beidem. So oder so würde sie einen ihrer Begleiter ins Verderben stürzen. *Besser den herrenlosen Bogenschützen als meinen Hauptmann.* Dennoch fiel ihr die Entscheidung nicht leicht, denn beide waren ihre Beschützer. Es musste eine Möglichkeit geben, Tobias *und* Magnan zu retten.

»Nicht so schüchtern«, drängte Karr. »Überzeugt mich, dass Ihr die Königin seid. Oder eine Bürgerliche.«

Cameo trat näher und schwieg so lange, bis vollkommene Stille am Feuer herrschte – ein alter Bühnentrick, der so gut wie immer funktionierte. Erst dann ergriff sie das Wort: »Das Bett im Gemach Eures ehemaligen Fürsten ist mit Gänsedaunen gefüllt und sehr bequem. Die schmale und steile Treppe, die dorthin führt, ist es weniger. Die mit geschnitzten Seerochen verzierte Kommode, in der mein Vorgänger seine lächerlichen Kopfbedeckungen aufbewahrte, verwende ich als Schuhschrank.«

Karr nickte, schien aber noch nicht zufrieden.

Cameo sprach weiter. »Zweimal wurde ein Anschlag auf mein Leben verübt, und durch das Guckloch auf dem Abort des Königsturms kann ich den Hafen von Skye sehen.«

Karrs Augenbrauen schossen nach oben, und die Männer ringsum begannen aufgeregt zu tuscheln – Cameo hatte es geschafft.

»Aber Vill Magnan ist ein Ehrenmann«, fügte sie hastig hinzu. »Ich habe ihm befohlen, meine wahre Identität geheim zu halten, und genau das hat er getan.«

»Dann hat er also gelogen, als er behauptete, Ihr wärt eine Bürgerliche. So ist es doch?«

»Aber nein, er hält stets Wort und dient mir treu.«

»Ein treuer Diener der Roten Königin also«, murmelte Karr. »Ich muss mich wohl in ihm getäuscht haben.«

»In den Morast mit ihm!«, befahl Nedwick, und diesmal schritt Karr nicht ein. Stattdessen wandte er sich an seine Soldaten. »Treue Männer Skyes«, rief er, »die Rote Königin ist unsere Gefangene!«

Inzwischen rangen die anderen Magnan nieder, was gar nicht so einfach war, denn der Bogenschütze war stärker, als er aussah. Als sie schließlich ihre Schwerter zu Hilfe nahmen, um ihn zur Kooperation zu bewegen, dauerte es nicht mehr lange, dann lag er neben Stock gefesselt im Dreck.

Stock! Cameos Augen weiteten sich. Ihr Leibwächter bewegte sich nicht mehr. Mit Mund und Nase im Morast war er jämmerlich erstickt. *Mein treuester Beschützer, tot...*

Wie ein Messer fuhr der Schmerz direkt in Cameos Herz. Ihr ergebenster Diener und der einzige Freund, den sie aus Fretwitt mitgenommen hatte, lebte nicht mehr. Cameo dachte an seine Frau und die Kinder jenseits des Meeres. Stock hatte seine Familie zurückgelassen, um ihr zu dienen, und Cameo hatte gedacht, sie tue ihm einen Gefallen. Stock war so stolz gewesen, dass er es vom niedrigsten Wachsoldaten im Roten Turm bis zum Leibwächter der neuen Königin gebracht hatte. Ob er gewusst hatte, dass sie nur eine Hochstaplerin war, spielte keine Rolle, denn wenn, hatte er es sich nie anmerken lassen.

Nedwick packte Cameo am Schopf und zerrte sie nach vorn.

Tobias hat behauptet, er könnte eine Einigung herausschlagen. Aber es sieht nicht so aus, als ob meine Geiselnehmer sich mit mir einigen wollten.

Nedwick hob ihren Kopf, genau wie der andere Soldat zuvor den Vogel hochgehalten hatte, damit alle ihn sehen konnten. »Sollen wir sie behalten oder töten?«, rief er.

Dem wüsten Gebrüll nach zu urteilen, waren seine Kameraden für Töten.

»Keins von beidem«, sagte Karr. »Wir verhandeln.«

»Genauso erfolgreich, wie Ihr mit der Flotte der Roten verhandelt habt, bevor sie Buchtend eroberte?«

Karr lächelte geduldig und überging den Affront. »Mich dürstet genauso nach Rache wie euch, aber wenn wir sie töten, werden wir weiter in diesem verfluchten Moor hungern, und Skye bleibt in der Hand des Feindes.«

Gemurmel wurde laut. Die Logik seiner Worte war nicht von der Hand zu weisen.

Deshalb ist er auch Hauptmann, und nicht Nedwick, dachte Cameo.

»Dann lasst uns wenigstens die anderen töten!«, rief Nedwick, das Gesicht rot vor Zorn.

Alle brüllten hitzig durcheinander, einer trat sogar auf den leblos daliegenden Stock ein, doch Karr zögerte.

Cameo machte sich die schlimmsten Sorgen um ihre Begleiter. Dass Soldaten wie Tobias, Stock oder Magnan in der Erfüllung ihrer Pflicht starben, gehörte zum Berufsrisiko. Aber was war mit Erol und ihrer neuen Freundin Adara?

»Nun gut«, sagte Karr schließlich. »Tötet die Männer, aber die Frauen bleiben am Leben.«

Erol wurde leichenblass, auch wenn Karr ihn wahrscheinlich längst vergessen hatte, sodass sein Schicksal noch offen war.

»Wie bitte?«, keuchte Tobias. »Doch sicherlich nicht mich.«

»Oh doch, Euch auch. Für die Verhandlungen brauchen wir Euch nicht.«

Das schabende Geräusch von Schwertern, die aus den Scheiden gezogen wurden, schallte durch die Nacht. Jeder wollte einen Anteil an der Rache am verhassten Feind. Sie stritten sogar, wer wen töten durfte.

»Dieeeee Stadtmauern sind von Roten bemannt«, sagte jemand.

Einige Soldaten taumelten erschrocken zurück, sodass der Kerl mit dem Sumpfhuhn plötzlich allein dastand, während das Huhn mit hoher und erstaunlich klarer Stimme weiterkrächzte:

»Doch ihre Zahl ist zu gering, um einen beherzten Angriff abzuwehren. Fünfundzwanzig sind es bei jeder Wache, wir könnten sechshundert aufbringen, wenn wir alle Kräfte mobilisieren. Ihre Schwäche ist die eingestürzte Westflanke. Wir könnten sie als Einfallstor benutzen.«

Als das Huhn zu Ende gesprochen hatte, schaute es seinen Häscher erwartungsvoll an.

Der Mann blinzelte verdutzt und gab dem Huhn den Käfer, den er ihm schon zuvor angeboten hatte, während seine Kameraden erwartungsvoll ihren Hauptmann anstarrten.

»Was ... ist das für eine Teufelei?«, stammelte Nedwick mit geweiteten Augen.

»Ich wünschte selbst, ich wüsste, was das zu bedeuten hat«, murmelte Karr.

Vill hob den Kopf und spuckte einen Mundvoll Schlamm aus. »Ich weiß es.«

Cameos Bad war vollkommen umsonst gewesen. Schon am nächsten Tag verließen sie den trockenen Hügel mit der Quelle und stapften erneut durchs Moor. Ihre Stiefel füllten sich mit Schlamm, und ihre Füße fühlten sich an wie Fische in einem Becken, das schon viel zu lange nicht mehr gesäubert worden war. Die Monate in samtenen Palastpantoffeln hatten alle Hornhaut verschwinden lassen, und jetzt hatte Cameo dicke Blasen an beiden großen Zehen.

Stock war tot, doch Vill hatte den Kopf gerade noch einmal aus der Schlinge ziehen können. Tobias und Erol waren ebenfalls noch am Leben. Allerdings nur, weil das sprechende Huhn ihre Häscher mit detaillierten Informationen über die Lage in Skye aus ihrem Blutrausch gerissen hatte. Da war irgendeine Form von Zauberei im Spiel, so viel war klar, auch wenn der Vogel nicht wirklich sprechen konnte, sondern nur ein und dieselbe Ansprache immer aufs Neue wiederholte – was die ausgehungerten Soldaten um ein Haar dazu gebracht hätte, ihn doch noch zu verspeisen. Wie jedes Publikum verloren sie schnell das Interesse an einem Programm, das sie bereits in- und auswendig kannten. Hochinteressant war allerdings die tiefere Bedeutung der Nachricht: Jemand Mächtiges zog Truppen zusammen, um Skye zurückzuerobern, und dieser Jemand verfügte über Zaubervögel.

Vill hatte Karr schließlich davon überzeugen können, dass es sinnvoller war, den Vogel am Leben zu lassen. Das magere

Tier für eine einzige Mahlzeit zu schlachten war genauso unklug, wie ein Huhn zu schlachten, das noch tausend Eier legen konnte. Goldene Eier noch dazu, falls der Vogel zu gegebener Zeit weitere Botschaften überbrachte. Außerdem redete er Karr ein, dass Erol ein begnadeter Vogelhüter sei, wodurch er zwei Fliegen mit einer Klappe schlug: Der Junge hatte endlich eine Aufgabe, und Vill musste sich nicht selbst um das Federvieh kümmern. Cameo beschlich allerdings der Verdacht, dass Erols Kenntnisse im Umgang mit Vögeln sich darauf beschränkten, sie am Leben zu halten, bis sie in den Kochtopf wanderten.

Schließlich verließen sie das Totenmoor und erreichten das südlich davon gelegene Entenfußdelta. Karr und Nedwick hatten Ruderboote im Uferschilf versteckt, die groß genug waren für dreißig Mann und fünf Gefangene. Die Seelenbucht lag vollkommen ruhig, nicht ein einziges Schiff war zu sehen, weder eines der Roten noch eines aus der Flotte Skyes. Die Bucht zu durchqueren konnte einen ganzen Tag in Anspruch nehmen, doch der Wind stand günstig, und ein leichter Nebel verbarg sie vor neugierigen Blicken aus Buchtend, sodass sie den Hafen von Skye ohne weitere Zwischenfälle erreichten. Karr war erleichtert. Niemand wusste, ob das schwarze Heer auch über Schiffe verfügte, und der Hauptmann war nicht erpicht darauf gewesen, es herauszufinden.

Der sogenannte »Hafen« von Skye war allerdings kaum mehr als eine kleine Landzunge, die nur wenig Schutz vor Wind und Wellen bot. Tatsächlich hatte Cameos Flotte genau hier ein Schiff verloren, das durch heftige Böen vom Kurs abgedrängt worden und auf Grund gelaufen war. Der Vorteil war, dass der Hafen näher an Skye lag als Buchtend, außerdem war Karr hier stationiert gewesen. Er kannte die Gewässer und das umliegende Gelände in- und auswendig.

»Keinerlei Bewegung an den Kais«, murmelte er.

»Ist das ein gutes oder schlechtes Zeichen?«, erkundigte sich Tobias.

»Kommt darauf an, ob wir den Roten lieber gleich auf dem Wasser oder erst auf dem Festland gegenübertreten wollen. Ich würde die zweite Möglichkeit vorziehen. Vergesst nicht, dass auch Euer Überleben vom Ausgang der Verhandlungen abhängt. Wen könnt Ihr mir als Verhandlungspartner empfehlen?«

»Fürst Orland Korall«, antwortete Tobias bestimmt. »Er ist ein intriganter Feigling, der in Abwesenheit der Königin mit Sicherheit das Ruder an sich gerissen hat, aber auf keinen Fall ihren Tod – oder meinen – verantworten will. Sagt ihm nicht, dass Ihr nur dreißig Mann habt. Und lasst Euch nicht auf Feldwebel Billopy als Unterhändler ein. Der verschlagene Hund würde Euch nur hintergehen.«

»Ich habe aber nur dreißig Mann. Etwas anderes zu behaupten wäre eine Lüge, und ich mag weder Lügen noch Lügner, Hauptmann Rubin. Die Königin sollte Faustpfand genug sein. Falls nicht, kann ich diesem Korall immer noch Eure Leiche schicken, um ihm den gebührenden Respekt einzuflößen.«

»Schickt mich lebend. Dann werde ich ihn überzeugen, Euch die Stadt im Austausch gegen die Königin kampflos zu überlassen.«

»Und Eure Flotte segelt zurück nach Fretwitt, einfach so? Das glaube ich kaum. Ich denke, ich weiß, welche Bedingungen ich stellen werde...«

Im Vergleich zu Buchtend, wo Cameos Schiffe vor so vielen Monaten angelandet waren, war der Hafen von Skye winzig. Und wie Karr gesagt hatte, lag er vollkommen verlassen.

»Wo sind sie alle?«, fragte Cameo.

Tobias runzelte die Stirn. »Oben auf dem Berg, hinter den sicheren Stadtmauern vielleicht?«

»Oder geflohen«, warf Magnan ein. »Seht Ihr die fünf Schiffe, die noch an den Kais liegen? Sie sind unbewacht, als hätte man sie in wilder Flucht einfach zurückgelassen.«

Nedwicks Männer erreichten die Kais als Erste und sprangen an Land. Nach kurzer Zeit gaben sie Zeichen, dass die Luft rein war, und Karrs Boot folgte. Für den Fall, dass sie schnell verschwinden mussten, machten sie nur notdürftig fest und marschierten dann in loser Formation Richtung Skye: eine Furchenlänge voraus eine Vorhut von zehn Mann, noch weiter vorn zwei Späher.

Die Elendsviertel am Fuß des Berges waren genauso ausgestorben wie Plynth. Wie Mahnmale an eine bessere Zeit, als Händler ihre Waren anpriesen und Bettler in der Hoffnung auf ein paar Almosen Loblieder auf den Fürsten sangen, ragten die leeren Hütten in den aschgrauen Himmel. Da niemand außer ihnen hier war, kamen sie umso schneller voran und konnten ihr Lager in einem verlassenen Laden aufschlagen, von dem aus sie einen guten Blick auf die Freifläche vor dem Torhaus Skyes hatten. Aus den Kaminen jenseits der Stadtmauer stieg Rauch in den Himmel, doch das Tor selbst war geschlossen. Schließlich schickten sie die beiden Späher aus, um die Lage zu erkunden.

»Sind die Roten weg?«, fragte Karr, als sie zurückkehrten.

»Nein. Wie hörten Stimmen hinter dem Tor.«

»Hat man Euch angerufen?«

»Nein, aber wir hielten uns versteckt. Sie haben nicht einmal gemerkt, dass wir da waren.«

»Oder sie halten es nicht für nötig, sich zwei halbverhungerten Gestalten zu zeigen, die vor ihrem Tor herumschnüffeln«, murmelte Magnan.

Karr überlegte nicht lange und wählte zehn Männer aus. Magnan und Rubin waren auch darunter. Nedwick erteilte er den Befehl, mit dem Rest des Trupps zurückzubleiben und die Geiseln zu bewachen.

»Die Königin bleibt fürs Erste hier«, erklärte der Hauptmann. »Falls ihre Anwesenheit erforderlich wird, gebe ich ein Signal mit meinem Mantel.«

»Und wenn Ihr uns alle braucht?«, fragte Nedwick.

»Dann werdet ihr es früh genug merken.«

Zu elft marschierten sie los, hinaus auf die ungeschützte Freifläche vor dem großen Tor.

Cameo blickte der Gruppe mit einem unguten Gefühl hinterher. »So gehen sie dahin, meine letzten beiden Beschützer«, flüsterte sie.

Adara hatte ihre Worte gehört. »Bei den vielen Leuten, die dir nach dem Leben trachten, würde ich an deiner Stelle allmählich lernen, mich selbst zu beschützen.«

10

Der Mann, der sie vor dem Tor begrüßte, war weder Fürst Orland noch Feldwebel Billopy. Der unscheinbaren Nase nach zu urteilen war er nicht einmal ein Freter, sondern ein schon etwas in die Jahre gekommener Adliger von unbestimmter Herkunft in gestreifter Seidenhose, weißem Hemd und schwarzem Kapuzenumhang.

Allerdings war er nicht zu alt, um ein Schwert zu tragen, wie Vill bemerkte. Ganz entspannt schlenderte der Mann auf Karrs Trupp zu und blieb keine zehn Schritte entfernt stehen. Nahe genug, um ihn mit einem gut gezielten Pfeil zu erledigen, doch Vill hatte weder Bogen noch Köcher dabei. Die befanden sich immer noch im Gewahrsam des reizenden Nedwick.

»Seid gegrüßt«, sagte der Mann mit deutlichem Akzent. »Wir haben eure beiden Späher gesehen und uns schon gefragt, ob noch mehr kommen würden. Ich zähle elf. Immerhin mehr als eine Patrouille, aber nicht gerade eine Invasionsmacht und zudem ein recht bunt zusammengewürfelter Haufen. Was hat die Rote Ratte bei euch zu suchen, und was ist euer Anliegen?«

»Wir kommen, um mit Fürst Orland Korall zu verhandeln.«

»Fürst Korall ist anderweitig beschäftigt. Verhandelt mit mir.«

»Ich kenne Euch nicht«, erwiderte Tobias barsch. »Und Euer Akzent ist nicht der unsere.«

Aber von Skye ist er auch nicht, dachte Vill.

»Tatsächlich? Wie aufmerksam von dir, Rote Ratte.«

»Ich bin Hauptmann Karr von Skye«, sagte Karr steif und stieß Tobias zur Seite. »Ich habe eine dringende Angelegenheit mit dem Oberbefehlshaber der Roten zu besprechen. Wer seid Ihr, und welchen Rang bekleidet Ihr?«

Der Mann lächelte.

Vill sah sich um. Wenn jemand auf eine solche Frage hin lächelte, war das eine Warnung – umso mehr, wenn dieser Jemand sich einer Übermacht von elf zu eins gegenübersah. Der Kerl schien etwas zu wissen, das sie nicht wussten. Als Vill den Blick über die Mauerkrone schweifen ließ, entdeckte er es: Die Zinnen waren mit Soldaten bemannt. Sie sahen nicht aus wie Rote, aber auch nicht wie Männer Skyes. Sie trugen schlichte weiße Waffenröcke, und das schulterlange Haar war auf Höhe der Augenbrauen schnurgerade abgeschnitten. Einige waren mit Holzspeeren bewaffnet. *Altertümlich, selbst für meinen Geschmack. Söldner vielleicht?*, überlegte Vill. *Hauptmann Tobias wird es wissen.*

»Wer zum Teufel sind die?«, flüsterte Tobias.

Anscheinend nicht. »Keine von den Euren?«, flüsterte Vill zurück.

»Bei den Göttern, nein. Ich dachte, sie stammen aus Skye?«

»Wenn, dann kenne ich sie nicht. Aber ich war lange nicht mehr hier...«

»Hauptmann Karr von Skye, du hast Glück«, sprach der Fremde schließlich weiter. »Willkommen zu Hause! Wenn du dich als guter und getreuer Soldat erweist, kannst du deinen Dienst als Hauptmann meiner Flotte fortsetzen.«

»*Eure* Flotte? Da Ihr weder einen Namen noch einen Rang zu haben scheint, müsst Ihr wohl ein Gaukler sein, den man uns zur Unterhaltung geschickt hat.«

Karrs Soldaten lachten, doch der Mann im schwarzen Umhang lachte nicht.

»Hauptmann, du kannst mit mir verhandeln oder unverrichteter Dinge wieder von dannen ziehen, ganz wie es dir beliebt. Oder du erzürnst mich, dann rufe ich meine Männer und lasse dich und die Deinen niederreiten. Die Entscheidung liegt ganz bei dir.«

Das genügte, um die Männer zum Schweigen zu bringen. Wäre der Kerl ein Büttel oder gar nur ein Gaukler, hätte er mit einem Vorgesetzten Rücksprache gehalten, bevor er den Mund so voll nahm.

»Ich war Hauptmann in Fürst Krysts Diensten...«, begann Karr.

»Kryst ist tot. Finde dich damit ab.«

»Sagt Eurem Vorgesetzen, dass sich die Rote Königin in meinem Gewahrsam befindet. Ich bin bereit, sie ihm zu übergeben, wenn er mir dafür die Stadt übergibt.«

Der Mann im Umhang hob die Augenbrauen. »Interessant. Der rechtmäßige König hat den Thron gerade erst bestiegen, und schon kommt eine Königin dahergelaufen!«

Kaum ist Krieg, schon schießen die Könige und Königinnen nur so aus dem Boden, dachte Vill.

Karr wirkte überrascht. »Und Ihr sprecht für diesen rechtmäßigen König?«

Das Lächeln des Mannes wurde noch breiter. »Ich *bin* dieser König.«

Vill war verblüfft. Die überhebliche Art des Kerls sprach dafür, dass er die Wahrheit sagte. Was er nicht verstand, war, warum ein König elf dahergelaufene Soldaten persönlich am Tor begrüßte. Außer er war lebensmüde.

»Ihr?«, fragte Karr. »Und was es mit den Roten?«

»Ich habe sie unterworfen. Jubelt mit mir!«

Etwas stimmte hier nicht. Niemand feierte, die Hütten unten am Hang und der Hafen waren verlassen, es lag nicht das kleinste bisschen Freude in der Luft. Nicht einmal die Soldaten oben auf der Mauer schienen in irgendeiner Weise glücklich über ihren Sieg.

»Wenn Ihr der König seid, warum kommt Ihr dann selbst ans Tor, um uns zu begrüßen?«, sprach Karr Vills Zweifel aus.

»Eine gute Frage, Hauptmann! Um dich zurück in meinen Dienst zu holen.«

»Rubin?«, fragte Karr über die Schulter. »Was haltet Ihr von diesem König?«

»Ich habe ihn nie gesehen.«

»Magnan?«

»Wir sind außer Reichweite ihrer Speere, und ich sehe keine Bogenschützen.«

»Euer Misstrauen verletzt mich, Freunde«, erwiderte der selbsternannte neue Herrscher von Skye.

»Ihr habt mir immer noch keinen Namen genannt, Scheinkönig. Ich sehe keinen Herold an Eurer Seite, also werdet Ihr Euch schon selbst vorstellen müssen. Erst dann werden wir entscheiden, ob wir Euch vertrauen.«

»Ihr wollt meinen Namen? Nun denn: Ich bin Seine Königliche und Kaiserliche Hoheit König Prestan Schwarzwasser, einstmals von Asch und nun von Skye. Und wie ich höre, bringt Ihr mir meine Königin.«

Karr schien verunsichert, was er von dem neuen König halten sollte. Sein Gesichtsausdruck schwankte zwischen Ehrfurcht und Abscheu – ein gefährlicher Balanceakt.

»Ist sie hier?«, erkundigte sich Schwarzwasser.

Karr zögerte, und das sagte dem König alles, was er wissen musste.

Nicht weit genug weg, jedenfalls, dachte Vill. *Ein dummer und absolut vermeidbarer Fehler. Wir hätten sie mit einem Schiff auf dem Meer lassen sollen.*

»Ihr habt mich immer noch nicht restlos überzeugt«, brummte

Karr schließlich. »Und ich habe meine Bedingungen noch nicht genannt.«

»Ich bin deiner müde«, erwiderte Schwarzwasser. »Und deine Bedingungen interessieren mich nicht.«

Er öffnete den Mund, als wollte er seine Soldaten herbeirufen, und Karrs Männer zogen ihre Schwerter. Doch der König schrie nicht. Er lachte nur und spuckte eine Art flüssigen schwarzen Nebel aus, der sich in einer hauchdünnen Schicht über sein Gesicht legte. Binnen weniger Momente bedeckte die Schwärze seinen ganzen Körper wie Tinte aus einem auslaufenden Fass und bildete eine Rüstung, komplett mit Helm, Harnisch und Beinschienen.

Karrs Soldaten wussten nicht, wie sie reagieren sollten. Einige zogen sich zurück, andere blickten ihren Hauptmann fragend an. Tobias war bei der ersten Gruppe.

Vill war kein Feigling, aber er war auch kein Narr. *Keiner von ihnen ahnt, was diese Schwärze anrichtet. Keiner von ihnen war je im Schleier. Aber ich*, sagte er sich und wich ebenfalls zurück.

Als Schwarzwasser sein Schwert zog, floss die Dunkelheit an der Klinge entlang wie Blut und umschloss sie vollständig.

Vill schaute hinauf zu den Zinnen, doch Schwarzwassers Männer rührten sich nicht. Sie sahen lediglich zu.

»Hexerei!«, schrie einer der Jüngsten aus Karrs Truppe. Noch war keiner geflohen, aber es wagte auch keiner anzugreifen.

Der König hingegen, falls er einer war, sprang beherzt vor.

Einer der Mutigeren stellte sich schützend vor seinen Hauptmann. »Auf ihn! Es ist nur einer!«, schrie er, und als Schwarzwasser in Reichweite war, schlug er zu.

Der König versuchte nicht einmal auszuweichen. Das Schwert schnitt oberhalb seines Ellbogens bis auf den Knochen und durchschlug den Arm – so schien es zumindest, doch dann sah Vill, dass sich die Klinge an der Stelle, an der sie mit der schwarzen Rüstung in Berührung gekommen war, einfach in nichts aufgelöst hatte.

»Hexerei!«, brüllte der junge Kerl erneut und suchte sein Heil in der Flucht, als der König zum Gegenangriff überging. Ohne auch nur das leiseste Klirren durchschlug sein Schwert die Klinge seines Gegners und fuhr waagrecht durch den Rumpf des Soldaten. Zurück blieb ein kleiner Spalt. Der Oberkörper plumpste einen Fingerbreit nach unten, dann zerfiel der Soldat in zwei Hälften.

Weitere vier von Karrs Männern schlossen sich Tobias an und wandten sich zur Flucht.

Vill hatte ebenfalls genug gesehen und rannte den Berg hinunter, hielt sich aber von den anderen fern, weil der Feind mit Sicherheit die größere Gruppe verfolgen würde. Da drängte sich ihm ein Gedanke auf: *Wo ist Adara?* Die Antwort war einfach: *mit der Königin am oberen Rand des Elendsviertels, wo sie gemeinsam zusehen, wie ich davonrenne.* Ob er umkehren und Karr zur Seite stehen sollte, damit sie erkannten, wie tapfer er war? Vill blickte über die Schulter und sah drei Soldaten am Boden liegen, alle fein säuberlich in zwei Hälften geteilt. Karrs kopfloser Körper kniete vor dem schwarzen König, der immer wieder mit der flachen Seite seiner Schwertklinge über den Leichnam fuhr, als wollte er das Blut daran abwischen. Doch da war kein Blut. Vielmehr verschwand mit jedem Streich ein weiteres Stück des Leichnams.

Er löscht ihn aus!

Jeder Gedanke an Ritterlichkeit war dahin, und Vill rannte, was er konnte. »Adara! Zu mir!«, brüllte er.

Nedwick kam aus ihrem Versteck gelaufen, hinter ihm Erol mit vor Entsetzen geweiteten Augen.

»Was ist passiert?«, bellte Nedwick.

»Soldaten, sie kommen!«

»Bringt die Königin zu den Booten«, schnauzte Nedwick

zwei seiner Männer an. »Der Rest kommt mit mir den Hügel hoch!«

Endlich tauchte auch Adara auf. Vill winkte ihr hektisch zu, doch das Flussmädchen weigerte sich, Cameo von der Seite zu weichen, die von zwei Soldaten Richtung Hafen geschubst wurde.

»Halt!«, schrie Vill.

Als einer der Soldaten sich zu Vill umdrehte, nutzte Adara die Gelegenheit und zog ihm ein Holzscheit über den Schädel, das knackend entzweibrach.

Der Mann sank bewusstlos zusammen, und sein Kamerad war entweder zu geschwächt, um einzuschreiten, oder er hatte schlichtweg Angst. Jedenfalls ließ er von Cameo ab und lief allein Richtung Hafen, so schnell er konnte.

»Nach Norden!«, schrie Vill und deutete auf die schmalen Gassen des Elendsviertels.

Erol rannte sofort los. Adara packte Cameo am Handgelenk und zog sie mit sich.

Vill riskierte einen letzten Blick. Schwarzwasser kämpfte allein gegen Nedwick und seine Männer, doch bei allen wiederholte sich das gleiche Bild: Was auch immer in Kontakt mit seiner Klinge oder Rüstung kam, löste sich in nichts auf. Gliedmaßen fielen zu Boden, Köpfe rollten den Hang hinab, Blut spritzte aus klaffenden Wunden. Als einer von Karrs Männern versuchte, den König zu Boden zu reißen, verschwand er einfach in dessen Rüstung.

Schwarzwassers Soldaten standen unterdessen oben auf den Zinnen und sahen zu, als ginge sie das alles nichts an. *Eigenartig. Warum kämpft er allein gegen ein Dutzend Skyer? Ist seine Position so schwach, dass er sich den Respekt seiner Männer erst noch verdienen muss? Oder will er lediglich seine Kräfte erproben?*

Ganz egal welche der beiden Möglichkeiten zutraf, es war

höchste Zeit zu verschwinden. Doch Schwarzwasser hatte sich sehr interessiert an Cameo gezeigt. *Er will sie als seine Königin, und seine Soldaten werden von der Brüstung aus genau sehen, in welche Richtung sie flieht.*

Vill überlegte. Mit Adara und Erol konnte er in dem Getümmel vielleicht unbemerkt entkommen, aber mit Cameo?

Die Lösung lag auf der Hand: *Ich muss die Königin loswerden.*

11

Cameo stand allein vor dem verlassenen Laden und schaute hinauf zur Stadtmauer.

Alles fühlte sich an wie in einem Traum: Vill Magnan, der mit einer Handvoll von Karrs Männern in wilder Flucht den Berg heruntergerannt kam und immer wieder »Nach Norden, nach Norden!« rief. Die schwarze Gestalt oben vor dem Tor, die Gegner um Gegner zerhackte, während ganz in Weiß gekleidete Soldaten von der Mauer aus unbeteiligt zusahen. Nedwicks Männer, die sie erst ein Stück mitgeschleift hatten und dann plötzlich verschwunden waren. Adara, die unvermittelt mit einem zerbrochenen Holzscheit in der Hand neben ihr aufgetaucht war. Und dann noch dieser Gestank, den der Wind herantrug...

Das muss ein Traum sein. Cameo wartete darauf, dass sie endlich aufwachte und feststellte, dass der unangenehme Geruch von ihrer Schaustellerkollegin Daphne kam, die mal wieder im Schlaf gefurzt hatte.

»Komm endlich!«, schrie Adara und riss Cameo aus ihrer Trance. Das Flussmädchen schleuderte das zerbrochene Holzscheit weg und zog an Cameos Handgelenk.

»Lass sie!«, bellte Magnan. »Sie kann gehen, wohin sie will.«

»Nein! Cameo kommt mit uns.«

Magnan versuchte, Adara von ihr wegzuzerren, doch das Flussmädchen hielt sich an Cameo fest wie ein Klammeraffe und spuckte Magnan ins Gesicht.

Der schwarze König hatte sein grausiges Werk unterdessen vollendet und kam jetzt direkt in ihre Richtung.

Magnan stieß einen wilden Fluch aus und deutete auf das Gassengewirr zwischen den Hütten. »Da entlang, sofort!«

»Welche von Euch ist die Königin?«, rief der König gurgelnd zu ihnen hinunter, als hätte er den Mund voller Wein. *Oder Blut*, dachte Cameo und wollte schon die Hand heben, doch Adara verhinderte es.

»Unten bei den Booten!«, antwortete das Flussmädchen. »Sie hat feuerrotes Haar, du kannst sie gar nicht übersehen. Wenn du dich beeilst, erwischst du sie vielleicht noch!«

Adaras Mut überraschte Cameo. Ohne mit der Wimper zu zucken, richtete sie das Wort an einen Dämon, der gerade zahlreiche Männer in Stücke gehauen hatte, und belog ihn auch noch frech. Allmählich schien sie jedoch die Geduld zu verlieren, denn sie packte Cameo schmerzhaft am Oberarm und zerrte sie in die Richtung, in die Magnan deutete.

»Ich komm ja schon«, murmelte Cameo, hoffte aber immer noch, endlich aufzuwachen. Allmählich dämmerte ihr, dass es vielleicht doch kein Traum sein könnte, und dann schlug ihr der Gestank des Flusses mit voller Wucht ins Gesicht und holte sie endgültig zurück ins Hier und Jetzt. »Wohin laufen wir eigentlich?«, fragte sie.

»Weg, einfach nur weg von hier!«, keuchte Adara.

Hals über Kopf stürzten sie sich in die verlassenen Gassen der Elendsviertel von Skye. Überall lagen umgestürzte Körbe und Kisten, als wären die Bewohner in wilder Panik geflohen, dazwischen sogar frisches, unversehrtes Brot. Mit einer schnellen Bewegung griff sich Adara einen Laib, und Cameo tat das Gleiche. Erol, der das sprechende Sumpfhuhn an die Brust gepresst hielt wie ein Schoßtier, war wie immer der Langsamste der Gruppe. Mittlerweile hatten sie sich bestimmt verlaufen, bei den vielen Biegungen, die sie genommen hatten. In diesem Wirrwarr konnte sich nur zurechtfinden, wer hier geboren war, und das war wahrscheinlich auch der Grund, weshalb Magnan sie hierhergeführt hatte: Die Schwarzen Soldaten würden sich wahrscheinlich noch schneller verirren als er.

»Adara, Erol, hier!«, rief Magnan und blieb vor einer Tür stehen.

»Wir halten an?«, fragte Adara ungläubig.

»Rein, schnell. Wir sind weit genug gelaufen. Das Gebiet, das sie nach uns absuchen müssen, ist zu groß für die paar Männer, die oben auf der Mauer waren.«

Cameo sah, wie Adara mit Erol durch den Eingang schlüpfte, und eilte hinterher. *Sie hasst Magnan und gehorcht trotzdem, also kann die Idee nicht so verkehrt sein.*

Die Hütte war etwas größer als die ringsum, aber immer noch klein genug, um nicht aufzufallen. Cameo wäre glatt daran vorbeigerannt, aber Magnan hatte ihr auch gar nicht Bescheid gesagt, als er plötzlich stehen blieb. *Es sah sogar aus, als wollte er mir die Tür vor der Nase zuzuschlagen.*

Offensichtlich befanden sie sich in einer Schenke. Der Boden war mit Holzdielen ausgelegt, was in den Elendsvierteln ein echter Luxus war. Außerdem sah Cameo eine lange Tafel mit zwei Bänken davor und einen gemauerten Tresen. Am meisten überraschte sie allerdings, Tobias hier zu sehen, den sie vollkommen aus den Augen verloren hatte. Neben ihm stand eine Frau, anscheinend die Wirtin.

»Eine neue Freundin«, erklärte Tobias.

»Dann habt Ihr ja erstaunlich schnell Freundschaft geschlossen«, erwiderte Magnan. »Was für mich die Frage aufwirft, wie vertrauenswürdig diese Freundin ist.«

Tobias ging ein Stück zur Seite und legte dem verängstigten kleinen Mädchen, das hinter ihm gestanden hatte, eine Hand auf die Schulter. Erst jetzt sah Cameo, dass er in der anderen Hand ein Messer hielt – eine eindeutige Drohung an die Mutter.

»Ich werde Euch helfen, ganz bestimmt«, beteuerte die stämmige Frau. »Ich habe einen Keller, dort unten wird euch niemand finden.«

»Siehst du, Magnan?«, kommentierte Tobias. »Sie ist sehr hilfsbereit.«

»Zuerst will ich den Keller sehen«, brummte Vill.

»Da.« Die Frau deutete auf einen Spalt zwischen den Dielen. »Ihr müsst nur hineingreifen und die Bretter anheben.«

»Du gehst voraus.«

»Wie Ihr wollt«, murmelte die Frau und schob die schweren Dielen mit erstaunlicher Kraft selbst beiseite. »Bitte sehr. Aber Vorsicht auf der Treppe, die Stufen sind sehr schmal.«

Der Keller war erstaunlich geräumig, aber bis oben hin mit Vorräten zugestellt: getrockneter Fisch und Pökelfleisch, Gemüse und derlei Dinge, sogar ein paar Bierfässer waren dabei.

»Essen!«, rief Erol begeistert, und Cameo zog einen Kupferling hervor.

»Ihr wollt bezahlen?«, fragte die Wirtin erstaunt.

»Natürlich«, antwortete Cameo und warf Tobias einen missbilligenden Blick zu. »Wir sind doch keine Banditen, auch wenn manche von uns sich vielleicht so benehmen.«

Die Wirtin nahm die Münze und befühlte sie staunend, als hätte sie noch nie so viel Geld in der Hand gehalten.

Das Essen war einfach, aber nach all den Tagen des Hungerns schmeckte es selbst in dem muffigen, engen Keller einfach köstlich.

»Du bist sehr freundlich zu uns«, sagte Cameo schließlich. »Wie ist eigentlich dein Name?«

»Nennt mich Gerste«, antwortete die Wirtin. »Alle nennen

mich so, weil ich die Einzige bin, die hier am Berg Bier ausschenkt.«

»Vergesst nicht, dass sie eine Dienerin Skyes ist«, mahnte Tobias. »Wir können ihr nicht trauen.«

»Und ihre Schenke hat sie immer noch, also schätze ich, hat sie die Roten ebenfalls bedient«, warf Magnan ein. »Bei den Schwarzen wird sie es wahrscheinlich genauso halten. Ist es nicht so, Gerste?«

»Man muss alle Gäste bedienen, ob man sie mag oder nicht. So ist das nun mal als Wirtin. Am Ende sind sie ohnehin alle gleich. Hunger und Durst treibt sie zu mir, sogar diese schwarzen Teufel.«

»Du bekommst viel mit in deinem Wirtshaus, nicht wahr?«, fragte Vill.

»Die Schenken sind die Augen und Ohren einer Stadt, wie es so schön heißt.«

»Was ist in Skye passiert?«

Gerste setzte sich, und als die bisher so gefasste Frau zu erzählen begann, fingen ihre Hände an zu zittern. »Das schwarze Heer marschierte einfach den Hügel herauf. Sie waren nur ein paar hundert, aber das genügte. Sie haben die Mauer erstürmt und innerhalb eines Tages die gesamte Stadt eingenommen. Die Roten sind gestorben wie die Fliegen. Viele von uns sind geflohen, andere sind umgezogen, hinauf in die frei gewordenen Häuser in der Stadt. Dort sind sie immer noch, Knechte ihrer neuen Herren.«

»Hast du seither einen von ihnen wiedergesehen? Hat er etwas von Blutopfern oder dergleichen erzählt?«

»Ja. Sie stärken sich damit. Wie ich gehört habe, haben sie auf dem Marktplatz sogar einen Opferaltar errichtet. Jeder, der in Ungnade fällt, endet dort.«

Ohne erkennbaren Grund fing Erols Sumpfhuhn in diesem Moment wieder zu plappern an: »Die Stadtmauern sind von

Roten bemannt, doch ihre Zahl ist zu gering, um einen beherzten Angriff abzuwehren...«

Die Wirtstochter schaute Erol erschrocken an.

»Lass das, du kleiner Trickbetrüger!«, fauchte Gerste erbost.

»Ich bin kein Betrüger«, widersprach Erol. »Mein Huhn kann tatsächlich sprechen. Ich glaube, es hat Hunger und will gefüttert werden.«

Die Wirtstochter war wie hypnotisiert und streckte die Hand nach dem wundersamen Huhn aus, das ihr prompt in den Finger pickte. »Böser, böser Vogel...«, wimmerte sie.

»Ganz recht, Liebes«, brummte Gerste und machte eines der vielen Zeichen, mit denen abergläubische Menschen ihre Götter um Schutz vor Dämonen anflehen. »Sie hat ein Gespür für solche Dinge. Das schwarze Heer war gerade erst unten am Fuß des Berges, da wusste sie schon, dass mit den Burschen etwas nicht stimmt.«

»Immer mit der Ruhe«, entgegnete Magnan. »Wir wissen nicht, wieso der Vogel sprechen kann. Außerdem spricht er nicht wirklich, sondern sagt nur immer wieder dieselben Sätze auf.«

»Es ist unnatürlich. Wenn Ihr mich fragt, ist dieses Tier verhext. Wer weiß, welcher Dämon es geschickt hat!«

»Dass jemand dieses Huhn geschickt hat, glaube ich auch, und zwar als Bote.«

»Nur wer?«, überlegte Cameo laut.

»Jemand, der vorhatte, Skye von den Roten zurückzuerobern, würde ich sagen«, antwortete Magnan.

»Und von den Schwarzen ebenso?«, fragte Cameo.

»Möglich.«

»Wie können wir diesen Jemand finden?«

»Indem wir dem Vogel folgen. In welche Richtung fliegt er, wenn du ihn loslässt, Erol?«

»Nach Norden.«

Buch 3

1

Der alte Mann stand am Turmfenster und hielt Ausschau nach seinen Vögeln. Einer war bereits zurückgekehrt: Es war der schnelle Schlangenfalke mit dem gefleckten Gefieder. Er saß auf seinem Lieblingsast in der Ecke des Zimmers und berichtete mit klarer Stimme von der Lage der im Westen gelegenen Städte Fischgrund und Dredhafen.

»Kleine Kontingente der Roten halten nach wie vor die Westküste. Je fünfzig Mann stehen in Fischgrund und Dredhafen, in den Dörfern sind es noch weniger. Keine Nachricht aus dem Süden.«

Noch nicht.

Stundenlang hatte er versucht, mehr aus dem Falken herauszubekommen, hatte ihm frisches Fleisch angeboten, ihm gut zugeredet oder ihn angeschrien, aber alles ohne Erfolg. *Die Nachricht muss in großer Eile verfasst worden sein.*

Auf das Sumpfhuhn aus Buchtend und den Waldreiher aus Skye wartete er bisher vergeblich. Ihre Nachrichten waren die weitaus wichtigeren, und er fragte sich, was sie wohl aufgehalten hatte. Der Himmel war immer noch von Asche verdunkelt, das mochte ihren Schlafrhythmus durcheinandergebracht haben. Vielleicht dösten sie seit Tagen vor sich hin und warteten, bis die Sonne endlich wieder hervorkam. *Aber wann das sein wird, wissen nur die Götter.* Von seinem Fenster aus sah er den explodierten Berg und die Landschaft, die unter seiner Asche begraben lag wie eine verbrannte Leiche. Sein Plan hatte funktioniert. Die Rote Kompanie auf der Bergflanke war mit in die Luft geflogen, hatte der Falke berichtet. Eine weitere war in der Azurwüste jämmerlich ertrunken, nachdem er die todbringenden Fluten des Meander umgelenkt hatte. Jetzt wartete er noch auf Neuigkeiten von seinem letzten Geschenk an die Roten, die ihm Frau und Kinder genommen hatten: von dem schwarzen Heer.

2

Die Absätze von Cameos Stiefeln brachen immer wieder durch den verharschten Schnee. Sie hatten die Baumgrenze längst hinter sich gelassen, und vor ihnen erstreckten sich endlose Gletscherfelder, die hier und da von schroffen Felsen und tiefen Spalten unterbrochen wurden. Von dem Wind, der die Landstriche westlich von hier unter einer tiefen Ascheschicht begraben hatte, war der Berg auf wundersame Weise verschont geblieben. Glänzend weiß leuchtete er in der nicht vorhandenen Sonne.

Adara lief direkt neben Cameo. Sie zitterte, klagte aber nicht. Ihre sehnigen Beine trugen sie Meile um Meile, ohne müde zu werden. *Sie ist eine starke Frau.* Der Aufstieg war schwierig, aber irgendwann hatte auch Cameo wieder zu ihrer alten Kondition zurückgefunden, als erinnerten sich ihre Oberschenkel an das Leben, das sie früher geführt hatte. Mittlerweile fühlte sie sich beinahe wie ein Fisch im Wasser. *Oder wie ein Vogel in der Luft.* Die Serpentinen am Argpass in Ronna waren auch nicht leichter zu erklimmen gewesen, und genau das hatte sie jeden Frühling gemeinsam mit den Lästigen Lemmingen noch vor der Schneeschmelze getan, um möglichst früh in den Küstendörfern nahe Garroth auftreten zu können. *Ich bin es jedenfalls nicht, die uns aufhält.*

Es war Tobias, der murrend hinterherhinkte und sich durch den Harsch grub wie ein Pflug, anstatt die dünne Eisdecke von oben zu durchbrechen, was viel kraftsparender war. *Als wollte er den Schnee mit seinen Tritten verjagen.*

»Warum kämpfen wir uns diese verschneite Bergflanke hinauf, wenn wir sie einfach umgehen könnten?«, brummte er.

»Frag den Vogel«, antwortete Adara. »Er scheint jetzt das Kommando übernommen zu haben.«

»Der Vogel!«, schnaubte Tobias. »Wie vernünftig dieser Plan ist, hat sich spätestens gezeigt, als er uns gestern von der Straße weg ins kniehohe Unterholz geführt hat. Und jetzt scheucht er uns auch noch den einzigen Berg hinauf, auf dem zu dieser Jahreszeit noch Schnee liegt! Wenn das blöde Federvieh unbedingt nach Norden will, können wir doch auch einen schneefreien Pass nehmen, statt über einen vereisten Gipfel zu klettern.«

»Wenn wir einen anderen Weg nehmen als das Huhn, könnten wir etwas Entscheidendes übersehen«, widersprach Magnan, ohne stehen zu bleiben oder Tobias auch nur eines Blickes zu würdigen.

Entschlossen ist er, das muss ich ihm lassen, dachte Cameo. *Was er mit seinem Entschluss bezweckt, ist mir allerdings ein Rätsel. Vielleicht hat Adara ja eine Idee dazu.*

Erol hielt eine dünne Schnur in der Hand. Am anderen Ende befand sich das Sumpfhuhn, das sich schnell von seiner Pfeilwunde erholt hatte und fröhlich vorausflatterte.

Tobias ließ nicht locker. »Vögel wandern nun mal. Das Huhn fliegt nach Norden, weil der Winter in ganz Abrogan vorbei ist, nur auf diesem verfluchten Berg nicht!«

Auf diesem besonderen *Berg*, widersprach Cameo in Gedanken. Er war nicht höher als die anderen ringsum, und doch war sein Gipfel als einziger noch weiß. Außerdem waren schon erstaunlich weit unten keine Bäume mehr gewachsen, wahrscheinlich ebenfalls wegen des Schnees, der hier das ganze Jahr über zu liegen schien. Die Frage lautete nur: War diese Besonderheit nun ein Grund, dem Berg aus dem Weg zu gehen, oder ein Grund, ihn erst recht zu besteigen?

»Wie geht es unserem Huhn, Erol?«, fragte Cameo.

»Hervorragend. Es zieht kräftig an der Leine, als würde es so schnell wie möglich nach Hause wollen.«

Wenn Cameo an den armen Erol dachte, wurde ihr jedes Mal bang ums Herz. Nachdem sie die Erste Straße verlassen hatten, hatte Erol noch lange mit sehnsüchtigem Blick Richtung Zornfleck geschaut. *Als wollte er nicht wahrhaben, was mit seinem Heimatdorf passiert ist.* Je weiter sie nach Norden vorgedrungen waren, desto häufiger hatten sie links und rechts der Ersten Straße verbrannte Bäume gesehen. Die Asche, die hier gefallen war, war noch nicht abgekühlt gewesen wie die, die in den Tälern als feiner Staub auf sie herabgerieselt war. Cameo stellte sich vor, wie die Hitzelawine die Hänge des explodierten Berges hinabrollte und alles in ihrem Weg bei lebendigem Leib verbrannte. *Furtheim und den Hyndesee hat es bestimmt auch erwischt.* Adara hatte dort eine Zeit lang gelebt, hatte sie gesagt. Gut, dass sie nicht am See geblieben war. Das Gute daran, dass sie die Erste Straße so früh verlassen hatten, war allerdings, dass Erol und Adara auf diese Weise der Anblick der verwüsteten Stätten ihrer Kindheit erspart geblieben war. Sie waren beide noch so jung und zart, keine abgebrühten Erwachsenen, und hatten schon genug durchmachen müssen. Cameo wünschte, auch ihr hätte jemand die Schrecken erspart, die sie in ihrer Kindheit hatte sehen müssen. *Und erst die, die zweifellos noch kommen werden ...*

»Eine Wand!«, rief Magnan unvermittelt.

»Wie bitte?« Cameo beschleunigte ihren Schritt und eilte an seine Seite.

Magnan stand staunend vor einer spiegelglatten Eiswand, die von weiter unten nicht zu sehen gewesen war.

»Was soll die Aufregung?«, blaffte Tobias. »Wir sind hier umgeben von Felswänden.«

»Aber die hier ist aus Eis«, entgegnete Magnan.

»Na und? Davon gibt es hier ebenfalls mehr als genug, würde ich sagen.«

Cameo schaute genauer hin und begriff, was Magnan meinte: Die Oberkante der Eiswand war waagrecht und absolut gerade, wie mit einem Lineal gezogen. Die Ecken am linken und rechten Ende der Wand waren rechtwinklig wie bei einem Quader. »Sie ist künstlich«, sagte sie.

»Künstlich?«

»Jemand hat sie gebaut. Ich habe Schlösser auf hohen Felsnadeln gesehen und Dörfer in tiefen Taleinschnitten. Ich kenne den Unterschied zwischen Wildnis und Zivilisation. Diese Winkel und Oberflächen sind viel zu gerade, um auf natürlichem Weg entstanden zu sein.«

Adara befühlte das Eis neugierig. »Sie ist so glatt«, murmelte sie.

»Siehst du?«, fragte Cameo. »Menschenhände haben das erschaffen.«

»Von mir aus. Eine große, rechtwinklige Eisscholle«, murrte Tobias. »Was ist daran schon so besonders?«

»Dass sie genau hier vom Himmel gefallen zu sein scheint, um uns den Weiterweg zu versperren.«

»Wenn er versperrt ist, suchen wir uns eben einen anderen Weg«, entgegnete Tobias gereizt.

»Aber der Vogel hat uns genau hierhergebracht«, erklärte Magnan. »Das muss etwas zu bedeuten haben.«

Cameo sah, wie der Vogel mit aller Kraft an seiner Leine zog.

»Er will unbedingt da rauf«, sagte Erol.

Magnan lief ein Stück an der Eiswand entlang. »Sie ist zu hoch und zu glatt. Wir können da nicht raufklettern.«

»Dann nehmen wir eben einen anderen Weg«, beharrte Tobias.

»Nein, tun wir nicht«, widersprach Magnan. »Wir bleiben hier.«

»Mitten im Eis? Wir müssen runter von diesem Berg, bevor es Nacht wird. Bei dem verdunkelten Himmel wissen wir nicht einmal, wie viel Zeit uns bis dahin noch bleibt.«

»Ich bin der gleichen Meinung«, stimmte Cameo zu. »Ohne Zelte kann man hier nicht übernachten. Wir würden jämmerlich erfrieren.«

Schließlich gab Magnan nach. »Vermutlich habt Ihr recht. Dann machen wir eben nur eine Pause. Eine Stunde, nicht länger.«

Die behelfsmäßigen Schlitten, auf denen sie ihr Gepäck den Berg hinaufgezogen hatten, verarbeiteten sie zu Kleinholz und machten daraus ein Feuer. Die Stunde zog sich, und durch das Sitzen wurde ihnen schnell kalt, denn ihre Kleidung war alles andere als wintertauglich. Irgendwann verkroch sich Cameo mit Adara unter einer Decke, während Erol bibbernd auf einem Stück Trockenfleisch herumkaute. Die Vogelleine hatte er sich unterdessen um den Fuß gebunden, um die Hände zum Essen frei zu haben.

Cameo betrachtete die Leine gedankenverloren und folgte ihr bis zum oberen Ende, wo das Sumpfhuhn unermüdlich über der unwirklichen Eismauer kreiste. Plötzlich bewegte sich etwas auf der Krone: Ein kleiner schwarzer Fleck tauchte kurz vor all dem Weiß auf und verschwand sofort wieder. Cameo tat so, als schaue sie gar nicht hin, behielt die Stelle aber aus dem Augenwinkel im Blick.

Da sah sie es wieder. Es war ein Arm. Er winkte – und zwar dem Vogel.

»Erol, komm her«, flüsterte sie.

Der Junge blickte von seinem Stück Fleisch auf. »Was ist?«

»Komm her, dann sag ich's dir. Mach schnell«, drängte Cameo.

Das Sumpfhuhn flatterte unterdessen auf den Arm zu, der es sich jeden Moment greifen würde, doch als Erol gehorsam aufstand, zog er den Vogel, ohne es zu wissen, außer Reichweite.

»Was ist denn?«, fragte er.

»Setz dich zu mir.« Cameo tätschelte das freie Fleckchen neben ihr.

Erol setzte sich achselzuckend, während Cameo weiter die Mauerkrone im Auge behielt.

Ein unter einer Kapuze verborgenes Gesicht streckte sich vorsichtig über den Rand und spähte zu ihnen hinunter. Das Huhn zog unterdessen immer heftiger an seiner Leine. Es wollte unbedingt zu dem Kapuzenträger.

»Nicht nach oben sehen«, flüsterte Cameo Magnan zu. »Jemand ist auf der Mauer und beobachtet uns. Er versucht, sich den Vogel zu holen.«

»Was?«, rief Tobias und sprang auf, den Kopf in den Nacken gelegt. »Wer da?«, brüllte er nach oben.

Die Kapuze verschwand.

»Hervorragende Arbeit, Hauptmann«, brummte Magnan und stand ebenfalls auf. »Dort oben war also jemand. Die Betonung liegt auf *war*. Andererseits wissen wir jetzt, dass es einen Weg hinauf geben muss.«

»An einem Seil vielleicht«, schlug Adara vor.

»Ich kann hervorragend klettern«, verkündete Erol strahlend. »Wenn ich den Mann dort oben meinen Vogel fangen lasse, klettere ich einfach an der Schnur hinterher«, sagte er, offensichtlich fest entschlossen, Adara zu beeindrucken.

»Und wie soll das dünne Schnürchen dein Gewicht tragen, du Idiot?«, knurrte Tobias. »Außerdem ist das Erste, was der Mann tun wird, sobald er den Vogel hat, die Schnur loszubinden.«

»Oh.«

»Wir würden immer noch hier unten stehen, und den Vogel wären wir auch los«, fügte Magnan hinzu.

»Aber er gehört nun mal nicht uns, sondern dem da oben«, gab Cameo zu bedenken.

Magnan schloss die Augen und überlegte. »Ihr habt recht. Wie es scheint, sind wir am Ziel angekommen.«

»An einer Mauer aus Eis!«, fuhr Tobias auf. »Wunderbar.«

»Ich kann mit dem Kapuzenträger verhandeln«, bot Cameo an.

»Könnte sein, dass er nicht begeistert ist, eine Rote hier oben zu sehen«, gab Tobias zu bedenken.

»Da ist was dran«, stimmte Magnan zu.

»Dann übernehme ich eben das Reden«, sagte Adara entschlossen.

Tobias und Magnan zuckten die Achseln. Schließlich nickten sie beide. Einen Versuch war es zumindest wert.

»Was soll ich sagen?«, fragte Adara.

»Frag, ob er uns reinlässt.«

Adara stand auf und marschierte ein Stück von den anderen weg Richtung Mauer, während Tobias vorsichtshalber in Deckung ging. Cameo bedeutete er, das Gleiche zu tun, damit die anderen die Pfeile abbekamen, falls welche kommen sollten, doch sie ignorierte ihn.

»Heda!«, rief Adara. »Du da oben auf der Mauer! Zeig dich und rede mit mir.«

Sie warteten gespannt, aber es kam keine Antwort. Adaras Nasenflügel zuckten verärgert, dann versuchte sie es erneut.

»Wir haben deinen Vogel, und wir haben Hunger. Wenn du nicht mit mir redest, werden wir zur Abwechslung mal nicht unsere Schuhsohlen essen, sondern dein geliebtes Federvieh!«

Diesmal kehrte die Kapuze eilig zurück.

»Da bist du ja! Ich kann dich sehen, aber mach dir keine Sorgen. So weit kann ich einen Stein nicht werfen, zumindest nicht so fest, dass ich dir damit wehtun könnte.«

»Lasst den Vogel frei«, schallte eine Stimme zu ihnen herunter.

Eine Frau! Cameo war zutiefst überrascht und wollte schon antworten, besann sich dann aber eines Besseren: Sobald die Frau in der Eisfestung ihren Akzent hörte, könnte es gewaltigen Ärger geben.

»Wer bist du, und was ist das hier für ein seltsamer Ort?«, fragte Adara, ohne auf die Forderung der Frau einzugehen.

»Wie ihr selbst seht, gibt es hier oben nur Schnee und Eis, nichts, was euch interessieren könnte. Danke, dass ihr meinen Vogel zurückgebracht habt, aber jetzt lasst ihn bitte frei!«

Sie droht uns nicht, sie bittet sogar.

»Diese Eiswand hier sieht aus, als sollte sie etwas vor neugierigen Augen schützen. Was liegt dahinter?«

»Nur grimmige Kälte.«

»Nun gut. Ich schicke jetzt den Vogel rauf, aber wir kommen mit. Wir werden dir nichts tun.«

Die Kapuze schob sich so weit über die Kante, dass nun auch die Schultern zu sehen waren. »Aber nur einer. Und unbewaffnet!«

»In Ordnung. Wo ist die Treppe?«, fragte Adara.

Sie hörten keine Antwort, stattdessen kam ein Seil über die Mauerkante geflogen. Magnan machte sogleich Anstalten, daran hinaufzuklettern, da rief die Frau: »Nicht du! Keiner von euch Männern. Ich schneide das Seil durch, wenn ihr es versucht. Schickt das Mädchen mit dem Vogel, und sonst niemanden.«

Magnan drehte sich zu Adara um. »Du musst nicht gehen. Es könnte sein, dass dort oben noch andere, gefährlichere Leute sind als diese Frau.«

»Und wenn schon. Das Mädchen ist entbehrlich«, schnaubte Tobias.

»Die Entscheidung liegt nicht bei dir, Rotnase.«

»Und bei dir auch nicht, Magnan«, knurrte Adara. »Ich werde gehen. Ich glaube kaum, dass diese Einsiedlerin mir etwas tun wird. Wenn, dann seid ihr beide es, vor denen ich mich in Acht nehmen muss.«

Magnan schien verletzt. »So bin ich nicht mehr, und das weißt du. Ich habe es geschworen. Wenn du willst, kann ich den Schwur bei deinen Götter wiederholen.«

»Ha, ich schwöre auch oft bei meinen Göttern, und im nächsten Moment verfluche ich sie und breche meinen Schwur!«

Adara griff nach Erols Hanfschnur und band sie sich um die Hüfte, dann kletterte sie das Seil hinauf. Kurz bevor sie oben war, tauchte die Hand der Kapuzenfrau wieder auf und zog Adara über die Kante.

Dann trat eine tiefe Stille ein, wie sie nur auf einem Gletscher zu finden ist: keine Bäume, keine Tiere, kein Leben, nur absolute Kälte. Der Moment hatte etwas Erhabenes, wäre die Situation nicht so angespannt gewesen.

Alle warteten schweigend. Nicht einmal Tobias beschwerte sich. Das Schlittenholz ging zu Ende, das Feuer brannte herunter, und sie warteten immer noch. Allmählich kroch die Kälte sogar unter den Pelz, den Cameo auf der Ersten Straße einem Opfer ihrer Roten Soldaten abgenommen hatte. Es fühlte sich an, als würde ihr Schweiß noch auf der Haut zu Eis gefrieren. Nicht mehr lange, und die Nacht würde über sie hereinbrechen.

»Soll ich rufen?«, fragte sie schließlich.

Magnan nickte.

»Heda! Was tust du da oben? Wir wüssten gerne, was los ist!«

Immer noch Stille.

»Vielleicht ist sie tot«, überlegte Tobias. »Am besten, wir machen uns an den Abstieg.«

»Oder Adara sitzt mit der Kapuzenfrau bei einem warmen Abendmahl und lacht sich eins«, brummte Magnan.

»Das würde zumindest zu ihr passen«, kommentierte Erol bibbernd. »Und du, mutiger Hauptmann, würdest wahrscheinlich sogar deine eigene Mutter hier zurücklassen, nur weil dir ein bisschen kalt um dir rote Nase ist.«

Magnan lachte herzlich, doch Tobias packte den jungen Erol erbost am Kragen. »Du beleidigst mich nicht noch einmal, Bursche! Du weißt, wer ich bin. Ich brauche nur ein Wort zu sagen, dann kannst du deine Familie beerdigen.«

»Da werdet Ihr schon selbst Hand anlegen müssen«, höhnte Magnan. »Euer Rang nützt Euch hier im Norden gar nichts. Die Roten sind im Süden und geschlagen. Ich sehe weit und breit niemanden, dem Ihr etwas zu befehlen hättet.« Er ließ den Blick über den Gletscher schweifen und schüttelte den Kopf. »Außerdem ist seine Familie höchstwahrscheinlich bereits beerdigt...«

Cameo sah, wie Erol zusammenzuckte. *Es ist ihm nicht klar.* Sie wollte Magnan gerade über den Mund fahren, da sprach er schon weiter.

»...und zwar unter den Überresten des explodierten Berges.«

»Das wissen wir nicht«, widersprach Erol.

»Wir standen bis zu den Knien in der Asche, als wir uns nach Osten wandten, und dann noch die verbrannten Bäume überall – hast du die etwa übersehen? Wie kommst du da auf die Idee...«

»Halt!«, ging Cameo dazwischen. »Wir wissen es nicht. Nicht mit Sicherheit. Und es spielt auch keine Rolle.«

»Und ob es eine Rolle spielt!«, rief Erol.

»Ich meine, im Moment nicht. Sie sind erst tot, wenn wir ihre Leichen finden. Erst dann ist der Tod... real.«

Erol blickte sie verwirrt an. Cameos Worte ergaben einen Sinn, irgendwie, und nach einer Weile nickte er. »Sie sind noch nicht tot«, sagte er bestimmt.

»Mach dir keine falschen Hoffnungen, Junge«, murmelte Magnan.

»Verzweifle nicht«, konterte Cameo.

»Erst wenn ich sie gesehen habe, weiß ich, ob sie tot sind«, beharrte Erol. »Und das habe ich nicht.«

»Nein«, sagte Magnan seufzend. »Hast du nicht.«

Tobias verdrehte die Augen und wollte ebenfalls seine Meinung zu dem grausigen Thema kundtun, doch in dem Moment brachte ein Schrei von oben sie alle zum Verstummen.

3

Der Springer hasste die Kälte. Er hatte sich nie Gedanken darüber gemacht, aber jetzt, da er sich einen Gletscher hinaufschleppte, auf dem es so kalt war, dass ihm der Rotz an der Nasenspitze gefror, wusste er es mit Sicherheit. Wenn sie endlich von diesem verfluchten Berg herunter waren, würde er sich das nie wieder antun. Als es dunkel wurde, begannen seine Hände vor Kälte zu schmerzen, obwohl er sie eigentlich gar nicht mehr spürte. Der Winter in den Fluren oder im Argwald konnte einem Mann ebenfalls die Wärme aus den Knochen ziehen – oder einer Frau, je nachdem, welchen Körper er gerade bewohnte –, aber das war nichts im Vergleich zu diesem beißenden Dauerfrost. *Zu diesem Schmerz.*

»Hallo!«, ertönte ein Ruf von oben.

Es war das Flussmädchen. Erstaunlich gut gelaunt streckte sie den Oberkörper über die Kante der Eiswand, dass Tobias schon glaubte, sie würde stürzen.

»Es wird dunkel!«, rief Tobias zurück. »Und mir ist jetzt schon kalt. Wir müssen uns an den Abstieg machen!«

»Einverstanden«, sagte Magnan prompt.

Tobias staunte: Normalerweise war der Kerl immer anderer Meinung als er.

»Nein, kommt rauf!«, widersprach Adara.

»Keine Zeit. Wir müssen runter von diesem Eis.«

»Ich glaube, ihr werdet das hier sehen wollen.«

»Ganz und gar nicht!«, brüllte Tobias. »Was da oben ist, kümmert mich im Moment einen Dreck.«

»Du kletterst jetzt wieder runter«, bekräftigte Magnan. »Du kannst uns unterwegs erzählen, was du gesehen hast. Wenn es sein muss, kommen wir eben morgen wieder. Aber bringt die Frau und den Vogel mit.«

»Sie will nicht – und der Vogel auch nicht.«

»Dann sollen sie eben hier oben erfrieren«, brummte Tobias.

»Das glaube ich kaum«, erwiderte Adara.

»Verflucht, Mädchen, hör endlich auf, in Rätseln zu sprechen!«

»Es ist warm hier oben.«

»Auf der Eismauer? Ganz bestimmt...«

»Es ist Magie!«

Tobias verstummte. *Magie?* Magie war eine Umschreibung für geheimnisvolle Dinge, die die Menschen nicht verstanden. *So, wie ich sie nicht verstehe.* Er schaute fragend zu Magnan hinüber, doch selbst der Bogenschütze zweifelte Adaras Worte nicht an, wie es schien. Tobias hatte in der letzten Zeit eine Menge seltsame Dinge erlebt und fragte sich, was ihn dort oben wohl erwartete. Auch Cameo schien bleiben zu wollen. *Bei ihrer Streunerfreundin. Und wo die ist, will auch der Junge sein.*

Schließlich wandte er sich an Magnan. »Dann klettern wir eben rauf und sehen nach. Wenn sie gelogen hat, werden wir es schnell genug merken.«

»Wir kommen!«, rief Magnan.

»Aber ohne Waffen!«, schrie die Frau nach unten.

Tobias zog seinen Dolch und drehte ihn unschlüssig hin und her.

»Lasst ihn hier«, drängte Magnan. »Es wird kaum jemand vorbeikommen und ihn mitnehmen, solange wir oben sind.«

»Vertraust du ihr?«

»Bis auf ihre gelegentlichen Mordanschläge? Mehr oder weniger.«

Tobias wickelte den Dolch in ein Tuch. »Ich werde ihn vorsichtshalber vergraben.« Sobald die anderen sich umgedreht hatten, steckte er ihn in seinen Stiefel. *Man weiß ja nie.*

Dann kletterten sie hinauf, Tobias als Letzter. Seine Hände waren von der Kälte so steif, dass er jeden Moment damit rechnete, zu Tode zu stürzen, doch dann war er plötzlich oben, und die anderen zogen ihn über die Kante. Als Tobias sich aufrichtete, schlug ihm ein eiskalter Wind ins Gesicht. Vor Schmerz kniff er kurz die Augen zusammen, und erst als er sie wieder öffnete, sah er den nach unten führenden Tunnel im Eis. Die anderen liefen bereits hastig hinunter – raus aus der Kälte und hinein ins Unbekannte.

Tobias schlurfte misstrauisch hinterher und erreichte einen höhlenartigen Raum mit schimmernden Wänden. Seine Finger begannen zu kribbeln, dann brannten sie – das unangenehme Erwachen tauber Hände, wenn man sie über ein Feuer hielt. *Es ist tatsächlich warm hier drinnen!* Tobias' ganzer Körper schmerzte, während die Kälte langsam aus seinen Gliedern wich, aber diesen Schmerz ertrug er gern. Der Anflug eines Lächelns huschte über sein Gesicht. *Magie! Wie ist das möglich?*

Die Wände waren aus massivem Eis. Der Schimmer kam von dem Schmelzwasser, das an ihnen entlanglief und in eine die gesamte Kammer umfassende Auffangrinne tropfte. Der Raum war riesig, wie eine Banketthalle, und Tobias entdeckte sogar weitere Tunnel, die vom Hauptraum abzweigten. *Ein ganzer Palast aus Eis! Wer denkt sich so etwas aus? Und vor allem: Wer kann es bauen?*

Die Frau mit der Kapuze musterte sie aus sicherer Entfernung. Das bunte Sumpfhuhn saß zufrieden auf ihrer Schulter. Hinter ihr standen unzählige, mit Stroh ausgelegte Käfige, und darin saßen die unterschiedlichsten Vogelarten: Fasane,

Falken, Sittiche, Bussarde, sogar ein Reiher und ein Adler waren dabei.

»Was ist das hier für ein Ort?«, fragte Tobias.

»Das ist eine Voliere«, erklärte Magnan.

»Eine was?«

»Eine Voliere«, wiederholte Cameo. »Fürsten und Könige haben so etwas.«

»Nie davon gehört.«

»Noch nicht viel Umgang mit Fürsten und Königen gehabt, wie?«, höhnte Adara.

Das stimmte sogar. Denn außer einem Springer war Tobias vor allem ein Hochstapler, der noch nie im Leben eine Voliere gesehen hatte, weder in der Roten Stadt noch sonst wo. »Man baut sie aus Eis?«, fragte er überrascht.

Adara lachte schallend. »Du weißt ja wirklich gar nichts!«

Magnan versuchte es etwas höflicher: »Nein. Eine Voliere ist das Vogelgehege eines Fürsten. Ein Gehege mit genug Platz, dass die Vögel darin umherfliegen können. Diese hier ist aus Eis, weil es sich in dieser Gegend wohl als Baumaterial anbietet. Normalerweise nimmt man Stein oder Holz.«

»Ja, natürlich«, murmelte Tobias. »In Fretwitt heißen sie nur anders. Deshalb kannte ich das Wort nicht.«

»Ach ja, wie denn?«, fragte Cameo und betrachtete fasziniert die Käfige.

»Du warst doch eine Königin«, warf Adara ein. »Hast du denn keine?«

»Nein, aber wenn ich das so sehe, hätte ich gern eine.«

»Eben, in der Roten Stadt gibt es so etwas nicht«, verteidigte sich Tobias.

»Wem gehören die Tiere?«, fragte Magnan.

Die Kapuzenfrau blickte Adara unsicher an.

»Du kannst es ihm sagen«, versicherte das Flussmädchen.

»Ist er ein Freund von dir?«

»Nicht direkt, aber in letzter Zeit hat sich sein Benehmen etwas gebessert. Außerdem war er auch im Schleier. Er wird dich verstehen.«

Im Schleier? Tobias überlegte, was das schon wieder zu bedeuten haben mochte. Es gab so vieles, was er nicht wusste oder nicht verstand. Oder beides.

»Ihr wart dort?«, fragte Magnan ehrfürchtig, als ginge es um die sagenumwobene Insel Vas.

»War ich.«

»Mittendrin?«

»Ja.«

Magnan deutete auf das Sumpfhuhn. »Können die anderen auch sprechen?«

»Manche.«

»Bringt Ihr es ihnen bei?«

Die Frau nickte zögernd.

»Das ist eine längst vergessene Kunst«, sagte Magnan beeindruckt. »Ihr stammt nicht aus diesem Zeitalter, habe ich recht?«

»Ich weiß nicht, welches Zeitalter wir haben. Das Einzige, was ich weiß, ist, dass ich hier bin und eine Aufgabe zu erfüllen habe.«

Wovon bei allen Göttern reden sie? Tobias wollte sich schon einmischen, aber die Frau schien ihm eher von der schüchternen Sorte. Wahrscheinlich würde er mehr erfahren, wenn er dem Bogenschützen das Fragen überließ.

»Wem gehören diese Vögel?«, fuhr Magnan fort.

»Ihm. Ich suche sie nur für ihn aus.«

»Wer ist *er*?«

»Er ist der Mann, der Abrogan zurückerobern wird.«

4

»Hat er das hier gebaut?«, erkundigte sich Vill. »Ist er hier?«

Die Frau blickte zwischen ihm und Adara hin und her. »Ich biete euch Zuflucht vor der Kälte. Mehr kann ich nicht tun. Das Mädchen hat gesagt, mir droht keine Gefahr von euch.«

»Und das stimmt«, erwiderte Vill. »Aber wir sind auch auf der Flucht aus dem Süden. Die Lage dort hat sich geändert.«

»Das Sumpfhuhn sagt, die Stadt könne zurückerobert werden. Unsere Informanten in der Gegend sagen dasselbe.«

»Eure Informationen sind alt. Die Stadt wurde bereits zurückerobert. Wenn Euer Herr sich an den Roten rächen möchte, kommt er zu spät.« Er warf der vertriebenen Königin und dem Roten Hauptmann ohne Soldaten einen kurzen Blick zu. »Allerdings habe ich meine Zweifel, dass die neuen Besatzer Skye einfach so zurückgeben werden.«

»Welche neuen Besatzer?«

»Dunkle Dämonen«, antwortete Adara.

Sie bereiteten sich darauf vor, die Nacht im Eispalast zu verbringen. Das Licht der Öllaternen an den Wänden tauchte den Ort in einen überirdischen, beinahe unheimlichen Schimmer. Das bisschen Wärme, das sie abgaben, reichte nie und nimmer, um den ganzen Palast derart aufzuheizen. Dennoch schien nirgendwo ein Feuer zu brennen. *Magie. Aber glücklicherweise nicht von der dunklen Sorte*, dachte Vill. Die Vogelpflegerin schlief auf einer

Strohmatratze direkt neben ihren Vögeln. Außer dem einfachen Bett, einem Stapel Kleider sowie einer Holzschüssel mit dem dazugehörigen Löffel schien sie nichts zu besitzen. *Eine einfache Frau mit einfachen Bedürfnissen.* In den Kisten und Säcken an der Wand war Proviant für mehrere Monate, und das Schmelzwasser, das in der Rinne aufgefangen wurde, diente zum Trinken. Vill betrachtete einen der Tunnel, der anscheinend in ein unteres Stockwerk führte. Er hatte keine Stufen. Man musste wohl auf dem Hosenboden rutschen, wenn man dort hinunterwollte.

»Was ist da unten?«, fragte Vill und hoffte, am Ende nicht doch noch eine unliebsame Überraschung zu erleben.

Ihre Gastgeberin war gerade damit beschäftigt, Cameo die Vögel zu zeigen, und hörte ihn gar nicht. Adara und Erol hingegen schienen Vills Bedenken nicht zu teilen, im Gegenteil: Fröhlich jauchzend hüpften sie an ihm vorbei und stürzten sich Hals über Kopf in die Rutschbahn. *So sind Kinder nun mal, ungebremst und lebendig.* Um nicht wie ein Feigling dazustehen, folgte er ihnen seufzend.

Auf der Rutsche nahm er schneller Fahrt auf, als ihm lieb war, und als ihn der Tunnel am anderen Ende wieder ausspuckte, knallte er mitten in die beiden hinein, was sie nur noch lauter zum Lachen brachte. Vill stand auf und sah sich misstrauisch um. Ihm war nicht nach Lachen zumute.

Sie befanden sich in einer Kammer, von der weitere abzweigten. Ein paar Holzbänke standen herum, dazwischen Strohhaufen als zusätzliche Sitzgelegenheiten. Neben einem Durchgang zu einem unbeleuchteten Raum entdeckte er ein Fass mit ölgetränkten Fackeln. Vill trat vor den Durchgang und streckte vorsichtig den Arm in die dahinterliegende Dunkelheit. *Sie ist kalt.* Er tastete hin und her, bewegte die Hand von oben nach unten und von links nach rechts: Die Kälte verschloss den Raum wie eine Tür aus unsichtbarem Eis.

»Erol, reich mir eine Fackel.«

Vill entzündete sie mit einem Feuerstein und ging voraus. Erol und Adara spähten neugierig über seine Schulter. Zur Abwechslung war das Flussmädchen einmal nicht die Erste. Anscheinend machte sie die Magie misstrauisch, die diesen Ort erschaffen hatte. *Und recht hat sie.*

Die angrenzende Kammer war nahtlos weiß: kein Stroh, keine Bänke, Kisten oder Fässer, dafür ein Altar aus purem Eis genau in der Mitte. Aus dem Altar erhob sich ein weiterer Eisblock, der jedoch nicht rechteckig und glatt war, sondern organisch geformt und mit Schnitzereien verziert, die sich im Schein der Fackel abzeichneten. Um den Altar herum sah er drei weitere, ganz ähnliche Blöcke.

»Standbilder«, flüsterte Erol.

Vill nickte. »Von Menschen.« Jetzt, da sie näher heran waren, konnte er deutlich Kopf, Rumpf und Beine erkennen. Die Statue war vollkommen weiß und sah beinahe aus wie das Gegenstück zu dem dunklen König Schwarzwasser aus den Tälern. Das Weiß reflektierte den Fackelschein so grell, dass das Licht in Vills Augen schmerzte.

»Der Herr dieses Palasts vielleicht?«, überlegte Erol.

»Und das hier ist seine sterbende Leibwache?« Vill deutete auf die anderen drei Eisklötze, die sich ebenfalls als Menschendarstellungen entpuppten, aber mit vor Schmerz grotesk verzerrten Gesichtern. *Ein seltsames Kunstwerk.*

Je näher sie dem Altar kamen, desto kälter wurde es. Vill hielt die Fackel näher an seinen Körper, aber es nützte nichts. Es war eine bohrende Kälte, die sich unaufhaltsam in seinen Körper fraß, als wollte sie ihn von innen aushöhlen. Sein Atem begann zu dampfen, und die Finger waren bereits so kalt, dass die Wärme der Flamme ihnen wehtat. Vill begann am ganzen Körper unkontrolliert zu zittern. Während sie die wenigen Schritte zu dem Altar zurücklegten, hatte er das Gefühl, sein Herz könnte jeden Moment einfrieren.

»Das sind keine Statuen«, flüsterte Adara. »Das sind Menschen.«

Vill blinzelte ungläubig, doch Adara hatte recht: Die Figuren waren so lebensgetreu, wie selbst der größte Bildhauer Skyes es nicht hinbekommen hätte: Jedes Gesichtsfältchen war nachgezeichnet, die geschlossenen Augen hatten nicht nur Brauen, sondern auch Wimpern, und die Falten auf der Innenseite der erhobenen Hand des Mannes wirkten so realistisch, als stünde der Mann in Fleisch und Blut vor ihnen und würde sie begrüßen. Vill wartete fast darauf, dass er es tat – allerdings hätte er dann vor Entsetzen laut aufgeschrien.

Der Kerl kommt mir irgendwie bekannt vor. Der Mann war jedoch kein Freund oder Verwandter, den er schon lange nicht mehr gesehen hatte. Es war jemand, den er sich vorsichtshalber eingeprägt hatte, falls sich ihre Wege noch einmal kreuzen sollten. Ein Gesicht aus Vills düsterem letzten Leben, das Gesicht eines Feindes. *Oder von einem meiner Opfer.*

»Wieso ist es auf einmal so kalt?«, klagte Erol und klammerte sich zitternd an Adara.

»Wir sollten nicht hier sein«, murmelte Vill.

Er spürte, wie sein Puls immer langsamer wurde, das Blut immer dicker. *Wenn wir noch länger hierbleiben, friere ich genauso fest wie diese vier hier.* Die Kammer und ihre tödliche Kälte waren das genaue Gegenteil der lebensspendenden Voliere im oberen Stockwerk, und jeden, der nicht rechtzeitig das Weite suchte, würde unweigerlich das gleiche Schicksal ereilen wie die Gestalten um sie herum.

Adara streckte neugierig die Hand aus.

»Nichts anfassen!«, schrie Vill.

»Warum?«

»Weil du sicher nicht enden willst wie die hier.« Vill deutete auf die Eisstatuen und schob Adara samt Erol Richtung Ausgang. »Wir sind hier nicht sicher.« *Dieser Ort ist eine Falle für Diebe – oder etwas Schlimmeres.*

Adara reckte den Kopf und schaute über Vills Schulter. »Aber ich kenne ihn.«

»Wen?«

»Den Eismann.«

»Und wer ist er?«

»Er heißt Kraven.«

5

Der große Flamingo mit dem geschwungenen Schnabel und dem eleganten Federkamm, dessen zartblaue Farbe sie an die Kleinen Muschelinseln erinnerte, gefiel Cameo ganz besonders gut.

Die Vogelpflegerin, Schinka war ihr Name, teilte Cameos Begeisterung für den Flamingo nicht. »Dumm wie Bohnenstroh ist er«, schimpfte sie. »Spricht nicht ein Wort.« Sie zeigte Cameo einen anderen Käfig mit einem unscheinbaren kleinen Vögelchen darin. »Das hier ist eine Raubtaube. Der Name kommt von dem schwarzen Augenband, das aussieht wie eine Räubermaske. Sie ist mit Abstand der schlauste von meinen Vögeln.«

Schinka öffnete den Käfig, und die Raubtaube hüpfte auf ihren Arm. Sogleich legte der Vogel den Kopf schief, als mustere er Cameo.

Schinka nickte. »Nur zu. Sprich mit ihr.«

»Sei gegrüßt, Vogel«, sagte Cameo mit einem freundlichen Lächeln.

»Sei gegrüßt«, erwiderte die Taube.

»Du bist hübsch.«

»Du bist hübsch.«

»Das Land ist in Aufruhr.«

»Das Land ist in Aufruhr«, bestätigte das Tier.

»Wiederholt sie einfach alles, was ich sage?«, fragte Cameo an Schinka gewandt.

»Ja«, antwortete die Raubtaube.

»Nur, wenn sie will«, fügte Schinka grinsend hinzu, als sie Cameos verblüfftes Gesicht sah.

»Aber du setzt nur das Sumpfhuhn, den Waldreiher und den Falken ein. Warum nicht auch die Taube?«

»Man kann ihr nicht trauen. Sie ändert die Nachrichten einfach, wie es ihr gefällt. Einmal kam sie mit einer Bitte um einen Lagebericht aus Fischgrund zurück. Also schickte ich sie mit einer genauen Schilderung aller Bewegungen auf den wichtigsten Küstenstraßen zurück, und nachdem sich das Ganze dreimal wiederholt hatte, legte sie plötzlich Eier.«

»Und?«

»Sie hatte ein Männchen in Fischgrund! Jedes Mal, wenn sie hier ankam, hat sie sich eine neue Anfrage ausgedacht, damit ich sie wieder zurückschicke.«

»Aber wenn man ihr nicht trauen kann, warum behältst du sie dann?«

»Weil ich sie liebe. Diese Taube ist etwas ganz Besonderes.«

Cameo mochte Schinka und ihre Vögel. Die Frau kümmerte sich um die Tiere, und das schien sie gut zu machen. Sie fühlten sich wohl in ihrer Obhut, nicht gefangen. *Die Voliere ist ihr Zuhause, warm und sicher.* In den verschneiten Bergen trieben sich nur selten Banditen herum. Eroberungstruppen umgingen sie, vor allem diesen hier, der als einziger das ganze Jahr über vergletschert war. *Schinka lebt hier in seliger Abgeschiedenheit. In Ruhe und Frieden, während das restliche Abrogan blutet.*

Andererseits konspirierte sie mit dem Feind. Ihr Herr schien ein mächtiger Mann zu sein, ein vertriebener Adliger wahrscheinlich, der die Stadt rechtzeitig verlassen und anderswo seine Basis aufgeschlagen hatte. Nun zog er seine Kräfte zusammen, um gegen Cameo und die Roten ins Feld zu ziehen. Schinka diente ihm treu und versorgte ihn mit den Nachrichten, die die Vögel überbrachten. Die Nachrichten selbst schienen sie nicht zu kümmern, sie sorgte sich lediglich um das Wohl der Tiere. Trotzdem unterstützte sie die Kriegsanstrengungen, indem sie den Informationsfluss zwischen den Agenten im Süden und ihrem Herrn aufrechterhielt.

Schinka weiß nicht, dass ich die Königin war, die die Eroberung angeführt hat. Cameo war froh, diese Rolle endlich abgelegt zu haben und wieder frei zu sein wie Adara. Der Vogelpflegerin fiel Cameos Akzent gar nicht auf. *Und meine Nase auch nicht.* Schinka lebte tatsächlich in himmlischer Isolation und Unwissenheit. Sie sei im Schleier gewesen, hatte sie gesagt. Wahrscheinlich stammte sie aus einer ganz anderen Gegend, zumindest aber aus einer anderen Zeit. *Der Schleier.* Selbst in Fretwitt waren ihr Gerüchte über die unheimliche, dunkle Wand zu Ohren gekommen, und Schinka behauptete, mittendrin gewesen zu sein, genauso wie Magnan. Cameo hätte sie gern danach gefragt, aber sie blieb lieber auf Abstand. Immerhin stand Schinka auf der anderen Seite dieses Konflikts. Gedankenverloren streichelte sie die Vögel und überlegte. *Ich muss mit Magnan sprechen. Er wird mehr darüber wissen. Und zwar ohne Tobias.*

Cameo fand Vill Magnan bei dem Tauwasserbecken, wo er sich eifrig die Hände wusch, die einfach nicht sauber werden wollten. Die Stiefel an seinen Füßen hatten einem Toten gehört. Das war zwar ein schlechtes Omen, aber immer noch besser als seine alten mit den durchgelaufenen Sohlen. Mehrere Wochen alter Schmutz und Asche klebten an ihnen wie Pech.

»Magnan...«

Vill blickte auf. »Cameo?«

»Erzähl mir vom Schleier.«

»Warum interessiert Ihr Euch dafür?«

»Ich möchte diesem Land einen Dienst erweisen.«

»Weshalb?«

»Weil ich es zerstört habe.«

Magnan musterte sie skeptisch – oder ängstlich. Sie hatte diesen Ausdruck schon öfter an ihm gesehen. Bisher hatte sie geglaubt, Magnan wüsste immer ganz genau, was zu tun war, doch jetzt merkte sie, dass er genauso wenig ein Ziel hatte wie Adara oder sie selbst.

»Was schon zerstört ist, kann man nicht mehr retten«, entgegnete er. »Kaputt ist kaputt. Helfen kann man nur, bevor der Schaden angerichtet ist, und die beste Methode dazu ist, erst gar keinen Schaden anzurichten.«

»Aber was ist mit Erol und Adara?«

Vill überlegte. »Ihnen kann man vielleicht noch helfen.«

»Auf wessen Seite stehst du eigentlich, Vill Magnan?«

»Ich weiß es nicht.« Er hob den Kopf und blickte ihr direkt in die Augen. »Wisst Ihr, auf wessen Seite Ihr steht? Ich dachte, Ihr wärt eine Rote durch und durch. Aber wie kommt Ihr dann auf die Idee, das Land, das Ihr gerade erst erobert habt, wieder zurückzugeben. Ha, ein lustiger Gedanke eigentlich! Das Land gehört Euch ja nicht einmal mehr, also könnt Ihr es auch nicht zurückgeben. Warum nehmt Ihr nicht einfach ein Schiff und fahrt nach Hause, Cameo. Zumindest wärt Ihr dort wieder Königin.«

»Aber keine gute. Ich hätte die Krone nie übernehmen sollen.«

»Und deshalb habt Ihr vor, Euch unter das gemeine Volk von Skye zu mischen und hier ein normales Leben zu führen? Oder wollt Ihr, dass der schwarze König Euch zur Frau nimmt? Es ist nicht ungewöhnlich für einen Eroberer, den Besiegten eine Heirat anzubieten, um den Frieden zu sichern. Ihr könntet schwarzrote Kinder haben.«

Cameo zuckte innerlich zusammen, als sie sich vorstellte, wie der schwarze König sie bestieg, sie mit Dunkelheit umhüllte und ihr womöglich das Blut aussaugte. »Ich kann die Dinge hier nicht guten Gewissens so lassen, wie sie sind. Ich hatte nicht die

Absicht, die Menschen dieses Landes zu vernichten, das musst du mir glauben. Ich wurde selbst von den Ereignissen mitgerissen wie von einer Flut. Ich hatte befohlen, nur die gegnerischen Soldaten zu töten, und Plünderungen ausdrücklich verboten. Ich wollte eine gerechte Herrscherin sein und hätte dieses Volk niemals so ausgeblutet, wie der schwarze König es tut.«

»Rot oder schwarz, für das Volk macht das keinen Unterschied. Bevor Ihr kamt, herrschte Frieden in Abrogan. Damit ist es jetzt vorbei. Euer Krieg hat zwei Heere vernichtet, um das Feld dann schutzlos einem dritten zu überlassen. Wo kein Licht mehr ist, herrscht unweigerlich Dunkelheit.«

»Ohne den explodierenden Berg und diesen Fluss wäre es nie so weit gekommen. Sie haben sich gegen uns erhoben, das Land selbst hat das getan. Aber Schinkas Herr... vielleicht könnte er die Dinge ins Reine bringen.«

»Mag sein.«

»Ich werde ihn finden.«

»Wozu? Wollt Ihr ihm helfen, Euch selbst zu besiegen? Seid Ihr nicht schon besiegt genug?«

»Ich werde ihm helfen, den Frieden wiederherzustellen. Offensichtlich hat er vor, das schwarze Heer zu vernichten.«

»Aber er wird *Euch* nicht helfen.«

»Aus welchem Grund?«

»Weil Ihr seine Todfeindin seid.«

»Er würde mich nicht einmal erkennen. Und du bist ein guter Mann – sprich du mit ihm, Magnan.«

»Früher oder später würde er es tun, und ich bin *kein* guter Mann.«

»Sprichst du von dem Grund, aus dem Adara dich hasst?« Cameo beugte sich neugierig näher heran.

Magnan wich einen Schritt zurück. »Das ist eine lange Geschichte, und ich komme darin nicht als Held vor.«

»Was ist im Schleier mit dir passiert, Vill Magnan? Adara sagt, er hätte dich zu einem anderen Menschen gemacht. Was warst du davor für ein Mensch?«

Magnan zögerte. Er sah aus wie ein Mann, der sich nichts sehnlicher wünschte, als sich endlich allen Kummer von der Seele zu reden, und gleichzeitig zu stolz war, Fehler einzugestehen. Cameo legte ihm tröstend eine Hand auf die Schulter, und einen Moment später erklärte er: »Ich war ein geschlagener Mann und floh vor meiner Niederlage. Ich floh vor meinem Leben und stürzte mich in die Dunkelheit. Und dort wurde ich böse, so böse, dass es mir egal war, was ich anrichtete. Böse Menschen haben wenigstens ein Ziel. Sie rächen sich an denen, die ihnen Unrecht getan haben, und beseitigen die, die ihnen im Weg stehen. Ein böser Mensch ist berechenbar, man kann ihm aus dem Weg gehen. Aber vor einem Menschen, dem alles egal ist, ist niemand sicher. Er kann sich jederzeit gegen jeden wenden. Versteht Ihr, was ich meine?«

»Nein.«

Magnan versuchte es noch einmal: »Bevor ich in den Schleier ging, wurde ich beraubt... meiner Frau...« Er schwieg eine Weile unbehaglich. »Ich habe sie geliebt, damals, doch sie wurde mir genommen. Sie sagte mir, ich sollte fliehen, und das habe ich getan. Das war ein Fehler. Ich dachte, ich könnte entkommen, stattdessen endete ich in dieser Leere. Ich war schon halb kaputt, als ich in den Schleier ging, doch der Schleier hat mir auch noch den letzten Rest Menschlichkeit genommen. Als ich wieder herauskam, war ich nur noch eine leere Hülle. In meinem Innern war ein dunkles Nichts, und wenn dieses Nichts herauskommt, tötet es das Licht.«

»Warum hast du dann Adara und Erol gerettet?«

»Liebenswerte, aufgeweckte Geschöpfe die beiden, nicht wahr? Ich habe die fixe Idee, ich könnte sie beschützen und so einen Teil meiner Schuld wiedergutmachen. Aber die Dunkelheit folgt mir auf Schritt und Tritt, egal wohin ich gehe.«

»Das ganze Leben lang folgt uns der Tod auf Schritt und Tritt. Wir können ihm nicht entrinnen.«

»Aber wir können ihn so weit wie möglich hinauszögern. Es ist das Mindeste, was ich für die beiden tun kann. Was wollt Ihr als Buße für Eure Verbrechen tun?«

Cameo überlegte. Sie hatte sich nie als Verbrecherin gesehen, zumindest bis jetzt nicht. Dennoch hatte sie Schuld auf sich geladen, genau wie Magnan, nur dass ihre sogar noch größer war. Sie konnte nicht einmal sagen, wie viele Menschen auf ihren Befehl hin gestorben waren. Bestimmt mehr als auf Magnans. Auf Befehl eines ignoranten, gleichgültigen Mädchens, das so gerne Königin sein wollte und deshalb ein Volk mit Krieg überzog, das ihr nichts getan hatte. Cameo beschloss einen Schwur zu leisten, den sie wahrscheinlich nie würde erfüllen können.

»Ich werde versuchen, das Volk von Abrogan zu retten...«, antwortete sie schließlich.

Sie blieben zwei Nächte und sammelten frische Kräfte für den weiteren Weg. Das Wichtigste war, eine Nachricht an Schinkas Herrn zu schicken und ihn über die neue Entwicklung im Süden zu informieren, über das dunkle Heer und seinen König. Vielleicht konnten sie zusammenarbeiten, das heißt, falls er Schinkas Friedensangebot annahm. Sie und Tobias verfügten immer noch über Truppen, so verstreut sie im Moment auch sein mochten. Sie mussten die Überlebenden nur zusammenrufen und dann einen Frieden aushandeln. Magnan war ein nicht zu vernachlässigender Trumpf im Ärmel: Er wusste Dinge über diese Dunkelheit, die niemand sonst wusste. *Schinkas mysteriöser Dienstherr wird das auch so sehen und sich mit mir einigen. Wir schicken einen Botenvogel, dann treffen wir uns mit ihm und verbünden uns.*

Schinka kümmerte sich liebevoll um ihre Tiere und fütterte sie mit den verschiedensten Körnern aus mindestens einem Dutzend verschiedener Säcke. Die Falken und Habichte bekamen außerdem getrocknetes Fleisch, die Rotkehlchen getrocknete Käfer, die Möwen, die laut Schinka die gierigsten und deshalb am leichtesten anzulocken waren, fütterte sie mit Fisch. Die Tauben bekamen nur Körner, die einzige Krähe in ihrem Bestand alles, was übrig blieb. Das Sumpfhuhn mit dem verletzten Flügel pflegte sie wie ein krankes Kind und putzte ihm sogar das Gefieder. Jeden Morgen ging Schinka von Käfig zu Käfig und sprach mit den Tieren. Mit langsamer und klarer Stimme sagte sie ihnen Sätze vor, und wenn sie Fortschritte beim Nachsprechen machten, bekamen sie ihr Futter. Wenn nicht, bekamen sie nichts. Das System war denkbar einfach, auch wenn die Worte, die sie ihnen vorsagte, genau überlegt waren, um die Sprechfähigkeit des jeweiligen Vogels zu trainieren. Jeder bekam einen anderen Satz zum Üben. Manche davon bestanden nicht einmal aus Wörtern, sondern aus Lauten, die erst in einer späteren Trainingsphase als Buchstaben erkennbar werden sollten. Ihr Erinnerungsvermögen war so gut, dass sie bei jedem Vogel genau wusste, wie er sich am Tag zuvor angestellt hatte, in der Woche zuvor oder an dem Tag, als er zu ihr gekommen war. Anfangs fütterte sie die Tiere nur und gewöhnte sie an ihr neues Zuhause. Dann ließ sie sie irgendwann zum ersten Mal frei und wartete, ob sie zurückkamen. Sieben von zehn war die Quote, hatte sie Cameo erzählt. Danach dauerte das Training zwischen sechs Monaten und drei Jahren, je nach Vogel. Manche kamen nie über ein kaum verständliches Geplapper hinaus, andere lernten erstaunlich schnell.

An ihrem letzten Morgen in der Eisvoliere wiederholte die Raubtaube die Worte, die Schinka ihr vorgesagt hatte – jedoch rückwärts. Erst als Schinka weiterging, ohne sie zu füttern, rief sie: »Komm zurück, komm zurück!«

In diesem Moment kamen Magnan und Tobias herein.

Es ist so weit. »Wir haben eine Nachricht an deinen Herrn«, sagte Cameo.

»Dann sagt sie mir, damit ich sie dem Vogel vorsprechen kann.« Sie wählte einen prächtigen Reiher aus, der im Flug bestimmt ein majestätisches Bild abgab. In seinem Käfig sah er einfach nur zu groß aus und bewegte sich entsprechend ungelenk.

»Wozu der Umweg?«, protestierte Tobias. »Ich werde ihm die Nachricht vorsprechen.«

Schinka schüttelte den Kopf. »Ich habe ihn erst seit ein paar Monaten. Bis ein Vogel verschiedene Stimmen versteht und imitieren kann, dauert es Jahre. Im Moment kann er meine und noch zwei weitere. Eure ist nicht darunter. Sagt mir die Nachricht, dann spreche ich sie ihm vor.«

Cameo warf Magnan einen flehenden Blick zu.

Diesmal sprach Magnan, bevor Tobias noch unhöflicher wurde. »Sagt Eurem Herrn, dass die Roten ihm anbieten, sich mit ihm gegen den dunklen König zu verbünden. Die Dunkelheit ist die eigentliche Bedrohung. Sie ist wie der Schleier, nur in Menschengestalt. Sagt ihm, dass sein Volk stirbt und er die Hilfe seiner ehemaligen Feinde brauchen wird. Sagt ihm, dass wir ihn treffen müssen.«

»Ihr sprecht im Namen der Roten?« Schinkas Blick sprang von Magnan zu Cameo und schließlich zu Tobias.

Unsere verdammte Nasen!, fluchte Cameo in Gedanken. Tobias' Zinken war sogar noch auffälliger als der ihre. Sie konnte nur hoffen, dass Schinka noch nie einen Freter zu Gesicht bekommen hatte, was in der Einsamkeit hier oben nicht einmal unwahrscheinlich war. *Aber sie wird es aus den Nachrichten wissen. Wahrscheinlich hat sie es Dutzende Male gesagt: Angriff der Roten, Hunderte Tote.*

»Nicht ich«, beruhigte Magnan die Vogelpflegerin. »Ich

stamme aus Skye, bin dort geboren und aufgewachsen, und ich habe eine eigene Nachricht an Euren Herrn.«

»Ihr kennt ihn?« Schinka machte einen Schritt zurück. »Das glaube ich kaum.«

Die Vögel fingen an, unruhig zu werden. *Das Misstrauen ihrer Herrin überträgt sich auf sie. Tiere spüren so etwas. Das war's.* Sie waren umsonst hergekommen. Den geheimnisvollen Fürsten um Hilfe zu bitten, war ein verwegener Plan gewesen, in den sie Schinka rechtzeitig hätten einweihen sollen. Doch dafür war es jetzt zu spät.

»Adara hat mir versprochen, dass mir keine Gefahr von euch droht«, sagte Schinka mit geweiteten Augen.

»Und das stimmt auch. Nicht mehr. Diese beiden hier waren einmal die Feinde deines Herrn, doch jetzt haben sie einen gemeinsamen Feind«, versuchte Cameo, Schinka zu beruhigen.

»Verrate uns, wo er ist«, verlangte Tobias barsch.

»Ihr steht mit den Roten im Bunde! Ihr könnt mich nicht hinters Licht führen. Ich werde euch niemals sagen, wo er ist, und ich werde ihm meine eigene Nachricht schicken!«

Da zog Tobias plötzlich ein Messer aus dem Stiefel.

Magnan verdrehte die Augen und packte Tobias am Handgelenk. »Ich fürchte, dieser Grobian, der dumm genug war, eine Waffe in Euer Heim zu schmuggeln, hat recht: Wir wollen Eurem Herrn helfen, und dazu wird eine bloße Nachricht nicht genügen. Wir müssen uns mit ihm treffen. Wir müssen wissen, wo er sich versteckt, und Ihr seid diejenige, die es uns verraten wird.«

Sie stritten noch eine ganze Weile, ohne irgendwelche Fortschritte zu erzielen. Schinka wich immer weiter vor den beiden Männern zurück, bis sie mit dem Rücken zur Wand stand, blieb aber stur. Cameo redete beruhigend auf sie ein, Tobias tobte, doch am Ende war es Magnan, der sie überzeugte, indem er den nächstbesten Käfig öffnete.

6

»Ich werde versuchen, das Volk von Abrogan zu retten...«, hatte die junge Cameo zu ihm gesagt. »Wirst du mir dabei helfen?«

Vill hatte die vertriebene Königin lange nachdenklich angeblickt, bevor er schließlich nickte. *Das werde ich. Ich werde dir helfen!* Vill würde versuchen, Skye zu retten. Zum ersten Mal in der Abfolge all seiner verfluchten Inkarnationen konnte er etwas Großes, etwas wirklich Wichtiges vollbringen – die erste Episode als Bogenschütze der Stadtwache, bevor er in den Schleier ging, mit eingeschlossen. Die Möglichkeit, seine Schuld gegenüber Adara *und* den Menschen Abrogans wiedergutzumachen, war mehr, als er zu hoffen gewagt hatte. *Nur Könige und Königinnen denken in so großen Maßstäben.*

Dann sprachen sie in aller Offenheit, er und Cameo, tauschten Ideen und Gedanken aus und legten sich einen Plan zurecht. Sogar Tobias konnten sie überzeugen, dass den mysteriösen Fürsten ins Boot zu holen die beste Möglichkeit war, die vernichtende Niederlage am Ende doch noch in einen Sieg umzumünzen. Wenn sie es richtig anstellten, könnte Cameo am Ende sogar wieder auf dem Thron sitzen, hatte Vill dem skeptischen Hauptmann versprochen. Das hatte ihn schließlich überzeugt. Auf den ersten Blick schien Tobias durch und durch selbstsüchtig, doch war er so sehr darauf bedacht, seine Königin zu beschützen, dass er Vill beinahe sympathisch wurde. Ihr Hauptmann war sogar mehr auf Cameos Sicherheit bedacht als auf seine eigene. Tobias war ein starker, unabhängiger Mann, der mehr als einmal seiner eigenen Wege hätte gehen können. Doch tief unter seiner unwirschen Art lag eine unerschütterliche Loyalität verborgen. *Vielleicht habe ich mich getäuscht. Vielleicht steckt mehr in ihm, als ich ihm ursprünglich zugetraut habe.*

So kam es, dass sie Tobias schließlich in ihre Planungen einbezogen. Beinahe den ganzen Tag lang spekulierten sie, wer Schinkas geheimnisvoller Herr sein mochte, mit welchen Worten er sich am besten überzeugen lassen würde und wie viele Soldaten er zur Verfügung haben mochte. Nach langer, harter Arbeit hatten sie endlich einen Plan. Alles, was sie jetzt noch tun mussten, war, Schinka davon zu überzeugen, dass sie ihren Herrn treffen mussten...

Doch sie sperrt sich, und Tobias fällt nichts Besseres ein, als ihr mit seinem Dolch vor der Nase herumzufuchteln. Mit einem Messer kann man niemandem Honig ums Maul schmieren, lautete ein altes plynthisches Sprichwort. *Wie wahr.*

Vill spürte, wie ihm die Möglichkeit, alles wiedergutzumachen, entglitt, und die Wucht der Verzweiflung, die ihn dabei überkam, überraschte ihn. Die Last von negativen Gefühlen war der Preis, den er dafür bezahlen musste, überhaupt welche zu haben. Er musste etwas unternehmen, und zwar sofort.

Schinka schien ihrem Herrn treu ergeben, doch sie fürchtete ihn auch, und das offensichtlich noch mehr als Tobias' Dolch. Wer wie Vill und Schinka im Schleier gewesen war, wusste, dass es Dinge gab, die schlimmer waren als der Tod. *Aber es gibt etwas, das ihr noch mehr am Herzen liegt als ihr Leben und die Treue zu ihrem Herrn...*

Vill trat vor und öffnete einen Käfig. Der Zaunkönig darin war ein vertrauensseliges Vögelchen und hüpfte sofort auf seine Hand.

»Wo ist Euer Herr und Gebieter?«, fragte er noch einmal.

Schinka blickte ihn nur stumm an.

Vill nahm den Kopf des winzigen Vogels zwischen Daumen und Zeigefinger und drehte. Es ging ganz leicht. Nicht einmal ein Knacken war zu hören; das Tier kippte einfach mit gebrochenem Genick um. Er warf den Kadaver vor Schinkas Füße und ging zum nächsten Käfig.

Schinka schnappte laut nach Luft, sagte aber nichts.

»Wo?«, wiederholte Vill und griff nach dem Sumpfhuhn.

Das gerade erst wieder genesene Tier war um einiges größer und weit weniger vertrauensselig – vielleicht weil sie es den ganzen Marsch über an einer Leine gehalten hatten. *Oder weil es gesehen hat, was ich gerade mit seinem Käfignachbarn gemacht habe.* Vill streckte den Arm, packte das Huhn an den dürren, geschuppten Beinen und zog es kopfüber aus dem Käfig. Wie ein gestrandeter Fisch machte es stumm den Schnabel auf und zu, während die anderen Vögel immer lauter zu piepen, krächzen und schreien begannen. Nur Schinka blieb weiterhin stumm.

Vill holte aus und schmetterte das Huhn in einem weiten Bogen gegen seinen eigenen Käfig, dann warf er den Kadaver zu dem Zaunkönig.

Der Reiher kam als Nächstes, ein verdammt großes Vieh mit spitzem Schnabel. Vill brauchte beide Hände und einiges Geschick, um ihn aus dem Käfig zu bekommen.

»Magnan...«, sagte Cameo leise.

»Wo?«, wiederholte Vill ungerührt und ließ Schinka nicht aus den Augen. »Das Volk Abrogans stirbt, während wie hier feilschen. Wo ist er?«

Schinka sah aus, als wäre sie am liebsten schreiend davongelaufen. Ihr Blick sprang immer wieder zwischen Vill und ihren Vögeln hin und er, doch sie blieb stumm.

Der lange Hals des Reihers war zu dünn, um den schweren Körper zu halten. Vill streckte den Arm, den Kopf des Vogels fest im Griff, und als Schinka immer noch nicht sprechen wollte, begann er sich mit dem Tier im Kreis zu drehen. Der Reiher schlug panisch mit den mächtigen Schwingen und brachte Vill beinahe aus dem Gleichgewicht, aber Vill ließ nicht los und drehte sich immer schneller.

Diesmal war doch ein Knacken zu hören, als das Genick brach. Die Flügel schlugen allerdings unvermindert weiter, und Vill ließ los. Der Reiher fiel zu Boden und hüpfte in seinen Todeszuckungen noch ein paar Mal auf und ab wie eine Marionette, deren Spieler barfuß über glühende Kohlen läuft.

Schinka verzog entsetzt das Gesicht und zuckte beinahe genauso stark wie ihr Reiher.

Gleich habe ich sie so weit. Vill ging zum nächsten Käfig. Der Vogel darin war blau und hatte ein schwarzes Augenband. Schien eine Taubenart zu sein.

»Nein!«, rief Schinka.

»Wo ist er?«

»Hört auf, meine Vögel zu töten!«, wimmerte sie.

»Wo?!«

Vill öffnete den Käfig.

Tobias nickte, und Cameo sagte nichts – genauso wie Schinka.

Vill tastete nach dem Vogel, den Blick starr auf Schinka gerichtet, da spürte er plötzlich einen stechenden Schmerz. »Aua!«

Vill drehte sich nach dem Käfig um und sah einen hellroten Fleck auf seiner Hand. Die Taube hatte ihm in die Handfläche gehackt. Als er versuchte, das Tier zu packen, hüpfte es einfach auf sein Handgelenk und lief den Arm hinauf bis zum Ellbogen. *Das war dein letzter Fehler, Freundchen.* Vill hob die andere Hand, um die vorwitzige Taube zu packen, doch die blieb einfach sitzen und schaute ihn seelenruhig an.

»Achtung«, sagte sie.

Achtung? Vill war so verdutzt, dass er einen Moment lang zögerte.

Der Sack traf ihn genau an der Schläfe. Der Schlag kam von hinten, und der Sack war schwer.

Vill kippte seitlich um wie ein gefällter Baum. Aus dem Augenwinkel sah er, wie die anderen aufgeregt um ihn herumsprangen, während er selbst auf dem Boden lag. Alles drehte sich: Adara, die sich einen Sack von dem Vogelfutter geschnappt hatte. Tobias, der sie am Handgelenk festhielt. Cameo brüllte irgendetwas, oder war es Schinka? Vielleicht auch Erol, der wie aus dem Nichts aufgetaucht war. Alle machten sie eifrig den Mund auf und zu, doch Vill konnte die Stimmen nicht zuordnen. Da sah er die Taube. Das törichte Vieh hatte sich tatsächlich auf seine Brust gesetzt. Vill griff nach ihm, aber er war zu benommen, seine Bewegungen zu langsam.

»Du bist verletzt. Bleib liegen. Du bist verletzt. Bleib liegen«, sagte eine Stimme.

Bleib liegen. Diesmal verstand Vill die Worte und beschloss, den Rat zu beherzigen. Sein Kopf schmerzte höllisch. *Ich muss einen Schlag abbekommen haben.* Teilnahmslos sah er zu, wie die anderen im Kreis um ihn herumtanzten. *Gibt es einen Grund zum Feiern?* Vill kniff die Augen zusammen und hob den Kopf ein Stück. *Ah, sie tanzen gar nicht, sie streiten.*

Jemand trat ihm gegen das Bein. Einen Moment lang sah Vill Adaras Gesicht direkt über seinem auftauchen, da zog Tobias sie schon wieder weg. Der nächste Tritt traf ihn in die Rippen.

»Du bist verletzt. Bleib liegen«, sagte die Stimme erneut.

Mittlerweile kamen ihm Zweifel an dem Ratschlag. Wenn er noch länger liegen blieb, würde man nur noch weiter auf ihn eintreten. Er fragte sich, von wem der Rat eigentlich kam, und richtete sich auf. Sein Kopf schmerzte immer noch, aber er konnte zumindest sitzen. Überall um ihn herum lagen Körner verstreut, irgendwo dazwischen ein aufgeplatzter Leinensack, aus dem immer noch Vogelfutter rieselte. Sein linker Knöchel war fast vollständig darunter begraben. Die freche Taube saß ein Stück oberhalb seines Knies, pickte nach einem Korn und schaute ihn dann wieder an. »Bleib liegen«, sagte sie.

Vill sprang ruckartig auf, sank aber sofort wieder zu Boden und hielt sich stöhnend den Kopf.

»Ich hab dir doch gesagt, du bist verletzt«, sagte die Taube, oder war es Cameo?

Vill beschloss, sich geschlagen zu geben, und lehnte sich mit dem Rücken gegen den nächstbesten Käfig. Sollten die anderen erst einmal ihren Streit beilegen.

»Es waren nur Vögel«, sagte Tobias zu Cameo, die Vills Schwellung mit einem feuchten Lappen betupfte.

Seine gesamte linke Gesichtshälfte war grün und blau, die Oberlippe und das Auge so stark geschwollen, dass es aussah, als würden sie platzen, wenn man mit einer Nadel hineinstach. Er saß mit dem Rücken an der Wand auf einer Bank, möglichst weit weg von Adara und Schinka. Sein Schädel pochte immer noch.

Cameo redete langsam und sanft auf ihn ein, als wäre er ein Kind. *Oder ein Trottel, der sich um ein Haar mit einem Sack Vogelfutter hätte erschlagen lassen.*

»Du hättest das nicht tun sollen«, sagte sie. »Oder zumindest hättest du nach dem ersten Vogel aufhören sollen.«

»Aber es hat doch funktioniert«, erklärte Tobias. »Jetzt wissen wir, wo ihr Herr sich versteckt hält.«

Vill nickte langsam. »Euer Hauptmann hat recht. Ich musste etwas tun, nachdem sie herausgefunden hatte, wer Ihr seid.«

»Tobias ist Soldat«, erwiderte Cameo. »Töten gehört zu seinem Leben, aber nicht zu deinem.«

»Was kümmert es Euch, was zu meinem Leben gehört und was nicht?«

Dass sie im ersten Moment nicht antwortete, hatte etwas

zu bedeuten, und wenn Vill bei klarem Verstand gewesen wäre, hätte er auch gewusst, was. Doch er war immer noch benebelt, und bevor er dahinterkam, was sie gemeint haben könnte, wechselte Cameo das Thema.

»Wir müssen nach Norden. Schinka sagt, von diesem Eispalast führt ein Tunnel zu einem Pass auf der anderen Seite.«

»Ah. Eine Abkürzung durch den Berg sozusagen.«

»Schinka wird uns hinbringen, aber jemand muss hierbleiben und sich um die Vögel kümmern, solange sie weg ist.«

»Am besten Adara. Ihr vertraut sie noch am ehesten. Außerdem wird das Mädchen eine ganze Weile kein Wort mehr mit mir sprechen.«

»Ganz im Gegenteil: Sie besteht darauf mitzukommen. Und sie hat dir eine *Menge* zu sagen. Oder zumindest eine Menge *über* dich.«

»Dann ist sie also immer noch wütend?«

»Sie hätte dich mit diesem Sack beinahe erschlagen.«

»Das war nicht der erste Versuch. Sie hat ein Händchen dafür, selbst die harmlosesten Gegenstände als Waffe zu benutzen.«

»Sie sagt, du wärst ein Lügner und hättest dich kein bisschen verändert.«

»Oh.« Das hatte gesessen. Vill wollte nicht mehr der Mann sein, der er einmal gewesen war, auf keinen Fall. *Es waren doch nur Vögel.* Aber nicht für Schinka, und das wusste Vill. Genau das war ja der Grund gewesen, warum er begonnen hatte, sie einen nach dem anderen zu töten – als Druckmittel, um sie zum Reden zu bringen. Erst jetzt wurde ihm bewusst, wie sehr sie an den Tieren gehangen hatte.

»Dann bleibt eben Erol hier«, sagte er schließlich.

»Ja. Der Vorrat, den Schinka hat, reicht in jedem Fall, bis wir zurück sind.«

Und wenn wir uns verspäten, kann Erol sich einen von den Vögeln braten ...

7

Der Weg den Berg hinunter war weit einfacher als der hinauf. *Genau wie zu meinen Wanderzeiten in Fretwitt.* Cameo blickte noch einmal zurück auf den seltsamen weißen Gipfel. Alle anderen waren vollständig abgetaut, und graue Nebelschwaden stiegen aus dem feuchten Dunst um ihre Gipfel. Die Abroganer nannten sie Zornberge, wie sie in Skye von ihren neuen und mittlerweile schon wieder ehemaligen Untertanen erfahren hatte. *Und sie sehen tatsächlich zornig aus. Wie grollende alte Männer mit einem letzten Rest wirren grauen Haares auf den kahl werdenden Köpfen.*

Die Raubtaube wies ihnen den Weg, sauste voraus oder flatterte hinter ihnen her, unkontrollierbar wie ein von der Leine gelassener Welpe. Sie war ihre eigene Herrin, hatte sich nicht festbinden lassen wie das Sumpfhuhn. Cameo war froh, dass Vill sie nicht auch noch getötet hatte, denn im Gegensatz zu Schinka kannte der Vogel den Weg. Schinka hatte die Voliere nie verlassen. Sie war noch nie in der Festung gewesen, in die ihr Herr und Meister sich zurückgezogen hatte. *Trotzdem werden wir sie im Auge behalten müssen.* Nicht dass Schinka sich heimlich mit der Taube davonmachte und sie allein in der Wildnis zurückließ, um ihren Gebieter zu warnen. Es war ein brüchiges, von Verzweiflung und beiderseitigem Misstrauen geprägtes Bündnis, ganz wie in manchen der Dramen, die Cameo auf der Bühne aufgeführt hatte. Sie vermisste ihre Schaustellertruppe, und sie vermisste die Bühne, das Knarren der Bretter unter ihren

Füßen, das Lachen des Publikums, den Applaus und die Körbe voll frischer Trauben, die sie nach einer gelungenen Vorstellung von den Bauern geschenkt bekamen. *Vielleicht kann Adara mir das Tanzen beibringen.*

Tobias hingegen schwärmte die ganze Zeit von den Federbetten, riesigen Torten und Horden von Dienern, die sie erwarteten. Als wären sie nicht als Bittsteller unterwegs, sondern als Eroberer, die den mysteriösen Fürsten einfach aus seiner Festung werfen würden. *Ich sollte ihn möglichst bald zurück nach Fretwitt schicken.* Andererseits war er ein guter Leibwächter, ein sehr guter sogar, der Cameos Leben genauso schützte wie sein eigenes. Außerdem wurde sie immer noch nicht recht schlau aus Magnan, und in Kriegszeiten war es immer gut, zumindest einen verlässlichen Beschützer zu haben, ob Cameo nun Königin war oder nicht.

Magnan lief am Ende der Gruppe, so weit von Schinka und Adara entfernt wie möglich. Cameo fungierte sozusagen als Bindeglied. Der Bogenschütze kam ihr vor wie eine zerrissene Seele. Dass er Gutes tun wollte, glaubte sie ihm sogar, doch dieser gute Kern lag so tief verschüttet, dass er manchmal kaum zu erkennen war. Er mochte Erol und das Flussmädchen gerettet haben, aber seine kalte Seite kam immer wieder zum Vorschein. »Es waren nur Vögel…« *Wohl wahr.* Sie zu töten konnte man kaum als Verbrechen ansehen. Schinka war eine eigenartige Frau, die zu sehr mit ihren Tieren fühlte, und bei Adara verhielt es sich ähnlich. Adaras Reaktionen schossen stets übers Ziel hinaus. Wenn sie fröhlich war, lachte sie zu laut, und wenn etwas sie ärgerte, verfiel sie in unkontrollierte Wutausbrüche. Leidenschaftlich und flatterhaft wie das Wetter. Oft liebenswert, aber manchmal unerträglich. Dennoch hatte auch Cameo etwas in Vills Augen gesehen, als er die wehrlosen Vögel tötete, das sie zutiefst verstörte: die eiskalte Ruhe eines Mörders. Er hatte nicht zum ersten Mal getötet. Ein Leben auszulöschen machte ihm nicht das

Geringste aus, und auch nicht das Leid, das er den Überlebenden damit verursachte. Er war nicht gefühllos – Cameo wusste, wie sehr ihm Erol und Adara am Herzen lagen –, aber etwas fehlte. Gerade als sie begonnen hatte, etwas für ihn zu empfinden, hatte dieser kalte Wesenszug sie so sehr erschreckt, dass sie sich wieder von ihm zurückgezogen hatte.

»Der weite Norden!«, rief Adara begeistert. »Wir sind da!« Sie kniete am Ufer eines kleinen Schmelzbaches, der auf jeder Furchenlänge, die er bergab zurücklegte, um das Doppelte anschwoll. Plötzlich schlug sie mit der flachen Hand aufs Wasser. Prompt wurde ein kleiner Fisch in die Luft geschleudert und landete zappelnd am Ufer.

»Na, Kleiner?«, sagte sie grinsend. »Ich glaube, du musst noch ein bisschen wachsen, bevor es sich lohnt, dich zu essen.« Sie hob ihn auf und warf ihn zurück in den Bach. »Wenn ich irgendetwas über Bäche weiß, dann müsste dieser hier im Walther münden.«

»Walther?«, fragte Cameo.

»Der große Fluss des Nordens, *mein* Fluss.«

»Diese Seite des Gebirges speist den östlichen Arm, nicht den westlichen«, widersprach Magnan, der sie inzwischen eingeholt hatte.

»Das weiß ich!«, fauchte Adara. »Aber am Ende der Welt werden sie alle eins.«

Magnans Miene hellte sich unmerklich auf. »Ein paar Meilen nördlich von hier müsste dieser Bach unter einer Brücke hindurchführen, die ich kenne. Was sagt die Taube, in welche Richtung wir weitermarschieren sollen?«

Schinka warf ihm einen strafenden Blick zu, doch schließlich hob sie den Arm und winkte. Kurz darauf tauchte die Raubtaube wieder auf. Sie kam direkt aus nördlicher Richtung.

Magnan nickte zufrieden.

Am nächsten Morgen sahen sie den Turm. Seine weiße Spitze ragte über die umliegenden Baumkronen hinaus wie ein Finger, der in den Himmel deutete. Die Taube war schnurstracks darauf zugeflogen und nicht wieder zurückgekehrt.

»Ich hoffe, du hast ihr keine Nachricht aufgetragen, die uns in einem falschen Licht erscheinen lässt«, sagte Tobias an Schinka gewandt.

»Man kann ihr nichts auftragen. Sie gehorcht niemandem, am wenigsten mir. Sie wird ihm sagen, was immer sie will. Wie Ihr dabei ausseht, ist ihr egal.«

Kurz darauf erreichten sie eine eingestürzte Brücke. Die Steinfundamente auf beiden Seiten des nun zu beachtlicher Größe angeschwollenen Schmelzwasserbachs waren noch da, die hölzerne Verbindung dazwischen längst verrottet und fortgespült.

»Das ist sie. Ich kenne diese Brücke«, sagte Magnan leise.

Der Ausdruck auf seinem Gesicht deutete auf eine eher unschöne Erinnerung hin, wie Cameo auffiel. *Und der auf Adaras ebenfalls.*

Magnan kniete sich ans Ufer und spähte hinüber zum angrenzenden Wald. Das Unterholz war dicht und die Bäume so hoch, dass der Turm von hier aus nicht mehr zu sehen war. Nichts deutete auf Soldaten oder gar ein Heerlager hin.

»Der Turm, den wir zuvor gesehen haben, liegt mitten in diesem Wald.«

»Sollten wir nicht hingehen?«, fragte Tobias. »Bis jetzt haben wir nur die Spitze gesehen.«

»Nein. Jede Festung hat vorverlegte Verteidigungslinien, und dieser Fluss hier markiert die Grenze. Sobald wir ihn überschreiten, sitzen wir in der Falle, ohne Möglichkeit, uns zurückzuziehen. Außerdem wird die Taube uns angekündigt haben. Wenn es schlecht für uns läuft, müssen wir kämpfen oder unser Heil in der Flucht suchen. Höchstwahrscheinlich stehen Truppen auf der anderen Seite, die einen Überraschungsangriff auf uns unternehmen könnten. Und *mich* überrascht es, Hauptmann der Roten, dass Ihr so unbedarft in eine solche Falle tappen würdet.«

Tobias schien verärgert und eingeschüchtert zugleich. »Und was ist dann dein Plan, Bogenschütze?«

»Nachdenken. Genau deshalb halten wir hier an.«

Cameo wollte gerade etwas sagen, doch Tobias brachte sie mit einer Geste zum Schweigen. »Wir können höchstens gegen eine Handvoll Soldaten antreten«, erklärte er bestimmt. »Wir sind nur zu zweit, und du hast nicht einmal einen Bogen. Kann Adara kämpfen?«

Magnan schnaubte. »Kann Eure Königin kämpfen?«

Und schon lagen sie sich wieder so sehr in den Haaren, dass Cameo lieber den Mund hielt. *Keiner der beiden möchte die Frau, die er beschützt, einer Gefahr aussetzen.* Und mögliche Gefahren gab es viele. *Dieser Fürst wird Soldaten haben, und er hasst die Roten — also mich und Tobias.* Schinka würde ihnen bestimmt nicht helfen, nachdem Magnan ihre geliebten Vögel getötet hatte. Nur Adara konnte die Kluft zwischen den beiden Parteien überbrücken. Aber weshalb sollte ein Fürst auf die Worte eines Flussmädchens hören?

»Solange ihr beiden Männer nachdenkt, werde ich mit Adara sprechen«, sagte Cameo schließlich.

Magnan und Tobias blickten kurz auf, hatten aber nichts gegen ihr Vorhaben einzuwenden, und stritten weiter, während Schinka in den Himmel spähte für den Fall, dass die Taube zurückkam.

Cameo schlenderte mit Adara zu der eingestürzten Brücke, wo sie sich auf die vom Wasser abgeschliffenen, moosbewachsenen Überreste des Fundaments setzten. Das Schmelzwasser zu ihren Füßen floss schnell, aber ohne größere Wellen oder Wirbel. Nur die Auswaschungen am oberen Rand des Ufers deuteten darauf hin, wie reißend die Fluten werden konnten, wenn es ausreichend regnete.

Adara schnippte Kiesel in den Fluss, und Cameo wartete eine Weile, bevor sie sprach. »Dieser Fürst hasst uns. Wenn wir ihm gegenübertreten, wirst du für uns sprechen müssen.«

»Vill soll das Reden übernehmen. Das macht er doch immer.«

»Schinka wird seine Worte anzweifeln, was auch immer er sagt, nachdem er drei ihrer Vögel getötet hat. Das war ein grober Fehler, den ich hätte verhindern sollen.«

»Vielleicht hättest du gar nicht erst den Fehler machen sollen, Abrogan zu erobern.«

Dem konnte Cameo schlecht widersprechen. »Du hast recht. Und ich trauere um alle, die deswegen gestorben sind. Es tut mir aufrichtig leid.«

»Das nächste Mal solltest du besser nachdenken, bevor du Befehle gibst, die dir später leidtun. Dann könntest du dir nicht nur die Befehle sparen, sondern auch die anschließende Trauer.«

Cameo nahm die Kritik wortlos hin. Sie hatte von Macht geträumt, davon, eine Königin zu sein. Doch jetzt, da sie eine war, hatte sie Schmerz und Tod über Unschuldige gebracht. Adaras Worte waren eine eindringliche Erinnerung daran.

»Wir brauchen diesen Fürsten, Adara. Wenn wir die Dinge wieder in Ordnung bringen wollen, sind wir auf seine Hilfe angewiesen. Ich will den Menschen Abrogans ihr Land zurückgeben. Und Magnan will das auch.«

»Er prügelt die Menschen, bis sie tun, was er sagt. Etwas anderes kennt er nicht.«

»Wenn du ihm nicht vertraust, dann vielleicht mir.«

»Und was ist mit deinen Roten? Sie sind als Eroberer gekommen. Was willst du ihnen sagen: ›Tut mir leid, Männer, aber es war alles mein Fehler?‹«

»Viele von ihnen sind tot, wahrscheinlich die meisten. Die, die noch leben, werde ich übers Meer nach Hause schicken. Einige sind wahrscheinlich längst dort. Sie gehören genauso wenig hierher wie ich.«

»Warum suchst du dir nicht einfach auch ein Schiff und fährst zurück in die Rote Stadt?«

»Weil ich dort ebenfalls nicht hingehöre.«

»Dann gehörst du nirgendwohin. Wie ich.«

»Ja, genau wie du.« Cameo warf einen Kiesel ins Wasser. »Aber sag mir eins: Warum bleibst du bei Magnan?«

»Er ist es, der bei *mir* bleibt. Frag ihn.«

»Aus Schuldgefühl?«

»Behauptet er zumindest. Aber er behauptet auch, dass er nicht mehr töten will. Dass er jetzt ein anderer Mensch wäre. Aber das ist er nicht.«

»Es waren nur Vögel, die er getötet hat.«

»Schinkas Vögel.«

»Aber es sind und bleiben Vögel. Seit ich ihm begegnet bin, hat er sich an sein Versprechen gehalten und keinem Menschen Schaden zugefügt. Du bestrafst ihn für die Vergangenheit.«

»Das hat er auch verdient, und die Schuld ist noch längst nicht abgetragen.«

»Vielleicht solltest du aufhören, ihm für etwas zu grollen, das so lange zurückliegt. Es ist, als würdest du einen Hund schlagen, weil er dir vor zwei Wochen dein Fleisch vom Teller gestohlen hat. Der Hund weiß nicht einmal mehr, warum, und das Fleisch bekommst du auch nicht zurück.«

Adara schnaubte und schleuderte einen Stein in den Fluss. »Du kannst reden, so viel du willst. Ich mag ihn trotzdem nicht.«

»Du musst ihn auch nicht mögen. Hilf ihm einfach. Er ist eine verlorene Seele, die sich in der Dunkelheit verirrt hat. Führe ihn ins Licht. Hilf ihm dabei, uns allen zu helfen. Und was diesen Fürst betrifft: Du musst ihn überzeugen, dass wir Verbündete im Kampf gegen das dunkle Heer sind. Er wird Tobias hassen, sobald er ihn sieht, und mich erst recht, wenn er herausfindet, wer ich bin. Sag ihm, dass du deinen Hass besiegt hast. Sag ihm, dass er das auch kann.«

»Und wenn ich es selbst nicht kann?«

»Dann wird er uns wahrscheinlich alle töten.«

8

Tobias hasste Wasser in den Stiefeln. Er hoffte nur, dass der Weg nicht mehr allzu weit war, nachdem sie den Fluss durchquert hatten. Jeder Schritt fühlte sich matschig und widerlich an. Der Plan, auf den er und Magnan sich schließlich geeinigt hatten, war denkbar einfach: Sie würden noch ein gutes Stück flussabwärts laufen und den Fluss im Norden überqueren. Falls die Taube sie verraten hatte und der Fürst Späher schickte, würden sie im Süden suchen, in der Nähe des verschneiten Gipfels, von dem sie gekommen waren.

Eigentlich hätte er nach wie vor gerne Cameos Körper übernommen. Doch jetzt, da ihr Heer in alle Winde verstreut war und in Skye ein neuer König herrschte, schien ein Tausch nicht mehr ratsam, und Tobias fragte sich, ob er sich nicht ein anderes Opfer suchen sollte. Ganz Abrogan schien Tobias Rubin nach dem Leben zu trachten, und jetzt waren sie auch noch auf dem Weg zu einem Fürsten, der nichts anderes wollte, als den Hauptmann der Roten und seine Königin im Staub zu zertreten. Vill Magnan glaubte, der Fürst habe mithilfe von Schinkas sprechenden Vögeln mehrere Heere zusammengezogen und bereite sich darauf vor, jeden Moment loszuschlagen. *Aber wie das mit Gerüchten nun mal so ist: Zuerst schießen sie hoch wie Unkraut, und dann brechen sie unter ihrem eigenen Gewicht zusammen.* Vill kam ihm zwar nicht wie jemand vor, der gerne übertrieb, aber da war immerhin diese Geschichte von der angeblichen Drachin, die niemand außer Magnan je gesehen hatte. Andererseits war Abrogan ein durchaus ungewöhnliches Land mit explodierenden Bergen und Schatten in Menschengestalt, die aus unterirdischen Ruinen marschierten. Alles konnte hier passieren, wie es schien. Und nicht zu vergessen Tobias selbst, der von Körper zu Körper springen konnte, um dem Tod zu entrinnen.

Im Grunde genommen passt dieses Land ganz gut zu mir.

Dann standen sie plötzlich vor der Lichtung mit dem Turm. Tobias spähte durchs Unterholz auf das eigenartige Gebäude, das eher aussah wie eine windschiefe Säule aus einem unbekannten weißen Material. Aber eine Säule war es auch nicht, denn Säulen waren rund. Das Ding in der Mitte der Lichtung hingegen hatte tiefe Dellen und unförmige Ausbuchtungen. Hoch war es zumindest, aber sehr schmal. Ein ganzes Heer passte dort jedenfalls nicht hinein, und die Gestalten, die Tobias auf der Lichtung ausmachen konnte, waren bestimmt keine Soldaten.

Kühe?

Etwa zwei Dutzend Rinder trotteten im Gras umher, was für die Herde eines Züchters eine beachtliche Größe war. *Oder es ist lebender Proviant für die Soldaten des Fürsten.* Aber Tobias konnte weder Zelte noch Feuerstellen entdecken. Das Heer musste irgendwo anders sein. Das Fell der Rinder war beinahe nahtlos braun, mit einem Stich ins Grünliche, sodass sie zwischen den Bäumen des Waldes kaum zu sehen sein dürften. Wie Schinkas Gebieter die Herde auf seiner Flucht über das Gebirge hatte bringen können, war Tobias ein Rätsel.

Der Turm selbst war entweder stümperhaft gebaut, oder es war gar kein Turm, sondern ein Termitenhügel wie die im Nasswald seiner Heimat. Dort gab es ähnlich abenteuerlich schiefe Gebilde, die es irgendwie schafften, stehen zu bleiben. Dann bemerkte Tobias die Fenster. Aber selbst die wirkten eher wie zufällig verteilte Löcher in der Wand.

Magnan kam von hinten heran. »Was seht Ihr, Hauptmann?«

»Nichts. Einen unbewachten Turm und keine Späher. Die Luft ist rein.«

Schinka betrat die Lichtung als Erste und blickte sich suchend um.

»Wartet«, zischte Magnan. »Man kann Euch vom Turm aus sehen. Besser, wir hissen eine weiße Flagge, bevor sie uns noch mit einer Pfeilsalve begrüßen.«

Schinka beachtete ihn gar nicht.

»Er hat recht«, rief Tobias ihr hinterher. »Wir sollten...«

Da rannte Schinka auch schon los. Sie bewegte sich schneller, als Tobias für möglich gehalten hätte, und war im Handumdrehen außer Reichweite. Keine Möglichkeit, sie ohne Gefahr für Leib und Leben zurückzuholen. Die Vogelpflegerin hielt direkt auf den Turm zu.

Natürlich haut sie ab. Auf sie werden die Wachen des Fürsten kaum schießen. Tobias dachte an die vielen Pfeile, die ihn während des Sturms auf Skye nur um Haaresbreite verfehlt hatten. Der nächste würde sitzen, schon allein der Wahrscheinlichkeit wegen. Und wenn der ohnehin schon erboste Fürst von seinem Turm aus sah, wie eine Rotnase seiner Vogelpflegerin nachstellte, war es keine schwierige Frage, was er tun würde.

»Sie ist einfach abgehauen«, sagte Tobias mit verschränkten Armen.

Magnan erwiderte nichts und trat hinaus auf die Lichtung. »Rinder!«, schrie er plötzlich.

»Wir müssen Schinka aufhalten!«, brüllte Andara mit vor Entsetzen geweiteten Augen.

Magnan zögerte einen Moment, dann rannte er mit einem wilden Fluch auf den Lippen hinter Schinka her und zog das schartige Messer aus der Scheide, das er irgendwo während des Abstiegs aufgesammelt hatte.

»Hüte dich vor den Rindern!«, rief Adara panisch in Schinkas Richtung.

Nichts davon ergab einen Sinn, weshalb Tobias beschloss, erst einmal hierzubleiben und abzuwarten, was passierte, wenn die Vogelflüsterin und der Bogenschütze in Schussweite des Turms waren. Ob sie den Eingang – falls es überhaupt einen gab – ohne Pfeil oder Speer in der Brust erreichten, und wenn nicht, welchen der beiden es erwischen würde. Wie die Sache ausging, war ihm egal, solange er nur selbst in Sicherheit war.

Die Rinder verhielten sich eigenartig. Sie trabten nicht davon, wie Tobias erwartet hatte, sondern reckten die sehnigen Hälse und gingen dann in eine Art Kauerstellung, als machten sie sich zum Sprung bereit. Dergleichen hatte er noch nie gesehen. Schließlich trabte der Leitbulle los, genau auf Schinka zu, während die anderen halbkreisförmig ausschwärmten. Jetzt, da die Tiere näher heran waren, konnte Tobias ihre dicken Muskeln erkennen. Sie sahen ganz anders aus als die fretischen Rassen und waren offensichtlich weit weniger ängstlich.

Vielleicht glauben sie, Schinka bringt ihnen Futter.

Was dann geschah, verwirrte Tobias so sehr, dass er sich ruckartig auf den Hosenboden setzte: Der Bulle wartete, bis Schinka auf gleicher Höhe war, dann schnappte er zu, grub seine Reißzähne in ihre Schulter und riss sie von den Beinen. Er schüttelte sie ein paar Mal, dann warf er sie zu Boden und hielt sie mit den Vorderhufen fest. Die anderen Rinder kamen gerade herbeigerannt, da ließ der Bulle sein Opfer los und senkte den mächtigen Schädel, als wollte er Schinka die Kehle durchbeißen.

Doch Vill Magnan war schneller. Er sprang dem Bullen ins Kreuz und rammte ihm sein Messer in den Nacken, wieder und wieder.

Das Raubtier war genauso überrascht wie Tobias. Es ließ von Schinka ab, sprang wild umher und schüttelte sich, um den Bogenschützen von seinem Rücken zu bekommen. Doch Magnan klammerte sich fest, brüllte und stach wie von Sinnen auf den Bullen ein.

Tobias saß verdutzt da und schaute zu. Dann sah er, wie Adara direkt auf die groteske Szene zurannte. *Was tut sie da?*

»Hilf ihnen!«, brüllte Cameo.

Außer Tobias war niemand mehr da. *Sie wird doch wohl nicht mich meinen?* Da packte ihn Cameo, zog ihn auf die Beine und hinaus auf die Lichtung. *Was soll das?* Tobias blickte ärgerlich über die Schulter in Richtung des Flusses, der ihm nun den Fluchtweg abschnitt, wie Magnan gesagt hatte. Es war zu spät: Seine Königin und potenzielle neue Wirtin hatte ihn schon die Hälfte der Strecke zu dem absurden Kampf zwischen Mensch und Tier geschleift. Tobias zog stöhnend seinen Dolch. »Hinter mich!«, befahl er so entschlossen, wie seine zitternde Stimme es zuließ.

Cameo gehorchte prompt. Jetzt, da Tobias vorne war, nutzte er die Gelegenheit, ihr Marschtempo von dem eines selbstmörderischen Ablenkungsangriffs auf das eines vorsichtigen Herantastens zu reduzieren. Doch die Götter der Ungerechtigkeit waren noch nicht fertig mit ihm: Plötzlich regneten aus heiterem Himmel rundliche Klumpen auf Tobias herab. Jeder Deckungsmöglichkeit beraubt, blieb ihm nichts anderes übrig, als das Tempo wieder zu beschleunigen, um kein so leichtes Ziel abzugeben. Das erste Geschoss ging mitten zwischen den Rindern zu Boden, das zweite schlug mit einem feuchten Klatschen direkt vor seinen Füßen auf. Tobias blieb erschrocken stehen – ein noch blutiger Fleischklumpen lag vor ihm im Gras.

Es regnet also Fleisch vom Himmel. »Was zum Teufel...?«

Cameo wusste auch nicht mehr als er und fluchte genauso lauthals wie Tobias.

Die Rinder hingegen hoben die Köpfe und stürzten sich sofort auf die saftigen Klumpen. Erbitterte Zweikämpfe entbrannten um die größten Stücke. Der Bulle hatte sich Magnans inzwischen erfolgreich entledigt und trabte davon, entweder auf der Suche nach leichterer Beute oder um seine Wunden zu lecken.

Vill kam schwankend auf die Beine und schaute sich verblüfft um. Just in diesem Moment schwang eine Tür am Fuß des Turmes auf. *Aha, es gibt also doch einen Eingang!*

»Rein! Schnell!«, rief jemand aus dem Turm.

Der Plan, erst einmal aus sicherem Abstand zu verhandeln, hatte sich offensichtlich erledigt. Adara nahm Schinka unter den Achseln und zog sie in Richtung Turm.

Magnan kam hinzugehumpelt und versuchte, Adara zur rettenden Tür zu scheuchen. Der linke Arm der Vogelpflegerin war übel zugerichtet; weiße Splitter ragten aus ihrer Schulter, und weiter unten lag der Knochen fast komplett frei, sodass ihr Unterarm praktisch nur noch lose an ein paar halb durchgebissenen Sehnen hing.

»Finger weg!«, blaffte Adara den Bogenschützen an. »Ich werde sie auf keinen Fall zurücklassen.«

Widerwillig fasste Magnan mit an.

Tobias sah sich um. Die Rinder hatten die unverhoffte kleine Vorspeise beinahe restlos verzehrt. Mit so wenig waren derart große Biester bestimmt nicht sattzukriegen. Ihm blieben nur noch Augenblicke, bis sie sich erneut auf den menschlichen Hauptgang stürzen würden. *Zeit, mich zu entscheiden.*

Leider kam Cameo ihm zuvor. Sie eilte zu der halb toten Schinka, um sie mit Adaras und Magnans Hilfe in Sicherheit zu bringen. Tobias blieb keine andere Wahl. Er setzte seine Kapuze auf und zog sie tief ins Gesicht, damit sein Zinken nicht sofort zu sehen war, dann schloss er sich den dreien an.

Die Gestalt im Turm hatte die Tür mittlerweile wieder halb zugezogen. *Er wird es sich doch nicht anders überlegt haben?*

»Ihr müsst Eure Waffen reinwerfen, bevor Ihr selbst eintreten könnt!«

»Wir haben Eure Vogelpflegerin, und sie ist verletzt!«, drängte Magnan.

Den Mann an der Tür kümmerte das wenig, also riss Tobias seinen Dolch aus der Scheide und hätte die Wache beinahe getroffen, als er ihn hastig durch den Türrahmen warf. Magnan zögerte, doch als Tobias ihn mit einem schrillen Schrei darauf aufmerksam machte, dass die gefräßigen Rinder bereits wieder in ihre Richtung kamen, gab er schließlich nach und trennte sich von seinem rostigen Messer.

Die Wache an der Tür schien immer noch unentschlossen, während das hungrige Schnauben in ihrem Rücken bedrohlich lauter wurde.

»Bei den Göttern«, bellte Tobias. »Ihr habt uns hergerufen, jetzt lasst uns gefälligst auch herein!«

Die Tür schwang auf, und Tobias stürzte hindurch, vorbei an der in den Armen der anderen drei sterbenden Vogelpflegerin.

»Sind das alle?«, erkundigte sich die Wache.

»Wenn Ihr die Rinder nicht auch hier drinnen haben wollt, ja!«

Die Tür schlug krachend zu, und es wurde augenblicklich stockfinster. Der Vorraum hatte nicht ein einziges Fenster, Tobias hörte nur das Klacken eines Riegels.

»Nun«, sagte ihr Retter, »werdet Ihr Euch alle mit dem Gesicht zur Wand stellen und Euch nicht von der Stelle rühren. Ich habe ein Schwert. Wer nicht gehorcht, bezahlt mit seinem Blut.«

»Gilt das auch für Eure Vogelpflegerin?«, schnaubte Magnan gereizt. »Sie kann nämlich nicht mehr stehen, und bluten tut sie auch so schon.«

»Seid Ihr der Herr des Turms?«, fragte Cameo in die Dunkelheit.

»Ich...?«

Also nicht, folgerte Tobias.

»Vogelpflegerinnen und Turmherren werden warten müssen, bis ich den anderen Bescheid gesagt habe, dass wir Gefangene haben. Wenn einer von Euch sich auch nur von der Stelle rührt, höre ich das. Ich habe nämlich gute Ohren.«

»Ihr seid blind«, sagte Cameo unverblümt.

»Wie?«

»Ihr findet Euch auch ohne Licht zurecht, sonst würdet Ihr uns kaum im Dunkeln empfangen.«

Tobias hörte, wie der Mann verunsichert von einem Fuß auf den anderen trat. *Man sollte jemanden, dem man so schutzlos ausgeliefert ist wie wir im Moment, besser nicht verunsichern*, dachte er bang.

»Ich sage es noch einmal: Ich habe ein Schwert, und als Kommandant der Stadtwache von Skye kann ich hervorragend damit umgehen«, erwiderte der Mann schließlich.

»Ich habe keine Wachen gesehen«, widersprach Magnan.

»Schluss jetzt mit dem Gerede!«

Wir könnten ihn überwältigen, dachte Tobias gerade, da hörte er ein Klopfen von oben und eine Stimme, die zu ihnen herunterdrang. Es waren also noch mehr Leute im Turm, vielleicht nicht eine vollzählige Wache, aber wahrscheinlich genug, dass sie gut daran taten, es sich mit ihrem Retter nicht zu verscherzen. Er beschloss, den Mund zu halten, und die anderen folgten seinem Beispiel. Selbst Schinka gab keinen Laut mehr von sich – also war sie entweder bewusstlos oder tot. Getötet von einem Tier, das eigentlich selbst auf den Teller gehörte. *Wo liegt sie noch mal? Besser, ich bleibe auf Abstand.* Die Seele eines Menschen war zu erstaunlichen Dingen fähig, wenn es ums Überleben ging, wie Tobias aus eigener Erfahrung wusste. Nicht dass Schinka den

Spieß umdrehte und sich im Todeskampf seines Körpers bemächtigte, falls er ihr zu nahe kam. Es war zwar unwahrscheinlich, aber in diesem eigenartigen Land konnte man nie wissen.

Da kam ihm ein weiterer Gedanke: Vielleicht konnte er die Gunst der Stunde nutzen und endlich diesen verfluchten Körper verlassen. Im Moment war er eine Rotnase in der Hand des Feindes. Kein Friedensvertrag, nicht einmal Verhandlungen oder auch nur eine mündliche Zusicherung boten ihm irgendeine Sicherheit. Seiner Einschätzung nach hatte das Flussmädchen im Moment die besten Überlebenschancen. *Ihr gesellschaftlicher Rang wäre allerdings ein gewaltiger Rückschritt für mich.* Außerdem stellte eine wütende Adara im kräftigen Körper des Hauptmanns Tobias ein untragbares Risiko für sein Leben dar. *Dann eben nicht.* Ihm blieb nichts anderes übrig, als darauf zu hoffen, dass der Turmherr ihn verschonen würde.

Ihr Retter band ihnen die Hände auf den Rücken, dann brachte er sie einen nach dem anderen in einen angrenzenden Raum, wo er ihnen auch noch die Füße fesselte. Zumindest gab es hier ein Fenster, sodass sie ihn zum ersten Mal in vollem Licht sahen: Der Mann war nicht gerade jung und in der Tat stockblind.

»Verflucht«, murmelte Tobias. *Wir hätten ihn mit links unschädlich machen können.*

Nachdem sie alle gefesselt auf dem Boden lagen, öffnete ihr Häscher eine Falltür in der Decke. Eine Leiter wurde herabgelassen, und der Turmherr kam herunter. Er war noch älter als der Blinde, bestimmt sechzig oder mehr, und schwer vom Schicksal gezeichnet, wie die tiefen Sorgenfalten in seinem Gesicht zeigten. *Vollkommen harmlos die beiden, aber jetzt ist es zu spät, verdammt!*

»Das sind die vier, die ich auf der Lichtung gesehen habe, Darby«, sagte der Alte. »Wo ist Schinka?«

»Vermutlich tot, Herr. Der Bulle hat sie erwischt.«

Der Greis nickte resigniert. Statt in den Nebenraum zu gehen, musterte er zunächst seine Gefangenen. Mit knirschenden Knien beugte er sich über Tobias und schlug dessen Kapuze zurück. *Nein!* Sofort wurden die Falten auf seiner Stirn noch tiefer, falls das überhaupt möglich war. Die gleiche Reaktion zeigte er, als er Cameo sah. Doch als er das Flussmädchen erblickte, riss er die Augen auf, als hätte er ein Gespenst gesehen. Er schwieg einen Moment, dann streckte er ungläubig die Finger aus und berührte ihre Wange. »Adara...?«

Das Mädchen erwiderte seinen verdutzten Blick. »Wex?«, fragte sie schließlich. »Wexford Stoli?«

»Du kennst ihn?«, flüsterte Cameo.

»Bei den Göttern«, sagte Vill. »Der Kartenzeichner.«

9

Die Karte an der Wand direkt vor ihm war ein prächtiger Anblick. Frisches, glänzendes Blut markierte die Stellen, die er gerade gezeichnet hatte, ein halbes Jahrhundert nachdem er den Walther abgebildet hatte, den Turm des Kleinen Volkes und Verdas Hortbäume. Wex trat einen Schritt zurück und betrachtete sein Werk wie ein Mäzen die letzte Arbeit seines Lieblingsmalers. Er hatte die Karte auf seiner Flucht aus Skye mitgenommen. Sie war das Einzige gewesen, was er außer seinem Pferd noch besessen hatte. Kurz darauf hatte er das Pferd an die Rinder verloren, doch die Karte hatte er retten können, und nachdem er sich im Turm niedergelassen hatte, war er an die Arbeit gegangen.

Als Erstes versetzte er den Schleier. Ein Test. Nur ein kleiner Schnitt im Daumen, dann verteilte er das Blut mit der Handfläche, rieb es westlich des Walther in die Karte, und prompt entstand an der Stelle eine ausgedehnte Wüste, die er sogar von seinem Turm aus sehen konnte.

Dann war der Reiher mit einer Nachricht gekommen: Ein Trupp der Roten war in die Wüste vorgedrungen und kam in seine Richtung. Wex hatte eine Idee. Er eilte zur Karte, überlegte und plante einen halben Tag lang. Schließlich zeichnete er mit einem Stock eine dünne rote Linie mitten in die Wüste, gewunden wie eine Schlange. Im nächsten Schritt wischte er sie mit dem Handballen wieder ab und zeichnete gleich daneben eine neue. Das wiederholte er so lange, bis er das gesamte Wüstengebiet abgedeckt hatte. Die letzte Linie beließ er als endgültigen Verlauf des Meander, der nun von den Zornbergen nach Norden zum Rand der Karte führte.

Der Falke war der Nächste, der Neuigkeiten überbrachte. »Rotnasen in Zornfleck«, lautete diesmal die Botschaft. *Mein Heimatdorf.* Sie hatten Emil getötet, waren dann weitergezogen in die Zornberge und näherten sich dem Schimmelkamm. Wex war außer sich gewesen und hatte sich in seiner Wut zu tief geschnitten. Viel zu tief. Von abgrundtiefem Hass gepackt, hatte er seine blutende Handfläche auf die Karte geklatscht, direkt auf den Berg, als könnte er die Roten wie Fliegen erschlagen.

Die Explosion, die darauf folgte, war so heftig, dass selbst sein Turm darunter erzitterte und Wex das Gleichgewicht verlor. *Dann hatte Kraven doch recht, als er vor all den Jahren behauptete, der Berg könnte Feuer spucken...* Risse bildeten sich in den Wänden, faustgroße Brocken lösten sich von der Decke, und Wex fürchtete schon, der Turm würde jeden Moment einstürzen, doch er hielt. Als das Wackeln endlich aufhörte, stand Wex mühsam auf und musterte die Karte. Um seinen Fehler zu korrigieren, verteilte er das Blut eilig auf eine größere Fläche, und das war der nächste Fehler: Zornfleck und Furtheim waren vollkommen von der Karte verschwunden und mit ihnen ein großer Teil der eben erst erschaffenen Wüste. Und als er das Blut hektisch immer weiter verteilte, um es zu verdünnen, bildete sich ein roter Film über ganz Abrogan. Noch Tage später war der Himmel verdunkelt gewesen.

Einen solchen Fehler wollte er nicht noch einmal machen und war entsprechend vorsichtig, als er sich Skye und Buchtend widmete. Auf keinen Fall sollte die beiden großen Städte dasselbe Schicksal ereilen wie die zwei Dörfer unterhalb des Schimmelkamms. Also entschied er sich für die abgelegene

Ödnis der Täler. Wenn etwas schiefging, wären die Auswirkungen weit weniger verheerend. Wex schlich sich vorsichtig aus dem Turm und suchte im umgebenden Wald nach einer Stechfichte, aus deren spitzen Nadeln er einen feinen Zeichenkiel schnitzte. Selbst mit seinen über sechzig Jahren waren seine Hände noch sehr geschickt. *Geschickt genug für meine Aufgabe jedenfalls.* Frischen Mutes stach er sich ein Loch in den linken Handballen, den er als Palette benutzte, und begann Hunderte kleine Punkte in feinsäuberlich geordneten Reihen zu zeichnen. Einen einzelnen setzte er an die Spitze. *Das ist der Anführer.* Wex trat einen Schritt zurück und kniff die Augen zusammen. *Ein Heer, ganz ohne Zweifel. Kein Fehler diesmal.* Schließlich malte er noch einen Pfeil, der in die Richtung wies, in die seine Soldaten marschieren sollten.

Es war ein gutes Gefühl, endlich wieder zu zeichnen. Fürst Kryst hatte es ihm verboten, nachdem Fretter ihn in alles eingeweiht hatte. »Zu gefährlich«, hatte Kryst zu Wex gesagt und ihm die Karte entrissen. »Nicht dass du noch Drachen und andere Monster über uns bringst.« Dem Herrscher Abrogans konnte er sich schlecht widersetzen, und als er es doch versuchte, brachte Krysts Garde ihn mit sanfter Gewalt wieder zur Besinnung. Zum Trost hatte Kryst ihm wenigstens einen Titel verliehen: »Schweinegraf« durfte Wex sich fortan nennen. Es war ein ehrenwerter Titel und ein großzügiges Geschenk, das Wex' Vater Elger mit unendlichem Stolz erfüllte. Und so passend für den Sohn eines Schweinezüchters. Eigentlich hätte Wex dankbar sein sollen. Doch nachdem er sich tief im Herzen zum Zeichner berufen fühlte und die letzten Monate damit verbracht hatte, dem Schleier ganze Landstriche zu entreißen oder fantastische Geschöpfe zu erschaffen, fühlte es sich an wie eine Strafe.

Brynn hingegen stand ihm stets treu zur Seite. Sie hatte ihn sogar geheiratet und ihm zwei Söhne geschenkt, die ihn wiederum mit Enkelkindern beglückt hatten. *Und jetzt sind sie alle tot.* Hingemordet von den roten Eindringlingen. Wex' Heim war in einer Wolke aus Staub und Fels in sich zusammengestürzt. Der Boden unter ihrem prächtigen Familienanwesen im Adelsbezirk war einfach weggebrochen, die Westflanke des Berges hinunter, und mit ihm Wex' Familie. Er hatte es mit eigenen Augen vom Grünen Turm aus gesehen. Gerade waren die Villen der Adligen noch da gewesen, nur um im nächsten Moment mit einer Felslawine ins Tal zu stürzen. Wex hatte wie versteinert dagestanden, und sein Herz verwandelte sich in einen Eisklotz. Er fühlte nichts mehr, gar nichts, hörte nur die Schreie und dann ein ohrenbetäubendes Poltern und Donnern, als würden die Götter im Himmel mit den Zähnen knirschen. Der Berg selbst hatte den Krieg gegen sie entschieden. Es gab nur eine einzige Macht in Abrogan, die das hätte verhindern können, doch diese Macht war ihm verweigert worden, als er sie am nötigsten brauchte.

Und jetzt habe ich sie wieder!

Wex strich liebevoll über die Karte. *Meine Karte.* Sie war so hoch, wie er selbst groß war, dick und trotzdem leicht, glattes Leder auf der einen Seite, Schuppen, härter als jeder Stahl, auf der anderen. *Eine Drachenhaut wie auch Verda sie hat.* Vielleicht stammte sie sogar von einem ihrer Vorfahren. Seit seinem Sieg über Vill Magnans Düsterlinge hatte er sie nicht mehr gesehen. Beim Gedanken an den verhassten Bösewicht erschauerte Wex. *Hätte sie ihn nur gefressen, bevor sie über das Gebirge für immer davonflog.* Doch die schlaue Drachin war sofort geflohen, als sie begriff, dass Wex Macht über den Schleier hatte. *Als sie begriff, dass ich mehr Macht habe als sie.* Ja, damals war er der mächtigste Mann Abrogans gewesen, und jetzt, da er die Karte wiederhatte, würde er seine Macht benutzen, um die roten Ratten zurück ins Meer zu treiben. Mehrere hundert hatte er schon getötet.

Wex lächelte. *Ein guter Anfang.* Was er jetzt brauchte, war Nachricht aus dem Süden. Er musste wissen, wo er als Nächstes zuschlagen konnte. Er brauchte seine Vögel.

Dann tauchte die Raubtaube auf. Doch das unzuverlässige kleine Biest redete nur Unsinn. »Schinka kommt von Norden«, sagte es immer wieder. *Lächerlich.* Schinka war weit weg auf einem abgelegenen Gipfel der Zornberge. Wenn sie überhaupt kam, dann von Süden. Doch die Raubtaube war bekannt für ihre Flunkereien und hatte es meistens doch nur auf Futter abgesehen. Enttäuscht und verärgert sperrte Wex sie in ihren Käfig. Ohne Futter. Von da an hielt der Vogel wenigstens den Schnabel.

Kurz darauf hörte er jedoch einen Schrei von unten. Es war Nanya, die Frau seines blinden Wachmanns. »Leute auf der Lichtung!«

Wex eilte ans Fenster und sah die Vogelpflegerin aus nördlicher Richtung über die Lichtung rennen. Vier Fremde waren ihr dicht auf den Fersen. *Wer kann das sein?* Da fiel ihm etwas ganz anderes, noch viel Wichtigeres ein...

Die Rinder!

10

»Schinka liegt im Sterben«, sagte Darby und riss Wex aus seinen Gedanken. »Nanya ist bei ihr, aber wir können nichts tun. Aus ihrer Schulter sprudelt nur so das Blut, und die Wunde ist zu groß, als dass wir sie verbinden könnten.«

Und nichts, was ich auf der Karte zeichnen könnte, wäre klein genug, um sie zu retten. Es war ein Jammer, denn Schinka war die Einzige, die sich darauf verstand, Vögeln das Sprechen beizubringen. Eine Kunst, die sie aus ihrem Zeitalter mitgebracht hatte, aber da sie keinen Lehrling hatte, gab es niemanden mehr, der sie fortführen konnte. Wex hätte sich von einem seiner im ganzen Land verteilten Informanten ein Waisenkind schicken lassen sollen, um es bei ihr in Ausbildung zu geben. Er hatte einfach nicht daran gedacht. *Dumm!* Seine eigenen Rinder hatten sie getötet. *Noch dümmer!* Die gehörnten Ungeheuer waren die besten Wächter, die er sich nur wünschen konnte, aber sie waren nun mal wilde Tiere. Und als die unzuverlässige Raubtaube behauptete, Schinka würde bald über die todbringende Weide gelaufen kommen, hatte er ihr nicht geglaubt. *Dumm, dumm und noch mal dumm!*

Wex betrachtete seine Gefangenen. Sein Kopf drehte sich wegen all der unvorhergesehenen Ereignisse. Bevor er sich Adara widmen konnte, musste zu einer verlässlichen Einschätzung kommen, wen er sich da in den Turm geholt hatte. Der Mann, dem er gerade die Kapuze vom Kopf gezogen hatte, war jung und stark. Die mächtigen Muskeln an Armen und Schultern deuteten auf viele Stunden auf dem Kasernenhof hin. *Ein Soldat, ganz ohne Zweifel. Und dann noch diese Nase!*

»Na, Ratte?« Mehr brauchte Wex nicht zu sagen. Das Zucken um die Mundwinkel des Mannes war Antwort genug.

Den Fang hatte er dem gerissenen Darby zu verdanken. Er hatte sie vor den gefräßigen Rindern gerettet und es dann irgendwie geschafft, sie zu fesseln, bevor sie merkten, dass der Turm nur von einem Blinden, dessen Frau und dem gebrechlichen Wex besetzt war. Die junge Frau in Adaras Begleitung hatte sogar gemerkt, dass Darby blind war, und trotzdem hatte er sie gefangen nehmen können. *Die zweite Rotnase, die mir das Schicksal heute in die Hände spielt.* Der dritte in der Gruppe schien ebenfalls Soldat zu sein, aber er wirkte wie ein Mann Skyes und war etwas jünger als die rote Ratte. Allerdings konnte Wex das wegen des Altersunterschieds, der ihn von beiden trennte, nur schwer einschätzen.

Wex überlegte, was er als Nächstes tun sollte. Allein der Anblick der beiden Roten versetzte ihn derart in Rage, dass es regelrecht wehtat, und Adaras plötzliches Auftauchen brachte sein Blut zusätzlich in Wallung. Er dachte zurück an den Anblick, wie das rote Gewürm über die eingestürzte Bergflanke hinaufgekrochen war, um sich wie eine Seuche in die Straßen seiner Stadt zu ergießen.

Am besten sprach er zunächst mit jemandem, den er nicht am liebsten sofort töten würde. Mit jemandem, der eine kleinere Nase hatte. *Adara vielleicht?* Wex hatte keine Ahnung, was er zu ihr sagen sollte. Nach einem halben Jahrhundert war er wieder nervös wie ein Junge, der plötzlich dem Mädchen gegenüberstand, das er bisher nur aus der Ferne angehimmelt hatte. Als Erstes musste er herausfinden, warum sie überhaupt hier waren. Der Mann aus Skye konnte es ihm wahrscheinlich verraten. Auch wenn der Umstand, dass der Kerl sich in Begleitung von Roten befand, Wex misstrauisch machte. Dennoch schien er der Anführer der Gruppe zu sein, und er hatte versucht, Schinka zu retten. *Ein guter Mann.* Mit ihm konnte Wex zumindest sprechen, ohne vor Wut zu explodieren, was ihm bei den Roten kaum gelingen dürfte. Mithilfe seiner Karte hatte er ganze Kompanien ausgelöscht und lauthals gejubelt, und jetzt, da er zwei von ihnen von Angesicht zu Angesicht gegenüberstand, konnte er kaum einen klaren Gedanken fassen. *Ich werde sie umbringen, aber zuerst muss ich mich beruhigen.*

Wex wandte sich an Darby. Der blinde Wachsoldat war schlau und gerissen. Obwohl er nicht das Geringste sah, bewegte er sich mit beinahe beängstigender Sicherheit durch die schmalen Tunnel des Turms, duckte sich an den richtigen Stellen und blieb nie an einer der vielen Ecken hängen. Er war durch und durch ein Mann Skyes. Wex hatte ihm befehlen müssen, seinen Posten zu verlassen. Er hatte ihn auf dem Vorplatz des Grünen Turms gefunden, wie er die Köcher von Bogenschützen füllte, die längst geflohen waren. Mithilfe seiner Frau Nanya war es ihm schließlich gelungen, ihn zu überzeugen, mit nach Norden zu kommen, und auf ihrer nächtlichen Flucht hatte sich Darbys fast schon übernatürlicher Orientierungssinn als unschätzbare Hilfe erwiesen.

»Was hältst du von ihm?«, fragte Wex.

»Von dem Skyer?« Darby zog die Augenbrauen hoch. »Er ist selbstbewusst, vielleicht ein bisschen zu sehr. Wollte sein Messer nicht rausrücken und hat mich frech gefragt, wer ich bin. Hat mich erst mal gründlich abgeklopft.«

»Woher willst du das wissen, wenn du ihn nicht einmal sehen kannst?«

»Die Stimme, Herr. Jemand, bei dem jedes Wort wie eine Frage klingt, versucht seinem Gegenüber Antworten zu entlocken, ohne dass der Befragte es merkt.«

»Danke, alter Freund. Jetzt werde ich *ihn* mal gründlich abklopfen.« Wex wandte sich dem Gefangenen zu. Die beiden tauschten einen langen, intensiven Blick aus, in dem tausend Fragen standen.

»Ich habe das Gefühl, wir kennen uns von irgendwoher, Soldat«, sagte er schließlich.

»Ganz recht, das tun wir.«

»Bist du ein Schweinehändler?«

»Nein.«

»Verwandte in Skye?«

»Nicht mehr.«

»Aber du erkennst mich wieder?«

»Ich erkenne Euch nicht wieder, aber ich kenne Euch. Ihr seid Wexford Stoli, nur älter, als ich ihn in Erinnerung habe. Und trauriger.«

Seltsame Antwort. Aber er weiß sich auszudrücken. »Dann fangen wir eben bei den Namen an. Du kennst den meinen, wie lautet deiner?«

»Meinen Namen zu hören dürfte Euch kaum erfreuen. Ihr solltet vorher mit Adara sprechen, sie kann alles erklären.«

Wex' Gedanken rasten. Der Mann kam ihm vertraut vor und doch so fremd. Er war keiner seiner Informanten, kein Geschäftspartner von früher und auch nicht der Freund eines entfernten Verwandten. Zu den Roten gehört er allerdings auch nicht. Ließ sein Gedächtnis ihn im Stich? *Verfluchtes Alter. Also doch zuerst mit Adara reden?* Beim bloßen Gedanken an sie beschleunigte sich sein Puls, so verliebt war er damals in sie gewesen, als sie sich in den Schleier stürzte ...

»Ich weiß, wer du bist!«, rief Wex.

»So etwas Ähnliches sagtet Ihr bereits.«

Die ruhige Stimme des Mannes war geradezu beängstigend in ihrer Vertrautheit, jetzt, da Wex' Gedanken all die Jahrzehnte zurückrasten durch den Nebel der Erinnerungen. *Er ist es!*

»Bei den Göttern, als ich den Schleier versetzte, hat er euch beide ausgespuckt, und jetzt steht ihr mit den Roten im Bunde!« Wex spürte das Messer in seiner Hand, konnte sich aber nicht erinnern, es gezogen zu haben. Es war eine kleine, schmale Klinge zum Obstschälen, nicht für einen Kampf. *Aber gut genug für diesen gefesselten Schurken.*

»Wartet. Sprecht mit Adara. Sie wird es Euch erklären.«

»Adara...« Wex drehte sich um. Ihr Anblick brachte weitere Erinnerungen zurück, angenehmere diesmal. Er hatte sie geliebt, aber nicht wie Brynn. Adara war ein wildes Mädchen gewesen, der Schwarm seiner Jugend, als er noch durch die Lande gezogen war, lange bevor er sich in Skye niedergelassen und eine Familie gegründet hatte. Adara stammte aus einer anderen Zeit, aus einem anderen Leben. *Als ich der Kartenzeichner war, der ich jetzt wieder bin.*

Der Schurke sprach immer noch. *Vill, so heißt er!* Er war mit Abstand der bösartigste Mensch, dem Wex je begegnet war, und jetzt hatte er sich auch noch mit den Roten verbündet. *Aber Adara ebenfalls.* Irgendwie ergab das alles keinen Sinn.

»Sprecht mit Ihr, bevor Ihr mein Blut vergießt«, sagte Vill. »Ich werde inzwischen nicht davonlaufen.«

Wex räusperte sich. »Sterben ist, was du tun wirst. Wir haben Krieg, und da steht mir nun mal der Sinn nach Blutvergießen.«

»Sprecht mit ihr. Wir haben Frieden geschlossen, sie und ich. Mit diesen Roten ebenfalls. Ich bringe Euch den Hauptmann ihres Heeres und die Rote Königin dazu. Wir kamen her, um zu verhandeln, doch dann haben sich diese verfluchten Rinder auf uns gestürzt.«

»Den Hauptmann und die Königin? Ha! Ein zum Tode Verurteilter sagt alles, um seinen Hals zu retten.«

»Ihr müsst mir nicht glauben. Fragt Adara. Fragt die beiden.«

Wex schüttelte den Kopf. Allein dass ein Mann, dem er vor

einem halben Jahrhundert begegnet war, sich in seinem Turm aufhielt, ohne auch nur ein Jahr gealtert zu sein, war unglaublich. Ganz zu schweigen von den anderen beiden, die das Schicksal ihm zum Geschenk gemacht hatte. *Aber solche Dinge passieren, wenn ich mich mit der Zeichenfeder an die Karte setze. Und dann auch noch Adara...*

Wex wurde schwindlig. Einen Moment lang fragte er sich, ob er den Sturm auf Skye vielleicht doch nicht überlebt hatte, ob das hier eine Art Nachleben war, in dem er allen wiederbegegnete, die ihm je Unrecht getan hatten. Aber das Grün der Bäume draußen war zu echt, genauso wie das Kribbeln der kühlen Frühlingsluft auf seiner Haut. *Nein, ich bin nicht tot. Das Unglaubliche ist wahr. Ich selbst kann es bewirken, man hatte mir nur mein Handwerkszeug genommen. Nie wieder werde ich das zulassen.*

»Dein Wort gilt hier nicht, Schurke. Aber ich werde mit den anderen sprechen und die Wahrheit selbst herausfinden. In einer Sache hast du allerdings recht.« Wex zupfte an Vills Fesseln und vergewisserte sich, dass sie auch fest saßen. »Du wirst mir nicht weglaufen.«

»Sie werden Euch dasselbe erzählen wie ich«, erwiderte Vill. »Wir haben einen weiten Weg zurückgelegt, um Euch zu finden.«

Wex neigte nachdenklich den Kopf. »Der Hauptmann der Roten und seine Königin, sagst du? Wirklich?«

»Ja. Sie sind gekommen, um...«

Wex schnitt Vill das Wort ab. »Danke, ihr Götter! Mir bleiben nicht mehr viele Jahre, und jetzt gebt ihr mir Gelegenheit, all das Unrecht zu vergelten, das mir in der Seele brennt – das alte genauso wie das frische!«

Erleichtert wandte er sich an Adara. Sie lag gefesselt am Boden wie Vill, und auch sie betrachtete er eine Weile, gab den Erinnerungen Zeit zurückzukehren, bevor er etwas sagte. Bei dem Mädchen kamen sie schneller, denn mit ihr hatte ihn etwas ganz anderes verbunden als der kalte Hass, den er für Vill empfand. Verloren in seinen Erinnerungen starrte er sie an, und sie starrte zurück, jung und unbezähmbar. *Sie ist es tatsächlich.*

»Meine alte Freundin«, murmelte er.

»*Du* bist alt, aber ich nicht. Glotz nicht so und bind mich endlich los.«

»Ja, natürlich.« Wex beugte sich zu ihr hinab und machte sich an Adaras Fesseln zu schaffen.

»Ich wollte Schinka retten«, sagte Adara traurig, aber gefasst. Sie hatte genug Tod gesehen, um zu wissen, dass die Vogelpflegerin an der grässlichen Wunde sterben würde. Wex' Wachrinder hatten zu gute Arbeit geleistet.

»Schinka ist ein schwerer Verlust«, sagte er leise. »Sie war noch die Beste von eurer seltsamen Reisegesellschaft.« Er hatte die Knoten an Adaras Handgelenken immer noch nicht auf – *ich bin alt geworden und langsam* –, und das Mädchen war immer noch genauso ungeduldig, wie er es in Erinnerung hatte.

»Ich habe die drei nicht gebeten mitzukommen. Sie waren nur in dieselbe Richtung unterwegs.«

»Dann ist es also Schicksal. Du kommst zu mir zurück und bringst mir meine Feinde.«

»Unsinn. Ich komme nicht zu dir zurück.«

Natürlich ist sie nicht zu dir gekommen, um den Platz deiner toten Frau einzunehmen, alter Narr. Dennoch schmerzten Adaras Worte. Wie der Schurke war sie kein bisschen gealtert. Sie gehörte einer anderen Zeit an. *Du bist allein, Wex, und wirst es auch bleiben.*

»Trotzdem ist es schön, dich zu sehen, ob du nun wegen mir hier bist oder nicht. Ich habe viele schöne Erinnerungen an die längst vergangene Zeit, die wir gemeinsam erlebt haben.«

»Für mich liegt sie erst ein paar Wochen zurück. Du bist keine Erinnerung, sondern jemand, den ich noch während des letzten Mondes gesehen habe. Nur dass du damals noch ein naiver Grünschnabel warst.«

»Wenn ich dich sehe, fühle ich mich immer noch so.«

»Und versteckst dich im selben alten Turm, wie ich sehe.«

»Ich verstecke mich nicht. Ich entwickle meine Strategie und leite alles aus der Ferne. Ich bin immer noch ein Graf, der in jeder Stadt und in jedem Dorf treue Diener hat, die seine Befehle ausführen und ihm Bericht erstatten.«

»Du meinst die Vögel?«

»Die auch.«

»Nun, damit ist es jetzt wohl vorbei.«

Schon wieder verletzten ihn Adaras Worte. »Ist es«, gestand Wex. *War sie eigentlich immer so?*

»Und deine Feinde bringe ich dir auch nicht. Sie sind freiwillig hier. Genau genommen war das Ganze ihre Idee.«

»Dann ist es also Schicksal, wie ich gesagt habe. Sie sind meine Gefangenen, und ich werde Gerechtigkeit an ihnen üben.«

»Du kannst sie nicht töten.« Wex hatte die Knoten endlich gelöst. Adara stand auf und rekelte sich geschmeidig wie eine Katze.

Wex brauchte deutlich länger als sie, um sich zu erheben. »Ich kann und ich werde«, entgegnete er knapp.

»Wirst du nicht.«

»Wer soll dann für ihre Verbrechen bezahlen? Du vielleicht? Jemand anders?«

»Niemand. Wir sind hier nicht auf dem Tauschmarkt.«

»Verhandeln, tauschen, wo ist der Unterschied? So viele Menschen sind tot, meine gesamte Familie ist tot, und jetzt fleht mich der Mann, der meine Freunde von damals auf dem Gewissen hat, um sein Leben an! Die Königin, die den Sturm auf meine Stadt befohlen hat, und der Hauptmann, der ihre Soldaten in die Schlacht führte, befinden sich in meiner Gewalt. Ist das die Situation, in der man verhandelt? Ein glücklicher Zufall vielleicht? Nein. Sie sind hier, weil ich es so gezeichnet habe!«

Adara schaute ihn verdutzt an. »Du hast sie als kleine Männchen auf deine Karte gemalt, die zu deinem Turm gelaufen kommen?«

»Nein. Aber als ich mein Blut auf der Karte verwischt habe, tat ich es mit dem Wunsch nach Gerechtigkeit, und jetzt bekomme ich sie, bevor ich zu alt dafür bin.«

»Du bist jetzt schon alt und gebeugt wie ein Minenarbeiter.«

Wex versuchte vergeblich, sich ein Stück aufzurichten. Ein langes, schmerzverzerrtes Stöhnen löste sich aus seiner rauen Kehle. »Ja, ich bin ein alter, gebrochener Mann. Mein Rücken schmerzt von den vielen Jahren in niedrigen Schweineställen, meine Knochen sind morsch, und ich sehe kaum noch besser als Darby. Dies hier ist meine letzte Gelegenheit, die zu bestrafen, die mir das angetan haben.«

»Wie verbittert du geworden bist. Genau wie ich es war.« Adara hielt einen Moment lang inne. »Aber ich habe meinen Hass besiegt.«

»Manchmal ist Gerechtigkeit eben bitter.«

»Sprichst du von Gerechtigkeit oder von Rache?«

»Das sind nur Variationen über dasselbe Thema. Lass die Wortspielchen. Sie haben meine Familie getötet, und damit ist ihr Leben verwirkt.«

»Nur ein Feigling tötet einen Mann in Fesseln.«

»Oder ein Henker.«

»Sogar Frauen?«

»Wenn ihr Verbrechen es verlangt.«

Adara schüttelte den Kopf. »Du kannst Vill Magnan nicht töten.«

»Ich kann nicht?«

»Nein. Er gehört mir. Er hat auch meine Familie getötet,

meine ganze Sippe sogar. Das ist weit schlimmer als das, was er dir angetan hat. Er ist *mein* Feind.«

»Dann wirst du eben das Messer führen.«

»Das habe ich ja versucht, aber ich kann es nicht.«

»Dann werde ich dir helfen. Ich bin alt und habe nichts mehr zu verlieren. Ich kann es.«

»Nein, kannst du nicht.«

»Weshalb?«

»Weil ich anderes mit ihm vorhabe. Ich werde ihn aus der Dunkelheit führen und ihm eine Aufgabe geben.«

»Was für eine Aufgabe?«

»Er hat mir gegenüber eine Schuld zu begleichen.«

»Wie könnte er jemals wiedergutmachen, dass er dein ganzes Volk ausgelöscht hat?«

»Indem er *dein* Volk rettet.«

Wex war nicht ganz sicher, wie Adara das anstellen wollte, aber einen Versuch schien es ihm wert. »In Ordnung. Mach mit ihm, was du willst. Ich werde meine Rache an dem roten Hauptmann und seiner Königin nehmen.«

»Die Königin kannst du auch nicht töten, fürchte ich.«

»Und wieso nicht?«

»Weil sie eigentlich gar keine Königin ist.«

Totenstille senkte sich über den Raum. Wex sah, wie die anderen drei Gefangenen ängstliche Blicke austauschten.

»Natürlich ist sie die Königin«, sagte der Hauptmann schließlich. »Und sie ist hier, um zu verhandeln. Das ist der Grund, weshalb Ihr sie nicht töten könnt. Und mich natürlich auch nicht.«

Wex wandte sich an die Frau. »Deine Begleiter scheinen sich uneins über deinen Rang zu sein. Der eine sagt, du seist die Königin, die andere behauptet das Gegenteil. Was hast du dazu zu sagen?«

Cameo seufzte. »Das ist eine lange Geschichte.«

Wex humpelte zu einer Bank und setzte sich. Dann deutete er auf Cameo.

»Ich habe Zeit«, sagte er. »Nur zu, erzähl mir deine lange Geschichte.«

(ein Jahr zuvor)

1

Cameo machte die Atemübung, die Proxima – die Götter seien ihrer Seele gnädig – ihr beigebracht hatte, und strich mit langen, eleganten Fingern über das butterblumengelbe Kleid mit den weißen Rüschen. *Ein nörglerisches Weibsbild in gelbem Brokat dürfte hier bestens ankommen.* Die hart arbeitende Bevölkerung des Düsterwalds lachte gern über närrische Damen aus Ronna. Die Adligen aus der nahe gelegenen wohlhabenden Hafenstadt waren ihr liebstes Spottobjekt, auf das sie mit genauso viel Geringschätzung wie Neid herabblickten. *Sosehr sie die Reichen auch verachten, so gerne wären sie selbst reich.*

Das Kleid passte hervorragend. Ihr Kostümschneider, der gute alte Oskar, war schon bei der Truppe gewesen, lange bevor Cameo von zu Hause ausgerissen war und sich den Lästigen Lemmingen angeschlossen hatte. Er war ein guter Schneider und kannte ihre Figur von hunderten Kostümproben in- und auswendig. Das Schildpatt, das er kunstvoll auf den Stoff appliziert hatte, verlieh dem Kleid den unverwechselbaren Glanz von reiner Seide – zumindest aus der Entfernung. Dabei hatte der abgetragene Stoff so viel mit echter Seide gemein wie ein Maultier mit einem Rennpferd. *Genauso viel wie ein achtzehnjähriges Mädchen aus dem Bauerndörfchen Grille mit einer hochgestellten Dame aus Ronna. Aber wenn ich mich anstrenge, wird niemand meine Herkunft bemerken.* Genau das war das Geheimnis einer guten Täuschung: niemanden nahe genug heranzulassen, dass er das Trugbild durchschaute.

»Nicht besonders viel Publikum«, flüsterte Holland ihr zu. »Aber sie sind guter Stimmung.«

Cameo lächelte. Der Junge, der ihren Vorhang bediente, war einfach ein Engel. Er sagte jedes Mal, das Publikum sei guter Stimmung, egal ob die Leute jubelten, randalierten oder schon halb am Einschlafen waren. Im Düsterwald kamen nie viele Zuschauer zu ihren Vorstellungen. Die meisten waren so arm, dass sie mit Eiern und anderen Naturalien bezahlten statt mit Geld. Aber das machte nichts, denn für die einfachen Bauern hier waren die Lästigen Lemminge Künstler. Sie waren nie in einem richtigen Theater gewesen, wie es sie in Carte oder Terbia und vor allem in Ronna gab.

»Ganz vorzüglich, mein bester Holland«, erwiderte sie mit hochgestochenem ronnischem Akzent. »Wenn sie artig sind, dürfen sie nach der Vorstellung vielleicht meine Reitstiefel polieren.«

Holland lachte wie immer. Er riss den Mund sperrangelweit auf, dass seine noch strahlend weißen Zähne nur so blitzten. Dann rannte er zum Vorhang, damit Brise, sein Vater, nicht wieder schimpfte, er sei zu langsam. Ganze zwölf Jahre war der kleine Holland jetzt alt, und erst vor Kurzem hatte er angefangen, Cameo auf Schritt und Tritt zu folgen wie ein Schoßhündchen. Er war eindeutig verknallt in sie – auf seine unschuldige, herzerweichende Art. Cameo nahm es als Kompliment und schärfte sich ein, ihm nicht das zarte Herz zu brechen, wenn sie eines Tages einen echten Mann kennenlernte.

Einen Mann. Cameo räusperte sich. An dem Tag, an dem es endlich so weit war, wäre Holland vielleicht selbst schon einer. Manche Mädchen in ihrem Alter sprachen von nichts anderem. Kichernd und mit völlig übertriebenem Hüftschwung liefen sie an jedem Kerl vorbei, der auch nur im Entferntesten infrage kam. Doch Cameos Liebe gehörte der Bühne. Das war schon so gewesen, bevor sie von zu Hause ausgerissen war. Auf dem Hof ihrer Eltern war sie ein Niemand gewesen, eine Erntearbeiterin mit gebeugtem Kreuz, schmutzigem Gesicht und sich zusehends gelblich verfärbendem Gebiss. Für ihre Auftritte musste sie stets gepflegt aussehen und sich aufrecht halten wie ein Stock. Auf der Bühne konnte sie alles sein, selbst eine ronnische Edeldame. Cameo atmete ein letztes Mal tief durch, dann stand sie auf und stellte sich hinter den Vorhang. Ein Lichtblitz und eine Rauchwolke auf der anderen Seite ließen das Publikum laut aufkeuchen. Der Lautstärke nach waren es vielleicht fünfundzwanzig. Nach zehn Jahren Bühnenerfahrung lag Cameo meistens richtig mit ihren Schätzungen.

»Verehrtes Publikum!«, rief Brise eifrig gestikulierend vor dem dünnen Vorhang, hinter dem Cameo stand. »Die Lästigen Lemminge aus Grille heißen Euch willkommen, doch nehmt Euch in Acht!«

Betroffenes Gemurmel.

»Es könnte sein, dass Eure liebgewonnenen Bräuche, Eure Angehörigen und Vorfahren am heutigen Abend bis aufs Äußerste lächerlich gemacht werden. Denn leider, leider ist das einzige Stück, das wir im Moment im Repertoire haben, eine köstliche Komödie über die vornehme Gesellschaft von Ronna.«

Polterndes Gelächter.

»Was ist?«, fragte Brise mit gespielter Überraschung. »Seid Ihr nicht die vornehme Gesellschaft von Ronna?«

»Nein!«, schallte es fröhlich zurück.

»Das hier ist der Düsterwald, du Narr!«, schrie einer.

»Die Männer hier müssen arbeiten für ihr Brot!«, rief ein anderer.

»Und die Frauen noch viel härter!«, fügte eine Bäuerin hinzu, was zu noch mehr Gelächter führte.

»Nun dann...«, sagte Brise und zupfte nervös an seinem Gewand. »So lasst mich Euch mit Freude und Bangen in gleichen Maßen vorstellen: Ihre Durchlaucht, Gräfin Nörgel von Ronna, die noch nie in ihrem Leben für irgendetwas auch nur einen Finger gekrümmt hat.«

Holland warf Cameo einen letzten schwärmerischen Blick zu, dann zog er den Vorhang auf.

»Die Vagabunden der Fluren« war noch der freundlichste Name, mit dem das Volk sie bedachte. Sie zogen von Dorf zu Dorf, von Stadt zu Stadt, von Grille im Osten bis Fuchsfeld und Schloss Hox, dann weiter Richtung Norden, an Flurstadt und den Fischgründen vorbei bis in den Düsterwald. Selbst bis nach Farntal und Falkenauenfurt im Süden kamen sie. Auch in Felstal waren sie einmal gewesen, aber danach nie wieder, obwohl der Aufenthalt dort noch Jahre später für unterhaltsame Anekdoten sorgte. Im Zentrum ihres Einzugsgebiets lag die große Stadt Carte, in der sie allerdings nie auftraten, weil ihre kleine Truppe mit den Theatern dort einfach nicht mithalten konnte. Die Lemminge hatten weder eine richtige Bühne noch gepolsterte Sitzreihen und erst recht keine Kronleuchter an den Decken. Nur die zusammengeschobenen klapprigen Leiterwagen, die gleichzeitig ihr Zuhause und Transportmittel waren.

Ihr Repertoire umfasste eine bunte Mischung aus Volksliedern und nicht zu anspruchsvollen Bühnenstücken, genau wie das Publikum es erwartete. Doch der größere Teil der Vorstellung bestand aus Improvisation, inspiriert von den letzten Ereignissen und nicht zuletzt dem Publikum selbst. Sie machten sich über Graf Hamm von Farntal lustig, der fett war wie ein Schwein, oder über die Schlacht bei Schloss Hox, bei der ein ganzes Heer im Strom ertrunken war, je nach Stimmung der Zuschauer, die sie während Brises Vorrede abzuschätzen versuchten.

Auch jetzt hörte Cameo genau zu. Das Publikum schien ein

raubeiniger Haufen zu sein, der harte Arbeit gewohnt war und gerne über die bessere Gesellschaft lachte, was bedeutete: je derber die Witze, desto besser. Die Stücke hatte allesamt Eaton geschrieben, der einmal Zweiter Schlossnarr des Grafen Grille gewesen war. Eaton war jedoch in Ungnade gefallen, als er sich über einen Fürsten aus Terbia lustig machte, der zu Gast war – ein dummer und vermeidbarer Fehler, denn dass Terbier keinen Sinn für Humor hatten, war hinlänglich bekannt. Wie Brise war Eaton inzwischen alt geworden. In jüngster Zeit hatte er versucht, Cameo das Stückeschreiben beizubringen. Ihr größter Lernerfolg bisher war, dass Stückeschreiben weit schwieriger war, als es aussah.

Mit ihren hochhackigen, grau angemalten und mit glänzendem Baumharz beschmierten Schuhen, damit sie aussahen, als seien sie mit Silberfaden bestickt, ging Cameo im Trippelschritt zu der Markierung in der Mitte der Bühne. Dort knickte sie ungeschickt um, wie es im Stück stand, und ließ den Blick übers Publikum schweifen: fünfundzwanzig Düsterwald-Bewohner in ihren typischen dunklen Kutten, genau wie sie gedacht hatte. Sie waren einfache Menschen mit einem breiten Grinsen im Gesicht, deren Hände nie sauber wurden wegen der vielen Arbeit, von der sie sich heute ausnahmsweise einmal freigenommen hatten.

Aber da sind noch drei andere...

Die Gruppe fiel ihr sofort auf, zwei Männer und eine Frau. Sie standen ganz hinten und achteten darauf, ihre Vorderleute nicht zu berühren. Obwohl sie das Gleiche anhatten wie die Düsterwäldler, trugen sie ihre Kleidung doch anders: Die Frau hatte ihre Kapuze sorgfältig glatt gestrichen. Cameo konnte ihr gekämmtes und viel zu sauberes Haar sehen. Die Kniehosen der beiden Männer hatten weder Löcher, noch waren sie gestopft. Solche Hosen gab es im Düsterwald nicht. Die Männer knieten im Kies neben einem Bach, um Wasser zu holen, robbten beim Entasten der gefällten Bäume auf den Knien herum und suchten im Unterholz kniend nach essbaren Pilzen. Gerade eben erst hatten sie einen Korb voll als Bezahlung für die Eintrittskarte bekommen. Am auffälligsten jedoch war, dass keiner der drei auch nur lächelte. *Jeder Düsterwäldler lacht, wenn einer eingebildeten Reichen ein Missgeschick passiert. Hoffentlich sind das keine Steuereintreiber oder Religionswächter, die Anstoß an unseren schmutzigen Witzen nehmen.*

»Oh verflixt, mein Absatz!«, rief Cameo. »Er ist gebrochen, was soll ich nur tun?«

Jeder im Publikum klopfte sich auf den Schenkel, nur die drei nicht.

»Wo ist bloß mein Diener schon wieder? Helferich, Helferich! Hilf mir, ich bin in Not!«

Dungi, ihr Koch, kam im Dienergewand auf die Bühne geschlurft.

Cameo deutete nach unten. »Mein Absatz. Er ist kaputt. Er liegt dort unten, und ich bin hier oben. Was soll ich nur tun?«

»Ihr müsst Euch bücken, meine Dame, und es wird mir eine Ehre sein, Euch dabei zu helfen!« Dungi stellte sich hinter Cameo und machte Anstalten, sie um die Hüfte zu fassen – die Zuschauer brüllten vor Lachen.

»Mit diesen Schuhen und in diesem Kleid? Du willst mich wohl foppen!« Cameo machte einen schnellen Schritt nach vorn, und Dungi griff ins Leere.

Cameos Gedanken kehrten unterdessen zu dem mysteriösen Trio zurück, das gerade aufgeregt tuschelte. *Talentsucher!*, schoss es ihr in den Sinn. Ihr Puls begann zu flattern. *Vielleicht aus Ronna, der Stadt der Minnesänger und Schauspieler! Sie brauchen Nachwuchs für ihr Theater!* Brise war als kleiner Junge selbst an einem angestellt gewesen. Er hatte im Chor gesungen und war der Ersatz für die Solostimme gewesen, doch leider erfreute sich der Solist stets bester Gesundheit. Reginbald hatte er geheißen und es an ebenjenem Theater zu Ruhm und Ehre gebracht, während Brise irgendwann die Stadt verließ und seine eigene Theatergruppe gründete, deren andere ältere Mitglieder nun fürs Kochen und Kostümemachen zuständig waren.

Den Rest ihres Auftritts widmete Cameo dem Trio. Jeder Blick galt ihnen, bei jedem Lied richtete sie ihre Stimme auf die beiden Männer aus, bei jedem Scherz über tölpelhafte Männer zwinkerte sie der Frau zu. Die Nebenrollen betraten die Bühne und gingen wieder ab, doch Cameo blieb. Faisa, die Zweitbesetzung für ihre Rolle, leitete die Witze ein, und Holland strahlte sie bewundernd an, obwohl Cameo ihn keines Blickes würdigte. Dabei verbarg sich hinter der kalten Fassade ihrer Rolle eine verletzte, einsame Seele, die vollkommen allein war in all ihrem Reichtum: die unglückliche Adlige, die sich nichts sehnlicher wünschte als echte Freunde. Am Ende gab sie all ihre Besitztümer weg, warf ihren falschen Schmuck ins Publikum und riss sich sogar das Kleid vom Leib, sodass sie in lächerlicher Pluderunterwäsche vor den brüllenden Zuschauern stand. Und als sie in der Schlussszene der als Düsterwald-Bauer verkleideten Faisa half, den Schweinetrog zu füllen, seufzten alle zutiefst gerührt. Dann fiel der Vorhang.

Völlig erschöpft von ihrem Auftritt stützte Cameo sich am Vorhanggestell ab, da passierte es: Die klapprige Konstruktion brach mit einem lauten Krachen in sich zusammen. Nachdem der Lärm verhallt war, herrschte einen Moment lang Totenstille. Die hinter dem Vorhang versammelten Lemminge schauten verdutzt ins Publikum, und das Publikum schaute zurück.

»Tanzt...«, flüsterte Cameo den anderen zu, zog eine Blockflöte aus den Falten ihrer Unterwäsche und begann darauf zu spielen.

Brise stieg sofort darauf ein und fing an, gut gelaunt über die

Bühne zu hüpfen. Als Nächstes folgte Eaton, und schon bald wirbelten sie alle fröhlich durcheinander, selbst der kleine Holland. Cameo spielte weiter auf der Flöte, vollführte mit jedem ein paar Drehungen und reihte sie schließlich alle hinter sich auf, als führe sie einen Spielmannszug an. Es folgten ein großes Finale und schließlich tosender Applaus.

»Das war mit Abstand deine beste Vorstellung!«, sagte Holland, nachdem sie sich hinter die Wagen zurückgezogen hatten, um ungestört zu verschnaufen.

»Das behauptest du jedes Mal. Ich könnte Schweinefutter ins Publikum werfen, und du würdest immer noch das Gleiche sagen.«

»Aber es stimmt!«

Cameo schenkte dem Jungen ein kleines Lächeln und strich ihm dankbar über das dunkle, dichte Haar. Gerade als der Moment drohte, peinlich zu werden, stieß Brise zu ihnen.

»Das war mit Abstand deine beste Vorstellung!«, keuchte er und schloss Cameo in eine innige Umarmung.

Schließlich kam auch der Rest der Truppe mit genau den gleichen Glückwünschen an. Auch die Zuschauer hatten gejubelt wie nie zuvor und so viel Geld auf die Bühne geworfen, wie sie sich gerade noch leisten konnten – was bei diesen armen Leuten allerdings nicht viel war.

»Draußen sind ein paar Leute, die gerne von der Dame aus dem Stück empfangen werden würden«, sagte Dungi höhnisch, der genauso schlecht sang, wie er die Laute spielte, und immer ein Fläschchen Schnaps bei sich trug. Die ersten Schlucke daraus machten den zudringlichen Kerl immer etwas erträglicher – die letzten allerdings ließen ihn vollends unerträglich werden. »Ich hab ihnen gesagt, sie sollen zu ihrem Zelt gehen.«

»Zu *meinem* Zelt?«, prustete Cameo. Die Lästigen Lemminge hatten nur zwei, auf die sie sich verteilen konnten. Leider. Denn direkt neben Cameo schlief Daphne, die ständig Blähungen hatte wegen der gesalzenen Bohnen, die sie ohne Unterlass in sich hineinstopfte, wann immer sie unterwegs waren. Aber vielleicht war es gar keine schlechte Idee, die Illusion, Cameo sei eine reiche Adlige mit eigenem Zelt, noch ein wenig aufrechtzuerhalten. Da kam Cameo ein Gedanke. »Waren es eine Frau und zwei Männer?«, fragte sie aufgeregt.

»Ja. Und sehr gepflegte Herrschaften, könnte man sagen.«

Das sind sie! »Sag ihnen, sie sollen zu dem silberfarbenen Zelt kommen.«

»Unsere Zelte sind grau«, widersprach Dungi.

»Egal, sag es ihnen einfach«, beharrte Cameo. »Ich flehe dich an!«

»Oh, es gefällt mir, wenn du mich anflehst.«

Cameo warf ihm einen genervten Blick zu. »Bitte«, fügte sie etwas ruhiger hinzu, dann eilte sie zum Zelt, um Daphne nach draußen zu scheuchen, bevor sie das nächste Mal furzte.

Als sie in Windeseile die überall herumliegenden Kostüme in die nächstbeste Kiste stopfte, um ihren Gästen eine Sitzgelegenheit anbieten zu können, kam Brise herein.

»Cameo, ich kenne diese Leute nicht und weiß nicht, was sie von dir wollen«, sagte ihr Mentor mit einem stolzen Lächeln, »aber wenn sie uns engagieren wollen, dann verhandle erst über den Preis, wenn du mit mir gesprochen hast.«

»Selbstverständlich.«

»Und wenn es keine Mäzene sind...« Er hob seinen Mantel und zeigte Cameo den Dolch an seinem Gürtel, den er von Jahr zu Jahr weiter machen musste, weil er immer seltener auftrat und dafür umso mehr aß. »Es gibt Männer, die glauben, sie könnten mit jungen Frauen in Schaustellertruppen machen, was sie wollen.«

Cameo legte ihm eine Hand auf den Arm. »Lass gut sein. Die

beiden Männer sehen sehr gepflegt aus und sind so alt, dass jeder von ihnen mein Vater sein könnte. Außerdem bin ich charmant und unterhaltsam. Warum sollten sie mir etwas tun wollen?«

»Gepflegte Herrschaften haben oft umso schmutzigere Motive.« Brise drückte ihr den Dolch in die Hand. »Nimm. Und wenn du Hilfe brauchst, dann ruf einfach.«

Um Brise zufriedenzustellen, legte Cameo das Messer auf den Deckel ihrer Kleiderkiste, wo sie es jederzeit erreichen konnte.

Dungi streckte den Kopf herein. »Euer Besuch ist da, edles Fräulein«, sagte er mit einem lasziven Grinsen und verschwand.

»So gehe ich nun ab«, verkündete Brise, »auf dass du die Herrschaften charmant unterhältst.«

»Willkommen in meinem vorübergehenden Zuhause«, begrüßte Cameo ihre drei Bewunderer mit einem strahlenden Lächeln. »Mein Zelt ist leider im Moment in der Schneiderei und wird repariert. Ich bin übrigens Cameo – oder Gräfin Nörgel – von den Lästigen Lemmingen, was immer Euch lieber ist. Ich hoffe, unser Stück hat Euch gefallen.«

»Sie ist zu dünn«, sagte der Große. »Und erst die Haare... sie kräuseln sich in alle Richtungen wie die Brandungswellen auf den Großen Muschelinseln.«

»Aber die Nase passt«, meinte der Kleinere. »Ebenso die blauen Augen...«

»Bläulich, mein Guter. Sie sind eher grau als blau.«

Die Frau runzelte die Stirn und kniff Cameo in die Wange. »Mund und Kiefer das sind Wichtigste. Was anderes nehmen sie aus der Entfernung gar nicht wahr.« Sie spreizte die Finger und drückte Cameos Lippen auseinander, um ihre Zähne zu begutachten. »Das Lächeln passt, ein bisschen zu offen vielleicht, aber den verächtlichen Zug um die Mundwinkel bringen wir ihr schon noch bei.«

Die drei hielten sich nicht damit auf, sich vorzustellen. Sie begafften und begrapschten Cameo wie eine Stute auf dem Pferdemarkt, priesen die wenigen Vorzüge und kritisierten alles andere. *Sie wollen mich für eine Rolle besetzen!*, dachte Cameo aufgeregt und überlegte, woher sie wohl kamen. Sie kannte alle wichtigen Dialekte Fretwitts, und aus Ronna waren sie jedenfalls nicht. *Irgendwo weiter nördlich. Hochfels oder Niedersee vielleicht.* Aber dort gab es keine Theater. Vielleicht waren sie nicht in Ronna geboren, sondern arbeiteten nur dort. Immerhin war es eine Hafenstadt mit vielen Besuchern und Einwanderern. Hatte Cameo zumindest gehört, denn sie war selbst noch nie dort gewesen. Die Dialekte, die Cameo beherrschte, hatte sie alle auf dem Marktplatz aufgeschnappt. Sie belauschte die Unterhaltungen und sprach die Worte einfach nach. Mehr als einmal hatte sie sich damit den Unmut der Betroffenen zugezogen, die glaubten, Cameo mache sich über sie lustig.

»Wer seid Ihr?«, fragte Cameo schließlich.

Der Kleine schaute sie an, als merke er erst jetzt, dass sie ein denkendes und fühlendes Wesen war. »Geduld«, erwiderte er. »Wir haben noch nicht über dich entschieden.«

»Ihr könnt mir alle Fragen stellen, die Ihr wollt. Ich beherrsche viele Dialekte, Fischgrundisch zum Beispiel oder Garrisch.«

»Ibirqisch?«, fragte die Frau.

Klein horchte auf. »Ja, wie sieht es mit Ibirqisch aus?«

Cameo überlegte kurz, dann rezitierte sie mit breitem Dialekt ein altes ibirqisches Sprichwort.

Die drei tauschen einen kurzen Blick und nickten. »Ausreichend für die Rolle«, erklärte die Frau.

Groß schüttelte den Kopf. »Nicht gut genug.«

»Was bleibt uns schon für eine Wahl?«, warf Klein ein. »Die Häuser kommen zusammen, und wir haben nicht mehr viel Zeit. Vielleicht ist sie auch schon abgelaufen. Wenn wir zurückkehren, könnte es bereits zum Aufstand gekommen sein.«

»Ich lerne schnell«, meldete Cameo sich wieder zu Wort. »Den Dreiakter ›Der Zauberer vom Wespenwald‹ habe ich an einem einzigen Tag auswendig gelernt.«

»Die Sache ist beschlossen«, sagte die Frau. »Graf Rose und ich sind einer Meinung. Zwei Farben gegen eine.«

Groß murmelte irgendetwas, protestierte aber nicht. »Wie Ihr meint. Es sind ja nur unsere Köpfe, die auf dem Spiel stehen.«

»Nimm so viel mit, wie du für eine dreitägige Reise brauchst«, befahl Klein. »Alles andere bekommst du, sobald wir dort sind.«

Ronna liegt genau drei Tage von hier entfernt! Cameo warf begeistert die Arme in die Luft. »Danke! Ich weiß zwar nicht, wer Ihr seid, aber ich liebe Euch. Ich wollte schon immer nach Ronna ans Theater.«

Die drei musterten sie mit einem eigenartigen Gesichtsausdruck, als wären sie zu gleichen Teilen amüsiert und angewidert.

Die Frau zog die Augenbrauen zusammen, als wollte sie sie ineinander verknoten. »Nicht doch, Mädchen. Ich bin die Gräfin Burgund«, sagte sie und legte Klein eine Hand auf die Glatze. »Das hier unter mir ist Graf Rose, und dein Kritiker ist Graf Purpur. Die Aufgabe, die wir für dich haben, hat nichts mit Ronna zu tun.«

Cameo hielt den Atem an. *Adlige der Roten Häuser!* Eigentlich hätte sie es gleich an der Aussprache merken müssen.

»Die Rote Stadt...«, hauchte sie. Als Cameo bemerkte, wie genau die drei ihre Reaktion beobachteten, riss sie sich sofort zusammen. »Aber natürlich, die Theater dort sind berühmt für ihre großartigen Inszenierungen.«

»Großartige politische Inszenierungen, meinst du wohl«, entgegnete die Frau kühl.

»Ja, ja, das auch«, fügte Cameo eilig hinzu.

Jeder wusste, dass sich die Nasswaldregion, in der die Roten

Häuser beheimatet waren, in ständigem Aufruhr befand. Seit vor mehreren hundert Jahren die Stadt Asch im Meer versunken war, ging das nun schon so. In der Gegend um die Rote Stadt kam es ständig zu Kleinkriegen zwischen den rivalisierenden Häusern. Im Moment wurde mal wieder der Einsame Turm des Hauses Blut belagert. Außerdem hatten sich die bisher verbündeten Städte Hochfels und Niedersee voneinander losgesagt, und der gesamte Hochadel buhlte nun um die Gunst der beiden unabhängigen Großmächte.

Cameo setzte ein Lächeln auf. »Ich habe von den politischen Konflikten in Eurer Heimat gehört.«

»Da hast du zum ersten Mal richtig gehört, Liebes. Die Rote Stadt ist ein miesepetriger Haufen, der etwas frisches, fröhliches Blut braucht – deines.«

»Ich soll die ganze Stadt mit meinem Spiel erfreuen?«

»Nicht nur das, Liebes. Du sollst sie *mitreißen.*«

Die beiden Männer verließen das Zelt, und Cameo packte unter dem kritischen Blick der Gräfin eilig ihre Sachen. »Ich muss nur noch dem Leiter der Theatergruppe Bescheid sagen«, sagte sie schließlich.

»Ganz im Gegenteil, Liebes. Du wirst niemandem auch nur ein Wort davon erzählen. Geheimhaltung hat in dieser Sache absolute Priorität. Wenn die Leute merken, wer du bist, oder sie unzufrieden mit deiner Vorstellung sind, endet dein Engagement mit sofortiger Wirkung.«

»Aber ich weiß doch gar nicht, um was genau es geht. Nur dass ich mich einer Theatergruppe in der Roten Stadt anschließen soll...«

»Keine Theatergruppe. Es handelt sich eher um eine Art Soloauftritt. Mehr kann ich dir nicht sagen. Du wirst aufhören müssen, ständig Fragen zu stellen.«

»Brise wird mich nicht gehen lassen, wenn ich ihm nicht

irgendeine Erklärung gebe. Die Lästigen Lemminge sind meine Familie, und er ist wie ein Vater für uns.«

»Sag ihm, reiche Theatermäzene hätten dich für ein hervorragendes Gehalt unter Vertrag genommen. Wenn er so etwas wie dein Vater ist, sollte er sich für dich freuen.«

»Ich bekomme ein Gehalt?« Cameo hatte nie eigenes Geld gehabt. Alles, was die Lästigen Lemminge einnahmen, teilten sie untereinander auf.

»Gemächer, Diener, üppiges Essen und Seidengewänder. Aus *echter* Seide, selbstverständlich. Diese Dinge allein sind mehr wert, als du im ganzen Leben mit deiner Theatergruppe einnehmen wirst.«

Diener? Ein Gemach? Das war mehr, als Cameo sich je zu erträumen gewagt hätte. »Es wird mir schwerfallen, meine Freunde zurückzulassen«, murmelte sie, noch bevor sie es verhindern konnte.

»Es ist ein bäurisches Leben, das du zurücklässt.«

»Aber auch ein freudiges! Können sie wenigstens eine meiner Vorstellungen besuchen?«

»Nein! Ab jetzt spielst du nur noch vor adligem Publikum. Willst du lieber bei diesem Haufen verkrachter Schauspieler bleiben, deren Zeit schon vorbei war, bevor sie überhaupt angefangen hatte? Du brauchst es nur zu sagen, dann kannst du hierbleiben und dich weiter von Bauern bezahlen lassen mit dem, was sie gerade übrig haben. Die Rolle, die du spielen sollst, erfordert absolute Hingabe. Wenn du Zweifel hast, können wir dich nicht gebrauchen.« Die Gräfin durchbohrte Cameo geradezu mit ihrem forschenden Blick.

Sei nicht dumm, Mädchen! Mitten im finsteren Düsterwald bot sich Cameo diese strahlende Gelegenheit, und sie benahm sich wie ein quengelndes Waschweib. *Warum diese Zweifel?*

Die Antwort war einfach: Das Angebot war zu verlockend. Irgendetwas stimmte da nicht.

»Es kommt nur alles so plötzlich, edle Dame«, sagte Cameo. »Es tut mir leid, dass ich so viele Fragen stelle, aber ich habe beinahe mein gesamtes Leben mit diesen Menschen verbracht.«

»Und zuvor?«

»Ich bin auf einem Bauernhof in den Fluren aufgewachsen, in der Nähe von Grille.«

»Ah, wo die fahrenden Minnesänger und Schauspielertruppen immer kampieren, bevor sie nach Norden oder Westen weiterziehen. Du hast ihnen schon als Kind zugesehen und davon geträumt, mit ihnen dem Leben auf dem Acker zu entfliehen, nicht wahr?«

»Ja.«

»Und war es ein Leben in einem schäbigen Zelt wie diesem, von dem du geträumt hast?« Die Gräfin Burgund deutete auf den abgewetzten Stoff und die klapprigen Zeltstangen.

»Ich spiele die Hauptrolle in allen unseren Stücken, und meine Mitstreiter und das Publikum, so klein es auch sein mag, lieben mich. Brise war zu seiner Zeit der beste fahrende Schauspieler, den Fretwitt je gesehen hatte. Er konnte ein ganzes Dorf einen Abend lang allein unterhalten, und am Ende der Vorstellung rief das Publikum immer noch nach einer Zugabe. Aber in Ronna mit all seinen Theatern war er nur einer von vielen.«

Die Gräfin nickte. »Du hast Angst vor dem Scheitern, Kind. Das verstehe ich. Aber es gibt etwas, das noch schlimmer ist: wenn die Angst vor dem Scheitern so groß wird, dass man es nicht einmal versucht. Deshalb bin ich hier und setze meine Hoffnung auf dich. Um etwas zu versuchen. Ich kann es mir in meinem Schloss bequem machen und der Welt draußen ihren Lauf lassen. Oder ich ziehe hinaus in die Welt, um jemanden wie dich zu finden und ihren Lauf zu verändern.«

Die Worte kamen Cameo zwar etwas arg theatralisch vor, aber Theatralik war nun mal ihr Geschäft, und sie war beeindruckt. Die Gräfin wollte sie. Es sah sogar fast so aus, als *brauchte* sie Cameo.

»Ich habe keine Angst«, sagte sie mit fester Stimme.

»Bestens«, erwiderte die Gräfin lächelnd. »Aber denk daran: zu niemandem auch nur ein Wort.«

2

Die hohen Herrschaften waren kaum zu ihren Pferden gegangen, da rief Cameo die Lemminge zusammen und erzählte ihnen alles.

»Sie wollen nur dich, nicht die Lästigen Lemminge?«, fragte die junge Faisa zutiefst enttäuscht.

Cameo nickte. »Sie fanden euch alle toll«, log sie, »aber sie brauchen nur ein Mädchen mit einer großen Nase.«

Eaton und Brise sahen die Angelegenheit etwas nüchterner. Sie wussten, wie der Hase lief: Die Theaterleute aus der Stadt holten sich, wen sie brauchten, der Rest kümmerte sie nicht. »Wir freuen uns aufrichtig, dass eine der Unseren nun vor durchlauchtem Publikum auftreten wird«, sagte Brise und bedeutete den anderen, ein bisschen fröhlicher dreinzuschauen.

»Aber mach dich bloß nicht über einen Terbier lustig, sollte einer zur Vorstellung kommen«, riet Eaton und fuhr sich mit dem Zeigefinger über den Hals. »Du weißt ja, was sonst passiert«, fügte er mit einem Zwinkern hinzu.

»Und gib niemals auf«, meldete sich die alte Beuhlah zu Wort. »Halt durch wie ich.«

»Und wenn du es doch tust, hast du ja immer noch uns«, warf Oskar ein und wischte sich die Tränen ab. Der Kostümschneider war ein sehr gefühlsbetonter Mensch, was seiner Aufgabe nur dienlich war: Jeder Hut, den er nähte, und jedes Kleid, das er anfertigte, sagten etwas über den Charakter der Figur aus, die sie trug: ein bisschen Blau für traurige Gestalten, Gelb für fröhliche und Rot für zornige.

»Er hat recht. Vergiss deine Freunde nicht«, mahnte Dungi. »Du wirst immer eine von uns sein. Wir kennen dich und wissen, woher du einmal kamst.«

»Kannst du uns nicht verraten, wo wir dich besuchen können?«, fragte der kleine Holland traurig.

»Ich habe doch schon gesagt, dass das nicht geht, Dummerchen«, erwiderte Cameo, aber Hollands Blick war so herzerweichend, dass sie schließlich nachgab. »Ich gehe in die Rote Stadt.«

Alle murmelten aufgeregt durcheinander.

»Macht euch keine Sorgen, das wird toll!«, versicherte Cameo. »Schlagt euer Lager bei der Welterfeste auf, dann lasse ich euch dort in ein paar Tagen eine Nachricht zukommen. Und etwas Geld, wenn sie mich im Voraus bezahlen.«

Die Zwillinge Sasha und Tasha eilten zu Cameo und schlossen sie in eine letzte Umarmung. Sie wusste, wie sehr die beiden sie bewunderten, und versicherte ihnen, dass sie es eines Tages bestimmt genauso weit bringen würden, wenn sie nur fleißig übten.

Zwanzig Leute zählte ihre Truppe, und jeden Einzelnen davon hatte Cameo fest ins Herz geschlossen. Sie würde sie vermissen, echte Seidenkleider hin oder her.

Der rot-weiß gescheckte Zelter, den ihre neuen Arbeitgeber ihr gaben, war das schönste Pferd, das Cameo je gesehen hatte. Sie taufte ihn auf den Namen »Sprenkel«. Die vier schon etwas in die Jahre gekommenen Kaltblüter der Lemminge waren stämmige Arbeitstiere, und das mussten sie auch sein, um die acht Wagen der Truppe ziehen zu können. Zum Reiten hingegen waren sie so gut wie nicht zu gebrauchen. Cameo hatte sie trotzdem geliebt und ihnen jedes Mal etwas von dem kostbaren Zucker abgegeben, den es nur gab, wenn sie auf der Schluchtburg oder auf Schloss Hox spielten, die beide in der Nähe des gewürzreichen Terbia lagen.

»Wir werden die Schwarze Straße benutzen und dann auf der Höhe der Großen Muschelinseln ein Schiff besteigen«, erklärte die Gräfin Burgund. »So können wir den Nasswald umgehen, was den Rest der Reise um einiges angenehmer machen sollte.«

»Allerdings. Eine Schiffspassage ist weit verträglicher für meinen armen, geschundenen Rücken«, fügte Purpur hinzu, dem deutlich anzusehen war, wie wenig er Reisen zu Pferd schätzte.

Solange es hell war, ritten sie. Die Nächte verbrachten sie in Zelten. Cameo war überrascht, dass ihre Mäzene ohne Eskorte und Dienerschaft unterwegs waren, und die ständigen Klagen der drei bestätigten ihr, dass sie das durchaus nicht gewohnt waren. Aus dem Gejammer hörte sie außerdem heraus, dass sie bereits mehrere Monate unterwegs waren. Offenbar hatten sie ganz Fretwitt nach einem passenden Mädchen abgesucht, von Ronna quer über die nördlichen Fluren bis nach Terbia, und waren schon am Verzweifeln gewesen. Weiter südlich als Garroth waren sie selbstverständlich nicht vorgedrungen. Kein Angehöriger der Roten Häuser ließ sich je dort blicken. Cameo war ein Glückstreffer gewesen, als sie sich schon mit leeren Händen auf dem Rückweg in die Rote Stadt befunden hatten, und so waren sie trotz allen Murrens guter Stimmung, beinahe fröhlich.

»Seht nur!«, rief Cameo begeistert, als der Düsterwald endlich lichter wurde und der Ozean in Sicht kam. »Sind das am Horizont nicht die Großen Muschelinseln? Wie wunderschön sie sind!«

»Sie sind voller Wilder«, brummte Purpur abschätzig.

»Aber ein durchaus schöner Anblick, wie Ihr zugeben müsst,

mein lieber Purpur«, sagte Graf Rose. Cameo war nicht sicher, ob er ihre Meinung wirklich teilte oder Purpur nur ärgern wollte.

»Sie sind schön, aber nicht alles Schöne ist notwendigerweise gut, verehrter Rose«, warf die Gräfin Burgund ein und schlug sich damit auf beide Seiten gleichzeitig.

Geschickt.

Im Hafen wartete bereits ein Langschiff auf sie. Es war ein Einmaster mit zwölf kräftigen Männern und Frauen an den Rudern, und auch wenn Graf Purpur sich lauthals beschwerte, wie klein das Schiff doch sei, war es immer noch mit Abstand das größte, das Cameo je gesehen hatte. Auf die kleinen Boote, die sie aus den Fischgründen kannte, wo sie während der warmen Jahreszeit auftraten, passten maximal sechs Leute. Und selbst mit diesen war sie nie weiter hinausgefahren, als sie zurück hätte schwimmen können.

Sie gingen sofort an Bord. Die steife Brise, die beständig aus Westen wehte, ließ das Schiff leicht in der Dünung schaukeln, und Cameo musste lachen. Sie kam sich vor wie auf dem Schaukelbrett der Kirmes in Flurstadt, das dort jedes Jahr über dem gerade mal schultertiefen Fräuleinteich aufgebaut wurde. Das »Schaukelbrett«, das sie jetzt unter den Füßen hatte, war allerdings so lang wie ein Haus, und wenn sie über Bord fiel, würde das Wasser ihr um einiges weiter reichen als nur bis zum Hals. Cameo ließ ihr langes blondes Haar im Wind flattern und saugte genüsslich die salzige Seeluft ein. Das Meer war einfach toll – alles, was ihr während der letzten beiden Tage passiert war, war einfach toll.

»Wie lange werden wir noch unterwegs sein?«, fragte sie die Gräfin Burgund, als sie nebeneinander an der Reling standen und schon ein gutes Stück zurückgelegt hatten.

»Bei diesem Gegenwind bestimmt noch länger als einen Tag.«

»Dann schlafen wir also auf dem Schiff?« Cameo klatschte vor Freude in die Hände.

»Wird uns wohl nichts anderes übrig bleiben«, murrte Purpur, der ebenfalls direkt neben ihr stand. Der Graf wirkte etwas blass. Offensichtlich mochte er das Schaukeln nicht. Andererseits schien es kaum etwas zu geben, das er mochte.

Aus einem spontanen Impuls heraus schloss Cameo ihn in eine freundschaftliche Umarmung. Als der Graf erschrocken zurückwich, fragte sich Cameo, ob sie soeben etwas Ungebührliches getan hatte. Bei einem Ronner wäre sie gar nicht auf die Idee gekommen, ihn zu berühren, und bei einem Terbier erst recht nicht, aber wie sie diese Roten einzuschätzen hatte, wusste sie noch nicht genau.

»Wozu sollte das gut sein?«, fragte Purpur, nachdem Cameo von ihm abgelassen hatte.

»Mir schien, als könntet Ihr es brauchen«, antwortete sie mit einem freundlichen Lächeln und hüpfte fröhlich davon.

»Ich bin auch ein bisschen seekrank«, rief Graf Rose ihr grinsend hinterher.

Die kommende Nacht verbrachte Cameo in einer Kabine mit der Gräfin Burgund. Eigentlich hatte sie an Deck unter dem herrlichen Sternenhimmel schlafen wollen, doch als Rose ihr erklärte, welch unglaubliches Privileg es sei, eine Kabine mit der Gräfin zu teilen, hatte sie schließlich zugestimmt. Cameo war so aufgeregt, dass sie nicht einschlafen konnte, doch irgendwann taten das sanfte Schaukeln in Kombination mit dem rhythmischen Klatschen der Ruder und dem gleichmäßigen Schnarchen der Gräfin, das sie an Oskars wohlvertraute Schlafgeräusche erinnerte, ihr Werk. Cameo schlief unruhig; sie träumte von vollen Theatern und jubelnden Zuschauern und wachte schließlich zu lautem Gebrüll und Fluchen auf. Sofort sprang sie aus der Koje und rannte an Deck, um nachzusehen, was geschehen war.

»Was ist denn los?«, erkundigte sie sich bei Satin, dem stämmigen Kapitän des Schiffes.

Satin deutete mit seinem von Messerstichen und Seilschürfwunden vernarbten Arm auf die Küste. »Die Rote Stadt«, sagte er knapp.

Sie waren am Ziel.

Die Ruderer drehten das Schiff in die Wellen und ließen es von der Dünung auf den Hafen zutreiben, der von einer schwimmenden Barriere aus dicken, von Ketten und Flaschenzügen zusammengehaltenen Baumstämmen gegen das Meer hin abgeschirmt wurde. Geöffnet wurde die Barriere erst, nachdem der Hafenmeister das Schiff gründlich untersucht hatte.

»Diese Hafensperre schützt die Kanäle der Stadt vor Piraten und Garrern«, erklärte Graf Rose. Das Haar hatte er sich fein säuberlich gekämmt, und er trug einen eng anliegenden Rock, der seinen Bauch besonders gut zur Geltung brachte, außerdem ein Parfüm, das Cameo noch nie im Leben gerochen hatte.

»Der Hafenmeister und seine Inspektoren wiederum schützen die Stadt vor Schmugglern«, führte er weiter aus. »Nichts gelangt auf dem Seeweg hinein, das nicht den Stempel des Hafenmeisters trägt. Er ist ein sehr mächtiger Mann, der direkt vom Roten Rat ernannt wird.«

»Werden sie mich auch inspizieren?«, fragte Cameo.

Der Graf lachte. »Nein, auch wenn sie es wahrscheinlich liebend gern tun würden. Du gehörst zu mir, Mädchen. Mein Wort genügt.«

Bullige Männer und Frauen mit Kurzhaarschnitt ruderten ein Boot heran, in dem sich zu Cameos Überraschung auch ein paar Kinder tummelten, die Kapitän Satin »die Hafenratten« nannte. Sie kamen nur mit, um Geschenke zu erbetteln und alles zu stehlen, was nicht niet- und nagelfest war, erklärte er ungehalten.

Inzwischen hatte das Ruderboot sie erreicht, und der Hafenmeister kam mit zwei seiner Inspektoren an Bord.

»Ich bin Graf Rose«, sagte Rose sogleich und baute sich wichtigtuerisch vor ihnen auf. »Ich bürge für dieses Schiff.«

»Ich weiß, wer Ihr seid«, erwiderte der Hafenmeister. »Aber dieses Schiff fährt unter Burgundischer Flagge. Holt den Kapitän.«

»Ein Graf Rose holt nicht.«

»Dann soll der Graf Rose eben seinen fetten Hintern aus dem Weg schaffen, damit ich ihn selbst holen kann.«

»Mein Wort genügt, Hafenmeister. Mein Haus gehört dem Hochadel an, und ich bin im Auftrag des Roten Rats hier. Eine Burgund ist ebenfalls an Bord.«

»Häuser haben hier nichts zu sagen. Ihr seid an Bord eines Schiffes, und da ist der Kapitän König. Sogar Gott, wenn es nach mir geht. An Land küsse ich Euch gerne den roten Hintern, aber auf dem Wasser ist Euer Wort nicht mehr wert als das der grinsenden Närrin an Eurer Seite.«

Cameo blickte sich um, wen der Hafenmeister wohl gemeint haben könnte, aber es war niemand in der Nähe. *Ich etwa?* Ihr Grinsen war in der Tat auffällig breit inmitten all der schwitzenden und fluchenden Matrosen. Cameo versuchte sogleich, eine ernstere Miene aufzusetzen, aber es ging nicht. Ihr neues Leben machte einfach zu viel Spaß.

»Der Mann wird seine Worte noch bereuen, das verspreche ich dir«, prahlte der Graf, nachdem der Hafenmeister sich an ihnen vorbeigeschoben hatte.

»Er scheint nicht zu begreifen, wie wichtig Ihr seid«, schmeichelte Cameo ihrem gekränkten Wohltäter. »Ich dagegen weiß es.« Sie tätschelte kurz Roses Bauch, dann wechselte sie das Thema. »Fahren wir direkt weiter in die Stadt? Ihr wisst bestimmt alles über die Kanäle, so gebildet wie Ihr seid.«

Rose strahlte. »Aber ja, das bin ich. Unser Schiff ist gerade noch klein genug, dass es die Kanäle befahren kann. Nur ein Stück größer, dann müssten wir im Hafen bleiben. Und sieh, dort drüben...« Rose machte eine ausladende Geste.

Die Rote Stadt erstreckte sich über die gesamte südlich des Nasswalds gelegene Bucht. Wie das versunkene Asch war sie überflutet worden, als der Meeresspiegel stieg, doch die Rote Stadt hatte überlebt. Die Ingenatoren hatten die Straßen einfach zu Kanälen umfunktioniert und die Gebäude sowie Plätze mithilfe von Stelzen, Ziegelsäulen und Erdanhäufungen höher gelegt, wie Rose stolz erklärte. Leider hatte es nicht überall gleich gut funktioniert, und manche der Häuser standen inzwischen schief, waren abgesunken oder gar eingestürzt. Der breiteste der auf diese Weise entstandenen Kanäle führte spiralförmig ins Herz der Stadt. Der Weg war zwar länger als über die schmaleren Querverbindungen dazwischen, aber weniger mit lästigen Inspektoren gespickt.

»Wir werden den langen Spiralkanal nehmen; auf diese Weise bekommst du den besten Eindruck von der Stadt«, beschloss Rose seinen Vortrag.

In diesem Moment kam auch die Gräfin heran. »Außerdem können wir dich dort am besten vor neugierigen Blicken verbergen, bevor wir den Roten Platz erreichen«, fügte sie hinzu.

Sie stürzten sich mitten hinein in den in beiden Richtungen befahrenen und vollkommen überfüllten Kanal. Schlanke Gondeln, Einbäume und selbstgezimmerte Flöße drängten sich zwischen Barken und Langschiffen. Verkehrsregeln schien es keine zu geben. Wie Hasen huschten die kleineren Wasserfahrzeuge zwischen den großen umher, ständig wurde gebrüllt und wild gestikuliert, dennoch gab es so gut wie keine Zusammenstöße. So gut wie. Einmal sah Cameo, wie eine offene Barke einen Jungen auf einem kleinen Floß einfach über den Haufen fuhr. Junge und Floß wurden unter Wasser gedrückt, bis die Barke vorbei war, dann kam das Floß zurück an die Oberfläche. Von dem Jungen fehlte jede Spur, doch der Verkehr ging weiter, als wäre nichts geschehen.

Der äußere Bereich des Spiralkanals war von zahllosen Marktständen gesäumt, an denen die Verkäufer exotische Speisen anpriesen und Pelzhändler auf Gestellen ihre weißen Wolfshäute zur Schau stellten. Dennoch schien etwas an der geschäftigen Hafenstadt zu fehlen, und nach einer Weile wusste Cameo auch, was: Auf den Straßen und an den Ständen sah sie fast ausschließlich blonde Menschen mit großen Nasen. Kaum dunkelhäutige Terbier oder noch dunklere Garrer. Die wenigen Menschen aus Asch stachen umso deutlicher hervor mit ihrem schwarzen Haar und der vergleichsweise zierlichen Statur.

»Fremde sind in der Stadt nicht erlaubt«, erläuterte Rose. »Die Hafeninspektoren gestatten nicht, dass sie ihre Schiffe verlassen.«

»Nicht einmal zu Besuch?«

»Besucher und Fremde sind ein und dasselbe«, erklärte die Gräfin.

»Aber was ist mit mir?«

»Das wird sich bald entscheiden. Den Hafenmeister konntest du täuschen, und jetzt müssen wir sehen, wie es weitergeht.«

»Was wäre passiert, wenn er gemerkt hätte, dass ich aus den Fluren stamme?«

»Du stammst nicht aus den Fluren, nicht mehr!«, blaffte Purpur. »Merk dir das und tu, was von dir erwartet wird.«

Cameo zuckte zusammen. »Verzeiht, aber ich weiß nicht, was von mir erwartet wird. Nicht genau.«

»Es ist an der Zeit, dass wir es ihr erklären«, sagte die Gräfin.

»Hier auf dem Schiff?«, fragte Purpur ungläubig.

»Auf jeden Fall bevor wir anlegen. Wir hätten es schon tun

sollen, bevor der Inspektor an Bord kam. Das war eine schwerwiegende Unterlassung. Was, wenn er sie gefragt hätte, was sie in der Roten Stadt zu schaffen hat, und sie ihm verraten hätte, dass sie eine Schauspielerin aus den Fluren ist?«

»Die lange und beschwerliche Suche wäre umsonst gewesen«, bestätigte Rose.

»Ein solcher Fehler am morgigen Tag wird uns den Kopf kosten«, fügte Burgund hinzu.

Cameo erschauerte kurz, vermutete aber, dass die Gräfin übertrieb, und beschloss, sich stattdessen zu freuen, weil ihre Gönner ihren Auftritt so wichtig nahmen. Bestimmt trat sie im großen Saal des Palastes auf.

Graf Purpur murrte noch eine Weile, wie er es immer tat, aber schließlich beruhigte er sich. »Gut, wer sagt es ihr?«, fragte er, als wäre Cameo Luft.

Cameo blickte freudig zwischen den dreien hin und her.

Rose öffnete den Mund, aber die Gräfin schnitt ihm das Wort ab. »Du wirst eine Dame eines hochrangigen Hauses spielen«, erklärte sie.

Cameo war begeistert. »Ein reiches Mitglied des Stadtadels? Welche Farbe, welches Haus soll ich repräsentieren?«

Gräfin Burgund vergewisserte sich, dass weder Ruderer noch Besatzung zuhörten, dann flüsterte sie ihr ins Ohr: »Zinnober.«

3

»Zinnober...« Cameo ließ sich den vornehmen Namen auf der Zunge zergehen und fand, dass er recht gut schmeckte. Köstlich sogar. Die Zinnobers waren das ehemalige Herrschergeschlecht der Roten Stadt, doch der letzte Erbe war noch im Kindesalter gestorben, soweit sie wusste. Danach hatten die Unruhen angefangen. Die Roten Häuser hatten begonnen, um die Vorherrschaft zu kämpfen: Burgund, Scharlach und Rubin. Die Kakis hatten mit den Blutroten an ihrer Seite versucht, den Thron an sich zu reißen. Als die anderen Häuser sich als zu starke Gegner erwiesen, wandten sich ihre Bündnispartner jedoch von ihnen ab. Die letzten Kakis waren in ebenjener Festung hingerichtet worden, die sie eigentlich hatten erstürmen wollen: Schloss Zinnober. Die Ereignisse waren sogar zu einem berühmten Theaterstück verarbeitet worden: »Haus Kakis Aderlass«. Nachdem die Linie der Zinnobers erloschen war, hatte niemand die Roten Häuser unter sich vereinigen können, und immer wieder lagen sie miteinander im Krieg. Einzig und allein gegen die weiter im Süden gelegenen Küstenstädte Garroth und Ronna waren sie sich einig. All das hatte Cameo auf ihren ausgedehnten Reisen durch Fretwitt gelernt.

Bestimmt ist es ein historisches Stück, sagte sie sich. *Und ich werde eine Zinnober spielen!*

»Deine Vorstellung beginnt jetzt sofort«, erklärte die Gräfin. »Aber du darfst dich niemandem zu erkennen geben. Das übernehmen wir beim abendlichen Bankett. Bis dahin wirst du dich wie eine vornehme Dame verhalten, eine vornehme Dame mit einem Geheimnis.«

»Und wenn mich jemand nach meinem Namen fragt?«

»Fürs Erste bist du meine Nichte«, antwortete Graf Rose hastig. »Gwendoline Rose, die gerade von einem längeren Aufenthalt in Ibirq zurückgekehrt ist. Benutze diesen leicht östlichen Zungenschlag, den du uns gestern demonstriert hast. Das wird auch die Zweifler überzeugen.«

»Aber bleibe dabei stets geheimnisvoll und ausweichend«, betonte Burgund.

Cameo nickte und prägte sich alles genau ein.

»Allein die Tatsache, dass sie nicht fett und glatzköpfig ist wie Ihr, wird Zweifel genug streuen«, warf Purpur ein. »Sie sieht Euch nicht im Geringsten ähnlich.«

»Sie hat die typische große Nase. Das genügt.« Rose legte ihr die Hände auf die Schultern und blickte Cameo fest in die Augen. »Nun, bist du bereit, an Land zu gehen?«

»Aber ja, verehrter Onkel!«, erwiderte sie mit leicht terbischem Akzent. »Ich war lange fort und freue mich schon, endlich wieder unter meinesgleichen zu sein.«

Die Gräfin Burgund lächelte. »Seht Ihr, Purpur? Ich sagte doch, sie ist die Richtige.«

Graf Purpur zog sich seine Kapuze tief ins Gesicht und verließ auf einer kleinen Gondel das Schiff, noch bevor sie den inneren Hafen erreichten, der selbst so groß war wie eine kleine Stadt. Cameo bemerkte den Farbunterschied sofort, als sie das grünliche Salzwasser der Kanäle hinter sich ließen und in das kristallklare Hafenbecken einfuhren, das von einem unterirdischen Süßwasserfluss gespeist wurde. Der Lehmuntergrund verlieh dem Wasser einen leichten Rotstich, weshalb der See passend zum Platz auch der Rote See genannt wurde.

Aus den einmündenden Kanälen ergoss sich ein beständiger Strom von Wasserfahrzeugen in den See, doch ihr Einmaster war mit Abstand das größte davon. Cameo bestaunte unterdessen die Steingebäude auf dem Platz. Keines war niedriger als drei Stockwerke, manche der Türme hatten sogar mehr als doppelt so viele. Hier und da bröckelten die Mauern bereits, und manche der oberen Geschosse sahen aus, als seien sie erst später hinzugekommen. Das Rot der Ziegel war noch nicht so stark von der Sonne gebleicht und vom Regen ausgewaschen wie bei den anderen. An einer Kathedrale waren die Spuren mehrere Brände zu erkennen, die sie bereits überstanden hatte. Die Rote Stadt war alt, sehr alt, und die Zinnobers waren ihr ältestes Geschlecht.

An der Anlegestelle wartete bereits eine Sänfte. Nachdem sie festgemacht hatten, geleiteten der Graf und die Gräfin Cameo über den Steg und schubsten sie eilig durch die von seidenen Vorhängen vor neugierigen Blicken geschützte Kabine. Ihre Gönner stiegen allerdings nicht mit ein.

Die Sitzbank im Inneren war so weich gepolstert, dass Cameo im Sitzen kaum das Gleichgewicht halten konnte.

»Das ist ja, als würde man in eine Wolke fallen!«, rief Cameo lachend. Im nächsten Moment sah sie die kleingewachsene, schon etwas ältere Frau, die ihr direkt gegenübersaß und Cameo aufmerksam musterte. Den Rotton ihres Gewands hatte sie nie zuvor gesehen. *Ein weiterer Test?*

»Seid gegrüßt, ich bin Gwendoline Rose«, stellte sie sich der Unbekannten vor.

»Nein, bist du nicht.«

Cameo sah sich verunsichert um. *Verdammt, schon durchgefallen...* »Bin ich nicht?«

»Nein. Du bist Karmeline Zinnober. Cameo ist dein Spitzname. Die beiden klingen so ähnlich, dass niemand Verdacht schöpfen wird, wenn du dich einmal versprechen solltest.«

Cameo überlegte, ob die Frau sie in eine Falle locken wollte, sagte sich aber, dass sie jemandem, der sie in einer mit Seide gepolsterten Sänfte empfing, höchstwahrscheinlich vertrauen konnte. »Beginnt meine Rolle jetzt schon?«

»Sie hat begonnen, als du an Bord dieses Schiffes gingst. Dem Kapitän und allen anderen wurde gesagt, du seist eine Dame aus dem Haus Rose, doch du bist mehr. *Viel* mehr.«

»Und wer seid Ihr?«

»Ich bin Godiva, deine Instrukteurin.«

»Ihr seid Schauspiellehrerin?«

»In gewisser Weise. Ich war die letzte Dienerin der letzten Königin der Roten Stadt, und ich werde dir beibringen, eine Zinnober zu sein.«

Cameos Augen wurden tellergroß, und von diesem Moment an nahm sie nichts mehr wahr außer der Frau, die ihr direkt gegenübersaß. Godiva sprach, und sie hörte zu.

»Du bist die zweite Tochter von Sessil und Kristanine Zinnober, niederen Angehörigen einer erloschenen Nebenlinie der Zinnobers, die nichtsdestoweniger Anspruch auf den Thron hätten, wären sie noch am Leben. Als Kind hast du furchtbar gelispelt, du hattest ein lahmes Bein und trugst eine Klappe über dem rechten Auge, das einfach nicht geradeaus schauen wollte. Du warst eine solche Schande für deine Familie, dass man dich im Alter von sechs Jahren nach Ibirq schickte, wo du angeblich wenige Jahre später starbst.« Godiva beugte sich dicht heran. »Aber du bist nicht gestorben. Du lebst, und jetzt bist du hier. Also: Wer waren deine Mutter und dein Vater?«

Cameo überlegte. »Sessil und Kristanine?«

»Nein! Vollkommen falsch. Du bist entdeckt, das Spiel ist vorbei.«

»Lasst ef mich bitte noch einmal verfuchen«, lispelte Cameo sogleich.

Godiva lächelte. »Gut. Aber keine Fehler mehr ab jetzt. Hör mir genau zu, Wort für Wort. Selbst das kleinste Detail ist genauso wichtig wie das große Ganze, denn dein Publikum weiß alles über die Person, die du zu sein vorgibst.«

»Fehr wohl, meine Dame.«

»Ich bin nicht deine Dame. Du bist es, die *mir* gehört, Mädchen.«

Der zehnstöckige Turm der Farben war das höchste Gebäude, das Cameo je gesehen hatte. Lebensgroße Heldenstatuen aus Blutstein säumten die Eingangshalle. Der Holzboden war mittlerweile so verzogen, dass die in den Intarsien dargestellten Ritter und Schlachtszenen kaum mehr als solche zu erkennen waren. Neben den Fenstern prangten Wandteppiche, die größer waren als selbst der Bühnenvorhang der Lästigen Lemminge, und dazwischen standen Diener mit vollbeladenen Tabletts und Weinkaraffen bereit. Wunderschöne Gemälde zeigten so detaillierte Meereslandschaften, dass Cameo beinahe das Salz auf der Zunge schmecken konnte, während sie sich inmitten all dieser Wunder staunend im Kreis drehte.

»Eine Dame glotzt nicht«, zischte Godiva. »Und wo bleibt dein Hinken?«

Cameo begann sofort, das linke Bein unmerklich nachzuziehen, als hätte sie ihr Leben lang versucht, das Gebrechen in den Griff zu bekommen, und es fast geschafft. Aber eben nur fast.

»Schon besser«, flüsterte Godiva. »Und sei nicht so beeindruckt. Ich bin es jedenfalls nicht mehr nach den fünfzig Jahren, die ich hier verbracht habe.«

In diesem Moment tauchten auch Rose und Burgund wieder auf.

»Da ist das Humpeln ja schon«, sagte Rose anerkennend.

»Damit schlage ich mich bereits mein ganzes Leben herum«, erwiderte Cameo mit einem leichten Lispeln.

Gräfin Burgund nickte. »Sehr gut. Was ist mit dem Auge?«

»Eine Klappe vielleicht?«, schlug Godiva vor.

»Zu offensichtlich. Es würde übertrieben aussehen.«

»Wir könnten es ausbrennen oder herausschneiden«, überlegte Rose. »Welches Auge war es gleich?«

»Das linke«, antwortete Godiva.

Cameo zuckte entsetzt zusammen und hielt sich instinktiv eine Hand über das linke Auge.

»Eine frische Narbe kommt nicht infrage«, gab die Gräfin zu bedenken – sehr zu Cameos Erleichterung. »Ein ibirqischer Schamane hat es geheilt. Das wäre die beste Erklärung. Und jetzt bring sie zu ihren Gemächern und kleide sie ein. Aber mach schnell. Das Festbankett heute Abend ist ihre Feuerprobe. Ein kritischeres Publikum als den Roten Rat gibt es nicht.«

»Ja, Gräfin.« Godiva verbeugte sich.

Das Kleid war aus Brokat, aus echtem Brokat! Rötlich orange schimmerte es im flackernden Licht der Feuerschalen in Cameos Ankleidezimmer. Selbst nachdem der Schneider längst gegangen war, konnte sie nicht aufhören, es zu befühlen, bis Godiva ihr schließlich die Hand wegschlug.

»Hör auf, an deinem Kleid herumzufingern.«

»Aber darin sehe ich aus wie eine Königin!«

»Als Zinnober *bist* du die Königin. Heute Abend allerdings eine Königin, deren auffälligstes Merkmal ihre Wortkargheit ist. Du bist zu erschöpft von der langen Reise, um dich zu unterhalten, und wenn du etwas sagst, dann mit ibirqischem Akzent. Überlass deinen drei Gönnern das Reden. Sei höflich und distanziert, mische dich nicht in die Unterhaltung an der Tafel ein.

Und vor allem: Wisch dir nicht die Hände am Fell der Hunde ab. So etwas tun nur Bauern. Hier benutzen wir Servietten.«

»Ja, meine Dienerin.«

»Und nenn mich nicht ›meine Dienerin‹, sondern nur Godiva.«

»Ja, Godiva.«

»Und sage nicht ständig ja. Nicke einfach abschätzig, damit ich weiß, dass du mich gehört hast. Und jetzt: üben.«

Cameo nickte, ohne ihre Dienerin dabei anzusehen, dann humpelte sie zu der Kristallkaraffe und wartete, bis Godiva ihr daraus ein Glas Wasser einschenkte, während sie ganz leicht die Augen verdrehte, als schiele sie.

»Sehr gut«, kommentierte Godiva.

»Danke.«

»Nein! Kein Danke. Ich bin eine Dienerin. Dich bei mir zu bedanken wäre, als würdest du einem Pferd danken, das einen Wagen zieht.«

»Aber genau das habe ich immer getan.«

»Nein, ab jetzt eben nicht mehr!«

»Tut mir leid.«

»Und hör auf, dich zu entschuldigen.«

»Na schön: Es tut mir ausgesprochen *nicht* leid.«

»Schon besser.«

Auf einen Nachmittag voller Lektionen über höfische Etikette und fretische Geschichte folgten weitere Anproben. Eine Zofe, die noch jünger war als Cameo, wusch ihr dreimal hintereinander das Haar und flocht es zu einer kunstvollen Frisur. Die Zöpfe waren so fest, dass es jedes Mal wehtat, wenn Cameo den Kopf bewegte. Sie war absolut sicher, die Knoten darin nie wieder aufzubekommen. Doch als Cameo ihr Spiegelbild sah, waren der Schmerz und alle Bedenken wie weggeblasen: Das Arrangement auf ihrem Kopf schimmerte wie ein goldenes Blumenbukett.

»In Ordnung«, sagte Cameo steif. Am liebsten hätte sie die Zofe umarmt, doch sie winkte nur gelangweilt mit der Hand.

Das Mädchen verneigte sich und verließ rückwärtsgehend das Zimmer.

»Wie wundervoll hier alles ist«, flüsterte Cameo, sobald sie mit ihrer Lehrerin allein war. Das kleine Lächeln ließ ihr Godiva ausnahmsweise durchgehen.

»So empfand ich das auch, als ich noch ein kleines Mädchen war. Aber wir sind keine kleinen Mädchen mehr. Ich bin eine alte Frau, und du bist jetzt eine Dame. Und nun hör zu: Am Ende der Tafel wird Graf Purpurs Vetter Harald sitzen. Er gehört zum selben Haus, aber die beiden mögen einander nicht. Zu seiner Rechten sitzen ein Rubin, ein Blut und die Gräfin Burgund. Links von ihm sitzen Graf Rose, Gräfin Scharlach und Fürst Korall. Walter Purpur wird gleich neben dir sitzen.«

»Ich mag diesen Walter Purpur nicht. Kann ich nicht neben Gräfin Burgund sitzen?«

»Jeder an der Tafel hat seinen festen Platz, das gilt auch für Gäste. Du bist heute Abend Gast, und dein Platz ist neben Graf Walter Purpur.«

»Nun gut. Ich werde also auf dem Gästeplatz sitzen, meine lispelnde Zunge hüten, und wenn das Bankett vorbei ist, hinke ich aus dem Saal wie ein verwundetes Reh.« Cameo strich ihr Kleid glatt und befühlte noch einmal ihre Zöpfe, da streckte die Gräfin Burgund auch schon den Kopf herein.

»Es ist Zeit.«

»Enttäusche mich nicht, bitte«, flüsterte Godiva, als würde sie zu sich selbst sprechen. Ihre Stimme klang eigenartig, beinahe flehend.

Cameo nickte knapp in Godivas Richtung, wie sie es gelernt hatte. »Ich *kann* niemanden enttäuschen. Ich bin die Königin.«

4

Cameo trat ein, und alle Gesichter drehten sich in ihre Richtung: Acht hochwohlgeborene Herrschaften aus den wichtigsten Häusern Fretwitts musterten jedes Detail an ihr. Sie sezierten Cameo regelrecht mit ihren Blicken. Die Steintafel, an der sie saßen, war aus den Überresten des ersten Roten Schlosses erbaut worden, das schon vor Jahrhunderten verfallen war. Godiva hatte ihr alles über die Geschichte dieses Saals erzählt.

Und ich bin mittendrin!

Ein Hofdiener kündigte sie an: »Die Dame Karmeline Zinnober! Von ihrer Familie stets Cameo genannt. Tochter von Sessil und Kristanine Zinnober, ehrenhaft im Leben, ewig im Tod.«

Cameo war an langwierige Vorreden gewöhnt. Sie beruhigten sie, machten ihr Mut. Sie nickte den anwesenden Adligen unmerklich zu, verneigte sich aber nicht. Wie Godiva ihr erklärt hatte, war sie von höherer Geburt als alle anderen im Raum. Cameos Herz schlug wie wild, und die Stangen ihres Korsetts ließen ihr kaum Luft zum Atmen. Es saß viel zu eng. Der Hofschneider hatte es nicht an ihren Körper angepasst, sondern umgekehrt, bis Cameos Silhouette aussah wie eine Sanduhr. Oskar war da ganz anders gewesen, das Wohlergehen seiner Schauspieler ging ihm über alles. Cameo vermisste ihn jetzt schon, genauso wie den Rest der Truppe. *Wenn sie hier sein könnten, wäre mir um einiges wohler.* Sie atmete ein, so gut es ging, und schritt mit dem Hauch eines Hinkens zur Tafel.

Graf Blut hob eine Augenbraue, als er ihre Behinderung bemerkte, und flüsterte Gräfin Scharlach etwas zu. Die Gräfin nickte.

»Guten Abend«, sagte Cameo mit leicht ibírqischem Akzent. »Ich fühle mich geehrt, dass Ihr alle zusammengekommen seid, um mich willkommen zu heißen. Ich bin so dankbar, endlich wieder zu Haufe zu sein«, fügte sie mit einem kleinen Lispeln hinzu.

Wieder tuschelten die anwesenden Herrschaften, diesmal wegen ihres Sprachfehlers. Der Hofdiener verneigte sich und führte sie zu ihrem Platz an der Tafel.

Cameo folgte ihm, machte aber keine Anstalten, sich den Stuhl selbst zurechtzurücken, sondern wartete, bis der Diener diese Aufgabe für sie übernahm. Sie hatte sich noch nicht einmal gesetzt, da erhob sich Graf Walter Purpur.

Ah, einer meiner Gönner. Zumindest ein bekanntes Gesicht, dachte Cameo erleichtert. *Auch wenn die Falten auf seiner Stirn nicht gerade freundlich aussehen.*

»Woher wollen wir wissen, dass sie keine Hochstaplerin ist?«, fragte er ohne Vorrede. »Es hieß, sie sei tot. Nur weil Graf Rose ein ähnlich aussehendes Mädchen im passenden Alter aus dem Ärmel zaubert, ist sie noch lange nicht die neue Königin. Ich verlange Beweise.«

Cameo blinzelte ihn erschrocken an. *Ich dachte, die Tests hätte ich hinter mir?*

»Ich verfichere Euch...«, begann sie, doch in dem Moment stand auch Rose auf.

»Diese Purpurs, genauso griesgrämig wie unhöflich. Lasst sie sich wenigstens setzen, bevor Ihr das arme Ding verhört.«

Harald Purpur hob die Hand. »Sagt gefälligst, wen Ihr meint, Rose, bevor Ihr das ganze Haus Purpur beleidigt. Walter gehört nicht mehr zu meinem Kreis der Familie.«

»Solange nicht alle Zweifel restlos ausgeräumt sind, kann sie nicht mit uns an dieser ehrwürdigen Tafel sitzen«, schimpfte Walter weiter.

Die Dame Rubin verzog verächtlich den Mund. »Eure ›ehrwürdige Tafel‹ haben Kal und Konstance Zinnober seinerzeit als Hochzeitsbett benutzt.«

»Ich muss doch sehr um Mäßigung und vor allem um Einhaltung der Etikette bitten!«

»Und diese Steinplatte, von der wir gleich essen werden, diente einst in den königlichen Stallungen als Rinnstein, bevor man sie hier heraufgeschleppt hat«, fügte sie hinzu.

»Nun gut, sie soll sitzen, während wir ihr unsere Fragen stellen«, erklärte Harald Purpur, und damit schien das letzte Wort gesprochen.

Er hat hier also das Sagen. Und er mag seinen Vetter nicht, genau wie Godiva gesagt hat.

Trotzdem machte Walter Purpurs plötzlicher Angriff ihr zu schaffen, genauso wie das Grinsen der Frau, die rechts von seinem Vetter Harald saß. *Die Dame Rubin*, wie ihr wieder einfiel. Cameo setzte sich und nahm all ihren Mut zusammen. Zumindest würde die Anspannung helfen, ihre Worte mit echten Gefühlen zu unterfüttern. Es würde eine schwierige Vorstellung werden, ganz ähnlich wie diese Bketttheater, von denen sie gehört hatte. Dort waren die Zuschauer sozusagen Teil des Stücks. Die Schauspieler nahmen die Stimmung im Saal auf und improvisierten dazu. Genau das, was auch von Cameo verlangt wurde. *Jetzt bloß nicht aus der Rolle fallen.*

»Ich war eine Fande für meine Familie…« Cameo ließ das Lispeln nun ein wenig stärker durchscheinen, um glaubwürdiger zu wirken. »Man schickte mich fort, so weit weg wie möglich, zuerst zu einer Händlerfamilie im Düsterwald, die mit mir die gesamten Fluren bereiste und sogar die terbische Wüste im fernen Ibirq. Meine Pflegeeltern behandelten mich gut, und meine leiblichen, die ich kaum kannte, ließen sich jedes Jahr Bericht erstatten über die Fortschritte, die ich erzielte. Ein ibirqischer Heiler band mir die Knie zusammen und steckte mir Murmeln in den Mund. Zwischen die Augen hängte er mir eine handtellergroße Kugel, um mein Schielen zu bekämpfen. Ihr könnt Euch vorstellen, wie sich die Spielkameraden meiner Kindheit über mich lustig gemacht haben! Als ich neun war und immer noch nicht elegant sprechen und schreiten konnte, wie es sich für eine Adlige geziemt, erklärten meine Eltern mich für tot. Doch ich gab nicht auf, wie sie es erwartet hatten, sondern suchte mir einen neuen Heiler. Jeden Tag rezitierte ich Gedichte und lief in einem mit Spiegeln ausgekleideten Saal auf und ab, bis es endlich besser wurde und ich beinahe normal gehen und sprechen konnte. Als ich schließlich meinen Pflegeeltern erklärte, dass ich nun bereit sei, nach Hause zurückzukehren, war es jedoch zu spät: Die Nachricht von meinem Tod hatte sich bereits überall verbreitet. Ich konnte nicht einfach wiederauferstehen, denn dann hätten meine Eltern als Lügner dagestanden. Also musste ich warten, bis sie gestorben waren, erst dann konnte ich meinen Familiennamen Zinnober wieder annehmen. Ich weiß, ich bin nicht perfekt. Ich lispele und hinke immer noch, wie man mir sagt, denn ich selbst nehme es gar nicht mehr wahr. Doch jetzt, da ich so hart an mir gearbeitet habe, scheint es, als würde man an mir zweifeln, weil mein Gang zu leicht, meine Zunge zu behände ist und ich endlich geradeaus schauen kann wie jeder andere. Ich habe die lange und beschwerliche Reise hierher auf mich genommen, um Euch meine Aufwartung zu machen, und Ihr weist mich zurück, weil ich all die Gebrechen abgelegt habe, aufgrund derer mir mein Geburtsrecht genommen wurde.«

Gut gemacht. Die Geschichte stammte von Cameo, nicht von

Godiva. Sie hatte sie sich spontan ausgedacht. Es fehlte nur noch eine Kleinigkeit:

Cameo begann leise zu weinen. Dazu musste sie nur an das traurigste Ereignis denken, an das sie sich erinnern konnte. Proxima hatte sie diesen Trick gelehrt, und Cameo hatte monatelang vor dem einzigen Spiegel im Umkleidezelt der Lemminge geübt, bis sie den Bogen raushatte. Damals dachte Cameo an ihren Bruder, der im Alter von nur fünf Jahren gestorben war, aber mittlerweile war nicht einmal das mehr nötig. Die Tränen kamen, wann immer sie wollte, und so war es auch jetzt vor dem versammelten roten Hochadel. Cameo barg das Gesicht in den Händen, und als sie wieder aufblickte, tat sie es nur mit dem Hauch eines Schielens.

Graf Rose sah überrascht aus, schien aber zufrieden, und Walter Purpur musste sich sogar die Hand vors Gesicht halten, damit man niemand bemerkte, wie er heimlich lächelte. Die anderen blieben ungerührt, bestenfalls zweifelten sie an ihren Zweifeln. Nur die Gräfin Scharlach wischte sich mit einem Seidentuch über die Augen.

Zumindest sie habe ich.

»Wir weisen dich nicht zurück, Kind«, ergriff die Gräfin Burgund schließlich das Wort.

Aha, sie hat sich ihren Auftritt bis jetzt aufgespart.

»Als Graf Rose und ich Nachricht erhielten, dass die arme Karmeline noch am Leben sei, traten wir unverzüglich die lange und gefährliche Reise, um sie nach Hause zu holen. Auf eigenes Risiko und Kosten wohlgemerkt.«

Walter Purpur hatte sich inzwischen wieder gefangen. »Nur weil die Herrschaften Rose und Burgund mal wieder etwas ausgeheckt haben, bin ich noch lange nicht überzeugt. Man müsste selbst nach Ibirq fahren und ihre rührende Geschichte vor Ort überprüfen, aber das würde Wochen dauern. Wer außer Euch beiden wohlbekannten Intriganten kann noch für dieses Kind bürgen?«

Wie seltsam. Purpur steckt doch mit ihnen unter einer Decke? Cameo war verwirrt, doch dann fiel es ihr wie Schuppen von den Augen: *Er spielt genauso eine Rolle wie ich!* Cameo hoffte, dass die Anwesenden sich gut unterhalten fühlten, und beschloss, sich ab jetzt voll und ganz auf ihre eigene Rolle zu konzentrieren.

»Können wir jetzt essen?«, fragte sie unvermittelt. »Es hieß, ich dürfte nun endlich an einem Bankett im Roten Saal teilnehmen, und ich habe mich sehr darauf gefreut...«

Harald Purpur kniff die Augen zusammen und lachte dann plötzlich. »Aber selbstverständlich! Politik und vermeintliche Intrigen werden uns doch nicht von einem guten Mahl abhalten«, verkündete er und schlug einen kleinen, unter der Tafel versteckten Gong.

Sofort erschien wie aus dem Nichts ein Dutzend Diener mit Tabletts voller Fleisch und Käse, verziert mit Trauben in den verschiedensten Rottönen. Keine einzige grüne war dabei, wie Cameo nicht ohne Staunen bemerkte. Knaben von höchstens zehn Jahren schenkten Wein aus Kristallkaraffen in Kelche aus erlesenen Nasswaldhölzern. Auch die Weine waren alle rot. Dazu wurde Fischfilet mit Salat gereicht. *Nur die Reichen essen Fischfilet und werfen den Rest weg*, dachte Cameo, die nur die deftigen Eintöpfe aus den Fischgründen kannte, bei denen sogar die Gräten mitgekocht wurden.

Und das war nur der erste Gang. Noch nie hatte sie so viel Essen auf einmal gesehen, geschweige denn so viele verschiedene Gerichte. Es war wie ein kulinarischer Karneval, der eigens für die erlesene Gesellschaft im Saal aufgeführt wurde. Ein kleiner flauschiger Hund lief zwischen den Stühlen umher und fraß die achtlos zu Boden geworfenen Reste. Cameo musste sich konzentrieren, sich bloß nicht die Hände an seinem Fell abzuwischen, wie Godiva ihr eingeschärft hatte. Die beiden struppigen Köter der Lästigen Lemminge waren nach dem Abendessen immer ganz verklebt gewesen und leckten sich gegenseitig sauber, oder sie sprangen in einen Fluss, falls es in der Nähe ihres Lagers einen gab.

Fürst Korall beugte sich zu ihr, eine riesige Geflügelkeule in der Hand. »So dünn wie Ihr seid, scheint Ihr aus Ibirq weniger schmackhaftes Essen gewöhnt zu sein, wie?«

»Und ob. Kein Wunder, dass alle an dieser Tafel so fürstlich rund sind!«, erwiderte Cameo.

Korall tätschelte lachend Graf Roses Schwabbelbauch. Als Rose seine Hand erbost wegschlug, lachte er nur noch lauter.

Und den habe ich auch in der Tasche.

Nach einer Weile kam ein blutjunges Mädchen herein und setzte sich an die Harfe, die in der Saalecke stand. Sie trug ein purpurrotes Gewand, ihre Haut war glatt und hell wie Milch, die Hände jedoch schwielig und die Finger verkrümmt. *Weil die Ärmste den ganzen Tag nichts anderes tut, als die Saiten zu zupfen.*

Die Kleine macht ihre Sache in der Tat hervorragend. Ein beständiger Strom wohlklingender Noten erfüllte den Saal wie das Geräusch einer sanften Brandung, hin und wieder akzentuiert von härter angeschlagenen Akkorden, die sich perfekt einfügten. *Unendlich viel besser als Dungi an der Laute.*

»Wie wundervoll«, sagte Cameo unwillkürlich.

»Wie mir scheint, seid Ihr leicht zu beeindrucken«, raunte Walter Purpur. Es war eine Warnung, dass eine echte Dame sich niemals wohlwollend über Bedienstete äußerste, auch nicht über Musikanten.

»Sie versucht nur, höflich zu sein, Vetter«, mischte sich Harald ein. »Und sie hat recht: Meine Nichte ist die beste Harfenistin in ihrer Altersgruppe.«

Der hier scheint mich sogar richtig zu mögen.

»Sie ist ein ganz reizendes Kind«, bestätigte Cameo. »In Ibirq verbringen die jungen Mädchen zu viel Zeit mit Beten und zu wenig damit, sich in den Künsten zu bilden.«

»Und wie steht es mit Euch, meine Liebe? Welches ist Euer Lieblingsinstrument?«

Cameo zögerte. Wurde von ihr erwartet, dass sie ein Instrument spielte? »Ich bin keine Musikantin«, antwortete sie schließlich, »aber ich spiele ein wenig Flöte.«

»Ihr müsst uns unbedingt eine Kostprobe geben!«, rief die Gräfin Scharlach lebhaft.

Cameo bereute ihre Worte sofort. Ihre Flöte war aus Splintholz, das aus den Argbergen stammte, und obendrein vom Rauch der Lagerfeuer geschwärzt, an denen die Lemminge bis spät in die Nacht hinein beisammengesessen hatten. Also das genaue Gegenteil eines Kunstgegenstands aus Silber oder Gold, wie man es von einer Königin erwarten würde. Das krumme Holzding würde sie unweigerlich als Bauerntochter entlarven.

»Wie ich sagte, ich spiele wenig und alles andere als gut. Es wäre eine Beleidigung für Eure Ohren.«

»Ach was«, warf Gräfin Burgund ein. »Unser guter Rose hier ist ein miserabler Geiger, und doch quält er uns jedes Mal mit seinem Gefiedel, wenn er erst ein paar Becher Wein getrunken hat.«

»Eine infame Verleumdung!«, fuhr der Graf auf. »Ich werde sofort mein Instrument holen und mit der Dame Zinnober ein Duett zum Besten geben.« Rose schlug so hart mit der Faust auf den Tisch, dass sein inzwischen vierter Becher umkippte und der Wein sich über sein prächtiges Seidenhemd ergoss.

Die gesamte durchlauchte Gesellschaft lachte, bis auf zwei: Graf Blut, der den ganzen Abend über noch keine Miene verzogen hatte, und die Dame Rubin, die sich nie zu mehr hinreißen ließ als zu einem leicht verächtlichen Grinsen. *Die beiden sind die härtesten Nüsse in diesem Publikum. Nicht so fett wie die anderen und dafür umso misstrauischer.*

»Nun gut«, sagte Cameo mit einem leisen Seufzen. »Wenn Ihr es wünscht, so werde ich eben spielen.« Mit einer Geste schickte sie einen Diener hinauf in ihr Gemach, um die Flöte zu holen.

Cameo sah, wie die Gräfin Burgund und Walter Purpur einen besorgten Blick austauschten, und lächelte entwaffnend in die Runde. »Doch danach muss ich mich zu Bett begeben. Ich bin erschöpft von der langen Reise, und obendrein ist mein Bauch nun so voll wie der eines gefüllten Kapauns.«

Neuerliches Gelächter. Eatons Ratschläge erwiesen ihr für diese anspruchsvolle Rolle gute Dienste. »Das Publikum zum Lachen zu bringen ist nie verkehrt«, hatte er stets zu ihr gesagt. »Dabei ist es ganz gleich, ob sie mit dir lachen oder *über* dich.«

»Das ist nur recht und billig«, erklärte Harald Purpur wohlwollend. »Die Zweifler und Schwarzseher unter uns haben Euch lange genug zugesetzt, und Ihr habt Euch wacker gehalten unter ihren Sticheleien.«

Schließlich kam der Diener mit der Flöte zurück. Sie war in ein ölgetränktes Leinentuch gewickelt, damit das Holz feucht und geschmeidig blieb. Als der Diener das Tuch öffnete, schaute er genauso verblüfft wie die Adligen im Saal.

Wahrscheinlich hätten sie zumindest Messing erwartet, aber jetzt ist es zu spät...

»Ich werde eine der vielen Volksweisen aus meinem Repertoire spielen«, verkündete Cameo. Sie kannte genau eine. Eine Tochter aus höherem Hause hätte viele gekannt, und vor allem hätte sie eine Flöte aus Metall gehabt. Doch die meisten Stücke, die sie kannte, waren Trinklieder mit derben Versen und einer aufpeitschenden Melodie, die zum Tanzen einlud. Der einzige Klassiker, den sie ab und zu spielte, war »Die Meere von Asch«, und das auch nur, weil er in einem ihrer Bühnenstücke vorkam. Alle anderen Kompositionen der alten Meister waren so komplex – und so langweilig –, dass Cameo sich nie für sie interessiert hatte. Genauso wie ihr Bauernpublikum, das unweigerlich eingeschlafen wäre. Außerdem: Wer hätte sie ihr beibringen sollen?

Dann legte sie ohne weitere Umschweife los – Cameo hatte das Lied schon so oft gespielt, dass sie kein bisschen nervös war. Als sie geendet hatte, nickten ihre Zuhörer und applaudierten höflich. Cameo war erleichtert. Es war genau die Reaktion, die sie von einem adligen Publikum erwartet hatte. Beinahe hätte sie sich verneigt, doch sie besann sich gerade noch rechtzeitig eines Besseren und nickte lediglich zurück.

Cameo wollte ihre Flöte gerade wieder einwickeln, als Walter Purpur interessiert fragte: »Euer Instrument ist höchst ungewöhnlich. Ich nehme an, es stammt von einem ibirqischen Meister, der hierzulande unbekannt ist?«

»Aber nein«, erwiderte Cameo fröhlich. »Ich habe es von einem Bauern, einem Bettler sogar.«

Falsche Antwort. Ganz falsch. Cameo sah es deutlich an Walters Gesicht.

»Es gibt eine Geschichte dazu«, schob sie eilig hinterher. »Aber ich möchte Euch nicht damit langweilen.«

»Ich für meinen Teil würde mich liebend gern mit dieser Geschichte langweilen lassen«, warf die Dame Rubin mit ihrem eingefrorenen Grinsen ein.

»Aber ja, ergötzt uns damit«, fügte der bisher so schweigsame Graf Blut hinzu. Er hatte einen beeindruckend breiten Brustkorb wie ein schlachterprobter Ritter. Sein Bauch war zwar genauso stattlich gerundet wie bei den anderen, doch schien er im Gegensatz zu der schlaffen Kugel, die der fette Rose mit sich herumschleppte, von bestens trainierten Muskeln gehalten zu werden.

Cameo betrachtete ihre Flöte nachdenklich und seufzte, als

fiele es ihr schwer, über die Begebenheit zu sprechen. »Er spielte vor der Bäckerei, in der meine Pflegeeltern immer ihr Brot holten. Ein Stück abseits des Eingangs natürlich, damit ihn der Bäcker nicht mit seinem Besen verscheuchte. Jeden Tag saß er da und spielte auf seiner Flöte, und was für schöne Melodien! Ich war damals noch ein Kind und lauschte gerne seinem Spiel. Dann rief er mich eines Tages plötzlich zu sich und fragte, ob ich ein bestimmtes Lied hören wolle. Ich sagte, ›Der fröhliche Bergklan‹ gefiele mir besonders gut. Er kannte das Stück nicht und bat mich, ihm die Melodie vorzusingen. Also tat ich es, und als ich fertig war, spielte er sie fehlerfrei nach. Mehr als das: Wo ich den Ton verfehlt hatte, spielte er den richtigen, selbst in den oberen Oktaven, wo mein Stimmumfang mich längst im Stich gelassen hatte. Eine so gute Darbietung des Liedes hatte ich noch nie gehört. Ich war so glücklich, dass ich ihm heimlich ein Stück Brot zusteckte. Von da an spielte er jeden Tag für mich, und ich gab ihm die Krumen, die ich für ihn aufgehoben hatte. Mit einem kleinen Messer schnitzte er jeden Tag an seinem Instrument und verbesserte es immer weiter, und ich hörte ihm zu, bis mich meine Pflegemutter eines Tages dabei ertappte. Sie verbot mir, mich dem Bettler jemals wieder zu nähern, und ließ ihn außerdem vom Bäckerssohn verprügeln, damit er ja nicht wiederkam. Also bettelte er fortan woanders, und ich habe ihn Jahre nicht mehr gesehen. Eines Tages, ich ging gerade über den Markt, da packte mich ein Mann am Kragen und wollte mir die mit Rubinen besetzte Halskette entreißen. Vielleicht waren es auch Mondsteine, ich weiß es nicht mehr genau. Mein wohlhabender Pflegevater schenkte mir so viel Schmuck, dass ich ihn als Kind kaum mehr auseinanderhalten konnte, aber ich denke, der Schurke wollte meine Kette.«

»Oder Schlimmeres!«, rief die Dame Scharlach entsetzt dazwischen.

»Oh ja, und es kam tatsächlich schlimmer: Die Kette wollte einfach nicht zerreißen, ich bekam kaum noch Luft, und mir wurde bereits schwindlig, als den Schurken ein Stück Holz mitten im Gesicht traf. Seine Nase schien gebrochen und fing fürchterlich an zu bluten; er ließ von mir ab, um sich auf meinen Retter zu stürzen. Danach ergriff er die Flucht. Als das Handgemenge vorüber war, sah ich meinen Retter auf dem Boden liegen. Seine Kleider waren schmutzig und zerlumpt. Auch er blutete, und in der Hand hielt er noch das Stück Holz, mit dem er den Dieb geschlagen hatte. Als ich mich zu ihm hinunterbeugte, sah ich die Wunde an seiner Brust: Der Schuft hatte ihm mit einem Messer ins Herz gestochen! Mit seinem letzten Atemzug streckte der Sterbende mir das Stück Holz entgegen. Es war eine Flöte.«

»Der Bettler!«, keuchte Fürst Korall.

»In der Tat«, bestätigte Cameo. »Es war der Bettler von der Bäckerei. Er gab mir sein Instrument, mit dem er mir das Leben gerettet hatte, während ihm das seine genommen wurde. Seit jenem Tag spiele ich auf ihr, und ich habe in meinem Leben noch keine gesehen, weder aus Silber noch aus Gold, die die Töne so lieblich wiedergibt wie diese.«

Alle schwiegen ergriffen: Korall, Rose, die beiden Purpurs und selbst Graf Blut. Alle bis auf die Dame Rubin, die nur süffisant grinste und dazu ganz langsam klatschte.

5

»Wer seid Ihr?«, fragte der Mann und versperrte ihr den Weg.

»Die Dame Zinnober«, erwiderte Cameo kühl.

Der beängstigend große Wachsoldat kniff die Augen zusammen. Er wirkte verwirrt, aber das schien bei ihm der Normalzustand zu sein, wie Cameo aus den tief eingegrabenen Denkfalten auf seiner Stirn schloss. Doch das tat seiner furchterregenden Statur keinen Abbruch; das Schwert an seiner Seite war länger und breiter als Cameos Beine.

»Dieser Flur wurde von keiner Zinnober mehr betreten, seit ich noch ein junger Bursche war«, sagte er misstrauisch.

»Nun, das hat sich soeben geändert.«

Der Kerl schürzte die Lippen und zupfte nachdenklich an seinem Kinnbart. »Mir wurde gesagt, Ihr seid alle tot.«

Cameo konnte sich ein Lachen nicht verkneifen. »Aber ich scheine recht lebendig zu sein, nicht?«

»Wohl wahr. Und Euer Kleid sieht nach echtem Zinnober-Brokat aus.«

»Es ist aus echtem Zinnober-Brokat. Willst du den Stoff anfassen und dich selbst überzeugen?«

Der Mann wirkte noch verwirrter als zuvor. »Euer Kleid anfassen? Auf keinen Fall, edle Dame!«

»Wenn du in den Diensten der Zinnobers stehst, dann wirst du wissen, wer Godiva ist, nicht wahr?«

»Ich kannte sie, ja...«

»Sie selbst hat dieses Kleid für mich ausgesucht.«

»Genug!« Gräfin Burgund kam eilig mit Rose im Schlepptau den Flur entlang. »Hör auf, die Dame zu belästigen, du Trottel.«

»Gräfin Burgund«, keuchte der Wachsoldat. »Aber, ich wollte nur... Sie sagt, sie wäre eine Zinnober.«

»Und genau das ist sie! Bist du neben deiner Begriffsstutzigkeit jetzt auch noch farbenblind geworden?«

»Aber... das ist nicht möglich. Ich übernahm die Aufsicht über diesen verlassenen Flur genau an dem Tag, als der Letzte von ihnen gestorben ist.«

»Und jetzt hast du wieder jemanden, den du bewachen kannst. Nur dass du es für die Hälfte deines bisherigen Solds und um einen Rang degradiert tun wirst. Lass die Dame vorbei und beziehe deinen Posten an der Treppe, wo du hingehörst. Du lässt niemanden vorbei. Karmeline Zinnober wünscht, nicht gestört zu werden. Sie hat einen anstrengenden Tag hinter sich und einen noch anstrengenderen vor sich.«

»Die Hälfte?«

»Die Hälfte von was?«

»Meines Solds.«

»Exakt. Bist du auch noch schwerhörig?«

»Nein. Aber ich habe fünf Jahre hart gearbeitet, um diese Soldstufe zu erreichen.«

»Dann wird es wohl noch weitere fünf dauern, bis du sie wieder erreichst. Du kannst deinen Dienst natürlich auch quittieren. Ganz wie es dir beliebt.«

Cameo hatte ein schlechtes Gewissen, auch wenn sie gar nichts dafürkonnte. Sie wollte dem Wachsoldaten gerade einen mitfühlenden Blick zuwerfen, als er mit eingezogenem Kopf davonschlurfte und auf seinen Posten ging.

»Wie heißt er?«, fragte Cameo.

»Das spielt keine Rolle«, erwiderte die Gräfin und scheuchte Cameo in ihr Gemach, aber Cameo bestand auf eine Antwort.

»Die anderen Wachen nennen ihn Stock«, sagte Burgund schließlich.

Die Gemächer der Dame Zinnober waren größer als die meisten Wirtshäuser, in denen Cameo gegessen hatte. Sie konnte kaum glauben, dass das nun alles ihr gehören sollte. Jeden Moment rechnete sie damit, neben dem schnarchenden Oskar aufzuwachen, weil mal wieder Regenwasser durch das undichte Zeltdach tropfte.

»Du hast es geschafft!«, rief Rose und kam mit schwabbelndem Bauch hinter ihr durch die Tür gehüpft.

»Meine Vorstellung hat ihnen also gefallen?«, fragte sie aufgeregt. Es war eine seltsame Art von Theater, und stellenweise hatte sie den Eindruck gehabt, das Publikum sei unzufrieden.

»Du bist eine unglaublich begabte Lügnerin!«, antwortete Rose vergnügt.

»Schauspielerin«, berichtigte Cameo.

»Natürlich, Verzeihung«, entschuldigte sich Burgund und stieß Graf Rose zur Seite. »Du bist eine unglaublich begabte Schauspielerin. In der Roten Stadt nennen wir sie manchmal Lügner. Wahrscheinlich ein Übersetzungsproblem. Aber wie dem auch sei: Für morgen musst du eine Rede auswendig lernen. Godiva wird dir dabei helfen. Schlaf dich gut aus, damit du frisch bist.«

»Ist der Auftritt genauso wichtig wie der von heute?«

»Noch viel wichtiger«, erwiderte Rose und kniff sie grinsend in die Wange. Dabei kam er ihr so nahe, dass sie den Wein in seinem Atem riechen konnte.

»Mach das Mädchen nicht unnötig nervös. Sie spielt lediglich vor einem größeren Publikum, das, wie ich hinzufügen möchte, weniger kritisch sein wird und außerdem viel weiter weg. Alles in allem: leichter zu täuschen.«

»Zu unterhalten«, korrigierte Cameo ein weiteres Mal. *Anscheinend auch ein Übersetzungsproblem.*

»Unterhalte sie, wenn du willst, aber deine oberste Pflicht ist, sie zu *überzeugen*.«

Sie gingen, ohne ihr einen Diener dazulassen, damit sie sich nicht verplapperte. Cameo war es ohnehin nicht gewohnt, eine Dienerschaft zu haben, und kam bestens allein zurecht.

»Wir wollen nicht, dass das geschwätzige Personal alles verrät«, hatte die Gräfin Burgund ihr mit besorgtem Blick erklärt.

Das Bettgestell war unglaublich hoch, hatte vier gedrechselte Pfosten, die fast bis unter die Decke reichten, und eine mit Federn gefüllte Matratze. Cameo drückte prüfend die Hand hinein. Als sie bis übers Gelenk einsank, fragte sie sich, ob sie darauf überhaupt würde schlafen können. In ihrem bisherigen Leben hatte sie stets auf einer Decke direkt auf dem Boden genächtigt. Cameo sah sich weiter um und entdeckte in einer Truhe aus Düsterwaldholz eine Unzahl feinster Kleider, alle in der Farbe des Hauses Zinnober. Sie waren wunderschön, aber Oskar hätte sie bestimmt zu groß gefunden. Manche hingen an ihr herunter wie ein loser Vorhang. Die tote Dame, der sie einmal gehört hatten, musste beinahe so füllig gewesen sein wie Graf Rose. *Ich bin wohl tatsächlich ein wenig dünn für meine Rolle.*

Trotzdem probierte Cameo sie alle an und bewunderte sich in dem großen Spiegel im Ankleidezimmer. Er sah exakt aus wie der, den sie sich zu der Geschichte vorgestellt hatte, wie sie angeblich ihr Humpeln in den Griff bekommen hatte.

Ich hab's geschafft, jubelte sie stumm. *Ich bin Schauspielerin in einer großen Stadt!* Eigentlich hatte sie immer von dem lebendigen Ronna geträumt, nicht von der düsteren Roten Stadt mit ihrem hochnäsigen Adel. Allerdings hätte sie es in Ronna bestenfalls zur Zweitbesetzung in irgendeinem Standardstück auf irgendeiner durchschnittlichen Bühne gebracht. Durchlauchte Herren und Damen während eines Palastbanketts zu unterhalten war da schon etwas anderes. Cameo bestaunte noch einmal die luxuriösen Vorhänge, die Kristallkaraffen und gepolsterten Stühle. *Das alles ist wie ein Traum.* Sie fragte sich nur, wie lange dieser Traum andauern würde.

Godiva zog die schweren Vorhänge zurück, und rosafarbenes Sonnenlicht strömte durch die roten Fenster.

»Kannst du deinen Text noch? Wort für Wort?«

»Ich bin gerade erst aufgewacht und kann mich kaum an meine Träume erinnern. Ich glaube, ich habe geträumt, ich wäre ein Bauernmädchen, das eine Prinzessin spielt...«

»Keine Witze jetzt, Mädchen. Heute ist der wichtigste Tag in deinem Leben. Und in meinem.«

»Gestern Abend habt Ihr mich die Rede zwanzigmal vortragen lassen. Wenn ich sie noch einmal üben muss, klingt sie nicht mehr echt, sondern eben eingeübt.«

»In der Tat.« Godiva zupfte nervös an ihrem Kleid. »Ich denke, ich habe alles gegeben. Ich zähle auf dich.«

»Ihr *zählt* auf mich?«

»Nicht wegen mir, sondern wegen meiner Töchter Gerta und Gretta.«

»Ich werde ebenfalls mein Bestes geben«, erwiderte Cameo und klopfte ihrer Lehrerin lächelnd auf die Schulter – etwas, das sie nur tun durfte, wenn die beiden allein miteinander waren. Cameo platzte beinahe vor Stolz auf ihre Rolle und wollte sich auf keinen Fall eine Blöße geben, auch wenn sie nicht verstand, was das Ganze mit Godivas Töchtern zu tun haben sollte. Vielleicht saßen sie ja im Publikum, oder Godiva bekam eine Prämie, wenn Cameo ihre Sache gut machte, von der sie den beiden etwas Schönes kaufen wollte.

Das Frühstück bestand aus gebratenen Wachteleiern und

Brot mit Rotbeerengelee. Es wurde auf Silbertellern serviert und schmeckte einfach köstlich, vor allem in Kombination mit dem frischen Schwarzbeersaft. Danach kam der Schneider mit einem neuen Kleid. Es war noch prächtiger als das vom Vorabend, hatte eine Schleppe und war an den Säumen mit einem weißen Pelz besetzt, den Cameo noch nie zuvor gesehen hatte. Sie fragte sich, ob es sich bei den goldenen Fäden im Stoff tatsächlich um gesponnenes Gold handelte. *Wahrscheinlich.*

Cameo trug nun einen regelrechten Schatz am Leib. Wenn einer ihrer Schauspielkollegen hier wäre, hätte er zumindest das Besteck vom Frühstückstisch geklaut. Allein die Teller waren mehr wert, als die Lästigen Lemminge in einer ganzen Saison verdienten. Aber Cameo beschloss, nichts zu stehlen. Ein Diebstahl wäre wie ein Schandfleck auf der Erinnerung an diese unglaubliche Zeit. Sie würde ihre Darbietung geben, sich dankbar verneigen und mit ihrer Bezahlung – wie viel auch immer das sein mochte – zu ihrem alten Leben zurückkehren. Außer ...

Was, wenn sie wollen, dass ich weiter für sie spiele?

Falls man ihr ein weiteres Angebot machte, würde sie bestimmt nicht Nein sagen.

All diese Gedanken beschäftigten Cameo, als sie hinunter zu dem Tunnel ging, an dessen Eingang die Herrschaften Rose und Burgund sie bereits erwarteten.

»Ah, dein Kleid ist ideal für den heutigen Abend«, kommentierte die Gräfin.

»Ja, es ist wunderschön«, erwiderte Cameo seufzend. »Danke noch einmal für alles. Danke, dass Ihr mir all das ermöglicht.«

»Dabei ist das Kleid nicht einmal halb so schön wie die Frau darin«, warf Rose ein und starrte Cameo unverhohlen an.

Der Tunnel, von dessen Wänden das Sickerwasser aus den Kanälen tropfte, verlief unterirdisch zu einer Wendeltreppe am anderen Ende. Die Treppe war so schmal, dass sie hintereinander gehen mussten: Burgund als Erste, Cameo direkt dahinter und Graf Rose als Letzter. Sie konnte seine begehrlichen Blicke förmlich spüren, beschwerte sich aber nicht, denn sie war zu sehr damit beschäftigt, in Gedanken ihre Rede zu wiederholen. Die Treppe war lang; wie viele Stockwerke sie nach oben führte, konnte Cameo nicht sagen, denn es gab keine. Es ging nur immer weiter hinauf. Schließlich erreichten sie eine kleine Kammer, in der eine Leiter zu einer Falltür führte.

»Ist das der Bühneneingang?«

»Exakt«, antwortete Burgund. »Sobald du dort oben stehst, bist du die Dame Zinnober.«

Mit einem Nicken hängte Graf Rose ihr eine große spiralförmige Muschel mit einer Art Mundstück an dem spitz zulaufenden Ende um den Hals. »Dieses Horn verstärkt deine Stimme«, erklärte er, »aber du musst im vollen Brustton der Überzeugung sprechen. Und bedanke dich nicht bei deinem Publikum. Und außerdem...«

»Genug der Ratschläge, Freunde. Ich bin bereit«, schnitt Cameo ihm das Wort ab und stieg die Leiter hinauf.

Graf Rose ließ sich die Gelegenheit nicht entgehen, ihrem Hinterteil einen kleinen Stups zu geben, dann zog er an einer Schnur, und die Falltür schwang auf. Über sich sah Cameo einen Ausschnitt blauen Himmel, dann hörte sie den Lärm der wartenden Menge.

Es ist so weit!

Cameo kletterte ins Freie und stand vier Stockwerke hoch über ihren Zuschauern. Die Bühne war kreisrund und nicht besonders groß. Geländer gab es keins. *Schön vom Rand fernhalten.* Da der Turm, auf dem sie sich befand, nur diesen einen unterirdischen Eingang hatte, musste es für das Publikum aussehen, als wäre Cameo einfach vom Himmel gefallen. *Ein guter Bühnentrick.*

Zu ihren Füßen lag die gesamte Stadt ausgebreitet, ein Meer

aus roten Mauern und Gebäuden, das sich beinahe bis zur Küste erstreckte, wo am Horizont die Muschelinseln aus dem türkisgrünen Wasser ragten. Die in der Morgensonne schimmernden Kanäle durchzogen das Rot der Stadt wie ein dunkles Netz. In der Umgebung des Platzes waren sie derart mit Booten vollgepackt, dass man sie als Brücken benutzen konnte, um von einer Seite auf die andere zu gelangen.

Cameo drehte sich einmal im Kreis und saugte den Anblick der Menge in sich auf. Alles war voller Menschen. Nicht ein Einziger hätte noch dazwischengepasst.

Das müssen Tausende sein. Kein Theater fasst so viel Publikum. Es war, als wäre ganz Fretwitt zusammengekommen, um sie zu sehen. Der erste Zuschauerring bestand ausschließlich aus Soldaten und ihren Offizieren, die sich nach Zugehörigkeit zu ihren Häusern keilförmig um den Turm angeordnet hatten und alle erwartungsvoll zu ihr hinaufschauten. Wegen der unterschiedlichen Farbtöne sah die Formation von oben aus wie eine bunte Torte. Jedes Haus war vertreten: Korall, Rubin, Blut, Rose, Scharlach, Burgund und die zerstrittenen Purpurs, die sich auf zwei voneinander getrennte Tortenstücke verteilt hatten. Zinnobers sah sie keine, doch wie die Gräfin Burgund gesagt hatte, waren sie am heutigen Tag alle Zinnobers – und Cameo war ihre Königin.

Direkt hinter den Soldaten thronten die Adligen auf eigens errichteten Podesten, die sie über den Rest der Menge erheben sollten. Von Cameos Standpunkt sahen sie allerdings alle gleich aus.

Sie schob ihre Sprechmuschel zurecht, sodass die Öffnung ein Stückchen näher an ihren Mund rückte, und als sie die Stimme erhob, schallte sie über den gesamten Platz wie die eines Gottes.

»Bürger der Roten Stadt!«, rief Cameo. »Ich bin Karmeline Zinnober, Tochter von Sessil und Kristanine Zinnober, rechtmäßige Erbin des Schlosses Zinnober und aller angrenzenden Ländereien...«

Ihre Zuhörer schnappten laut nach Luft – was bei dieser Menge von Zuhörern *ziemlich* laut war – und verstummten.

Cameo gab ihren Worten Zeit, um zu wirken, aber nicht zu lange, damit die Stille nicht zu einem drückenden Schweigen wurde. Als Schauspielerin ließ sie sich von ihrem Instinkt leiten. Das Publikum sollte stets gespannt sein, aber nie unruhig werden. Als sich erstes Gemurmel erhob, wirbelte Cameo herum und ergoss ihre nächsten Worte über die Zuhörer auf der anderen Seite des Turms. Sie trafen sie wie ein Eimer kaltes Wasser.

»Ich bin nach Hause zurückgekehrt!«

Cameo schritt das Steinrund ab, das ihre Bühne war, und ließ das Murmeln zu einem aufgeregten Rumoren anwachsen. *Ich habe sie. Jetzt sind sie bereit zuzuhören.*

»Ihr dachtet, ich wäre tot, doch ich bin am Leben. Ihr dachtet, ich wäre lahm, doch ich kann gehen. Glaubt mir, die Zeit der Heimlichtuerei und des Versteckens war schlimmer als eure Zweifel, doch nun ist sie vorbei. Ich bin von weit her zu euch zurückgekommen, nur um unsere geliebte Heimat in Zwietracht und Aufruhr vorzufinden.«

Auch diese harschen Worte ließ sie ein paar Momente lang wirken.

»Eines unserer Häuser wurde restlos ausgelöscht. Die stolzen Kakis sind nicht mehr, und die mächtigen Purpurs sind in zwei Lager zerstritten. Die Fischer am Einsamen Turm erheben sich gegen uns. Sind wir nicht einmal mehr in der Lage, über unsere eigenen Besitzungen zu herrschen? Das ist nicht recht, und das wisst ihr. Einst waren wir mächtig, und wir müssen es wieder sein. Zeigen wir der Welt unsere Stärke, damit niemand sagen kann, Rot sei eine schwindende Farbe!«

Erster Jubel erhob sich. Einige schmetterten die Schlachtrufe ihrer Häuser. *Sie beißen an.* Cameo machte sich bereit, ein heikles Thema anzusprechen.

»Unser letzter Krieg endete mit einer vernichtenden Niederlage.«

Der Jubel verstummte abrupt.

»Leugnet es nicht! In den Bergen von Ronna verloren wir nicht nur die letzten meines Geschlechts, sondern auch unseren Stolz. Die schwächelnden Kakis beraubten uns der Hälfte unserer Streitmacht und ließen uns sterbend im Schnee zurück. Ein geteiltes Reich ist kein Reich. Solange wir miteinander im Streit liegen wie zankende Kinder, werden wir nie wieder den Rausch des Sieges kosten. Doch das sind Fehler der Vergangenheit. Ich bitte euch, euch zu einen und dem Haus Zinnober ein weiteres Mal die Treue zu schwören. Erkennt mich an als eure Königin, auf dass ich der Roten Stadt ihren einstigen Ruhm zurückgeben kann, auf dass wir hinausziehen in die Welt und Freund wie Feind daran erinnern, wer wir sind!«

Eine Pause, um der Menge Zeit zum Jubeln zu geben.

Und jetzt der letzte, entscheidende Vorstoß.

»Lasst mich euch auf einen siegreichen Feldzug führen. Lasst uns der Welt die Macht der vereinten Roten Häuser zeigen. Schicken wir unser Heer in den Krieg, zu Ruhm und Ehre. Lasst uns über das Meer fahren, nach Abrogan, und die Hauptstadt Skye erobern!«

Der fette Rose erklärte als Erster seine Zustimmung. Unter dem Jubel seiner Soldaten schwenkte er ein rosenrotes Tuch in der Luft. Korall und Scharlach wollten den Anschluss nicht verpassen und fielen sogleich begeistert mit ein. Harald Purpur nickte und brüllte seinen Kompanien etwas zu, die den Ruf begeistert aufnahmen. Als Walters Soldaten mit Trompeten und Fanfarenstößen in den Jubel mit einfielen, verstummte Haralds Fraktion verblüfft. *Die Untergebenen haben nicht damit gerechnet, dass ihre zerstrittenen Oberhäupter einmal gleicher Meinung sein könnten.*

»Sehet das Wunder!«, rief Cameo. »Die unversöhnlichen Purpurs sind sich einig.«

Ein Lachen ging durch die Reihen der weit hinten stehenden Bürgerlichen, und Gräfin Burgunds Männer ergriffen die Gelegenheit, ihre Zustimmung ebenfalls lauthals kundzutun.

Nur die kühle Dame Rubin wartete weiter ab, was allerdings keine Überraschung war. Schließlich winkte sie achselzuckend einen unverschämt gut aussehenden Offizier herbei. *Das muss ihr Hauptmann sein*, dachte Cameo. Hauptmann Rubin gab das Signal ohne echte Begeisterung an seine Männer weiter, woraufhin die Soldaten halbherzig applaudierten. Die ganze Szene sah aus, als wüssten sie nicht recht, was sie mit dem Signal ihres kommandierenden Offiziers anfangen sollten, genau wie die Dame Rubin nicht so recht zu wissen schien, was sie von Cameos Rede halten sollte.

Darauf folgte wieder Stille. Alle warteten, wie das Haus Blut reagieren würde, und diesmal zog sich die Stille unangenehm in die Länge.

Warum sagt er nichts?

Schließlich hob Graf Blut die Hand und drehte den Zeigefinger in der Luft wie einen Kreisel. Seine Soldaten jubelten nicht, sondern machten auf dem Absatz kehrt und marschierten in Richtung Hafen davon.

Cameos Herz setzte einen Schlag lang aus. *Was hat das zu bedeuten? Hat ihm meine Vorstellung nicht gefallen?* Cameo fragte sich, ob ihm das verstorbene Mädchen, das sie spielte, vielleicht nahegestanden hatte. Adelshäuser waren oft untereinander verwandt, wie sie gehört hatte. Ob sie seine Gefühle verletzt hatte? Hatte sie versagt? Verunsichert schaute sie hinüber zum Hafen und sah die blutroten Schiffe, die bereits mit voller Besegelung warteten. Der Graf hatte also nie vorgehabt, ihre Sache zu unterstützen.

Die Menge teilte sich vor den herantrampelnden Stiefeln, und wer nicht rechtzeitig zur Seite sprang, wurde einfach niedergerannt. Als die Blutroten weg waren, füllten die Bürgerlichen die entstandene Freifläche vor dem Turm.

Man kann nie alle Zuschauer gleichermaßen zufriedenstellen, rief Cameo sich ins Gedächtnis. *Schon gar nicht bei einem so riesigen Publikum.* Doch als Roses Männer zu skandieren begannen, vergaß Cameo ihre Sorgen wieder.

»Zi-nno-ber! Zi-nno-ber! Zi-nno-ber!«, riefen sie, und die anderen Häuser stimmten mit ein.

Zum Dank hob Cameo die Arme. *Keine Verneigung. Eine Königin verneigt sich nicht.* Sie saugte den Applaus in sich auf und schritt die vier Himmelsrichtungen ab, stets darauf bedacht, nicht zu nahe an den Rand zu treten. Im Süden sah sie das Meer und die Muschelinseln, dann wandte sie sich nach Osten, Westen und schließlich Norden, wo irgendwo hinterm Horizont das ferne Abrogan lag. Jedes Stück der großen roten Torte zu ihren Füßen jubelte ihr begeistert zu. *Ich habe es geschafft!*

Cameos Auftritt war vorüber. In ihrer Aufregung fragte sie sich, ob ihre Gönner sie gleich für die nächste Aufführung engagieren würden – oder vielleicht ein neu gewonnener Bewunderer aus dem Publikum –, aber sie wusste, dass man sie genauso gut nach dem nächsten köstlichen Frühstück zurück zu ihrem alten Leben schicken konnte. Das war nun mal das Schicksal einer fahrenden Schauspielerin.

Aber einen Tag lang war ich Königin.

Cameo tanzte die Treppen zu ihren Gemächern hinauf und schloss Stock in eine herzliche Umarmung. Ihr war beinahe schwindlig vor Freude. »Ich habe es geschafft!«

Der riesige Wachmann zuckte zurück, als hätte er sich an einem rot glühenden Stück Eisen verbrannt. »Was geschafft, meine Dame?«

Um ein Haar hätte sie vergessen, dass sie noch immer in der Rolle bleiben musste. Ihr Auftritt war erst zu Ende, wenn Rose und Burgund es sagten. *Außerdem umarmt eine Königin ihren Leibwächter nicht.*

»Meine Rede«, sagte sie betreten und strich ihr Kleid glatt. »Hast du sie gehört?«

»Nein. Aber ich wünschte, ich hätte. Ihr seid hübsch anzusehen, und Eure Stimme klingt voll wie die eines Herolds.«

»Dann hast du sie doch gehört?«

»Gestern, als Ihr geübt habt.«

»Hast du etwa an der Tür gelauscht?«

»Nein, nein«, erwiderte Stock hastig. »Ich war hier am Treppenabsatz, auf meinem Posten. Aber die Türen sind sehr dünn, und Eure Stimme trägt weit. Vergebt mir, ich wollte Euch nicht belauschen.«

»Schon in Ordnung«, flüsterte Cameo, damit niemand außer Stock sie hörte. »Natürlich bekommst du das ein oder andere mit. Schließlich bist du mein Leibwächter, nicht wahr?«

»Ja, natürlich bin ich das.« Seine Miene hellte sich ein klein wenig auf. »Ohne Euch müsste ich weiterhin einen verlassenen Flur bewachen.« Stock überlegte und ließ unvermittelt den Kopf hängen. »Auch wenn mir der Sold um die Hälfte gekürzt wurde, weil ich an Eurer Herkunft gezweifelt habe.«

»Hast du Familie?«

»Ja. Eine Frau und zwei Söhne. Feine Burschen, gesund und kräftig wie ich.«

Cameo eilte zu ihrem Gemach und kam mit einem kleinen Ledersäckchen zurück, aus dem sie drei Goldmünzen fischte.

»Als Königin habe ich ganze Säcke voll davon. Reicht das, um deinen Verlust auszugleichen?« Als Stock zögerte, fügte sie hinzu: »Nimm ruhig. Das ist keine Falle. Es gehört dir.«

Stock steckte nur eine der Münzen ein. »Das ist mehr als genug, Dame Zinnober, vielen Dank. Es ist schön, wieder eine Zinnober im Palast zu haben.«

»Es ist schön, hier zu sein. Danke, dass du über mich wachst«, erwiderte Cameo mit einem Lächeln und zog sich in ihre Gemächer zurück.

Sie machte es sich in dem kleinen Salon vor ihrem Schlafgemach bequem, dann feierte sie ihren Erfolg mit Tellern voll Trauben und mehr Wein, als sie eigentlich vorgehabt hatte. Es dauerte eine ganze Weile, bis jemand kam, und das erschien ihr seltsam. Cameo hatte erwartet, dass Rose und Burgund sie sogleich zu ihrem gelungenen Auftritt beglückwünschen würden, und hoffte, sie hatte nichts falsch gemacht. Schließlich hörte sie ein Klopfen an der Tür.

»Gräfin Burgund?«

»Nein. Ich bin es, Godiva.«

Cameo sprang auf und öffnete. »Meine Lehrerin!«, rief sie und fasste Godiva an den Schultern. »Darf ich Euch umarmen?«

»Ja, Kind, bitte.«

Cameo gehorchte, und Godiva hielt sich lange an ihr fest.

»Habe ich meine Sache gut gemacht?«, fragte sie schließlich.

»Du warst sogar sehr gut«, murmelte Godiva, den Kopf an Cameos Schulter.

Erst jetzt merkte sie, dass Godiva weinte. »Vergießt Ihr etwa Freudentränen?«

»Ich wünschte, es wäre so.« Godiva ließ von ihr ab und wollte das Gesicht wegdrehen, doch Cameo fasste sie am Kinn, um ihr in die Augen zu sehen. Brise hatte ihr das beigebracht: Wenn es etwas Ernstes zu besprechen gab, war es am besten, man schaute seinem Gegenüber direkt in die Augen, und zwar ohne zu blinzeln. Jemand, der etwas zu verbergen hatte, hielt einem solchen Blickkontakt nicht stand. Cameo hat den Trick schon mehrmals ausprobiert und war überrascht gewesen, wie gut er funktionierte: Wandte das Gegenüber den Blick ab, stimmte etwas nicht.

»Etwas bedrückt Euch«, sagte sie.

»Ja, ich bin bedrückt. Weil ... weil ich dich betrogen habe.«

»Habt Ihr nicht!«

»Oh doch.«

»Habt Ihr das Publikum nicht gehört, die Fanfaren, das Gelächter und den Applaus? Alle haben mir zugejubelt! Ich stamme nicht von hier und habe noch nie vor einer ganzen Stadt gespielt, aber normalerweise jubeln Zuschauer nur, wenn sie zufrieden mit der Vorstellung waren. Wenn mir das kleine Eigenlob gestattet ist, würde ich sagen, mein Stück war der Höhepunkt des gesamten Theaterfests.«

»Diese Versammlung war kein Theaterstück.«

»Ach nein? Was denn dann?«

»Sie war genau das, wonach es ausgesehen hat.«

Cameo lachte. »Dann bin ich jetzt die Rote Königin?«

»Sie haben mich gezwungen, dich zu unterrichten, und mich schwören lassen, dir kein Wort zu verraten. Du bist so ein reizendes Kind, so freundlich und naiv, und ich habe dich getäuscht. Das hast du nicht verdient. Ich kann dich nicht einfach sterben lassen.«

»*Sterben?*« Cameo schnappte nach Luft. »Godiva, Ihr macht mir Angst. Sicherlich ist das auch nur eine Rolle, die Ihr spielt.«

»Nein. Für mich sind alle Spielchen vorbei. Ich bin alt und kann wegen meiner Töchter die Stadt nicht verlassen. Aber du bist jung und kannst fliehen. Geh zu dem Kapitän des Schiffes, das dich hergebracht hat. Sag ihm, er soll dich wieder dahin zurückbringen, wo du hergekommen bist. Er glaubt, du bist seine Königin, und wird dir gehorchen.«

»Was meint Ihr damit, alle Spielchen wären vorbei.«

»Ich habe Gift genommen und werde sterben, noch bevor die Sonne untergeht.« Damit sank die greise Dienerin auf die Knie.

Cameo konnte sie gerade noch rechtzeitig auffangen. Sie fasste Godiva unter den Achseln und zog sie aus dem Salon hinüber in ihr Schlafgemach, wo sie sie aufs Bett legte.

Godiva blickte sie mit feuchten Augen an. »Ich darf nicht in diesem Bett liegen.«

»Doch, dürft Ihr. Ich erlaube es ausdrücklich, und ich bin schließlich die Königin. Was ist das für eine Geschichte mit diesem Gift?« Cameo traute Godivas Worten nicht recht.

»Schwarzkraut. Sie haben mir befohlen, Schwarzkraut zu nehmen, und ich habe gehorcht. Meine Töchter sind in ihrer Gewalt, und sie würden sie töten, wenn ich mich widersetze. Sie wollen nicht, dass jemand außer ihnen deine wahre Identität kennt.« Als endgültigen Beweis streckte Godiva ihre Zunge ein Stück heraus – sie hatte sich bereits dunkel verfärbt.

Cameo zuckte zusammen. Sie wusste, was Schwarzkraut war. Jeder wusste das. Die Blätter der hochgiftigen Pflanze waren grün, und wenn man sie aß, wurde die Zunge kurz vor dem Tod pechschwarz, daher der Name.

»Ihr habt tatsächlich Schwarzkraut gegessen!«, keuchte Cameo entsetzt. Sie legte Godiva eine Hand auf die feuchte Stirn. »Wer war es, der Euch dazu gezwungen hat?«

»Die beiden Grafen und die Dame Burgund.«

»Meine drei Gönner?«

Godiva sprach immer langsamer, ihre Worte waren kaum noch zu verstehen. »Sie haben mich benutzt, um dich zu unterweisen... und dich haben sie benutzt, um die zerstrittenen Häuser zu einen. Meiner haben sie sich bereits entledigt. Was sie mit dir vorhaben, weiß ich nicht. Vielleicht bist du jetzt tatsächlich die Rote Königin, aber falls nicht...«

Godiva sprach den Satz nicht mehr zu Ende. Sie war tot. Es

war unfassbar schnell gegangen. Nach ein paar mühevollen Worten ein letzter Atemzug und dann Stille. Für immer. Cameo stieß die alte Dienerin an, aber sie reagierte nicht. Ihr Mund stand offen, und die Zunge war vollkommen schwarz.

Sie muss im Fieber gesprochen haben, versuchte Cameo sich zu beruhigen. Godiva hatte sich vergiftet, so viel stand außer Frage, und nur Menschen, die nicht mehr klar im Kopf waren, taten so etwas.

Meine Gönner werden denken, ich hätte sie getötet!, schoss es Cameo plötzlich durch den Kopf. Und falls nicht, dürfte es trotzdem schwer werden, ihnen zu erklären, wie die noch warme Leiche in ihr Bett kam...

Cameo hörte Stimmen auf dem Flur und wurde stocksteif. Es waren allzu vertraute Stimmen; zwei davon stritten leise miteinander, die dritte gehörte einer Frau. *Rose, Purpur und die Gräfin Burgund.*

An der Tür zum Flur ertönte ein leises Klopfen.

»Dame Zinnober, lasst uns herein«, rief die Gräfin. »Es ist an der Zeit, die Scharade zu beenden.«

6

Cameo zog die Tür ihres Schlafgemachs zu und lauschte.

Die Flurtür ging quietschend auf. »Dame Zinnober?«, fragte die Gräfin leise.

Cameo verharrte mucksmäuschenstill an der Seite von Godivas Leichnam. *Ich kann sie auf keinen Fall hier reinlassen.*

»Sie wird wohl schlafen«, flüsterte Rose.

»Narr. Es ist mitten am Vormittag«, brummte Purpur. »Umziehen, das ist es, was sie tun wird.«

»Ich kann es ihr nicht verdenken«, meldete Burgund sich wieder zu Wort. »In dem schrecklichen Kostüm muss sie geschwitzt haben wie ein Schwein.«

»Wir stellen ihr den Salat hin und verschwinden«, beschloss Purpur. »Ich will das nicht mit ansehen. Sie ist ein besserer Mensch, als ich gedacht hatte.«

»Sie ist und bleibt eine dreckige Bäuerin«, widersprach die Gräfin. »Wir werden bleiben. Nur so können wir sicher sein. Wir sind kurz vor dem Ziel. Es wäre töricht, jetzt noch ein unnötiges Risiko einzugehen. Wir haben die Häuser nicht wieder vereint und einen Krieg vom Zaun gebrochen, um dann wegen Eurer Sentimentalität alles aufs Spiel zu setzen.«

»Graf Bluts schroffer Abgang spielt uns sogar in die Hände«, fügte Rose hinzu. »Wir werden es ihm in die Schuhe schieben, auch wenn es eine Schande ist, ein so hübsches Mädchen vor die Hunde gehen zu lassen. Könnten wir die Angelegenheit nicht noch ein bisschen aufschieben, damit ich ein Stündchen allein mit ihr verbringen kann?«

»Sie würde Euch nicht wollen«, sagte Purpur.

»Ist Euch etwa nicht aufgefallen, wie sie sich mir ständig an den Hals wirft?«

»Mir ist aufgefallen, dass sie sich jedem ständig an den Hals wirft. Sie ist eben ein zutrauliches Mädchen.«

»Selbst ich finde Euch abstoßend, Rose«, erklärte die Gräfin Burgund. »Und ich bin eine alte Frau. Wie, glaubt Ihr, wird es da erst diesem jungen Ding ergehen?«

»In ihren Augen bin ich ein mächtiger Graf.«

»Und von sich glaubt sie, sie sei eine Königin. Ihr seid beide verblendet. Ich werde sie jetzt aus dem Ankleidezimmer holen, und dann bringen wir die Angelegenheit hinter uns. Lotho!«

Cameo hörte ein metallisches Klirren. *Was war das?*

»Dame Zinnober!«, rief die Gräfin noch einmal, lauter diesmal. »Erweist uns die Ehre Eurer Aufwartung. Wir möchten Euch unsere Glückwünsche überbringen.«

Cameo blickte sich panisch um. *Durchs Fenster!* Aber ihr Gemach befand sich im fünften Stock. Wenn sie sprang, wäre das ihr sicherer Tod. *Außerdem gibt es keinen Beweis, dass sie mir etwas antun wollen. Godiva hat Selbstmord begangen, weil ihr vom Alter verwirrter Kopf ihr einredete, sie würde erpresst.* Auf die wirren Worte einer sterbenden Greisin war kein Verlass, schon gar nicht, wenn das Gift bereits wirkte.

Cameo presste das Ohr noch fester an die Tür, da klopfte die Gräfin ein zweites Mal.

»Cameo!«

»Ich bin hier drin«, quiekte Cameo erschrocken. »Aber ich habe nichts an.«

»Dann ändere das und komm heraus. Wir müssen etwas mit dir besprechen und haben dir eine kleine Erfrischung mitgebracht. Frischen Salat mit Birnen und die Trauben, die du so sehr magst.«

»Ach, die Trauben, ich glaube, mittlerweile habe ich genug davon gegessen.« Cameo stemmte sich mit ihrem vollen Gewicht gegen die Tür, falls die Gräfin versuchen sollte hereinzukommen.

»Aber der Salat!«, rief Rose mit zuckersüßer Stimme. »Ein junges Ding wie du muss essen, damit es bei Kräften bleibt. Du bist jetzt schon so dünn!«

»Ich habe keinen Hunger und muss mich erst einmal ausruhen. Bitte geht, wenn es Euch recht ist.«

»Es ist uns ganz und gar nicht recht!«, fuhr Rose auf. Cameo konnte förmlich sehen, wie sein pausbäckiges Gesicht rot vor Zorn wurde.

»Du kommst jetzt raus, Kind«, sagte Burgund nüchtern, »oder wir kommen rein. Du kannst dich uns nicht widersetzen, denn *wir* wissen, dass du nicht die Königin bist.«

Als Burgund am Türknauf rüttelte, erschrak Cameo bis ins Mark. »Einen Moment noch!«, rief sie. »Ich bin gleich da. Bitte tretet inzwischen von der Tür weg.«

Sie hörte, wie die drei tatsächlich gehorchten und aufgeregt miteinander tuschelten. Angespannt lauschte Cameo auf irgendeinen Hinweis, was sie im Schilde führen mochten, aber die Worte waren zu leise. Brise hatte sie vor der Ruchlosigkeit der höheren Herrschaften gewarnt, hatte ihr sogar seinen Dolch mitgegeben, damit sie sich im Notfall verteidigen konnte...

Cameo zermarterte sich den Kopf, was sie tun sollte. Sich einfach entschuldigen und die drei sich selbst überlassen? Immerhin war sie jetzt die Königin. *Aber nicht für sie.* Ihr wollte partout nichts einfallen. Cameo war nicht so schlau wie Eaton und Brise. Sie war ein einfaches, ungebildetes Bauernmädchen, das sich mitten in einem Stück wiederfand, von dem sie weder Handlung noch Text kannte.

Dann muss ich eben improvisieren, sagte sie sich und öffnete die Tür.

Ein bulliger Kerl im Kettenhemd stand neben ihren drei Gönnern. Der Griff des Kurzschwerts an seinem Gürtel war abgewetzt und speckig vom häufigen Gebrauch.

»Wer seid Ihr?«, fragte sie mit einem gequälten Lächeln.

Der Mann blieb stumm. Das Lächeln erwiderte er nicht.

»Das ist Lotho. Mein Leibwächter«, erklärte die Gräfin Burgund knapp.

»Er macht mir Angst. Kann er nicht draußen warten?«

»Er ist hässlich, das stimmt, aber er gehört zu mir. Er bleibt. Und jetzt setz dich. Wir haben dir etwas zu essen mitgebracht. Außerdem gibt es viel zu besprechen.«

Rose und Burgund scheuchten sie zu einem Stuhl, während Lotho ihr den Weg zum Ausgang versperrte. Dann stellte die Gräfin ihr ein Tablett mit Salat und Obst vor die Nase.

Cameo schüttelte den Kopf. »Ich habe keinen Hunger. Danke.«

»Das sagtest du bereits, doch wir bestehen darauf.«

Cameo starrte das kunstvolle Arrangement aus Obst und Blättern auf dem Teller an. In der Mitte lag der in kleine Blätter gezupfte Salat, die köstlichen roten Trauben darauf glänzten wie Sterne vor einem grünen Himmel, und eingerahmt wurde das kunstvolle Arrangement von hauchdünn geschnittenen Birnenscheiben. Bei den Lästigen Lemmingen hatte Cameo immer erst Holzböcke und anderes Ungeziefer von den ungewaschenen, faserigen Blättern zupfen müssen. Es war der verlockendste Salat, den sie je gesehen hatte, und doch konnte sie sich nicht dazu durchringen, ihn auch nur anzufassen. Sie wusste ja nicht einmal, wie Schwarzkraut aussah.

Als Rose ihr den Teller ruckartig hinschob, stieß Cameo ihn erschrocken von sich, sodass sich Salat, Trauben und Birnenscheiben in allen Richtungen über den Boden verteilten.

Alle starrten sie an, als hätte Cameo soeben ein schweres Verbrechen begangen.

»Kein sehr königliches Benehmen«, tadelte Burgund.

»Ich kann diese Rolle einfach nicht länger aufrechterhalten«, gestand Cameo.

»Das wissen wir doch«, erwiderte die Gräfin schon freundlicher. »Und wir verstehen dich. Du hast deine Sache gut gemacht, doch nun ist es Zeit für deinen Abgang.«

»Ich kann also zu meiner Truppe zurückkehren?«

»Niemand darf etwas erfahren.«

»Natürlich nicht. Ich werde unser Geheimnis mit ins Grab nehmen, ich verspreche es.«

»Da hast du recht, Liebes. Genau das wirst du.«

»Dann packe ich nur schnell meine Sachen und verschwinde, ja?«

Rose war noch vor Cameo an der Tür zu ihrem Schlafgemach. »Ich werde dir helfen«, sagte er mit einem beunruhigenden Glitzern in den Augen. Als er dann auch noch die Tür aufdrückte, glaubte Cameo, sie würde in Ohnmacht fallen.

Godiva lag mitten auf ihrem Bett, die geschwollene schwarze Zunge gut sichtbar ein ganzes Stück aus dem Mund gestreckt.

»Igitt!«, rief Rose. »Die tote Dienerin!«

Burgund winkte ihrem Leibwächter. »Lotho, ich fürchte, wir werden deine Dienste heute doch noch brauchen. Schade. Ich hatte von Godiva mehr Rücksichtnahme auf ihre Töchter erwartet, aber wenn wir hier fertig sind, wirst du den beiden ebenfalls einen kleinen Besuch abstatten.«

Lotho kam heran und zog sein Schwert, da legte Graf Purpur ihm eine Hand auf die mächtige Schulter. »Genug! Sie ist ein unschuldiges Mädchen. Sie hat uns treu gedient und all ihre Versprechen gehalten, und jetzt ist sie auch noch zu Tode verängstigt. Das sollte genügen, um sie zum Schweigen zu bringen.«

»Zu Tode verängstigt war Godiva auch, und doch konnte sie ihr Geheimnis nicht für sich behalten, wie wir sehen«, widersprach Rose.

Cameos Gedanken rasten. *Ich dachte, er hasst mich.* Dass ausgerechnet Graf Walter Purpur sich für sie aussprach, verwirrte sie.

»Je weniger Mitwisser, desto besser«, sagte Burgund verärgert. »Ich habe es satt, es Euch jedes Mal aufs Neue zu erklären, Purpur.«

»Ich verlange keine Erklärung, sondern Menschlichkeit. Sie hat uns gute Dienste erwiesen und nichts Falsches getan. Schicken wir sie einfach weit weg, wo niemand sie kennt.«

Die Gräfin schüttelte langsam den Kopf. »Ihr repräsentiert die schwächere Fraktion des Hauses Purpur. Jetzt, da Euer Vetter aufgrund Eurer kleinen Schauspieleinlage während Cameos Rede ohnehin auf unserer Seite steht, brauchen wir Euch nicht mehr.« Burgund nickte ihrem Leibwächter zu.

Lotho riss Walters linken Arm hoch und bohrte ihm das Schwert zwischen die Rippen.

Kein Laut kam über die Lippen des sterbenden Grafen. Er machte lediglich ein verdutztes Gesicht, dann sank er stumm auf die Knie.

»Jeder weiß, dass Ihr sie nicht mochtet«, sagte Burgund zu dem am Boden Liegenden. »Wir werden die Tat Euch in die Schuhe schieben, nicht Graf Blut. Nur leider, leider kamen wir zu spät und konnten die Königin nicht mehr retten.«

»Die Dinge beginnen, etwas aus dem Ruder zu laufen, findet Ihr nicht?«, fragte Rose besorgt.

»Aber ja, genau meine Rede. Bringen wir es endlich zu Ende.«

Rose warf die Arme um Cameo und grub die pummeligen Finger in ihr Fleisch, doch Cameo wehrte sich nach Leibeskräften. Ihr Häscher war fett, aber nicht stark, und nach einem heftigen Gerangel kam sie wieder frei. Graf Rose fasste sich überrascht an die Achsel, wo sich sein Seidenhemd schnell rot verfärbte.

»Sie hat mich gestochen...«, murmelte er und schaute Burgund fragend an.

»Sieht ganz so aus«, erwiderte sie.

Cameo stand da und hielt Brises Dolch in der zitternden Hand. Von der Klinge tropfte Blut auf den am Boden verstreuten Salat.

Rose hielt sich unterdessen keuchend an seiner Mitverschwörerin fest.

»Es geht mit Euch zu Ende, Rose«, sagte Burgund. »Schade, die Zusammenarbeit mit Euch hat gut funktioniert. Andererseits: je weniger Mitwisser, desto besser, wie ich bereits sagte.«

Lotho schob den mittlerweile am Boden liegenden Rose mit dem Stiefel beiseite, um ihn sein Leben neben dem bereits verschiedenen Purpur aushauchen zu lassen.

»Und jetzt sie«, befahl die Gräfin.

Burgunds bulliger Leibwächter hob sein Schwert und kam auf Cameo zu, die ihm tapfer ihren Dolch entgegenstreckte, obwohl sie genau wusste, dass sie gegen ihn kaum eine Chance hatte.

»Nein!«, schrie sie in heller Verzweiflung, da ertönte ein ohrenbetäubender Knall von der Flurtür, als wäre ein Ochsengespann dagegengekracht. Ein zweiter Schlag, dann splitterte das Holz, und ein riesenhafter Mann kletterte durch das Loch.

»Stock?«

»Meine Königin!«

Königin? Im ersten Moment glaubte Cameo, er hätte die Gräfin Burgund gemeint, doch dann fiel ihr wieder ein, dass *sie* nun die Königin war. *Er lauscht also doch an meiner Tür.*

»Meuchelmörder!«, kreischte Cameo.

Stock zog sein Schwert so schnell aus der Scheide, dass Cameo glaubte, ein leises Pfeifen zu hören.

»Sie ist nicht die Königin, du Trottel!«, brüllte die Gräfin ihn an. »Steck gefälligst dein Schwert wieder ein. Ich, die Dame Burgund, befehle es dir!«

»Für das Haus Zinnober!«, knurrte Stock und preschte vor. Sein erster Schlag krachte mit solcher Wucht gegen Lothos Klinge, dass er rückwärts gegen die Gräfin taumelte, die daraufhin über Rose stolperte und der Länge nach hinfiel.

Lotho war noch auf den Beinen, und Cameo beobachtete staunend wie ein Kind, wie die beiden Riesen aufeinander losgingen. Immer weiter drängte Stock den ein Stück kleineren Lotho zurück und landete schließlich den ersten Treffer auf dessen Kettenhemd. Die Klinge drang nicht hindurch, aber Cameo hörte deutlich, wie mehrere Rippen brachen. Lothos Konter ging ins Leere, und im nächsten Moment traf ihn Stock mit der flachen Seite seiner Klinge an der Schläfe. Lotho geriet ins Taumeln.

»Gnade!«, rief er und ließ sein Schwert fallen.

»Wie bitte?« Die am Boden liegende Gräfin hob erbost den Kopf. »Auf keinen Fall!«

Stock blickte Cameo fragend an.

Cameo blieb nicht viel Zeit zum Überlegen. Sie war keine Zinnober und erst recht keine Königin. Falls einer der an der Verschwörung Beteiligten das hier überlebte, war sie erledigt. *Und Stock wahrscheinlich auch.* Cameo schüttelte unmerklich den Kopf, dann schloss sie die Augen.

Als sie sie wieder öffnete, lag Lotho mit gespaltenem Schädel neben der Gräfin, in deren Hals ebenfalls ein hässlicher Spalt klaffte. Wie Stock das in dem kurzen Moment gemacht hatte, wollte sie lieber gar nicht wissen.

Er ist verflixt schnell für seine Größe, dachte sie nur, da löste sich ein leises Stöhnen aus Roses Kehle.

»Wart Ihr das?«, fragte Stock beeindruckt und deutete auf Roses Wunde.

Cameo nickte.

»Die Stelle habt Ihr gut gewählt. Er hat nicht mehr lange zu leben.«

»Aber ich wollte ihn gar nicht töten«, erwiderte Cameo.

Stock setzte Rose den Stiefel ins Genick und trat zu. Cameo hörte ein lautes Knacken. »Seht Ihr?«, fragt er mit einem Nicken. »Ihr habt ihn nicht getötet. Gibt es sonst noch jemanden, der Euch daran hindern möchte, Königin zu sein?«

»Nein«, erwiderte Cameo mit einem Schaudern. *Alle, die meine wahre Identität kannten, sind tot.*

7

Nein. Nicht alle, fiel ihr ein, aber erst nachdem sie sich beruhigt hatte.

Cameo schien sich ganz und gar in Tränen aufzulösen, so sehr weinte sie, und der hartgesottene Stock hatte nicht die geringste Ahnung, wie er sie trösten sollte. Um zumindest etwas Sinnvolles zu tun, schob er als Erstes einen Schrank vor die zerschmetterte Eingangstür. Dann machte er sich daran, die Leichen auf einen Haufen zu legen, während Cameo sich ausweinte.

Ich brauche die Gesellschaft von Menschen, denen ich vertrauen kann. Ich muss zurück zu meiner Truppe. Sofort.

»Stock, ich werde die Stadt verlassen. Wirst du mich begleiten?«

»Selbstverständlich. Es ist meine heilige Aufgabe, die Zinnobers mit meinem Leben zu beschützen. Aber haltet Ihr das wirklich für eine gute Idee?«

»Absolut. Ich muss zu einem Zeltlager in der Nähe der Welterfeste.«

»Ohne Eskorte ist der Weg durch den Nasswald zu gefährlich.«

»Dann fahre ich eben mit dem Schiff. Am besten mit dem, das mich hergebracht hat. Der Kapitän kennt den Weg.«

»Kapitän Satin ist tot.«

»Tot?«

»Über Bord gefallen. Ich habe die Nachricht gestern gehört, gleich nach Eurer Ankunft.«

»Er ist im Hafenbecken ertrunken?«

»Ja. Genau wie der Hafenmeister und die gesamte Mannschaft.«

»Die ganze Besatzung?« Da fielen ihr Burgunds Worte wieder ein: *Je weniger Mitwisser, desto besser.*

»So wahr ich hier stehe«, antwortete Stock. »Zumindest haben das die Waschweiber erzählt, als ich an der Wäscherei vorbeikam und ihre Worte durch die dünne Tür nach draußen drangen.«

»Ah, die Tür ist wohl genauso dünn wie die zu diesen Gemächern...«, murmelte Cameo. Laut sagte sie: »Dann reiten wir eben durch den Nasswald. Jetzt.«

»Was ist mit denen?« Stock deutete mit dem Schwert auf den Leichenberg.

Ach ja. Sie konnten sie schlecht so liegen lassen. Drei erschlagene Adlige samt Leibwächter und einer vergifteten Dienerin mitten in ihrem Schlafgemach würden keinen guten Eindruck hinterlassen. Cameo überlegte fieberhaft. »Such dir ein Stück Pergament und hinterlass irgendeine Nachricht«, sagte sie schließlich.

Stock blickte betreten zu Boden.

Oh. Er kann gar nicht schreiben. »Nun, wenn ich's mir recht überlege, sollte ich das wohl übernehmen. Ich bin schließlich die Königin. Aber besorg mir noch etwas Wachs, damit ich meinen Daumenabdruck als Siegel hinterlassen kann.«

Das dichte Blätterdach schirmte das Sonnenlicht beinahe vollständig ab. Die Straße, die zur Welterfeste führte, war nur schwer als solche zu erkennen und an manchen Stellen kaum breiter als ein Wildpfad. Ständig klatschten Cameo nasse Blätter ins Gesicht, eigenartige Geräusche und sich bewegende Schatten ließen sie immer wieder erschrocken zusammenfahren. Alles deutete auf Gefahr hin. Als sie noch klein war, hatte Eaton ihr immer Schauergeschichten vom Nasswald erzählt, von schwarzen Schleichkatzen und wilden Horden menschenfressender Affen, ganz zu schweigen von den Banditen, Hexen und anderen Bösewichten, die hier hinter jedem Baum lauerten.

Mit Stock an ihrer Seite fühlte Cameo sich jedoch erstaunlich sicher. *Mit so einem Muskelberg als Beschützer kann mir gar nichts passieren.*

Ohne recht zu wissen, warum, musste sie an den kleinen Holland von ihrer Schauspielertruppe denken. *Vielleicht kann Holland mich beschützen, wenn er erst erwachsen ist.* Aber Holland war noch ein Kind, und wenn er seine kindliche Zuneigung bis dahin nicht abgelegt hatte, könnte das Verhältnis zu ihm schwierig werden. Bestimmt erwartete er, dass Cameo seine Zuneigung eines Tages erwiderte. Doch er war einfach nicht der Richtige für sie und würde es auch nie sein. Dennoch spendeten die Gedanken an ihn ein wenig Trost inmitten all der Schrecken, die sie während der letzten Stunden erlebt hatte, und als sie etwa eine halbe Wegstunde von der Welterfeste entfernt eine Lichtung mit grauen Zelten darauf erblickte, war sie außer sich vor Freude.

»Dort ist es!« Cameo beugte sich so ruckartig zu Stock hinüber, um ihm erleichtert auf den Oberschenkel zu schlagen, dass sie um ein Haar vom Pferd gefallen wäre.

Das Gemeinschaftszelt in der Mitte war das größte. In einem der kleineren daneben wohnten die frisch vermählten Gracel und Paulo. Die beiden brauchten ein wenig Abgeschiedenheit von den übrigen, damit sie ungestört für Familienzuwachs sorgen konnten. Das andere Zweierzelt gehörte Rufie, die bereits ein Baby hatte. Das kleinste bewohnte Brise mit seinem Sohn Holland. Eaton schlief immer draußen, außer es regnete, was im Nasswald praktisch jede Nacht der Fall war. Dennoch sah Cameo, dass er seine Hängematte zwischen zwei Bäumen aufgespannt hatte. Wenigstens hatten sie nicht allzu lange auf Cameo warten müssen. Wahrscheinlich hatten sie sogar versucht, in die Stadt zu gelangen, um bei ihrem großen Auftritt dabei zu sein, waren aber nicht eingelassen worden.

Jetzt wird endlich alles wieder gut. Cameo hatte plötzlich das Gefühl, als hätte sie ihre Truppe nie verlassen, als wären die zwei Tage in der Roten Stadt nur ein Traum gewesen. Wenn auch ein grässlicher. *Die werden staunen, wenn ich ihnen alles erzähle!*

Sie wollte gerade losgaloppieren, als Stock ihr den Weg versperrte. »Wartet.«

»Aber da vorn sind meine Leute.«

»Wartet.«

»Warum?«

»Man reitet nicht einfach in ein fremdes Lager.«

»Das sind keine Fremden.«

»Für mich schon.«

»Sei nicht albern. Das Schlimmste, was diese Menschen jemals jemandem angetan haben, war, einen Zwischenrufer mit Tomaten zu bewerfen.«

»Warum brennt kein Feuer?«

»Weil es erst früh am Abend ist.«

»Am frühen Abend isst man normalerweise.«

»Ein Mann von deiner Statur muss wahrscheinlich den ganzen Tag lang essen, und jetzt lass mich vorbei.«

»Wer im Nasswald lagert, bekommt zwangsläufig nasse Stiefel. Nasse Stiefel trocknet man über einem Feuer.«

Cameo räusperte sich verärgert. Ihr Leibwächter war unglaublich stur oder schwer von Begriff oder beides. Mit Argumenten kam sie da nicht weiter. »Ich gehe jetzt in dieses Lager. Ich bin deine Königin und befehle dir, mich vorbeizulassen.«

Stock murmelte etwas Unverständliches, dann zog er missmutig sein Schwert. »Aber ich reite voran, Königin.«

Cameo musste sich ein Lachen verkneifen. »Tu das, getreuer Ritter.« Die Vorstellung, auf einem Rassepferd und von einem Leibwächter beschützt ins Lager der Lästigen Lemminge einzuziehen, gefiel ihr. *Die werden Augen machen!*

Als sie auf die Lichtung kamen, stob ein Stück vor ihnen ein Schwarm bunter Motten auf und flatterte zwischen die Bäume.

»Aasmotten«, brumme Stock. »Sie kamen aus dem Gebüsch dort.« Er bedeutete Cameo stehen zu bleiben, dann kletterte er aus dem Sattel und näherte sich vorsichtig dem Gebüsch. Mit dem Schwert bog er einen der Äste nach unten. Dahinter lag eine reglose Gestalt. Es war eine junge Frau.

Sie ist tot. Cameo erkannte sie sofort. Das blutverschmierte, mit Muschelschalen verzierte Kleid hatte sie selbst erst vor Kurzem auf der Bühne getragen. *Faisa!* Cameo schnappte nach Luft und krallte sich entsetzt an Sprenkels Mähne fest. Das Mädchen war erst dreizehn gewesen.

»Sie ist vor jemandem weggelaufen«, sagte Stock und deutete auf das flachgetretene Gras vor dem Gebüsch. An einem Zweig hing noch ein Fetzen von Faisas Kleid. Er drehte die Leiche mit dem Stiefel herum, sodass sie ihr Gesicht sehen konnten. »Und die Käfer waren auch schon an ihr dran. Die ist bereits länger als einen Tag tot.«

Cameos Kiefer klappte nach unten. Magensäure, vermischt mit halb verdauten Resten des köstlichen Frühstücks, schoss in einer Fontäne aus ihrem Mund.

Statt Cameo ein Tuch zu reichen, beugte sich Stock zu Faisa hinunter. Er war schließlich Cameos Leibwächter, nicht ihr Kindermädchen. Sein Blick sprang ständig zwischen den Zelten und dem Waldrand hin und her. »Knüppel«, sagte er unvermittelt. »Hier. Ihr Haar ist blutverkrustet und der Schädel an der Seite eingedrückt.«

»Die Nachricht ... wird ihnen das Herz brechen«, stammelte

Cameo und wischte sich die Tränen aus den Augen. »Wir müssen es ihnen sagen.«

Stock stand auf. »Sie wissen es bereits.«

»Wenn sie es wüssten, hätten sie die arme Faisa niemals einfach so im Gebüsch liegen lassen.«

»Da habt Ihr wohl recht. Trotzdem müssen wir sofort kehrtmachen und so schnell wie möglich in die Stadt zurückkehren. Wenn es dunkel ist, sollten wir nicht mehr in diesem Wald sein.«

»Umkehren, nachdem wir den ganzen Weg hierhergeritten sind? Zuerst muss ich mit ihnen sprechen.«

»Nein, werdet Ihr nicht.«

»Oh doch. Habe ich dir nicht eben befohlen, mich vorbeizulassen?«

»Diesen Befehl habt Ihr gegeben, bevor wir die Leiche fanden.«

»Jetzt werd nicht frech, Stock! Befehl ist Befehl. Ich kenne die Menschen in diesem Lager, sie haben das Mädchen geliebt und werden wissen wollen, was mit ihm passiert ist.«

»Nein, wollen sie nicht. Ihr könnt nicht zu ihnen. Euer Herz ist zu weich.«

»Ich glaube eher, deine Birne ist weich!«

Stock klopfte sich an die Stirn und schaute sie fragend an. »Nein. Ist sie nicht.«

»Sturkopf«, schimpfte Cameo. »Aber gut. Dann machen wir eben kehrt.«

Stock nickte zufrieden, und als er zurück zu seinem Pferd ging, preschte Cameo einfach an ihm vorbei.

»Wartet, nicht!«

Cameo blieb wie angewurzelt vor der offenen Klappe des Gemeinschaftszelts stehen. Sie lagen alle drinnen, als schliefen sie und warteten nur darauf, geweckt zu werden. Doch der Gestank, der ihr entgegenschlug, sagte Cameo etwas anderes. Sie konnte sie sehen, jeden Einzelnen. Die alte Beuhlah lag direkt vor dem Eingang mit dem Gesicht nach unten, aber der dicke Hintern war unverkennbar. Oskars Gesicht war noch vom letzten Auftritt bemalt und zu einer Fratze des Entsetzens verzerrt. Sein Mund stand weit offen, ebenso die Augen, die in wilder Panik zum Zeltdach schauten, als wäre seine letzte Rolle die eines Sterbenden gewesen, der einen entsetzlichen Tod erlitt. Eaton lehnte in sich zusammengesunken wie eine alte Strohpuppe in einer Ecke. Auf dem Kopf trug er die Narrenkappe, die noch aus seiner Zeit in Graf Grilles Diensten stammte. Er war so stolz auf das alberne Ding gewesen, dass Cameo sich fragte, ob er sie absichtlich noch aufgesetzt hatte, kurz bevor er starb. Am schlimmsten war der Anblick des kleinen Holland. Nur halb schaute er unter seinem Vater Brise hervor, der noch im Tod versucht hatte, ihn mit seinem Körper zu schützen.

Cameo tastete nach dem Dolch an ihrem Gürtel. Brise hatte ihn ihr gegeben, und das hatte ihr das Leben gerettet. Doch er selbst war unbewaffnet gewesen, als sich dieses Grauen ereignete.

Die Zwillinge Tasha und Sasha lagen in geschwisterlicher Umarmung gleich neben Brise auf dem Boden. Aus ihren Rücken ragten Armbrustbolzen. *So viele, wie ein Igel Stachel hat...*

Cameo spürt eine Hand auf der Schulter und erschrak halb zu Tode. Instinktiv riss sie ihren Dolch heraus, doch Stocks Prankenhand war schneller – wie ein Schraubstock hielt er Cameos Handgelenk gepackt. »Ich wollte verhindern, dass Ihr das seht«, sagte er. »Ihr seid zu weich für solche Dinge.«

»Banditen«, erwiderte Cameo mit bebenden Lippen.

Stock schüttelte den Kopf. »Nein. Das sind Armbrustbolzen. Alle Leichen sind noch vollständig angezogen, bei keiner fehlen auch nur die Stiefel. Wer das getan hat, wollte nichts stehlen.«

»Adlige vielleicht?«

»Vielleicht.«

»Rose, Purpur und die Gräfin Burgund haben mir strengstens verboten, es irgendjemandem zu sagen ...«

»Was zu sagen?«

»Dass ich die Königin bin.«

Stock runzelte die Stirn. »Was hat das hiermit zu tun?«

»Weil ich es *ihnen* gesagt habe.« Cameo deutete auf das Zelt.

Stock nickte stumm, dann sagte er: »Und jetzt sind sie tot.«

Die Erkenntnis traf Cameo mit der Wucht einer Felslawine. Sie sank auf die Knie und begann haltlos zu schluchzen – zum zweiten Mal schon an diesem Tag, dabei hatte sie geglaubt, sie hätte keine Tränen mehr. Sie hatte sich getäuscht.

Nachdem er ihr gerade genug Zeit gegeben hatte, um nicht respektlos zu wirken, hob Stock die immer noch schluchzende Cameo sanft hoch und trug sie zu ihrem Pferd. Er setzte sie aufrecht in den Sattel, legte ihr beide Hände auf den Knauf und machte Sprenkels Zügel an seinen Packtaschen fest. Dann ritt er vom Lager weg, so schnell es eben ging, ohne Cameo abzuwerfen.

»Ich kann nicht zurück in die Rote Stadt.« Cameo kniete neben Sprenkel und trank aus einem Bach.

»Ihr müsst. Ihr seid die Königin. Außerdem trinkt man immer stromaufwärts von seinem Pferd.«

»Ich bin keine Königin. Ich war vor zwei Tagen keine und bin es auch jetzt nicht. Die, die mich zu einer machen wollten, haben versucht mich zu töten.«

»Aber jetzt sind sie selbst tot.«

»Jemand hat meine Freunde umgebracht!«

»Das waren ein- und dieselben. Und jetzt sind sie tot.«

»Woher willst du das so genau wissen?«

»Wer außer dem Haus Rose benutzt Armbrustbolzen mit rosenfarbener Befiederung?«

Cameo neigte überrascht den Kopf. »Du kannst die Herkunft eines Pfeils an seiner Farbe erkennen?«

»Das waren keine Pfeile, sondern Armbrustbolzen. Nicht die Bolzen haben eine Farbe, sondern die Federn am Ende. Bei diesen waren sie heller als Burgund, Rubin, Scharlach und Blutrot, aber dunkler als Korral. Bleibt nur noch Rose.«

»Armbrustbolzen…«, wiederholte Cameo, als wäre das Wort der Name eines Dämons.

»Teure Waffen. Banditen haben so etwas nicht.«

»Ich werde fliehen. Das ist es, was ich tun werde. Niemand kennt mich in dieser Gegend. Zuvor bin ich auch nie jemandem aufgefallen, und wenn ich es noch so sehr versucht habe.«

»Die ganze Stadt hat Euch gesehen und Euch bejubelt, genau wie ich. In Euren Gemächern liegen drei tote Adlige. Leute, die so etwas hinterlassen und dann fliehen, haben meistens etwas auf dem Kerbholz. Wahrscheinlich sucht man schon nach Euch. Es würden Euch mehr Menschen erkennen, als ich überhaupt zählen kann, da gehe ich jede Wette ein. Ihr solltet versuchen, Euch etwas ausführlicher zu erklären, als Ihr es auf dem Stück Pergament getan habt. Bevor der Rote Rat sich selbst eine Erklärung sucht.«

Cameo setzte sich erschöpft ins Gras. »Wie weit ist es noch?«

»Zu weit. Wir werden die Nacht hier verbringen. Schlaft Euch aus, meine Königin. Morgen reiten wir weiter. Es könnte ein anstrengender Tag für Euch werden.«

Stock suchte ein erhöhtes Fleckchen und breitete eine Pferdedecke auf dem Boden aus. Eine zweite hängte er mit einem zwischen zwei Bäumen gespannten Seil so auf, dass der Regen daran ablaufen würde, falls es Regen geben sollte.

Cameo blieb tatsächlich trocken und konnte schlafen, aber sie träumte alles andere als angenehm. Als sie aufwachte, verfärbte sich der Himmel im Osten gerade violett. Stock stand immer noch auf seinem Posten, als hätte er sich die ganze Nacht nicht bewegt. Er war klatschnass und zitterte. Cameo stand auf und gab ihm eine Decke.

»Warst du die ganze Nacht wach?«, fragte sie.

»Nicht die ganze. Die Nacht ist noch nicht zu Ende.«

»Sollen wir ein Feuer machen?«

»Hat keinen Zweck bei diesem Regen. Aber jetzt, da Ihr wach seid, können wir weiterreiten. Bewegung hält warm.«

»Ich habe beschlossen, nicht mitzukommen. Geh du ohne mich, Stock.«

»Und wie soll ich Euer Verschwinden erklären? Oder die fünf Leichen in Eurem Gemach?«

»Sie werden es *dir* in die Schuhe schieben...«

»Wahrscheinlich.«

»Aber was genau?«

»Fünffachen Mord.«

»Dann komm eben mit mir«, sagte Cameo.

»Dafür ist es zu spät.«

»Ist es nicht! Deine Frau wird sich inzwischen um eure Kinder kümmern, und wenn ein bisschen Gras über die Sache gewachsen ist, kannst du wieder zurück. Du warst ein guter und treuer Diener der Roten Stadt. Komm mit mir und lebe!« Cameo trommelte Stock flehend auf die Brust, als sie das sagte – etwas theatralisch vielleicht, aber wirkungsvoll. Hoffte sie zumindest.

Stock erwiderte nichts. Er deutete lediglich über Cameos Schulter.

Cameo drehte sich um und sah ein rotes Banner in ihre Richtung kommen. *Reiter.* Wenige Momente später hörte sie das Klirren von Helmen und Kettenhemden. *Soldaten aus der Roten Stadt!*

Ihre Pferde waren ungesattelt – sie konnten weder fliehen noch die Tiere rechtzeitig verstecken, und wo Pferde waren, waren auch Reiter. Die Soldaten würden ausschwärmen und sie unweigerlich finden. Stock wollte schon sein Schwert ziehen, doch Cameo legte ihm eine Hand auf den Arm. Gegen eine ganze Abteilung konnte er nicht gewinnen. Er würde einen sinnlosen Tod sterben, und Cameo würde trotzdem verhaftet werden.

»Welches Haus?«, fragte sie schließlich.

Stock kniff die Augen zusammen. Seine Antwort machte sie nur noch nervöser. »Rubin.«

8

»Die Nachricht, die Ihr uns hinterlassen habt, war clever«, sagte die Dame Rubin und warf ihr dunkles Haar zurück, während sie von zwei Wachen eskortiert über den Rubinflur schritten.

Cameo bestaunte die tönernen Büsten an den Wänden. Sie stellten die Ahnenreihe ihrer Gastgeberin dar. Wenn die Künstler die Gesichter nicht geschönt hatten, mussten sie erstaunlich gut aussehend gewesen sein, was Cameo jedoch nicht bezweifelte, denn die Dame Rubin war die schönste Frau, die sie je gesehen hatte. Sie waren beinahe ganz oben im Turm der Farben. Der Rubinflur lag direkt unter dem der Purpurs und über dem verlassenen Flur der Kakis. Als sie an einem Fenster vorbeikamen, konnte Cameo den gesamten Westteil der Roten Stadt überblicken, deren Königin sie erst gestern noch gewesen war. Der majestätische Anblick versetzte ihr einen Stich. *Gestern Königin und morgen wahrscheinlich tot.*

»Dennoch musste ich ein paar Veränderungen daran vornehmen«, sprach Rubin weiter.

Cameo blieb stumm und warf den Wachen an ihrer Seite einen verunsicherten Blick zu.

»Macht Euch keine Sorgen«, beruhigte Rubin sie sogleich. »Man hat ihnen die Trommelfelle mit einem glühenden Eisen durchstochen. Sie können uns gar nicht belauschen, selbst wenn sie wollten.«

»Werdet Ihr mich jetzt töten lassen?«, fragte Cameo nervös.

»Die Königin?« Rubin lächelte versonnen. »Die Letzten, die das versucht haben, hat selbst ein frühzeitiger Tod ereilt. Ihr seid eine gefährliche junge Frau, Dame Zinnober.«

»Wer hat die Leichen gefunden?«

»Ein Diener. Der arme Dodd reagierte äußerst verstört, als er die leeren Silberteller abräumen wollte und stattdessen einen Berg Leichen vorfand. Aus vollem Halse schreiend ist er durch den Turm gelaufen. Glücklicherweise ist er ein Rubin, und so lief er schreiend zu mir. Ich bin der Meinung, dass jede Frau ihres eigenen Glückes Schmiedin ist, und bezahle ihn schon seit Jahren dafür, dass er mich über die Vorgänge im Turm auf dem Laufenden hält. So kam es, dass ich die Erste war, die von dieser interessanten neuen *Entwicklung* erfuhr.« Bei dem Wort Entwicklung ließ sie ihre Augenbrauen tanzen und grinste.

Findet sie das alles etwa witzig?

Sie erreichten die Schachtelkammern, eine Abfolge von drei ineinander verschachtelten Zimmern. Rubin führte Cameo bis in das zweite. Die Wachen warteten unterdessen im äußersten.

»Wir sind jetzt allein«, sagte Rubin. »Aber es gibt eine Glocke, mit der ich jederzeit Hilfe rufen kann. Ihr scheint über beeindruckende Fähigkeiten zu verfügen, Cameo Zinnober. Ich bin nur noch nicht ganz sicher, welche Fähigkeiten das sind. Es liegt etwas Ungezähmtes in Eurem Wesen. Ihr habt etwas von einem wilden Tier, das jederzeit gefährlich werden kann, wenn es sich in die Enge getrieben fühlt.«

»Eure Männer haben mir meinen Dolch abgenommen. Ich kann Euch gar nichts tun.«

»Mag sein, aber allein die Tatsache, dass Ihr einen hattet, macht mich vorsichtig.«

»Wie habt Ihr uns gefunden?«

»Mir ist aufgefallen, wie Graf Rose mitten während der Zusammenkunft einen Trupp Soldaten aussandte. Wir Rubins sind ein sehr aufmerksames Haus. Während der Blüte von Asch waren wir Seher.«

»Tatsächlich?«

»Aber natürlich, jeder weiß das. Zumindest jeder, der einem der Roten Häuser angehört...« Sie ließ ihre Worte einfach so stehen und füllte einen bereitstehenden Kristallkelch mit rubinrotem Wein. Mit einer Geste bedeutete sie Cameo, sich zu bedienen.

»Dann wisst Ihr, wer ich bin?«, fragte Cameo, während sie unter dem aufmerksamen Blick der Dame ihren Kelch füllte.

»Ich weiß nicht, wer Ihr seid, aber ich weiß, wer Ihr *nicht* seid.«

Cameo wagte nicht zu widersprechen und nahm einen kräftigen Schluck Wein. Erst als es zu spät war, wurde ihr bewusst, dass der Wein vergiftet sein könnte. Sie wartete einen Moment, dass die Wirkung einsetzte, aber nichts passierte.

»Ihr schüttet den Wein hinunter wie eine Bettlerin, die nicht weiß, wann sie sich den nächsten leisten kann. Und wer bei einer wohlhabenden Händlerfamilie aufgewachsen ist, weiß, dass man den Kelch beim Einschenken schräg hält. Selbst im unzivilisierten Ibirq macht man das so. Außerdem trägt eine Adlige keinen Dolch bei sich. Bevor sie isst, inspiziert sie Teller und Besteck, ob sie auch wirklich sauber sind. Die Geschichte mit der Flöte war wunderbar, aber welche Dame aus gutem Hause würde das Instrument eines Bettlers auch nur anfassen? Man könnte sich die Schimmelkrankheit holen oder Schlimmeres. Außerdem habt ihr gerülpst, als Ihr nach dem Bankett den Saal verlassen habt.«

»Das habt Ihr gehört?«

»Wir Rubins hören alles. Jedenfalls seid Ihr *keine* Zinnober.«

»Was habt Ihr jetzt mit mir vor?«

»Ich weiß es noch nicht. Ich konnte die Gunst der Stunde nutzen und Euch unbemerkt hierher schmuggeln. Die ganze

Stadt ist in Aufruhr, drei Häuser tragen Trauer, doch die Burgundier werden uns keinen Ärger machen. Sie konnten es kaum erwarten, dass ihre verschlagene Matriarchin endlich das Zeitliche segnete. Jetzt sind sie voll und ganz damit beschäftigt, sich um den frei gewordenen Sitz im Rat zu streiten. Das Haus Rose? Jeder weiß, dass der Graf ein Schwein war und zu allem fähig. Selbst seine eigene Familie. Niemand wird ernsthafte Zweifel anmelden, dass er an der Verschwörung gegen Euch beteiligt war. Sie werden ihn sogar verstoßen, damit niemand sie nachträglich zur Verantwortung ziehen kann. Es sind die Purpurs, die unangenehme Fragen stellen werden. Sowohl Walters Fraktion als auch Harald selbst.«

»Ich dachte, die beiden hassen sich.«

»Sie haben oft und gerne gezankt, aber das Ansehen ihres Hauses war ihnen immer das Wichtigste — und Walter genoss sehr hohes Ansehen. Es überrascht mich, dass er mit den beiden konspiriert hat. Aber auch kluge Menschen machen manchmal Fehler. Er hat für den seinen bezahlt, genau wie Rose und Burgund.«

»Was passiert jetzt mit Stock?«

»Mit welchem Stock?«

»Ich spreche von meinem Leibwächter.«

»Die Flurwache? Sorgt Euch nicht. Er wird verhört, dann werden wir uns seiner entledigen.«

»Ihr werdet was?«

»Ihn töten, damit er nicht plaudern kann.«

»Auf keinen Fall!«

»Weshalb?«

»Ihr dürft ihn nicht töten.«

»Warum nicht?«

»Er ist ein treuer Diener des Hauses Zinnober. Der *einzige* treue Diener sogar. Ich verbiete es Euch!«

Rubin lächelte herablassend. »Ihr seid dreist, Mädchen, aber das respektiere ich. Dennoch ändert es nichts an meiner Entscheidung. Anscheinend begreift Ihr nicht, welch unglaubliche Ehre es für einen Bürgerlichen wie ihn bedeutet, zwei Tage den Leibwächter einer Frau zu spielen, von der alle glauben, sie sei die Königin. Wenn er jetzt stirbt, dann stirbt er auf dem Höhepunkt seines ansonsten vollkommen bedeutungslosen Lebens. Auch wenn er wahrscheinlich weiß, dass Ihr keine Zinnober seid.«

»Er weiß es nicht. Für ihn bin und bleibe ich die Königin.«

»Oder er tut nur so, weil es seiner jämmerlichen Existenz etwas Glanz verleiht. Noch vor ein paar Tagen war er ein Nichts, jetzt bekleidet er das wichtigste Amt der Roten Wache. Macht Euch nichts vor: Es ist ganz und gar ausgeschlossen, dass er es nicht weiß. Er war selbst dabei, als die Verschwörer versuchten, Euch loszuwerden. Außerdem hat er Eure toten Landstreicherfreunde im Nasswald gesehen.«

Cameo biss sich auf die Zunge. Ihre ermordeten Freunde als Landstreicher verunglimpfen zu lassen tat weh, aber die Lästigen Lemminge waren schon weit schlimmer beschimpft worden. »Stock ahnt nichts, da bin ich absolut sicher. Er spricht mich immer noch mit ›meine Königin‹ an.«

»Oder er ist schlau genug, sich nichts anmerken zu lassen.«

»Ihr haltet ihn für schlau?«

Rubin lächelte. »Nein. Aber Euch. Wenn Ihr darauf besteht, lasse ich ihn eben am Leben. Und als Nächstes werden wir gemeinsam unseren Nutzen aus dieser Situation ziehen, wer auch immer Ihr seid, ›Dame Zinnober‹.«

Unter den strengen Blicken der Rubinwachen betrat Cameo den Feldherrensaal, Stock an ihrer Seite. Scharlach und Korall warteten bereits. Ein Repräsentant des Hauses Rose, der nicht einmal halb so dick war wie sein Vorgänger, lief nervös am Fenster auf und ab. Harald Purpur stieß wenige Augenblicke später in Begleitung einer Frau zu ihnen – offensichtlich Walters Nachfolgerin. Sie hatte ein großes dunkelrotes Mal im Gesicht, das aussah wie eine nie ganz verheilte Narbe. Schweigend warteten alle darauf, dass ein Abgesandter des Hauses Burgund seine Aufwartung machte.

»Graf Blut wird nicht kommen«, flüsterte Rubin. »Als weiser Mann wusste er bereits, dass es Ärger geben würde, und hat sich aus dem Staub gemacht, noch bevor Ihr Eure Ansprache beendet hattet. Sein Haus ist im hohen Norden des Nasswalds beheimatet. Die meisten seiner Gefolgsleute sind Nachfahren des versunkenen Asch. Hier in der Roten Stadt haben sie so gut wie nichts zu sagen.«

Alle Wachen blieben im Vorraum. Selbst die Adligen mussten alles, was nur irgendwie als Waffe geeignet schien, auf dem Tisch vor dem Eingang zum Feldherrensaal ablegen. So verlangte es das Gesetz, seit der verstorbene Graf Rose vor Jahrzehnten zutiefst erbost darüber, dass seine Truppen bei der bevorstehenden Schlacht gegen Farntal an vorderster Front eingesetzt werden sollten, je einen Vertreter des Hauses Burgund und Rubin mit einem Hornhautmesser erstochen hatte – auch wenn die geplante Schlacht dann nie stattfand. Doch selbst ohne Waffen im Saal war die Atmosphäre bis zum Zerreißen gespannt. Alle Augen waren auf Cameo gerichtet, die sich, so gut es ging, hinter der Dame Rubin versteckte.

Die neue Gräfin Burgund hatte den Saal kaum betreten, da polterte Harald Purpur auch schon los: »Ich bin außer mir. Die Dame Rubin ruft uns hier zusammen, und was muss ich sehen? Die Thronerbin auf freiem Fuß, als wäre nichts geschehen! Die Einigung Fretwitts ist null und nichtig, solange eines der Roten Häuser sich herausnimmt, in einer derart schwerwiegenden Angelegenheit nach eigenem Gutdünken zu verfahren. Erklärt Euch, Dame Rubin!«

»Gern. Ich habe sie gefunden. Sie hatte sich versteckt, was keinen der hier Anwesenden überraschen dürfte.«

»Wo ist sie hin, nachdem sie drei der Unseren gemeuchelt hat?«, fragte die neue Gräfin Burgund.

»Sie hat die Stadt verlassen, nachdem zwei der Unseren versucht hatten, sie zu meucheln«, erwiderte Rubin ungerührt.

»Wer?«, fragte die Gräfin Scharlach mit geweiteten Augen.

»Dieselben zwei, die sie herbrachten: Rose und Burgund.«

»Versucht nicht, die Schuld auf uns abzuwälzen«, blaffte der neue Graf Rose. »Falls stimmt, was Ihr behauptet, hat er auf eigene Faust gehandelt.«

»Und was ist mit meinem Vetter?«, fuhr Purpur auf.

»Er starb, als er versuchte, die Königin zu beschützen«, antwortete Rubin. »So steht es in einer von der Königin eigenhändig versiegelten Nachricht. Wie es scheint, hat Lotho ihn mit dem Schwert getötet. Ein nobles Ende für Euren Vetter Walter, falls Euch das tröstet.«

»Diese Angelegenheit wird noch zu klären sein, und zwar außerhalb dieses Saals«, sagte Harald mit einem mordlüsternen Blick in Richtung der Gräfin Burgund.

»Lasst die kleinlichen Rachegedanken, werter Purpur«, fiel Rubin ihm ins Wort. »Es warten größere Dinge auf uns. Die Dame Zinnober hat mit ihrer Rede den wahren Geist der Roten Stadt wieder zum Leben erweckt, und sie ruft uns in den Krieg!«

»Das tut sie, aber ebenjene Rede stammte aus der Feder der Herrschaften Rose und Burgund, oder ich will kein Purpur mehr sein«, sagte Harald.

»Ihr habt Walter vergessen«, warf Rubin ein. »Euer Vetter gehörte ebenfalls zu den Verschwörern.«

»Das behauptet Ihr, nachdem Ihr einen ganzen Tag Zeit hattet, Euch alles zurechtzulegen!«, rief Burgund dazwischen.

»Die versiegelte Nachricht, von der ich sprach, wurde direkt nach dem Attentatsversuch verfasst. Die Dame Zinnober stand zweifellos noch unter Schock. Sie war schlichtweg nicht in der Verfassung, sich in dieser kurzen Zeit eine Lüge auszudenken.« Rubin hielt das bekritzelte Pergament hoch, das Cameo zu den Leichen gelegt hatte, und reichte es Harald Purpur.

Purpur betrachtete es eingehend von allen Seiten, dann las er laut vor: »Gräfin Burgund und Graf Rose haben versucht, einen schändlichen Anschlag auf mein Leben zu verüben. Sie starben durch die Hand meines getreuen Leibwächters und des edlen Grafen Purpur, der für mich sein Leben ließ. Ich, Eure Königin, sehe mich gezwungen, die Stadt vorübergehend zu verlassen, denn mein Leben ist in Gefahr.«

Die Nachricht war kurz. Als Harald zu Ende gelesen hatte, ließ er den Blick über die versammelten Repräsentanten schweifen, und bei Rose und Burgund hielt er schließlich inne.

»Die Anschuldigungen sind eindeutig«, stellte Harald fest. »Und mein Vetter, bei all seinen Schwächen, ist ein Held.«

»Ganz recht«, erklärte Rubin. »Die Verräter sind tot, und Euer Vetter ist ein Held. Damit sollten wir diesen Zwischenfall als erledigt betrachten. Die Dame Zinnober hat alle Roten Häuser bis auf eines wiedervereint. Dies ist der Anbruch eines neuen Zeitalters für die Rote Stadt, und doch sprechen wir von der Dame Zinnober, als wäre sie ebenfalls tot.«

»Majestät«, sagte Harald Purpur und bedeutete Cameo vorzutreten.

Von einem Moment auf den anderen stand Cameo plötzlich wieder im Mittelpunkt des Interesses. Doch niemand griff sie mehr an oder bezweifelte die Legitimität ihres Anspruchs. Alle traten respektvoll zur Seite und ließen sie durch zur Mitte des neuneckigen Saals, dessen Wände jeweils eines der Roten Häuser repräsentierten.

»Wir befinden uns hier im Feldherrensaal, nicht wahr?«, begann Cameo.

»In der Tat«, bestätigte Purpur.

»Und es ist das Schlachtfeld, auf das ich die Roten Häuser gerufen habe! Werdet Ihr mich auch weiterhin unterstützen?«

Die versammelten Herrschaften schauten einander fragend an.

»Ihr wollt bei Eurem Vorhaben bleiben?«, fragte die Gräfin Scharlach kopfschüttelnd.

Sie ist eine sanfte Natur, wenn nicht gar ängstlich, dachte Cameo.

»Selbstverständlich. Nichts hat sich verändert«, erwiderte sie. »Graf Blut ist in den hohen Norden zurückgekehrt, aber wir sind auch ohne ihn stark genug. Wir werden einen Frieden mit ihm aushandeln, damit er die Rote Stadt schützt, solange unsere Truppen fort sind. Auf diese Weise kann er seinen Stolz wahren, ohne dass er seine Söhne in den Krieg schicken muss. Als Strafe für sein mangelndes Vertrauen wird das Haus Blut nicht an der Kriegsbeute beteiligt, und der Siegesruhm wird allein unser sein.«

Aufgeregtes Gemurmel erhob sich im Saal.

»Gut gesprochen!«, rief die Dame Rubin.

Natürlich, dachte Cameo. Rubin hatte die Rede schließlich selbst verfasst. *Adlige sind erstaunlich gut darin, sich gegenseitig hinters Licht zu führen.*

Danach ging alles ganz schnell. Der neue Graf Rose nickte als Erster, erpicht darauf, die Schande zu tilgen, die der Verrat seines Vorgängers dem Haus gebracht hatte. Die neue Gräfin Burgund hatte es weniger eilig, doch nachdem Korall und Purpur zugestimmt hatten, blieb ihr kaum etwas anderes übrig. Rubin gab vor, noch abzuwägen, auch wenn alle wussten, dass sie sich längst entschieden hatte. Scharlach folgte als Letzte, aber ihr Zögern gründete auf Vorsicht, nicht auf Misstrauen.

Sie zweifelt nicht daran, dass ich die rechtmäßige Königin bin. Sie will nur keinen Krieg.

Sobald sich alle Farben einig waren, würde Graf Blut allein dastehen, hatte die Dame Rubin Cameo erklärt. Genauso allein wie ihr Familiensitz, der Einsame Turm an der Nordküste des Nasswalds. »Und ein isoliertes Haus ist ein schwaches Haus«, hatte sie hinzugefügt. Die Blutroten konnten es sich schlichtweg nicht leisten, sich von den restlichen Roten Häusern loszusagen. Ronna, Garroth und Terbia würden ihre plündernden Flotten schicken, und die Piraten an der Küste würden genauso über den Einsamen Turm herfallen wie die Banditen des Nasswalds. »Es ist nicht gut, allein im Nasswald zu stehen«, hieß es nicht umsonst in einem alten Sprichwort.

Allein. Genauso fühlte sich Cameo jetzt. So allein, dass eine intrigante Adlige wie die Dame Rubin ihre einzige Freundin war und ihr Leibwächter Stock der einzige Freund. Doch ein einziger treu ergebener Leibwächter nutzte Cameo wenig in diesem Schlangennest. Die Grafen und Fürsten der Roten Stadt hatten Dutzende Stocks, ganze Heere sogar. Die Gefolgschaft der Zinnobers war längst in den anderen Häusern aufgegangen. Stock war ein Relikt aus einer vergangenen Zeit, Cameo eine Königin ohne Volk. *Und trotzdem folgen sie mir.* Rubin bestand darauf, dass Cameo in den Krieg zog, weil sie ihren Vorteil daraus ziehen wollte. Wie, hatte sie Cameo nicht verraten. Aber das musste sie auch nicht, denn Cameo brauchte die Dame Rubin weit dringender als umgekehrt. Die Möglichkeit, dass Rubin sie fallen ließ, reichte als Druckmittel, damit Cameo tat, was immer sie verlangte. *Im Moment jedenfalls.*

Die Besprechung endete mit dem einstimmigen Beschluss, den eingeschlagenen Kurs beizubehalten. Die Häuser hatten ihre

Heere ohnehin schon am Hafen zusammengezogen, wo sie sich nun auf die lange Überfahrt nach Abrogan vorbereiteten.

Abrogan. Cameo kannte das Wort bisher nur aus Lagerfeuergeschichten. Aus fantastischen Fabeln mit sprechenden Drachen, Zauberern und Ungeheuern, die angeblich dort hausten. Aber das waren nur alberne Geschichten.

»Gut gemacht«, sagte Rubin, nachdem alle anderen fort waren.

»Danke«, erwiderte Cameo. »Ihr habt mir das Leben gerettet.«

»Aber nicht ohne Eigennutz. Das hier ist eine einmalige Gelegenheit, und Ihr habt das Glück, dass Ihr unverzichtbar seid, wenn ich sie nutzen will.«

Cameo war nicht mehr nach einmaligen Gelegenheiten zumute. Sie hatte die Nase sogar gründlich voll davon. Alle ihre Freunde waren tot, und nun zog auch noch eine ganze Stadt wegen einer Lüge, zu deren Sprachrohr sie sich gemacht hatte, in den Krieg. *Glück ist etwas anderes...* Sie beschloss, sich aus alldem zurückzuziehen, sobald sich eine Möglichkeit bot. Im ersten unbeobachteten Moment würde sie davonrasen wie ein Hase vor der Armbrust eines Jägers.

Die Tür zum Feldherrensaal ging ein weiteres Mal auf, und herein trat ein Mann, der von Angesicht zu Angesicht sogar noch besser aussah als tags zuvor vom Dach des Turmes aus.

»Tobias«, begrüßte die Dame Rubin ihren Hauptmann. »Setz dich zu uns.«

9

Tobias Rubin betrat den Feldherrensaal im Herzen der verschachtelten Kammern. Mittlerweile war er nicht nur Hauptmann, sondern auch Oberbefehlshaber des Roten Heeres. Die Dame Rubin hatte für seine Beförderung gesorgt, und die Dame Rubin war es auch, von der Tobias seine Befehle bekam.

Cameo sah Tobias neben einem Beistelltisch aus Düsterwaldholz stehen bleiben. Das Tischchen hatte die Form eines Reihers, der Rücken diente als Abstellfläche. Darauf stand eine Schale mit roten Trauben und verschiedensten Wurstsorten, die nur ein Meister des Metzgerhandwerks in so dünne Scheiben schneiden konnte. Mit einem einzigen Griff stopfte Tobias sich mehrere davon in den Mund und steckte vorsichtshalber noch ein paar Trauben in seine Hosentasche. *Nicht gerade ein vornehmes Benehmen.*

Die Dame Rubin erhob sich und breitete strahlend die Arme aus. *Sind die beiden etwa Geschwister?* Tobias umarmte sie herzlich, und die Dame Rubin nutzte die Gelegenheit, die Finger in seinen muskulösen Rücken zu graben. *Eher nicht.*

Der Hauptmann wirkte überrascht, doch Cameo fragte sich, ob er diese Überraschung vielleicht nur vortäuschte. Wie sie gehört hatte, war Tobias verheiratet. Dennoch war es nichts Ungewöhnliches, dass Adlige sich Geliebte aus den niederen Gesellschaftsschichten nahmen, selbst – oder vor allem – wenn sie verheiratet waren. Hatte Cameo zumindest gehört. Sie war ein wenig enttäuscht, dass Tobias schon vergeben war, schenkte ihm aber dennoch ihr strahlendstes Lächeln, als der Hauptmann ihr über die Schulter der Dame Rubin einen kurzen Blick zuwarf. *Man kann ja nie wissen.*

Tobias erwiderte das Lächeln sogar. Auf der Bühne hatte Cameo gelernt, die Mimik ihres Publikums zu deuten, doch Tobias' Lächeln war ihr ein Rätsel. Es kam nicht von Herzen, aber aufgesetzt wirkte es auch nicht. *Vieldeutig und möglichst unverfänglich, würde ich sagen.*

»Meine Dame, Euer Majestät«, sagte der Hauptmann mit tiefer Stimme.

Rubin deutete mit einem selbstgefälligen Lächeln auf Cameo. »Unsere Königin hat den Anschlag überlebt«, verkündete sie. »Und der gesamte Rat jubelt.«

»Tatsächlich?«

»Die Purpurs spielen sich auf wie immer, die Roses kriechen wie immer, und die Burgundier murren wie immer, aber sie machen zumindest keinen Ärger. Lucinda Scharlach hat nach wie vor Angst vor ihrem eigenen Schatten, und die Koralls sind schwach wie eh und je.«

»Und das Haus Blut?«

»Diese Frage wird Euch Königin Zinnober beantworten. Nicht wahr, Majestät?«

»Du wirst zum Einsamen Turm fahren«, erklärte Cameo dem Hauptmann. Es war ein Befehl.

»Ich werde *was*?«

»Ich schicke dich als meinen Unterhändler.«

»Mich?«

»Wen sonst? Nachdem es bisher keine Königin gab, gibt es auch keinen königlichen Gesandten.«

»Wir alle sind jetzt Eure Gesandten, Majestät«, versicherte Rubin süffisant. »Tobias tut gerne, was immer Ihr verlangt.«

Sie ist schön, selbstbewusst und mächtig, und sie weiß es ganz genau.

»Falls ich dazu in der Lage bin«, fügte der Hauptmann eilig hinzu.

»Du bist gefürchtet und beredt genug, um das Haus Blut ins Boot zu holen, Tobias.«

»Bin ich das?«

»Ja, wenn du dich genau an die Worte hältst, die ich dir auftragen werde, und unsere neue Königin dich mit der nötigen Autorität ausstattet. Wo ist dein berüchtigter Schneid geblieben, dass du plötzlich zögerst, mit einem befreundeten Haus zu verhandeln?«

Tobias' wiederholte Nachfragen ärgerten die Dame Rubin anscheinend, und Cameo gewann den Eindruck, dass die Verhandlungen mit Graf Blut schwieriger werden könnten, als Rubin es darstellte.

»Ich bin es nur nicht gewohnt, von jemand anderem als Euch Befehle entgegenzunehmen«, erwiderte Tobias mit einer kleinen Verbeugung.

»Ha! Seht Ihr, Majestät, wie beredt er ist?«

»Durchaus. Er singt wie ein Vögelchen.« Es war ein altes Sprichwort aus der Blütezeit der Stadt Asch, als dort noch die mittlerweile ausgestorbene Kunst gepflegt wurde, Vögeln das Sprechen beizubringen, um sie als Boten durch ganz Fretwitt zu schicken.

Cameo und die Dame Rubin lachten auf Tobias' Kosten, aber es war ein gezwungenes Lachen. Cameo war genauso verunsichert wie der Hauptmann. *Kein Wunder,* sagte sie sich. Cameo war gerade erst mit knapper Not einem Mordanschlag entgangen, und nun benutzte die Dame Rubin sie als Trumpfkarte in einem Spiel, das weit komplexer war als jedes Bühnenstück. *Dafür wird die Belohnung am Ende auch umso höher ausfallen, falls die Vorstellung gelingt. Je größer das Risiko, desto größer der Ruhm.*

»So werde ich also nach Norden fliegen und Eure Botschaft überbringen, wie es sich für ein wohlerzogenes Vögelchen gehört«, erwiderte Tobias schließlich mit einem nichtssagenden Lächeln. »Ich brauche nur noch Euer Siegel, Majestät, und Ihr, Dame Rubin, müsst mir mitteilen, was ich sagen soll.«

»Sagt dem Grafen Blut, die Stadt Skye in Abrogan sei reif für die Ernte«, erklärte die Dame Rubin. »Was man im Hafen so hört, reichen die vereinten Heere von sechs Häusern, um sie zu erobern. Die Kaufleute berichten von einer reichen Stadt auf einem Berggipfel, deren Bewohner sich dort oben vor allen Feinden in Sicherheit wähnen. Die Ernten in den umliegenden Ländereien sind üppig, die Getreidespeicher quellen über, die Schatzkammern sind voller Gold, und die Skyer haben kaum Soldaten, um all das zu schützen.«

»Klingt, als würde in diesem Land schon lange Frieden herrschen«, merkte Cameo an.

»Sie leisten sich ein weiches Herz in einer rauen Welt.« Rubin warf ihr einen ernsten Blick zu. »Macht nicht denselben Fehler.«

Tobias ritt mit einem Trupp Soldaten nach Norden zu Graf Blut, während Cameo in der Roten Stadt blieb. Die Kasernen unten am Hafen quollen mittlerweile nur so über von Soldaten. Nachts bevölkerten sie die Schenken und zogen lärmend durch die Straßen. Immer wieder kam es zu Gewalttätigkeiten zwischen den Soldaten der verschiedenen Häuser. Cameo musste bereits den ersten Disput zwischen Burgund und Purpur schlichten: Zwei Soldaten waren in einer Schenke aneinandergeraten, und es war Blut geflossen. Am Ende waren beide tot gewesen. Jedes Haus hatte einen Mann verloren, keiner war bevor- oder benachteiligt. Weil der Purpurne angefangen hatte, verurteilte Cameo Harald jedoch zu einer in ihren Augen saftigen Strafzahlung von fünfzig Silberlingen.

»Das ist gerade einmal ein Almosen«, raunte die Dame Rubin ihr bestürzt zu, aber da war es bereits zu spät. Die Gräfin Burgund fasste Cameos unerhörte Milde als Affront auf und verließ erbost den Saal. Die Dame Rubin hatte alle Hände voll zu tun, die Situation zu retten, was ihr schließlich auch gelang, aber unter den Soldaten rumorte es immer noch.

»Der eben erst geschlossene Frieden wird bereits brüchig«, sagte Cameo zu Stock. Sie ließ ihn oft in ihrem Amtszimmer Wache stehen statt draußen auf dem Flur, um etwas Ansprache zu haben. Als Königin wurde man schnell einsam, wie sie herausgefunden hatte, und außerdem schätzte sie Stocks Rat.

»Soldaten sind zum Kämpfen da«, erwiderte Stock. »Wenn sie keinen gemeinsamen Gegner haben, gehen sie eben aufeinander los.«

Eine nüchterne und einfache Schlussfolgerung, wie sie für Stock typisch war. *Und so treffend.* Er mochte kein übermäßig gebildeter Mann sein, aber er war alles andere als dumm.

»Weshalb wurdest du eigentlich auserwählt, den Zinnoberflur zu bewachen?«, fragte sie.

»Weil die Leute Angst vor mir haben.«

»Ich habe keine Angst vor dir.«

»Vielleicht seid Ihr mutiger, als Ihr glaubt.«

Ein Klopfen an der Tür ließ Cameo zusammenzucken.

Stock legte die Hand an den Schwertgriff und stellte sich vor Cameo. Dann nickte er ihr stumm zu.

»Wer da?«, fragte sie.

»Ich bin es, Euer Majestät, Dodd«, sagte eine junge Stimme. »Unten ist ein Mann, er sieht irgendwie verdächtig aus. Ich hätte ihn fortgeschickt, aber er behauptet, er kenne Euch aus Eurem früheren Leben.«

»Name?« Cameo überlegte, wer das sein könnte. Wer auch immer er war, der Mann log, denn Cameo hatte kein früheres

Leben. Dass sie in Ibirq aufgewachsen war, war eine Lüge, ein Trick, um den Roten Rat hinters Licht zu führen. Cameo hatte Glück gehabt, dass niemand allzu genau nachgefragt hatte. Falls der geheimnisvolle Besucher jemals in Ibirq gewesen war und Einzelheiten wissen wollte, saß Cameo in der Klemme.

»Er sagt, er heiße Dungi, und behauptet, er hätte früher mit einer Frau namens Beuhlah für Euch gekocht. Soll ich ihn fortschicken oder auspeitschen lassen?«

»Nein! Niemand wird ausgepeitscht. Heute nicht und fortan nie wieder. Schick ihn sofort zu mir!«

Der Junge gehorchte umgehend, und Cameo begann unruhig auf und ab zu gehen.

»Ihr kennt diesen Mann?«, fragte Stock und stellte sich neben die Tür.

»Ganz recht.«

»Freund oder Feind?«

»Nicht jeder ist ein möglicher Feind, Stock.«

»Für mich schon.«

»Er ist ein Freund. Und nimm die Hand vom Schwertgriff.«

»Aus Ibirq, oder ist es einer von den Landstreichern in dem Zelt?«

»Sie waren keine Landstreicher, sondern fahrende Schauspieler! Sie waren...«

»Kanntet Ihr ihn gut? Ich meine, gut genug, dass Ihr ihm immer noch vertrauen könnt, jetzt da Ihr Königin seid?«

»Ja. Meine Pflegeeltern schickten mich damals zu der Gruppe, um von ihnen die Schauspielkunst zu erlernen.«

Stock sah immer noch nicht überzeugt aus, aber bei seinem stets strengen Gesicht war schwer zu sagen, ob er die Lüge durchschaute.

»Viele Familien in Ibirq machen das so. Die Dinge laufen dort etwas anders als hier.« Liebend gern hätte Cameo ihm alles erzählt. Jetzt, da sie niemanden mehr hatte, fühlte sie sich furchtbar einsam. Doch das kam nicht infrage. Je weniger Mitwisser, desto besser, wie sie sich immer wieder sagte. »Es ist schwer zu erklären, und ich ... ich muss es dir auch gar nicht erklären. Du bist mein Leibwächter, mehr nicht.«

Stock nickte höflich. »Ja, das bin ich. Und, nein, müsst Ihr nicht. Ich muss lediglich wissen, wie genau ich diesen Mann im Auge behalten muss.«

»Du musst ihn überhaupt nicht im Auge behalten! Er ist ein Freund von mir, wie oft soll ich das noch wiederholen? Verstehst du nur, was ich sage, wenn du von draußen an der Tür lauschst? Ich möchte nicht, dass du jeden, mit dem ich spreche, mit dem Schwert bedrohst. Willst du es in meiner Hochzeitsnacht genauso machen, wenn ich einmal heirate?«

»Nein, denn dann wäre Euer Mann der neue König, aber dieser Besucher ...«

»Raus!«

Cameo ging weiter auf und ab. *Ich muss lernen, mich wie eine Königin zu benehmen.* Stock stand längst draußen auf dem Flur, doch es kam niemand, und sie fragte sich schon, ob ihr Leibwächter Dungi vielleicht verjagt hatte, als es schließlich klopfte.

Cameo riss die Tür auf. Vor ihr stand ihr ehemaliger Koch und Schauspielkollege.

»Dungi!«, rief Cameo ganz und gar unköniglich und warf ihm die Arme um den Hals. Er repräsentierte alles, was ihr von der wundervollen Zeit mit den Lästigen Lemmingen noch geblieben war. Stock hatte Cameo nicht erlaubt, das Zelt zu betreten und nachzuzählen, doch wenn sie zurückdachte, wusste sie, dass Dungi als Einziger überlebt hatte. *Ausgerechnet er.* Cameo ertappte sich dabei, wie sie wünschte, es wäre Brise oder Oskar, doch sie wollte nicht undankbar sein und verbot sich den Gedanken. *Immer noch besser als wenn gar keiner entkommen wäre.*

»Oho!«, rief Dungi mit einem Zwinkern. »Schon die zweite leidenschaftliche Umarmung heute. Der stiernackige Wachposten neben deiner Tür hat mich so gründlich durchsucht, dass ich schon fast geglaubt habe, er will mir einen Heiratsantrag machen. Da ist mir deine Umarmung schon entschieden lieber.«

Cameo versuchte sich loszumachen, doch Dungi schien den innigen Körperkontakt noch ein wenig länger auskosten zu wollen. *Auch er ist jetzt allein.* Cameo ließ ihn noch eine Weile gewähren, dann bat sie ihn herein und schloss die Tür hinter ihm.

»Sie sind alle tot«, sagte sie möglichst schnell und sachlich, um nicht schon wieder in Tränen auszubrechen.

»Ich weiß, ich war dabei. Ich kann von Glück reden, dass ich noch am Leben bin.«

»Wie bist du entkommen?«

»Weil ich schlau bin, war ich schon immer.«

Wie wahr. Und jetzt hat ihm seine Verschlagenheit irgendwie das Leben gerettet. »Wie hast du es in die Rote Stadt geschafft?«

»Ich bin Schauspieler, schon vergessen? Und ich habe die richtige Nase dafür. Der hässliche Akzent, den sie hier sprechen, ist kein Problem für mich. Die viel interessantere Frage ist doch, wie du es geschafft hast, dich praktisch über Nacht zur Königin aufzuschwingen.«

Cameo zuckte die Achseln, und Dungi schob sich an ihr vorbei.

»Lass mal dein neues Zelt sehen«, sagte er, befühlte die Seidenkissen und das silberne Besteck und stopfte sich ein paar Trauben in den Mund. »Hmm, ganz hervorragend! Weißt du noch, wie sie uns ohne Bezahlung aus Schloss Fuchsfeld gejagt haben und wir uns dafür in dem Weinberg des miesepetrigen kleinen Grafen sattgegessen haben? Wie war sein Name noch mal?«

»Graf Hamm.«

»Ja, genau. Seit diesem Tag habe ich keine so köstlichen Trauben mehr gegessen.«

»Ja, das waren bessere Zeiten.«

Dungi blickte sich stirnrunzelnd um. »Da kann man auch anderer Meinung sein, meine *Königin*.«

»Dieses Nest ist nicht so gemütlich, wie es aussieht. Ständig muss ich aufpassen, was ich tue oder sage, und außerdem trauere ich um unsere toten Freunde.«

»Unsinn! Du bist jetzt Königin, dieses Nest gehört dir ganz allein, und außerdem hast du immer noch mich.« Dungi ließ sich auf den samtroten Diwan fallen. »Ich finde es sehr behaglich, muss ich sagen, und mit mir wird es sogar noch kuscheliger werden, du wirst sehen.«

»Du kannst nicht bleiben. Deinen Besuch kann ich noch erklären, aber spätestens nach ein paar Tagen wird man mir Fragen stellen, und...«

»Dann bin ich eben dein Halbbruder.«

Verschlagen, aber dumm. »Das geht nicht. Jeder hier kennt den Stammbaum der Zinnobers in- und auswendig. Ein Halbbruder kommt darin nicht vor.«

»Von mir aus ein entfernter Vetter, ein Bastard, den dein Vater im Rausch mit einer Hure gezeugt hat, was auch immer. Ist mir egal, wer ich bin, solange ich nur in diesem tollen Theaterstück mitspielen kann.«

»Nein, du Schwachkopf! Bist du schwer von Begriff? Sobald sie Verdacht schöpfen, werden sie dich töten. Und danach mich.«

»Ah, deine spitze Zunge hast du also noch, wie?« Dungi warf zwei Trauben in die Luft und fing sie hintereinander mit dem Mund auf. Ein simpler Trick. Eaton hätte bei so einer Gelegenheit drei genommen, die erste mit der Stirn und die zweite mit dem Kinn aufgefangen, um erst die dritte zu verspeisen. »Betrachte es doch einmal so: Du warst schon immer gut im Improvisieren, und außerdem wirst du kaum wollen, dass ich deinen neuen Untertanen erzähle, woher wir beide uns wirklich kennen...«

Cameo seufzte. »Du wirst ein Bad nehmen müssen.«

»Und ich brauche neue, angemessene Kleider. Du kannst mir doch welche besorgen, meine Königin, oder?«

Tobias Rubin war mit guten Nachrichten vom Einsamen Turm zurückgekehrt: Das Haus Blut hatte sich bereit erklärt, in Abwesenheit des Heeres die Rote Stadt zu schützen. Cameos Herz schlug bis zum Hals, als sie über den Flur zu ihren Gemächern hastete. Die Flotte würde noch vor dem nächsten Vollmond aufbrechen, um die jungen Männer Fretwitts dem Schoß ihrer Heimat zu entreißen und auf die Schlachtfelder im fernen Abrogan zu bringen. Die Soldaten tranken und feierten, während die Schmiede Tag und Nacht an Rüstungen und Waffen arbeiteten. Cameo hörte das Klirren der Hämmer bis hinauf in den Roten Turm. Wie Schicksalsglocken läuteten sie Tag für Tag, Nacht für Nacht.

Dungi lag, wie so oft, auf dem Diwan in ihrem kleinen Salon. Es war sein Lieblingsplatz. Sie hatte ihn in einem der leeren Zimmer auf dem Zinnober-Flur untergebracht, und das war ein Fehler gewesen: Wann immer er an Cameos Gemächern vorbeikam, ließ er es sich nicht nehmen, ihr einen Besuch abzustatten. Meist hatte er schon mehrere Becher Wein intus. Auf dem Diwan bediente er sich dann weiter an der Kupferkaraffe, die Dodd stets gut gefüllt hielt. *Er ist eben auch einsam. Ich sollte ihm das kleine Vergnügen gönnen.*

»Was ist das für ein schrecklicher Lärm?«, fragte Dungi. »Davon kriegt man ja Kopfschmerzen.«

»Er kommt von den Schmieden und Kasernen. Ohne es zu wissen, habe ich das Rote Heer in einen Krieg geschickt.«

»Was soll's? Lass sie ruhig kämpfen.« Dungi rülpste und nahm den nächsten Schluck Wein, als fürchtete er, dass ihm jemand den Kelch wegnehmen könnte.

Was gar nicht so unwahrscheinlich ist, dachte Cameo, die seine Gegenwart kaum noch ertragen konnte. »Ich könnte es verhindern. Ein Wort von mir, und die Schiffe bleiben hier.«

»Warum solltest du das tun, Königin? Sie erobern neue Gebiete, und wir bekommen die Beute.« Er hob seinen Kelch und prostete Cameo zu, als wäre er selbst der König. Dabei hatte Cameo ihn lediglich als Freiherrn eingeführt, es war der niedrigste Titel, der ihr eingefallen war. Bei Dungis Manieren hätte ohnehin niemand geglaubt, dass er aus einer Adelsfamilie stammte. Dennoch war Dungi außer sich gewesen und hatte gedroht, sie beim Roten Rat zu verpfeifen. Schließlich hatte sie ihn besänftigen können, indem sie ihm einen Mantel mit dem Wappen seines erfundenen Hauses machen ließ: zwei überkreuzte Hände, die eine hielt eine Getreideähre, die andere einen Weinkelch.

»Glaubst du nicht, du solltest ein bisschen sorgsamer mit deinem Mantel umgehen?«, fragte Cameo. »So vollgekleckert, wie er mittlerweile ist, wirft das kein gutes Licht auf deinen Titel.« Dungi trug ihn praktisch Tag und Nacht, und die Weinflecken darauf waren kaum noch zu übersehen.

»Pah! ›Freiherr Dungi von der Ackerfurche‹ klingt doch sowieso, als würde ich nicht mehr besitzen als ein lausiges Getreidefeld«, lallte er.

»Was immer noch mehr ist, als du tatsächlich besitzt. Außerdem bist du ständig betrunken. Du kannst von Glück reden, dass ich dich nicht als meinen Weinvorkoster vorgestellt habe.«

Dungi lachte herzhaft und goss sich den nächsten Becher ein. »Du bist witzig, Königin. Das mag ich an dir: deinen Humor und die Kurven unter deinem Kleid.« Er blickte sie lüstern an.

»Fang nicht schon wieder damit an.«

»Hab dich nicht so. Komm lieber her und zeig mir endlich, wie es unter all dem teuren Stoff aussieht.«

Dungi machte Anstalten aufzustehen, doch Cameo war schneller. Er hatte sich noch nicht einmal halb von dem Diwan erhoben, da drückte sie ihn zurück in die Kissen. Als er nach ihrem Kleid griff, schlug sie seine Hände weg.

»Lass das!«

»Woher der plötzliche Sinneswandel?«, brummte er und versuchte, sich in dem Kissenberg wieder aufzurichten. »Hast du unsere wunderbare Nacht schon vergessen, damals im Argwald? Die anderen waren alle betrunken und haben fest geschlafen...«

»Damals war ich jung und dumm.«

»Du bist immer noch jung.«

»Aber nicht mehr dumm.«

»Wie eine läufige Katze hast du dich an mich rangemacht! Es ist nur nicht dazu gekommen, weil du so betrunken warst, dass du das schöne Abendessen, das ich gekocht hatte, nicht bei dir behalten konntest. Bist du dir als Königin auf einmal zu gut, um zu Ende zu bringen, was du angefangen hast?«

»Ich war mir schon am nächsten Tag zu gut, als ich wieder nüchtern war.«

»Niemand hat dich gezwungen, so viel zu trinken. Und schon gleich gar nicht habe ich dich gezwungen, in meine Bettrolle zu kriechen.«

Cameo verzog das Gesicht. »Ich streite es ja nicht ab, aber ich bereue es trotzdem. Und jetzt benimm dich, sonst lass ich dich von Stock rauswerfen.«

Dungi stand auf, und Cameo dachte schon, sie hätte gewonnen, doch der fette Koch dachte nicht daran zu gehen. Stattdessen torkelte er in ihr Schlafgemach und ließ sich in Cameos Bett fallen.

»Ach was«, lallte er. »Ich bin sowieso zu besoffen dafür, genauso wie du damals. Aber wir werden das noch zu Ende bringen, du und ich. Dauert nicht mehr lange, dann bin ich so weit. Ein kleines Nickerchen, und wenn ich aufwache, möchte ich deinen durchlauchten Körper nackt neben mir sehen. Sonst sehe ich mich leider gezwungen, der guten Dame Rubin zu erklären, was hier wirklich Sache ist.«

Dungi sprach noch weiter, aber mehr zu sich selbst, als wäre Cameo gar nicht da. Cameo überlegte unterdessen, wie sie ihn zur Besinnung bringen könnte. Wenn er nicht betrunken war, war er zumindest schlau genug zu begreifen, in welche Gefahr er nicht nur sie, sondern auch sich selbst brachte.

Dazu muss er allerdings erst wieder nüchtern werden, und das wird nicht so bald passieren. Cameo fragte sich, ob sie tatsächlich mit ihm ins Bett musste, um eine Katastrophe zu verhindern. Allein beim Gedanken daran wurde ihr übel. Andererseits würde Dungi bald einschlafen. Dann konnte sie ihn von Stock in sein Gemach tragen lassen oder sich selbst ein anderes Bett suchen. Leider würde keine dieser Möglichkeiten das Problem dauerhaft lösen. Cameo musste sich etwas anderes einfallen lassen.

Der Teil des Rubinflurs, in dem Cameo sich gerade befand, war ein Meer aus Gobelins. Aus feinster Wolle, Seide und anderen Materialien gewoben, die sie noch nie zuvor gesehen hatte, hingen sie an den Wänden, vor den Fenstern und sogar von der Decke. Die Durchgänge dazwischen bildeten eine Art Labyrinth, in dem es teilweise so finster war, dass sie kaum etwas sah und sich regelrecht vorantasten musste. Nur hier und da erhellten Fackeln die Düsternis. Cameo wunderte sich, dass die Wandteppiche nicht Feuer fingen, war aber dankbar für die Beleuchtung. Der Wachsoldat am Eingang des Flurs hatte Cameo zwar mit einer Glocke angekündigt, sie aber nicht begleitet. So irrte sie verloren umher, bis die Dame Rubin plötzlich wie aus dem Nichts vor ihr auftauchte und Cameo zu einem kleinen Alkoven geleitete.

»Unsere zartbesaitete Königin«, begrüßte Rubin sie amüsiert. »Wollt Ihr den Feldzug etwa abblasen, bevor er überhaupt begonnen hat?«

»Wie kommt Ihr auf diese Idee?«, fragte Cameo verwundert.

»Ihr wirkt so angespannt. Es fiel mir schon auf, als Tobias von den erfolgreichen Verhandlungen mit dem Haus Blut berichtete. Ihr seid auf dem Thron hin und her gerutscht wie ein kleines Mädchen, das dringend auf den Abort muss.«

»Nun ja, es ist nicht gerade eine schöne Vorstellung, Tausende von Menschen in den Tod zu schicken.«

»Seht Ihr? Keine Rote Königin würde ihre Untertanen als ›Menschen‹ bezeichnen, ob sie nun in Ibirq aufgewachsen ist oder nicht. Nur in den Fluren spricht man so.«

Cameo blickte betreten zu Boden. »Ich bin gekommen, um mit Euch über etwas anderes zu sprechen als den Krieg.«

»Wie interessant. Worum geht es?«

»Um einen Mann, der mir damit droht, ein gewisses Geheimnis auszuplaudern. Ich denke, Ihr wisst, welches ich meine.«

»Oh.« Rubin lächelte verschmitzt. »Ihr seid eine fahrende Schauspielerin, einer von diesen toten Landstreichern, nur dass Ihr noch lebt und die Herrschaften Rose und Burgund Euch benutzt haben, um diesen Krieg anzuzetteln. Ironischerweise sind sie nun selbst die ersten Opfer. Wie sie Walter Purpur in ihre Verschwörung mit hineinziehen konnten, ist mir ein Rätsel, aber das spielt auch keine Rolle. Denn jetzt, da die drei tot sind, fallen die Früchte mir in den Schoß. Meint Ihr dieses Geheimnis?«

»Ich bereue das alles zutiefst. Ich dachte, es wäre so etwas wie ein Theaterstück. Eine Farce.«

»Aber ja, ist es doch auch, und was für eine wunderbare! Ich weiß zwar nicht, wie Ihr es geschafft habt, Eure Rolle so überzeugend zu spielen, aber zumindest die Nase dafür habt Ihr.«

»Das sagen alle«, erwiderte Cameo seufzend.

»Selbst Euer ehemaliger Schauspielkollege von den Lästigen Lemmingen.«

Cameo schlug die Hand vor den Mund.

»Ihr habt richtig gehört, meine Königin. Er war bei mir.«

»Er kam bereits zu Euch?«

»Nicht ganz. Ich ließ ihn holen. Ein ungewöhnlicher Mann, Euer Freund der Freiherr. Wusstet Ihr, dass er Trauben jonglieren und mit dem Mund auffangen kann wie ein Hofnarr?«

»Ja, aber wie ein schlechter. Er ist der Grund, weshalb ich hier bin.«

»Sprecht.«

»Er will mich verraten. Nun, eigentlich will er es nicht, aber genau das wird am Ende dabei herauskommen. Er trinkt, müsst Ihr wissen. Euch hat er offensichtlich schon gesagt, wer ich bin, aber er wird es auch noch anderen sagen – außer ich gehe mit ihm ins Bett.«

Die Dame Rubin verdrehte die Augen. »Er erpresst eine Königin um eine halbe Stunde Vergnügen, das er für einen Silberling in jedem Bordell bekommt, wo er doch so viel mehr haben könnte? Männer sind einfach fantasielos!«

»Ich will nicht das Bett mit ihm teilen.«

Rubin zuckte die Achseln. »Möchtet Ihr einen anderen Mann? Als Königin habt Ihr freie Auswahl, solange Ihr nicht verheiratet seid.«

»Nein, nein, ich möchte keinen Mann. Ich meine, irgendwann schon, aber nicht jetzt. Ich bin zu beschäftigt mit Regieren«, stotterte Cameo. »Natürlich nicht mit Regieren im eigentlichen Sinn, denn eigentlich regiert ja Ihr, aber ...«

»Hört auf zu plappern wie ein kleines Mädchen. Macht

Euch keine Sorgen. Ich habe bereits alle Möglichkeiten durchdacht. Wenn Eure Scharade auffliegt, wird man Euch hinrichten, und mein Ruf wird ebenfalls in Mitleidenschaft gezogen, denn ich habe für Euch gebürgt, und das kann ich nicht zulassen. Bei mir ist Euer Geheimnis also gut aufgehoben.«

Cameo war unglaublich erleichtert. Sie wollte Rubin schon umarmen, ließ es aber lieber bleiben – nicht dass die Dame es als Beleidigung auffasste.

»Mit der Zeit werdet Ihr immer besser in Eure Rolle hineinwachsen, dennoch besteht das Risiko, dass Ihr Euch irgendwann einen Fehler leistet – oder Euer betrunkener Freund. Genau das wollten Rose und Burgund verhindern, indem sie versuchten, Euch aus dem Weg zu räumen. Doch ich glaube, ich habe eine bessere Lösung gefunden.«

»Ich tue alles, was Ihr verlangt.«

»Eben. Und was ich von Euch verlange, ist Folgendes: Ihr habt einen Krieg erklärt, und da ist es nur recht und billig, wenn Ihr Eure Soldaten in ebenjenem Krieg anführt. Ihr werdet das Heer nach Abrogan begleiten.«

»Nach Abrogan? Ich?«

»Seht es als Gefallen. Ich halte Euch all die intriganten Hofratten vom Leib. In Abrogan seid Ihr weit weg und in Sicherheit. Wenn Ihr während der Überfahrt oder der Belagerung Skyes in alte Verhaltensmuster zurückfallt, wird es nicht weiter auffallen. In einem Krieg haben Soldaten und Offiziere andere Sorgen. Im Gegenzug setzt Ihr mich für die Zeit Eure Abwesenheit als Oberhaupt des Roten Rats und außerdem als Eure Königin-Regentin ein.« Rubin lächelte breit. »Auf diese Weise können wir beide Königin sein.«

»Gleichzeitig?«

»Ihr könnt über unser neues Reich herrschen. Alles, was Ihr noch tun müsst, ist, es zu erobern.«

Rubin erklärte ihr noch zahllose Einzelheiten, aber Cameo hörte kaum hin. *Abrogan, ich fahre nach Abrogan,* hallte es immer wieder durch ihren Kopf. Als die Dame schließlich geendet hatte, stand Cameo auf und wollte sich auf den Rückweg machen, doch dann fiel ihr noch eine letzte Frage ein: »Und Dungi? Kommt er auch mit?«

»Nein, meine Liebe. Er ist bereits tot.«

Buch 5

1

Vill fragte sich, ob sein Mund genauso weit offen stand wie Tobias Rubins. Der Hauptmann der Roten sah so angewidert und schockiert aus, dass Vill glaubte, er würde sich jeden Moment übergeben. Der Kartenzeichner hingegen schien zwar durchaus beeindruckt von der Geschichte, ließ sich darüber hinaus aber nicht viel anmerken. Wie es typisch war für ältere Menschen, die wussten, wie leicht man in einer unübersichtlichen Situation vorschnell reagierte, hielt er sich fürs Erste zurück. Sein blinder Wachmann Darby hingegen schüttelte immer noch erstaunt den Kopf. Einzig und allein Adara war kein bisschen überrascht.

Cameo saß angespannt da und wartete, wie der Kartenzeichner reagieren würde. Vill bezweifelte nicht, dass sie die Wahrheit gesagt hatte. Außer sie hatte das Geschichtenerfinden vom größten Fabelerzähler Fretwitts gelernt. *So oder so scheint sie mir eine hochtalentierte Frau zu sein.* Vill war zutiefst berührt von dem, was sie durchgemacht hatte. Er hätte auch enttäuscht sein können, dass sie keine Königin war, sondern eine Bürgerliche, aber das war er nicht, ganz im Gegenteil: Er war fasziniert.

»Ich werde dich trotzdem töten«, sagte Wexford Stoli schließlich.

Cameo schnappte hörbar nach Luft, doch ansonsten drang kein Laut aus ihrer Kehle.

Und tapfer ist sie auch noch. Vills Laune sank genauso schnell, wie sie gestiegen war. Auch ihm wurde jetzt übel. *Das ist das Problem, wenn man sich Gefühle gestattet.*

»Egal wer du bist oder warst, du hast den Überfall auf meine Stadt befohlen«, sprach Stoli weiter. »Doch sehe ich, dass du in all das von Menschen hineingezogen wurdest, die noch weit schlimmer sind als du. Dein Tod wird schnell und schmerzlos sein, und zuvor kommt dein Hauptmann an die Reihe. Ich bin kein Mensch ohne Mitgefühl.«

»Doch, bist du!«, fauchte Adara, aber bevor sie Wex an die Kehle springen konnte, packte sie der blinde Darby und drehte ihr die Arme auf den Rücken.

»Wartet«, sagte Tobias. »Auch ich habe eine Geschichte für Euch.«

Der Kartenzeichner schaute ihn nur verächtlich an. »Du bist Soldat. Ein Soldat weiß ab dem Moment, in dem er sich das Schwert umgürtet, dass er jederzeit eines gewaltsamen Todes sterben kann. Deine Geschichte interessiert mich nicht.«

»Aber nein, da bin ich entschieden anderer Meinung«, wimmerte Tobias und zerrte an seinen Fesseln.

Nicht besonders tapfer.

Stoli zuckte die Achseln. »Ich nicht.«

2

Der blinde Darby packte Tobias und schleifte ihn, nach wie vor an Händen und Füßen gefesselt, in einen angrenzenden Raum. Dann kehrte er zu den anderen zurück, um »ein Auge auf sie zu haben«, wie er es nannte.

Blind oder nicht, stark ist er auf jeden Fall, dachte Tobias. Er war außer sich vor Wut und Verzweiflung. Er war dieser Nicht-Königin ganz umsonst kreuz und quer durch halb Abrogan gefolgt. *Diese verfluchte Betrügerin!* Er war der dreistesten Lüge aufgesessen, von der er jemals gehört hatte. Wenn er nicht halb tot gewesen wäre vor Angst, hätte er ihr den Hals umgedreht, ob mit oder ohne Fesseln.

Wände, Boden und Decke des Raums, in dem er sich befand, waren weiß und vollkommen glatt wie glasierte Töpferware. Ein unförmiges Loch sollte wohl ein Fenster darstellen. Der ältliche Kartenzeichner und seine abgetragene Kleidung passten perfekt ins Gesamtbild: ein schäbiges Wams, bei dem man nur noch erahnen konnte, dass es aus Samt war, eine Wollhose mit Löchern an den Knien und Lammfellstiefel, die längst auf den Müll gehörten. *Feine Kleidung in denkbar schlechtem Zustand. So sieht also ein vertriebener Adliger aus.* Die tiefen Falten in seinem Gesicht sprachen Bände über das Leben, das er jetzt nördlich der Berge führte: eines mit vielen Sorgen und wenigen Annehmlichkeiten. Tobias wusste, was es bedeutete, ein Ausgestoßener zu sein, ein Gejagter, der vor seinem eigenen Leben davonlief. Die Plagen eines heimatvertriebenen Grafen, der die eigene Stadt Hals über Kopf hatte verlassen müssen, waren bestimmt ähnlich schwer zu ertragen. *Zumindest eine Gemeinsamkeit zwischen uns.*

Schließlich kam der Kartenzeichner herein. Wortlos musterte er Tobias, lange und eingehend. »Hauptmann der Roten«, murmelte er irgendwann, das war alles. Ein aus drei Wörtern bestehendes Todesurteil. Dabei war Cameo die eigentliche Schuldige, doch mit ihrer hanebüchenen Geschichte hatte sie es geschafft, all den gerechten Zorn des Zeichners auf ihn, Tobias, umzulenken. *Sie war es, die mir befohlen hat, seine verfluchte Stadt einzunehmen. Die Ingenatoren haben die Pläne ausgearbeitet, und die Feldwebel haben sie in die Tat umgesetzt. Ich selbst wusste ja kaum, was ich tat!* Tobias überlegte, ob Adara vielleicht ein gutes Wort für ihn einlegen würde. *Nein.* Sie hatte keinen Grund, sich für ihn einzusetzen. Nicht einmal Cameo, die immerhin ihre Freundin war, hatte das Mädchen retten können. *So wie ich sie einschätze, würde sie mit Freuden auch Magnan ans Messer liefern, wenn sie könnte.*

»Rot«, wiederholte der Zeichner mit einem verächtlichen Schnauben und ging im Kreis um Tobias herum. »Tobias Rubin, nicht wahr? Ein roter Name durch und durch.«

Schlecht.

»Wexford von Zornfleck«, erwiderte Tobias. »Geborener Stoli, Kartenzeichner und Schweinegraf. Stimmt doch, oder?«

Der alte Mann wirkte überrascht – und keineswegs erfreut. »Du weißt also, wer ich bin. Wahrscheinlich hat Adara dir das ein oder andere erzählt, oder auch der Schurke, der euch alle hierhergeführt hat. Doch hier wird eure Reise nun ein Ende finden.«

»Umso besser, denn genau deshalb sind wir hier.«

»Es wird nicht das Ende sein, das du dir vorgestellt hast«, knurrte der Zeichner und schlurfte weiter über den unebenen Boden, immer im Kreis um Tobias herum. »Doch bevor es so weit ist, wirst du mir zuhören. Du hast meine Familie auf dem Gewissen.«

Noch schlechter.

»Und das tut mir aufrichtig…«

»Schweig! Ich bin noch nicht fertig. Du hast Fürst Kryst besiegt, aber nicht mich. Hätte ich nur meine Karte gehabt, als ich euer Heer an der Westflanke des Berges erblickte, ich hätte euch zertreten wie Ameisen! Ich habe Fürst Kryst treu gedient, habe meine Gabe auf seinen Befehl hin aufgegeben, und das hat ihn am Ende das Leben gekostet. Hätte er mir die Karte gelassen oder sie mir wenigstens im allerletzten Moment zurückgegeben, wäre all das nicht passiert. Doch jetzt, da ich sie wiederhabe, fallen eure Soldaten unter meinem Zeichenkiel wie Getreideähren unter der Sense der Bauern. In der Wüste sind sie jämmerlich in meinem Fluss ersoffen, mein Berg hat sie mit seinem Feuer verbrannt, und selbst in Skye… Ich brauchte eure Neuigkeiten von dem dritten Heer nicht, denn ich habe es selbst geschickt!«

Tobias' Kiefer klappte ein weiteres Mal nach unten, doch der Zeichner grinste nur.

»Ja, ich war das. Ich habe es gezeichnet, und genau so ist es passiert. Ich habe wieder zu meiner alten Macht zurückgefunden, und sie ist größer, als du dir auch nur vorstellen kannst.«

Das ist wahrscheinlich nicht mal eine Übertreibung, dachte Tobias. Selbst Magnan war tief beeindruckt von diesem Stoli, und der Bogenschütze war nun wirklich nicht leicht einzuschüchtern. *Flüsse umleiten, Berge zum Explodieren bringen und ganze Heere erschaffen, das kann nicht mal eine Königin. Nur ein Gott.*

»Ich wollte, dass du all das weißt, bevor du stirbst.«

Das Todesurteil laut ausgesprochen zu hören riss Tobias aus seiner Angststarre. Er musste sich eine Strategie zurechtlegen, Entscheidungen treffen und dann handeln, und zwar schnell. Nun, daran war er gewöhnt: Blitzschnelle Auffassungs- und Anpassungsgabe gehörten zu wichtigsten Fähigkeiten eines Springers.

»So wie Eure Familie?«, fragte er und sah erfreut den Schatten, der sich über das Gesicht des Zeichners legte. Eine Verzweiflung, die noch größer war als seine Arroganz.

Gut.

»Meine Söhne haben tapfer auf der Stadtmauer gekämpft.«

»Und trotzdem sind sie mit den anderen zu Tode gestürzt. Gute Arbeit war das. Der Ingenator, den wir bestochen haben, wurde sogar geadelt: Graf Wasser oder so ähnlich heißt er jetzt, wenn ich mich recht entsinne.«

Wexford von Zornflecks Miene wurde noch finsterer. »Es war ein schneller Tod. Einer, den ich dir auch gewährt hätte, wenn du Reue gezeigt hättest.«

Ein zorniger Mann aus einem zornigen Dorf am Fuß der Zornberge — bestens! »Und wenn ich es nicht tue?«

»Dann bekommst du genau das, was du verdienst.«

»Ihr hasst mich, nicht wahr?«

»Ich sorge nur für Gerechtigkeit.«

»Tut Ihr nicht. Gerechtigkeit bedeutet eine Verhandlung vor dem König. Aber Ihr seid nicht mehr als ein adliger Schweinehirt, der gerade einmal darüber bestimmen darf, welches Tier auf der königlichen Schlachtplatte landet und welches nicht.«

»Ich bin der Kartenzeichner!«

»Der selbst ernannte, wohl wahr. Aber was ist Euer Titel schon wert? Ihr versteckt Euch in einem Turm und malt Euch die Welt, wie Ihr sie gern hättet. Dabei wurde Eure geliebte Stadt schon zum zweiten Mal erobert seit Eurer schändlichen Flucht. Wollt Ihr mich zu Tode zeichnen, alter Mann? Ein Strichmännchen an einem Galgen vielleicht?«

Der Zeichner stolperte auf ihn zu und packte Tobias' Hand. Er zog sein winziges Obstmesser heraus und presste es auf das

Grundgelenk von Tobias' kleinem Finger. Blut spritzte, der Finger wirbelte über den weißen Boden wie eine irritierte Kompassnadel, und Tobias zuckte zusammen, aber er schrie nicht. Auf keinen Fall sollten die anderen hereinplatzen und die Intimität des Moments zerstören. Außerdem war ihm der Schmerz höchst willkommen: Erstens steigerte er ihren gegenseitigen Hass, zweitens bereitete er ihn auf die weit schlimmere Qual vor, die er gleich während des Sprungs würde erdulden müssen.

Das hier ist nichts im Vergleich. Der wahre Schmerz kommt erst noch, und zwar auch für dich, elender Greis...

Der Zeichner hob den Finger auf wie ein Stück Wurst, das vom Teller gefallen war. »Ich weiß genau, was du vorhast: Du willst mich provozieren, damit ich dir einen schnellen Tod beschere.« Er schleppte sich ans Fenster, dann packte er Tobias mit seiner altersfleckigen Hand am Haar und zog ihn stöhnend hoch. Sämtliche Gelenke in Fingern und Schulter knackten, und selbst im Kreuz des alten Mannes krachte es hörbar.

Besonders stark wird mein neuer Körper allerdings nicht sein.

Stoli drehte ihm den Kopf nach unten, wo die Rinder gelangweilt über die Weide streiften wie ganz gewöhnliche, harmlose Kühe. *Aber der Schein trügt.* Der Schweinegraf Wexford von Zornfleck stieß einen Pfiff aus und warf Tobias' Finger in einem erstaunlich eleganten Bogen auf die Weide.

Die Rinder verfolgten interessiert die Flugbahn. Die, die am nächsten stand, lief ein paar Schritte und schnupperte. Schließlich öffnete sie die Kiefer. Zwischen blitzenden Reißzähnen schoss eine lange, dünne Zunge hervor und wickelte sich um den Leckerbissen, dann war er fort. Unterdessen kamen auch die anderen herbei und schauten erwartungsvoll nach oben.

Sie warten auf mehr.

»Sieh an«, frotzelte Tobias, »Ihr kennt Euch also nicht nur mit Schweinemast aus, sondern auch mit diesen Missgeburten von fleischfressenden Rindern. Ich würde sagen, *das* ist Euer wahres Talent.«

Der Zeichner zerrte Tobias noch weiter hoch und schob ihn auf das Sims.

Tobias drehte den Kopf und blickte ihm direkt in die Augen. *Die Augen eines wahrhaft Mächtigen, der die Welt formen kann, wie er sie vor seinem inneren Auge sieht.*

»Ihr hasst mich zutiefst, nicht wahr?«, wiederholte er.

»Oh ja«, erwiderte der Zeichner. »Mehr als alles andere auf der Welt.«

»Mehr noch als selbst den Schurken Vill Magnan?«

»Ja, und mehr als deine Königin...« Plötzlich zögerte Stoli.

Tobias erschrak. War sein Hass auf Cameo am Ende doch größer als der auf den Hauptmann des Roten Heeres? Lenkte der Gedanke an die Dame Zinnober den Zeichner derart ab, dass die für den Sprung notwendige Verbindung doch nicht zustande kam? Wer von beiden trug die größere Schuld am Tod von Stolis Familie, Tobias oder Cameo? Eine knifflige Frage.

»*Ich* war es, der Eure Frau und Eure Kinder getötet hat, nicht die Königin«, legte Tobias eilig nach und grinste noch dabei, um ganz sicherzugehen. »Ich habe den Ingenatoren befohlen, die Bergflanke zum Einsturz zu bringen, dann habe ich meine Truppen über die Trümmer in die Stadt geführt. Ich, in vorderster Reihe, das Schwert gezogen. Mir gebührt die Ehre für diesen Sieg, mir allein! Mein Name wird in die Geschichtsschreibung eingehen, während Euer Stammbaum zusammen mit diesem jämmerlichen Körper elend zugrunde gehen wird, und zwar schon bald. Das wollte ich, dass *Ihr* das wisst, bevor ich sterbe.«

»Ich werde gleich zusehen, wie diese Bestien dich fressen, du Hurensohn!«, keuchte der Zeichner. »Den Sturz wirst du überleben, aber die Rinder nicht.« Mit einer schier übermenschlichen Kraftanstrengung zog er Tobias so weit hoch, dass sein

Oberkörper ins Freie ragte. Der Blickkontakt zwischen ihnen war unterbrochen.

Verflucht!

Noch ein kleiner Schubser, dann würde Tobias fallen. Die Rinder waren mittlerweile alle direkt vor dem Turm zusammengelaufen. Mit blitzenden Augen und hängenden Zungen starrten sie zu ihm herauf, und Tobias starrte entsetzt zurück. »Ich bereue«, wimmerte er, »ich bereue alles zutiefst!«

Einen Moment lang schwebte er zwischen Leben und Tod und wartete nur darauf, dass der Zeichner ihm den letzten Stoß versetzte, doch dann spürte er, wie Stoli ihn ruckartig herumdrehte. Angesicht zu Angesicht hingen sie da, beide in das unförmige Loch von einem Fenster gepfercht, die Nasenspitzen vielleicht noch eine Handbreit voneinander entfernt. Stoli starrte ihn an, und die Augen traten ihm fast aus den Höhlen vor Hass.

Perfekt.

»Wenn ich's mir recht überlege, eigentlich doch nicht«, sagte Tobias mit einem zufriedenen Lächeln.

3

Wex war unschlüssig. Er hatte vorgehabt, den Hauptmann der Roten kopfüber aus dem Fenster zu werfen, hinunter zu der hungrigen Herde, wo ihn der grauenhafte Tod ereilen würde, den er verdient hatte. Doch dann bereute der Mann plötzlich. Sollte er ihm eine Chance geben oder einen letzten, befreienden Stoß? Schließlich stellte er fest, dass er das Schuldgeständnis des Mannes hören wollte. Und er wollte ihm dabei in die Augen sehen. Wex drehte den Hauptmann herum.

Die Augen des Kerls waren groß und wässrig, der Blick stechend. Wex merkte, dass er nicht mehr wegsehen konnte. Es war, als würde er magisch angezogen. Wex glaubte, wirbelnde Farbstrudel in den Augen des Mannes zu erkennen. Es fühlte sich an, als schwebe seine Seele irgendwo zwischen seinem eigenen Körper und dem seines Feindes, dabei war es wahrscheinlich nur seine eigene Unentschlossenheit zwischen Hass und Vergebung, die er spürte. Aber der Hauptmann flehte keineswegs um Gnade.

»Wenn ich's mir recht überlege, eigentlich doch nicht«, sagte er und grinste noch frech dabei.

Doch aus irgendeinem Grund stieß Wex ihn immer noch nicht hinunter. Er hielt ihn fest wie ein kleines, unartiges Kind, außer sich vor Wut und unfähig, den Blick von ihm loszureißen. Und je größer sein Hass wurde, desto tiefer schien die Verbindung zwischen ihm und diesem Tobias Rubin zu werden. Wex starrte ihn an, und Rubin starrte zurück. Er spürte, wie etwas aus der tiefsten Seele des Mannes gekrochen kam und sich Wex entgegenstellte, ihm trotzte. Wie erstarrt standen sie da. Wex konnte nicht einmal mehr sagen, wer wen festhielt, da löste sich dieses Etwas aus dem Körper seines Feindes und sprang durch Wex' Augen in seinen Körper. Wie die Spitze eines Duelldegens schnellte es vor, und Wex merkte, wie er stürzte – aus seinem eigenen Körper heraus.

Verdammt, wo kommt dieser Schmerz auf einmal her?!

Es war wie ein Blitz, wie Feuer, das ihn verbrannte. Wex hätte den Hauptmann losgelassen, wenn er gekonnt hätte. Aber er konnte nicht. Er war wie gefangen zwischen den beiden Körpern. Im einen Moment sah er Rubin, dann sah er plötzlich sich selbst – durch die Augen des Hauptmanns! Wex kämpfte, versuchte sich in seinem eigenen Körper festzukrallen, doch dieses Ding schlängelte sich immer tiefer in ihn hinein, wie ein Hakenwurm verbiss es sich in seinem Innersten. Dann fing es an zu schieben. Wex wollte dagegenhalten, wusste aber nicht, wie. Seine Seele wurde gepackt und samt Wurzel herausgerissen wie Unkraut, heraus aus Wex' Körper, um unsanft an anderer Stelle wieder eingepflanzt zu werden.

Wex starrte in seine eigenen Augen – von außerhalb seines Körpers. Wieder schwankte er, doch diesmal nicht in seinem Entschluss, sondern wortwörtlich: Er spürte die Fensterkante in seinem Rücken, darunter den gähnenden Abgrund. Er wollte mit den Armen rudern, um nicht das Gleichgewicht zu verlieren, doch seine Hände waren gefesselt. Der vor Zorn am ganzen Körper bebende Greis, der ihn am Kragen gepackt hielt, war eindeutig er selbst – und dann auch wieder nicht. Wex blickte sich wild um, sah die Fesseln an seinen Händen und Füßen und dass er, soweit er es beurteilen konnte, wieder jung war.

Und ich werde jeden Moment aus diesem Fenster stürzen!

Der Körper, den Wex sein ganzes Leben lang bewohnt hatte, gehörte ihm nicht mehr. Die alten, zittrigen Hände ließen ihn los, dann wirbelte sein alter Körper herum und wand sich unter offensichtlich fürchterlichen Schmerzen.

Wex hing nach wie vor weit hintenübergebeugt im Fenster. *Das ist meine Chance!* Die Fesseln an seinen Händen würde er nicht rechtzeitig aufbekommen. Erst vor Kurzem hatte er sich noch davon überzeugt, dass sie absolut fest saßen. Viel wichtiger war, diesen Sturz zu verhindern. *Die Rinder warten schon, ich habe ihnen ja selbst die Essensglocke geläutet.* In einem verzweifelten Selbstrettungsversuch schob sich Wex noch ein Stück weiter aus dem Fenster, bis er das Sims in den Kniekehlen spürte. Dann spannte er die Unterschenkel an und krallte sich fest wie ein Enterhaken an der Bordwand eines Schiffes. Jetzt musste er nur noch den Oberkörper nach oben klappen und seinen Schwerpunkt so weit nach vorne verlagern, dass er über das Sims wieder zurück nach drinnen purzelte.

Leichter gesagt als getan. Wex stöhnte, seine Bauchmuskeln schmerzten höllisch. Er befand sich nur wenige Ellen über dem weichen, grasbewachsenen Boden. *Den Sturz müsste ich eigentlich überleben, aber die Rinder...* Der Gedanke an die hungrigen Bestien direkt unterhalb gab ihm das letzte bisschen Kraft, das noch fehlte: Wie die Klinge eines Springmessers schnellte sein Oberkörper ruckartig hoch, und der Schwung katapultierte ihn zurück ins Turmzimmer, wo er mit dem Gesicht voran aufschlug.

Sein alter Körper lag nicht weit entfernt. Wie eine von einem Dämon besessene Schlange rollte er zuckend über den Boden. Es war ein grässlicher Anblick. Mehrmals versuchte der alte Wex vergeblich aufzustehen, und als er es endlich schaffte, konnte er sich dennoch nicht ganz aufrichten. *Mein ruinierter Rücken.* Seit Jahren hatten ihn die alten Knochen geplagt, vor allem im Kreuz. Wex war es gewohnt gewesen, nur unter Schmerzen stehen und gehen zu können. *Aber dieser Dämon ist es nicht gewohnt, ha!*

Dennoch löste das nur einen Teil seiner Probleme. Wex wusste ja nicht einmal, was genau passiert war. Das Einzige, was er mit Sicherheit wusste, war, dass er Hilfe brauchte. Und zwar schnell.

Er versuchte zu rufen, aber die Stimme, die aus seiner Kehle drang, klang so fremd, dass er sofort wieder verstummte.

Sein alter Körper hatte ihn dennoch gehört. Er blickte auf und drehte den Kopf in seine Richtung. Schließlich sagte er unter größter Anstrengung: »Halt's Maul, Schweinegraf, oder ich... ich...«

Endlich verstand Wex, was geschehen war. »Du warst das!«, keuchte er. »Was hast du getan?!«

»Du wolltest mich töten. Ich hatte keine andere Wahl.«

»Du bist ein Hexer!«

»Dasselbe könnte ich von dir behaupten, Zeichner. Aber jetzt bin ich der Zeichner.« Der Mann schwitzte am ganzen Körper und musste sich mit der Hand an der Wand abstützen, um nicht das Gleichgewicht zu verlieren.

»Darby!«, brüllte Wex nun aus voller Kehle, auch wenn es entsetzlich war, wie seine Stimme sich verändert hatte. »Zu mir!«

Wex lag immer noch gefesselt auf dem Boden, und sein alter Körper humpelte auf ihn zu. So erschöpft, wie er war, dürfte der Dämon es zwar kaum schaffen, ihn ein zweites Mal auf das Fenstersims zu heben, und mit den schmerzenden Gichtfingern konnte er ihn wahrscheinlich auch nicht erwürgen – aber er hatte immer noch das Obstmesser.

»Nanya!«, rief Wex, und schließlich hörte er ein Schlurfen, das schnell näher kam: der vorsichtig eilende Schritt des blinden Darby. *Den Göttern sei Dank, ich bin gerettet!*

Der Körperdieb sank unterdessen mit schmerzverzerrtem Gesicht auf die Knie. »Dieser Leib ist ein verfluchtes Wrack«, stöhnte er.

Richtig. Seine alte Hülle war für vieles nicht mehr zu gebrauchen, dachte Wex schadenfroh und konzentrierte sich auf seinen neuen Körper. Er fühlte sich stark an, gut trainiert, wie der eines ausgebildeten Kämpfers. In seinem Inneren spürte er zwar immer noch den Schmerz der gewaltsamen Verpflanzung, aber bei Weitem nicht mehr so schlimm wie noch vor ein paar Augenblicken. Doch da war noch etwas anderes, ein Brennen an der linken Hand. *Der abgeschnittene Finger.*

Nun ja, es tat weh, aber der Schmerz war erträglich. Viel wichtiger war die Energie, die er plötzlich wieder in sich spürte. *Die Kraft der Jugend!*

Darby kam mit wild tastenden Händen hereingestürzt. »Herr? Ich habe einen Schrei gehört. Seid Ihr verletzt?«

»Darby, den Göttern sei Dank!«

Der blinde Wachmann warf verwirrt den Kopf hin und her. *Verdammt, ich habe die falsche Stimme.*

Da mischte sich auch sein alter Körper ein. »Darby!«, rief er. »Der Rote Hauptmann hat mich angegriffen. Er versucht zu fliehen. Du musst ihn sofort töten!«

Darby zog sein Schwert. »Wo ist er?«

»Beim Fenster.«

»Hat er eine Waffe?«

»Nein.«

Wex' neuer Körper war stark, aber er machte sich keine Illusionen, dass er seine Fesseln zerreißen könnte wie ein Held aus den alten Sagen. Wer gefesselt und verurteilt war, endete normalerweise am Galgen. Ohne Kampf. Wer es doch versuchte, wurde windelweich geprügelt und dann gehängt. Das Einzige, was Wex tun konnte, war rollen. Die Wand in seinem Rücken ließ ihm leider nur eine Richtung, und zwar genau auf seinen Angreifer zu.

Darby hörte die Bewegung und stieß sofort zu. Die Klinge pfiff durch die Luft, und Wex rollte weiter, direkt gegen Darbys Beine. Der blinde Wachmann stolperte und stürzte samt Schwert zu Boden.

Ich habe mir ein bisschen Zeit erkauft, mehr nicht, dachte Wex. *Nur noch ein paar Augenblicke, dann hat er mich.*

Da tauchte Nanya in der Tür auf.

»Nanya, hilf mir!«, rief Wex.

»Tu es nicht!«, schrie sein alter Körper dazwischen. »Er entkommt! Töte ihn, jetzt!«

Darbys Frau machte sich zunächst ein Bild von der unübersichtlichen Lage. »Unsinn!«, sagte sie schließlich. »Seid Ihr jetzt genauso blind wie mein närrischer Mann, Herr? Der Gefangene ist doch immer noch gefesselt. Und du, Darby, steh auf und steck dein Schwert ein, bevor du noch jemanden verletzt.«

Als Nächstes half sie ihrem vermeintlichen Herrn, sich aufzurichten, und versetzte ihrem Ehemann einen Tritt in den Hintern. »Du darfst nicht alles glauben, was du hörst«, schimpfte sie. »Noch dazu aus dem Mund eines verbitterten Greises, der nicht einmal alleine aufstehen kann.«

»Ich befehle euch beiden, ihn auf der Stelle zu töten«, beharrte der Usurpator.

»Er kann nicht fliehen«, entgegnete Nanya. »Außerdem wisst Ihr sehr gut, dass ich niemals jemanden töten würde. Und Ihr normalerweise auch nicht, wenn ich mich recht entsinne.«

»Ich bin der Kartenzeichner!«

»Ihr kritzelt auf dieses alte Stück Tierhaut und behauptet, Ihr würdet Krieg führen, schön und gut. Aber noch nie habt Ihr Euch über einen Wehrlosen hergemacht. Schweineschlachten, ja, aber keine Menschen.«

Darby hatte mittlerweile nicht nur das Gleichgewicht wiedergefunden, sondern auch seinen Stolz. »Halt den Mund, Frau«, bellte er. »Wexford von Zornfleck ist jetzt unser Herr.«

»Kryst ist tot, deshalb dienen wir nun ihm. So weit hast du

recht. Aber ich steche keinen Gefesselten ab, nur weil er es sagt. Ihr beiden geht jetzt nach nebenan und kühlt eure Gemüter. Das hier ist nicht die Schlacht um Skye!«
Oh doch, ist es, dachte Wex.
In diesem Moment platzte Adara herein.
Sehr gut! Wex wollte schon etwas zu ihr sagen, da fiel ihm ein, dass er gar nicht wusste, wie sie zu dem Mann stand, in dessen Körper er jetzt steckte. *Sie weiß genauso wenig, was passiert ist, wie die anderen. Und ich weiß nicht, was sie von Tobias Rubin hält.*
»Was ist passiert?«, fragte Adara.
Jetzt! »Er hat versucht, mich den Kühen zum Fraß vorzuwerfen«, sagte Wex mit Tobias' Stimme. »Dabei möchte ich nur verhandeln.«
Adara funkelte den alten Wexford wütend an. »Dann wolltest du dein feiges Vorhaben tatsächlich in die Tat umsetzen und hast nicht einmal *das* geschafft, du elender Schwächling? Das ist also aus dem mutigen, abenteuerlustigen Jungen mit den großen Augen geworden, den ich einmal kannte: ein gebrochener, rachsüchtiger Greis!«
Wex musste sich auf die Zunge beißen, um sich nicht gegen Adaras Schmähungen zu verteidigen. *Mein Verhalten war vollkommen nachvollziehbar.* Als ehrenwertes Mitglied der Gesellschaft hatte er im Dienst des Fürsten gebuckelt, hatte seine einstige Macht aufgegeben und war als guter Ehemann und Vater allen Abenteuern aus dem Weg gegangen. Und was hatte es ihm gebracht? Schmerz und Verlust! Hilflos hatte er zusehen müssen, wie seine Familie den roten Schlächtern zum Opfer gefallen war. *Ein solcher Schicksalsschlag würde aus jedem einen gebrochenen Mann machen, verflucht!*
Aber Wex hielt den Mund. Er musste versuchen, Adara auf seine Seite zu ziehen, und das in einer Situation, in der sie nicht einmal wusste, wer wer war. Wex verstand es ja selbst kaum. Also

erklärte er: »Er ist nicht Wexford Stoli. *Ich* bin Wex. Und der da hat mir meinen Körper gestohlen.«

Alle schrien durcheinander. Darby drehte sich vollkommen überfordert mal hierhin, mal dorthin. Er zog sein Schwert halb aus der Scheide und schob es wieder zurück, während seine Frau abwechselnd ihn und dann den vermeintlichen Wex anbrüllte. Darby blaffte zurück, der falsche Kartenzeichner krächzte irgendetwas, das niemand hörte, und Adara versuchte, für Ruhe zu sorgen, indem sie noch lauter schrie als alle anderen zusammen. Als der alte Wex schließlich sein Obstmesser zog, stieß sie ihn mit einem unsanften Schubser zurück auf den Hosenboden, was wiederum Nanya in Rage versetzte.

So ging das eine ganze Weile, und als sich alle wieder einigermaßen beruhigt hatten, kam man überein, dass derlei Hexenwerk durchaus im Bereich des Möglichen sei. Schließlich hatte jeder von ihnen während der letzten Wochen Unglaubliches gesehen, von sprechenden Vögeln über wandelnde Schatten bis hin zu explodierenden Bergen. Den gebrechlichen Kartenzeichner und den gefesselten Rubin setzte man möglichst weit voneinander entfernt, dann machte Darby sich daran, die beiden zu verhören.

»Wie heißt mein Sohn, und wie alt ist er?«, fragte er den Körper des Hauptmanns.

Die Antwort fiel Wex nicht schwer. »Dein Sohn hieß ebenfalls Darby, und er ist vor einigen Jahren gestorben. Ich habe vergessen, wie lange es genau her ist...«

»Aha«, mischte sich der alte Wex ein. »Er weiß es nicht!«

»Ruhe«, zischte Nanya. Plötzlich war Wex froh, dass sie ihn schon so lange kannte, dass sie sich nicht scheute, ihm über den Mund zu fahren.

»Oh doch, du Teufel, ich weiß sogar noch viel mehr«, sprach Wex weiter. »Der arme Kerl wurde während seiner Ausbildung zum Soldaten der Stadtwache von einem Baumstamm erschlagen. Er war ein guter Junge und hätte deinen Posten auf der Mauer in der Nähe des Theatergebäudes übernehmen sollen, Darby, nachdem das Schicksal dir das Augenlicht genommen hatte. Als Zeichen meiner Anteilnahme habe ich dir und Nanya eine komplette Schweinehälfte bringen lassen. Willst du noch mehr wissen?«

»Er weiß tatsächlich viel«, kommentierte Adara.

Darby schien gleichermaßen verwirrt wie beeindruckt, und Nanya wischte sich eine Träne aus dem Augenwinkel. Die Erinnerung an ihren verunglückten Sohn war stärker als die Verwirrung darüber, die Geschichte aus dem Mund eines vollkommen Fremden zu hören.

Schließlich wandte sich Darby an den alten Wex. »Wie habe ich mein Augenlicht verloren, Herr?«

»Was soll eine so einfache Frage, fällt dir nichts Schwereres ein?«, fragte dieser zurück.

Er weiß es nicht! Wex' Herz macht einen Sprung. Darby hatte es dem Körperdieb absichtlich einfach gemacht, weil er immer noch glaubt, er sei der echte Wex. Die Vorstellung, dass sein Herr durch irgendeine Teufelei in einen neuen Körper verfrachtet worden war, gefiel dem blinden Wachmann überhaupt nicht. Er wollte es einfach nicht wahrhaben und hatte den Usurpator sogar mit »Herr« angesprochen. Doch selbst die einfachste Frage war schwer, wenn man die Antwort nicht kannte.

»Nun gut«, sagte der alte Wex schließlich. »Es passierte, während du auf Wache warst, in heldenhafter Erfüllung deiner Pflicht...« Als er sah, wie Darby die Stirn runzelte, verstummte er abrupt. »Mit heldenhaft meine ich natürlich, dass es höchst tapfer von dir war, wie du den... Unfall...?«

Der Usurpator hatte sich unwiderruflich um Kopf und Kragen geredet. Etwas hatte nicht gestimmt mit Darbys Augen.

Irgendwann waren sie von Tag zu Tag immer schlechter geworden, bis sein Hauptmann ihn schließlich vom Dienst entbinden musste, weil ein Wachmann, der nichts sah, nun mal nicht als Wachmann taugte. Es war kein Unfall gewesen, sondern ein langsamer, qualvoller Prozess, der sich über Wochen hingezogen hatte.

»Ständig antwortet er mit einer Gegenfrage!«, protestierte Wex schließlich.

»Haltet den Mund, beide, ganz egal, wer wer ist«, keifte Nanya. »Ihr hattet eure Chance. Unser Herr soll uns selbst beweisen, in welchem Körper er nun steckt.«

Habe ich sie etwa immer noch nicht überzeugt?

»*Ich* hätte noch eine Frage an ihn«, mischte sich Adara ein.

»Muss ich mich jetzt schon von Landstreicherinnen verhören lassen?«, fragte der Greis erbost. »Ich bin ich, und ich verlange, dass diese törichte Angelegenheit hiermit ein Ende hat. Wenn das Mädchen sich auf die Seite der Roten Ratte schlagen will, bitte schön. Soll sie eben mit ihm sterben.«

»Frag nur«, sagte Wex. »Ich werde antworten.«

Adara blickte ihn mit zusammengekniffenen Augen an, als versuche sie, an der äußeren Hülle vorbei in seine Seele zu blicken. »Wen hat Vill Magnan damals angeführt, als er meine Sippe auslöschte?«

»Bogenschützen, natürlich!«, rief der Usurpator, noch bevor Wex antworten konnte. »Er ist ja selbst einer!«

Adara verzog keine Miene und wartete, bis der andere antwortete, der ebenfalls behauptete, der Kartenzeichner zu sein.

»Ungeheuer«, sagte Wex.

»Versprich mir, dass du weder ihn – ich meine Tobias Rubin – noch Cameo töten wirst.«

Wex presste die Lippen aufeinander.

»Schwöre es, wenn du willst, dass ich für dich bürge.«

»Ich schwöre«, brummte Wex missmutig.

Adara drehte sich zu Darby und Nanya um und deutete auf den gefesselten Tobias Rubin, ehemaliger Hauptmann der Roten. »Er hat all eure Fragen richtig beantwortet und jetzt auch meine. Das hier ist Wexford Stoli von Zornfleck.«

Beide taumelten einen Schritt zurück, und Nanya machte ein Zeichen, um sich vor Dämonen zu schützen.

Adara sprach unterdessen weiter. »Im Körper des alten Mannes dort drüben steckt der Kerl, mit dem ich seit Skye unterwegs bin. Wie dieser Tausch möglich ist, weiß ich nicht, aber er ist genauso echt wie die sprechenden Vögel in dem Eispalast oben auf dem Berg, von dem wir gekommen sind.«

»Ihr wart in dem Eispalast?«, fragte der verjüngte Wex verblüfft.

»Was glaubst du, wo wir Schinka getroffen haben?«

»Halt!«, ging Darby dazwischen. »Die Angelegenheit ist noch nicht entschieden.«

»Genau«, fiel der alte Wex mit ein. »Hört auf die Weisheit des Blinden.«

»Doch, ist sie«, widersprach Adara. »Ich kenne deinen Herrn seit einem ganzen Menschenzeitalter, und hier sitzt er, an Händen und Füßen gefesselt. Hör auf ihn, nicht auf die Stimme des Greises.«

»Eine heimtückische Lüge!«, schrie der alte Wex.

»Es befindet sich sehr wohl ein Lügner in diesem Raum, aber es ist nicht der Gefesselte. Glaub deiner Frau und den Tränen, die sie über die Geschichte eures Sohnes vergossen hat, Darby. Stell ihm so viele Fragen, wie du willst, bevor du ihn losbindest, aber fessle den Alten und nimm ihm vor allem das Messer ab.«

»Nein!«

»Halt den Mund, Tobias Rubin. Du bist alt und gebrochen«, fauchte Adara.

»Ich bin der Zeichner.«

»Nein«, widersprach Wex entschieden. »Diese Kraft liegt in meiner Seele, und die gehört immer noch mir.«

Es war ein Trick. Wex wusste es selbst nicht. In Wahrheit hatte ihn eine plötzliche Angst befallen, er könnte mit seinem alten Körper auch seine alte Macht eingebüßt haben. *Was für ein grausames Schicksal für einen Zeichner, seine Hände zu verlieren. Genauso grausam wie das eines Wachmanns, der sein Augenlicht verliert.*

»Fesselt ihn«, befahl Darby und deutete vage in die Richtung seines früheren Herrn. »Und trennt die beiden voneinander. Ich habe jedem von ihnen noch eine Menge Fragen zu stellen, und es würde mir helfen, wenn sie sich nicht ständig gegenseitig ins Wort fallen.«

4

Darby brauchte nicht viele Fragen, um zu einer Entscheidung zu kommen, auch wenn er mehr als einmal die Augenbrauen hob oder lauthals alle Götter Skyes verfluchte. Der Sprung war ein katastrophaler Fehler gewesen, dabei war der Moment nahezu ideal gewesen: Tobias' alter Körper hatte hilflos auf dem Fenstersims geschwankt, nur einen Wimpernschlag vom Tod entfernt. Doch der entsetzliche Schmerz, der ihn nach jedem Sprung befiel, hatte ihm in Kombination mit dem gebrechlichen neuen Körper einen Strich durch die Rechnung gemacht. Als er endlich die Kontrolle wiedererlangt hatte, hatte der Zeichner sich bereits ins Innere des Turms gerettet, und Tobias war zu schwach gewesen, um auch noch Darby, Nanya und Adara auszuschalten.

Und jetzt liege ich schon wieder gefesselt da.

Darbys Fragen nahmen ihm das letzte bisschen Spielraum, das er noch hatte. Wenn der blinde Wachmann erst einmal Verdacht geschöpft hatte, war er nicht mehr leicht hinters Licht zu führen. Der echte Wex hatte Anekdote um Anekdote zum Besten gegeben, Dinge, die nur er wissen konnte, und der Springer hatte nicht einmal die einfachsten Fragen beantworten können. Nanya war auch dabei gewesen. Ihre Augen waren immer größer geworden, und immer öfter hatte sie dieses abergläubische Zeichen in der Luft gemacht. Adara hatte nur schweigend zugehört und alles Betteln und Flehen des Springers ignoriert. *Ich bin ihr vollkommen egal.*

Dann hatte er von völlig unerwarteter Seite doch noch Hilfe bekommen: Ausgerechnet Cameo wollte es erst als Letzte glauben. Als sie schließlich überzeugt war, schrieb sie ihn jedoch nicht als Unhold in dem Theaterstück ab, zu dem ihr Leben geworden war, sondern fing selbst an, dem Springer Fragen zu stellen.

»Was bist du?«

»Ich bin jedenfalls kein Dämon.«

»Du hast mich getäuscht, was immer du bist.«

»Und das tut mir aufrichtig leid. Ich versuche nur zu überleben, wie ich es mein ganzes Leben lang getan habe.«

»Das war nicht das erste Mal, nicht wahr? Du hast das schon öfter getan. Ich frage dich noch einmal: Was bist du wirklich? Jedenfalls nicht der Kartenzeichner. Aber Tobias Rubin bist du auch nicht, oder?«

»Ich bin niemand. Oder eben ständig jemand anders, wenn man so will. Ich bin nicht böse, sondern verflucht. Ihr solltet Mitleid mit mir haben. Auch Ihr habt mich getäuscht, habt eine andere Identität angenommen, um zu überleben. Genau wie ich. Weckt das nicht Euer Mitgefühl?«

Cameo überlegte eine Weile, schließlich schüttelte sie den Kopf. »Du hast dich so seltsam benommen in der Nacht, in der du dich an mich herangemacht hast. Ich habe genau gespürt, dass du mich gar nicht wolltest. Du wolltest nur meinen Körper.«

»Wie das bei Männern nun mal so ist...«

»Nein. Bei dir war es anders. Du wolltest meinen Körper so, wie nur du ihn wollen kannst: um ihn mir wegzunehmen.«

»Und Ihr hättet den von Tobias Rubin bekommen. Er war jung und stark, ein Hauptmann sogar.«

»Von einer Königin zum Soldaten degradiert? Nein danke. Du hättest deinen Hauptmannskörper ja behalten können. Es war mein Leben, das du wolltest. Ich habe kein bisschen Mitleid mit dir.«

»Ich habe Euch vor Fallon gerettet.«

»Hast du? Oder war es umgekehrt? Hofintrigen sind so verworren, dass ich sie nie verstehen werde. Aber eines weiß ich ...«

»Und zwar?«

»Du bist der beste Schauspieler, den ich je gesehen habe.«

Damit stand sie auf und verschwand – genau wie alle anderen.

Ein ganzer Tag verging, dann noch einer. Jemand hatte ihm eine Schüssel Wasser hingestellt, aber nichts zu essen. Im Turm war er zwar in Sicherheit, aber er konnte nicht auf ewig hierbleiben. Irgendwie musste er an die Obstbäume auf der Lichtung herankommen, sonst würde er unweigerlich verhungern. Der Körper des Zeichners mochte alt und langsam sein, aber laufen konnte er noch. Glücklicherweise hatte Cameo zum Schluss noch seine Fesseln gelöst – auch wenn sie ihm dabei einen Dolch an die Kehle gesetzt und jeden Blickkontakt strikt vermieden hatte. Die Karte hatten sie leider mitgenommen, dabei hätte der Springer zu gerne ausprobiert, ob der gebrechliche Körper des Zeichners immer noch über seine einstige Macht verfügte. *Aus der Traum.*

Das Einzige, wovon er jetzt noch träumte, waren die süßen Früchte, die am Fluss wuchsen, und vielleicht ein paar Salatblätter dazu, um seinen knurrenden Magen zu beruhigen. Und er musste wieder unter Menschen kommen. Ohne sie war er verdammt. Seine greise Hülle würde bald das Zeitliche segnen, und wenn er dann noch in ihr steckte, war es vorbei. Alles. *So weit darf es nicht kommen.*

So kam es, dass der Springer sich schließlich am Eingang des Turms wiederfand und vorsichtig nach draußen spähte.

Er streckte den Kopf ein Stück vor, schaute nach rechts, dann nach links: Die Lichtung schien verlassen. Oben vom Fenster aus hatte er die Rinder noch gesehen, aber das war am Vortag gewesen. Gelangweilt hatten sie dagestanden und gewartet, dass jemand Fleisch zu ihnen hinunterwarf. Vergeblich. *Anscheinend haben sie sich getrollt.*

Von Hunger und Durst getrieben, humpelte der Springer hinaus auf die Lichtung. Der Fluss und die eigenartigen Obstbäume, die an seinem Ufer wuchsen, waren ein ganzes Stück entfernt. Anfangs ging er noch ganz langsam, blieb in der Nähe des rettenden Turms und wagte sich nur Stück für Stück weiter vor. *Immer noch keine Spur von den Ungeheuern.* Auch im angrenzenden Wald schien alles ruhig. Dann beschleunigte er sein Tempo, bewegte sich so schnell, wie es seine schmerzenden Knochen zuließen, bevor sein Mund noch trockener wurde und sich sein Magen am Ende selbst verdaute. Nach kurzer Zeit hörte er das fröhliche Plätschern des Flusses. Aber da war noch ein anderes Geräusch – und es kam von hinten.

Der Springer warf vorsichtig einen Blick über die Schulter: Ein Bulle trabte in gemächlichem Tempo hinter dem Turm hervor. *Dasselbe Biest, das auch Schinka getötet hat.* Das Monster versuchte nicht einmal, sich anzuschleichen, sondern lief einfach schnurstracks auf ihn zu.

Der Springer fiel in Laufschritt. Es tat weh, war aber immer noch besser, als gefressen zu werden. Falls er es bis zum Fluss schaffte, konnte er sich vielleicht mit einem Sprung ins Wasser retten. *Oder können die verdammten Viecher etwa auch schwimmen?* Außerdem war da noch der Wald mit seinem dichten Unterholz und den vielen niedrigen Ästen. Der gewaltige Bulle, der ihn verfolgte, dürfte Probleme haben, sich dort hindurchzuzwängen. Und wenn alle Stricke rissen, konnte er immer noch auf einen Baum klettern. *Selbst in diesem Körper müsste das möglich sein.* Der Springer kam gerade zu dem Schluss, dass seine Chancen gar nicht so schlecht standen, da schallte ihm ein Muhen aus dem Wald entgegen, und er blieb abrupt stehen.

Längliche Schädel mit Hörnern und einem eigenartigen Grinsen im Gesicht lösten sich aus den Blättern der Bäume. Er hatte sie nicht gesehen, weil das grünbraune Fell die Tiere perfekt im Wald verborgen hatte.

Der Bulle hatte gewartet, bis der Springer so weit vom Turm entfernt war, dass er nicht mehr zurückkonnte. Und jetzt kamen auch seine Artgenossen aus ihrem Versteck, um ihr Opfer zu umzingeln. *Das sind keine Kühe, sondern hinterhältige, intelligente Raubtiere.* Ihre sehnigen Beine liefen nicht in plumpe Hufe aus, sondern in klauenbewehrte Pranken. *Und dann dieses entsetzliche Grinsen!* Noch nie hatte er ein Weidetier gesehen, das die schwarzen Lippen bis zu den Ohren nach oben ziehen konnte.

Der Springer drehte sich um und sah, dass der Bulle immer näher kam, während der Rest der Herde ihm den Fluchtweg abschnitt. Das Muhen wurde zu einem kurzen, abgehackten Blöken, dann preschten einige der Tiere los. Sie griffen den Springer allerdings nicht an, sondern rannten links und rechts an ihm vorbei und umzingelten ihn lediglich. Offensichtlich hatte der Rudelführer den Vortritt.

Was für eine kindische Hierarchie.

Da kam dem Springer ein Gedanke: *Unter seinesgleichen ist der Rudelführer König. Oder zumindest so etwas wie ein Hauptmann...*

Der Bulle kam direkt auf ihn zu – auf den greisen Kartenzeichner Wexford Stoli, auf Hauptmann Tobias Rubin, auf Nona, die so arm gewesen war, dass sie nicht einmal einen Nachnamen hatte, auf den Jungen, an dessen Namen er sich nicht mehr erinnern konnte, und auf all seine anderen ehemaligen Ichs. Er wusste ja nicht einmal selbst mehr, wie viele es waren, doch jetzt würden sie alle endgültig und für immer ausgelöscht.

Die Bestie hatte ihn fast erreicht. Der Springer überlegte, ob er loslaufen und einen Haken schlagen, sich noch ein paar letzte Momente erschwindeln sollte, aber er wusste, es war zwecklos. Er war einfach zu langsam. Stattdessen sprang er ebenfalls vor und packte das Monster an den Ohren, ließ nicht einmal los, als es ihn zu Boden drückte und die Kiefer weit öffnete. Tobias konnte sie deutlich sehen, die fingerlangen, messerscharfen Zähne, die ihn gleich in Stücke reißen würden, und trotzdem schaute er nicht weg. Nein, er starrte dem Rudelführer direkt in die Augen und suchte verzweifelt nach irgendeiner Empfindung, die ihnen beiden gemeinsam war. *Was könnte das stärkste Gefühl, der stärkste Trieb einer solchen Bestie sein?*

Der Bulle stieß die Schnauze vor und hob Tobias' Kinn an, um ihm die Kehle durchzubeißen.

»Ich hoffe, du hast genauso Hunger wie ich«, krächzte der Springer.

5

Sie kamen gut voran auf ihrem Weg durch das Tiefland nördlich der Zornberge. Das hüfthohe Schneidegras war nass vom Tau, und das wenige Sonnenlicht reichte einfach nicht, um Cameos völlig durchtränkte Kniehose zu trocknen. Trotzdem war sie froh, den Fluss und vor allem die Lichtung hinter sich zu haben. Sie waren kurz vor Tagesanbruch aufgebrochen, weil die Rinder zu dieser Zeit stets schliefen, wie Wexford von Zornfleck ihnen erklärt hatte. Um ganz sicherzugehen, hatten sie auf der Rückseite des Turms noch ein paar Fleischbrocken ins Gras geworfen, bevor sie sich auf der gegenüberliegenden Seite auf die Lichtung wagten. Als sie den Fluss erreichten, kletterten sie an einer tiefen Stelle an überhängenden Bäumen auf die andere Seite. Selbst wenn die Rinder sie verfolgten, würden sie spätestens hier kehrtmachen, hatte Wex gesagt, der sie seit Monaten gefüttert hatte und ihre Gewohnheiten kannte.

»Warum hast du die Monster auch noch ermuntert, auf der Lichtung zu bleiben?«, fragte Adara in scharfem Ton, als sie den Fuß der Zornberge erreicht hatten und sich an den Aufstieg machten.

»Sie waren schon vor mir dort, und außerdem waren sie die besten Wachen, die ich mir wünschen konnte. Weder Rote noch Räuber haben sich an uns herangewagt.« Er lachte. »Ich habe vom Fenster aus beobachtet, wie sie drei Banditen gefressen haben, die dachten, sie hätten eine billige Mahlzeit gefunden.

Dabei wurden sie selbst zu einer. Sahen ziemlich überrascht aus, die Burschen.«

Cameo fand die Geschichte überhaupt nicht lustig und Adara ebenso wenig. »Sie haben Schinka getötet, eine aus deinen eigenen Reihen!«, schimpfte das Flussmädchen.

»Das war ein Unfall. Sie hätte nicht kommen dürfen. Aber du hast sie hergebracht, du und deine Begleiter.«

Wex warf Cameo einen strafenden Blick zu, als wäre alles ihre Schuld. Offensichtlich hielt er sie für die Anführerin. Dabei war Vill der eigentliche Anführer, fand Cameo zumindest.

Es war schwierig, sich daran zu gewöhnen, dass der Zeichner jetzt in Tobias' Körper steckte. Manchmal vergaß Cameo beinahe, dass er nicht mehr ihr Hauptmann war. Aber nur beinahe. Was Cameo gesehen und gehört hatte, konnte sie gar nicht vergessen, dieses verwirrende und bestürzende Geständnis aus dem faltigen Mund von Wexford Stolis ehemaligem Körper. Am Lagerfeuer hatte sie Geschichten über Dämonen gehört, die von Menschen Besitz ergriffen, indem sie sich nachts in die Hütten schlichen und einfach in sie hineinkrochen. Am nächsten Tag benahm sich die Person irgendwie anders, nicht so sehr, dass es sofort auffiel, aber mit der Zeit wurde klar, dass etwas nicht stimmte. Am Ende wurde der Dämon allerdings stets ausgetrieben. *Und jetzt weiß ich, dass diese Geschichten gar nicht mal so weit weg von der Wahrheit waren.* Cameo erschauerte, als sie daran dachte, wie Tobias sie in jener Nacht in ihrem Gemach angestarrt hatte. *Er wollte bis in meine Seele blicken.*

Tobias war eine genauso finstere Kreatur wie diese fleischfressenden Rinder, die Schinka getötet hatten. Warum sie trotzdem Mitleid empfunden und seine Fesseln losgemacht hatte, war ihr ein Rätsel.

»Da ist es!«, rief Wexford, als er den Eingang des Eispalastes entdeckte. »Mein Freund wird immer noch dort sein.«

»Ihr meint den zu einem Eisklotz erstarrten Mann in der Kammer?«, fragte Cameo.

»Genau den, er heißt Kraven. Wie sah er aus, als ihr bei ihm wart?«

»Ich bedaure«, warf Vill ein, »aber Euer Magier ist tot. Er ist in dieser Eiskammer und rührt sich nicht mehr. Mich und Adara hätte um ein Haar dasselbe Schicksal ereilt. Aber es waren noch andere dort, die weniger Glück hatten als wir. Es fühlte sich an, als würde ein dunkler Zauber auf dieser Gruft liegen.«

Der Kartenzeichner nickte. »Nun, das Eis ist ein guter Ort für ihn.«

So etwas kann nur jemand sagen, der selbst kalt wie Eis ist, dachte Cameo.

Erol war außer sich vor Freude, sie alle zu sehen, auch wenn er große Schwierigkeiten hatte zu verstehen, was mit Tobias passiert war. Doch hatte er auch Neuigkeiten zu berichten:

»Wir haben gewonnen, wir haben gewonnen!«, rief er immer wieder.

»Was redest du da, Junge?«, fragte Magnan.

»Ein Vogel hat die Nachricht überbracht, während ihr weg wart.«

»Was hat er gesagt?«, fragte Cameo gespannt. Ihre Kenntnisse von den Vorgängen im Süden waren mittlerweile recht alt. Laut Magnan konnte sich die Lage zu Kriegszeiten schnell und radikal ändern. Wer schlecht informiert war, kam leicht unter die Räder.

»Ihre Anführer wurden gefangen genommen!«, antwortete Erol freudig. »Sie sollten gestern hingerichtet werden.«

Cameos Herz machte einen Satz. »Heißt das, das dunkle Heer ist besiegt?«

Wex hob die Hand. »Moment. Welcher Vogel hat die Nachricht überbracht?«

»Ich hole ihn«, rief Erol und hüpfte fröhlich zu den Käfigen. »Es hat einige Zeit gedauert, und ich musste ihn ständig füttern, um ihm die Nachricht zu entlocken, aber irgendwann ist er dann damit rausgerückt. Die Stimme, mit der er sprach, kannte ich nicht. Ich glaube, ich würde sie nicht mal wiedererkennen, wenn der Mann in Fleisch und Blut vor mir steht.« Schließlich deutete er auf einen Käfig, in dem ein mittelgroßer blauer Vogel mit schwarzem Augenband saß.

»Die Raubtaube«, murmelte der Zeichner.

»Ja. Sie hat gesagt, dass ...«

»Ich weiß, was sie gesagt hat«, fiel Wexford ihm ins Wort.

»Aber woher?«

»Weil er sie selbst verfasst hat«, erklärte Cameo, und Wex' Schweigen sagte ihr, dass sie recht hatte. Der Zeichner hatte die Raubtaube losgeschickt, nachdem er sie und Tobias gefangen genommen hatte. »Hinrichten«, flüsterte sie. »Das war es also, was Ihr mit uns vorhattet.«

»Ja, hatte ich«, murrte Wex. »Aber ich habe den Plan nicht ausgeführt, wie du mittlerweile gemerkt haben dürftest, auch wenn ihr es beide verdient gehabt hättet, nachdem Ihr meine Stadt geplündert und meine Vogelpflegerin getötet habt.«

»Das wart Ihr selbst, Ihr und Eure grässlichen Kühe.«

»Dein Roter Dämon hat mir meinen Körper gestohlen, und trotzdem habe ich euch beide begnadigt! Beschwer dich also nicht.«

Er war nie mein *Roter Dämon.* »Und wir haben Euch angehört und Euch freigelassen. Außerdem könnt Ihr Euch über Euren neuen Körper kaum beschweren. Der alte war ausgemergelt und am Ende. Der, den Ihr jetzt habt, ist jung und stark.«

»Exakt. Und jetzt, da *ich* in ihm stecke, gibt es niemanden mehr, der dich vor meinem gerechten Zorn beschützen könnte!«

Cameo merkte, wie der Zeichner sich langsam in Rage redete. »Und Ihr haltet jetzt besser den Mund, Wexford von Zornfleck. Ihr seid in der Unterzahl, vergesst das nicht.«

Magnan gefiel nicht, wie die Situation sich entwickelte. Vorsichtshalber lockerte er den Dolch in seiner Scheide.

Darby mit seinen geschärften Sinnen hörte das Schaben von Stahl auf Leder und zog prompt sein Schwert.

Cameo sah sich verwirrt um. Mit einem Mal war sie gar nicht mehr so sicher, wer hier in der Unterzahl war. *Wer steht überhaupt auf meiner Seite?*

Wexford schien sich dieselbe Frage zu stellen, doch anstatt sich nervös umzublicken, wie Cameo es tat, lachte er. »Eine verfahrene Situation, in der wir da stecken, nicht wahr? Auf wessen Seite wirst du dich schlagen, Vill Magnan, auf die deines alten Feindes – nämlich meine – oder auf die des Roten Weibs, das unser Land gestohlen hat?«

»Die Einzige hier, in deren Schuld ich stehe, ist Adara. Alles andere interessiert mich nicht.«

»Aber ja, meine alte Freundin Adara.« Der Zeichner wandte sich ihr zu. »Wir haben viel zusammen durchgemacht. Würdest du mir gegen die Eroberer zur Seite stehen, wenn nötig?«

»Ich mag die Königin«, mischte sich Erol ein, den niemand gefragt hatte. »Aber dich mag ich nicht!«

»Halt den Mund, Junge«, fuhr Magnan ihn an.

Doch Erol dachte gar nicht daran. »Und Adara mag die Königin auch. Die beiden sind Freundinnen.«

»Ich bin keine Königin mehr, und ich war auch nie eine«, murmelte Cameo.

»Der vorlaute Junge steht auf meiner Seite, die ehemalige falsche Königin steht auf meiner Seite, und selbst das Flussmädchen, das mich abgrundtief hasst, steht auf meiner Seite«, fasste Magnan zusammen. »Ihr hingegen habt nur einen blinden Wachmann und dessen Frau. Außerdem nutzt es niemandem, wenn wir uns gegenseitig die Köpfe einschlagen.«

Der Zeichner stemmte die Hände in die Hüften. »Ha! Ich habe jetzt den Körper eines Kriegers!«

»Aber könnt Ihr auch mit ihm umgehen?«, erwiderte Vill. »Wohl kaum. Und selbst wenn, wird es Euch nicht gelingen, im Alleingang Hunderte von diesen Schattenkriegern zu besiegen. Dafür brauchen wir Eure wahre Macht: Euren Zeichenkiel. Könnt Ihr noch damit umgehen? Wohnt Euren Händen noch die alte Macht inne?«

Der Zeichner wirkte verunsichert. »Das habe ich mich auch schon gefragt. Und ich werde es bald herausfinden.«

Cameo war froh, dass Magnan die Aufmerksamkeit von ihr auf sich selbst umgelenkt hatte – und auf die Karte, die Stoli in einem langen Lederköcher bei sich trug.

»Aber zuerst müssen wir in Erfahrung bringen, wer mit uns in die Schlacht ziehen wird. Ich muss Botschaften versenden, und dazu muss ich wissen, wie viele Vögel wir noch haben. Bring mir alle, die sprechen, Junge. Und wenn es nur ein paar Brocken sind. Die anderen können wir als Proviant verwenden.«

Nachdem er tagelang nichts anderes zu tun gehabt hatte, als sich um die Vögel zu kümmern, wusste Erol, welche Tiere infrage kamen. Ohne Schinka war es nicht gerade einfach, sie zum Sprechen zu bringen. Manche wiederholten nur ein paar Worte, andere ganze Sätze, die sie jedoch innerhalb kurzer Zeit wieder vergaßen und stattdessen um Futter bettelten.

»Du hättest den Schlauen eben nicht den Hals umdrehen sollen, Vogelmörder«, knurrte Adara Magnan an.

»Ich gebe zu, das war überhastet«, flüsterte er zurück. »Aber jetzt sei still, nicht dass Wex dich noch hört.«

Cameo konnte Magnan nur beipflichten. Der Zeichner war immer noch zutiefst verbittert, und sie fürchtete, er könnte die Zusammenarbeit jederzeit aufkündigen. Aber nicht nur das: Wenn er sich provoziert fühlte, könnte er ausprobieren wollen, wie gut sein neuer Körper mit dem Schwert war.

Um die Lage etwas zu entspannen, ging Cameo zum nächstbesten Käfig, in dem eine schmuddelige Möwe rastlos auf und ab lief. Cameo kannte die Rasse. In Häfen und auf Marktplätzen waren sie allgegenwärtig und verschlangen gierig alles Essbare, was zu Boden fiel.

»Kann dieser hier sprechen?«, fragte sie Erol.

»Ja, aber nur ein bisschen.«

»Dann hätten wir schon mal den Ersten.« Cameo ging zum nächsten Käfig. »Und was ist mit diesem hier…?«

Am Ende der Inventur hatten sie zehn Vögel. Der Falke war noch der beste, schnell und zuverlässig. Leider war er nicht so schlau wie die Taube, der Wexford aber ohnehin nicht vertraute. Nachdem Magnan das Sumpfhuhn und den Reiher getötet hatte, war sie dennoch der geeignetste Vogel, um Wex' Kontaktmann in Skye eine Nachricht zu übermitteln. Ein Falke würde in der Stadt sofort auffallen, wie der Zeichner anmerkte, und sein Agent könnte entdeckt werden. Bei der Raubtaube bestand dieses Problem nicht. Also würde ihnen wohl nichts anderes übrig bleiben, als auf die eigensinnige Taube zu setzen.

»Und jetzt werde ich meinen alten Freund besuchen«, sagte Wexford, nachdem sie die brauchbaren Vögel von denen getrennt hatten, die auf dem Grillspieß enden sollten. »Wenn ich zurückkomme, beginnen wir, die Botschaften zu verschicken.«

»Aber fasst ihn nicht an«, warnte Vill. »Da unten stehen ein paar Eisskulpturen herum, die genau diesen Fehler gemacht haben.«

Der Zeichner lachte nur. »Keine Sorge, ich kenne seine Tricks.«
Cameo fand die tödliche Kälte in der Eiskammer ganz und gar nicht zum Lachen. In ihren Augen war sie eine hinterhältige Todesfalle. Genau wie der explodierende Berg oder der Körperwechsler, der sich als ihr Hauptmann ausgegeben hatte. Seit sie in Abrogan war, hatte sie mehr schwarze Magie gesehen, als sie in ihrem gesamten bisherigen Leben Geschichten darüber gehört hatte. Dieses Land war voll davon. Dass der Körperwechsler mit ihr aus Fretwitt gekommen war, änderte daran auch nichts.

Der ehemalige Tobias machte sich unterdessen auf den Weg. Niemand wollte ihn begleiten, also machten sie unter der Öffnung für die Leiter, die hinauf zur Mauer führte, ein Feuer und suchten sich einen Vogel fürs Abendessen aus. Danach richteten sie sich in der Voliere häuslich ein. Nanya und ihr blinder Mann erwiesen sich als hervorragende Helfer, die genauso gründlich und schnell arbeiteten wie sie selbst.

»Ist es eigentlich dunkel in deinem Kopf?«, fragte Erol unvermittelt.

Darby schmunzelte. »Am Anfang war es das, aber jetzt nicht mehr. Als mein Augenlicht erlosch, habe ich gelernt, mit der Nase, den Ohren und meinen Händen zu sehen. Mittlerweile mache ich das schon so lange, dass ich mich beinahe genauso gut zurechtfinde wie ihr. Ich sehe nur auf andere Art.«

»Warum trägst du dein Schwert noch?«

»Weil ich immer eines getragen habe. Es ist wie ein Teil von mir. Und ich habe geschworen, meinen Herrn damit zu beschützen. Ich bin ein hervorragender Nachtwächter und im Dunkeln jedem Gegner ebenbürtig, wenn nicht sogar überlegen.«

Während die beiden sich angeregt unterhielten, gesellte sich Cameo unauffällig zu Magnan. »Wann wollen wir unseren neuen Verbündeten bitten, mit dem Zeichnen zu beginnen?«, fragte sie leise.

»Er zeichnet schon die ganze Zeit. Jedes Mal, wenn wir eine Rast gemacht haben, hat er auf einem Stück Pergament geübt.«

»Ich meine auf der Karte. Wir haben diese riskante Wanderung nur unternommen, weil wir dachten, er wäre ein mächtiger Fürst. Stattdessen fanden wir *ihn*.«

»Solange wir nicht wissen, wie die Lage im Süden ist, können wir nichts tun. Wir müssen warten, bis die Vögel mit Nachrichten zurückkehren.«

»Und dann? Dieser Wexford hat nichts anderes getan, als sich in seinem Turm zu verstecken. Ich habe meine Zweifel, was er wirklich vollbringen kann.«

»Er kann so gut wie alles vollbringen, was er will, glaubt mir. Ich habe mit eigenen Augen gesehen, wie er einen riesigen Baum zeichnete und dazu eine Drachin, die kurz darauf alle meine … Soldaten getötet hat. Mehr als einmal hat er den Schleier versetzt, und er hat diesen Berg zum Explodieren gebracht, wie Ihr wisst. Zweifelt nicht an ihm. Er ist der mächtigste Kriegsherr, den man sich nur vorstellen kann.«

»Dann kann er uns also jederzeit töten, wenn ihm der Sinn danach steht?«

»Womöglich.«

»Er ist ein verletzter, vom Schicksal gebeutelter Mann. Du und ich haben ihm das angetan. Adara konnte uns gerade noch einmal vor seinem Zorn retten. Ohne sie wären wir längst tot.«

»Stimmt. Vielleicht ist er wieder genauso verliebt in sie wie damals.«

»Aber sie erwidert seine Gefühle nicht. Kein Mann erträgt so etwas auf Dauer. Irgendwann wird er es leid sein, und wenn es so weit ist, wird er seine Wut an uns auslassen.«

Magnan zuckte die Achseln. »Adara ist ein launisches und flatterhaftes Wesen, aber falls sie damals etwas für ihn empfunden haben sollte, können wir sie vielleicht wieder dazu bringen.«

»Sie dazu *bringen*? Liebe und Hingabe sind etwas anderes als Gehorsam, Magnan. Sie lassen sich nicht erzwingen, indem man einfach einem Vogel nach dem anderen den Hals umdreht...«

Vill warf ihr einen verärgerten Blick zu. »Dann ermutigt sie eben auf andere Weise dazu.«

»Du weißt rein gar nichts über die Liebe, Vill Magnan, hab ich recht? Liebe trifft einen wie ein Blitz, oder sie schleicht sich einem ins Herz wie ein liebliches Gedicht, wie der verführerische Duft einer Blume. Man kann einen Menschen weder dazu bringen, einen anderen zu lieben, noch ihn dazu ermutigen.«

Magnan musterte sie eine Weile, dann begann er ganz langsam und leise zu klatschen wie die Dame Rubin seinerzeit im Roten Saal. »Blitze, Gedichte und der verführerische Duft von Blumen? Wisst Ihr vielleicht noch mehr über die Liebe als das, was Ihr in Bühnenstücken gelesen habt?«

Er hat recht. Cameo war noch nie verliebt gewesen. Ab und zu hatte sie sich kichernd hinter einer Scheune versteckt und dort einen Jungen geküsst. Einen Jungen wohlgemerkt, keinen Mann. Manchmal fiel ihr ein attraktives Gesicht in der Menge auf, oder der Anblick eines jungen Feldarbeiters mit nacktem Oberkörper brachte ihr Blut kurzzeitig in Wallung, aber Liebe? Nein, mit Liebe hatte das nichts zu tun. Cameo wusste nicht, wie sie auf Magnans höhnische Bemerkung reagieren sollte, und noch bevor sie etwas dagegen tun konnte, streckte sie schon schmollend die Unterlippe vor. »Und was weißt *du* darüber?«

Magnan drehte dem Vogel, den er gerade aus seinem Käfig geholt hatte, den Hals um und warf ihn zu den anderen. »Ich weiß, dass ich einmal eine Frau von ganzem Herzen geliebt habe, und das war mein Ende. Ich werde denselben Fehler bestimmt nicht noch einmal begehen.«

Cameo neigte den Kopf und musterte Vill. Er war ein sehr ernster, verschlossener Mann, aber er schien ein gutes Herz zu haben. *Und wie der Zeichner ist er zutiefst verletzt worden. Wie so viele Männer ...*

»Nie wieder?«, fragte sie schließlich.

Vill erwiderte ihren durchdringenden Blick. »Es geht hier um den Kartenzeichner, nicht um mich. Und ich weiß, dass Adara einmal etwas für ihn empfunden hat.«

»Als er noch kein verbitterter alter Kauz war, vielleicht.«

»Als er noch jung war, so wie er es jetzt wieder ist«, sagte Magnan.

»Sein Körper mag wieder jung sein, aber seine Seele ist abgenutzt und verkümmert. Welche schöne, vor Lebensfreude nur so strotzende junge Frau möchte einen solchen Mann?«

Als Magnan stumm nickte, hatte Cameo das Gefühl, endlich zu ihm durchgedrungen zu sein. »Dann verratet mir«, sagte er schließlich, »welche Sorte Mann möchte eine schöne, vor Lebensfreude nur so strotzende junge Frau denn?«

Er blickte Cameo direkt in die Augen, als er sie das fragte.

Meint er damit etwa mich?

Sie überlegte kurz. »Einen Helden vielleicht.«

6

Wex steckte die sechs Fackeln in die dafür vorgesehenen Löcher, drei auf jeder Seite des Eisblocks. Er achtete darauf, den Block nicht zu berühren. Vill Magnans Warnung war berechtigt gewesen: Einer, der genau das versucht hatte, lag als Leiche ausgestreckt direkt neben Wex am Boden; leider verdeckte ein steifgefrorener Arm eins der Löcher für die Fackeln. Wex sah sich gezwungen, mit seinem winzigen Obstmesser so lange am Ellbogengelenk herumzukratzen und zu stochern, bis die Klinge vollkommen stumpf war und der Arm endlich abbrach. Außerdem hatte eine der Fackeln aus dem Fass am Eingang gefehlt, weshalb er sich aus einem Stück Feuerholz von passender Größe selbst eine zurechtgeschnitzt hatte. Glücklicherweise hatte er das erledigt, bevor er sein Messer an dem Arm ruiniert hatte. Jetzt konnte Wex nur hoffen, dass die selbst gebastelte Fackel auch tatsächlich brannte.

Dem Feuerstein einen Funken zu entlocken, der groß genug war, um die Fackeln zu entzünden, war gar nicht so einfach, aber schließlich schaffte er es. Warm wurde es trotzdem nicht in der tödlich kalten Gruft, als sie alle brannten. Wex wusste, er konnte nicht lange bleiben. *Aber die anderen Räume sind noch warm.* Wäre der ganze Palast erkaltet gewesen, wäre er schon längst nicht mehr hier, sondern hätte sich mit den anderen sofort an den Abstieg über die Südflanke gemacht. Zufrieden beobachtete er, wie der Feuerschein die Gruft erhellte und der Eisblock zu tropfen begann.

Wex betrachtete seine jungen Hände. Fackeln schnitzen, eine Klinge führen und viele andere Dinge fielen ihm so leicht mit seinen neuen, starken Gliedmaßen, dass es eine Freude war. Sie taten nicht mehr bei jeder noch so kleinen Anstrengung weh wie früher, und trotzdem trauerte er seinen alten Händen nach. An die Karte hatte er sich noch nicht herangewagt. *Noch nicht.* An ihr zu zeichnen war etwas, das er nicht auf die leichte Schulter nehmen durfte. Er brauchte ein konkretes Ziel vor Augen, einen klar ausgearbeiteten Plan und vor allem Finger, die genau das zeichneten, was er sich vorstellte. Doch genau das taten seine Hände nicht. *Bis jetzt.*

Während der Pausen, die sie auf dem Weg hierher gemacht hatten, hatte er sich mit einem angespitzten Schilfrohr und Beerensaft an einem Stück Pergament versucht. Mit wenig Erfolg. Die Zeichnungen hatten ausgesehen wie die eines Kindes, das mit Fingerfarben malte: Menschen mit Kürbisköpfen, eine kleine Kugel als Körper und krakelige Striche als Gliedmaßen. Die Gebirge, die er gezeichnet hatte, waren eine Ansammlung krummer Dreiecke gewesen, ohne jede Perspektive oder Gliederung der Landschaft. Ganz gleich, wie genau er es sich im Kopf vorgestellt hatte, was er zu Papier brachte, wurde stets nur eine lachhaft verkrüppelte Version davon. Wex hatte seine Gabe verloren. Wütend hatte er auf das Pergament eingeschlagen, als könnte er die kindlichen Kritzeleien in die richtige Form prügeln, und es schließlich aufgegeben.

Den anderen hatte er noch nichts davon gesagt. Seine Gabe hatte ihn ausgemacht, sie war der Grund, weshalb sie überhaupt zu ihm gekommen waren. Ohne sie war er nicht mehr als ein junger, kräftiger Soldat. *Aber ein Soldat kann nicht im Alleingang ein ganzes Heer besiegen. Das geht nur mit der Karte.* Wenn er es an der Karte versuchte, würde es besser laufen. Es musste.

Wex ging zurück in den Vorraum, stellte sich neben die

Baumstammbank und wartete. Er hatte genug gesessen in den letzten Jahren. Sein gebeugter Rücken und die ruinierten Knie hatten ihm höllische Schmerzen bereitet, und der Schmerz hatte ihn müde gemacht. Doch jetzt war er nicht mehr müde – er war hellwach, und sein Körper strotzte nur so vor Kraft. Er wollte endlich etwas tun. Die Frage war nur: was? Wex hatte geglaubt, Rache wäre fortan sein Lebenszweck, die Aufgabe, die seine letzten Tage erfüllen würde, doch jetzt, da er unerwartet wieder ein ganzes Leben vor sich hatte, kamen ihm Zweifel. Außerdem schmeckte die Rache weniger süß, seit er seinen Feinden in Fleisch und Blut begegnet war. Er hätte sie nach wie vor am liebsten getötet, aber er wusste, ihr Tod konnte seine Seele nicht erlösen. Nicht von diesem Schmerz, den er tief im Innern spürte. Es war etwas anderes, Heimtückischeres, das sich hartnäckig in seiner Seele verbissen hatte und ihm seither auf Schritt und Tritt folgte – in seinem alten Körper genauso wie in dem des Hauptmanns. *Eine Dunkelheit wie die des Schleiers.* Selbst Wex' Tod würde daran nichts ändern, denn der Tod war der Moment, in dem die Dunkelheit einen Menschen voll und ganz verschlang.

Wex starrte in die Fackeln. Ihr flackerndes Licht wurde von dem schmelzenden Eisblock und den Wänden ringsum zurückgeworfen, so hell, dass es ihn beinahe blendete. Warm und fröhlich tanzte es über die Wände, als würde es zu Ehren des Mannes in dem Block einen Tanz aufführen.

Genau so stand er immer noch da, als Vill Magnan Stunden später zu ihm stieß. Der bösartigste Mann, dem Wex je begegnet war, sagte kein Wort. Er stellte sich einfach neben ihn und schaute wie Wex in den flackernden Feuerschein. Als Wex das Schweigen nicht mehr ertrug, ergriff er schließlich selbst das Wort.

»Ich hasse dich«, flüsterte er. Unwillkürlich tastete er nach dem Obstmesser in seiner Tasche und musste die Finger schließlich zu einer Faust ballen, um nichts Unüberlegtes zu tun.

»Ich weiß«, erwiderte Magnan. »Und ich akzeptiere es. Auch ich habe einmal gehasst... und geliebt. Dann habe ich eine ganze Zeit lang überhaupt nichts mehr gefühlt. Doch jetzt weiß ich, dass die Liebe das Einzige ist, wofür es sich zu leben lohnt.«

»Liebe? Ausgerechnet du?«

»Ich versuche es zumindest.«

»Und?«

»Es geht nur langsam voran, aber ich habe genug Zeit, sie wachsen zu lassen. Genau wie Ihr.«

Wex schnaubte. »Dank meiner widernatürlichen Verjüngung, pah! Sie ist nichts anderes als eine Verlängerung meines Schmerzes. Ein ganzes, elendes Leben lang darf ich ihn jetzt noch auskosten.«

»Oder Ihr beginnt ein neues Leben.«

»Ist es Adara, die du zu lieben versuchst?«

Magnan neigte den Kopf. »Nicht wie ein Mann eine Frau liebt. Sie ist eher so etwas wie eine Nichte für mich. Und ich bin ihr verhasster Onkel. Ihr seid derjenige von uns beiden, der sie erobern könnte.«

»Ha! Nichts und niemand erobert dieses Mädchen. Wem sie ihre Zuneigung schenkt, bestimmt allein sie selbst, und am nächsten Tag kann alles schon wieder ganz anders sein.«

»Wohl wahr.«

Dann schwiegen sie wieder und schauten gemeinsam in die Fackeln. Sie brannten unnatürlich lange. Die Lichtreflexe tanzten weiter über die Wände. Mittlerweile sahen sie aus wie ein Heer, das gekommen war, um Kälte und Dunkelheit aus der Eiskammer zu vertreiben.

Am Ende kämpfen wir alle gegen die Dunkelheit, dachte Wex gerade, als sich plötzlich etwas bewegte. Er erschauerte, aber nicht wegen der Kälte.

»Was war das?«, fragte Magnan und griff instinktiv nach dem Schwert, das er nicht hatte.

Wegen des Gegenlichts konnten sie kaum etwas erkennen, aber die Geräusche waren eindeutig: ein Kratzen und Schnaufen, das Splittern von Eis. Magnan taumelte einen Schritt nach hinten, und als Wex Anstalten machte, die Kammer zu betreten, hielt er ihn an der Schulter zurück.

»Nein! Dort drinnen lauert ein tödlicher Zauber. Ihr habt die Leichen doch gesehen, die mitten im Todeskampf erstarrt sind.«

Wex war selbst ein wenig beunruhigt, aber auch fasziniert. Unentschlossen blieb er stehen. Als sich ein Schatten aus dem Fackelkreis löste und Magnan laut aufschrie, lächelte er.

Eine ausgezehrte Gestalt schleppte sich in ihre Richtung. Vorsichtig setzte sie einen Fuß vor den anderen. Die wegen des grellen Lichts zusammengekniffenen Augen lagen tief in den Höhlen, das Gesicht war blass und faltig. Immer wieder drohte das Geschöpf zu stolpern, als wären seine Beine nach wie vor steifgefroren.

»Die Toten kehren zurück!«, brüllte Magnan. »Wir müssen fliehen. Lasst nicht zu, dass dieses Ding Euch berührt!« Doch der Bogenschütze floh nicht, sondern verharrte wild gestikulierend an Wex' Seite.

Will er mir etwa beistehen? Das ist neu. Schließlich wandte sich Wex der schlurfenden Gestalt zu. »Sei gegrüßt, mein Freund.«

»Freund...?« Die Zunge des Mannes hatte nach so langer Untätigkeit große Probleme, selbst dieses einfache Wort zu formen.

»Ich bin Wexford Stoli, auch wenn meine Stimme verändert klingt und das Licht der Fackeln dich blendet.«

»Fackeln, Licht...«

»Ja, Fackeln und Licht. Willkommen im Kreis der Lebenden, Kraven!«

Der Magier stützte sich an der Wand ab und machte Stück für Stück die Augen weiter auf.

Wex wartete unterdessen geduldig, während Magnan weiterhin auf Sicherheitsabstand blieb.

»Ich erinnere mich nicht an dich«, sagte Kraven schließlich.

Wex hatte ganz vergessen, dass sich nicht nur seine Stimme verändert hatte, sondern auch sein Aussehen, und das beträchtlich. »Sei beruhigt«, erwiderte er, »das wirst du bald.«

Kraven blinzelte ihn noch eine Weile ungläubig an, dann drehte er den Kopf in Magnans Richtung. Den Bogenschützen schien er sofort wiederzuerkennen.

»Hilfe!«, schrie Kraven mit schriller Stimme. »Töte ihn, sofort!«

Einen Moment rührte sich keiner der drei von der Stelle. Schließlich legte Wex seinem alten Freund eine Hand auf die Schulter. Sie fühlte sich an wie ein halb gefrorenes Stück Fleisch, das er gerade aus dem Kühlkeller geholt hatte.

»Das Gleiche habe ich auch gesagt, als ich ihn das erste Mal sah«, erklärte er Kraven. »Aber dann kam alles ganz anders.«

»Du siehst so vollkommen verändert aus. Entweder spielt mir mein Gedächtnis einen Streich – oder du. Und dieser Kerl hier...« Kraven deutete mit zitternder Hand auf Magnan.

»Ich weiß, es gibt viel zu erklären«, erwiderte Wex. »Komm, setzen wir uns.«

»Auf keinen Fall. Ich liege hier schon seit... wie viele Jahre sind eigentlich vergangen?«

»Vierzig und ein paar mehr, seit du dich hierher zurückgezogen hast.«

Kraven überlegte. »Fünfmal habe ich die Jahreszeiten kommen und gehen sehen, während ich an diesem Palast gebaut habe, das bedeutet... dass ich fünfunddreißig Jahre im Eis war.«

»Und ein paar mehr.«

»Was ist seitdem erfunden worden, draußen in der Welt?«, fragte Kraven und ging ruhelos auf und ab, ohne Magnan aus den Augen zu lassen.

»Ein Pflug, der von selbst in der Ackerfurche bleibt, Schiffe mit drei Masten, Bogen, die einen Pfeil doppelt so weit fliegen lassen, und Pfannen mit Holzgriff«, antwortete Wex.

»Ist das alles?«, brummte Kraven.

»Nein, aber es gibt Wichtigeres zu besprechen: Abrogan wurde erobert.«

»Zweimal«, fügte Magnan hinzu.

»Von dir?«, knurrte Kraven den Bogenschützen an.

»Nein«, erwiderte Wex. »Rote Soldaten von jenseits des Meeres haben Skye überfallen, aber die habe ich bereits erledigt. Ein Heer aus Schatten ist jetzt unser Problem.«

»*Du* hast sie erledigt?« Kraven fuhr sich nachdenklich durch das schlohweiße Haar. »Wexford, du hast doch nicht wieder an deiner Karte herumgepfuscht, oder?«

Die Vögel bekamen ihre Nachrichten und wurden ausgeschickt. Wexford setzte sich mit Kraven zusammen, der bis ins kleinste Detail über die Entwicklungen aufgeklärt werden wollte, die zu seiner Wiedererweckung geführt hatten. Kurz darauf hielten sie bei gegrilltem Vogelfleisch eine kleine Versammlung ab, während derer Kraven unablässig weiter Fragen stellte. Nach all den Jahren im Eis dürstete es den greisen Magier jedoch nicht nur nach Wissen, er hatte auch entsetzlichen Hunger, verschlang zwei Amseln sowie einen halben Storch, dessen Käfig sie zu Feuerholz verarbeitet hatten. Kraven hatte nur wenigen Menschen verraten, wie man ihn wiedererwecken konnte: Wex in Skye, dem

Stadtschreiber von Plynth, der fast sicher tot war, einem Baron aus Buchtend – höchstwahrscheinlich ebenfalls tot –, einem Mann aus Fischgrund, einem Seefahrer aus Dredhafen sowie dem Knaben und dem Mädchen, die seine Bediensteten gewesen waren. Der Knabe war eine der drei Leichen in der Eiskammer. Anscheinend hatte er trotz des strikten Verbots versucht, Kravens Sarkophag zu berühren.

»Ein dummer und vorwitziger Naseweis«, sagte Kraven kopfschüttelnd.

Magnan nickte. »Ich kenne die Sorte.«

Die Dienerin, ein Mädchen mit gelbem Haar, hatte sich entweder schon vorher aus dem Staub gemacht oder spätestens nach dessen Tod.

Wex kannte Kravens Palast bereits, dennoch versetzte die Magie, die ihn erschaffen hatte und instand hielt, ihn aufs Neue in Erstaunen.

»Zuerst habe ich mir einen Grundriss überlegt und dann den Boden eingefroren«, erläuterte Kraven. »Jedes Mal, wenn es regnete oder schneite, wuchsen die Mauern ein Stückchen höher, Jahr für Jahr. Im Winter funktioniert das natürlich besser, also habe ich dafür gesorgt, dass es Winter blieb. Aber nur auf meinem Berg. Die Luft im Palast selbst habe ich beheizt, damit sich meine Gäste auch wohlfühlen.«

»Ihr könnt auch Wärme erzeugen?«, fragte Cameo beeindruckt.

»Ja, aber nicht so gut.« Kraven grinste. »Kälte war schon immer meine Stärke.«

Er sonnte sich in der ungewohnten Aufmerksamkeit, und das zu Recht. Kraven hatte seine Kräfte weiter ausgebaut, als Wex sich je hätte vorstellen können. *Und ich kann mir so einiges vorstellen.* Irgendwann kamen sie auf die Karte zu sprechen, und Wex sah sich gezwungen, Kraven zu berichten, was er mit dem Meander und einem Gipfel der Zornberge gemacht hatte.

Kraven verzog angewidert das Gesicht.

»Ich bin der Herr der Karte, genau wie du der Herr der Kälte bist«, verteidigte sich Wex.

»Tatsächlich? Keine unerfreulichen Konsequenzen diesmal?«

»Ich *wollte* unerfreuliche Konsequenzen. Und die Roten haben sie mit aller Macht zu spüren bekommen.«

»Ich praktiziere meine Kunst hier oben auf einem einsamen Gipfel, weit weg von allen Menschen, die in Mitleidenschaft gezogen werden könnten. Ich lasse sie nicht einfach auf die Welt los wie du.«

»Trotzdem bist du nicht besser als ich.«

»Besser nicht, aber ich bin wenigstens kein Risiko für meine Mitmenschen.«

»Pah! Während du hier oben selig geschlummert hast, hat diese *Königin*« – er deutete auf Cameo – »unsere geliebte Heimat erobert!« Wex hatte eigentlich ein wesentlich unfreundlicheres Wort im Sinn gehabt, wollte den brüchigen Frieden in der gerade erst geschmiedeten Allianz aber nicht gefährden. *Zumindest im Moment nicht.* »Und ich habe sie besiegt.«

Kraven wandte sich an Cameo. »Hat er das?«

Die entthronte Königin schaute verunsichert zu Magnan hinüber, doch der zuckte nur die Achseln.

»Nur zu, erzählt es ihm«, sagte er und ließ den Blick von Cameo zu Wex wandern. »Immerhin sind wir jetzt Verbündete, nicht wahr?«

Cameo nickte. »Ein dunkles Heer hat sich aus den Tälern erhoben. Es ist nach Skye marschiert und hat die Stadt eingenommen, kurz nachdem ich sie verlassen hatte. Ich spreche nicht von gewöhnlichen Soldaten, verehrter Kraven, sondern von blutsaugenden Dämonen.«

Der Magier zog die buschigen Augenbrauen hoch. »Wenn das keine unerfreuliche Konsequenzen sind...«

»Dann zog ich aus, um Frieden mit dem einzigen Mann zu schließen, der dieses Heer besiegen kann«, sprach Cameo weiter.

»Ich verstehe. Doch mittlerweile hat er die Kontrolle über seine Schöpfung verloren. Ist es nicht so? Wäre nicht das erste Mal.«

»Das muss sich erst noch herausstellen«, warf Wex ein. »Ich habe meine Vögel ausgeschickt.«

»Vögel?«

»Sprechende Vögel, die meine Nachrichten überbringen.«

»Aha. Das scheint mir noch die brauchbarste Neuerung zu sein, die du bisher erwähnt hast.«

Wex schüttelte den Kopf. »Sie sind nicht neu. Sie stammen aus einem längst vergangenen Zeitalter. Ich habe die alte Kunst nur wiederbelebt.«

»Und jetzt ist die Letzte, die sie beherrscht hat, tot«, warf Adara ein.

»Von einer Kuh gefressen!«, meldete sich nun auch Erol zu Wort.

»Einem Ochsen«, widersprach Adara. »Er war der...«

»Schon gut, ich kenne die Biester«, schnitt Kraven ihr das Wort ab.

So sprang die Diskussion weiter von Thema zu Thema, und Wex beschloss, sich einstweilen zurückzuhalten. Seine lange Lebenserfahrung sagte ihm, dass er auf dem richtigen Weg war. Doch genau diese Selbstsicherheit empfanden Jüngere meist als Altersstarrsinn. Wenn er seinen Standpunkt zu heftig vertrat, würde er Adara nur vor den Kopf stoßen. Und das wollte er nicht, denn sie hatte ihn aufs Neue in ihren Bann geschlagen. *Könnte ich sie wirklich für mich gewinnen, wie dieser Magnan gesagt hat?* In seinem verjüngten Körper mochte er vielleicht eine Chance haben, falls es ihm gelang, sein wahres Alter so gut zu verbergen, dass Adara der Unterschied irgendwann gar nicht mehr auffiel.

Wex würde nachsichtig mit ihr sein müssen, durfte sie nicht als ungebildet und ignorant beschimpfen, wie Kraven es so gerne tat, wenn sein Gegenüber anderer Meinung war.

Unterdessen hörte er die Übrigen lebhaft darüber streiten, wie Skye am besten zu erstürmen sei. Magnan bezweifelte gar, ob sie die Stadt überhaupt zurückerobern mussten, aber die falsche Königin war der Meinung, dass sie nicht auf die Unterstützung der noch dort befindlichen Roten verzichten konnten.

Falls sie ihr noch folgen. Und falls überhaupt noch einer von ihnen am Leben ist. Jetzt, da Wex im Körper des Roten Hauptmanns steckte, brauchte er Cameo vielleicht gar nicht. Er könnte sie einfach selbst befehligen. Andererseits kannte er die Männer ja nicht einmal. Also war er doch auf ihre Unterstützung angewiesen.

Die Stunden vergingen, und irgendwann sahen alle ein, was Wex schon von Anfang an gewusst hatte: Sie mussten abwarten, mit welchen Neuigkeiten die Vögel zurückkehrten.

Nachdem sie nichts mehr hatten, worüber sie streiten konnten, verfielen sie in ein nervenaufreibendes Nichtstun. Nach Tagen des Wartens fürchteten sie schon, die fliegenden Boten würden überhaupt nicht zurückkehren, doch dann kam der junge Erol aufgeregt von der Mauer zu ihnen heruntergelaufen.

»Der Falke«, rief er, »der Falke ist wieder da!«

Wex sprang sofort auf die Füße. *Natürlich kehrt er als Erster zurück.* Er hatte den Falken nach Dredhafen geschickt, das nur halb so weit entfernt lag wie Skye, und außerdem war er der schnellste seiner Vögel.

»Wo ist er?«, fragte Wex ungeduldig.

»Er lässt sich nicht anfassen, bevor ich ihn nicht gefüttert habe.«

»Worauf wartest du dann noch? Bring ihm einen Klumpen Fleisch und lass uns hören, was er zu sagen hat!«

7

Während ihres Abstiegs verwandelte sich die verschneite Südflanke des Berges in eine Schlammrutsche. Der Schnee schmolz unter ihren Füßen, und der Untergrund wurde so glatt, dass Cameo beinahe glaubte, Kufen unter den Sohlen zu haben. Die Vogelkäfige, die sie bei sich trugen, waren schwer. Jeder musste einen schleppen, und Magnan trug sogar zwei.

»Wir müssen uns beeilen«, keuchte Kraven.

»Weshalb?«, fragte Cameo.

»Es taut«, erwiderte der Magier. »Zu dieser Jahreszeit liegt hier normalerweise kein Schnee. Wenn ich gehe, geht die Kälte mit mir. Der Schnee schmilzt, und es könnte zu Überflutungen kommen.«

»Eure Anwesenheit kühlt den gesamten Gipfel?«

»Es war tiefster Winter, als ich mit der Arbeit an meinem Palast begann. Diesen Umstand habe ich genutzt und einfach dafür gesorgt, dass die Kälte blieb.«

Der Bach, der neben ihnen ins Tal floss, schwoll zusehends an. Das Schmelzwasser von den umliegenden Hügeln sammelte sich dort und jagte bergab wie ein von der Leine gelassener Jagdhund. Bald schoss er an manchen Stellen sogar über sein normales Bett hinaus und versperrte ihnen den Weg, sodass sie entweder hindurchwaten oder weite Umwege nehmen mussten.

»Dieser Bach fließt in den Hyndesee, der den Kriechwurmfluss speist«, erklärte Kraven. »Wir können seinem Verlauf folgen, müssen aber aufpassen, dass er uns nicht mitreißt.«

Am Hyndesee würden sich alle versammeln, hatte der Falke berichtet: Mehrere tausend Abroganer marschierten dorthin, um sich unter dem Banner von Herzog Hammer vom Doppelsee zu versammeln. Der Herzog war mit seiner Familie und einer bewaffneten Eskorte vor dem schwarzen Heer nach Dredhafen geflohen und von dort aus weiter nach Fischgrund – nur möglichst weit weg von der Hauptstadt. Doch mittlerweile hieß es, der neue Feind stelle eine Flotte zusammen. Vielleicht war es nur ein Gerücht, aber Herzog Hammer wollte auf keinen Fall an der Küste von einer feindlichen Flotte angegriffen werden, weshalb er alle Kräfte zum Hyndesee beordert hatte. Von dort aus wollte er Jagd auf die Überlebenden des Roten Heeres machen, die sich in die Haine des Kleinen Volks zurückgezogen hatten. Es hatten mehr Rote überlebt, als man zunächst gedacht hatte. Die Schattenkrieger waren ihnen zumindest zahlenmäßig unterlegen gewesen und hatten sie nicht alle töten können. Falls die Schätzungen von Hammers Spähern stimmten, waren es an die tausend. Weniger als der Herzog unter seinem Kommando hatte, außerdem geschwächt von der Flucht und ohne jegliche Unterstützung aus der Bevölkerung. Hammer würde kurzen Prozess mit ihnen machen und dann weiter Richtung Skye marschieren.

»Ihr müsst Eure Soldaten auf unsere Seite ziehen«, sagte Magnan zu Cameo.

»Sie sind nicht mehr meine Soldaten.«

»Aber das wissen sie nicht. Und Euren ›Hauptmann‹ habt Ihr ja auch noch ...«

»Ich kann es zumindest versuchen.«

»Wenn Ihr es nicht tut, wird Herzog Hammers Heer sie vernichten, und es werden weitere unschuldige Abroganer sterben.

Beides lässt sich verhindern, indem ihr die Heere vereint, eine Flotte zusammenstellt und nach Hause segelt.«

»Könnten wir die Schattenkrieger nicht gemeinsam besiegen?«

»Wohl kaum. Ich habe diesen schwarzen König kämpfen sehen. Allein der Versuch wäre Selbstmord.«

»Warum bist du dann immer noch hier? Das ist nicht dein Krieg. Warum machst du dich nicht alleine auf den Weg übers Meer? Fretwitt ist ein großes Land mit vielen schönen Fleckchen, und außerdem lauert dort nicht hinter jeder Ecke der Tod, wie es hier in Abrogan der Fall zu sein scheint.«

»Ich habe mehr als einmal daran gedacht, das könnt Ihr mir glauben. Aber Adara wollte unbedingt bei Euch bleiben, also bleibe ich ebenfalls. So kann ich sie wenigstens beschützen.«

Dem Kartenzeichner ging Cameo aus dem Weg. Der Anblick von Tobias' ehemaligem Körper jagte ihr einen eisigen Schauer über den Rücken – das Wissen um die unheimliche Kreatur, die ursprünglich von ihm Besitz ergriffen hatte, genauso wie Stolis hasserfüllte Blicke. Sie hielt sich lieber an Magnan und den Magier, dessen Nähe sie zwar ebenfalls frösteln ließ, was aber wahrscheinlich an der Kälte lag, die der alte Mann ausstrahlte, wie jeder andere Mensch Wärme verbreitete. Er schien nichts gegen sie, die fremde Eroberin, zu haben, im Gegenteil: Kraven interessierte sich lebhaft für ihre Heimat Fretwitt und löcherte sie regelrecht mit Fragen. Wenn er etwas zu dem schwarzen Heer wissen wollte, wandte er sich an Magnan, sprach mit ernster Stimme, nickte oft und runzelte noch öfter die Stirn.

Der Schlamm unter ihren Füßen wurde unterdessen immer tiefer, und die Bäche ringsum waren zu ausgewachsenen Flüssen angeschwollen. Sie hatten das bewaldete Tal kaum erreicht, als sie von weit oben ein dumpfes Donnern hörten.

»Mein Eispalast...«, sagte Kraven mit unheilverkündender Stimme. »Er stürzt ein.«

»Gut, dass wir nicht mehr dort sind«, erwiderte Cameo erleichtert.

»Das wohl, aber so laut wie dieser Donner war, ist der gesamte Gletscher ins Rutschen geraten, und ich glaube, weder Mensch noch Zauberer können schneller laufen als die Lawine, die jeden Moment zu Tal schießen wird. Wir müssen auf den höchsten und kräftigsten Baum hier im Umkreis, und zwar schnell!«

Sie entdeckten eine Riesenkiefer, die alle umstehenden Bäume überragte. Ihr Stamm war so dick, wie ein Ochse von der Schnauze bis zum Schwanz lang ist. An der groben Rinde kletterten sie hinauf bis zu den untersten, mannsdicken Ästen und von dort aus weiter, bis jeder eine Astgabel gefunden hatte, in der er einigermaßen sicher sitzen konnte.

Der unheilvolle Donner vom Berggipfel verhallte und wurde dann wieder lauter. Mit angehaltenem Atem beobachtete Cameo, wie die Schnee- und Eismassen sich zu Tale schoben, sich unterwegs in Wasser verwandelten und schließlich in Schlamm. Das an- und abschwellende Donnern war inzwischen zu einem ohrenbetäubenden Brüllen angewachsen.

»Sie kommt!«, schrie Erol und deutete auf die Bergflanke.

Es sah aus, als würde eine gigantische Schildkröte ihren Panzer abwerfen. Der gesamte Bergrücken raste als Schnee-, Eis- und Schlammlawine auf sie zu. Cameo schnappte nach Luft und krallte sich an ihrem Ast fest, während die erste Reihe Bäume bereits umknickte wie Grashalme. Die entwurzelten Stämme wurden einfach mitgerissen und reihten sich als Rammböcke in den Mahlstrom ein, der nun nach links und rechts auffächerte wie ein Lauffeuer.

»Sie kommt überhaupt nicht mehr zum Stehen...«, stammelte Cameo.

»Nein«, bestätigte Kraven, dessen buschige Augenbrauen regelrecht zu Berge standen. »Tut sie nicht.«

»Runter!«, kreischte Erol und wollte schon nach unten klettern, doch Magnan packte ihn am Hemdkragen.

»Nein! Die Lawine hat uns bereits erreicht. Ein Fluchtversuch wäre Selbstmord. Wir haben unsere Entscheidung getroffen, und jetzt müssen wir damit leben. Oder sterben.«

Magnan hatte recht. Die Riesenkiefer, auf die sie sich geflüchtet hatten, wurde bereits von der Lawine umspült. Wie eine braune, mit Baumstämmen und Felsbrocken garnierte Gewürzpaste wälzte sie sich um den Stamm herum. Cameo sah einen Hirsch, der verzweifelt strampelnd um sein Leben kämpfte und binnen weniger Augenblicke von den mitgerissenen Trümmern zu Brei zermahlen wurde.

Die schützenden Baumreihen weiter oben fielen nach wie vor wie Grashalme, da erschütterte ein dumpfer Knall den Stamm ihrer Riesenkiefer, und alle krallten sich erschrocken fest.

»Ein riesiger Brocken hat uns getroffen«, rief Wexford, »aber unser Baum hält stand!«

Die Bergflanke war inzwischen vollkommen kahl, sodass ihre Kiefer nun in vorderster Reihe stand. Die entwurzelten Baumstämme hatten sie zwar überstanden, aber jetzt kamen die Felsen, die träge rutschend die Nachhut bildeten und allmählich Fahrt aufnahmen. Als Cameo einen besonders großen entdeckte, der direkt in ihre Richtung kam, setzte ihr Herz für einen Schlag aus.

»Haltet euch fest!«, brüllte sie, so laut ihre trainierten Stimmbänder es zuließen. Doch die Anstrengung war gar nicht nötig gewesen: Die anderen hatten es bereits bemerkt. Der gigantische Brocken war kaum zu übersehen.

Mittlerweile rutschte der Felsen nicht mehr, er rollte und wurde immer schneller. Immer wieder sprang er krachend über Geländestufen, abgesprengte Bruchstücke schossen davon wie Pfeile, aber es sah so aus, als würde er sie verfehlen. Dann streifte er einen Felsvorsprung und änderte seine Richtung ein letztes Mal – direkt auf ihre Riesenkiefer zu.

Ein Knall, der so laut war, als wäre ein Blitz in den Stamm gefahren, erschütterte Cameos Trommelfell. Der ganze Baum zitterte wie ein Wolfsbarsch, dem ein Fischer gerade mit einem Knüppel den Schädel eingeschlagen hatte, dann begann er sich ächzend zur Seite zu neigen.

»Runter!«, schrie Cameo.

»Aber Vill hat gesagt, wir sollen oben bleiben«, jammerte Erol.

»Runter!«, bestätigte Magnan.

Wie eine Horde Klammeraffen aus dem Wespenwald hangelten sie sich hinab, während der Untergrund immer schneller näher kam.

»Halt!«, befahl Cameo unvermittelt.

»Aber du hast gerade gesagt...«

Der Stamm barst. Sie hatten gerade einmal die Hälfte des Weges geschafft, manche von ihnen sogar noch weniger, als die Riesenkiefer mitten zwischen die Bäume hinter ihnen stürzte. Einen Moment lang bremsten ihre Äste den Fall, dann wurde die Last zu groß. Das Fangnetz zerriss, und ihr Baum knickte weg wie ein Betrunkener, den selbst seine hilfsbereiten Freunde nicht mehr stützen konnten. Cameo klammerte sich mit einem Arm an ihrem Ast fest, den anderen hielt sie schützend vor die Stirn, dann wartete sie auf den Aufprall.

Er war weniger hart, als sie erwartet hatte, trotzdem konnte Cameo sich nicht mehr halten. Während ihres Sturzes schlug sie gegen mehrere dünnere Äste und fiel schließlich klatschend in den mitgerissenen Schlamm, der die unsanfte Landung zumindest etwas abfederte.

Auch die anderen wurden zu Boden geschleudert wie überreife Äpfel. Magnan schlug direkt neben ihr auf. Mit einem Pfeifen entwich alle Luft aus seiner Lunge, dann blieb er keuchend liegen.

Cameo rollte sich vorsichtig auf den Rücken und befühlte ihren Kopf. Er tat weh, und ihr war schwindlig, aber wenigstens blutete sie nicht. Als Nächstes versuchte sie, ihre Arme und Beine zu bewegen. Sie stellte fest, dass ihre Gliedmaßen noch gehorchten. *Anscheinend ist nichts gebrochen.* Cameo stemmte sich hoch und inspizierte ihre Prellungen und Schrammen. Einige waren verflucht tief, aber sie hatte überlebt. Schließlich hob sie den Kopf und sah sich nach den anderen um.

Alle bewegten sich, wenn auch langsam, und untersuchten ihre Wunden. Nur eine einzige Gestalt lag regungslos mit dem Gesicht nach unten im Schlamm. *Adara!*

Cameo kroch zu ihr hinüber und drehte sie um. Die Augen des Flussmädchens waren geöffnet, ihr Brustkorb hob und senkte sich in gleichmäßigen Abständen, aber sie reagierte nicht.

»Hierher, schnell!«, rief Cameo den anderen zu.

Magnan kam als Erster herangehumpelt und schob Cameo zur Seite. Bestürzt packte er Adara an den Schultern und schüttelte sie. »Nein!«, schrie er, als kein Wort über ihre Lippen kam.

»Anschreien bringt sie auch nicht wieder zu Bewusstsein«, sagte Cameo hustend. »Aber wenigstens atmet sie noch.«

Magnan drehte den Kopf und sah sie mit feuerroten Augen an. Cameo wartete jeden Moment darauf, dass er auch sie anschreien würde, doch er tat etwas ganz anderes: Er begann zu weinen wie ein Kind.

»Wir müssen sie möglichst bequem hinlegen und warten«, flüsterte Cameo. »Mehr können wir im Moment nicht für sie tun.«

Magnan setzte sich neben Adara und bettete ihren Kopf auf seinen Schoß.

Das sieht in der Tat sehr bequem aus, dachte Cameo beinahe neidisch und stand auf, um zu sehen, ob sonst noch jemand Hilfe brauchte.

Dem Zeichner schien nichts zu fehlen. Sein neuer, trainierter Körper hatte den Sturz gut überstanden. Erol hatte weniger Glück gehabt und beklagte sich stöhnend, dass er im Sterben lag, doch konnte er keine Verletzung vorweisen, die Cameo als lebensbedrohlich eingestuft hätte. Die schlimmste war ein nicht besonders tiefer Schnitt auf der Stirn. Die zurückbleibende Narbe würde ihm bestimmt gut stehen und seinem Gesicht etwas von seiner Kindlichkeit nehmen, sagte sie sich und wandte sich Darby zu.

Der blinde Wachmann wollte sich gerade um seine verletzte Frau kümmern, die ihn jedoch wild beschimpfte, ihr fehle nichts, und Darby schimpfte zurück.

»Du hast dir einen Flügel ausgekugelt, mein Täubchen. Also halt den Schnabel und hör vor allem auf, mit dem Arm herumzufuchteln!«

Nanyas linker Arm stand tatsächlich in einem eigenartigen Winkel ab. Cameo überlegte, ob es an dem Schock lag, dass sie nichts spürte, oder ob Nanya nur tapfer sein wollte.

Kraven hatte offensichtlich seine Beine an dem Ast festfrieren lassen, auf dem er gesessen hatte. Kopfüber hing er von der gefällten Riesenkiefer herunter wie eine übergroße Fledermaus. Seine Hose taute bereits. »Ich kann von Glück reden, dass meine Beine nicht abgebrochen sind«, murmelte er.

Als alle sich wieder beruhigt hatten, war es der Zeichner, der das erschütterte Schweigen brach. »Falls irgendjemand immer noch glaubt, Kraven hätte seine Kräfte im Griff, dann schaue er sich nur diese Bergflanke an«, sagte er und deutete auf die Schneise der Verwüstung, die die Lawine hinterlassen hatte.

Cameo betrachtete das kahle braune Band, das sich von Kravens Gipfel bis hinunter ins Tal erstreckte.

Über die Jahre, während derer der schlafende Magier den Berg in seinem eisigen Griff gehabt hatte, hatte sich ein Vielfaches der normalen Menge Schnee und Eis angesammelt. Dementsprechend groß war die Zerstörung.

»Das Auftauen ging vielleicht ein bisschen zu schnell«, gestand Kraven. »Ich habe die Wärme und deren Auswirkungen wohl unterschätzt...«

»Ich bereue jetzt schon, dass ich dich aufgetaut habe«, brummte Wex.

»Jeder, der zu viel Macht auf sich vereint, ist eine potenzielle Gefahr für das Gemeinwohl. Sogar ich«, erklärte Kraven. »Lass dir das eine Lehre sein, Wexford.«

»Ich bin kein kleiner Junge mehr! Wenn man verantwortlich mit seiner Macht umgeht, dann...«

So stritten sie munter weiter, während Cameo und Magnan sich um das bewusstlose Flussmädchen kümmerten.

»Könnten wir uns jetzt wieder wichtigeren Dingen zuwenden?«, fiel Cameo den beiden schließlich ins Wort. »Adara ist schwer verletzt.«

8

Zornfleck war nicht nur von dem explodierten Berg in Mitleidenschaft gezogen worden, es existierte nicht mehr. Vill und seine Begleiter fanden am Ende der Ersten Straße kein gemütliches Dörfchen mit dem wohlbekannten Gasthaus vor, sondern eine weite Aschefläche. Nicht das geringste Anzeichen von Leben weit und breit. Erol schluchzte haltlos, und der Kartenzeichner sagte kein Wort, während sie beinahe einen halben Tag lang durch eine dunkelgraue Ödnis stapften, die aussah wie Erbrochenes aus dem gähnenden Schlund des Berges oberhalb. Vill hielt sich ebenfalls zurück, bis schließlich Kraven das Wort ergriff.

»Warst du das, Wexford?«, fragte er. »Ist das deine Rache an den Roten?«

Vill sah, wie Wex' Mundwinkel unbehaglich zuckten.

»Ich wollte lediglich unseren Feind vernichten und habe dabei etwas zu viel Blut vergossen. Es hat sich zu weit ausgebreitet.«

»So ist das meistens bei Rachefeldzügen.«

»Es war ein Unfall!«

»Unfälle passieren immer dann, wenn ein Einzelner zu viel Macht in Händen hält. Vor allem, wenn es sich bei diesem Einzelnen um einen verbitterten alten Mann handelt. Männer wie du und ich müssen unter Kontrolle gehalten werden, Wexford. Allein der mildernde Einfluss von Königen und Räten oder auch des gemeinen Volkes hält uns davon ab, bis zum Äußersten zu gehen.«

»Und doch gibt es Zeiten, in denen man bis zum Äußersten gehen *muss*. Ich habe diesen Krieg nicht angefangen, sondern sie!« Er deutete mit ausgestrecktem Zeigefinger auf Cameo, noch während sich die ersten Tränen aus seinen Augenwinkeln lösten. »Ich musste etwas tun. Sie haben meine Familie getötet...«

»Und du hast *Dutzende* Familien getötet. Hattest du noch Freunde oder Verwandte in Zornfleck? Überlege dir, wer *die* umgebracht hat!« Wexford antwortete nicht, also sprach der Magier weiter. »Krystal tat recht daran, dir die Karte wegzunehmen, wie ich es ihm geraten habe. Wenn wir diesem Herzog Hammer begegnen, sollte er dasselbe tun. Und du wirst ihm *nicht* anbieten, die Macht der Karte für seine Zwecke einzusetzen.«

»Doch, das werde ich, wenn ich muss.«

»Das darfst du nicht! Hast du denn überhaupt nichts begriffen? Der Herzog allein soll bestimmen, was zu tun ist und was nicht.«

»Herzog Hammer wird mich in meinem neuen Körper kaum wiedererkennen, und ich kann ihm schlecht sagen, wo diese plötzliche Veränderung herrührt. Er hat eine Abneigung gegen alles Übernatürliche und würde mich als einen von einem Dämon Besessenen aufknüpfen lassen.«

Vill nickte. »Oder als Hauptmann der Roten. Das Beste wäre, Ihr bietet ihm an, den Rest des Roten Heeres seinem Kommando zu unterstellen.«

»Diese Aufgabe werde ich übernehmen«, mischte sich Cameo ein. »Der Zeichner ist kein legitimer Vertreter der Roten.«

»Genau wie Ihr«, entgegnete Vill.

»Aber ich hasse sie wenigstens nicht und will sie auch nicht alle umbringen. Falls wir sie finden, werde ich mit ihnen reden und sie von unserem Plan überzeugen.«

»Gut«, erwiderte Vill. »Und ich werde Wexford von Zornfleck vor dem Herzog schützen.«

»Es gibt keinen Wexford von Zornfleck mehr«, murmelte Wex. »Ich habe das Recht verwirkt, diesen Namen zu tragen.«

Der Hyndesee lag unter einer Schicht aus Asche, Schutt und verendeten Fischen begraben. Das trübe Wasser war genauso tot wie die Bewohner der einst blühenden Stadt an seinem Ufer. Vill dachte an die gütige Herzogin und an das alte Ehepaar, dessen Tochter nach Zornfleck geheiratet hatte. Truella hatte sie geheißen. Sie alle waren jetzt tot. Vill hatte sie vor den Roten gerettet, und der Zeichner hatte sie kurz darauf unter einer Aschelawine erstickt.

Vielleicht ist er der eigentliche Fluch dieses Landes...

Der eilig zusammengeschusterte Schlitten, auf dem Vill die bewusstlose Adara hinter sich herzog, schien mit jedem Schritt durch die verheerte Landschaft schwerer zu werden. Vills Stimmung hob sich erst ein wenig, als das Meer aus weißen Zelten auf den Felsklippen am Westufer des Sees in Sicht kam. Herzog Hammer hatte dort mit seinem Heer Position bezogen, denn die erhöhten Felsen boten den besten Ausblick über den See und das umliegende Land. Das Lager wimmelte nur so von Geschäftigkeit, Köche liefen zwischen Feuern und Vorratszelten hin und her, Schmiede bearbeiteten Harnische und Schwerter, Späher gingen auf Patrouille oder kehrten gerade zurück. Von der obersten Spitze der Felsen bis hinunter zu den grauen Ufern des vollkommen verschlammten Kriechwurmflusses, dessen Wasser die Soldaten mit Sieben trinkbar zu machen versuchten, reichte das Heerlager. So viele Krieger hatte Vill noch nie an einem Ort versammelt gesehen, und er atmete für einen Moment erleichtert auf. *Die erste gute Nachricht seit Langem.*

Herzog Hammer empfing sie in seinem Kommandozelt, das

von zwei Reihen Soldaten umringt war, die ihnen alles abnahmen, was auch nur irgendwie als Waffe geeignet schien. Selbst Erols Gemüsemesser.

»Normalerweise traue ich Magiern nicht über den Weg«, erklärte der Herzog mit gerümpfter Nase, »aber der Graf von Zornfleck hat in seiner Nachricht für diesen hier gebürgt.« Hammer war ein großgewachsener, grobschlächtiger Mann in glänzender Rüstung, offenbar weit mehr Feldherr als Politiker. »Wo ist unser Schweinegraf überhaupt? Ich hatte gehofft, ihn bald wiederzusehen. Ohne seine Vögel wäre diese Heeresversammlung niemals zustande gekommen.«

»Wexford Stoli hält sich nach wie vor versteckt«, log Kraven und deutete auf Vill. »Er hat uns diesen Mann mitgegeben; er ist ein treuer Diener Skyes und wird für den Grafen sprechen.«

Was für eine absurde Wendung, dachte Vill, *dass ausgerechnet ich, sein ehemaliger Erzfeind, nun in seinem Namen verhandle.*

Hammer wusste weder von Wex' Gabe noch von Vills Vergangenheit. Nie und nimmer hätte er geglaubt, dass ein Mensch Berge zum Explodieren bringen oder ein Heer aus Schatten erschaffen konnte.

»Der Graf von Zornfleck hat mit den Roten Frieden geschlossen«, erklärte Vill. »Sie kommen, um uns bei der Rückeroberung Skyes zur Seite zu stehen. Im Gegenzug hat der Graf ihnen nach gewonnener Schlacht freies Geleit zugesichert, sodass sie unbehelligt nach Fretwitt zurückkehren können und wir sie endgültig los sind.«

Der Herzog musterte Cameo und Wex kühl. »Oder wir töten sie an Ort und Stelle und sind sie *sofort* los.«

»Nein. Ein Vertreter unseres Hochadels hat sein Wort gegeben. Die Rote Königin und ihre Soldaten sind besiegt. Das Einzige, was Ihr erreicht, wenn Ihr sie weiter verfolgt, sind noch mehr Tote in unseren eigenen Reihen. Es wäre weitaus klüger,

Seite an Seite mit ihnen gegen den neuen Eindringling zu kämpfen.«

»Die Roten Ratten schlagen also eine letzte Schlacht und bekommen dafür ein Schiff?« Hammer überlegte, aber nicht lange. Er war ein Mann der Tat und zu beschäftigt, um lange abzuwägen. »Abgemacht!«, polterte er und wandte sich dann an Cameo und ihren Hauptmann. »Die Überreste Eures Haufens werden vorausmarschieren, damit sie uns nicht in den Rücken fallen. Versammelt sie südlich von hier an der Gabelung der Ersten Straße. Dort werden wir auf unserem Weg nach Skye in zwei Tagen zu ihnen stoßen.«

Vill nickte zufrieden. »Außerdem wünscht der Graf von Zornfleck, über die neuesten Entwicklungen unterrichtet zu werden.«

Hammer griff sich einen Becher voll Met und leerte ihn in einem Zug. Der Blick aus seinen zusammengekniffenen Augen verhieß nichts Gutes. »Die schwarzen Teufel lassen die Bevölkerung zur Ader. Kurz nachdem sie Skye von den Roten befreit hatten, sind die ersten ausgebluteten Leichen im Stinker aufgetaucht. Wenn sie so weitermachen, werden sie sich bald außerhalb der Stadtmauern nach neuen Opfern umsehen müssen. Ich habe meine gesamte Familie evakuiert und in Sicherheit gebracht. Keine Flucht, wohlgemerkt. Wir haben uns lediglich zurückgezogen, um unsere Kräfte zu sammeln und uns neu zu formieren. Mit den fretischen Ratten lässt sich womöglich verhandeln, aber nicht mit diesen blutsaugenden Dämonen.«

»Graf Zornfleck möchte hierzu anmerken, dass ...«

»Halt. Ich bin jetzt der regierende Fürst von Abrogan und rechtmäßiger Erbe des Throns, den zurückzuerobern ich beabsichtige. Vomberg ist tot. Der alte Boldry, tot. Ebenso Mörrdock. Jeder, der einen höheren Anspruch hätte als ich, hat entweder das Zeitliche gesegnet oder ist geflohen und hat damit das Recht auf die Krone verwirkt. Und bei allem Respekt vor Zornflecks Verdiensten: Selbst wenn er aus seinem Versteck herauskäme, steht er als ehemaliger Oberaufseher der königlichen Schweinestallungen wohl kaum höher in der Hierarchie als ich. Ich danke ihm aufrichtig für alles, was er für uns getan hat, aber ich muss einen Feldzug vorbereiten und habe schlichtweg keine Zeit für all seine Fragen. Nur ein Letztes noch: Ich bedaure sehr, ihm mitteilen zu müssen, dass sein Freund Pinch tot ist. Sogar ich hatte das alte Schlitzohr recht gern.«

»Wie ist es passiert?«, platzte es aus Wex heraus, noch bevor er etwas dagegen tun konnte.

»Ja, wie?«, wiederholte Vill eilig.

Hammer warf dem Hauptmann der Roten einen misstrauischen Blick zu, ging der Sache aber nicht nach. »Soweit ich hörte, wurde er zusammen mit den Roten, die ihn und seine Begleiter durch die gerade erst im hohen Norden entstandene Wüste verfolgt haben, von einem wild gewordenen Fluss ersäuft.«

Vill beobachtete aus dem Augenwinkel, wie Wex' Schultern immer tiefer sanken. *Ein weiterer Schicksalsschlag für ihn.*

»Bogenschütze«, sagte der Herzog in die entstandene Stille hinein, »wie ich ebenfalls hörte, hast du diese Schattenkrieger bereits kämpfen sehen.«

»Das habe ich, Herr.«

»Dein Wissen wird uns in der Schlacht gute Dienste leisten. Erzähl meinen Hauptleuten alles, was du weißt.«

»Bei allem Respekt, Herzog, aber ich fürchte, ich kann nicht bleiben.«

»Kannst du nicht? Dann sehe ich auch keinen Grund, weshalb meine Heiler deine verwundete Nichte weiter versorgen sollten. Hol sie und verschwinde.«

Vill hatte keine Wahl. Er konnte von Glück reden, dass er

überhaupt jemanden gefunden hatte, der Adaras Verletzung behandelte.

»Ich werde einen Bogen brauchen«, erwiderte er zögernd.

»Dann verdiene dir einen, indem du besser schießt als der schlechteste meiner Männer. Und jetzt raus aus meinem Zelt.«

Cameo und Wexford wurden mit einer kleinen Eskorte losgeschickt, um die verbliebenen Roten in den Hainen des Kleinen Volkes ausfindig zu machen. Erol blieb bei Adara im Heilerzelt. Sie lebte noch, hatte sich aber offensichtlich eine schwere Schädelverletzung zugezogen und war immer noch nicht bei Bewusstsein. »Und selbst wenn sie noch mal zu sich kommt, wird sie nicht mehr ganz richtig im Kopf sein«, sagten die Heiler.

Vill suchte unterdessen mit Darby den Exerzierplatz auf, wo Hauptmann Galle – der wahrscheinlich der hässlichste Mann war, den Vill je gesehen hatte – seine hundertfünfzig Bogenschützen trainierte.

»Du willst dir also einen Bogen verdienen?«, fragte Galle verächtlich und rief den dürren Kerl hinzu, der der schlechteste Schütze aus seiner gesamten Abteilung war.

»Wessen Schuss näher an der Mitte liegt«, erklärte er und deutete auf einen Stapel Feuerholz, »der bekommt den Bogen. Aber macht schnell.«

Der Dünne wirkte wild entschlossen, seinen Bogen nicht an einen Neuankömmling ohne Rang und Namen zu verlieren. Er zielte sorgfältig und schoss. Der Pfeil schlug genau auf halber Höhe des Stapels ein, nur drei Scheite außerhalb der Mitte.

Nicht so schlecht, wie ich gehofft hatte, dachte Vill und nahm den Bogen seines Konkurrenten. Als Erstes fuhr er mit den Fingern über das Holz und prüfte ausgiebig dessen Spannung, denn ohne Probeschuss war er schon genug im Nachteil.

»Hör auf, daran herumzufummeln. Das Ding ist keine Frau«, brummte Galle.

Da hat er recht. Aber ein guter Schütze muss seinen Bogen lieben, als wäre er eine.

Er schüttelte den Kopf. »Diesen Bogen will ich gar nicht. Sondern seinen.« Vill wandte sich dem Mann zu, der direkt hinter Galle stand.

Galle lachte. »Den da? Der gehört meinem besten Schützen. Du wirst mit leeren Händen vom Platz gehen, wenn du gegen ihn antrittst. Aber bitte: Schieß und dann halt den Mund.«

»Etwas anderes als der beste Bogen Eures besten Mannes kommt für mich auch nicht infrage. Falls er Angst hat, er könnte verlieren...«

Der Schütze trat hinter seinem Hauptmann hervor und schoss, ohne um Erlaubnis zu fragen oder sich lange mit Zielen aufzuhalten – genau wie Vill gehofft hatte. Der Pfeil bohrte sich in das mittlere Scheit, aber etwas am Rand.

Ein hervorragender Schuss, aber nicht perfekt.

Galle schlug dem Soldaten tadelnd auf den Hinterkopf, lachte aber hinter vorgehaltener Hand. Er hatte nicht den geringsten Zweifel, dass der dahergelaufene Hochstapler den Treffer nicht würde überbieten können.

Vills Konkurrent hielt ihm seinen Bogen hin. Er war perfekt geschwungen, das Holz spiegelglatt poliert und mit einem edlen Wachs versiegelt. Vill tat es beinahe leid, dem Mann das wunderschöne Stück wegzunehmen, aber er hatte keine andere Wahl.

Er ließ sich einen Pfeil geben, legte die Nocke ein und spannte ganz langsam die Sehne, um den Zug des Bogens zu erfühlen. Das Holz gab über die gesamte Länge gleichmäßig nach, ganz anders als das krumme Ding, das die Düsterlinge in seinem vorigen Leben für ihn angefertigt hatten. *Und selbst damit konnte ich schießen. Das hier sollte ein Kinderspiel werden...*

Ohne zu zittern, hielt er den Bogen auf maximaler Spannung und blickte am Schaft des Pfeils entlang. Vill war sicher, dass er nicht rechts oder links vorbeischießen würde. So etwas passierte ihm nur, wenn der Pfeil verbogen war, und dieser hier war so gerade wie ein Sonnenstrahl, der durch ein Loch in einer Zeltplane fiel. *Ein bisschen tiefer vielleicht, bei dem enormen Zug, den dieser Bogen hat...*

Vill korrigierte um zwei Fingerbreit nach unten und ließ die Sehne schwirren.

Der Pfeil schlug zitternd einen Fingerbreit außerhalb des Zentrums des mittleren Scheits ein.

Vill sah, wie Galles Kiefer nach unten klappte und der seines Konkurrenten ebenso. Vills Schuss war ebenfalls nicht perfekt, aber für diesen Wettstreit gut genug.

»Den Köcher und die anderen Pfeile noch, bitte«, sagte er mit einem zufriedenen Nicken.

Hauptmann Galle war in der Tat beeindruckt. So beeindruckt, dass er sich sogar bereit erklärte, dem blinden Darby, der einfach nicht lockerließ, ebenfalls eine Chance zu geben, seine Kampfkraft unter Beweis zu stellen.

»Wenn es so weit ist, werden wir wohl alle kämpfen müssen«, brummte er und akzeptierte Darbys Vorschlag, gegen einen beliebigen seiner Männer im Ringkampf anzutreten.

Vill beobachtete staunend, wie der ehemalige Wachmann Skyes drei Kerle von den Beinen holte, die jeder einen Kopf größer waren als er selbst. Erst der vierte konnte den Zweikampf für sich entscheiden, indem er Darby mit einem Ellbogenschlag niederstreckte.

»Unfair!«, rief Vill und half Darby wieder hoch.

»Krieg ist nun mal nicht fair«, entgegnete Galle ungerührt.

Da hat er recht.

Trotzdem war der Hauptmann nicht zufrieden. »Dein Freund

mag diese drei Schwächlinge niedergerungen haben, aber wenn es mit Schwertern und Speeren zur Sache geht, ist er nutzlos«, knurrte er in Vills Richtung.

»Sprecht mit mir«, sagte Darby. »Ich stehe direkt vor Euch.«

»Ich sagte, du bist nutzlos!«, wiederholte Galle lauter.

»Ich bin blind, nicht taub.«

»Und du verschwendest meine Zeit.«

»Bevor mein Augenlicht mich im Stich ließ, habe ich auf der Stadtmauer von Skye über euch Flachländer gewacht, als ihr noch strampelnd in der Wiege lagt!«, entgegnete Darby erbost.

»Ihr müsst ihn verstehen, Hauptmann Galle«, sprang Vill für seinen blinden Freund in die Bresche, bevor die Situation noch eskalierte. »Der Dienst am Vaterland steckt ihm im Blut. Lasst ihn wenigstens die Köcher mit Pfeilen füllen.«

»Von mir aus. Und du, Magnan, wirst in dritter Reihe stehen, erste Position.«

Vill war überrascht. Die erste Reihe kniete. In der zweiten standen die weniger guten Schützen, über deren Verlust ein Hauptmann sich nicht weiter grämte. Die dritte war nur den Allerbesten vorbehalten, und an erster Position zu stehen bedeutete, dass Vill niemanden zu seiner Linken hatte. *Mehr Platz für mich und den getreuen Darby.* Er hatte den raubeinigen Alten mittlerweile fest ins Herz geschlossen, genau wie dessen raubeinige Frau. Die beiden passten zusammen wie Pech und Schwefel und liebten einander aufrichtig.

Vill fragte sich, ob auch er eines Tages in der Lage sein würde, so zu lieben. Als Erstes würde er wieder lernen müssen, Leidenschaft zu empfinden. Liebe kam erst später, wenn er sich recht erinnerte. Zuvor musste man sich mit elenden Zweifeln herumschlagen, mit Brautwerben und möglicherweise unerwiderter Fleischeslust. *Sich daran erfreuen*, korrigierte er sich und lächelte beinahe, aber nur beinahe.

Lass das Träumen, Vill. Ein gewaltsamer Tod in der bevorstehenden Schlacht erschien ihm weit wahrscheinlicher als eine baldige Brautschau. Außerdem war er ein gebrochener Mann, der das Ungeheuer in seinem Inneren immer noch nicht restlos besiegt und kläglich darin versagt hatte, wenigstens das eine Mädchen zu beschützen, das ihm tatsächlich am Herzen lag.

In ganz Abrogan gibt es keine Frau, die einen Mann wie mich wollen würde.

9

Cameo marschierte mit dem Kartenzeichner und der aus Soldaten Skyes bestehenden Eskorte nach Süden. Jeder einzelne von ihren Begleitern würde sie am liebsten tot sehen, und ohne Adara und Vill fühlte sie sich einsamer denn je. *Ich habe niemanden mehr.* Selbst zu den überlebenden Roten gehörte sie nicht, sondern konnte nur so tun als ob. Wenigstens würde der Zeichner sich im Körper von Hauptmann Tobias kaum mit der Eskorte gegen sie verschwören. Es lag auch in seinem Interesse, dass seine Tarnung nicht aufflog.

Cameo warf ihm einen verstohlenen Blick zu und zuckte zusammen, als sie daran dachte, dass sie Tobias einmal attraktiv gefunden hatte. Während der Überfahrt nach Abrogan hatte sie sich manchmal vorgestellt, er würde nachts zu ihr in die Kabine kommen. Doch als es im Palast von Skye dann tatsächlich so weit kam, hatte es sich vollkommen falsch angefühlt, beängstigend geradezu. Mittlerweile wusste sie, weshalb. Jetzt war ihr Hauptmann zwar nicht mehr von einem Dämon besessen, dafür steckte ein verbitterter Feind in seinem Körper, der ihr an die Kehle wollte. *Auch nicht besser.* Die Dame Rubin hatte ihr gesagt, als Königin hätte sie eine reichliche Auswahl an Freiern. Stattdessen war sie allein, und alle um sie herum trachteten ihr nach dem Leben.

Auf der befestigten Ersten Straße kamen sie gut voran und hatten bald die Abzweigung erreicht, die zu den Hainen des

Kleinen Volks führte. Vorsichtshalber schickten sie zwei Späher mit weißen Tüchern voraus, um zu signalisieren, dass sie verhandeln wollten.

»Sie werden uns empfangen«, sagten die Späher bei ihrer Rückkehr. »Aber zuerst wollen sie die Königin und ihren Hauptmann sehen.«

»Ich werde gehen«, sagte Cameo ohne Zögern und schaute Wex auffordernd an.

»Ach ja«, erwiderte der etwas überrascht. »Ich komme natürlich mit.«

»Ihr werdet Eure Rolle etwas überzeugender ausfüllen müssen«, flüsterte sie ihm zu, als sie außer Hörweite waren. »Lasst mich Euch dabei helfen. Der Anführer unserer Theatertruppe sagte immer, je überlegter man seine Worte wählt, desto ernster nehmen einen die Leute. Sprecht also langsam und betont. Vor allem an den Stellen, die Euch wichtig erscheinen.«

»Ich brauche keinen Sprechunterricht von dir, Rotnase.«

»Oh doch. Ihr müsst genauso rot werden, wie ich es angeblich bin, sonst haben wir beide nicht mehr lange zu leben. Den halben Tag hat unsere Eskorte davon getuschelt, Euch umzubringen und sich dann über mich herzumachen. Ihr habt es nur nicht gehört.« Das war zwar eine Lüge, aber sie schien Cameo ein geeigneter Ansporn. »Wenn es uns nicht gelingt, diese versprengten Roten dazu zu bringen, sich auf die Seite Skyes zu schlagen, werden unsere Begleiter ihren Plan in die Tat umsetzen, da bin ich sicher. Außerdem sind die Soldaten, mit denen wir gleich verhandeln werden, keine Edelmänner, sondern ausgehungerte Deserteure, die nur ihr eigenes Überleben im Sinn haben. Unsere Aufgabe ist also, einen verwahrlosten und verängstigten Haufen Fahnenflüchtiger davon zu überzeugen, sich mit einem Feind zu verbünden, der sie abgrundtief hasst. Werdet Ihr nun auf mich hören oder nicht?«

»Der ein oder andere Vorschlag könnte vielleicht nicht schaden...«, brummte Wex.

»Ich mache keine Vorschläge, denn ich kenne mich aus in diesem Geschäft. Zeigt mir, wie Ihr einen Ladenbesitzer ansehen würdet, der Euch gerade um einen Silberling betrogen hat.« Der Zeichner versuchte es, doch Tobias' Gesichtsmuskeln wollten nicht recht gehorchen. Wex' Blick sah eher erheiternd als bedrohlich aus.

»Ist das alles? Ich sagte, Ihr sollt Euch vorstellen, Ihr wärt gerade betrogen worden, und Ihr seht aus, als hättet Ihr schlimmstenfalls in einen sauren Apfel gebissen.«

»Hast du nicht gerade behauptet, du würdest dich auskennen im Schauspielgeschäft? Dann sag mir gefälligst, was ich tun soll.«

Cameo überlegte. »Gut. Versuchen wir es einmal so: Stellt Euch vor, Ihr wärt fünf Jahre alt, und ein anderes Kind hat Euch Euer Lieblingsspielzeug weggenommen. Los, versucht es...«

Sie übten, bis ihnen ein Voraustrupp von fünf Roten entgegenkam und sie mitten hinein in ein ärmliches, aber beeindruckend großes Lager führte. Es sah vollkommen anders aus als Herzog Hammers stolzes Heerlager, und das nicht nur deshalb, weil die Deserteure kein einziges Zelt hatten: Zwischen kahlgefressenen Reihen von Obstbäumen lagen ohne jede erkennbare Ordnung Bettrollen verstreut, auf denen zerlumpte Soldaten träge vor sich hin dösten. Einige waren mittlerweile aufgestanden und beäugten die Neuankömmlinge misstrauisch. Kein Einziger machte einen Kniefall oder salutierte auch nur.

Du bist ihre Königin, sagte sich Cameo immer wieder. *Du bist ihre Königin.*

»Ich bin zu euch zurückgekehrt!«, rief sie feierlich, als die Männer sich um sie und den Zeichner versammelt hatten.

Ein paar der Soldaten jubelten halbherzig, der Rest murmelte ungehalten.

»Nachdem Ihr uns im Stich gelassen habt!«, rief einer.

»Ja, als die schwarzen Dämonen kamen, ist sie einfach geflohen«, stimmte ein anderer mit ein.

»Als die Dame Zinnober von der Roten Stadt und eure Königin versichere ich euch...«, begann Cameo, doch da kam schon der nächste Zwischenruf.

»Was interessieren mich die Zinnobers? Ich bin ein Purpur, und die Rote Stadt ist weit weg!«

»Mir können alle Purpurs und Zinnobers dieser Welt gestohlen bleiben«, vermeldete ein vierter.

»Ich bringe gute Nachricht!«, rief Cameo, so laut sie konnte. »Denn ich habe einen Pakt mit dem Heer Skyes geschlossen.«

»Ich habe ihre Eskorte gesehen, sie besteht gerade mal aus zehn Mann«, warf einer der Deserteure ein. »Am besten machen wir sie nieder und verschwinden, bevor der Rest von ihnen eintrifft.«

Allmählich wurde Cameo nervös. Sie ließ den Blick über die murrenden Soldaten schweifen und zählte mindestens fünfzig. Aber das war nur die vorderste Reihe der Traube, die sich mittlerweile um sie gebildet hatte. Über den Rest des Hains waren noch Unzählige verstreut, die sich nicht einmal die Mühe gemacht hatten, ihre Königin zu begrüßen.

»Außerdem werden die Skyer alle Hände voll zu tun haben, sich die Schattenkrieger vom Leib zu halten«, sprach der Aufwiegler weiter. »Nehmen wir die beiden einfach mit und fahren mit dem nächstbesten Schiff nach Hause.«

»Still!«, polterte Cameo. »Ich bin eure Königin, und ich habe einen Pakt geschlossen, den ihr einhalten werdet.«

»Ihr seid nicht meine Königin«, knurrte ein Angehöriger des Hauses Burgund. »Auch wenn es mir gefallen könnte, einen Erben mit Euch zu zeugen.«

»Ach, könnte es das?«, meldete sich endlich auch Wex zu Wort und ging mit gezogenem Dolch auf den Mann zu. »Das kostet dich die Zunge, du Wurm!«

Er blufft, dachte Cameo. *Aber gar nicht mal schlecht.*

»Auch er hat uns schändlich im Stich gelassen«, sagte der Burgundier und taumelte einen Schritt zurück.

»Ich musste die Stadt verlassen, um unsere Königin zu befreien, nachdem sie entführt worden war, du Narr!« Wex blieb stehen und spuckte angewidert aus.

Ein wirklich guter Auftritt.

Das Gemurre der Männer erstarb. Wex hatte jetzt ihre uneingeschränkte Aufmerksamkeit, und Cameo überließ ihm dankbar die Bühne.

»Wir haben schreckliche Dinge gesehen, Brüder«, begann er. »Von Dämonen besessene Schattenkrieger, ganze Dörfer, die unter Asche begraben wurden, und einen feuerspeienden Berg, doch ihr wollt eure Königin dafür verantwortlich machen? Was seid ihr für ein niederträchtiger Haufen! Ich hätte gute Lust, unverzüglich zu Herzog Hammer zurückzukehren und ihn persönlich darum zu bitten, euch das schmähliche Ende zu bereiten, das ihr verdient! Ist es das, was ihr wollt? Sein Heer ist bereits auf dem Weg hierher, und es bleiben euch genau zwei Möglichkeiten: Entweder, ihr folgt eurer Königin, oder ihr widersetzt euch und verreckt. Ihr seid zehn zu eins in der Unterzahl, habt weder Befestigungsanlagen noch genügend Ausrüstung oder Proviant. Wollt ihr wirklich in diesen ungleichen Kampf ziehen?«

Niemand sprach ein Wort. Um ganz sicherzugehen, setzte Wex noch das wütende Gesicht auf, das er zuvor geübt hatte.

Er machte seine Sache wirklich gut, fand Cameo und nickte ihm anerkennend zu.

»Nun gut. Wie die Dame Zinnober bereits sagte, hat sie

einen Pakt ausgehandelt. Statt in den hoffnungslosen Kampf gegen Hammers Heer zu ziehen, verbünden wir uns mit ihm und stellen uns diesen schwarzen Teufeln entgegen. Das mag nicht verlockend klingen, aber es ist das Beste, was ich für euch Deserteure heraushandeln konnte. Im Gegenzug wird Hammer euch nach der Schlacht zurück nach Fretwitt schicken. Morgen brechen wir dieses ›Lager‹ hier ab und marschieren zur Ersten Straße, um dort auf unsere Verbündeten zu warten. Sie haben einen Schlachtplan und verfügen über einen mächtigen Zauberer, der unseren Gegner vernichten wird. Die Männer, die vorhin gejubelt haben, zu mir. Ihr seid meine neuen Feldwebel.«

Cameo staunte nicht schlecht über die Wirkung von Wex' Rede. Alles Gemurre war verstummt. Natürlich waren die Soldaten nicht erpicht darauf, noch einmal auf die Schattenkrieger zu treffen, doch die Aussicht auf einen mächtigen Verbündeten mit einem Zauberer in seinen Reihen hob ihre Stimmung beträchtlich. Ganz zu schweigen von der Hoffnung auf ausreichend Essen und der Chance, wohlbehalten in die Heimat zurückzukehren.

Die neu ernannten Feldwebel stellten sich in einer Reihe vor Wexford auf. Der Burgundier, der gedroht hatte, Cameo zu vergewaltigen, kam ebenfalls nach vorn.

»Bitte, nicht meine Zunge, Hauptmann, ich flehe Euch an«, wimmerte er.

»Dich hatte ich beinahe vergessen«, sagte Wex mürrisch.

»Er darf seine Zunge behalten«, warf Cameo ein. »Ein paar Hiebe sollen genügen.«

»Dein Glück, dass wir im Moment wichtigere Probleme haben als dein schmutziges Mundwerk, Soldat«, knurrte Wex. »Wir brauchen jeden Mann, und deine Königin ist heute erstaunlich gnädig gestimmt. Ihr beiden da, verpasst ihm eine ordentliche Abreibung.« Wex deutete auf zwei seiner neu ernannten Offiziere. »Aber lasst ihm seine dreckige Zunge«, fügte er nach einer kurzen Pause hinzu.

Cameo zuckte innerlich zusammen, doch wenn sie sich Respekt verschaffen wollte, musste sie ihren Worten wohl oder übel Taten folgen lassen. *Außerdem hat der Kerl die Tracht Prügel redlich verdient.*

10

Die Raubtaube kam zu Erol geflogen und überbrachte die Nachricht, auf die sie sehnlich gewartet hatten: Im Hafen von Skye lagen fünf Schiffe, zwei große Koggen und drei Langschiffe. Zwei weitere Langschiffe lagen im Hafen von Buchtend vor Anker.

Vill blickte hinauf zum Himmel. Er war merklich heller geworden, und die ersten Sonnenstrahlen drangen durch die Aschewolken, die nach wie vor in der Luft hingen. *Sonne*, dachte Vill. *Der natürliche Feind der Dunkelheit.*

»Unser Verbindungsmann in Skye bittet außerdem um fünf Säcke Samenkörner«, schloss Erol unterdessen den Lagebericht ab.

»Samenkörner?«, wiederholte Herzog Hammer verwirrt.

Wex schüttelte den Kopf. »Diese Anfrage kommt nicht von meinem Verbindungsmann. Die verfluchte Taube hat sie sich ausgedacht.«

»Gebt ihr, was immer sie will«, polterte Hammer. »Die Nachrichten, die sie überbringt, sind höchst willkommen.«

Vill marschierte unverzüglich mit Herzog Hammers östlichem Heereskontingent nach Buchtend. Bei Anbruch des fünften Tages waren sie in Sichtweite der Hafenstadt und machten Halt. Vill bekam vier der besten Bogenschützen zur Seite gestellt, außerdem einen Läufer. Dann wurde er ausgesandt, um das Gelände vor ihnen von feindlichen Spähern zu säubern.

Also führte er seinen Trupp von der Straße weg und hinein ins Totenmoor – aber erst nachdem er den Männern eingeschärft hatte, bloß keinen Schwarm dieser fleischfressenden Fliegen aufzuscheuchen. Schließlich erreichten sie wohlbehalten die kleine Anhöhe, die dem schwarzen Krieger bei der letzten Begegnung als Ausguck gedient hatte.

Prompt stand wieder ein Wachposten an genau derselben Stelle. Nur dass sich Vill diesmal in Begleitung von vier hervorragenden Bogenschützen befand statt in Gesellschaft zweier quengelnder Halbwüchsiger.

Der Wachposten war von Kopf bis Fuß in undurchdringliches Schwarz gehüllt. Eine geschlagene Stunde verharrte Vills Trupp vollkommen regungslos, bis der Schattenkrieger schließlich einen kleinen Beutel mit Trauben hervorholte, die er sich eine nach der anderen in den Mund warf.

Auf ein Zeichen von Vill hin legten die Schützen ihre Pfeile an die Sehnen. Vill deutete auf seinen Mund und dann auf den des Wachpostens.

Die Soldaten spannten ihre Bogen, zielten und schossen. Zwei Pfeile durchschlugen die Stirn des Schattenkriegers und verschwanden in seiner schwarzen Rüstung, als hätten sie nie existiert. Der dritte bohrte sich in den Hals – mit dem gleichen Ergebnis. Der vierte allerdings traf sein Ziel.

Verdutzt beäugte der Soldat den Holzschaft, der plötzlich aus seinem Mund ragte wie eine gefiederte Blockflöte. Dann sank er tot vornüber.

Man kann sie also doch töten!

Die schwarzen Dämonen waren keine Dämonen, sondern gewöhnliche Sterbliche in einer undurchdringlichen Rüstung.

Die Männer jubelten stumm und beglückwünschten einander per Handschlag. Auch Vill verspürte eine gewisse Freude, ja sogar Verbundenheit mit ihnen. Nachdem er lange Zeit wie ein

Fremder durch sein eigenes Leben geirrt war, war er wieder ein Mann Skyes. Als der Soldat direkt neben ihm Anstalten machte, ihn zu umarmen, ließ er ihn gewähren.

Sie schlichen die Anhöhe empor und stellten sich im Kreis um den Toten auf. Seine dunkle Rüstung pulsierte und zog sich um den offen stehenden Mund der Leiche zusammen.

»Geht nicht näher heran«, warnte Vill die anderen. »Nicht dass die Dunkelheit einen von euch anspringt.«

»Tut sie das?«

»Gut möglich.«

Binnen weniger Augenblicke war sie voll und ganz in dem Leichnam verschwunden. *Sie verkriecht sich in die schützende Finsternis im Inneren der Leiche.* Aber der Mann war tot, er würde verwesen und den Parasiten früher oder später dem Sonnenlicht aussetzen. *Ohne Schutzhülle ist er genauso zum Sterben verdammt wie sein toter Wirt.* Hoffte Vill zumindest.

»Wo ist sie hin?«, fragte Pert. Er war der schmächtigste der vier Schützen, aber der, der getroffen hatte.

»Sie hat sich in der Leiche verkrochen.«

»Umso besser«, erwiderte Pert. »Lassen wir den Kerl einfach liegen. Vielleicht verreckt sie mit ihm.«

»Nein«, sagte Vill. »Wir werden ihn aufschneiden und die Dunkelheit dem Licht aussetzen.«

Pert schien wenig begeistert von der Idee, doch schließlich zog er seinen Dolch.

»Der Bauch. Du musst ihn komplett aufschneiden«, befahl Vill.

Pert sah ihn fragend an, dann reichte er den Dolch an Bock weiter, den kräftigsten seiner Kameraden. Doch auch Bock zögerte.

»Die Sonne kommt durch«, sagte Vill ermutigend. »Tu es, jetzt.«

Bock gab Pert den Dolch zurück und zog sein Schwert. Mit einem einzigen Hieb schlug er den Leichnam beinahe in zwei Hälften und sprang erschrocken zurück, als die Dunkelheit ins Freie strömte. Sofort verkroch sie sich unter dem Kadaver wie ein Käfer, der vor einer hungrigen Amsel Reißaus nimmt. Vill trat dem Toten in die Seite, sodass der Oberkörper ruckartig herumrollte.

Die Dunkelheit zog sich zusammen und streckte sich zögerlich nach den Beinen der Leiche, schien es sich dann aber anders zu überlegen und robbte wabernd Richtung Unterholz.

»Sie stirbt«, sagte Pert so leise wie möglich, für den Fall, dass noch andere Schattenkrieger in der Nähe waren.

Bock hackte unterdessen auf das Unterholz ein, bis alles Blattwerk verschwunden war, und das fahle Sonnenlicht erledigte den Rest. Die Dunkelheit gab keinerlei Geräusch von sich in ihrem Todeskampf, sie wurde nur immer fahler und löste sich schließlich auf wie ein Albtraum im Moment des Erwachens. Dann war sie fort, ohne Rauch und ohne Lärm, der sie hätte verraten können. Selbst der Verwesungsgestank, den die Dunkelheit verströmt hatte, war weg.

Vill spähte hinüber nach Buchtend und fragte sich, wie viele von diesen Kriegern dort auf sie lauern mochten. *Sie werden kaum herauskommen und es uns verraten.*

»Das war ein guter Anfang, Brüder«, sagte er schließlich. »Hoffen wir, dass unsere nächste List genauso gut funktioniert.«

Vill sandte einen Läufer nach Plynth, wo der östliche Heeresflügel stationiert war, um die Erfolgsnachricht zu überbringen, und kurz darauf erhielten sie selbst erfreuliche Neuigkeiten: Herzog Hammer hatte im Westen ebenfalls einen Spähtrupp ausgesandt, der auf der Ersten Straße zwei Schattenkrieger unter Beschuss genommen hatte. Es war ihnen gelungen, die beiden zu

einer bis in die Morgenstunden andauernden Verfolgungsjagd zu provozieren. Erst als die Rüstung der Krieger im ersten Sonnenlicht zu schwinden begann, hatten sie sich offen zum Kampf gestellt. Die dunkle Rüstung ihrer Gegner hatte sich immer weiter zurückgezogen, bis die ersten Flecken ungeschützter Haut sichtbar geworden waren. Den Rest hatten gut platzierte Pfeile erledigt. Ein Bogenschütze, der den Leichen zu nahe gekommen war, wurde von der Dunkelheit angefallen, doch die anderen hatten ihn rechtzeitig töten können und die Leiche verbrannt.
Feuer... natürlich! Vill hätte sich ohrfeigen können, dass er nicht selbst darauf gekommen war.

»Sie hat mit kreischender Stimme um Gnade gefleht«, berichtete der Bote außerdem, doch war die Nachricht wegen der großen Distanz unterwegs zweimal weitergegeben worden. Vill hielt es für wahrscheinlicher, dass bei jeder Übergabe ein paar ausschmückende Details hinzugekommen waren, aber das spielte keine Rolle. Sie hatten den Schwachpunkt ihres Feindes gefunden. Jetzt mussten sie ihn nur noch gnadenlos ausnutzen.

Wir werden Buchtend bei Tageslicht niederbrennen.

Die Mauer dürfte zwar kaum Feuer fangen, aber die Hütten dahinter. Und sobald der Feind versuchte, sich mit den erbeuteten Schiffen in Sicherheit zu bringen, würden sie die ebenfalls unter Beschuss nehmen. Zwar würden in der Feuersbrunst auch unschuldige Buchtender den Tod finden, aber diesen bitteren Preis mussten sie bezahlen. Wenn die Gerüchte stimmten, war ohnehin kaum einer von ihnen mehr am Leben.

Das Hauptkontingent war kaum eingetroffen, da setzten sie ihren Plan nach kurzer Besprechung in die Tat um, und noch vor der Mittagszeit schlugen die ersten Brandpfeile im Herzen Buchtends ein. Sie mussten schnell handeln, denn schon bei Anbruch der Nacht konnte sich das Blatt wieder zu ihren Ungunsten wenden. Allein beim Gedanken daran, was passieren würde, sobald das Sonnenlicht schwand, erschauerte Vill, und als der Feind weder einen Ausfall machte noch sich auf der Mauer blicken ließ, bliesen sie schließlich zum Angriff: Das gesamte östliche Heereskontingent kam aus der Deckung und erstürmte mit Leitern und Ölfässern bewaffnet die Befestigungsanlagen. Wie tollwütige Eichhörnchen erkletterten sie die Zinnen und warfen ihre Fässer über die Mauer, ertränkten die Stechfichtengebäude dahinter geradezu in leicht entflammbarem Öl. Es dauerte nicht lange, da stand Buchtend lichterloh in Flammen. Doch immer noch floh niemand, weder Einwohner noch Soldat: Buchtend war verlassen. Das schwarze Heer hatte die Stadt bereits aufgegeben. Wie ein Hohn auf ihren vermeintlichen Sieg hingen die weithin sichtbaren Rauchsäulen am Himmel. *Spätestens jetzt ist der dunkle König in Skye gewarnt. Er weiß, dass wir seine Schwachstelle gefunden haben, und wird nicht lange zögern, sondern zum Vernichtungsschlag ausholen.*

Oder er wartete einfach ab. Immerhin hielt er die Festung oben auf dem Berg, und die mussten sie erst einmal erstürmen. Trotzdem hielt Vill es für wahrscheinlicher, dass er einen Ausfall machen würde. Bei der Begegnung oben am Tor war Schwarzwasser mitten am Tag herausgekommen und hatte im Alleingang beinahe ihren ganzen Trupp niedergemacht. Es sah ihm nicht ähnlich, sich zu verstecken. Außerdem wurde der Himmel von Tag zu Tag heller, und sein Heer brauchte frisches Blut. Die Zeit arbeitete gegen Schwarzwasser.

Sie beschlossen, das brennende Buchtend zu umgehen und ihr Lager in den Festungsanlagen direkt am Hafen aufzuschlagen, wo sie sofort an jeder geeigneten Stelle Wachfeuer entzündeten. Die beiden Langschiffe an den Kais, von denen die Raubtaube berichtet hatte, waren beschädigt und mussten erst repariert werden, bevor sie sie einsetzen konnten. *Noch ein Rückschlag, noch eine Verzögerung.*

Entlang der Straße nach Skye entzündeten sie bis auf die Höhe von Plynth ebenfalls Feuer und stellten Wachposten auf, die sie warnen würden, sobald der Feind sich näherte. Mehr hatten sie während der wenigen verbliebenen Stunden im hellen Tageslicht nicht tun können.

Als die Sonne verschwunden war, stand Vill mit Darby auf der Befestigungsmauer und blickte hinaus auf die Bucht.

»Das Meer ist vollkommen ruhig«, sagte Vill zu seinem blinden Freund. *Der erste, den ich seit langer Zeit habe.*

»Ich weiß«, erwiderte Darby. »Ich kann selbst die kleinste Brise auf der Haut spüren, aber es rührt sich kein Lüftchen. Außerdem ist kaum eine Brandung zu hören.«

»Der Feuerschein reicht nicht weit genug hinaus in die Bucht, um uns ausreichend Vorwarnzeit zu geben, und das Mondlicht ist ebenfalls zu schwach. Wenn sie heute Nacht kommen, werden wir sie nicht rechtzeitig mit Brandpfeilen aufhalten können.«

»Sie werden nicht heute Nacht kommen.«

»Weshalb bist du dir da so sicher?«

»Wir haben ein paar von ihnen kalt erwischt, und die anderen werden sich erst einmal überlegen, wie das passieren konnte. Außerdem sind wir von hohen Steinmauern geschützt. Ganz egal, wie tollkühn sie auch sein mögen, sie werden sich zuerst einen Schlachtplan zurechtlegen, bevor sie uns angreifen. Heute Nacht sind wir sicher.«

»Da hast du vermutlich recht.«

»Und das bedeutet, dass Ihr jetzt schlafen gehen könnt, Vill Magnan.«

Mit einem Nicken wandte Vill sich zum Gehen. »Du etwa nicht?«, fragte er noch über die Schulter.

»Falls ich mich geirrt habe und sie doch heute Nacht kommen, werde ich die Ruderschläge noch vor allen anderen hören.«

So könnte ich mich zur Abwechslung einmal nützlich machen. Außerdem freue ich mich schon darauf, noch einmal eine Nacht als Wachposten auf einer Mauer zu verbringen.«

Es dauerte eine ganze Weile, bis Vill einschlief, und als es endlich so weit war, wurde er von entsetzlichen Albträumen geplagt. Er sah sich selbst, wie er mit einem Holzknüppel auf Adara einschlug. Dann war er plötzlich ein Düsterling, der mit blutigen Klauen ein Kind verspeiste, und schließlich war er wieder Vill, der Bogenschütze, der Hals über Kopf vor der überall um ihn hereinbrechenden Dunkelheit floh.

Da schreckte er plötzlich hoch. Darby stand am Fußende seiner Pritsche.

»Was gibt es, alter Freund?«

»Die Taube...«

Binnen weniger Augenblicke hatte Vill sich angezogen und war oben auf der Mauer. Die Raubtaube saß auf der Balustrade, ohne ihn zu beachten.

»Sprich!«, befahl Vill.

Die Taube schaute ihn an, machte aber keinerlei Anstalten, ihre Nachricht auszuspucken.

Falls sie überhaupt eine hat.

»Wie hat Wexford sie zum Sprechen gebracht?«, fragte er Darby.

»Ich weiß nicht. Ich hab's nicht gesehen.«

»Und wie hast du die Taube überhaupt bemerkt?«

»Sie ist direkt auf meiner Schulter gelandet.«

Vill überlegte, ob er das Vieh einfach am Hals packen und solange schütteln sollte, bis es endlich sprach. *Nein, dieser Mann bin ich nicht mehr.*

Stattdessen zog er ein paar Samenkörner aus seiner Tasche, und prompt kam die Taube angehüpft.

Vill streckte die Hand mit den Körnern aus. Als der Vogel sich eins davon schnappen wollte, zog er sie ruckartig zurück und legte sich ein paar der Körner auf die Schulter. Die Raubtaube hüpfte auf seinen Unterarm und hangelte sich an Vills Hemdsärmel hinauf bis zu seinem Ohr.

Vill schaute unterdessen hinaus auf die Bucht, als wäre der Vogel gar nicht da.

»Wenn du nicht sprichst, nutzt du mir nichts, und ich habe keinen Grund, dich zu füttern.« Er streckte den Arm hinaus über die Mauer, als wollte er die Körner jeden Moment hinunter auf die Felsen fallen lassen.

Zur Strafe pickte die Taube ihm ins Ohrläppchen.

Vill fasste sich instinktiv an das schmerzende Ohr und ließ dabei die Körner fallen – genau auf seine Schulter.

Die Taube blieb einfach sitzen und pickte sie auf, während Vill den überwältigenden Drang niederkämpfte, dem Vieh an Ort und Stelle den Hals umzudrehen. Schäumend vor Wut wartete er, bis sie sich endlich sattgegessen hatte.

»Wir sind verloren«, sagte der Vogel schließlich.

Es war Tobias' tiefe Stimme, mit der er sprach. *Nachrichten von Wex!*

»Wir haben uns ihnen westlich des Doppelsees entgegengestellt. Sie kamen mit ganzen Wagen voller Gefangener, denen sie auf dem Schlachtfeld die Kehle aufgeschlitzt haben, um ihre Rüstungen zu erneuern. Jeden unserer Männer, der im Kampf fiel, ereilte dasselbe Schicksal. Herzog Hammer ist tot, Hauptmann Galle ebenfalls. Die meisten Überlebenden sind über die Seestraße Richtung Fischgrund geflohen...«

Vill zuckte zusammen. Der Herzog und sein Hauptmann waren gute Männer gewesen. *Sie sind ein herber Verlust.*

»...das dunkle Heer marschiert unterdessen über die Niederfluren in eure Richtung. Im Morgengrauen werden sie Buchtend erreichen«, fügte die Taube mit eigenartig veränderter Stimme hinzu.

Vill runzelte die Stirn. Die Schlacht hatte gerade erst stattgefunden, am weit im Osten gelegenen Doppelsee, und Wex war dabei gewesen. Woher wollte er dann wissen, dass der Feind mittlerweile über die Niederfluren nach Osten marschierte? Die Antwort lag auf der Hand: Er wusste es nicht, sondern die Taube. Das gewitzte Tier gab weiter, was es auf dem Flug hierher gesehen hatte.

Schließlich sprach die Taube wieder mit Wex' Stimme weiter. »Zieht euch auf die höchsten Mauern zurück und haltet sie, solange ihr könnt. Einen besseren Rat habe ich nicht. Es tut mir leid.«

»Sie kommen«, sagte Darby unvermittelt und deutete in südlicher Richtung auf die andere Seite der Seelenbucht.

Vill blickte auf. Tatsächlich sah er Bewegung auf den freien Feldern jenseits des schmalen Streifens Küstenwald im Westen. In der Dunkelheit waren die schwarzen Gestalten kaum zu erkennen, aber er hatte keinen Zweifel, dass es sich um das Schattenheer handelte. Darby deutete allerdings woandershin.

»Du zeigst in die falsche Richtung, mein blinder Späher.«

»Tue ich nicht«, entgegnete Darby ungerührt.

Vill kniff die Augen zusammen und sah zwei weiße Quadrate in der Bucht, die sich in gleichmäßigem Rhythmus hoben und senkten. *Sind das etwa Segel?* Wenige Momente später erkannte er drei weitere Umrisse, lang und schlank wie Pfeile, die direkt auf Buchtend zuhielten. *Die Koggen und Langschiffe aus dem Hafen von Skye! Die Schwarzen haben sie sich geholt, und jetzt nehmen sie uns in die Zange.*

Vill starrte entsetzt auf den übers Wasser herannahenden Feind und fragte sich, wie der blinde Darby die Schiffe entdeckt hatte, da hörte er das leise Klatschen ihrer Ruder in der Ferne.

Diese Schlacht können wir nicht gewinnen. Sattgetrunken an frischem Blut näherten sich Schwarzwassers Soldaten aus zwei Richtungen, um sie wie zwischen Hammer und Amboss zu zerquetschen. Vill wollte gerade Alarm schlagen, als Darby ihm eine Hand auf die Schulter legte.

»Wartet. Noch etwas anderes ist im Gange…«

Darby spürte etwas, das nur ein Blinder wahrnehmen konnte. Erst nach einer Weile fühlte Vill es auch: Der Boden unter ihren Füßen zitterte unmerklich. Er schaute verdutzt nach unten. Als er den Blick wieder hob, konnte er das feindliche Heer deutlich erkennen, das sich in Dutzenden Marschreihen über die Niederfluren Richtung Buchtend ergoss. Doch das war es nicht, was seine Aufmerksamkeit in Bann schlug, sondern die Getreidefelder im Rücken des Heeres. Sie bogen sich wie unter einer Brise, und das bei vollkommener Windstille. Vor Vills staunenden Augen begannen sich ganze Äcker wie von Geisterhand zu bewegen – und dann verschwanden sie plötzlich. Als hätte die Erde unter ihnen sich in nichts aufgelöst, öffnete sich ein gähnender Krater, der alles in seinem Umkreis gierig verschlang.

»Da!«, schrie Vill und deutete aufgeregt, auch wenn sein Freund Darby herzlich wenig davon hatte. »Ein Loch!«

Der Abgrund war riesig und wuchs ständig. Selbst wenn Vill die durch Entfernung und mangelndes Licht hervorgerufene Täuschung abzog, war er immer noch größer als die gesamte Stadt Skye. Das Beben, das er verursachte, erschütterte selbst die Befestigungsmauern von Buchtend.

Das herannahende Heer blieb stehen. Vill konnte nicht genau erkennen, was passierte, aber die Schlachtreihen schienen in Unordnung geraten zu sein. *Wahrscheinlich haben sie den Fehler gemacht, sich umzusehen.*

Immer mehr Felder verschwanden, während der unheimliche Schlund sich auf das dunkle Heer zubewegte und Morgen um

Morgen Ackerboden verschlang. Dann, als wäre ein Ruck durch die Soldaten gegangen, rannten sie Hals über Kopf Richtung Küste.

Doch die dünne Landzunge, die zwischen dem gähnenden Loch und dem Ozean noch geblieben war, hielt dem Druck der Wassermassen nicht stand. Die ersten Bäume wurden bereits weggespült, dann barst der verbliebene Damm. Eine Flutwelle, wie niemand in Fretwitt oder Abrogan sie je gesehen hatte, ergoss sich hindurch und stürzte in den Schlund dahinter. Die fliehenden Schattenkrieger wurden mitgerissen wie Ameisen.

Die Koggen und Langschiffe in der Bucht versuchten unterdessen hastig kehrtzumachen, doch auch für sie war es zu spät. Der Sog der Flutwelle war so gewaltig, dass sie einfach mitgezogen wurden, sosehr die Ruderer auch dagegenhielten. Die Mannschaften sprangen bereits über Bord, die Schiffe krachten führerlos gegeneinander, dann erfasste sie der Strudel, und sie verschwanden allesamt im Abgrund. Immer mehr Wasser zog das unheimliche Loch in der Welt an, bis schließlich der Meeresboden selbst trocken lag, zuerst nur auf einer Furchenlänge, dann über eine ganze Meile. Fische und anderes Getier lagen zappelnd da, dazwischen verrottete Schiffswracks. Und der Strudel saugte immer noch weiter.

Wie tief kann dieses Loch denn sein?

»Was geschieht hier?«, keuchte Darby und hielt sich an den Zinnen fest, während die Mauern um sie herum immer stärker zitterten.

Es war das erste Mal, dass Vill Furcht in der Stimme des Wachmanns hörte. Darby gehörte zu den tapfersten Männern, denen Vill je begegnet war, und er war schon so lange erblindet, dass er jedes Geräusch, jeden Geruch, jede Veränderung in der Luft deuten konnte. *Nur was das hier ist, weiß er nicht.*

Doch selbst wenn er hätte sehen können, was um ihn herum

vorging, hätte ihn das kaum beruhigt. Alle anderen Skyer, die inzwischen auf die Mauer gekommen waren, hoben entsetzt die Hände gen Himmel und riefen ihre Götter an, als glaubten sie, das Ende der Welt stehe kurz bevor. Sie sahen aus wie erbärmliche Feiglinge, und die Vorstellung, Darby so zu sehen, tat Vill in der Seele weh. Es wurde dem tapferen Mann einfach nicht gerecht. Also nahm er seinen Freund bei den Schultern und versuchte, das Unerklärliche mit den einzigen Worten zu erklären, die er selbst dafür hatte:

»Ich glaube, unser Zeichner hat sich wieder an der Karte zu schaffen gemacht.«

11

Wexford von Zornfleck betrachtete angewidert seine muskulösen Tobias-Arme und die kräftigen Hände, die nicht seine waren. Er hatte seine Gabe verloren. Tobias war in Fretwitt geboren, weit weg von Wex' Heimat. Sein erster Versuch, die Macht der Karte einzusetzen, war kläglich gescheitert. Sein Blut weigerte sich, in die Tierhaut einzuziehen, und perlte einfach daran ab. Was er gezeichnet hatte, zeigte keinerlei Wirkung in der Welt um ihn herum. Wex stöhnte verzweifelt. Seine neue Hülle war ein Fremdkörper in Abrogan und als solcher offensichtlich nicht in der Lage, sich mit der Kraft des Landes zu verbinden.

Ruhelos und verärgert ging er auf und ab, als ihm plötzlich einfiel, wie Mungo einst versucht hatte, etwas auf die Karte zu zeichnen. Der stille Riese stammte ebenfalls nicht aus Abrogan, trotzdem hatte sein Versuch ein abscheuliches Schattenwesen heraufbeschworen. Ein von vornherein zum Scheitern verurteilter Versuch. *Aber waren nicht alle Versuche, die Karte einzusetzen, von vornherein zum Scheitern verurteilt?*

Wex dachte zurück an Kravens mahnende Worte. Aber er brauchte die Billigung des alten Zauberers nicht. Herzog Hammer lag vom Schwert eines Schattenkriegers in zwei Stücke gehauen am Ufer des Doppelsees. Das Feuer hatte sie nicht aufhalten können. Mit der Kraft von frisch vergossenem Blut aufgeladen, hielt die dunkle Rüstung den Flammen mit Leichtigkeit stand. *Es ist das Blut, in dem die wahre Kraft liegt.* Nachdem die Überlebenden von Hammers Kontingent nach Westen geflohen waren, hatte das Schattenheer sich nach Osten gewandt. Jetzt marschierte es auf das brennende Buchtend zu, wo Darby und die anderen Soldaten Skyes sich der falschen Hoffnung hingaben, sie hätten auch nur den Hauch einer Chance. Wex musste etwas unternehmen, aber dazu brauchte er anderes Blut. *Blut aus Abrogan, am besten aus dem Norden.*

Niemand sah, wie Wex sich in das Zelt schlich. Adara lag noch immer genauso da, wie die Heiler sie zurückgelassen hatten. Seit ihrem Sturz von der Riesenkiefer war kein Wort mehr über ihre Lippen gekommen. Kein Flackern der Augenlider, nichts. Alles, wozu sie noch in der Lage zu sein schien, war atmen. Wex kniete sich neben sie auf den Boden.

»Danke«, flüsterte er, und dann: »Es tut mir leid.«

Er holte sein Messer hervor und legte Adaras Arm frei. Die Klinge bohrte sich tief in ihren Daumen, während Wex die andere Hand ausstreckte, um das hellrote Blut aufzufangen, das quicklebendig aus dem Schnitt sprudelte. *Genauso quicklebendig wie sie selbst es war.* Adara war ein Flussmädchen aus dem Norden, geboren am Hyndesee – oder wie auch immer er zu ihrer Zeit geheißen haben mochte. Wex konnte nur hoffen, dass ihr heimisches Blut die gleiche Wirkung entfalten würde wie seines, als er noch seinen alten Körper gehabt hatte.

Er hörte ein Geräusch von draußen und blickte auf. Die Nicht-Königin stand im Zelteingang und starrte auf das Blut in seiner Hand, dann sprang ihr Blick zu der Karte, die Wex neben sich ausgebreitet hatte. Der angewiderte Ausdruck auf ihrem Gesicht sprach Bände: Sie wusste, was er vorhatte.

»Wollt Ihr Eure dämonische Macht jetzt genauso mit dem Blut der Lebenden nähren wie unser grässlicher Feind?«, fragte Cameo.

»Ich nehme nur ganz wenig. Sie wird es nicht mal merken.«

»Kraven hat Euch gewarnt, es nicht zu tun!«

Wex wurde wütend. Er könnte sie töten, hier und jetzt seine Rache nehmen. In der allgemeinen Verwirrung würde niemand etwas merken. Drei Viertel der Männer waren entweder tot oder geflohen, und die, die noch hier waren, scherten sich einen Dreck um die Vorgänge in dem armseligen, einst so stolzen Heerlager.

»Du wagst es, den Namen meines Freundes in den Mund zu nehmen, um mich in die Schranken zu weisen?«

»Ich werde sogar noch viel weiter gehen, wenn ich Euch davon abhalten muss, mit Adaras Blut einen weiteren Fluch über uns alle zu bringen.«

Wex stand auf und deutete mit dem Messer auf Cameo. »Wirst du nicht«, knurrte er. Ein kleiner, schneller Schritt in ihre Richtung, und Cameo wirbelte herum und rannte aus dem Zelt.

Endlich konnte Wex sich seiner Karte widmen. Er steckte das Messer zurück in die Scheide und kniete sich hin, sorgsam darauf bedacht, nichts von dem kostbaren Blut auf seiner Handfläche zu verschütten. Mit dem Zeigefinger der freien Hand fuhr er über das weiche Leder bis zu den Mauern von Buchtend. *Vill Magnan ist ebenfalls dort.* Die Raubtaube hatte berichtet, dass das östliche Heereskontingent die verlassene Stadt am Tag zuvor eingenommen hatte. Wex' Herz begann wie wild zu pochen. Mit einem einzigen Pinselstrich könnte er sich seines verhassten Widersachers ein für alle Mal entledigen. *Falls es mit dem Blut des Flussmädchens funktioniert.* Doch nachdem dieser Dämon seine Seele in den Körper eines anderen verpflanzt hatte, war Wex nicht mehr sicher, was möglich war und was nicht. *Außerdem sind auch Freunde von mir dort.* Er hatte den Botenvogel sofort zurückgeschickt mit dem Rat, sich in den Befestigungsanlagen des Hafens zu verschanzen. *Wo der treue Darby nun bestimmt auf der Mauer steht und mit seinen Luchsohren Wache hält.*

Wex griff nach dem Schweineborstenpinsel, den er sich unter den Gürtel geklemmt hatte. Er hatte ihn aus Skye mit zum Zwergenturm genommen, und auch jetzt begleitete ihn das robuste und zuverlässige Instrument. Er tauchte die Spitze in Adaras Blut und setzte sie auf die Karte. Der Kreis, den er malte, war mehr oder weniger rund, aber alles andere als perfekt. Seine neuen Hände waren einfach zu unsensibel für feine Arbeiten. Immerhin schaffte er es, weit genug von Buchtend wegzubleiben, dass Darby zumindest eine Überlebenschance hatte. *Und Vill Magnan.*
Wexford lauschte angestrengt in die Dunkelheit, doch nichts geschah. Schließlich sank er verzweifelt in sich zusammen. Er hatte versagt.

Dann hörte er ein Donnern in der Ferne, der Boden unter seinen Füßen begann leicht zu zittern, und das obwohl die Niederfluren, wo er seinen schiefen Kreis gemalt hatte, Dutzende Wegstunden weit entfernt waren. Dass Cameo genau in diesem Moment mit dem zeternden Kraven an ihrer Seite zurückkehrte, kümmerte ihn herzlich wenig. Wex hatte gehandelt, seine alte Macht war zurückgekehrt! Diesmal war er dem Feind nicht ohnmächtig ausgeliefert wie beim Überfall der Roten auf Skye.

Ich bin immer noch der Kartenzeichner!

12

Höchst willkommene Sonnenstrahlen drangen durch den immer dünner werdenden grauen Schleier. Die Stiefelabdrücke auf dem Boden vor ihnen führten Vill und seine Männer direkt zu den Tälern. Als sie den Rand der Ruinenstadt erreichten, hängte er sich den Bogen über die Schulter und hob die Hand. »Halt!«, rief er und betrachtete die verendeten Möwen. Sie lagen immer noch genauso da wie beim letzten Mal, aber jetzt strahlten die von Insekten und Wind blankgeputzten Skelette wie Leuchtfeuer aus der grauen Asche hervor. Die Stiefelspuren führten zu dem Eingang unter den zwei Felsplatten.

»Sie sind gerannt«, sagte Vills Spurenleser, ein Läufer aus Haselzahn namens Stiefel, nachdem er sie kurz untersucht hatte. »Ist noch nicht lange her.«

»Wahrscheinlich sind sie wieder nach unten gegangen«, erwiderte Vill. »Dort kamen sie auch her, nachdem der Berg explodiert ist. Und jetzt, da die Sonne zurück ist, haben sie sich wieder dorthin geflüchtet wie Ratten in ihr Loch.«

»Auf Nimmerwiedersehen«, brummte Darby.

Einige der Männer murmelten zustimmend, andere jubelten verhalten. Sie waren sechzig Mann, genug, um es mit den etwa dreißig Schattenkriegern aufzunehmen, die Wex' Schlund entkommen waren.

»Dann können wir jetzt wieder kehrtmachen, nicht wahr, Feldwebel?«, fragte einer der Männer.

»Nein«, widersprach Vill. »Sie werden eine Weile ihre Wunden lecken und dann erneut herauskommen, sobald sie stark genug sind. Das darf nicht geschehen. Wir haben den Menschen von Skye versprochen, dieses Übel ein für alle Mal zu vernichten. Nur zu wissen, wo es auf der Lauer liegt, genügt nicht. Wir werden Abrogan für immer von dieser Dunkelheit befreien.«

Kraven überlegte eine Weile. »So wenig ich den Kerl mag, aber Magnan hat recht«, sagte er schließlich mit einem Seufzen.

Einige der Männer lachten. Nur Vill wusste, dass Kraven seine Worte todernst gemeint hatte. Die Brust des Magiers war von Narben übersät – ein Andenken an den grausamen Mann, der Vill einst gewesen war, und an die Ungeheuer, die ihm das auf seinen Befehl hin angetan hatten. *Meine Schuld ist immer noch nicht beglichen.* Er atmete tief durch. *Aber jetzt habe ich die Gelegenheit, es endlich zu Ende zu bringen.*

»Begraben wir sie«, schlug ein junger Ingenator namens Tschillkotin vor, den die Männer nur Tschill nannten. »Lose Felsbrocken gibt es hier genug. Wir brauchen bloß ein paar Stechfichten zu schlagen und sie als Hebel zu benutzen. Damit könnten wir die Felsen über den Eingang des Rattenlochs rollen.«

Alle stimmten zu. Der Plan klang vernünftig, und vor allem würden sie nicht mehr kämpfen müssen, wozu selbst die Tapfersten unter ihnen nur noch wenig Lust hatten. Frischen Mutes und mit aller gebotenen Vorsicht näherten sie sich dem Eingang des Rattenlochs – jenem Versteck, in das sich Vill vor ein paar Monaten mit seinen jungen Schützlingen geflüchtet hatte, als die alles erstickende Asche vom Himmel fiel. Diesmal führte er eine ganze Abteilung Soldaten an, genau wie er es sich in seinem vorletzten Leben als junger Bogenschütze in den Diensten Skyes erträumt hatte – in den Diensten ebenjenes Fürsten, der kurze Zeit später Vills Tod befohlen hatte. Es war der Traum eines jungen, unerfahrenen Mannes gewesen, der sich erst nach vielen grausamen Rückschlägen und blutigen Umwegen erfüllt hatte. *Aber wahrscheinlich ist das bei jedem Traum so.*

Sie waren auf dreißig Schritte an die abgenagten Möwenskelette herangekommen, als sie plötzlich Geräusche hörten. Zwanzig Mann spannten ihre Bogen und richteten sie auf den Eingang. Vill bedeutete ihnen, in zwei Gruppen nach links und rechts auszuschwärmen. Die Schwertkämpfer und Hellebardenträger postierte er in der Mitte, dann warteten sie angespannt.

Kurze Zeit später tauchte ein Gesicht im Eingang auf. Ohne den schützenden Schleier aus Dunkelheit war es unverkennbar. *König Schwarzwasser — wenn man den Anführer eines versprengten Haufens von dreißig Mann noch einen König nennen kann.*

»Wartet!«, befahl Vill. »Sobald ihr etwas Schwarzes aus seinem Mund kriechen seht, tötet ihn.«

»Spar dir die Worte«, erwiderte Schwarzwasser. »Sie sind nicht notwendig.«

»Ich war dabei, als Ihr vors Stadttor getreten seid, ganz ähnlich wie jetzt, und zehn Mann niedergemacht habt. Ich halte sie für absolut notwendig.«

»Dreizehn.«

»Wie bitte?«

»Es waren dreizehn Mann.«

»Mag sein. Dennoch seid Ihr vor uns geflohen und verkriecht Euch hier.«

»Ich floh vor dem Hexenmeister, der das Loch in der Erde geöffnet hat, nicht vor euch.«

»Ihr meint den Kartenzeichner. Das Meerwasser strömt immer noch in den Schlund, den er in die Welt gerissen hat, und es ist kein Ende in Sicht. Er hat Eure Schiffe weggespült wie der Stinker den Unrat Skyes.«

»Es waren *eure* Schiffe.«

»Aber Eure Männer.«

»Ihr Tod kümmert mich nicht, sie waren Werkzeuge, nichts weiter. Das Einzige, was mich kümmert, ist, dass ich mich wieder in die Tiefen der Erde zurückziehen musste. Es hat mir sehr gut gefallen draußen in der Welt.«

Überheblich wie eh und je, aber irgendetwas stimmt nicht mit ihm. Vill musterte den König. Schwarzwasser sah blass aus, beinahe krank. Er stützte sich sogar an einem der Felsen neben der Treppe ab. Einen Fuß hatte er eigentümlich nach hinten weggestreckt, als gebe die Dunkelheit ihm Sicherheit. *Oder als lasse sie ihn nicht los.*

»Kommt heraus«, sagte Vill.

»Eines Tages mit Sicherheit.«

»Tut es jetzt. Allein. Oder seid Ihr ein Feigling?«

»Komm du mit hinunter.«

Vill überlegte kurz. »Einverstanden. Ihr kommt heraus, dann kommen wir mit Euch hinunter.«

Die Soldaten unter Vills Kommando schnappten entsetzt nach Luft, und Darby stieß ihn in die Seite. »Ihr blufft, nicht wahr?«

»Ganz und gar nicht. Ich stehe zu meinem Wort. Wir werden mit ihm hinuntergehen, mein Freund.«

»Ihr sprecht mit einem hinterhältigen Mörder, und Eure Männer sind des Tötens müde, Herr. Ich möchte mich nicht in Eure Angelegenheiten mischen, aber es wäre töricht, dieses Versprechen einzuhalten.«

»Gerade hast du dich in meine Angelegenheiten eingemischt.«

»Tschill wird nicht begeistert sein.«

»Genug, Darby. Ich habe eine Idee.«

»Hoffentlich eine gute.«

»Ich komme dir auf der Hälfte des Weges entgegen«, verkündete Schwarzwasser. »Aber deine Schützen sollen ihre Bogen senken. Dieser Körper ist verletzlicher, als er aussieht. Ich würde

ihn nur ungern wegen einer versehentlich losgelassenen Bogensehne verlieren.«
Auf ein Zeichen von Vill hin ließen seine Männer die Waffen sinken. Schwarzwasser löste sich vollkommen aus der Dunkelheit und trat vor. Möwenskelette knirschten unter seinen Stiefeln. Nur wenige Schritte vom Eingang entfernt blieb er wieder stehen. Vill gab Darby seinen Bogen. »Ich komme zurück«, sagte er und ging Schwarzwasser entgegen.
Kraven hob eine Augenbraue. »Wenn er meint«, murmelte er.
»Ich bin Prestan Schwarzwasser, König von Skye und ehemaliger Herrscher Fretwitts. Überrascht?«
»Ich wäre überrascht, wenn Eure Worte stimmen, andererseits habe ich in letzter Zeit so manches erlebt, was ich zuvor für unmöglich hielt. Ich bin Vill Magnan, König von nichts und niemand.«
»Wohlan, König Magnan.«
»Spart Euch die Höflichkeiten, Schlächter.«
»Ich vergaß: Wer verliert, ist ein Schlächter, der Gewinner hingegen ein Held. Aber auch ich war einstmals ein großer Herrscher.«
»Herrscher über die Dunkelheit, meint Ihr.«
»Ja, die Dunkelheit, ich bin ihr anheimgefallen. Eine Zeit lang zumindest. Aber gibt es nicht im Leben eines jeden Mannes solche Abschnitte?« Schwarzwasser warf einen hastigen Blick über die Schulter und senkte seine Stimme zu einem kaum hörbaren Flüstern. »Du täuschst dich in mir. Ich war ein ganz gewöhnlicher, durch und durch menschlicher König. Es mag so aussehen, als würde ich diesen blutrünstigen schwarzen Haufen anführen, aber es ist umgekehrt: Ich bin ihr Gefangener. Die Stimme, die du bis jetzt aus meinem Mund hörtest, war nicht meine, sondern die der Finsternis. Sie hat mich raufgeschickt,

damit ich euch nach unten locke. Aber das will ich nicht. Helft mir, ihr zu entfliehen!«

Vill zuckte nicht mit der Wimper. Auf keinen Fall sollte der Feind ihm seine Überraschung ansehen. »Mag sein, aber wenn Ihr mich überzeugen wollt, werdet Ihr schon mehr preisgeben müssen.«

»Diese Soldaten gehören einem uralten Volk an«, sprach Schwarzwasser weiter. »Sie sind Geisterbeschwörer, die dort in den Tiefen unter der Erde überlebt haben. Ihre Stadt, die jetzt in Ruinen liegt, wurde praktisch aus Blut *erbaut*. Auf dem Hauptplatz stand ein Altar, auf dem sie ihre Gefangenen opferten. Über ein Jahrhundert lang haben sie die Völker und Sippen Abrogans gejagt, um sie der Dunkelheit zu opfern, die sie anbeteten und gleichzeitig fürchteten. Als sie keine Gefangenen mehr hatten, begannen sie, das eigene Volk zu opfern. Der letzte ihrer Priester hat selbst vor der eigenen Familie nicht haltgemacht. Schließlich waren sie so wenige, dass ihre Macht immer mehr schwand und die Stadt verfiel.«

»Geisterbeschwörer«, wiederholte Vill. »Dann stimmen die Legenden also. Und ich habe sie immer für kindischen Aberglauben gehalten. Wie nennen sie den Geist, den sie beschwören?«

»Die Dunkelheit hat viele Namen. Die Soldaten, die du sahst, nennen sie Thulo, was in ihrer Sprache nichts anderes als ›finster‹ bedeutet. Dieser Thulo wird nie satt, und er will euer Blut. Oder er lässt euch leben, um die dezimierten Reihen seiner Krieger wieder aufzufüllen. Er hat mir befohlen, dich und deine Männer zu ihm zu bringen. Er glaubt, ich würde freiwillig zurückkommen, aber ich habe genug von dieser Dunkelheit und werde mit euch fliehen.«

»Hat Euch der Mut verlassen?«

»Im Moment, ja. Ich möchte hier weg, nach Hause. Wir brauchen nur loszulaufen, jetzt gleich. Bei Tageslicht ist die Dunkelheit zu schwach, um uns zu verfolgen.«

»Nein.«

»Nein?« Schwarzwasser musterte Vill ungläubig.

»Nein. Ich gehe mit meinen Männern dort hinunter, und Ihr werdet mit uns kommen.«

13

Immer drei nebeneinander tasteten sie sich die Treppe hinunter. Vor ihnen beleuchtete eine vergitterte Feuerschale, die Tschill aus Harnischen und Unterarmschienen gebaut hatte, den Weg. An einem Seil befestigt, ließen sie die Schale scheppernd die Stufen hinuntergleiten.

»Es könnte sein, dass sie mit unserem Kommen rechnen«, sagte Kraven mit einem Räuspern.

»Sie warten sogar darauf«, erwiderte Vill.

»Aber was ist mit dem Rauch? Wir werden ersticken«, warf Darby ein.

»Der Rauch lässt sich nicht vermeiden. Ohne Feuer wärt ihr dort unten im Handumdrehen erledigt«, erklärte Schwarzwasser.

»Und Ihr auch«, rief Vill ihm ins Gedächtnis.

»Eben. Dieses Unterfangen ist eine einzige Torheit. Wir hätten fliehen sollen, solange wir die Gelegenheit dazu hatten. Wenn dein Plan fehlschlägt, werde ich Thulo sagen, dass ich euch nur hergebracht habe, um euch ihm zum Fraß vorzuwerfen.«

»War das nicht von Anfang an Euer Plan?«, murmelte Vill.

Als sie am Ende der dritten Treppenflucht angekommen waren, fanden sie sich am Eingang einer großen Kammer wieder. Sechzig Mann spähten angestrengt in die Dunkelheit jenseits der Flammen. *Der Mensch will nun mal wissen, was in der Dun-*

kelheit auf ihn wartet. *Genauso wie er wissen will, was ihn nach dem Tod erwartet. Und hier finden wir beides.*

»Je zehn Mann links und rechts an die Wände, der Rest zu mir«, flüsterte Vill und trat dann hinaus in die Kammer.

Geschmeidig und beinahe lautlos wie Wasser verteilten sich seine Männer in der Kammer, die Schwerter bereit. Der Boden war mit Granitplatten ausgelegt, die so groß waren, dass kein Steinmetz sie freiwillig schleppen würde. *Sklavenarbeit, höchstwahrscheinlich verrichtet von denselben armen Seelen, die sie hier geopfert haben.*

Das Licht aus der vergitterten Feuerschale erhellte die Kammer gerade so weit, dass Tschill sich einen Überblick verschaffen konnte. Sein Blick sprang zwischen den Wänden hin und her und schließlich nach oben.

»Wir haben Glück, dass die Decke so hoch ist und der Rauch teilweise nach oben zieht«, sagte er schließlich. »Andernfalls würde uns hier drinnen schnell die Luft ausgehen.«

»Ich bin mir gar nicht so sicher, ob es mir nicht anders herum lieber wäre, damit wir so schnell wie möglich von hier verschwinden können«, kommentierte Kraven.

Die unterirdische Kammer war gut zwanzig Schritt breit und erstaunlich hoch. Es war bestimmt alles andere als einfach gewesen, sie mit den damaligen Mitteln zu bauen, also musste sie einem besonderen Zweck gedient haben. Vill sah sich um wie zuvor auch Tschill, achtete aber auf ganz andere Dinge.

Was ist das hier? In der Mitte stand ein massiver Quader, ganz ähnlich dem Eisklotz in Kravens Gruft. Von dem Quader führte eine Rinne zu einer Art Abflusskanal, der die gesamte Kammer umspannte.

»Wozu ist diese Rinne gut, Tschill?«

Tschill lief zu der Rinne, befühlte sie kurz, dann eilte er weiter zu dem Kanal an der Wand.

»Sie sind leicht abschüssig«, erklärte er, als er wieder zurück war. »Ich glaube, es ist eine Art Abflusssystem, auch wenn ich es für unwahrscheinlich halte, dass Regenwasser bis hier unten vordringt. Vielleicht war der Raum eine Art Bad?«

Ein Steinblock, der aussieht wie ein Altar, und ein Abflusssystem. Vill fragte sich, ob die Bodenplatten von Natur aus rot waren, oder…

»Hier haben sie ihre Opfer ausgeblutet, nicht wahr?«, sagte er an Schwarzwasser gewandt.

Die Männer hatten seine Frage gehört und begannen nervös von einem Fuß auf den anderen zu treten.

Schwarzwasser nickte. »Das ist nur eine von mehreren Kammern. Anfangs taten sie es im Geheimen. Je mächtiger sie wurden, desto mutiger wurden sie auch und hielten ihre Opferzeremonien schließlich im Freien ab. Nachts auf dem Stadtplatz, damit alle ihre Macht sahen. Später, als der Himmel sich verdunkelte, auch am Tag. Dieser Berg, er ist schon einmal explodiert, musst du wissen.«

»Ihr widert mich an.«

»Ich war nicht dabei. All das trug sich zu, lange bevor ich überhaupt geboren wurde.«

»Woher wisst Ihr das dann alles?«

»Thulo hat mich zum Anführer seiner dunklen Schergen gemacht, und sie haben es mir erzählt. Ihre Sprache ist primitiv, ich konnte sie recht schnell erlernen. Diese Schattenkrieger unterscheiden sich gar nicht so sehr von uns. Du bist doch selbst Soldat, Magnan, und hast bestimmt schon Menschen getötet.«

»Dieser Ort ist verflucht«, sagte Kraven mit zitternder Stimme und blickte sich hektisch um.

Ein Magier, der Angst vor Magie hat? Andererseits wusste Kraven wahrscheinlich am besten von ihnen allen, was sie erwartete. *Außerdem geht es hier um Geisterbeschwörung, die Magie der Toten.*

»Wir können immer noch umkehren«, flüsterte Schwarzwasser hoffnungsvoll.« »Und wenn ihr hier keine Verwendung mehr für mich habt, gehe ich auch gern allein.«

»In Eurem Rücken stehen sechzig Bewaffnete. Sie werden Euch nicht vorbeilassen«, erwiderte Vill. »Zeigt uns den Weg.«

»Da entlang.« Schwarzwasser deutete auf einen dunklen Durchgang am gegenüberliegenden Ende. »Thulo wird dort sein und warten.«

»Worauf?«

»Auf uns natürlich.«

»Dann hat das Warten jetzt ein Ende.«

»Und darauf, dass die verhasste Sonne wieder verschwindet, damit er sich draußen frei bewegen kann. Im Hellen geht das nicht. Die Dunkelheit braucht ein Gefäß, die sie vor dem Licht schützt, jemanden, der sie umherträgt, Menschen wie mich und diese Krieger. Aber wir Menschen sind verletzliche, unzuverlässige Gefäße.«

»Warum kommt sie dann nicht einfach nachts heraus?«

»Aber das tut sie, jedoch nur selten. Selbst Mondlicht macht ihr zu schaffen. Sie wagt sich nie sehr weit heraus, höchstens bis eine Meile jenseits dieser Ruinen, um sich die zu schnappen, die sich zu nahe heranwagen.«

Also ist auch das wahr... Die Täler sind ein verfluchter Ort, an dem Menschen einfach verschwinden. Vill tastete nach seinem Bogen. Nicht dass er ihm gegen diesen Feind etwas nützen würde, aber ihn in der Hand zu halten gab ihm zumindest eine gewisse Sicherheit. Er machte ihm Mut in der Dunkelheit, auch wenn er nur dazu taugte, einen anderen Menschen umzubringen. »Was ist mit dem Schleier?«

»Er war sozusagen der verlängerte Arm des Dämons, ein kühner Versuch, aus seinem unterirdischen Gefängnis auszubrechen. Doch dann, als die Sonne kam, konnte er ihn nicht mehr bewegen, und das mag er überhaupt nicht. Außerdem ist er mittlerweile verschwunden, wie ich hörte.«

»Ja. Der Kartenzeichner hat ihn vernichtet.«

»Er ist die einzige Macht, den die Dunkelheit fürchtet.«

»Vielleicht hätte ich ihn herbringen sollen...«

»Wir werden doch nicht noch weiter hinuntergehen, Feldwebel?«, fragte einer von Vills Bogenschützen unvermittelt. Die Männer hatten Schwarzwassers Worte gehört und bekamen es immer mehr mit der Angst.

»Oh doch«, erwiderte Vill. »Holt die Feuerschale!«

Zwei Männer zogen die Schale vor den Durchgang am anderen Ende der Kammer. Nur wenige Momente verschwanden sie wegen des blendenden Feuerscheins aus dem Blickfeld, dann hörte Vill plötzlich ein Geräusch wie von einem kurzen Kampf, gefolgt vom Aufschlag zweier lebloser Körper.

Die Dunkelheit, sie hat sie geholt!

»Die Feuerschale, sie muss in den Durchgang!«, brüllte Vill und rannte los. Als er vor der Schale stand, legte er die Hände darauf und schob. Das glühend heiße Metall brannte sich durch seine dünnen Lederhandschuhe, Rauch stieg auf, der Gestank von verbranntem Fleisch erfüllte seine Nase, und Vill schrie vor Schmerz. Zwei Soldaten eilten ihm zu Hilfe. Mit vereinten Kräften gelang es ihnen, den Durchgang mit der Schale zu blockieren.

Die beiden anderen, die es als Erste versucht hatten, lagen mit ihren Schwertern in der Hand tot am Boden. Sie hatten gerade noch Zeit gehabt, sie zu ziehen. Vill sah ihr Blut, das bis an die Wände der Kammer gespritzt war, und trat vor seine verbliebenen Männer.

Ein paar ermutigende Worte wären angebracht...

»Zwei von uns sind tot, dahingerafft von diesem Dämon«, begann er. »Doch wir sind ihm schon einmal siegreich entgegengetreten, und jetzt haben wir ihn in seinem Unterschlupf gestellt, wo er uns nicht mehr entfliehen kann. Was wären wir für Männer, wenn wir jetzt wegen ein paar Tropfen Blut zurückschrecken!«

»Ein paar Tropfen?«, murmelte einer, und die anderen nickten.

Vill war nie ein großer Redner gewesen, und er spürte, dass er das jetzt dringend ändern musste. Er musste seine Männer auf den Kampf vorbereiten und ihre Angst verwandeln in... etwas anderes.

»Das Blut an diesen Wänden sollte euch keine Angst einjagen, es sollte euch wütend machen! Während der letzten Wochen und Monate wurde weit mehr davon vergossen als das bisschen hier: das Blut eurer Brüder und Schwestern, eurer Söhne und Töchter, eurer Frauen. Ich weiß, ihr trauert und seid erschöpft, aber wenn wir es jetzt nicht zu Ende bringen, wird dieser Feind unser Land immer wieder heimsuchen, wie er es seit Jahrhunderten getan hat. Wir werden weiter in Angst vor der Dunkelheit leben und uns fragen, ob sie vielleicht schon heute wieder über uns kommt. Doch jetzt haben wir sie in die Enge getrieben. Sie versteckt sich vor uns, nur wenige Schritte weit weg in der nächsten Kammer. Wir können fliehen und in die Geschichte eingehen als die Männer, die diese einmalige Gelegenheit verstreichen ließen. Oder wir kämpfen und gehen in die Geschichte ein als die Männer, die Abrogan ein für alle Mal von diesem Übel befreit haben: als Helden!«

Kraven beugte sich an Vills Ohr. »Gut gesprochen«, flüsterte er.

Vill hörte das Schaben von Stiefeln auf Stein, als vielleicht fünfzehn seiner Männer hastig die Flucht ergriffen. Alle anderen blieben.

»Gut«, sagte Vill mit einem Nicken. »Folgt mir, Helden!«

Der Durchgang war nicht sonderlich lang. Mit kräftigen Tritten schoben sie die Feuerschale vor sich her bis zu seinem Ende, wo sie zögernd stehen blieben.

»Wer geht als Erster?«, fragte Schwarzwasser.

»Ihr«, sagte Vill und stieß ihn in die Kammer.

Der letzte Raum war so groß, dass alle fünfundvierzig Mann hineinpassten, aber niedriger als der vorige. An den Wänden links und rechts befanden sich kleine Alkoven, und dazwischen sah Vill grässliche Wandgemälde, Darstellungen der Opferrituale, die Schwarzwasser geschildert hatte: untersetzte Männer, ihre Messer über die am Boden liegenden und gefesselten Opfer erhoben, die ihre Götter vergeblich um Gnade anflehten. Der Boden war aus rotem Stein, ein tiefes Rot in der Mitte, das zu den Wänden hin immer blasser wurde. Die Wandmalereien waren nicht sehr kunstfertig, und Vill konnte weder einen Altar noch eine Abflussrinne entdecken wie in der anderen Kammer, dafür war diese hier sicher älter. Viel älter. Sie war der ursprüngliche Opferraum. *Wo dieser Thulo auf uns warten wird, wie Schwarzwasser gesagt hat.*

Doch nichts geschah. Mit erhobenen Waffen, jede Faser im Körper bis zum Zerreißen gespannt, standen sie da, bereit, jeden Moment loszuschlagen. Niemand bewegte sich, nicht das leiseste Geräusch drang an ihre Ohren, bis die Stille unerträglich wurde.

»Sie ist leer«, flüsterte Kraven.

»Täuscht euch nicht«, warnte Schwarzwasser. »Das Böse lauert hier überall. Ihr werdet es gleich sehen.«

»Ich sehe nichts«, sagte Vill. »Wo sind Eure Geisterbeschwörer hin?«

»Die Dunkelheit wird sie ausgesaugt haben, vermute ich. Vielleicht sollt ihr jetzt ihre Stelle einnehmen.«

»Das heißt, sie sind alle tot?«

»Feldwebel Magnan«, zischte jemand in Vills Rücken.
»Nicht jetzt.«
»Feldwebel!«, wiederholte der Mann.
Das Entsetzen in der Stimme des Mannes ließ Vill schließlich herumfahren. »Was ist?«
Der Soldat deutete auf einen seiner Kameraden, der grotesk verrenkt am Boden lag und sich nicht mehr rührte. Noch während sie ihn alle ungläubig anstarrten, sank am anderen Ende der Gruppe der Nächste in sich zusammen.
»Was geht hier vor?«, keuchte Vill.
Tschill erwachte wie aus einer Trance und rannte zu der Feuerschale. »Die Decke. Sie ist zu niedrig!«, rief er, schnitt seinen Wasserschlauch auf und schüttete den Inhalt in die Schale. Die Flammen flackerten, und Tschill riss seinem Nebenmann den Wasserschlauch von der Schulter.
»Was tust du da, du Narr?«, schrie Kraven entsetzt.
Vill konnte es sich bereits denken: Wegen der niedrigen Decke war zu wenig Luft in dem Raum. Der Rauch verpestete sie und erstickte die Männer. Tschill versuchte, sie zu retten, indem er ...
Er löscht das Feuer!
Mehrere Soldaten brüllten Tschill an, und als er gerade dabei war, auch noch einen dritten Wasserschlauch in die bereits flackernden Flammen zu leeren, schlug einer der Hellebardenträger ihn mit der flachen Seite des Beils nieder.
Der Ingenator sank zu Boden. Sein Kiefer war ausgerenkt, die Augen glasig und leer. Das war das Letzte, was sie von ihm sahen, denn im nächsten Augenblick erloschen die Flammen.
Einen Moment lang herrschte Totenstille, dann hörten sie plötzlich Schritte in ihrem Rücken, gefolgt von einem Schrei.
»Sie sind direkt hinter uns!«
Vill wirbelte herum und lauschte, konnte das Geräusch aber nicht orten.

»Nein!«, schrie ein anderer. »Nicht hinter uns, sie kommen aus den Nischen!«

Ein Schwert sauste zischend durch die Luft, leise Flüche hallten durch die Kammer, dann hörten sie, wie irgendwo am Rand der Gruppe Stahl auf Stahl schlug.

»Sie sind hier! Auf sie!«

Das nächste Geräusch kam von Stahl, der sich in Fleisch schnitt.

Vill taumelte zurück gegen die Wand, damit niemand ihn von hinten überraschen konnte. Dort zog er seinen Dolch und ließ ihn sofort wieder fallen – in der Anspannung hatte er vollkommen vergessen, dass seine Hände verbrannt waren, und der Schmerz hatte ihn so unvorbereitet getroffen, dass die Waffe seinem Griff entglitten war. Er bückte sich hektisch, um ihn wieder aufzuheben, da spürte er, wie ein Pfeil nur um eine Handbreit über seinen Scheitel hinwegsauste. *In der Dunkelheit werden sie sich noch alle gegenseitig umbringen.*

»Wartet! Haltet ein!«, brüllte er, aber seine Stimme wurde vom Kampflärm übertönt, und niemand gehorchte. Stattdessen spürte er, wie etwas ihn hart an der Schläfe traf. *Ein Schwertgriff vermutlich.* Vill konnte von Glück reden, dass es nicht die Klinge gewesen war. Mit schmerzendem Kopf tastete er weiter nach dem Dolch, aber die Waffe war fort.

Die Männer schrien und schlugen, kämpften verzweifelt um ihr Leben, dann spürte Vill plötzlich eine tödliche Kälte. *Kraven.*

Er tastete sich an der Wand entlang, bis er auf ein Hindernis traf. *Kalt.*

So kalt, dass seine Finger brannten, als hätte er ein glühendes Eisen berührt. Die Konturen fühlten sich an wie die einer Statue, doch in der Kammer waren keine Statuen. Also musste es ein Mensch sein. *Der Magier hat ihn zu Eis erstarren lassen.*

»Kraven! Zu mir!«, rief Vill immer wieder und kroch auf allen vieren an der Wand entlang, möglichst weit weg von dem Gemetzel in der Mitte. Dann spürte er eine kalte Hand, die nach seiner Kehle tastete. Instinktiv griff Vill nach dem Dolch, den er nicht mehr hatte und den er ohnehin nicht hätte führen können, um seinen Angreifer niederzustechen.

Da merkte er, dass die Hand gar nicht nach seiner Kehle griff, sondern nach seiner Schulter.

»Magnan, ich... ich blute«, hörte er Kraven krächzen.

Hätte ich meinen Dolch noch, wäre der Magier bereits tot.

»Kraven!«, keuchte Vill, aber der Magier reagierte nicht mehr. Jemand anders hatte ihn erledigt.

Schon spürte Vill die nächste Hand auf sich. Mit entsetzlicher Kraft packte sie ihn am Kragen und zerrte ihn einfach mit. Vill wehrte sich nach Leibeskräften, doch es war nichts zu machen. *Sie schleifen mich zum Opferaltar!*

Sein Häscher hatte ihn bereits zurück in den Durchgang gezogen, da ließ die Hand ihn plötzlich los.

»Magnan!«, sagte eine Stimme.

»Darby?«

»Folgt mir, Feldwebel. Die Schlacht ist verloren! Ihr könnt hier nichts mehr tun.«

»Aber ich sehe nichts.«

»Das spielt keine Rolle. Hier entlang.«

Mit untrüglichem Orientierungssinn führte Darby ihn durch das Gemetzel, das inzwischen auch auf den zweiten Opferraum übergegriffen hatte. Männer schrien und ächzten, hackten mit Schwertern aufeinander ein oder rissen ihren Gegner zu Boden, um es mit bloßen Händen und Zähnen zu Ende zu bringen. Darby wich mal nach links aus, mal nach rechts, zerrte Vill vorbei an dem Opferaltar und dann die Treppe hinauf, immer weiter, bis sie schließlich keuchend und am ganzen Körper zitternd im Freien standen.

»Was ist dort unten passiert, Darby?«, fragte Vill.

»Als wir plötzlich alle im Dunkeln standen, duckte ich mich, damit keiner der anderen mich aus Versehen mit dem Schwert aufspießt«, antwortete der Wachmann schnaufend. »Dann brach die Schlacht los, Mann um Mann stürzte sich auf mich, ich packte meine Gegner und rang sie zu Boden, und da merkte ich... dass ich sie kannte, jeden Einzelnen von ihnen. Es waren dieselben Männer, die mit uns dort hinuntergegangen sind, und doch versuchten sie wie besessen, mich zu töten...«

»Ich verstehe nicht, Darby.«

»Es war die Dunkelheit«, erwiderte Darby und ließ den Kopf hängen.

Vill wartete auf eine weitere Erklärung, aber es kam keine. Er wusste nur, dass er den blinden Wachmann noch nie so niedergeschlagen gesehen hatte. Es dauerte noch eine Weile, bis auch Vill begriff, was geschehen war. *Es war die Dunkelheit, die uns dazu gebracht hat, übereinander herzufallen. Zuerst die beiden Soldaten im Durchgang, dann, nachdem die Feuerschale erloschen war, auch die anderen in der großen Halle. Sie waren so in Panik, dass sie blindwütig um sich schlugen.*

Genau wie die einstigen Bewohner der Täler die Dunkelheit so sehr gefürchtet hatten, dass sie schließlich ihr eigen Fleisch und Blut opferten. Genau wie der Zeichner, der in seiner blinden Rachlust das dunkle Heer erschaffen hatte. Genau wie Vill, der Adaras Sippe ausgelöscht hatte, nachdem er das erste Mal im Schleier gewesen war. Die Dunkelheit brauchte Blut, doch aus eigener Kraft konnte sie sich keines verschaffen. Sie brauchte Menschen, die es vergossen: verängstigte Menschen, zornige Menschen, Menschen, die die Dunkelheit bereits in ihrer Seele trugen.

Menschen wie uns.

Epilog

König Magnan trat an die Mauer und stützte die Ellbogen auf die Zinnen. »Den Helden der Täler«, nannte ihn die Bevölkerung Skyes jetzt, und dabei hatte er nicht einen einzigen Feind getötet.

Er und Darby waren die Einzigen gewesen, die lebend aus den Ruinen herausgekommen waren. Kraven hatte es nicht geschafft, Schwarzwasser nicht und auch kein einziger Soldat Skyes. Als den »Bezwinger des dunklen Heeres« hatte Darby Vill vorgestellt, als sie in die Stadt einzogen. Die fünfzehn Soldaten, die vor dem Kampf desertiert waren, hatten sich eilig wieder seinem Kommando unterworfen, und Vill hatte nicht die Absicht, sie vor ein Kriegsgericht zu stellen. *Wären sie geblieben, wären sie jetzt genauso tot wie die anderen.* Außerdem hatte Vill am Ende selbst die Flucht ergriffen.

Die Sonne erhob sich gerade in den endlich wieder klaren Himmel. Die Landschaft erstrahlte grün, der Horizont in kräftigen Rot- und Blautönen. Kein Grau weit und breit. Er wünschte, Cameo wäre bei ihm, doch am Tag vor der Hochzeit war es dem Paar verboten, sich zu sehen. Wahrscheinlich war sie gerade damit beschäftigt, ihr Haar zurechtzumachen und sich ein Kleid für den morgigen Tag auszusuchen. *Wie eine Schauspielerin.* Vill hatte beinahe Lust, sie aus ihrem Brautgemach ins südliche Wachhaus zu entführen, dessen Fenster Richtung Fretwitt blickten. *Wo sie ebenfalls Königin ist.*

Vill lachte.

Der Ausblick war beinahe genauso, wie er ihn aus seiner Jugend in Erinnerung hatte. Nur den gigantischen Schlund am Fuß des Berges hatte es damals nicht gegeben. Noch immer strömten die Fluten des Ozeans in ihn hinein. Die Spiralarme des grünblauen Strudels waren noch in mehreren Meilen Entfernung zu sehen. *Kein Mensch sollte die Macht haben, so etwas zu erschaffen.* Kraven war der gleichen Meinung gewesen, als er noch lebte. Also hatte Vill den Zeichner von drei Männern zu Boden ringen lassen und ihm die Karte abgenommen. Dann war er damit zu dem Schlund gegangen und hatte kurz überlegt, ob er vielleicht gerade dabei war, die gesamte Welt zu ertränken, doch als er die Karte hineinwarf, geschah nichts dergleichen. Sie saugte sich lediglich voll mit Wasser und verschwand.

Danach war er zu Wexford gegangen. Stoli war ein gebrochener Mann. Ohne seine Karte war er wieder ein Niemand, nicht einmal mehr der Schweinegraf. Sein neuer Körper war der eines Roten, und die Bevölkerung hasste ihn, ob er nun durch schwarze Magie in diesen Körper gekommen war oder nicht. Vill hatte ihm geraten, die Dinge zu akzeptieren, wie sie waren, und fürs Erste möglichst wenig aufzufallen. Wex war der Verzweiflung nahe gewesen, doch dann hatte Vill eine Idee …

»Geh rein«, sagte Vill zu Adara und öffnete die Tür zu Wex' bescheidener Kammer.

»Verehrte Freundin«, begrüßte Wex sie mit einem Seufzen.

»Kenne ich diesen Mann?«, fragte Adara leicht irritiert.

»Die Kopfverletzung hat ihre Erinnerung ausgelöscht, ansonsten ist sie wieder vollkommen gesund«, erklärte Vill an Wex gewandt. »Adara, dieser gut aussehende junge Mann gehörte ebenfalls zu unserer kleinen Gruppe.«

»Tatsächlich? Hübsch ist er, da hast du immerhin recht.«

»Er wird mit dir nach Fretwitt fahren.«

Wex nickte erfreut, aber auch ein wenig beunruhigt. »Erinnerst du dich an einen gewissen Wexford Stoli?«, fragte er Adara unsicher.

»Nein, kein bisschen, tut mir leid. Wie mir gesagt wurde, bin ich von einem Baum gefallen. Was für ein alberner Unfall.«

»Und an Vill Magnan?«

»Du meinst den Mann hier neben mir? Die Heiler sagten, er wäre mein Onkel. Dabei sehen wir uns überhaupt nicht ähnlich. Er ist ja höchstens halb so hübsch wie ich.«

Wex lachte. »Mag sein, aber dein höchstens halb so hübscher Onkel ist jetzt König von Skye.«

»Bei den Göttern!«, keuchte Adara. »Dann ist er nicht mehr der Mann, der er einmal war.«

»In der Tat«, sagte Vill Magnan. »Bin ich nicht.«